KB058682

뜻으로 읽는 한국어사전·
신화 속의 한국정신

이어령 전집

08

# 뜻으로 읽는 한국어사전·
# 신화 속의 한국정신

**베스트셀러 컬렉션 8**
문화론_ 한국어 뜻풀이와 신화분석

이어령 지음

21세기북스

# 상상력과 흥의 근원에 관한 깊은 탐구

박보균 | 문화체육관광부 장관

이어령 초대 문화부 장관이 작고하신 지 1년이 지났습니다. 그러나 그의 언어는 여전히 우리 곁에 남아 새로운 것을 볼 수 있는 창조적 통찰과 지혜를 주고 있습니다. 이 스물네 권의 전집은 그가 평생을 걸쳐 집대성한 언어의 힘을 보여줍니다. 특히 '한국문화론' 컬렉션에는 지금 전 세계가 갈채를 보내는 K컬처의 바탕인 한국인의 핏속에 흐르는 상상력과 흥의 근원에 관한 깊은 탐구가 담겨 있습니다.

선생은 우리 시대를 대표하는 지성이자 언어의 승부사셨습니다. 그는 "국가 간 경쟁에서 군사력, 정치력 그리고 문화력 중에서 언어의 힘, 언력言力이 중요한 시대"라며 문화의 힘, 언어의 힘을 강조했습니다. 제가 기자 시절 리더십의 언어를 주목하고 추적하는 데도 선생의 말씀이 주효하게 작용했습니다. 문체부 장관 지명을 받고 처음 떠올린 것도 이어령 선생의 말씀이었습니다. 그 개념을 발전시키고 제 방식의 언어로 다듬어 새 정부의 문화정책 방향을 '문화매력국가'로 설정했습니다. 문화의 힘은 경제력이나 군사력같이 상대방을 압도하고 누르는 것이 아닙니다. 문화는 스며들고 상대방의 마음을 잡고 훔치는 것입니다. 그래야 문화의 힘이 오래갑니다. 선생께서 말씀하신 "매력으로 스며들어야만 상대방의 마음을 잡을 수 있다"라는 말에서도 힌트를 얻었습니다. 그 가치를 윤석열 정부의 문화정책에 주입해 펼쳐나가고 있습니다.

　선생께서는 뛰어난 문인이자 논객이었고, 교육자, 행정가였습니다. 선생은 인식과 사고思考의 기성질서를 대담한 파격으로 재구성했습니다. 그는 "현실에서 눈뜨고 꾸는 꿈은 오직 문학적 상상력, 미지를 향한 호기심"뿐이었다고 말했습니다. 그는 마지막까지 왕성한 호기심으로 지知를 탐구하고 실천하는 삶을 사셨으며 진정한 학문적 통섭을 이룬 지식인이었습니다. 인문학 전반을 아우르는 방대한 지적 스펙트럼과 탁월한 필력은 그가 남긴 160여 권의 저작물로 남아 있습니다. 이 전집은 비교적 초기작인 1960~1980년대 글들을 많이 품고 있습니다. 선생께서 젊은 시절 걸어오신 왕성한 탐구와 언어의 발자취를 따라가다 보면 지적 풍요와 함께 삶에 대한 진지한 고찰을 마주할 것입니다. 이 전집이 독자들, 특히 대한민국 젊은 세대에게 문화 전반을 아우르는 교과서이자 삶의 지표가 되어줄 것으로 확신합니다.

# 100년 한국을 깨운 '이어령학'의 대전大全

이근배 | 시인, 대한민국예술원 회원

여기 빛의 붓 한 자루의 대역사大役事가 있습니다. 저 나라 잃고 말과 글도 빼앗기던 항일기抗日期 한복판에서 하늘이 내린 붓을 쥐고 태어난 한국의 아들이 있습니다. 어려서부터 책 읽기와 글쓰기로 한국은 어떤 나라이며 한국인은 누구인가에 대한 깊고 먼 천착穿鑿을 하였습니다. 「우상의 파괴」로 한국 문단 미망迷妄의 껍데기를 깨고 『흙 속에 저 바람 속에』로 이어령의 붓 길은 옛날과 오늘, 동양과 서양을 넘나들며 한국을 넘어 인류를 향한 거침없는 지성의 새 문법을 만들기 시작했습니다.

서울올림픽의 마당을 가로지르던 굴렁쇠는 아직도 세계인의 눈 속에 분단 한국의 자유, 평화의 글자로 새겨지고 있으며 디지로그, 지성에서 영성으로, 생명 자본주의…… 등은 세계의 지성들에 앞장서 한국의 미래, 인류의 미래를 위한 문명의 먹거리를 경작해냈습니다.

빛의 붓 한 자루가 수확한 '이어령학'을 집대성한 이 대전大全은 오늘과 내일을 사는 모든 이들이 한번은 기어코 넘어야 할 높은 산이며 건너야 할 깊은 강입니다. 옷깃을 여미며 추천의 글을 올립니다.

# 시대의 언어를 창조한 위대한 상상력

'이어령 전집' 발간에 부쳐

권영민 | 문학평론가, 서울대학교 명예교수

이어령 선생은 언제나 시대를 앞서가는 예지의 힘을 모두에게 보여주었다. 선생은 한국전쟁이 끝난 뒤 불모의 문단에 서서 이념적 잣대에 휘둘리던 문학을 위해 저항의 정신을 내세웠다. 어떤 경우에라도 문학의 언어는 자유가 되어야 한다는 신념으로 문단의 고정된 가치와 우상을 파괴하는 일에도 주저함 없이 앞장섰다.

선생은 한국의 역사와 한국인의 삶의 현장을 섬세하게 살피고 그 속에서 슬기로움과 아름다움을 찾아내어 문화의 이름으로 그 가치를 빛내는 일을 선도했다. '디지로그'와 '생명자본주의' 같은 새로운 말을 만들어 다가오는 시대의 변화를 내다보는 통찰력을 보여준 것도 선생이었다. 선생은 문화의 개념과 가치의 중요성을 일깨우고 그 새로운 방향을 제시하면서 삶의 현실을 따스하게 보살펴야 하는 지성의 역할을 가르쳤다.

이어령 선생이 자랑해온 우리 언어와 창조의 힘, 우리 문화와 자유의 가치 그리고 우리 모두의 상생과 생명의 의미는 이제 한국문화사의 빛나는 기록이 되었다. 새롭게 엮어낸 '이어령 전집'은 시대의 언어를 창조한 위대한 상상력의 보고다.

## 일러두기

- '이어령 전집'은 문학사상사에서 2002년부터 2006년 사이에 출간한 '이어령 라이브러리' 시리즈를 정본으로 삼았다.
- 『시 다시 읽기』는 문학사상사에서 1995년에 출간한 단행본을 정본으로 삼았다.
- 『공간의 기호학』은 민음사에서 2000년에 출간한 단행본을 정본으로 삼았다.
- 『문화 코드』는 문학사상사에서 2006년에 출간한 단행본을 정본으로 삼았다.
- '이어령 라이브러리' 및 단행본에서 한자로 표기했던 것은 가능한 한 한글로 옮겨 적었다.
- '이어령 라이브러리'에서 오자로 표기했던 것은 바로잡았고, 옛 말투는 현대 문법에 맞지 않더라도 가능한 한 그대로 살렸다.
- 원어 병기는 첨자로 달았다.
- 인물의 영문 풀네임은 가독성을 위해 되도록 생략했고, 의미가 통하지 않을 경우 선별적으로 달았다.
- 인용문은 크기만 줄이고 서체는 그대로 두었다.
- 전집을 통틀어 괄호와 따옴표의 사용은 아래와 같다.
  『　』: 장편소설, 단행본, 단편소설이지만 같은 제목의 단편소설집이 출간된 경우
  「　」: 단편소설, 단행본에 포함된 장, 논문
  《　》: 신문, 잡지 등의 매체명
  〈　〉: 신문 기사, 잡지 기사, 영화, 연극, 그림, 음악, 기타 글, 작품 등
  '　': 시리즈명, 강조
- 표제지 일러스트는 소설가 김승옥이 그린 이어령 캐리커처.

차례

# 뜻으로 읽는 한국어사전

## II 말 속의 한자 말

# III 말 속의 서양말

# 신화 속의 한국정신

# 뜻으로 읽는 한국어사전

# 역사의 화살표

'말 되네'라는 말이 유행한 적이 있었다. 누가 옳은 말을 하거나 공감이 가는 소리를 하면 금세 "그거 말 되는데."라고 한다. 그러나 한국말의 관습으로 보면 '말이 안 된다'는 말은 있어도 '말 된다'는 말은 없다. '말 된다'는 말은 그야말로 '말도 안 되는 소리'다. 한자 말로 해보면 훨씬 더 명확해진다. '어불성설語不成說'이란 숙어는 있지만 '어성설語成說'이라는 말은 없다. 당연한 것이나 정상적인 것에는 유난스럽게 표를 달지 않아도 된다. 이것이 말의 법칙이다.

남성 우위 시대에는 교수나 작가는 대부분이 남자들이었다. 그래서 남자들의 경우에는 그냥 교수요, 작가라고 불렀지만 여자일 경우에는 반드시 표를 붙여 '여교수', '여류 작가'라고 한다. 좀 어려운 말이지만 언어학에서는 이런 것을 유표화有標化라고 부른다.

친족 호칭도 그렇다. 모계의 친족 명에는 모두 '외'라는 표가 따 라붙는다. 그래서 할아버지·할머니는 외할아버지·외할머니가 되고 삼촌·사촌은 외삼촌·외사촌이 된다. 나는 어렸을 때 외가 근처에서 자랐기 때문에 할머니를 그냥 할머니라고 하지 않고 '친할머니'라고 했다가 이유도 모르고 호된 꾸중을 들었다. 할머니를 유표화하여 친할머니로 부르는 것은 부계 중심 사회에 대한 중대한 도전이 되는 까닭이다. 그런데 만약 여자 교수들이 남자보다 더 많아지고 요즈음처럼 친가보다 외가와 더 가까이 지내는 아이들이 늘어나게 되면 말의 유표화도 달라지게 될 것이다. 붙어다니던 표지가 떨어져나가기도 하고 거꾸로 다른 쪽에 가 붙을지도 모른다.

'말 되네'라는 말이 바로 그렇다. 말이 제대로 통하는 사회에서는 말이 안 되는 것이 유표화되지만 말이 안 되는 소리를 더 많이 하는 사회에서는 오히려 되는 쪽이 유표화된다. 그래서 무심히 듣는 유행어지만 '말 되네'라는 말 속에서 우리는 '말이 되는 사회'와 '말이 안 되는 사회'를 다는 민감한 저울대의 기울기를 읽게 된다.

누구는 말을 '생각의 집'이라고 했지만 이런 경우 말은 사회와 문명의 저울이라고 하는 편이 옳을지도 모른다. 그것은 지나온 역사의 지층을 보여주는 슬픈 화석일 수도 있고 미래의 새 길을 알려주는 화살표일 수도 있다.

20세기의 끝을 100년을 단위로 하는 한 세기siècle의 끝이 아니라 1천 년을 단위로 하는 한 밀레니엄millennium의 종말이다. 그리고 그 시작이다. 그 천 년의 끝과 시작이 지금 우리 눈앞에 있다. 이 대전환기를 내다볼 수 있는 천리안은 첨단 과학기술일 수도 있고 정보와 경제의 힘일 수도 있다. 그러나 내가 가지고 있는 것은 누구나가 다 쓰고 있는, 신기할 것도 없는 일상의 말들이다.

나는 이 거리에 폐품처럼 뒹굴고 있는 말들을 주워서 그 먼지를 털어낼 것이다. 그리고 갈고닦고 때로는 뿌리를 캐고 그 줄기를 가려낼 것이다. 그래서 새로운 역사를 찾아가는 작은 통로의 화살표로 삼으려고 한다. 말이 안 되는 사회를 말이 되는 사회로. 로마 문명이 지중해 연안으로 확대되어갔을 때 라틴어가 현저하게 속화되었다고 한다.

언어는 의미, 또는 가치의 우주에 있어서의 미디어이다. 언어는 일반적으로 사원적인 기능의 복합체라고 한다. 즉 언어는 의미에 기준을 부여하고 의미를 표현하고 의미를 전달하며, 그리고 의미를 저장한다. 언어의 해체는 의미 우주의 붕괴이다.

이어령

# I
# 말 속의 우리말

# 철

철 없는 문명

"빛을 보기 위해서는 눈이 필요하고 소리를 들으려면 귀가 있어야 돼. 그런데 시간을 느끼려면 무엇이 있어야 하나? 그래, 그건 마음이야. 마음이란 것이 없어 시간을 느끼지 못하게 되면 그 시간은 없는 것과 마찬가지란다."

이것은 미하엘 엔데Michael Ende의 동화 『모모Momo』에 나오는 말이다. 그러나 이런 말을 단 한 마디로 줄여놓은 것이 우리말의 '철'이라는 말이다. 내가 많은 외국 말을 잘 알지 못해서 그런지, 아직 나는 이 세상에 '철'이란 말처럼 아름답고 사색적인 말을 발견하지 못했다.

'철'을 영어로 번역하면 계절season이 될 것이다. 하지만 한국말의 '철'은 단순히 봄철, 여름철의 그 계절만 뜻하는 말이 아니다. 누구나 어렸을 때, 어른들로부터 칭찬이나 꾸중을 듣게 되면 '철'이라는 말을 들었을 것이다. "이제 철이 들었구나." 착한 일을 하면 어른들은 머리를 쓰다듬으며 그렇게 말씀하신다. 그리고 말썽을 피우거나 못된 짓을 하면 이번에는 "이 녀석, 아직 철이 덜 들었구나."라고 말하면서 머리에 꿀밤 하나를 먹이신다.

철은 어디에 있는가. 철은 꽃피는 동산이나 흐르는 냇물 그리고 눈 내린 골짜기 안에도 있다. 얼음이 풀리면 한 철이 지나가고 꽃이 피면 서서히 한 철이 들어온다. 그러나 그것만으로 철이 가고 오는 것은 아니다. 우리의 마음속에, 머릿속에 모세혈관과도 같은 핏줄 속으로 철이 들어오곤 한다.

속에서 과일들이 익듯이 사람의 마음도 생각도 무르익는다. 말하자면 철이 드는 것이다. 그러나 철이 와도 마음이 그것을 받아들일 줄 모르면 철이 들 수가 없다. 이 세상에는 영원히 철이 들지 못한 채로 세상을 떠나는 사람도 많은 법이다.

그래서 한국 사람들은 나이를 먹는다고 하지 않는가. 시간은 우리 밖에서 흐르다가 그냥 사라져버리는 강물이 아닌 것이다. 마치 향기로운 과일을 먹듯이 우리는 시간을, 나이를 먹는 것이다. 그러면 시간은 나의 살과 피 속으로 들어가 마음이 되기도 하고 머릿속으로 파고들어 영원한 기억으로 남기도 한다. 이 시간을 느끼는 마음이 없으면 어른들은 이렇게 말한다. "너, 나이 헛먹었구나."

그렇기 때문에 사람은 두 개의 몸무게를 갖고 살아간다. 저울로 달 수 있는 무게와 마음으로 다는 시간의 무게이다. 그래서 마음이 풍부하고 인격이 있는 사람을 보고 무게가 있는 사람이라고 말하기도 한다.

이제는 한국말 가운데서도 '철'이란 말은 점점 죽은 말이 되어 가고 있다. 오매불망, 선진 대열에 끼기 위해 뛰어온 우리도 이제는 이른바 No 3S(no style, no sex, no season)의 현대 문명의 양식에 익숙해졌기 때문이다. 일정한 틀style도 없고 남녀의 성차sex도 없어지고, 그리고 무엇보다도 그 철season이 없는 세상을 살아가는 것이 현대 문명인의 생활, 더 정확하게 말하자면 미국식 생활이라는 것이다. 특히 'no season'의 그 철 없는 생활이 바로 미국인들이 만들어낸 환경 민주주의라는 것이다. 부어스틴Daniel J. Boorstin은 이렇게 말한다.

"오늘의 미국을 만든 것은 시간과 장소의 차별을 없애고 그것을 모두 균일화한 데 있다. 말하자면 이곳과 저곳을, 현재와 과거의 차이를 없애는 능력이었다. 그리고 최종적으로 미국의 독자성은 바로 독자성을 없애버리는 그 능력이 되어버렸다. 다른 나라에서 말하는 민주주의는 개인적·정치적·경제적·사회적 평등을 의미하는 것이었다. 그러나 미국에서는 환경의 민주주의라는, 지금껏 들어보지 못한 새로운 평등을 만들어냈다. 그래서 사람들은 미국을 통해서 시간과 장소의 평등화라는, 지금 보지 못한 세상을 목격하게 된다. 한때는 겨울의 추위와 여름의 더위 그리고 계절에 따라서 음식의 독특한 맛이나 색채가 생활의 맛을 돋우어주었다. 하지만 시간과 장소의 차이를 없애버린 미국적 민주주의는 장소나 물건을 인간 밑에 예속시킴으로써 그것들을 모두 엇비슷하게 만들어버렸다. 그리고 역사의 시간 차와 지역 차라는 두 개의 차이성마저도 하나의 제도로 흡수해버렸다. 그런 힘이 바로 미국 문명의 본질이라는 것이다."

아주 어렵게 설명하고 있지만 우리말로 고치면 쉽게 이해할 수가 있을 것이다. 미국의 민주주의가 만들어낸 그 문명의 본질을 우리말로 번역하면 '철 없는 문명'이고 시도 때도 없이 냉장고에서 꺼내 먹는 과실들은 '철이 안 든 과실'이고, 그런 환경 속에서 살아가고 있는 사람들은 '철모르는 사람들'이다. 미국식 환경 민주주의 속에서 살아가는 사람들은 죽을 때까지 철이 못 들거나 안 드는 사람들이라고 할 수가 있다. 미국식 생활 방식이 전 세계로 번져가면서 전 인류가 철없이 살고 있다.

그것은 시간을 보고 느끼는 마음이 사라졌다는 이야기이기도 하다. 귀머거리처럼 계절이 가고 새 계절이 와도 우리는 그 빛의 변화도 보지 못하고 그 발자국 소리를 들을 수도 없다. 눈이 멀듯이 마음이 멀었다는 뜻이다. 이제는 '철'이라는 우리 토박이말부터 아이들에게 가르쳐주어야겠다.

# 살다와 죽다
## 근대 문명의 종착역

한국 사람처럼 '죽는다'는 말을 잘 쓰는 사람도 없다고들 한다. 그러는 사람 자신도 무엇인가 좀 힘주어 말하려고 할 때에는 저도 모르게 '죽는다'는 소리가 흘러나온다. 아침에 잠자리에서 일어나 눈을 비비며 하는 첫마디가 '졸려 죽겠다'이고 저녁때 집으로 돌아와 서류 가방을 내던지며 하는 소리가 '피곤해 죽겠다'이다. 죽겠다는 말에서 해가 뜨고 죽겠다는 말로 해가 진다. 미운 놈은 언제나 죽일 놈이고 반대할 때는 언제나 결사반대이다.

그러나 우리는 밉고 슬프고 외로울 때만 죽는다고 하는 것이 아니다. 좋을 때도 좋아 죽겠고 기쁠 때에도 기뻐 죽겠다고 한다. 헤어지면 '보고 싶어서 죽겠고', 만나면 또 '반가워서 죽겠다'고 하는 것이 바로 전천후의 죽겠다 문화에서 살고 있는 우리의 모습이다. 심지어는 맛있는 음식을 먹을 때에도 "둘이 먹다 하나 죽어도 모른다."는 표현을 쓴다.

감정 표현만이 아니다. 생명 없는 물건들을 놓고서도 죽는다는 말을 잘 쓴다. 풀[糊]이 죽고 시계가 죽고 맛이 죽는다. 문명의 첨단, 컴퓨터와 함께 생활하고 있는 사람들도 그것이 다운되었을 때에는 토박이말로 죽었다고 한다.

자기가 죽는다는 것은 그래도 낫다. 아이나 어른이나 조금 화가 나면 아주 쉽게 죽여버린다는 말을 한다. 물론 정말 죽일 생각이 있어서 그러는 것은 아니다. 단순히 입에 밴 말이다. 그러나 외국에 가면 사정이 다르다. 만약에 부부 싸움을 할 때 한국처럼 죽인다는 말을 했다가는 살인 미수죄에 걸린다. 하지만 한국인에게는 죽인다는 말이 그렇게 살벌한 게 아니다. 지극히 평화롭고 화기애애한 장소에서 흔히 들을 수 있는 말이기 때문이다. 텔레비전을 보면서 소리가 좀 크면 볼륨을 죽이라고 하고 멋있는 장면이 나오면 죽여준다고 한다. 바둑이든 장기든 한국인이 모여노는 자리에 가면 죽고 죽이는 것이 기본이다.

이렇게 죽는다는 말을 잘 쓰는 것이 과연 흉인가. 서양 문명의 쇠퇴는 시체를 아름답게 화장하고 아이들에게 시신을 숨기는 데서부터 시작한 것이라고 풀이하는 문명 비평가도 있다. 이미 릴케Rainer Maria Rilke는 『말테의 수기Die Aufzeichnungen des Malte Laudrids Brigge』에서 죽음에 무관심해진 서구 사회에 대해서 깊은 우려와 경고를 던지고 있다. 죽음의 처절성과 그 끔찍함을 외면하려고 할 때 그 문화는 세속화에 젖어 안이한 쾌락에만 젖는다. 그리고 죽음에 직면하여 그것을 생生 속에 끌어들이려는 정신을 잃었을 때 오히려 그 문화와 문명은 생명력도 잃게 된다.

한국 사람들은 말로만 그랬던 것이 아니라 죽음을 있는 그대로 받아들였다. 죽음은 슬픈 것이다. 그렇기 때문에 초상집에서는 반드시 울음소리가 들려야만 한다. 희랍에서는 남자들이 울어서는 안 된다는 사회 관습으로 친척이 죽으면 여성들이 대신 장의의 주역이 되어 울었다는 기록이 있다. 그나마도 후세에 올수록 눈물이 없어지고 죽음은 종교화하여 미화한다. 하지만 한국에서는 장례식의 울음을 양식화하여, 이를테면 문화적인 차원으로 승화시켜 곡이라는 것을 만들어냈다. "아이고 아이고" 하고 울면 상주요, "어이 어이" 하고 울면 문상객이다. 심지어 곡할 사람이 없으면 곡꾼을 사서 울렸다. 중국에도 물론 그런 제도가 없었던 것은 아니지만 지방이나 시대에 따라서는 죽음을 기려 노래를 부르고 춤을 추기도 했다.

일본에서도 일부 노토[能登] 지방에서는 곡을 하는 풍습이 있고 쌀을 받고 울어주는 곡파哭婆가 있었다. 그러나 역시 상업의 나라 일본답게 보수로 받는 쌀의 양에 따라서 그 울어주는 것이 달라졌는데, 한 말을 주면 한 말 곡, 두 말을 주면 두 말 곡으로 말 수에 따라서 우는 시간과 목청이 달라진다. 여러 가지 비교를 통해서 볼 때 곡 문화에 있어서만은 어떤 민족도 한국을 따를 수가 없었을 것 같다.

또한 죽음은 흉사인 것이다. 서양 사람들은 죽은 사람에게 화장을 시키고 산 사람처럼 꾸민다. 진짜 죽음의 모습은 실종되어 버린 것이다. 한국의 경우 장례식에 사용되는 것은 혐오감과 두려움과 흉측한 인상을 주는 것을 그대로 사용한다. 베옷은 거칠고 널 역시 거칠다. 상여가 아름답기는 하나 칠성판은 장식이 되어 있지 않은 널빤지이며 상두의 노래는 처절하다.

한국인이 죽음이라는 말을 잘 쓴다는 것은 역설적으로 말해 그만큼 생명에 대한 깊은 관심을 지니고 있다는 증거이기도 하다. 죽음을 전제로 하지 않고 살아가는 생은 전부 가짜 보석과도 같다. 죽음을 잊고 살아가는 사람들, 남은 다 죽어도 자기 혼자만은 천년만년 살 것 같은 착각 속에서 살고 있는 사람들일수록 아침 이슬과 물거품의 허상 속에 매달려 산다. 그러나 죽음을 생각하며 살아가는 사람들은 죽음이 와도 여전히 남는 단단한 삶의 가치를 얻기 위해 애쓴다. 어리석은 자는 항상 삶 다음에 죽음이 오지만 현명한 사람은 죽음 다음에 삶이 온다.

그렇기 때문에 한국 사람들은 '생사결단生死決斷'한다고 하지 않고 '사생결단死生決斷'한다고 말한다. 그리고 생과 죽음의 순서를 뒤집어 "죽기 아니면 살기"라고 말하기도 한다. 그러니까 셰익스피어William Shakespeare의 그 유명한 대사 "To be or not to be, That is question."도 "사느냐 죽느냐, 그것이 문제로다."라고 직역을 해서는 안 된다. 자연스러운 한국말이 되자면 그 순서를 바꿔서 "죽느냐 사느냐, 그것이 문제로다."라고 해야 한다.

인생을 옛 한국말로는 '죽살이(죽고 사는 것)'라고 한 것을 보더라도 죽음을 생보다 앞세우는 철학적 표현은 결코 우연한 일이 아니었던 것 같다. 과실의 그 달콤한 과육은 생에 바쳐지는 것이지만 그 속에 묻혀 있는 딱딱한 씨는 죽음에 바쳐지는 것이다. 우리가 자기희생을 하며 자식을 낳아 기르는 것은 바로 자신의 죽음에 대비하는 본능의 행동이라고도 할 수 있다.

그래서 마치 웅녀가 죽음의 깜깜한 굴속에서 신시神市의 아침 햇살을 맞이한 것처럼 말끝마다 죽는다고 말한 그 입술에서 '살다'라는 말이 흘러나올 때 그것은 새벽바람처럼 신선하다. '살다'라는 한국말이 아름답고 싱싱하게 들리는 것도 이 때문이다. '사람'이라는 말 자체가 살다라는 동사에서 나온 말이다. 얼다에 '음'을 붙인 것이 '얼음'이듯이 살다에다 '암'을 붙여 명사형으로 만든 말이 사람이다.

죽음이란 말 못지않게 우리는 살다라는 말을 많이 쓴다. 미술가들은 그림을 보면서 선이 살아 있다고 기뻐하고, 법조인들은 사회에 질서가 잡혀 있는 것을 보면 법이 살아 있다고 긍지를 느낀다. 기업인은 기업을 살리기 위해서 학자들은 진리를 살리기 위해서 일한다. 평범한 생활인들은 살림살이를 위해서 땀을 흘린다. 그렇다. 살림살이라는 말에는 살다와 관계된 말이 두 개나 포개져 있다. 나는 아직 외국 말에서 '살다'라는 말을 겹쳐 하나의 단어를 만들어낸 복합어를 구경한 적이 없다.

우리 민족의 가슴을 울린 노래에는 대개가 다 '살다'라는 말이 들어가 있다. "살어리 살어리랏다, 청산에 살어리랏다."가 그렇고 "엄마야 누나야 강변 살자."가 그렇다. 그것들은 "왜 사냐면 웃지요."와 같은 웃음이 아니면 "한 500년 살자는데……."라고 길게 길게 뻗치는 민요 가락의 한숨과도 같다. 재즈와 같은 숨 가쁜 쾌락만이 깃들어 있는 노래가 아닌 것이다.

이 두 개의 리듬을 타고 한국인은 생활해왔다. 삶이란 생 하나만으로 굴러갈 수 있는 수레가 아니다. 삶과 죽음의, 아니다, 죽음과 삶의 두 바퀴가 있을 때 비로소 굴러가는 수레인 것이다.

지금 우리가 가장 많이 잃은 것이 있다면 그것은 다름 아닌 죽음이다. 죽음이 배제된 문명 속에서는 생명 존중의 싹이 자랄 수가 없다. 그림자 없는 빛처럼 삶은 그 입체성을 상실하고 평면화하고 만다. 그래서 지금 서양이나 일본 같은 데서는 『죽음의 서』와 같은 고리타분한 옛 문헌들이 젊은이들 사이에서 날개 돋친듯 팔려나가 베스트셀러가 되는 기현상이 벌어지고 있다. 그리고 몇몇 대학에서는 사학死學이라는 신학문이 설치되어 관심을 모으기도 한다.

그런데 막상 말끝마다 죽음이라는 말을 앞세우며 살아왔던 한국인들은 어떤가. 장례식장으로 둔갑한 병원 영안실 풍경을 가보는 것만으로 그 해답은 명확해진다. 죽음은 막장의 허드레 배추처럼 처분되고 있는 것이다. 곡성조차 들을 수 없게 된 죽음, 눈

물도 경건함도 없는 죽음, 분향의 그 향내보다는 방부제 냄새가
더 짙은 죽음—1호, 2호의 숫자로 늘어선 병원 지하의 영안실이
근대 문명이 우리에게 안겨준 바로 그 종착역이다.

"슬퍼 죽겠다."

# 되다

꽃피는 한국인

　사람을 욕할 때 우리는 '덜됐다', '못됐다'라고 한다. 그리고 반
대로 칭찬할 때에는 '사람 됐다' 혹은 '된 사람'이라고 한다. 사람
은 타고난 존재가 아니라 끝없이 완성을 향해서 '되어가는 것',
'변화해가는 것'이라는 한국인의 철학이 담겨 있는 말이다. 그래
서 덜 됐다는 욕도 실은 욕이 아니라고 할 수가 있다. 지금은 덜
됐지만 앞으로는 잘될 수도 있다는 가능성을 배제하지 않고 있기
때문이다.

　얼마나 '되다'라는 말을 애용했으면 '됨됨'이라는 겹치기 말까
지 만들어냈겠는가. 그뿐인가. 민주화라고 할 때의 그 화化는 '되
다'라는 뜻인데 거기에 또 우리말의 '되다'를 붙여 '민주화되었
다'고도 한다. 정말 그 말의 '됨됨'이 세계에 유례가 없다고 해도
지나치지 않다.

　이 '되다'의 사상은 한국인보다도 그 족보가 한 단계 높은 곳에
있다. 단군신화라는 것이 바로 곰이 사람이 되는 이야기가 아닌

가. 100일 동안이나 어두운 동굴 속에 갇혀, 쓰고 매운 쑥과 마늘만을 먹으며 사람이 되려고 애쓰던 곰의 시련—그것은 단군이나 아사달보다도 훨씬 먼저 있었던 일이다. 곰은 웅녀가 되고 웅녀는 다시 하늘님의 아들과 결혼하여 신부가 되고 그 신부는 단군을 낳아서 어머니가 된다. 단군신화를 한마디로 줄이면 되고 되고 되어가는 이야기다. '거듭나기'의 우리 토착 사상도 다 이런데서 생겨난 것 같다.

생물학적으로 봐도 인간의 특성은 되어가는 데 있다고 한다. 사람과 비슷한 원숭이의 경우 태어날 때의 그 뇌는 벌써 성체의 75퍼센트에 달해 있다. 그러나 사람의 신생아는 어른의 뇌에 비해 25퍼센트밖에 되지 않는다. 점점 자라나서 만 세 살이 되어야 75퍼센트가 되고 뒤에도 계속 성장해간다. 웬만한 짐승은 1, 2년이면 성장을 모두 끝내지만 인간은 19년이나 걸려야 한다. 그래도 키는 30세까지 자라고 뼈의 용적 증대는 죽을 때까지 계속된다고 한다.

꿀벌은 처음부터 완벽하게 되어 있기 때문에 발전이라는 것이 없다. 즉 꿀벌은 되어가는 존재가 아니다. 그러나 인간은 미완이기 때문에 끝없이 새로운 자신을 만들어간다. 그것이 바로 문화이며 문명이다. 꿀벌은 언제나 육각형의 집밖에는 지을 줄 모르지만 사람들은 여러 가지 형태, 여러 가지 기능의 집을 짓는다. 시대마다 다르고 지역마다 다른 집이 되어간다.

인간은 가장 불완전한 동물이다. 그렇기 때문에 오히려 완전한 것처럼 보이는 다른 짐승들보다 발전할 수가 있었다는 헤르더 Johann Gottfried von Herder 같은 사상가의 생각이다. 인간에게는 독수리의 날개도 없으며 사자의 강한 힘과 이빨도 없다. 심지어 고양이만 한 날카로운 발톱도 없고 타조처럼 뛸 수 있는 긴 다리도 없다. 추위 앞에서는 따뜻한 털을 가진 앙고라 토끼만도 못한 것이 바로 인간이다.

그러나 이런 결핍과 불완전성이 있기 때문에 인간은 끝없이 무엇인가를 만들어내고 보완하는 기술과 문명을 만들어내는 존재가 된 것이라고 할 수 있다. 몇만 년 동안 인간은 맹수의 발톱과 이빨을 대신하는 창을 만들고 총으로 발전시키면서 드디어는 인간과 동물의 위치를 역전시키고 만다.

인간이나 민족 사이에서도 그런 일이 벌어진다. 우리는 석유 한 방울 나지 않는 땅에 태어났기 때문에 오히려 물건을 만드는 기술과 그것을 내다 파는 일에 힘쓰지 않으면 살아갈 수가 없었다. 그래서 세계에서 첫손에 꼽히는 경제성장의 기적을 만들어냈다. 우리가 세계 제일가는 섬유 왕국이 되었던 것은 호주와 같이 양 떼를 칠 만한 넓은 국토가 없었기 때문이다. 호주와 같이 양모의 이권이 큰 나라에서는 화학섬유 공장을 세우고 싶어도 세울 수가 없다. 나일론 같은 새 기술이 들어온다 해도 말이다. 알파벳에 비해서 한자는 기계화하기 힘들다. 그러나 그 핸디캡 때문에 오히려 서양 사람들처럼 라이노타이프linotype에 만족하지 않고 화상 정보를 보내는 팩스의 새로운 송출 방법을 발견하게 된 것이다.

서양 문명보다 뒤늦게 근대화하여 많은 결핍과 부족함을 지니고 있기 때문에 한 50년 동안 우리는 뛰고 또 뛰었다. 그래서 서서히 역전의 지평이 보이기 시작한 것이다. 그리고 그 역전의 드라마를 만들어내는 원동력이 바로 '되다'라는 말로 상징되는 한국인의 철학이었다고 할 수 있다. 되는 사람, 되는 집안, 되는 나라—이것이 한국인의 자유사상이다.

'되다'를 뜻하는 한자의 화化는 서 있는 사람의 자세[人]와 몸을 구부린 사람의 모습[匕]을 나타낸 것이라고 한다. 같은 사람인데도 허리를 펴고 서 있을 때와 허리를 구부리고 숙여 있을 때의 모습은 아주 다르다. 이렇게 인간의 자세가 움직이는 것처럼 수시로 바뀌어가는 힘, 변해가는 모습이 바로 문화라고 할 때의 그 화化이며 인간화라고 할 때의 그 화化이다.

그렇다. 된다는 것은 육체만이 아니라 정신의 자세를 새롭게 바꿔가는 것이다. 우리말의 '답다'라는 말은 바로 이 '되다'에서 나온 말이라고 한다. "군은 군다이 신은 신다이⋯⋯"라는 그 유명한 향가 「안민가安民歌」처럼 군君이라고 다 군이고 신臣이라고 다 신이 아닌 것이다. 군은 군다워야 하고 신은 신다워야 한다. 군답다는 것은 군이 된다는 것이고 신답다는 것은 신이 되는 것이다. 답다는 것은 설정해놓은 어떤 이상과 그 이미지를 향해서 끝없이 접근해가는 것 그리고 그것이 되어가는 것을 의미한다.

'사람답고', '사람 되고' 하는 그 변화 그리고 변신. 그것이 최고로 달한 게 바로 꽃이다. 한자의 꽃 화化 자를 가만히 들여다보라. 식물을 뜻하는 초두艸 밑에 '되다'의 그 화化 자가 들어 있지 않은가! 겨우내 죽어 있던 뻣뻣한 나뭇가지가 현란한 꽃들로 변화해가는 그 숨 막히는 기적, 그래서 모든 식물은 꽃이 되고 그 생명은 아름'답게' 핀다. 어디에 그 찬란한 빛들이 숨어 있었고 그 높은 향기들이 어느 가지 어느 흙 속에 숨어 있었는가. 그렇기에 봄을 마술사라고 부른 시인도 있다.

그러나 신은 꽃에게 아름다운 모양과 색채 그리고 향내를 주셨지만 영혼과 움직임과 말을 주시지는 않았다. '사람답고', '사람 되는' 한국인의 이상, 그 '된 인간'이야말로 영혼과 움직임과 말을 할 수 있는 꽃이 아니겠는가. 한국인이야말로 생각하는 꽃, 움직이는 꽃, 말하는 꽃이 아니겠는가. 사람을 존재being하는 것으로 보지 않고 생성becoming하는 것으로 파악하는 것이 현대 서구 사상의 큰 흐름이지만 우리는 단군신화 때부터 그렇게 '사람 되기'의 사상을 지니며 살아왔다. 사람도 사회도 나라도 그것은 주어진 것이 아니라 되어가는 존재다. 그래서 한국 사람은 한국 사람답게 꽃피어간다.

# 쓰레기

넝마 속에서 찾는 보물

"아 다르고 어 다르다."라는 말이 있다. 실제로 한국말에는 모음 하나를 슬쩍 바꿔치워서 다른 말을 만들어내는 것이 참 많다. '거짓말'과 '가짓말'은 '어'와 '아'의 차이인데도 그 내용은 사뭇 다르다. "거짓말 마!"라고 할 때의 표정은 무겁고 어둡지만 "가짓말!"이라고 할 때에는 얄밉다는 웃음이 스쳐간다. 이런 이<sub>異</sub>모음 현상은 어감 정도가 아니라 '늙다'와 '낡다', '맛'과 '멋' 같은, 개념이 서로 다른 낱말을 낳기도 한다. 같은 뿌리에서 나온 말이 아니더라도 유음어 사이에서는 이런 현상이 곧잘 일어난다.

그래서 쓰레기통에 갈 것도 밥상에 오르게 되는 경우가 생긴다. 그것이 바로 '쓰레기'와 '시래기(씨레기)'이다. 시들어버린 무청이나 배춧잎 같은 쓰레기를 그냥 버리지 않고 말려두었다가 음식을 만들어 먹으면 별미가 난다. 비타민 C도 많아 건강에도 한결 좋다고 한다. 궁해서만이 아니었다. 값어치가 없다고 생각한 것에서 오히려 새롭고 귀중한 가치를 끌어내는 것이 한국 문화의 한 원형이기도 한 것이다.

이따금 외국 사람들이 몬드리안Pieter Cornelis Mondriaan의 그림과 견주는 한국의 조각보 역시 마찬가지다. 버려진 헝겊 조각을 이어서 보자기를 만들면 누더기가 될 것 같은데, 사실은 그 반대로 오묘한 무늬와 현란한 색채가 조화를 이룬 초디자인 작품이 생겨난다. 요즘 쓰레기의 재활용 문제가 전 세계의 과제로 등장하고 있지만 한국의 시래기와 조각보의 발상은 리사이클링recycling의 원조요, 그 정신의 모형이라 할 수 있다.

그래서 한국의 생활문화 가운데 두드러지게 보이는 것이 '깁는 문화'이다. 가난하던 시절 그리고 물자가 부족했던 옛날에는 한국만이 아니라 어디에서도 옷을 기워 입었다. 유독 한국만이 깁는 문화가 있었다고 하면 오죽이나 자랑할 것이 없으면 누더기까지 내세우냐고 비웃을지 모른다.

그러나 그렇지가 않다. 한국인의 깁는 문화는 단순히 해진 옷이나 버선을 아무렇게나 기워 입는 실용적인 땜질이 아니었기 때문이다. 물론 백결 선생의 일화처럼 옷을 꿰매 입는 절약 정신을 두고 하는 소리가 아니다. 경제적이라기보다 고도의 미학적인 경지로 승화시킨 것이 한국의 깁는 문화의 특성이라는 점이다. 뚫어진 버선 하나라도 얌전하게, 아름답게 그리고 균형 있게 깁기 위해서 일정한 양식으로 멋을 살렸던 것이다. 그렇기 때문에 멀쩡한 진솔 버선을 해지기도 전에 미리 기운 것도 있고 해진 데만

이 아니라 그것과 균형미를 살리기 위해서 성한 곳까지 헝겊을 대어 일부러 깁는 일도 있었다. 깁는다는 마이너스 가치를 플러스 가치로 전환하고 경제적 행위에 미학적 효과를 부가한 것이 조선조 여인들의 바느질 문화였던 것이다.

쓰레기를 시래기로 만드는 한국인의 그 슬기는 지금 전 지구 규모로 다가오고 있는 자원 재활용의 새로운 길을 암시해준다. 리사이클링이라는 영어와 함께 퍼지게 된 서양의 그 개념은 단지 자원 고갈이나 혹은 공해를 막기 위한 실용적 수단에 지나지 않는다. 그러나 미래의 자원 재활용은 경제성만이 아니라 오히려 기운 것이 성한 것보다도 아름답다는 새로운 발상의 전환을 요구하게 될 것이다.

벌써 첨단 과학기술 분야에서도 쓰레기를 시래기로 만드는 발상의 전환이 생겨나고 있다. 한 해 전만 해도 참치의 머리는 쓰레기통에 버려지는 것이 상식이었는데 지금은 그것 때문에 돈방석 위에 올라앉는다. 참치의 안구 뒤에 있는 지방에 DHA라는 고도 불포화 지방산이 30~40퍼센트까지 들어 있기 때문이다. DHA라는 특수 성분이 뇌의 노화나 장애를 방지한다는 마이클 크로포드Michael A. Crawford 교수의 연구가 발표된 후 사람들은 그 성분을 찾아다녔는데, 가장 풍부한 그 광맥을 바로 쓰레기통에서 찾아내게 된 셈이다.

쓰레기통에서 핀 장미꽃은 참치 머리만이 아니다. 먹고버린 게

딱지도 그런 꽃 중의 하나이다. 스트라디바리우스라고 하면 18세기 때 이탈리아에서 만들어낸 바이올린으로 수백만 달러를 주고도 살 수 없는 신기神器이다. 그런데 바로 그 스트라디바리우스의 신비한 소리를 만들어내는 비장의 무기는 '키친'이라고 불리는 성분이다. 딱딱하면서도 가벼운 것이 그 특징으로 알려져 있는데, 그것은 스트라디바리우스의 산지인 크레모나 지방에만 있는 독특한 균에서 만들어지는 것이라고 한다. 그런데 그 환상의 물질이 개도 먹지 않는 게딱지 속에 들어 있었다는 것이다. 그래서 그 쓰레기통의 게딱지를 이용하여 전연 새로운 평면 스피커의 고음질을 재생한 오디오 회사가 하루아침에 황금의 노적봉을 쌓게 되었다는 것이다.

이런 특수 기술이 아니라도 문자 그대로 쓰레기를 자원으로 한 리사이클 산업의 아이디어들을 열거하자면 끝이 없다. 한 해 동안 14만 톤씩 버리는 코스타리카의 폐기 바나나를 프랑스가 기술을 제공하여 사료 회사로 만든 것이라든가, 폐기되는 지폐를 응용하여 고급 건축 자재를 만들어내는 기업이라든가, 기상천외의 상상이 황금알을 낳는다.

물건뿐인가. 폐기물에서 보물을 찾는 전략은 인간을 관리하는 경영학에서도 한창이다. 이른바 가비지garbage 이론(쓰레기통 이론)이란 것이 그것이다. 버린 아이디어, 휴지화한 프로젝트에서 새로운 꽃을 피우는 전략이다. 종래에는 모범 사원으로만 개발 팀을 구성했지만 요즘은 그렇지가 않다. 쓸모없다고 생각한 두통거리 사원 하나를 그 조직에 넣으면 갑자기 활기가 생겨나고 실적도 오른다는 것이다.

대장균과 인간의 차이는 뭔가라는 문제를 놓고 분자생물학에서는 여러 가지 흥미 있는 연구를 해왔다. 그 결과로 대장균형이란 효율적인 것, 잘 살기 위한 것만 남겨놓고 그렇지 못한 방해물들은 모두 내버리는 유전자를 만들어낸 것이라는 사실을 알게 된다. 그러나 이에 비해서 인간형은 필요하든 필요하지 않든 삶의 전략에 꼭 효율이 아닌 것이라 해도 무엇이든 다 받아들이는 형이다. 그러니까 넝마나 쓰레기통과 같은 것이다. 그것을 정크junk라고 하는데 결국 그 정크의 유전자 속에서 인간과 같은 복잡한 생물이 생겨나게 되었다는 것이다.

만물의 영장인 존엄한 인간이 쓰레기통에서 태어났다니 듣기에도 망측스러운 이야기지만 쓰레기로 시래기를 만들어내는 변화와 그 슬기가 얼마나 귀중한 것인가는 바로 생물의 진화 과정에서도 훌륭히 입증된다.

"어 다르고 아 다르다."라는 말을 현대 유행어로 옮기면 패러다임 시프트란 말이 될 것이다. 모음 하나만 바꿔주면 낡은 패러다임이 새로운 패러다임으로 읽혀진다. 거기에서 전연 예기치 않던 새로운 의미의 세계가 전개된다. 기술도 정치도 문화도 쓰레기를 시래기로, 조각난 헝겊을 조각보로 바꾸는 한국 문화의 원형을 살려간다면 낡은 것도 능히 새로운 역사의 자원으로 바꿀 수가 있을 것이다. 특히 쓰레기같이 천대받던 인간들이 오히려 비범한 예술가로 거듭나는 한국의 민주주의를 놓고 쓰레기통에서 장미꽃이 피어나기를 기대하는 것과 같다고 평한 미국의 기자는 저도 모르고 한 소리지만, 과연 한국의 민주주의는 쓰레기통에서 피어난 장미꽃의 기적을 보여준 것이 아니겠는가.

# 개나리

문명의 봄을 몰고 오는 피플 파워

'개' 자가 붙은 말치고 쓸 만한 것이 별로 없다. 같은 살구라
도 개살구 맛은 시다. 기름은 기름이라도 개기름은 못 쓰는 기름
이고, 개떡은 아무리 배고픈 때라도 손이 잘 가지 않는 떡이다.
오죽하면 "개떡 먹어라."라는 욕이 생겼겠는가. 이러한 개와 구
별하기 위해서 강조되는 접두어가 '참'이다. 참기름, 참살구, 참
깨⋯⋯. 물론 참새라는 말도 있긴 하지만 참 자가 붙은 것은 대개
귀한 대접을 받는다. 가짜가 하도 많은 세상이라서 그랬는가. 사
람이든 물건이든 우선 무엇을 보면 우리는 그것이 진짜인지 가짜
인지부터 따지게 된다. 그래서 심지어 참기름 집에는 "진짜 순 참
기름 팝니다."라는 팻말을 붙여놓기도 한다. 기름 앞에 참을 나타
내는 말을 세 개나 포개 쓴 것이니 그거야말로 '정말 참' 이상한
말이다.

개나리의 꽃 이름에도 이 '개' 자가 붙어 있다. 무엇이 참나리
인지는 몰라도 확실히 화원에서나 파는 그 귀족적인 하얀 백합화

에 비하면 울타리나 벼랑에 아무렇게나 늘어져 피어 있는 개나리에는 개 자가 붙을 만도 하다. 더구나 이 개나리라는 말은 일본 순경을 뜻하는 은어로 쓰인 적도 있어 꽃 이름치고는 꽤 그 인상이 험하다. 일본 관헌을 뒤에서 '개[犬]'라고 불렀고 앞에서는 존칭으로 '나리'라고 불렀는데 그것을 한데 합치면 개나리가 되었기 때문이다. 월남月南 이상재 선생이 YMCA에서 강연을 할 때 일본 형사들이 청중 속에 많이 끼어 있는 것을 보고 먼 산을 바라보면서 "허, 개나리가 만발하였구나!"라고 하여 폭소가 터져나왔다는 일화도 있다.

그러나 개나리는 어느 꽃보다도 먼저 봄기운을 알려주는 꽃이다. 늘어진 줄기마다 노란 꽃으로 일제히 물들이는 그 개나리꽃은 황금의 폭포수요 빛의 함성이다. 워낙 야생의 꽃이라 그런지 공해가 심한 도시에서도 공사장 같은 조그만 공터라도 있으면 봄의 공간을 눈부시게 치장해준다. 사실 가지 하나를 꺾어 병에도 꽂아놓고 한 송이 한 송이 뜯어보면 정말 볼품없는 꽃이지만 이것이 일단 무리를 지어 한데 어울려 피면 목련이나 백합보다도 아름답다.

춤으로 치면 독무獨舞가 아니라 군무群舞이며, 운동으로 치면 화려한 개인기가 아니라 일사불란의 팀워크로 이루어진 단체 게임이라고 할 수 있다.

무엇이 참이고 무엇이 개인가. 시대의 변화를 제일 먼저 예고

하고 그 기운을 가장 먼저 표현하는 것은 백합이나 장미 같은 소수의 천재들이 아니라 개나리처럼 줄지어 피는 슬기로운 대중이다. 요즘 새 유행어로 등장하고 있는 '지중知衆'이란 것이 바로 그렇다. 시대를 쫓아다니던 우중愚衆과는 달리 정보사회가 낳은 그 지중은 상품 개발에서 민주적인 정치에 이르기까지 시대를 끌고 가는 주체가 된다. 세계 모든 곳에서 이 지중에 의한 피플 파워가 정치와 문명의 새로운 봄을 몰고 오는 중이다.

우리에게도 개나리를 참나리라고 부르게 될 그 시대가 오고 있는가.

한자를 보면 꽃에 관한 두 글자가 등장한다. 하나는 화華이고 또 하나는 영榮 자이다. 화華 자는 워낙 복잡해서 우리가 지금 사용하고 있는 꽃 화花 자의 약자에 의해 대용되어왔으면서도 용케 살아남은 글자이다. 화華 자에는 십+ 자가 여섯 개가 들어 있고 거기에 일― 자 한 개가 들어 있어 그 수가 모두 61이라 회갑 년을 뜻하는 글자로도 애용되어왔던 것이다. 그러나 이 화 자의 원래 뜻은 잎과 꽃잎이 늘어져 있는 형상을 나타낸 것으로 모란이나 작약같이 문자 그대로 커다란 꽃을 나타낸 것이라고 한다. 화려하다고 할 때의 화 자가 바로 그 뜻을 반영하고 있다. 그러니까 잡초에 피는 꽃이나 벚꽃같이 자잘한 것들은 화華라고 부르지 않았다.

그와는 반대로 작은 꽃들이 무리 지어 피어 있는 것은 영榮이다. 즉 한 송이 두 송이 피는 꽃들이 아니라 마치 수목을 둘러싸고 불타오르는 것처럼 무리 지어 피어나는, 바로 개나리 같은 것이 영榮인 것이다. 영榮 자를 자세히 뜯어보면 화華 자와는 달리 나무[木] 위에 불[火]이 활활 타고 있는 형상을 하고 있다.

그래서 모란같이 탐스러운 꽃송이와 개나리같이 불꽃처럼 타오르는 군집적인 꽃을 모두 합쳐 영화榮華라는 말이 태어나게 된 것이다. 사람에 따라서 그리고 시대에 따라서 꽃에 대한 취향은 다를 수 있다. 개나리 같은 영榮파와 모란 같은 화華파로 크게 분류할 수가 있는 것이다. 꽃에서 끝나는 것이 아니라 인간 자체의 영화에 대한 개념도 그와 같은 두 종류로 나뉠 수 있다.

개인의 독창적이고 천재적 영화를 꿈꾸는 엘리트주의는 화華에 속하는 것이고, 전체 대중의 힘과 번영을 토대로 일어서는 영화는 영榮인 것이다. 말하자면 모란파냐 개나리파냐의 두 삶의 양식이 있을 수 있고 두 가지 다른 취향의 미학이 있을 수가 있다. 이런 관점에서 보면 지난날의 영화는 대체로 모란이 득세했고, 현대와 같은 대중사회는 개나리가 판을 치게 된 세상이라고 할 수 있다.

# 가르치다

마음의 밭을 가는 쟁기질

머리에서 갈라진 것이 머리가락(가락), 손에서 갈라진 것이 손가락, 발에서 갈라진 것이 발가락이다. 그리고 몸 전체에서 갈라진 것이 가랑이라고 할 때의 그 가락[脚]이다. 영어의 헤드와 헤어, 핸드와 핑거는 서로 연관성이 없지만, 우리의 인체어를 보면 이렇게 몸 전체가 하나의 구조체를 이루고 있다.

아이들을 '가르치는 것'과 논밭을 '가는 것'도 알고 보면 같은 뿌리에서 생겨난 말이다. 어원이 아니라도 낮에는 밭을 갈고 밤에는 책을 읽는다는 말이 있듯이 우리의 의식 속에서는 교육과 밭갈이는 늘 한 개념으로 쓰여왔다. 한마디로 교육이란 마음밭[心田]을 가는 쟁기질이다.

요즘처럼 과학이 발달한 세계에서도 맛있는 쌀을 만드는 유일한 비결은 딱 한 가지, 흙을 갈아주는 길밖에 없다는 것이다. 벼를 베고 난 벼 그루는 그냥 불로 태우지 않고 봄이 될 때까지 세 번 정도 깊이 갈아 완전히 분해시킨다. 그리고 그때 계분 같은 유기 비료를 넣어준다. 그러면 공기가 깊이 그리고 고르게 스며들어 굳어 있던 흙들이 싱싱하게 되살아난다. 이러한 밭갈이의 근본 정신을 망각하고 농약이나 마구 뿌려대는 오늘의 안이한 영농술을 보면 바로 오늘의 학교 교육 생각이 난다.

가르친다는 것은 메말라 굳어져가는 정신을 갈아엎는 것이다. 그래서 고정관념이나 타성에 젖은 마음에 새 지식의 공기를 스며 배게 하는 것이다. 세계 최강국이었던 19세기의 영국이 그리고 20세기의 미국이 쇠퇴해간 원인은 바로 제때 그 밭갈이를 해주지 못한 교육 때문이라고도 한다. 19세기 중반만 해도 세계 제일의 공업국이었던 영국이었지만 그 당시 국민 중 3분의 2가 문맹이었다. 그에 비해서 뒤쫓아오던 미국의 공업 중심지인 뉴잉글랜드 지방에서는 95퍼센트의 성인들이 글을 쓰고 읽을 줄 알았다. 그래서 영국을 앞지른 미국이 이제는 고등학교 학생의 반수가 중도 퇴학을 하고 대부분의 공장 노동자들이 글을 몰라 작업지시서를 읽지 못하는 문맹국으로 바뀌어가고 있는 것이다. 그 바람에 연간 수천만 달러를 교육비로 지출하는 대기업(GM 등)들이 생겨나고 있다. 영국이나 미국이나 선진국이라는 안이한 생각이 결국은 교육의 위기를 초래하게 된 것이다.

남의 걱정을 할 때가 아니다. 입시 부정으로 땅에 떨어진 한국의 교육 풍토는 지금 산성화한 흙처럼 굳어져가고 있다. 웬만큼 자주 그리고 깊은 쟁기질을 하지 않고서는 소생하기 힘들 지경에 이르렀다. 물갈이나 농약을 치는 극약 처방이 아니라 그 근본적인 토양을 바꾸는 밭갈이의 교육 정책이 나와야 한다. 이 기회에 '가르치다'라는 말이 밭갈이와 같은 말이라는 것을 다시 한 번 확인하고 그 교육의 근본정신으로 돌아가야 할 때다. 학교라고 사회에서 동떨어져 있는 집단이 아니다. 손가락·발가락처럼 우리 몸에서 갈라져나온 한 부분이다. 다 같이 아픔을 느껴야 한다.

한국말의 가르치다가 밭을 가는 것에 그 어원을 두고 있는 데 비해서 교육education이라는 영어는 젖을 먹인다는 라틴어의 에듀카레educare에서 나온 말이라고 한다. 교육은 젖 먹이는 것, 그래서 성장시켜간다는 뜻이다. 한국의 교육이 식물적인 성장을 의미한 것이라면 서양의 그것은 동물이라고 할 수가 있다. 식물의 토양과 동물의 젖―그래서 우리는 학교에서 인재를 배양培養한다고도 하고 북돋운다고도 한다. 흙에서 식물을 키우는 노하우가 바로 교육 언어가 된다.

그러나 근대 교육이 들어오면서 한국의 교육관은 서구적인 것―이를테면 식물에서 동물적인 것으로, '밭갈이'가 '젖 먹이기'로 변한 것이라고 할 수 있다. 식물은 아무리 성장해도 토양을 떠나지 않는다. 그러나 동물은 조금만 크면 어미의 젖을 버리고 떠난다. 독립적이고 이탈적이다.

서양의 교육은 젖 먹이기보다 어떻게 젖을 떼는가 하는 훈련을 중요한 과제로 삼고 있다. 그것이 이른바 개성과 독립성을 지향

하고 있는 서구 교육의 이념이다. 이유기離乳期를 지나야 비로소
한 생명으로 독립한다.

밭갈이는 젖떼기와 같은 이유 교육이 아니라 끝없이 새 흙을
북돋우는 교육이다. 동물로 치면 새 젖을 공급해주는 평생교육에
그 특성이 있다. 그러한 교육이 너무 잘되어서 그런지 서구 사회
는 물론, 그 영향으로 이제는 동양까지도 젖떼기 교육이 전통과
자연 파괴 그리고 이기주의의 불모성을 초래했다. 너나 할 것 없
이 근원적인 생명의 젖가슴을 잃어가고 있는 것이다.

# 까마귀

검정과 흑백논리

대개 새 이름에는 뻐꾸기처럼 그 울음소리를 흉내 내어 지어진 것들이 많다. 그러나 까마귀는 그 색깔이 까만 데서 붙여진 이름이다. 더러 예외가 없는 것은 아니지만 세계 어디에서나 까마귀가 사람들의 미움을 사고 있는 이유 가운데 하나도 그 색깔 때문이다. 한자의 흑黑 자는 불꽃이 탈 때 생기는 연기나 그을음을 나타낸 글자라고 한다. 흰색을 의미하는 백白 자가 해[日]에서 생긴 것과는 아주 대조적이다.

'검다'는 우리말 역시 불이 탈 때 생기는 검댕에서 연유한 말이라고 한다. '희다'는 말이 해란 말에서 생겨난 것도 한자와 같다. 그래서 '검다'에서 까마귀란 말이 나오고 '희다'에서 해오라기라는 이름이 생겨난 것이라고 말하는 언어학자도 있다.

그렇기 때문에 옛 노래를 보면 까마귀와 해오라기는 곧잘 대립적인 새로 그려지곤 한다. "까마귀 싸우는 골에 백로야 가지 마라."라는 시조가 그 본보기의 하나이다. 이러한 흑백 상징이 사고의 영역 전체로 퍼진 것이 이른바 흑백논리라는 양분법적 사고이다.

현대에 오면 까마귀, 해오라기의 형식논리로 이루어진 권선징악은 자취를 감추게 된다. 오히려 그러한 고정관념이나 양분법의 편견을 깨는 다양한 사고가 현대 정신의 주류를 이룬다. 양의성·패러독스·아이러니와 같은 기법이 문학 이론의 전면으로 등장하게 되는 것도 그 때문이다.

과학기술도 마찬가지이다. 옛날에는 유기물과 무기물이라는 것이 엄격하게 구별되어 있어서 그 기술 분야도 분명한 선이 그어져 있었다. 쉽게 말해서 농경시대의 기술은 유기물 중심의 기술이고 산업시대의 기술은 무기물 중심의 기술이라고 할 수 있다. 그러나 20세기 후반만 들어서도 무기와 유기는 대립에서 동조 현상으로 변한다. 반도체 혁명은 유기적인 면으로 접근해오고 DNA의 연구는 무기적인 영역으로 다가서고 있다.

검은색을 뜻하는 영어의 '블랙black'이 그 정반대의 흰색을 의미하는 프랑스어의 '블랑blanc'에서 나왔다는 것은 많은 것을 생각하게 한다. 먼 곳에서 찾을 것 없이 같은 검은색이요, 흰색이라도 우리나라에 오면 천차만별이 된다. 하얗다·허옇다·새하얗다에서 시작하여 희멀겋다·해말쑥하다에 이르기까지 20여 종이 넘고 검은색은 거멓다·가맣다·시꺼멓다·거무스레하다·거무튀튀하다·까무잡잡하다와 같이 50종이 넘는다. 일상어 가운데 이렇게 흑백을 다양하게 세분화한 것은 세계 어느 나라 말에도 없을 것 같다. 심지어 희지도 검지도 않은 희끄무레하다라는 말까지 있다.

그런데도 요즈음 우리 주변에서 일어나고 있는 온갖 분규를 들여다보면 자기는 해오라기이고 상대방은 까마귀라는 완고한 흑백논리와 독선이 도사리고 있다. 아이들이 만지는 컴퓨터 모니터 색깔도 이제는 3만 색 이상이라는데 아직도 까마귀·해오라기의 흑백 모노크롬 시대에 살고 있는 딱한 사람들이 많은 것 같다.

다민족 국가, 다원주의 사회라는 미국에서도 한국 이민자들은 까마귀와 백로 인종의 양극에서 살아가는 이지선다二枝選多의 삶을 살고 있다. 그래서 한국 교민들은 흑인을 연탄 장수, 흑석동과 같은 말로 부르기도 한다. 그런 흑백에 대한 편견 때문에 한·흑 갈등이 생겨나고 뜻하지 않게 LA 폭동이 일어났을 때에는 한국인이 희생양 노릇까지 하게 되었다.

그러나 재미 교포 가운데는 작곡가 도널드 서(한국명 서영세)처럼 흑인 노예의 역사와 그 비극을 모티프로 한 합창곡 〈노예 문서〉를 발표하여 흑인들로부터 20분 동안이나 감동의 기립 박수를 받은 한국인도 있다. 그러나 한국인은 이제 한국 땅에서 한국인하고만 살아갈 수 없게 되어 있다. 그 흔한 보더레스borderless라 불리는 무국경 시대를 살아가야 하기 때문만은 아니다. 러시아에도 중국에도, 남미와 아프리카에도 우리 한국 교민들은 10만, 100만

단위로 생활하고 있다. 세계의 어떤 사람들과도 함께 살아가기 위해서는 흑백 단순 논리로 살아가서는 안 된다. 구한말 때 비숍 Isabella Bird Bishop은 러시아에 이주해서 살아가는 한국인 촌을 보고 한국인에 대한 인식을 새롭게 한다.

그때까지는 이 지상에서 가장 열등한 민족이 한국인이라고 생각했지만 러시아에 이주한 한국인 촌의 한국인들을 보고는 자기 잘못을 깨닫게 된다. 근면하고 청결하고 친절한 위엄을 갖춘 한국인들은 주택이나 살림살이에서도 현 주민인 러시아 사람보다도 훨씬 위에 있다고 칭찬을 아끼지 않는다. 한국인들은 국내에서 한국인끼리 경쟁할 때보다 밖에서 다른 민족과 겨룰 때 훨씬 더 우수한 잠재력을 발휘해왔었다는 것은 비숍의 증언에서만 읽을 수 있는 것이 아니다.

국내에서 온통 까마귀를 잡아먹어 그 씨를 말리는 한국인. 그런데도 까마귀는 흉조라는 검은색 편견으로 누구 하나 보호하자고 나서는 일이 없는 한국 사회. 그리고 밖에 나가서는 흑인들에 대한 인종적 편견으로 불필요한 마찰을 빚고 엉뚱한 희생을 치르기까지 하는 한국인들—아직도 파출소에 화염병을 던지며 자기들은 백로, 남들은 까마귀라고 생각하는 흑백 이론밖에 모르는 대학생…….

다시 한 번 생각해보았으면 싶다. 검은 색깔을 표현하는 데 50가지 이상의 말을 가지고 있는 한국인들이다. "검은 듯 희노메라."라는 시조를 읊는 한국인의 마음엔 흑백논리가 어울리지 않는다. 원융회통圓融會通이라고 했던가. 한국인의 본심을 찾는 것이 울타리 없는 새 세계를 살아가는 한국인의 모습이어야 할 것이다.

# 낮빛
표정의 에어로빅

일본에는 사원들에게 표정 훈련을 시키는 회사들이 있다. 우리는 평생 듣지도 보지도 못한 일이다. "놀란 표정을 짓고 눈과 눈썹을 올리고…… 원위치로 돌아가 양미간에 주름 잡고……." 이런 테이프의 구령에 맞추어 전 사원이 여러 가지로 표정 운동을 한다. 안면 에어로빅이라고 할 수 있는 이러한 미소 훈련은 일본항공에서 스튜어디스 훈련용으로 만든 테이프가 그 시작이라고 한다.

인간의 몸에는 178개의 근육이 있고 그중 거의 3분의 1에 해당하는 50개가 안면에 모여 있다고 한다. 평소에는 그 근육의 극히 일부밖에 쓰지 않기 때문에 이 안면 체조를 하면 남보다 훨씬 더 표정을 풍부하게 꾸밀 수가 있다. 물론 그 목적은 고객들에게 항상 미소와 부드러운 표정을 지어 친절을 서비스하자는 데 있다. 이쯤 되면 자기 얼굴인지 회사 얼굴인지 분간하기 힘들 것이다.

우리나라에서도 요즈음 젊은이들 사이에는 '표정 관리'라는 말이 유행하고 있는 모양이다. 표정이라는 것은 원래 감정이나 기분이 얼굴에 나타난 것이지만 그 말 속에는 관리된 얼굴이라는 작위성이 들어 있다.

여기에 비해서 '낯빛'이라는 순수한 우리말에는 표정이란 말로는 도저히 표현될 수 없는 오묘한 뜻이 담겨 있다. 표정이라는 한자 말을 글자 뜻대로 풀이하면 마음의 정情을 겉으로 나타낸다는 뜻이 된다. 한마디로 마음을 가시화하여 밖으로 내보이는 것이요, 겉으로 꾸며 보이는 것이 표정이다. 이것이 극단화하면 슬플 때에도 웃는 표정을 짓고 우스울 때에도 눈물을 짓는 것이, 표정을 전업으로 하는 배우의 얼굴이다.

그러나 낯빛은 감정을 겉이 아니라 오히려 안으로 숨기려고 할 때 생겨난다. 100가지 이론보다 송강松江의 시가 한 편을 읽어보는 것이 빠를지 모른다. 송강은 「속미인곡續美人曲」에서 이 낯빛이라는 말을 절묘하게 구사하여 한국인의 섬세한 표정관이 어떤 것인지를 실감 있게 보여준다.

"반기시는 낯빛이 예와 어찌 다르신고."라는 시구가 그것이다. 이때의 낯빛은 그냥 표정이 아니라 표정 속의 표정이다. 겉으로 아양을 떨고 미소를 짓는 꾸민 표정이 아니다. 그것은 굳게 닫은 창문 틈으로 어렴풋이 한줄기 빛이 새어나오는 것처럼 감추고 숨기려 해도 어쩔 수 없이 배어나오는 내면의 표정이다. 송강이 말하는 그 낯빛은 표정 훈련이나 미소 체조로 찍어낸 그런 물리적 표정과는 차원이 다르다.

한국인은 직접적으로 자기 감정을 겉으로 드러내 보이려 하지 않는다. 그래서 내면의 표정, 그것이 낯빛이 되고 내색이 되는 것이다. 그렇다. 표정을 외색外色이라고 한다면 낯빛은 바로 내색內色이다. 그래서 이 낯빛을 읽을 줄 모르는 서양 사람들은 한국인을 평할 때 흔히 무표정하다고 말한다. 칼집에 들어 있는 칼날을 보고 칼날이 없다고 하는 것과 같은 말이다. 그러나 한국인은 그들이 무표정하다고 하는 그 낯빛 속에서 천 가지 만 가지 섬세한 감정의 굴곡과 변화를 읽어낸다.

낯빛이라는 말이 더욱 재미난 것은 그것을 그대로 한자 말로 옮겨놓았을 때이다. 낯은 얼굴이니까 안顏이고 빛은 그 뜻대로 색色이니까, 낯빛을 한자 말로 고치면 안색顏色이 될 것이다. 그런데 안색이라고 하면 기분이 좋지 않다는 뜻보다는 건강이 좋아 보이지 않는다는 의미로 받아들여진다. 늙은이라고 하면 낮춤말이 되고 노인이라고 하면 높임말이 되는 한자어 우위의 풍토 속에서도, 낯빛이란 말만은 희한하게도 안색보다 훨씬 내면적이고 정신적인 내포적 의미를 지니고 있는 것이다. 한국인은 한국 특유의 그 '낯빛' 문화 속에서 살아왔다는 증거이기도 하다.

이 낯빛을 제대로 읽을 줄 모르면 한국 사회에서 살아가기 힘들다. 표정 훈련보다는 남들의 낯빛을 잘 읽는 섬세한 감수성이나 눈치 훈련을 쌓는 것이 더 효과가 크다. 그러면 무뚝뚝해 보이는 한국인의 불친절 속에서도, 오히려 판박이 일본인의 미소보다는 더욱 따스한 친절을 맛볼 수 있게 될 것이다. 그리고 반대로 웃는 얼굴에서도 무서운 태풍의 예고를 들을 수가 있다. 한국 사회 전체 그리고 정치와 경제를 움직이는 것도 그런 낯빛이다.

송강의 가사는 단순한 사랑의 시가 아니었다. "반기시는 낯빛이 예와 어찌 다르신고."라는 그 변화는 바로 달라진 정치의 낯빛이기도 했던 것이다. 슈퍼컴퓨터로도 읽을 수 없는 그 낯빛 속에서 수천수만의 생명이 부침해왔다.

일본 사람의 서비스를 흉내 내어 마네킹처럼 웃음 짓는 백화점 여점원들이나 일렬로 늘어서 절을 하는 스튜어디스의 표정은 왜색 가요를 듣는 것 같아 민망할 때가 많다. 낯간지럽고 닭살이 돋는 표정 훈련보다 송강의 가사를 읽으며 손님들의 낯빛을 잘 헤아려 속마음을 긁어주는 한국적 서비스 정신을 어떻게 살리는가? 거기에 한국 미래의 '낯빛'이 있다.

# 여름

천둥 속에서 익는 열매

여름이라는 말은 열매가 연다는 뜻에서 나온 말이다. 봄은 꽃을 본다고 해서 봄이고 여름은 그 꽃이 열매를 맺으니 여름이다. 한국의 사계절만큼이나 그 말도 아름답다. 언어학자 가운데는 열매를 뜻하는 옛말의 '여름'과 계절의 그 '녀름'은 음운상 서로 다른 계열의 말이라고 주장하는 사람도 있다. 그러나 농사짓는 것을 '녀름짓다'라고 하고 농부를 '녀름지시아비'라고 했던 옛말도 있고 보면 아무래도 여름을 결실의 뜻으로 풀이하는 학자의 설이 옳은 것 같다.

가을은 '가을하다'라는 말이 있듯이 열매를 맺은 곡식들을 거두어들인다는 뜻이고, 겨울은 농사를 다 지어놓고 집 안에서 기거한다는 뜻으로 '겨슬(집에 계실)'에서 온 말이라고 풀이하는 어원 연구가도 있다. 대체로 수긍이 가는 이야기다. 상식적으로 생각해봐도 우리의 사계절 이름은 당연히 농경문화와 관련성이 깊을 것이기 때문이다.

생각할수록 '여름짓는다'는 말은 많은 뜻을 지니고 있는 것 같다. 근심을 나타내는 한자의 '우憂' 자는 여름 '하夏'에 마음 '심心' 자를 갖다 붙인 글자이다. 여름은 무덥다. 뜨거운 햇빛과 천둥·번개 그리고 폭우가 쏟아지는 여름철엔 근심 걱정이 떠나질 못한다.

그러나 농사짓는 것을 '여름짓는다'고 한 한국인들은 오히려 한자를 만든 중국인처럼 우울하게 생각한 것이 아니라 즐거운 마음으로 그 더위를 맞이했던 것 같다. 폭염과 번개가 열매를 맺어주는 것이라 생각했기에 열음(결실)을 여름이라고 불렀던 것이다. 벼와 같은 농작물에는 여름 더위가 보약이 된다. 두려운 것은 신선한 여름의 그 냉해이다. 사람의 가슴을 놀라게 하는 천둥과 벼락은 바로 논에 질소 비료를 주는 것처럼 유익하다는 것을 우리 선조들은 잘 알고 있었다. 그래서 천둥 번개가 많이 치는 해는 풍년이 든다고 했고, 그것을 옛말로 '녀름 됴타'라고 했다.

유럽, 특히 북구에는 우리와 같은 더운 여름이 없었기 때문에 쌀농사를 지을 수 없었다. 목화도 자라지 않는다. 그래서 농사보다는 목축을 해서 살아갈 수밖에 없었다. 가축이 병들고 먹을 것이 없으면 밭에 끌고 나와 돋아나는 밭곡식을 뜯어먹이는 그들은 여름을 여름이라고 부른 한국인의 마음을 모를 것이다. 아니다. 우리도 이제 그런 마음을 잃었다.

위대했던 여름은 농경시대와 함께 어디론가 망명해버리고 만

것이다. '여름을 짓는 사람'들은 '여름을 피하는 사람'들로 바꿔
어 버리고 말았다. 더위는 단지 피해가기 위해서만 있는 것이라
고만 생각하고 있는 피서객이 그렇다. 뜨거운 햇빛과 소낙비 속
에서 조용히 열매가 자란다. 그리고 천둥이 칠 때마다 단맛이 스
며든다. 사람의 삶도 그 가열한 고난 속에서 그렇게 열매를 맺어
가고 있는 것이다.

# 찍다

도끼의 시대여, 안녕

'찍는다'라는 말에서 우리가 금방 연상하게 되는 것은 '도끼'이다. 그래서 '열 번 찍어 안 넘어가는 나무 없다.'는 속담에는 숫제 도끼라는 말이 나오지도 않는다. 연지 곤지 찍는다는 경사스러운 말이 있는데도 '찍는다'는 말이 결코 밝게 느껴지지 않는 까닭은 도끼의 무시무시한 연상 작용 탓이다.

'믿는 도끼에 발등 찍힌다.'의 경우처럼 찍고 찍히는 것은 주로 위해를 가하고 피해를 입는 비정한 말로 쓰여왔다. 그 때문에 마음 착한 우리 조상들은 "찍자 찍자 하여도 차마 못 찍는다."라는 표현을 남기기도 했다. 그런데 그 말을 현대인들이 들으면 백이면 백, 이혼장에 도장 찍는 이야기인 줄 알 것이다. 정말 그러고 보니 도장도 도끼처럼 찍는다고 한다. 생김새로 보나 용도로 보나 도끼와 도장은 하늘과 땅 차이인데도 '찍는다'고 할 때의 그 어감이나 느낌은 비슷한 점이 없지 않다.

옛날 중국을 비롯한 도장 문화권에는 관인이 찍힌 문서들이 귀신을 쫓는 사벽의 효험이 있다고 하여 그것을 벽에 붙이는 민속 신앙까지 생겼다. 오죽 관인이 두려웠으면 귀신도 도망친다고 생각했겠는가.

미신이나 비유가 아니다. 옛날 과거를 보는 수험생들에게 있어서 시험관의 도장은 정말 자기 몸을 내리찍는 도끼보다도 무서운 것이었다. 1만 명 가운데 스무 명꼴로 선발되는 중국 향시의 경우, 시험 감독관은 열 종류가 넘는 도장을 가지고 다녔기 때문이다. 시험생[擧士]이 한 번 이상 자리를 뜰 경우, 답안지를 잘못 써서 바꿀 경우, 답안지를 땅에 떨어뜨리는 경우, 옆 사람과 이야기할 경우, 빈자리로 자리를 옮기는 경우, 남의 답안지를 훔쳐보는 경우, 운을 맞추기 위해서 중얼거리며 답안을 쓰는 경우……. 감독관은 거기에 맞추어 세분된 도장을 시험지에 찍는다. 한 번 찍히면 10년의 공든 탑이 한순간에 무너지고 만다. 옛날이야기가 아니다. 육영 사업을 하려고 덕망 있는 교직자 한 분이 회관 하나를 지어놓고 개관식을 하는 자리에서 이런 식사式辭를 했다.

"여러분, 이것이 벽돌집으로 보이시는지요. 그렇지 않으면 시멘트를 발라 지은 집으로 보이시는지요. 천만의 말입니다. 이 집은 벽돌을 쌓아 올린 집도 아니요, 시멘트를 발라 세운 집도 아닙니다. 수백, 수천 개의 도장과 서류를 발라 세운 집입니다. 옛날에는 도끼로 나무를 찍어다가 집을 세웠다는데, 요즘 우리는 도장을 찍어다가 집을 세우는 것이지요. 이 집을 볼 때 내 눈에는 아직도 시멘트는 보이지 않고 서류만 보이고 벽돌은 보이지 않고 도장만 보입니다."

오죽 관청을 드나들며 도장을 받느라 고생을 했으면, 개관식에서까지 그런 한숨이 나왔겠는가. 홍콩의 어느 경제 자문 회사에서 아시아 10개국의 부패 정도를 비교·조사했다는 기사를 보면 한국은 다섯 번째로 되어 있다. 1위가 인도네시아, 2위가 중국, 3위가 필리핀, 4위가 대만이라고 하니 그나마 좀 체면이 선다.

공무원의 부패는 도장 문화권의 특성이기도 하다. 관청 권력의 9할은 바로 이 도장 찍는 위력을 통해서 발휘된다. 모든 규제의 봉인도 도장으로 찍은 것이요, 그것을 풀어주는 허가장·면허장도 도장으로 찍은 것이다. '찍는다'는 말 자체 속에 이미 시퍼런 권위가 들어 있다. 남자들이 자기 마음에 드는 여자를 고르는 것을 '점찍어놓았다'거나 혹은 부하가 상관에게 밉살스레 보이는 것을 '찍혔다'고 하는 것이나 '찍는다'는 말 속에는 고압적인 권위주의가 배어 있는 것이다.

'찍는다'는 말의 원형을 만들어낸 도끼를 한자로 쓰면 부斧가 되는데 자세히 들여다보면 아버지를 뜻하는 부父 자가 들어 있다. 원래 부 자와 도끼는 근본이 같은 것이라고 한다. 그러니까 부는 두 손에 도끼를 들고 서 있는 사람의 형상을 본뜬 글자이다.

　도끼는 힘센 남자, 도끼를 들고 짐승을 쫓고 나무를 찍어 생활의 터전을 일구어가는 아버지의 부권을 상징하는 도구이다. 옛날 중국의 황제를 상징하는 문장紋章도 도끼 모양의 그림이었다. 황제가 앉아 있는 의자 뒤에 쳐진 병풍이 바로 도끼 모양으로 장식되어 꾸며져 있었던 것이다.

　도끼와 그 찍는 힘은 가부장의 권위이며 그 제도의 위력이다. 그리고 그런 가부장의 권위가 확대되고 조직화한 것이 이른바 국가권력이라는 것이다. 산업사회만 해도 남성 중심의 가부장적 힘이 사회를 지탱하고 있었다. 공장에서 뿜어내는 검은 연기, 탄광에서 석탄을 파내는 곡괭이와 근육 그리고 산더미 같은 수만 톤의 선박과 증기기관을 싣고 달리는 기차와 공장의 거대한 기계들과 장치 산업들……. 그것들은 모두가 앞가슴이 떡 벌어진 남성이 두 손에 도끼를 들고 서 있는 모습과 같다. 그러나 정보화 시대에는 중후장대重厚長大의 장치 산업이 경소단박經小短薄의 전자 산업으로 옮겨오면서 옛날 기선으로 운반해야만 했던 것을 이제는 비행기로 나를 수 있게 되었다. 손가락으로 스위치를 터치(누르기)하기만 하면 모든 것이 자동으로 돌아가고 움직인다.

찍는 시대에서 터치하는 시대로 세상이 변화해간다. 미국에서는 벌써 민원서류 같은 것을 컴퓨터 플로피로 받는 제도가 생겨났고 웬만한 민원서류는 방 안에서 컴퓨터 통신을 통해 처리한다. 컴퓨터는 도끼가 아니라 아주 민감하고 여성적인 기계이다. 컴퓨터만이 아니라 정보 기기는 모든 게 작고 가볍고 부드럽고 감성적이다. 남자들은 싫지만 받아들여야만 한다. 가부장 제도가 사라지고 있음을 솔직히 인정해야 한다. 도끼의 시대가 아니다. 도장의 시대가 아니다. 찍는 시대가 그렇다. 아버지의 시대가 아니다.

관청에서 개인에 이르기까지 도끼를 든 아버지의 모습은 아이들의 기저귀를 갈아주는 어머니의 손으로 변해야 한다. 그것을 신문명 용어로는 '하이 터치high touch'라고 한다. 이제는 사랑도 점찍는 것이 아니라 '터치'(〈love in touch〉라는 팝송도 있지 않던가)하는 것이고 관료도 기술자도 터치로 승부를 건다.

# 무지개

#### 꿈꾸는 대로 달라지는 빛

"무지개는 몇 가지 색이지?"라고 물으면 누구나 다 일곱 가지 색이라고 답할 것이다. 그리고 그 색깔 이름을 대라고 하면 아무리 머리가 나쁜 사람도 초등학교 때 배운 빨·주·노·초·파·남·보를 신나게 외워댈 것이다. 뿐만 아니라 무지개가 생기는 원리를 빛의 분광 작용으로 그럴듯하게 설명하는 것도 잊지 않을 것이다.

그러나 막상 자기가 무지개를 보고 정말 그 색깔을 확인해본 적이 있는지 물어본다면 아마 대부분의 사람들은 곧 조용히 입을 다물게 되는지 모른다. 교과서에 씌어 있으니까 누구나 그렇게 믿고 있는 것이지, 과연 무지개의 색깔이 일곱 가지 색으로 보인다고는 단언 못 한다. 왜냐하면 시대나 나라에 따라서 그리고 개인에 따라서 그 색깔이 제각기 다르게 표현되어왔기 때문이다.

서구 문명의 원조인 희랍의 고전에 나타난 무지갯빛을 가장 오래된 기록으로 크세노폰Xenophon이 세 가지 색, 아리스토텔레스Aristoteles가 네 가지 색, 그리고 로마 시대로 오면 세네카Lucius

Annaeus Seneca가 다섯 가지 색으로 적고 있다는 것이다. 무엇보다도 충격적인 것은 현대인의 사고에까지도 깊이 영향을 끼치고 있는 아리스토텔레스의 그 혜안에도 무지개는 일곱 가지 색이 아니라 네 가지 색으로 보였다는 점이다. 지금도 과학 교실이 아닌 서양 사람들의 통념 속에서는 무지개가 여섯 가지 색으로 자리 잡혀 있다. 영화로도 유명해진 소설 『메리 포핀스Mary Poppins』에서도 무지개 색은 분명 여섯 가지 색으로 되어 있다는 것이다.

무지개 색깔이 몇 가지 색으로 되어 있는지에 관해서만 연구해 온 어느 학자의 글에는 일곱 가지 색은 뉴턴Isaac Newton에서부터 시작된 것이라는 주장이 제시되어 있다. 그런데 뉴턴 역시 프리즘의 색채를 일곱 가지 색이라 규정한 근거는 빈약하기 짝이 없다는 것이다. 근거로 보면 실험실의 자기 조수도 자기처럼 일곱 가지 색으로 보았다고 하면서 기독교의 일곱 가지 신성성까지 내세우고 있다. 그러니까 무지개 색이 일곱 가지 색이라고 한 것은 과학이라기보다 서구 사상을 지배해온 기독교에서 말하는 하나님이 천지를 7일 만에 만드셨다는 그 종교적 숫자에 더 가까울 것이다.

결국 무지개의 색을 일곱 가지 색이라고 생각하고 있는 것은 어디까지나 우리의 의식의 눈 속에서 일어나는 현상이지, 프리즘의 자연 색채 자체가 그렇게 분절되어 있는 것은 아니다. 마치 시간은 계속해서 흘러가는 것인데 그것을 24시간으로 나누고 주일을 일곱 토막을 내어 월·화·수·목·금·토·일로 이름 지은 것이나 다름없다. 빛은 파장에서 생기는 것이므로 무지개 빛깔 수의 정답은 무한이라고 해야 옳을지 모른다. 시간이 무한인 것처럼 말이다.

이렇게 자연 그 자체는 물처럼 연속되어 있는데 사람들은 그것을 멋대로 나누어서 생각하고 표현한다. 그것이 바로 언어요 문화인 것이다. 그래서 색깔만이 아니라 무지개에 붙여진 이름도 다 다르다. 영어로는 무지개를 레인보우라고 한다. 어린이는 어른의 아버지라는 역설을 만들어낸 워즈워스William Wordsworth의 그 유명한 시의 제목이 바로 「레인보우」이다. 문자대로 뜯어 읽으면 레인보우rainbow는 비rain의 활bow이라는 뜻이다. 무엇을 쏘자는 활인가. 다분히 공격적인 상상이다.

프랑스어로는 아르캉시엘arc-en-ciel, 하늘의 아치arch(門)라는 뜻이다. 파리의 이름 난 개선문처럼 프랑스 사람들은 무지개를 하늘에 놓인 개선문처럼 생각했던 모양이다.

거기에 비하면 무지개를 일종의 벌레라고 생각하여 홍虹이라고 쓴 중국인들의 상상력은 아주 특이하다. 벌레 충虫 변에 쓴 공工 자는 두 수평 사이[二]를 수직으로 꿰뚫은 것[丨]을 뜻한다. 물이 대지를 꿰뚫고 흐르는 강江이듯이 벌레가 하늘을 꿰뚫고 뻗쳐 있는 것이 무지개인 셈이다. 그러니까 무지개를 용龍으로 생각했던 것이 중국인의 상상력이라고 할 것이다.

한국인은 어떤가. 우리나라의 무지개는 물지게라는 뜻에서 온 것이다. 물이 다른 말과 합쳐져서 한 낱말을 만들 때 물색을 무색이라고 하듯이 'ㄹ' 자가 떨어져나간 형태이다. 그리고 지게라는 말은 요즘엔 잘 쓰지 않는 말이 되었지만 사람이 드나드는 방문을 가리키는 말이다. 그러니까 무지개는 물의 지게로서 '물의 문'이라는 뜻이다.

무슨 용궁, 무슨 천국으로 들어가는 문! 그렇다. 현란한 색채로 아로새겨진 또 하나의 다른 상상의 세계로 들어가는 문이라고 생각했던 것이다. 거대한 활도 아니며 전쟁터에서 빼앗은 노예와 보물을 끌고 돌아오는 하늘의 개선문도 아니다. 그렇다고 무슨 벌레도 아니다. 물의 문, 비의 문! 빨·주·노·초·파·남·보라고 암기하는 과학 교실의 그 프리즘의 빛은 더더구나 아니다. 모든 색깔이 어울려 함께 살아가는 수궁 속 같은 꿈의 세계, 행복의 세계로 향하는 방이다. 밖에서 돌아온 사람이 방문을 열고 문지방을 넘어 들어오듯이 비 갠 어느 날, 우리 옛 한국인들은 얼마나 많이 그 무지개의 물문을 열고 그 안으로 들어갔던가. 그리고 그들은 거기에서 얼마나 황홀한 꿈을 보았을까. 한번 무지개가 뜨거든 물어보아라.

사람의 마음과 보는 눈에 따라서 제각기 무지개의 색깔 수가 달리 나타나듯이 세상은 꿈꾸는 대로 그 빛이 달라진다는 것을 오늘도 무지개는 우리에게 가르쳐준다.

# 따지다

법과 사람

사소한 의견 차이나 이해관계로 시비가 벌어지려고 할 때 그 불을 간단히 끄는 소방법이 있다. "그래 지금 나하고 따지자는 거야?"라고 하면 웬만한 경우 상대방은 "뭐, 내가 꼭 따지려고 해서가 아니라 말이 그렇다는 거지……."라고 금세 수그러진다. 직장에서나 가정에서나 대수롭지 않은 분규는 대개 이 공식에 의해서 풀어지는 수가 많다.

공세攻勢로 나갈 때에도 마찬가지다. 남과 따질 일이 생길 경우, 유행하는 말을 좀 빌리자면 안면을 바꿔 일단 표정을 차별화한 다음 "내가 뭐 꼭 따지려고 하는 소리는 아니지만……."이라고 전제를 해놓고서 따진다. 이 모든 언어 습관은 '따져야만 맛이 아니라는 덕치주의의 동양 전통에서 비롯된 것이다. 덕이 많은 사람은 자잘한 것을 말로 따지지 않고 포용해버린다. 이런 철학으로 바보가 아니라 명재상 소리를 들은 이가 바로 우리의 황희黃喜 정승이시다.

어느 날 사람이 찾아와서 황희에게 "삼각산이 무너졌다."고 전했다. 그러자 그 황 정승은 "평소에 그 산세가 뾰족하더라니, 무너질 줄 알았다."고 했다. 그러나 얼마 안 되어서 이번에는 삼각산이 무너졌다는 말이 거짓이었다는 것을 전하려고 사람이 왔다. 이번에도 황 정승은 "그렇지, 산이란 무너지는 법이 아니다."라고 맞장구를 쳤다.

옆에서 줄곧 이 광경을 바라다보고 있던 친구가 한마디 했다.

"이 사람이 이 말을 하면 그 말이 맞다, 저 사람이 저 말을 하면 그것도 맞다. 도대체 사람이 옳고 그른 것이 분명해야지, 어디 그래서야 되겠는가."

그러나 또 황 정승은 "그래, 자네 말이 옳다."라고 대꾸했다고 한다.

서양은 아주 다르다. 태초에 말logos이 있었다는 성경대로 종교도 정치도 인간관계도 모든 것은 말로 따지는 데서부터 시작된다. 이러한 서구 문화의 특성을 데리다Jacques Derrida 같은 철학자는 로고스 중심주의라고 부르고 있지만 굳이 철학자의 말이 아니더라도 미국의 변호사 숫자를 보면 알 수가 있다. 국력이나 산업화가 엇비슷하면서도 미국은 변호사가 1만 명당 27명이 넘고 일본은 17명 그리고 한국은 0.7명으로 한 사람이 미처 되지 않는다. 일본 사람들이 훨씬 적은 변호사를 가지고서도 미국보다 범죄나 분규가 훨씬 적은 사회를 만들어가고 있는 것은 역시 대립보다는 화和를 존중시하는 동양 문화의 영향 때문이라고 할 수 있다.

1960년만 해도 25만 명이었던 미국의 법조인 수는 불과 20년 뒤에 꼭 배가 되는 50만 명으로 불어났다. 현재도 미국 사회에서는 계속 그런 비율로 늘어간다. 그래서 우리가 따질 때에는 보통 침방울만 튀지만 변호사 천국인 그쪽에서는 지폐가 날아다닌다. 기업이 1년 동안 법률 사무소에 지불하는 액수는 자그마치 180억 원이 넘는다고 한다.

그러면서도 갤럽 조사를 보면 미국인의 76퍼센트가 변호사를 신뢰하지 않는 것으로 되어 있다. 변호사는 오히려 아무렇지도 않은 사건을 더 키워 수임료를 늘려서 돈을 챙기고 있다는 불신인 것이다. 그렇게 뻔히 알면서도 사람들은 변호사 없이는 잠시도 살아갈 수가 없다. 서로의 대립과 마찰을 통해서 오히려 사회는 더욱 발전하고 활력이 생긴다는 철학 위에 세워진 것이 미국 사회이기 때문이다. 글을 모르면 문맹자가 되는 것처럼 법을 모르면 법맹자가 되고 만다.

미국의 계약서에는 오전·오후를 뜻하는 A.M.·P.M.의 관용어처럼 이따금 라틴어에서 온 낱말들이 섞여 있다. 그것이 바로 함정인 것이다. 그것을 멋모르고 무심히 지나쳤다가는 꼼짝 못할 덫에 걸린다. 그것이 바로 법맹자가 겪는 서러움일 것이다. 그렇기 때문에 동양과 서양의 비즈니스맨들이 마주 앉아 상담을 하게 되면 서양 사람은 상대방 서류를 들여다보고 동양 사람은 상대방

얼굴을 뜯어본다는 말도 있다. 한쪽은 문서에 적힌 말이나 숫자를 꼼꼼히 따지고 있는데, 한쪽은 상대방의 얼굴에 씌어 있는 인상과 속마음을 읽으려 하고 있는 것이다. 서양 사람은 '법'을 믿고 동양 사람은 '사람'을 믿는다.

이것을 쓰고 있는 나야말로 뭐 꼭 따지려고 해서가 아니라 미국의 그 사회가, 미국의 그 기업이 그렇게 따져서 얻은 그 결과가 무엇이냐고 한번 묻고 싶다. 미국 신혼 가정은 반 이상이 파혼을 하고 미국 기업은 노사 대립이다, 소송이다 해서 적자 회사가 반이다.

대도시의 살인 범죄는 1992년 뉴욕에서만도 2,154건, 로스앤젤레스는 1,027건이다. 게다가 범죄의 30퍼센트는 바로 변호사의 대활약으로 집행유예와 가석방, 보석으로 풀려나온 출옥자들에 의해 저질러진다. 이들이 형기를 다 채우면 1년에 6천 명에서 8천 명까지 인명을 구할 수가 있다고 한다. 법이 바로 법을 무력하게 만들고 있는 세상이다.

우리는 근대 교육에서 따지지 않는 문화를 나쁜 비합리주의로만 배워왔다. 그러나 앞으로 오는 21세기의 시대는 자연을 모르고서는 농사를 못 짓던 농경시대도 아니요, 기계를 모르고서는 공장을 돌리지 못했던 산업시대도 아니다. 이제는 사람을 모르고서는 살아갈 수 없는 정보·교감의 시대가 오고 있는 것이다.

인간은 자연이나 기계가 아니다. 힘이나 논리로 간단히 굴복되

지 않는 존재다. 법치가 덕치德治로 바뀔 때 사회는 그 모순과 갈
등을 씻을 수가 있다. 산업사회의 첨단을 가던 미국의 사회를 보
면 법삼장法三章이란 것이 결코 시대착오적인 동양 사상이 아니라
는 것을 깨닫게 된다.

# 푸르다

편견 없는 문화를 위하여

아이들이 부르는 〈5월의 노래〉소리가 들려온다.

"날아라 새들아 푸른 하늘을

달려라 강물아 푸른 벌판을

5월은 푸르구나 우리들은 자란다

……."

우리는 무심히 듣고 있지만 한국말을 아는 외국인들이라면 꽤 놀랄 것이다. 왜냐하면 하늘도 벌판도 다 같이 푸르다고 하기 때문이다. 원래 '푸르다'는 우리말 자체가 풀에서 나온 것이라고 한다. 그러니 우리의 경우에는 푸른빛이나 초록빛이나 그게 그것이다.

하지만 영어의 경우는 그렇지가 않다. 푸른색과 초록색은 아주 다른 색깔로 혼용하는 법이 없다. 벌판을 보고 하늘처럼 푸르다 blue고 했다가는 웃음거리가 될 것이다. 뿐만 아니라 그 색감에 대한 정서도 우리와는 아주 다르다. 푸른빛이라고 하면 우리는 금세 젊음과 희망을 연상한다. 젊은이는 청년靑年이요, 희망은 청운靑雲의 꿈이다. 그러나 서양 문화권에서의 청색은 오히려 슬프고 침울하고 무기력한 것을 나타낸다. 그렇기 때문에 '블루 먼데이 blue Monday'라고 하면 희망에 찬 월요일이 아니라 월요병을 의미하는 말이다. 주말에 놀다 월요일에 출근하면 그 기분이 침체되고 맥이 빠진다. 그런 기분을 색채로 나타내면 푸른색이 되는 것이다.

오스트리아의 화가 코코슈카Oskar Kokoschka의 대표작 〈바람의 신부〉를 보면 청색의 상징성을 명확히 알 수 있을 것이다. 그 그림은 말러 부인에 대한 자신의 사랑을 표현한 것인데 처음에는 붉은빛으로 칠해져 있었다는 것이다. 그런데 그 그림이 끝나기도 전에 그녀와의 사랑이 시들어버리고 금이 가게 되자 그는 그 그림의 색깔을 바꿔 푸른빛으로 칠해버렸다. 그러니까 사랑은 붉은빛이요, 실연은 푸른빛이다.

그 화가의 경우만이 아니다. 가난하고 외롭던 시절, 어두운 색조로 우울한 삶을 화폭에 표현했던 피카소Pablo Picasso의 초기 그림을 흔히 청색기靑色期라고 부르는 것만 보아도 알 수 있다.

푸른색과 초록색의 그 차이 때문에 같은 교통 신호등을 달아놓고도 우리는 푸른 신호등이라고 하고 서양 사람들은 녹색 신호등green sign이라고 부른다.

"어디로 가라는 청색 신호냐."

모더니스트 시인으로 알려져 있던 김광균 씨의 시에도 분명히 붉은 신호등과 반대의 신호등은 푸른색이었다. 서구 문명의 영향으로 요즘에는 한국인들도 초록색과 푸른색을 구분해서 인식하는 경우가 많아졌다. 그래서 어머니가 유치원 아이에게 파란 불이 켜지면 길을 건너라고 했더니 온종일 신호등만 쳐다보고 길을 건너지 않았다는 우스갯소리도 있다. 분명히 그 아이의 눈에는 주황색, 붉은색 그리고 초록색 신호등은 켜지는데 어머니가 보고 건너라던 푸른색 신호등은 보이지 않았기 때문이다.

〈그린 카드〉라는 영화도 있었지만 미국이나 서구 국가에서는 젊음과 희망을 나타내는 색채는 푸른색이 아니라 초록색이다. 그리고 그런 초록빛을 이념의 색채로 상징화한 것이 오아시스를 생명의 터전으로 삼고 살아가는 이슬람 국가들이다. 그래서 탈냉전후 자주 듣게 되는 것이 "붉은색에서 초록색으로."라는 구호이다. 구소련의 붕괴로 공산주의의 위협이 이슬람 문화권의 원리주의로 바뀐 시대 상황을 색채 상징으로 나타낸 말이다.

그러나 이슬람의 이념인 초록색도 정글의 나라로 들어가게 되면 병을 연상케 하는 불길한 빛으로 변하고 만다. 인도네시아의 일부에서는 그것이 숫제 금단의 색깔로 여겨져서 광고 간판 등에 규제되기도 한다.

문화에 따라서 색깔은 이렇게 달라진다. 분절하는 방식도 표현하는 감정도 모두 다르다. 문자 그대로 이 지구의 문화는 각양각

색인 것이다. 죽음을 나타내는 상복 하나만 보아도 결코 검은색이 만국 공통이 아니라는 것을 알게 될 것이다. 아시아의 경우에는 한국처럼 흰빛이고, 브라질에서는 자색, 멕시코에서는 황색, 상아 해안에서는 짙은 붉은색이 된다. 이런 경우 어느 것이 옳고 어느 것이 그르다고 할 수는 없다. 문화는 상대적인 것이기 때문에 객관적인 하나의 자로 잴 수 없다. 만약 하늘도 들판도 모두 푸르다고 하는 한국인을 비웃는 서양 사람들이 있다면 푸른빛과 쪽빛을 구분하지 못하는 서양 사람들을 비웃어야 할 것이다.

문화의 상대주의 그리고 그 다원주의를 인정하지 않으려 한 데서 히틀러의 그 만행이 저질러졌다는 것을 우리는 다시 한 번 깊이 깨달아야 한다. 지금 이 지구촌에는 종교와 인종의 갈등으로 50개 가까운 나라들이 폭력과 전쟁의 소용돌이에 휩쓸려 있기 때문이다.

"5월은 푸르구나 우리들은 자란다."

〈5월의 노래〉를 부르는 아이들의 목소리가 들려온다. 그래, 마음껏 노래 부르거라. 하늘도 들판도 모두 푸르다고 노래하거라. 편견 없는 문화 속에서 이제 푸르게 푸르게 잘 자라거라.

# 모기

작은 것이 큰 것을 이긴다

작기 때문에 큰 것을 이기는 역설이 있다. 소처럼 덩치가 큰 짐승들을 잡아먹고 사는 것이 인간이지만 바로 그 인간의 피를 빨아먹고 사는 것은 작은 모기이다. 작은 소리를 내는 것을 '모기소리'라고 하고 가는 형체를 보고는 '모기 다리'라고 한다. 아무것도 아닌 일을 가지고 과잉 대응하는 어리석음에 대해 '모기 보고 칼 뽑는다.'고 하는 속담도 마찬가지다. 그러나 속담 그대로 모기는 작은 것이기 때문에 오히려 칼로 대적할 수 없는 상대이다. 아무리 신병기를 자랑하는 인간들이지만 인간의 피를 빨고 병균을 옮기는 모기를 향해 토마호크Tomahawk를 쏠 수는 없다.

『축소지향의 일본인』이라는 책을 통해서 이미 지적한 적도 있지만 일본 기업이 거대한 미국과 경쟁하여 이길 수 있었던 것도 '모기 전략' 때문이다. 야구로 치면 미국의 기업이나 과학기술이 홈런 한 방으로 다량 득점을 하는 것이라면, 일본은 번트나 희생플라이, 도루와 같은 잔기술로 점수를 벌어가는 형이라고 할 수가 있다.

"모기가 흘린 눈물의 바다에 배를 띄우고 노를 저어가는 사공의 가는 팔이오."라는 에도[江戸] 시대 때의 서민들 노래를 들어 보아도 일본의 트랜지스터 같은 마이크로 기술이 어디에서 비롯된 것인지를 짐작할 만하다. 지금 일본의 노래만이 아니라 실제로 각종 마이크로 머신을 만들어내기 위해서 모기 연구를 하고 있다. 깜깜한 어둠 속에서 인간의 미세한 혈관을 찾아내 피를 빨아내는 모기의 그 신비한 힘과 기술은 사자가 먹이를 향해 덮치는 것과 같은 그런 차원의 것이 아니라고 한다.

덮어놓고 아무 데나 무는 것이 아니다. 최근에 발견한 것이지만 모기는 그 가는 뒷다리에 있는 초음파 센서로 인간의 피부 용적의 1, 2퍼센트밖에 되지 않는 말초 혈관을 찾아낸다는 것이다. 혈관을 찾아냈다고 해서 막바로 피를 빨 수 있는 것도 아니다. 모기와 같은 연약한 힘으로 살갗을 뚫어 바늘을 꽂는 것은 꼭 콘크리트 벽에 쇠파이프를 박는 것처럼 힘든 일이라는 것이다. 그런데 모기는 ATP나 ADP의 화학 합성물을 이용하여 혈관에 정확히 파이프를 꽂는다. 그리고 피를 빨아 올리는 동안 피가 굳어 펌프가 막히지 않도록 용혈제의 타액까지 집어넣는다. 한마디로 그 작은 모기의 전신이 정밀한 화학 공장이요, 각종 첨단 탐사 장치를 갖춘 레이더 기지인 것이다. 그래서 모기는 인간의 모든 기계의 이상적 모델이라는 것이다. 모기처럼 작고, 가볍고 작은 힘으로도 움직일 수 있도록 정밀하게 만들어내는 마이크로 머신이 21세기를 지배하게 된다.

세계의 거대 기업들은 지금 재구축 작업에 들어가 있다. 작은 것이 큰 것을 이기는 21세기의 산업구조와 과학기술의 변화 때문이다. IBM 같은 세계 모범적인 기업이 고전하게 되면서 지금 '다운사이징downsizing(축소 지향)'이라는 말이 세계적인 유행어가 되었다. 우리가 살 길도 거대한 코끼리가 아니라 작은 모기 속에 있다. 기업이나 행정조직이나 작고 섬세하고 기술 집약적이며 각종 센서를 갖춘 정보형으로 다운사이징해야 한다. 무더운 여름밤 모기향을 피우며 어째서 모기 문蚊 자에 하필 글월 문文 자가 들어 있는지 다시 한 번 생각해본다.

# 괜찮다

관계의 문화

'괜찮아유'라는 말을 유행시킨 텔레비전의 희극 프로도 있었지만 한국 사람들은 괜찮지 않을 때에도 '괜찮다'라는 말을 곧잘 쓴다. 속으로는 불쾌하고 고통스럽고 난감한 심정인데도 입에서는 '괜찮아유'라는 말이 튀어나온다. 어느 때는 남이 걱정할까 봐, 어느 때는 자기 약점을 남에게 보일까 봐 그런 말을 쓰기도 한다. 그래서 앞머리에 '괜찮다'라는 말이 네 번이나 되풀이되는 미당 서정주의 시 「내리는 눈발 속에는」을 읽고 있으면 오히려 그 말이 "괜찮지 않다, 괜찮지 않다."의 탄식으로 들려온다. 역설적인 표현인 것이다.

복합적인 이 말의 참뜻을 제대로 이해하려면 관계를 중시하는 모든 동아시아 문화의 뿌리를 캐봐야 한다. 왜냐하면 '괜찮다'라는 말은 '관계하지 아니하다'의 긴 말이 여러 차례 줄어서 된 말이기 때문이다. 지금도 좀 나이가 든 사람들이 '괜찮다'를 '관계치 않다'라고 말하는 것을 보더라도 그 생략 과정을 짐작할 수 있다.

서양은 법이 지배하는 사회이고 동양은 관계가 지배하는 사회이다. 서양의 기업 안내서를 보면 중국에서 기업을 하려면 무엇보다도 관시guanxi(관계)를 알아야 한다고 되어 있다. 공식적인 법절차보다 인간관계의 연줄이 더 중요하다는 말이다. 의리와 정으로 맺어진 자랑스러운 동양의 인간관계가 비즈니스 사회에 오면 이렇게 비공식적인 뒷거래의 뜻으로 변하고 만다.

비교적 부정이 없다는 일본에서도 역시 법보다는 인간의 얼굴이 앞설 때가 많다. 만약 그런 인간관계를 소홀히 했다가는 '잇피키 오카미(외톨이 늑대)'가 되고 만다. 미국의 한 외교관이 중국을 '개인적 집단주의', 일본을 '집단적 개인주의'라고 부른 이유도 그 때문이다. 한국도 그 둘 중의 하나로 보였을 것이다. 그러니 중국어에도 '괜찮다'와 아주 똑같은 말이 있다고 해도 놀랄 일이 아니다.

별로 대단치 않다거나 염려할 것이 없다고 할 때 중국인들은 "메이 관시mei guanxi[沒關係]"라고 한다는 것이다. '괜찮다'처럼 '관계가 없다'는 뜻이다. 일본 사람들도 자기에게 책임이 없는 것을 '관계없다'는 뜻으로 "간케이 나이요."라고 한다.

어떤 사상도 다 그렇지만 빛과 그늘이 있게 마련이다. 그러므로 우리는 관계의 문화를 버리거나 고수하는 것이 아니라 앞으로 다가오는 문명에 맞도록 키워가는 쪽으로 시선을 돌려야 한다. 서구의 개인주의가 벽에 부딪힌 오늘날 특히 그런 시점의 전환이 필요하다.

가령 누에를 치는 방법을 놓고 따져보자. 누에는 대단한 식욕가이다. 그러면서도 시인 이상이 말한 대로 뽕잎이 아니면 입에 대지 않는 아주 식성이 까다로운 귀족 가축이다. 그래서 누에 치는 법이 그 나라의 문화에 따라 다 다르다. 서양(독일) 사람들은 누에가 아무것이나 먹을 수 있도록 아예 그 누에의 종자를 바꿔버린다. 독일의 나치가 인종 개량 그리고 인종 말살 정책을 썼던 것과 유사하다. 이러한 발상은 철저한 개인주의, 모든 사물의 존재를 전체가 아니라 작은 한 원자로 파악하고 있는 서구 합리주의에서 비롯된 것이다.

그러나 일본 사람들은 누에의 종자 자체를 바꾸는 것이 아니라 자기네들이 원하는 방향으로 길을 들여 본래의 식성을 바꾸고 또 습성을 변하게 하여 봄과 가을의 두 철에 고치를 치도록 만들어 생산성을 올렸다. 에도 말기의 아이카[藍香]란 사람이 양잠의 혁명을 일으켜 일약 일본을 견직물의 왕국으로 만들어낸 것이 그렇다.

그런데 우리는 어떠했는가. 누에는 종자를 고치려고 하지 않았으며 그 습성을 길들여 자기에게 편하도록 뜯어고치지도 않았다. 한국인의 누에치기 특성은 누에를 내 쪽이 아니라 내가 누에 쪽으로 나가 최대한으로 누에의 편의를 맞춰주는 데 있다. 뽕잎을 썰 때는 보릿짚 위에서 썰었느냐 도마 위에서 썰었느냐, 그리고 도마라면 그것이 잣나무 도마냐 괴목 도마냐로 고치의 질이 좋아지고 나빠지곤 한다. 그리고 누에 옆에서는 방아를 찧지 않았고 집 안에 곡성이 나도 안 되었다. 상중인 집안에서는 누에에게 해롭다 하여 상식을 올릴 때 곡을 생략하기도 했다는 것이다. 월경 중에 있다거나 시어머니에게 꾸지람을 들었다든가 하여 기분이 언짢을 때에는 잠실 드나드는 것을 삼갔다. 그렇지 않으면 흉잠의 원인이 되어 고치를 딸 수 없다고 생각한 것이다.

결국 이렇게 온갖 조심과 정성을 다 쏟아 누에를 가꾸다 보면 누에가 달라지고 그것을 키우는 사람의 성품도 달라진다. 누에는 생산성을, 사람은 고도의 수양을 배우게 된다. 우리 옛 조상들이 며느릿감을 고를 때 누에를 친 것이 아홉 번이면 업어가고, 다섯 번이면 손잡고 가며, 세 번이면 놔두고 돌아간다고 한 것은 그런 이유에서이다. 누에 하나 치는 데도 누에와 인간의 관계를 존중한다. 그 관계에서 생산성과 교양성을 동시에 얻는다.

물론 우리는 종種을 바꾸려고 한 독일 양잠술이나 1년에 두 번씩 수확을 올리는 일본의 양잠술에 비하여 낙후된 것이 사실이다. 하지만 양잠 하나만을 놓고 그리고 생산성 하나만을 두고 말할 때에는 종이나 습성이나 누에의 종과 습성 쪽을 개량한 것이 옳았을는지 모르나, 총체적인 삶의 질을 놓고 볼 때에는 반드시 그 기능주의에만 후한 점수를 줄 수 없다. 특히 오늘날 그 산업문명의 부작용을 보면 알 수 있다. 생산성과 인간성은 아무 관계가 없다. 그래서 공장은 인성의 사막이 되고 도시는 범죄의 온상이 되어버린 것이다.

　모든 사물을 관계로 보려고 한 한국 문화—오랫동안 현대 문명을 지배해오던 생산성의 신화가 붕괴하고 탈산업주의의 새 문명이 도래하게 되면 한국인의 그 진가가 발휘될 것이다. 이 관계의 문화를 잘 키워가고 발전만 시켜간다면 정말 한국 사람들은 '괜찮은' 사람들이다.

# 한가지

개인과 집단주의 사이에 있는 것

사실은 같은 것이 아닌데도 우리는 '마찬가지'라는 말을 잘 쓴다. 좋은 경우이든 나쁜 경우이든 자주 쓰는 말이다. 안 먹고서도 먹은 것이나 마찬가지라고 하고 지고서도 이긴 거나 마찬가지라고 하기도 한다. 그런가 하면 버젓이 살아 있는 것을 보고서도 죽은 것이나 마찬가지라고 하는 경우도 있다.

그런데 마찬가지라는 말의 어원을 캐보면 '마치 한 가지라.'는 말이 줄어 된 말이라는 것을 알 수가 있다. 잎사귀는 제각기 달라도 그것이 달려 있는 가지는 똑같은 가지이다. 그러니까 '마찬가지'라는 말에는 겉보기는 달라도 그 근본을 따지면 마치 한 가지와도 같다는 오묘한 뜻이 들어 있는 셈이다.

무엇이 같다고 할 때 '한가지'라고 말하는 것을 보아도 알 수 있다. 이 '가지' 의식, 말하자면 한가지 의식처럼 한국인의 마음 깊은 곳에 자리 잡혀 있는 것도 드물 것이다. 신라 때의 향가 「제망매가」, 그 유명한 시구에도 이 한가지의 운명과 무상이 잘 그려져 있다. 월명月明 스님은 자기 여동생을 잃고 그 슬픔을 이렇게 시로 달래며 그 명복을 빌고 있다.

"어느 가을날 이른 바람에 여기저기 떨어지는 나뭇잎처럼 한 가지에 나서 가는 곳 모르는구나……."

한 핏줄을 한 가지로 나타내고 젊은 나이에 일찍 세상을 떠난 여동생을 이른 가을바람에 떨어지는 나뭇잎으로 비유한 아름다운 시구이다. 특히 가슴을 아프게 하는 것은 한 가지에 났으면서도 떨어질 때에는 제각기 서로 향방도 모른 채 뿔뿔이 흩어져 가야 한다는 개체의 외로움이다. 그렇기 때문에 나뭇잎은 그 외로움을 잊기 위해서 가지를 찾고 등걸과 그 뿌리를 찾고자 하는 것이다.

월명 스님은 그 외로움을 생명의 한가지 의식으로 넘으려 했다. 그래서 월명 스님이 발길을 걸으며 피리를 불면, 가던 달이 멈춰 그 피리 소리를 들었다고 한다. 문자 그대로 땅에 있는 사람과 하늘에 있는 달(자연)이 한 몸이나 '마찬가지'였다.

그리고 보면 우리말에 가지 계통에서 흘러나온 말들이 유난히 많다는 사실을 깨닫게 된다. 우리가 지금 아기라고 부르는 말부터가 어머니에서 갈라진 가지라는 뜻이다. 즉 가지가 아지가 되고 아지가 아기로 변했다는 것이다. 사람만이 아니다. 강아지는 개 가지이고 망아지는 말 가지이고 송아지는 소 가지인 셈이다. 심지어 돼지란 말까지도 돗(돼지의 고어) 아지에서 온 말이라고 한

다. 그 뜻대로 하면 돼지는 돼지 새끼란 뜻이고 원래 큰 어미 돼
지는 도·개·걸·윷·모 할 때의 그 도(㺨)였다고 한다.

요즘 대학가에서는 공동체 의식이니 동아리니 하는 말을 많이
쓴다. 그것을 한가지라는 말로 고쳐 쓰면 그보다 몇 배나 아름답
고 깊은 뜻을 지닌 '한가지'라는 토박이말이 된다. 나뭇잎은 서로
달라도 그 가지는 한 가지이다. 그래서 그 가지가 꺾이면 나뭇잎
하나하나가 다 같이 시들어 떨어지고 만다. 겉으로 보면 분명히
다른 것인데도 그 뜻이나 모양을 좀 더 깊게 들여다보면 '마치 한
가지'와 다름없는 것들이 우리 삶 속에는 참으로 많다. 하나하나
의 나뭇잎 사이에 가려져 있는 한 가지를 찾아내는 마음과 그 시
선이 바로 한국을 지켜오고, 한국인을 한 동족으로 이어온 이념
이었다고 해도 좋을 것이다. 이데올로기가 달라 거의 민족의 동
질성을 잃고 살아가는 북한의 경우에도 이 가지 의식은 짙다. 김
정일이 계모인 김성애가 낳은 이복 김평일을 곁가지라고 부른다
는 보도를 봐도 알 수 있지 않은가.

그런데 그 가지 의식은 뿌리와 나뭇잎의 한가운데 있는 존재라
는 데 문제성이 있다. 가지에서 한 단계 더 들어가면 나뭇등걸이
나타나고 거기에서 또 들어가면 뿌리가 드러난다. 미국 내 흑인
들의 민족적 공동체의 근원을 파 들어간 알렉스 헤일리Alex Haley
의 소설 제목은 '나뭇가지'가 아니라 '뿌리Roots'였다. 근본이 라
는 한자 말 역시 뿌리라는 뜻이다. 근본根本의 근根이 뿌리라는 것

은 말할 것도 없고 본本이라는 한자 역시 나무뿌리를 뜻하는 글자이다. 나무 목木 자 위에 선을 그으면 이파리가 아직 나오지 않은 나무의 마들가리 부분을 뜻하는 미未 자가 되고 반대로 그것을 아래 부분에 그으면 뿌리 부분을 나타낸 본本 자가 되는 까닭이다. 그러므로 뿌리만을 강조하면 이 세상에 다른 것이란 존재할 수 없다. 모든 것이 다 같기 때문에 차별화가 이루어지지 않는다. 뿌리로 치면 우리는 단군의 한 자손으로 성도 이름도 가족 혹은 친척도 무의미해진다. 아니다. 뿌리의 뿌리 쪽으로 가면 우리는 다 같은 몽골로이드Mongoloid에 속하는 사람들이 되고, 그보다 더 올라가면 원숭이가, 그리고 30억 년쯤의 뿌리로 내려가면 우리는 귀도 눈도 없는 아메바와 마찬가지, 아니 '마찬뿌리'가 된다. 그러고 보니 마치 한 뿌리라는 어원에서 나온 '마찬뿌리'란 말이 없었던 게 천만다행이다.

사람은 너무 뿌리 쪽으로 가도 현실성이 없고 너무 이파리 쪽으로 가도 허전해서 못 산다. 동질성과 이질성의 그 사이에 바로 가지가 있다. 무수한 가지가 있다. 다양성, 그러면서도 하나하나의 나뭇잎을 꼭 끌어안고 있는 튼튼한 끈—이 한 가지 의식이 때로는 배타성이나 폐쇄적인 사색당쟁을 낳기도 했지만 한편에서는 정情 많은 한국인들을 만들어냈다. 뿌리와 잎의 중간에 위치한 한국인의 균형 감각도 뛰어나다. '한 가지에 나서 가는 곳 모르는' 그 외로운 이파리들만이 모여 사는 것이 개인주의 서구 사회이다. 이파리 없이 뿌리에 친친 감겨 살아가는 것이 집단주의 일본 사회이다. 이파리도 뿌리도 새 문명의 모델이 될 수는 없다. 이파리의 개인도 뿌리의 집단도 아니다. 그 한가운데의 가지에서 살아가는 것이 이른바 네트워크로 된 정보화 사회이다.

분명 마찬가지라는 말 속에는 갈등과 경쟁, 차별화와 소외로 핏발이 서려 있는 근대인의 그 시선과 다른 눈빛이 있을 것이다. 답답하고 괴롭고 외로워질 때 '마찬가지야.'라고 한번 말해보라. 그리고 또 작은 소리로 '마치 한 가지야.'라고 그 말의 메아리를 울리게 해보아라. 집단과 개인의 양극에 놓인 무지개와 같은 다리가 보일 것이다.

# 셈치고
### 새 문명의 모델 '초합리주의'

무엇인가 마음에 걸리는 일이 있을 때 우리는 흔히 '……셈치고'라는 말을 잘 쓴다. 그래서 도둑맞은 셈치고, 술 마신 셈치고 객쩍은 돈을 쓰는 경우가 있다. 께름칙한 일이 있어도 그보다 더 큰 손해를 보거나 화를 입은 셈치고 마음을 달래기도 한다. 불행 중 다행이라는 말도 근본적으로는 모든 것을 죽은 셈치고 생각하는 삶의 계산법인 것이다. 죽은 셈치면 어떤 불행한 일도 다행으로 보인다. 교통사고를 당해 팔다리가 없어져도 죽은 셈치면 눈물이 멎는다.

자기가 혼자서 그렇게 생각하는 것이 아니다. 남에게 무엇인가 부탁할 일이 있어도 '……셈치고' 도와달라고 한다. 셈을 한자 말로 옮기면 계산이다. 어느 사회에서든 계산은 숫자를 가지고 하는 것이기 때문에 늘이거나 줄이거나 할 수 없다. 숫자에는 쌀쌀한 바람이 일게 마련이다. 엄정한 규칙과 객관성이 따른다. '……한 셈치고'라는 주관성이 개입할 여지를 없애기 위해서 사람들은 계산하는 법을 생각해냈던 것이다. 부자간에도 부부간에도 셈은 바르게 해야 한다. 그런데 우리의 셈은 거꾸로 냉엄한 그 계산의 세계를 얼버무리는 데 그 특성이 있다.

'그런 셈이다' 하는 것은 '그렇다'의 단정과는 다르다. 대충, 얼추 근사하다는 것으로 약간 그 뜻을 흐릴 때 우리는 셈이라는 말을 쓴다. 셈은 오히려 애매하거나 융통성을 뜻하는 말로 쓰일 경우가 더 많다. 컴퓨터를 우리말로 셈틀이라고 하자고 하는 사람이 많지만 우리말의 셈이 서구적인 계산과는 다른 만큼 셈틀과 컴퓨터와는 그 개념이 서로 다르다고 할 수 있다. 아마 뉴로 컴퓨터가 나와서 애매한 것까지 알아서 처리하는, 제5세대쯤 되는 컴퓨터가 나와야만 셈틀이라고 부를 수 있을지 모른다.

세계의 어느 나라에도 '말 한마디로 천 냥 빚을 갚는다.'라는 후한 속담은 찾아보기 힘들다. 객관성보다 주관적인 기분을 중시하는 '셈치는' 사회에서나 일어남 직한 발상이다.

파리에서 살고 있을 때 고추를 샀던 경험이 있다. 저울을 다는데 눈금이 조금 오르니까 고추 한 개를 내려놓는다. 그러자 이번에는 저울 눈금이 조금 처진다. 그러자 가게 주인은 가위를 들고 나와 고추 한 개를 반으로 잘라 저울눈을 채워주었다. 이 정확성, 엄정성, 객관성—역시 데카르트René Descartes의 후예들은 고추를 팔아도 그렇게 판다.

그러나 그 반 토막 난 고추를 보면서 수십 년 동안 '셈치고' 살아온 나로서는 섭섭하고 야박하다는 생각이 앞서지 않을 수 없었다. 파리 전체가 삭막한 사막으로 보인다. 속일 때 속이더라도 고봉으로 말을 되는 한국 시장의 훈훈한 풍경이 새삼스럽게 그리워진다. 정확한 말을 만들어놓고도 그것을 될 때에는 부정확하게 고봉으로 되는 민족은 아마 한국인 말고는 또 없을 것이다. 근대화하여 정찰제나 엄격한 도량형 기법이 생긴 오늘날에도 시장에서 되를 되는 것을 보면 옛날같이 고봉이 아니라 수평으로 깎아 되는데도 마지막까지 싹 훑지 않고 한 뼘 정도는 약간 남긴다. 야박하게 끝까지 싹 쓸지 못하는 것이 한국인의 계산법인 까닭이다.

'셈치고'라는 한국인의 그 불합리한 말에 한숨을 쉬다가도 지나치게 합리 일변도로 치닫고 있는 현대 문명의 빡빡한 풍경을 보면 굳이 더 퍼서 올려도 흘러내릴 것을 알면서도 몇 번씩이나 쌀을 고봉으로 퍼 올리고 있는 한국인의 그 손이 그리워진다.

길을 묻는 것도 그렇다. 시골길을 가다가 길을 물으면 어디에서고 10리밖에 안 남았다고 한다. 전통적인 한국 사람들은 객관적인 길의 리 수보다도 묻는 사람의 기분을 먼저 생각하기 때문이다. 얼마 안 남았다고 해야 나그네들은 힘을 차리고 걸어갈 것이다. 아직 한참 가야 한다고 가르쳐주어 김을 빼낼 필요가 어디 있겠는가. 어차피 갈 길인데 한참 가야 한다고 하나 다 왔다고 하나 마찬가지다. 그렇다면 기분이라도 좋은 것이 좋은 게 아니겠는가.

옛날 희랍의 현자 얘기는 이와는 아주 다르다. 해가 저물 때까지 아테네의 시내로 들어갈 수 있겠느냐는 물음에 길가에서 양을 치고 있던 노인은 아무 대꾸도 하지 않는다. 화를 내고 나그네가 길을 다시 걸어가자 그 노인은 그를 불러 세운다. 그러고는 그 정도 걸음걸이라면 해 지기 전에 들어갈 수 있겠다고 가르쳐준다. 애매한 것을 싫어하고 정확한 것을 추구하는 서구적인 합리성이 작은 한 편의 일화에서도 잘 반영되어 있다. 개인에 따라 사람의 걸음걸이는 다 다르다. 그 사람의 걸음걸이를 모르고는 몇 시간이 걸릴지 알 수가 없다. 애매한 경우에는 말을 하지 못하는 것, 그것이 서구의 합리주의이며 서구적인 현자의 행동 방식이다.

그리고 보면 '좋은 게 좋다'는 그 기묘한 한국식 표현도 '셈치고'라는 말과 이웃사촌이다. 좋은 것이면 그만이지 그거 꼬치꼬치 원인을 캐고 원칙을 따져서 나쁘게 만들 것이 없다는 일종의 반합리주의 선언인 '셈'이다. 애매한 채로 남겨두기, 그냥 덮어두기의 그 셈치고의 문화는 분명히 근대 문명에 역행하는 사고다. 그러므로 근대화·산업화의 한 세기 동안 우리는 합리주의 계산법을 익히기 위해서 한 세기 동안 애를 써왔고 이제는 남부럽지 않게 계산에 밝은 민족으로 변신한 게 사실이다.

그러나 한편에서는 세상엔 저울로만 달 수 없는 삶도 있다는 사실도 체험하게 되었다. 1초의 오차도 1밀리의 여유도 없이 합리성과 기능성만을 추구하다가 삶의 아귀가 맞지 않을 때 정신이 돌아버린 것이 서구 사회의 병이라는 것도 목격하게 되었다. 요즘 아이들이 잘 쓰는 '뿅 간다'는 말이 그것이다. 의태어와 의성어가 유난히 발달한 한국인답게 살짝 도는 것을 그리고 순간적으로 합리적 판단을 하지 못하게 되는 것을 '뿅'이라고 표현한 것이다.

한 500년 셈만 치고 살아가다가 이제는 모두 '뿅 가버린' 한국인의 모습을 보면 가슴이 저려온다. 이른바 선진국일수록 스트레스와 노이로제 그리고 정신 질환에 걸린 환자 수는 높다. 프로블렘이라는 말이 바로 사이코 프로블렘으로 통용되는 나라 미국은 덮어두고라도 가까운 일본의 정신분열증 환자는 100명당 한 사람꼴이라고 한다. 여기에 비하면 스트레스 받을 일이 세상에서도 으뜸갈 만한 한국인데도 아직은 그렇게 손꼽히는 나라 축에 끼지 않는 것을 보면 역시 '셈치고' 살아간 '셈 문화'의 덕분일까?

'셈 문화'는 '비합리주의'도 '반합리주의'도 아니다. '초합리주의'. 합리주의를 넘어서는 새 문명 모델의 사상이다.

# 깨소금 맛

고소한 맛과 진짜 맛

　신혼 생활을 표현할 때 흔히 그 재미가 '깨 쏟아지듯 한다'는 말을 쓴다. 왜 하필 깨인가. 깨 농사를 지어보지 못한 사람들은 그 말을 실감할 수가 없을 것이다. 깨알만 하다는 비유가 있듯이 깨의 알맹이는 아주 작다. 그래서 그것을 거둬들일 때도 무지막지하게 도리깨로 내리치는 보리타작과는 다르게 한다. 다발로 묶어 세워 바짝 말린 깨는 톡톡 치기만 해도 그 알들이 표현 그대로 솔솔 쏟아져 내린다. 그러면 모래 장난을 하던 때처럼 섬세하고 간지러운 촉감이 온몸으로 쏟아진다. 그것은 꽝 하고 터지는 맛이 아니라 소리 소문 없이 은밀하게 지속적으로 감지되는 쾌감이다.

　그러나 깨를 터는 재미만으로 그런 표현이 생겨난 것은 아니다. 한국의 음식 맛을 좌우하는 것이 양념이고 그 양념 맛을 좌우하는 것은 깨이다. 세계 어디에서나 남녀 간의 사랑은 꿀맛에 비유하여 서양 사람들은 숫제 '허니honey'라고도 부르지만 유독 우리만이 깨가 되는 것도 그 때문이다. 깨소금이나 참기름 맛은 분명 꿀맛, 설탕 맛과는 다르다. 겉으로, 노골적으로 드러나 있는 맛이 아니라 은근하게 입안으로 배어드는 내향적인 맛이다. 밖으로 소리 내지 않고 혼자서 몰래 숨죽이고 웃는 웃음과도 같다.

그래서 '고소하다'거나 '깨소금 맛'이라고 하면 남의 불행을 즐기는 맛으로 그 뜻이 변해버렸다. 라이벌은 말할 것도 없고 자기보다 좀 낫다 싶은 사람이 잘못되면 공연히 신이 나 하고 밥맛이 돋는 사람들이 잘 쓰는 말이다. '사촌이 논을 사면 배가 아프다.'는 우리 속담을 뒤집어놓은 말이 바로 이 '깨소금 맛'이기도 하다.

깨를 터는 맛이나 깨소금 맛은 농경문화의 산물이다. 농경민들은 평생을 땅에 묶여서 지낸다. 농사짓는 사람들의 행동반경은 아침 해가 떠서 그 해가 질 때까지 돌아다닐 수 있는 공간이다. 그것이 농경 사회의 특성이다. 유목민들이나 장사하는 사람들은 멀리 외지로 나간다. 풀을 쫓아서, 상품을 구하고 팔기 위해서 미지의 공간으로 나간다. 그러나 농사짓는 사람들은 토지를 떠나서는 살아갈 수가 없다.

중국 대륙의 경우 농경족들이 항상 변두리의 유목민들에게 당하고 산 것은(그래서 만리장성이 생긴 것이다) 유목민들과 장사하는 사람들과는 그 공간 개념이 근본적으로 달랐던 때문이다. 농경민들은 한 공간을 지키며 살아가는 사람들이고 유목민과 장사하는 사람들은 공간을 이동하는 것이 곧 삶의 수단이었다. 실제로 실크로드의 경우처럼 당시의 대상들은 중국에서 서역으로 왕래해야 했고, 그러자니 그 상로를 확보하기 위해서는 유목민들과 협상을 하지 않으면 안 되었던 것이다. 그래서 유목민들은 대상들로부터 부를 얻어 군비를 마련하고 그것을 힘으로 하여 농경족들을 공격할 수가 있었다.

반면 농민들은 유목민이나 상업민들과는 달리 그 경쟁 상대가 먼 바깥세상에 있었던 것이 아니라 바로 내 논밭에 있는 이웃 사람들이었다. 가까운 사촌이 아니면 마을 사람들이 항상 자기와 키 재기를 하는 맞수가 된다. 그 인간관계는 깨가 솔솔 쏟아지는 재미와 은근한 정이 될 수도 있고 때로는 이웃의 불행을 즐기는 깨소금 맛, 고소한 맛으로 변질될 수도 있다.

불과 30년 전만 해도 우리의 농업 인구는 7할이 넘었었지만 지금은 2할대 이하이다. 이렇게 급격한 산업화와 자유 시장으로 한국인의 심성이나 생활도 좋게 나쁘게 많이 변해버렸다. 삶의 맛도 다양해지고 고급화했다. 그런데도 이상한 것은 이웃의 불행을 보고 즐기는 고소한 맛, 깨소금 맛만은 우리의 의식 속에 여전히 시퍼렇게 살아 있는 것처럼 보인다.

우리가 배 아파하고 고소해할 상대는 우리의 사촌이 아닌 것이다. 사촌이 논을 샀거나 그 논이 장마에 떠내려간 것이 아니다. 시선을 넓은 바다 너머로 돌리고 세계를 향해 마음을 열면 진짜 맛이 무엇인지를 알게 될 것이다. 맛이라야 기껏 깨소금 맛밖에 모르던 그 촌스러운 사고에서 빨리 벗어나 세계와 경쟁해서 얻어지는 삶의 새 맛을 맛보아야 한다. 국제 경쟁은 경제를 위하여 필요한 것만이 아니라 우리 문화와 그 의식의 개혁을 위해서도 꼭 거쳐야 할 과제이다.

# 가마우지

## 기술이 백조를 만든다

 

 

'가마우지'라는 물새가 있다. 짧게는 '우지'라고도 한다. "목이 길고 부리 끝이 갈고리처럼 굽어 있으며 발가락 사이에 물갈퀴가 있다. 물속으로 들어가 물고기를 잡아먹는다."라고 사전에는 적혀 있다. 일본에서는 이 새를 '우'라고 부른다. 그리고 '우'라는 말 속에는 사전 이상의 뜻이 들어 있다. 옛날부터 일본 사람들은 이 가마우지를 이용하여 물고기를 잡았기 때문이다. 목을 끈으로 조여 맨 다음 우지들을 강물 위에 띄워놓는다. 그러면 우지들은 열심히 물속으로 들어가 물고기를 잡아먹지만 뱃속으로 들어가기 전에 모두 목에 걸려버린다. 물론 이 목에 걸린 물고기들은 그것을 치는 사람들의 몫이 된다. 지금도 기후[岐阜]라는 곳에서는 여름만 되면 가마우지의 물고기잡이로 관광객을 끌어들이고 있다.

언젠가 일본의 저명한 평론가 한 사람이 「한국의 붕괴」라는 글에서 가마우지 경제 이론을 들고 나왔다. 한마디로 말하자면 한국은 일본의 가마우지라는 것이다. 수출이 늘면 늘수록 일본에서의 수입이 그보다 더 는다. 한국의 수출 제품 속에는 일본의 자본재, 부품 그리고 반제품들이 그 알맹이를 차지하고 있기 때문이다. 그러므로 아무리 한국인들이 열심히 일을 하고 수출을 해도 자기 배 속으로 들어가는 것은 없다. 일본에게 도로 뱉어놓아야만 한다. 지금 엔고로 한국 수출이 호황을 누린다고 하면서도 기업의 이맛살을 펴지 못하는 까닭도 우리가 목 졸린 가마우지 신세인 까닭이다. 반도체 생산에서 한국은 미국·일본의 뒤를 잇고 있다고 자랑하지만 그 제조 라인은 거의 100퍼센트가 외국제이다. 그래서 일본의 반도체 설비 공장에 불이 나면 우리의 생산 라인도 끊어지고 만다. 지금 호황을 누리고 있다는 반도체 산업이 실제로 그런 위기에 직면해 있다.

일본의 자본재의 수입 의존도가 3.6퍼센트인 데 비해서 한국은 36.7퍼센트나 된다. 우지의 목을 졸라매고 있는 이 끈을 푸는 길은 기술혁신과 설비 투자밖에는 없다. 그러나 기술 이전을 하라는 우리의 주장에 대하여 일본 기업들은 한국의 6만 3천 기업이 한 해 동안 연구 개발비로 투자하고 있는 총액 1,722억 원(1989)은 자기네 대기업의 한두 회사의 투자액과 맞먹는 수준에 불과하다고 비판한다. 그에 비하여 한국 기업이 한 해 지불하고 있는 교제비 등은 연구비보다 여섯 배나 된다는 것이다. 한마디로 자기 노력부터 하라는 이야기다.

결국 이 치욕적인 산업 문화의 결함을 극복하는 길은 정치 지향적 한국 풍토를 기술 지향적 문화 분위기로 바꿔나가는 수밖에 없다. 건실한 기업 문화가 뿌리를 내릴 때만이 멸시받던 가마우지는 백조가 된다.

# 맘마와 지지
## 자유방임의 유아교육


유아는 무엇을 보든 입으로 먼저 가져간다. 그래서 반지를 삼킨 아이를 데리고 병원으로 달려오는 어머니들이 적지 않다. 미국제 의약품에는 반드시 어린아이의 손이 닿지 않는 곳에 두라는 경고문이 찍혀 있다. 유아들은 먹는 것과 못 먹는 것, 깨끗한 것과 더러운 것을 구별할 줄 모른다.

그래서 이 세상에 태어나서 맨 먼저 배우는 말이 '맘마'와 '지지'이다. 먹을 것을 줄 때에는 맘마라고 가르쳐주고 더러운 것을 먹으려고 하면 지지라고 말린다. 에덴동산에도 선악과가 있었듯이 아무리 귀여운 아기라도 금지의 언어는 있어야 한다.

그런데 맘마는 저절로 익힐 수 있지만 지지란 말은 학습을 통해서만 터득하게 된다는 문제가 있다. 지지라는 말은 발음부터가 어렵다. 아이들이 제일 쉽게 발음할 수 있는 것은 맘마처럼 'ㅁ'자가 붙은 말들이다. 우리나라의 엄마(어머니)가 그렇고 영어의 마더mother, 프랑스의 메르mère, 러시아의 마츠мать가 모두 그렇다.

그러나 지지는 'ㄷ'이나 'ㅂ(ㅍ)' 자 줄을 익히고 난 다음에야 비로소 발음할 수 있는 말인 것이다.

과장해서 말하자면 지지라는 말을 터득하고서야 비로소 사람이 되는 것이라고 할 수 있다. 가치의 판단, 질서와 규율, 욕망과 억제…… 이러한 사회적 개념의 씨앗이 모두 이 지지라는 두 음절 속에 들어 있기 때문이다. 오탁번의 소설에도 맘마와 지지의 그 같은 상징성을 아주 실감 있게 그린 장면이 나온다. 한밤중에 도둑이 들자 어른들은 모두 무서워 꼼짝도 못하고 있는데 아이가 벌떡 일어나서 도둑을 향해 '지지'라고 소리 질렀다는 이야기다.

그런데 요즘 아이들은 맘마는 알아도 지지라는 말은 잘 모르는 것 같다. 어머니들 자신이 지지라는 말을 잘 쓰지 않기 때문이다. 빨아도 되는 장난감이 나온 탓도 있지만 아이들이 무엇인가 입으로 가져가도 그냥 내버려둔다. 뺏는 경우에도 지지라고 가르쳐주는 어머니들은 그리 많지 않다.

자유방임주의와 과보호 속에서 자라나는 아이들은 한마디로 지지 학습을 받지 못한 아이들이다. 그래서 이 세상에는 되는 것과 안 되는 것이 있고 욕망이 있어도 참고 절제해야 하는 경우가 있다는 사실이 몸에 배어 있지 않다.

어린이 비만증이 부쩍 늘어가고 있는 것만 해도 지지의 그 절제를 모르고 자란 아이들의 한 단면을 보여주고 있는 현상이다. 식생활의 절제만이 아니라 모든 행동이 그렇다. 식당이나 호텔같은 공공장소에서 흔히 보는 일이지만 남의 눈살을 찌푸리게 하는 일을 예사로 하고 다니는 아이들이 많다. 남에게 폐가 되는 일을 해도 어머니, 아버지들은 귀여운 재롱으로 안다.

지지로도 모자라 '에비'라는 말로 협박을 했던 봉건적 유아교육도 문제였지만 지지는 없고 맘마만 있는 자유방임의 유아교육도 문제다. 초등학교의 결석률이 20퍼센트나 되고 고교 중퇴자가 반수를 차지한다는 미국의 그 통계 숫자들이 언제 우리의 현실이 될지 두렵다.

어린이 교육뿐이겠는가. 사회 개혁의 언어도 어려운 철학 용어나 경제 용어가 아니라 지지라는 그 단순한 유아 언어 속에 숨겨져 있는지 모른다. 먹을 것과 못 먹는 것, 깨끗한 것과 더러운 것을 분별할 줄 모르는 데서 생겨난 것이 바로 우리가 겪고 있는 부패요 비리가 아니겠는가.

# 더부살이

더불어 살기와 무한 경쟁

생태학에 대한 관심과 탈냉전의 새 기류를 타고 지금 세계적
으로 공생symbiosis이라는 말이 한창이다. 지금까지는 적자생존의
피비린내 나는 밀림의 법칙, 즉 생존경쟁이라는 측면에서만 자연
계를 관찰해왔지만 이제는 도리어 짐승들이 서로 협력하고 조화
를 이루며 공존해오는 현상에 더 주목을 하게 된 것이다. 좁은 시
각에서 보면 밀림은 맹수가 포효하는 약육강식의 살벌한 지옥이
지만 차원을 한 단계 올려 전체의 구조를 살펴보면 감미로운 평
화와 생명이 화음으로 울려퍼지는 오케스트라의 연주장이기도
하다.

아프리카의 초원에서 비비(원숭이)가 행차하는 아침 풍경을 상상
해보자. 비비가 일어나서 숲을 헤치고 가면 영양들이 뒤따른다.
왜냐하면 원숭이가 높은 나무에 올라 열매를 따 먹으면 대개는
그 속만 발라 먹고 딱딱한 껍질을 버리기 때문이다. 그것이 나무
에 오르지 못하고 평생 동안 풀 맛밖에는 모르고 지내는 영양들

에게는 둘도 없이 맛있는 별식이 된다.

영양이 지나가면 그 뒤로 코뿔새들이 뒤따른다. 영양의 떼가 지나가면 풀숲에 숨어 있던 벌레들이 나와 움직이기 때문에 그놈들을 잡아먹기 위해서이다. 원숭이 뒤에 영양, 영양 뒤에 코뿔새의 행렬이 푸른 초원에 정답게 공존한다.

보다 직접적인 공생 체계에서 살고 있는 것은 기린과 찌르레기이다. 기린은 목이 길기 때문에 목이나 몸에 붙어 있는 진드기같은 기생충을 잡을 수가 없다. 누군가가 대신하여 자기 몸에 붙은 기생충을 잡아줘야 하는데 그것이 바로 찌르레기이다. 물론 그냥 봉사하는 것이 아니라 기린은 찌르레기에게 있어서 움직이는 목장의 구실을 해준다. 악어와 악어새의 경우처럼 찌르레기에게 있어서 기린은 먹이의 공급원이 되고 기린에게 있어서 찌르레기는 반가운 청소부가 되어준다.

공생은 동물과 식물 사이에서도 벌어진다. 식물들은 한 치라도 넓게 그리고 멀리 자기 씨앗을 퍼뜨리려고 한다. 그런데 야자나무는 그 씨 뿌리기의 주역으로 가장 믿음직스러운 코끼리를 선택한다. 왜냐하면 초원과 늪을 가장 널리 돌아다니는 짐승은 코끼리 떼가 최고인 까닭이다. 하지만 코끼리의 코가 아무리 길어도 높은 야자나무 열매를 딸 수는 없다. 그때 야자나무와 코끼리 사이에 끼어드는 친구가 바로 나무 잘 타는 원숭이다. 나무에 올라가 야자열매를 맛있게 따먹지만 씨가 있는 딱딱한 겉가죽은 까는

즉시 내버린다. 그것을 나무 밑에서 기다리고 있던 코끼리가 주워 먹는다. 물론 식성이 서로 다르기 때문에 원숭이에게 있어서 쓰레기는 코끼리의 진수성찬이다. 그렇게 해서 듬직한 코끼리의 배 속에 들어간 씨앗들은 그 배설물과 함께 숲의 전역에 뿌려진다.

적대 관계에 있는 것처럼 보이는 짐승들이라 해도 넓은 시야에서 관찰해보면 서로 협력 관계에 있는 것들이 의외로 많다. 그 대표적인 사례가 아리조나의 초원에 살고 있는 흑표범과 사슴의 관계이다. 상식적으로 생각하면 초원의 폭력자요 무법자로 보이는 표범들만 없으면 사슴들이 행복하게 살 것 같지만 현실은 정반대이다. 실제로 사람들이 흑표범을 없앴던 일이 있었다. 처음에는 생각대로 사슴의 숫자가 부쩍 늘어나고 그 초원에는 평화의 계절이 오는 듯했다. 그러나 몇 년 지나자 사슴들은 떼죽음을 당하고 멸종의 위기에 처하게 됐다. 사슴 떼가 너무 불어나서 초원의 풀이 짓밟히고 사막처럼 되어 먹이가 떨어지고 말았던 것이다. 흑표범들은 폭력자가 아니라 사슴들을 위한 초원의 관리자green keeper였던 셈이다. 이렇게 시점과 발상을 바꿔보면 인간 사회에서도 그 같은 공생의 생태를 볼 수가 있다. 지금까지 경쟁 관계만을 중시했던 기업들이 공생 관계의 새 전력으로 발상을 전환해가고 있는 것도 그런 현상의 하나이다. 이른바 공생 마케팅이라고 부르고 있는 것이 그것이다.

항공사와 관광 사업은 떼려야 뗄 수 없는 입술과 이빨 같은 관계이다. 이 공생 전략을 살린 것이 바로 2년 동안 괌 관광청과 공동으로 광고 활동을 벌인 대한항공이다. 다른 업종만이 아니라 요즘 항공 회사들은 서로 제휴를 맺어 라운지를 같이 쓴다든지 창구나 시설을 공동으로 운용한다든지 하는 신전략이 부쩍 늘고 있다. 그렇게 해서 적자 경영에서 벗어난 항공 회사들도 많다.

냉장고 제조업체와 맥주 회사의 관계도 마찬가지이다. 냉장고가 잘 팔려야 맥주 수요가 늘고 냉장고에서 나온 맥주 맛에 인이 박여야 냉장고가 잘 팔린다. 그래서 냉장고와 맥주의 판촉 작전에 두 회사가 제휴하여 서로 장단을 맞춘다. 신사복과 고급 만년필, 자동차와 골프 용품, 건강식품 회사와 주방 가구 회사 등 공생 마케팅은 제휴 방법에 따라 얼마든지 그 종류가 늘어나고 개척 분야도 다양해질 수가 있다.

산업 경제 부분만이 아니다. 정계에도 예술계에서도 그런 공생 전략의 새로운 초원이 펼쳐지고 있다. 삼당 합당이나 심지어 일본의 자민당과 사회당의 제휴처럼 보수와 진보가 공생 관계를 맺기도 한다. 장르가 다른 영화와 소설이 서로 상보 효과를 거두고 있거나 연극과 음악이 서로 손을 잡아 뮤지컬 시장을 만들어 가는 예술의 공생은 일찍부터 있어왔다. 그러나 이 같은 공생 관계는 균형이 깨져 어느 한쪽이 다른 쪽의 독립성을 침해하게 되면 경쟁보다도 더 나쁜 결과를 가져오기도 한다. 앞에서 말한 기린과 찌르레기의 관계가 그런 것이다. 기린이 상처가 없을 때에는 그 공생이 이상적으로 진행되어가지만 일단 기린의 몸에 상처가 생기면 찌르레기는 기생충을 잡아먹지 않고 그 상처를 쪼아 직접 그 피를 빨아먹는 흡혈귀적 존재로 바뀐다. 기생충이 몇 방울도 안 되는 피를 빨아먹는 것과는 상대도 안 된다. 더구나 상처가 아물지 못해 치명적인 타격을 받기도 한다. 무엇보다도 공생을 하려면 일방통행이 아니라 쌍방향의 균형과 호환성을 갖추어야만 한다. 쌍방향 텔레비전의 뉴미디어만이 아니다. 앞으로의 인간 사회는 모든 것이 그 '인터랙티브interactive'를 통해서 이루어지게 된다.

한국의 전통 사회나 그 문화 속에는 이 같은 공생 현상이 일찍부터 있어왔다. 더불어 살아가는 지혜를 제도화한 것이 각종 계契이다. 그리고 두레 모니 두레 놀이니 하는 '두레' 자가 붙은 것은 모두가 공생 문화를 토대로 삼고 있는 것들이다. 그런데 공생의 토박이말인 '더부살이'라는 한국말이 웬일인지 나쁜 뜻으로 전락해버렸다는 점이다. 더부살이를 문자 그대로 풀어보면 더불어 살아간다는 것인데 실제로는 남의 종살이나 걸식을 하며 잔일이나 거드는 예속적 의미가 되어버렸다. 즉 의존과 착취라는 일방통행적 의미밖에는 없다. 공생이 쌍방향을 잃게 되면 그것은 기생寄生이 되고 만다. 먹이사슬이 아니라 악의 사슬로 이어지는 공생도 마찬가지다. 부정한 공생은, 끝내는 공멸의 구덩이로 빠져들고 만다. 그것을 잘 알고 있었던 우리 선조들은 공생이라는 생물학적인 용어를 쓰지 않고 '상생'이라는 말을 썼다.

상생은 일방통행적이거나 균형을 잃은 의존관계가 아니다. 내가 살아야 네가 살고 네가 살아야 내가 살아가는 '서로 살기'이다. 요즘 '더불어 살아가는 사회'라는 말이 유행어처럼 쓰이고 있지만 엄격하게 말해서 공생하려다 망한 것이 사회주의 국가가 아닌가. 사실 공산주의의 공산은 공생과 글자 하나만이 다를 뿐이다. '더불어 살기'라는 말은 언젠가는 더부살이로 전락될 운명에 있다. 사회복지 제도가 잘못 일방통행적인 것이 되고 만다면 국민들이 모두 더부살이가 되어버린다.

이런 위험성은 존슨Lyndon Johnson 대통령 때 크리스마스 트리에 너무 많은 캔디를 달아놓았다 하여 비판을 받은 바 있는 미국 사회에서 심각한 위기로 다가오고 있다. 그것이 우리 역사의 앞바퀴가 되지 않기 위해서 우리는 '더불어 살기'가 아니라 '서로 살기'로 그 개념의 핸들을 틀어야 한다. 그런데 우리는 지금 '더불어 살기'와 '무한 경쟁'이라는 모순적인 말을 함께 쓰면서 그것을 각종 미디어가 다투어 유행어로 찍어내고 있다.

# 일

뽕잎 속의 꿈과 사랑

흔히 하는 소리지만 '일'이라는 한국말 속에는 부정적인 뜻이 숨어 있다. '일 없다'라고 하면 사람들은 안심을 한다. 편지글 중에도 최상의 소식은 아무 일 없이 지낸다는 것이다. 문자 그대로 하면 실직했다는 소식이 될 것 같은데 실은 그 정반대이다. 실직을 하면 그야말로 큰일이 생긴 것이다. 일을 하면 '일'이 생기는 일도 있다. "일 저지르고 다닌다."고 할 때의 일이 바로 그것이다.

그래서 이른바 공무원 병의 하나인 무사안일주의라는 것이 생겨나기도 한다. 우리나라만 그런 것이 아니다. 일 잘한다는 일본 공무원들 간에는 세 가지 하지 말라는 원칙이 있다고 한다. 첫째는 지각하지 말 것, 둘째는 결근하지 말 것 그리고 셋째가 일하지 말 것이다. 일을 많이 할수록 일을 저지르는 확률도 그만큼 높아진다. 일 없이 그냥 지내면 승진도 되고 책임 추궁도 당하지 않는다. 의욕적인 일일수록 위험부담이 따르기 때문이다.

그러나 지각 안 하고 결근만 안 하면 그런대로 승진도 되고 근속 몇십 년의 표창도 받는다. 한마디로 일하는 체하기만 하면 되는 것이 관료 조직의 특징인 셈이다. 그런 관료 조직 때문에 망한 나라가 바로 구소련이라는 것은 세상이 다 아는 사실이다.

"일개미라고 소문난 일본 공무원도 그렇다니……."라고 충격을 받을 사람들이 많을 것이다. 그러나 더욱 충격적인 것은 부지런함의 척도가 되어 있는 개미들조차도 일을 하지 않는다는 점이다. 최근 생태 학자들의 연구를 보면 개미 중에서 진짜 일을 하는 것은 20퍼센트도 채 안 된다는 것이다. 나머지 80퍼센트는 건성으로 왔다 갔다 하며 일하는 체만 하고 돌아다니는 놈들이다. 더욱 신기한 것은 일 잘하는 20퍼센트 개미만 모아놓아도 또 그중에서 80퍼센트의 노는 개미들이 다시 생겨난다는 이야기다. 인간이든 짐승이든 조직 속에는 반드시 그런 허점이 있게 마련이다.

지금까지 기업의 과제는 '왜 사람들은 물건을 사는가?' 하는 것을 연구하는 데만 정신을 팔았다. 소비자에게 구매 동기를 만들어주는 광고 전략, 마케팅 전략 같은 것이 모두 그런 데서 생겼다. 그러나 최근 기업의 궁극적 과제는 '왜 사람들은 일을 하는가?'라는 질문으로 관심이 바뀌어가고 있다. '사람들은 어떤 경우에 열심히 일을 하는가?'라는 동기 탐구가 상품의 구매 동기를 알아내는 것보다 회사 발전에 더 중요한 과제를 던져주고 있기 때문이다.

콩고에서 일하는 건설업자들의 이야기를 들어보면 같은 길을 놓는 일인데도 어느 편에서부터 일을 해나가느냐에 따라서 작업 능률이 아주 달라진다고 한다. 즉 도시에서 오지 쪽으로가 아니라 오지에서 도시 쪽으로 작업을 해나가는 편이 훨씬 더 일을 열심히 한다. 왜냐하면 노동자들이 정글을 뚫어갈 때 후진 쪽보다는 자기네가 가고 싶어 하는 대도시 쪽으로 향하는 것이 더 일할 맛이 나기 때문이라는 게다.

　　사무실 조명도도 작업의 능률과 밀접한 관계가 있다. 언뜻 보기에는 전기료를 아끼는 것이 회사 경영을 잘하는 것처럼 여겨지지만 실상은 그렇지가 않다. 어두운 실내에서 일하는 사람들은 마음도 자연히 어두워지기 때문에 작업 의욕이 감퇴된다. 그러나 밝은 분위기에서 일을 하면 피로도 덜하고 마음도 명랑해진다. 더구나 지금은 노동을 근육으로 하던 시대가 아닌 것이다.

　　이제 일은 마음으로 한다. '마인드'라는 말이 갑자기 유행하고 있는 것도 그런 이유에서다. 그것을 섣부른 영어로 말할 것이 아니라 뽕밭 처녀의 마음으로 불러보면 한결 그 뜻이 명확해질 것이다. 뽕도 따고 님도 보는 뽕 따는 처녀들에게 뽕밭은 일터이면서 동시에 삶터이고 사랑의 무대이다. 더구나 그 뽕잎으로 누에가 살찔수록 시집갈 때의 폐백감이 풍성해진다. 뽕잎 따기에는 꿈이 있고 사랑이 있고 희망이 있다. 뽕잎 따듯이 하는 그런 마음으로 일을 한다면 정말 걱정할 '일'이 없다.

당근과 채찍이란 말부터가 잘못된 것이다. 당근이란 말에서도 짐작이 가듯이 말과 같은 짐승들을 키워온 목축민들의 발상이다. 인간은 채찍과 당근으로 움직이는 말이 아니다. 당근을 주어도 주는 방식과 표정이 중요하다. 채찍의 효과도 마찬가지다. 채찍은 사정司正이 아니다. 당근은 보너스나 승진 같은 것으로 오해해서도 안 된다. 타인으로부터 인정받고 싶은 마음과 자기 확인이 밖에서 던져주는 당근보다 값지고 채찍보다 무섭다.

하루에 한 번씩 칭찬해주라는 소위 그 '1분간 매니저'의 새로운 경영 기법처럼 일하는 사람의 기를 살려주어야 한다. 기가 살고 신이 나야 한국 사람들은 아무 '일' 없이 '일'을 잘한다.

# 본보기

정보화 사회와 견본·모델·샘플

"너는 생전에 좋은 일과 나쁜 짓을 꼭 반반씩 했으니 천국으로
도 지옥으로도 보낼 수가 없다. 그러니 여기 있는 지옥과 천국의
집을 보고 마음에 드는 곳을 골라 가거라."

염라대왕의 말을 듣고 사자死者는 천국과 지옥으로 가는 두 길
어귀에 마련해놓은 집 구경을 했다. 천국이라고 쓴 집에는 아름
다운 꽃과 탐스러운 열매들이 우거진 동산이 있었지만 사람은 한
적했다. 그러나 지옥은 생각과는 달리 환경도 좋아 보였고 많은
사람들이 모여 즐겁게 디스코 춤을 추고 있었다. 사자는 지옥을
택했다.

하지만 막상 그곳에 당도해 보니 딴판이었다. 어둡고 음산한
곳에서 사람들은 디스코를 추고 있는 것이 아니라 뜨거운 유황불
속에서 몸부림을 치고 있었던 것이다. 그는 염라대왕을 찾아가
좀 전에 보았던 지옥과는 딴판이라고 항의를 했다. 그러자 염라
대왕은 멋쩍게 웃으면서 이렇게 대답하더라는 것이다.

"이 사람아, 그건 모델하우스잖아."

모델이라는 말은 학술 용어에서부터 패션모델에 이르기까지 그 사용 범위가 워낙 넓어서 모형이나 표본이라는 말로는 감당해 내기 힘들다. 샘플이라는 말 역시 마찬가지다. 견본見本이라는 말은 책冊을 '혼[本]'이라고 하고 본보기를 '데혼[手本]'이라고 하는 일본 사람들이 만든 한자 말에서 비롯된 것이다. 모델·샘플·견본 등 한국말에는 이러한 말들에 딱 들어맞는 토박이말이 없다. 그래서 "흰 라인 선 밖으로 나가주십시오."라는 안내 방송을 들은 사람이 "저 사람은 말을 겹쳐 쓰는 샘플 견본의 표준 모델이네." 라고 했다는 우스갯소리도 있다.

있다면 '본보기'인데 그것이 바로 문제다. 본보기는 보통과는 달리 특별히 잘 보이도록 만든 것이다. 그래서 모델이나 샘플을 본보기로 알고 있기 때문에 모델하우스와 같은 우스개 이야기도 나오게 된 것이다. 일본이 처음 서양과 무역을 할 때 가장 고전을 한 것도 샘플 개념이 없었기 때문이라고 한다. 명치明治 때의 런던 주재 영사가 보내온 보고문에도 그런 이야기가 나온다.

"일본 상인은 샘플의 뜻을 오해하여 견본을 만드는 데는 최상의 자료와 기량으로 있는 정성을 다하지만 그것을 보고 막상 상품을 주문하면 형편없는 조제품을 보내온다."

세계 시장을 석권하고 있는 일본이지만 국제 시장에 처음 진출했을 때에는 우리와 별로 다를 것이 없었다. '견본'이나 '본보기'

라는 말에는 무엇인가를 '보여준다'는 뜻을 내포하고 있다. 그래서 자칫 잘못하면 "무언가를 보여준다."는 그 유행어처럼 평상시의 자기 실력 이상의 것을 과시하려는 허욕이나 눈가림이 되기도 한다.

서구 국가들이 근대 산업국가에 성공한 것은 철저한 본보기 문화를 만들어낸 데 있었다. 하나의 예로 서구에서 산업화와 도시화가 이루어지면서 건축물의 고층화가 절대적으로 요청되던 때 가장 장애의 요소가 되었던 것은 엘리베이터였다. 에펠Alexandre Eiffel에 의해 철골 건조물 기술이 생겨 고층화는 에펠탑만큼 높아질 수 있었지만 그 높이까지 사람을 운반하는 수단인 엘리베이터 기술은 그에 미치지 못했던 것이다.

그 장애를 제거하고 엘리베이터 산업에 선구자 노릇을 하게 된 기업가가 바로 오티스Elisha Otis라는 사람이다. 지금도 엘리베이터를 탈 때 그 제조 회사 이름으로 오티스라는 로고를 볼 수 있지만 이 오티스의 전략은 엘리베이터의 안전성을 높이고 사용자들이 그것을 신뢰하도록 하는 일이라고 생각했다. 그래야 상품으로서의 가치를 갖게 된다는 것을 잘 알았기 때문이다. 엘리베이터가 아니라 안전을 팔자는 그의 전략을 널리 알리기 위해서 그는 사람이 많이 모이는 파리 박람회를 이용했다. 수만 군중이 모인 광장에 100여 미터 높이의 탑을 세워 거기에 엘리베이터를 장치해놓고 자기 자신이 직접 타고 올라갔다. 그러고는 꼭대기에 올

라가자 엘리베이터의 줄을 도끼로 찍어 끊었다. 순간 엘리베이터
가 아래로 낙하하여 군중이 비명을 질렀지만 도중에 안전장치가
작동하여 아무런 사고 없이 멈추었다.

오티스는 군중들을 향해서 손을 흔들면서 "모든 게 안전하다
(It's all safe)."라고 외쳤다. 이것이 본보기이다. 이러한 본보기로 그
는 엘리베이터의 역사는 추락의 역사라고 하던 당시의 의식을 말
끔히 불식시키고 오늘의 고층화에 튼튼한 길을 열어놓았다.

또 미국의 전략 공군을 창설한 신화적인 르메이Curtis LeMay 장
군이 일본 본토 폭격의 전략을 세웠을 때에도 그 같은 본보기 전
략을 썼다. 모든 사람들의 반대에도 불구하고 장군은 B-29에서
불필요한 장치를 다 떼어내고 기지에서 일본 본토까지 왕복할 수
있는 연료와 폭탄을 가득 실었다. 그 중량이 대단해서 1번기가 출
동했을 때 이륙을 하지 못한 채 바다에 떨어지고 말았다. 2번기도
마찬가지였다. 그것을 본 3번기의 조종사는 출동 명령이 내렸는
데도 비행기를 이륙시키지 않았다. 르메이 장군은 조종사를 조종
석에서 끌어내고 자신이 직접 조종간을 잡고 발진시켰다. 비행기
는 이륙에 성공했고 다음 비행기들은 모두 그 뒤를 따라 날아올
랐다. 이렇게 해서 신화적인 전략 공군의 일본 본토 공습이 이루
어지게 된다.

모델·샘플 등의 본보기들은 일종의 정보이다. 정보 가운데 가
장 중요한 것은 할 수 있다는 것을 보여주는 것이다. 우리가 자전

거를 탈 때 계속 넘어져도 끝까지 연습해서 성공을 하는 것은 자기 눈앞에 자전거를 타고 다니는 사람들이 있기 때문이다. 그렇지 않으면 두 바퀴 달린 승용물은 탈 수 없는 것이라는 선입견의 지배로 한번 쓰러지면 다시 탈 생각을 하지 않을 것이다. 우리가 공업화에 자신감을 가졌던 것은 비록 거친 방법이기는 했으나 성공을 한 몇 개의 선례를 남겼기 때문이고 그런 선례를 만들어낸 개척자들이 이 땅에 있었기 때문이다.

본보기를 보여준 기업가·행정가·기술자들이 우리의 근대화를 만들어냈다. 얼마 전까지 아시아에서는 일본만이 예외적으로 서구와 같은 공업화를 할 수 있는 나라라는 것이 정설로 되어 있었다. 그러나 우리는 일본이 할 수 있으면 우리도 할 수 있다는 생각과 또 그런 정보를 가지고 있었다.

오티스가 탔던 엘리베이터만이 안전하고 다른 엘리베이터는 그 모델과 다르다고 생각했더라면 목숨을 건 그 이벤트가 무슨 소용이 있었겠는가. 르메이 장군의 비행기만이 뜰 수 있고 다른 비행기는 뜰 수 없었다고 생각했다면 그 뒤를 이어 비행기들이 발진을 할 수 있었겠는가.

모델은 정보 중에 가장 값진 것이다. 그 모델이 사실과 다를 때 우리는 정보 자체를 불신하게 된다. 그런 현상은 모델의 역기능 밖에는 낳지 못한다. 정보화 사회라는 말이 유행하고 있지만 사실은 견본인지 모델인지 샘플인지 그 말조차 희미한 그 본보기 문화를 정착시킬 때 그런 사회는 현실이 될 수가 있는 것이다.

# 구두닦이

어색한 언어 인플레

    통계청은 한국 표준 직업 분류를 개정 고시하고 1994년 1월 1일부터 시행한다고 밝혔다. 그런데 이 표준 직업 분류에서는 직업명도 개정된 것이 많아 눈길을 끈다. '구두닦이'는 '구두 미화원'으로 '때밀이'는 '욕실 종사자'로 고쳐놓은 것 등이 그렇다. 그리고 광부나 용접공같이 부夫나 공工으로 끝나는 직종 명칭은 모두 원員으로 바꿨다고 한다.

    도둑을 보고 양상군자梁上君子라고 불렀다는 고사도 있는데 듣기 거북한 직업 명칭을 개정했다고 해서 누가 얼굴을 붉히겠는가. 문제는 '구두닦이'니 '때밀이'니 하는 생생한 우리의 토박이말이 한자류의 어색한 관제어로 뒷걸음치고 있다는 점이 마음에 걸린다.

    우리나라의 일상어 가운데 한자어의 비율은 55퍼센트나 된다. 그런데도 우리가 한자어에 짓눌리지 않고 살아온 것은 빈삭도가 높은 100개의 말 가운데 한자어에서 온 말이 겨우 열여섯 개밖에 안 된다는 사실에서 알 수가 있다. 잘 쓰는 말일수록 생활 속에서 자생된 토박이말들이다. 뿐만 아니라 한국 사람들은 '동해東海 바다'니 '역전驛前 앞'이니 하는 말처럼 한자어를 쓰더라도 무의식적으로 그 끝에 토박이말을 겹쳐 쓴다. 이 독특한 어법으로 자기 언어의 감각을 살려왔던 것이다. 그러나 이와는 정반대로 관청에서 쓰는 행정 언어들은 한자 투의 조어가 안방을 차지하고 있다. 심지어 '일응—應'이니 '고정苦情'이니 하는 일제 때 쓰던 일본 말 유령들이 아직도 당당히 눈을 뜨고 살아 있는 경우가 많다. 이러한 언어 감각의 차이와 위화감이 관민을 따로 놀게 하는 바벨탑 노릇을 해왔다고 해도 지나친 말이 아니다. 구두닦이가 구두 미화원이 된 이번 경우를 두고 보더라도 행정어의 순화 작업이 노력만큼 그 실적을 올릴 수 없었던 이유를 알 만하다.

일반어와는 달리 대부분의 행정 용어들은 관계 법조문 자체를 개정해야 할 경우가 많기 때문에 일단 잘못 지어진 명칭을 고친다는 것은 하늘의 별 따기가 된다. 일본의 직수입어인 '노견路肩'을 '갓길'로 고치는 데 얼마나 고생을 해야 했는지 이미 필자 자신이 생생하게 체험한 바 있다. 이번에 개정된 직업명칭은 관료들만이 쓰는 단순한 관제어가 아니라 시민 생활과 밀착된 생활어라는 점에서 더욱 그렇다. 특히 직업 명이 우리 사회처럼 빈번하게 개칭되고 또 사회 쟁점화가 되는 예는 그리 흔치 않다는 점에 대해서도 깊이 생각해보아야 한다.

'가드너gardener'니 '카펜터carpenter'니 하는 직업명이 어엿한 성 씨로 불리는 서구의 경우는 말할 것도 없고 차별어를 금기로 삼고 있는 일본에서도 직업명을 가지고 문제 삼는 일은 드문 일에 속한다. 패전敗戰을 종전終戰이라고 부르고 노인老人을 숙년熟年이라고 개칭한 일본인들이지만 아무 거리낌없이 운전수는 그냥 운전수요 간호부는 지금도 여전히 간호부라고 부른다. 그런데 우리는 노인을 아무 불편 없이 그냥 노인이라고 부르면서도 운전수는 기사라고 부르고 간호부는 간호사로 고쳐 불러야 한다. 물론 명칭 자체에 무슨 차별이나 천한 뜻이 숨어 있어서가 아니다. 가령 식모라는 말이 가정부로 바뀌었지만 원래의 의미대로 하자면 식모 쪽이 훨씬 더 고상하고 상위에 속해 있는 것이다. 식모·유모·침모의 그 직업명에 붙어 다니는 '모' 자는 바로 어머니라는 뜻이기 때문이다. 어머니보다 더 값지고 좋은 말이 어디에 있겠는가.

공工이나 부夫가 붙은 직업명을 원員으로 바꾸어 통일한다는 것도 그렇다. 공工은 하늘과 땅을 이어놓은 것으로 옆줄만 하나 더 그으면 왕王 자와 맞먹는 글자이다. 그리고 부夫는 사대부士大夫의 부로서 큰 대大 자에 상투의 비녀를 꽂아놓은 글자인 것이다. 원뜻대로 한다면 돈을 헤아리는 관원을 뜻했던 원員 자와는 상대가 되지 않는 글자이다.

이렇게 말뜻 자체로 보면 하등의 차별적인 뜻이 없는데도 그것이 차별어처럼 되어버린 것은 뒤에 생겨난 직업적 편견에서 비롯된 것이라고 할 수 있다. 그렇기 때문에 아무리 새 말로 바꾸어도 시간이 흘러 그 이미지가 다시 굳어지게 되면 그 말을 다시 버려야 하는 언어의 인플레 현상이 빚어지게 된다.

공이나 부 자가 붙은 직업명을 원으로 바꾸게 되면 때밀이를 욕실 종사자로 한 것도 욕실 종사원으로 고쳐주어야 할 것이다. 그리고 간호원이 간호사로 바뀐 것처럼 용접공도 용접원에 만족하지 않고 용접사로 고쳐달라고 할 것이다. 구두닦이가 구두 미화원이 되고 구두 미화원이 구두 미화사가 되어야 하는 끝없는 직업명의 에스컬레이션이 생겨나게 될 것이다.

이런 직업 명칭의 개칭이야말로 역설적으로 말해 직업의 귀천을 없애는 것이 아니라 돋우는 결과가 되고 자기 직업에 대한 긍지를 갖기보다는 열등의식을 지니게 하는 반작용을 낳을 수도 있다. 직업의 귀천이 없고 평등의식이 강한 미국 같은 나라에서 만약 친절하게도 누군가가 슈샤인 보이를 슈샤인 젠틀맨으로 하고, 벨보이를 벨 엔지니어라고 하자고 제의한다면 아마 희극의 소재가 되어버릴지 모른다.

구두닦이를 "빛을 만들어내는 마술사요 탐구자."라고 찬양했던 카뮈Albert Camus의 말이 생각난다. 하물며 이 지상에서 손님에게 침을 뱉고도 돈을 받는 유일한 직업인 한국의 구두닦이들, 그래서 광을 내는 솜씨에 있어 세계에서 으뜸간다는 솜씨 좋은 구두닦이들은 더 말할 것이 있겠느냐! 전쟁과 빈곤의 뒤안 속에서도 잡초처럼 끈질기게 살아왔고 경제성장과 함께 이제는 찾아보려야 찾아볼 수 없이 귀하게 되어버린 구두닦이들. 그 직업 속에 담긴 의미와 긍지를 찾아주는 것이 명칭을 바꿔주는 것보다 더 중요할 것 같다.

어찌 구두닦이뿐이겠는가. 우리가 진실로 바꿔야 할 것은 직업 명칭이 아니라 직업에 대한 의식이요 그 편견이다. 이런 일이 어디 직업 명칭뿐이겠는가. 모든 분야에서 언어의 값이 제자리를 찾지 못하고 폭등한다. 물가의 인플레를 걱정하는 사람들은 많아도 말 값의 인플레에 대해서는 걱정하는 사람조차 없다.

이 언어 인플레를 막는 길은 "장미는 장미라고 부르지 않아도 향기롭다."라는 셰익스피어의 명언을 가슴에 새겨두는 일이다. 원래 사회주의 정당에서 서기장이라는 말은 문자 그대로 서류를 정리하고 발송하는 일을 맡았던 말 그대로의 서기 업무를 맡은 직책이었다. 그러나 레닌Vladimir Lenin 시절 당의 서기장 일을 맡았던 스탈린Iosif Stalin이 실세로 부상하고 서기장의 권한이 막강해지면서 그 위상이 바뀌게 되었던 것이다.

당직의 자리와 그 이름을 그대로 두고서도 실질적으로 당을 손안에 넣은 스탈린 때문에 서기장이라는 이름은 본래보다도 훨씬 격상되어 사용되기 시작했다. 그 자리의 이름을 뭐라고 부르건 파워가 생기면 자연히 직명의 이미지까지 달라진다.

천직이라고 생각한 것이 파워와 향기를 주는 것. 그러면 무엇이라고 불러도 그것이 간직하고 있는 냄새는 변하지 않을 것이다. 그리고 그 향내는 누가 주는 것인가. 장미처럼 제 스스로의 뿌리로, 그 노동으로 얻어지는 것이다. 결국 이름은 남이 부르거나 붙여주는 것이 아니라 스스로 만들어내는 것이라고 할 수 있다.

# 살림살이

'ㄹ' 자처럼 굴러가는 삶

생활을 뜻하는 영어의 리빙living은 '살다'라는 동사 리브live에서 나온 말이다. 그런데 공교롭게도 그 'live'의 철자를 거꾸로 읽으면 이블evil[惡]이 된다. 사는 것을 뒤집어보면 악이 된다는 이 논리는 단순한 말놀이에서 그치지 않는 것이 서구의 사회이다. 원죄 의식도 바로 그런 관점에서 생겨난 것이라 할 수가 있다.

'살다'의 그 부드러운 'ㄹ' 음으로 우리의 삶은 걸리지 않고 굴러가고 막히지 않고 흘러간다. 'ㄹ' 자가 붙은 한국말은 모두가 물처럼 흘러가고 돌아가고 지속하는 것들이다. 물은 졸졸 흘러가고 바람은 솔솔 분다. 그러나 '살다' 옆에는 'ㄱ'자 받침이 붙은 '죽음'이라는 말이 어깨동무를 한다. '죽다'는 '살다'와 그 어감이 정반대이다. '살다'의 'ㅏ'는 양모음이고 죽다의 'ㅜ'는 음모음이다. 그리고 '살다'의 'ㄹ' 음은 유전음인 데 비해서 '죽다'의 'ㄱ' 음은 꺾이고 막히는 폐색음이다. '뚝' 하면 꺾이는 것이고 '똑' 하면 부러지는 것이다.

솔방울이 때굴때굴 굴러간다고 하면 장애물 없이 계속해서 굴러가는 것이지만 거기에 'ㄱ' 자 한 자만 붙여 '땍때굴 땍때굴 굴러간다'고 하면 장애물에 부딪혀 구르다가 멈추다가 하는 복잡한 회전운동을 나타낸다. 손이 안으로 굽어서가 아니다. '살다'라는 한국말의 어감 속에는 바람이 불고 구름이 흐르듯이 끝없이 유전하며 지속하는 싱싱한 움직임이 감돌고 있다.

어감만 그런 것이 아니다. '살다'가 명사가 되면 '살음', 즉 '삶'이 된다. 그리고 '살리다'가 명사로 바뀌면 '살림'이 된다. '삶'이 자동사에서 나온 것으로 홀로 살아가는 주체적이고 정신적인 생이라 한다면 '살림'은 사역동사에서 나온 것으로 살아가는 데 필요한 수단이나 물질적 힘을 토대로 한 생활을 의미하게 된다. 그러면서도 한국말의 '살림'은 생활을 뜻하는 서양의 '리빙'과는 다른 정신적인 울림이 있다. 시인 워즈워스가 말한 "생활은 낮게 정신은 높게(Plain Living and High Thinking)"의 경우처럼 생활을 정신에 대립하는 개념으로 쓰고 있지만 우리의 살림은 그 양면을 모두 포함하고 있다.

살림 났다거나 혹은 살림을 내보냈다는 것은 분가를 의미하는 독립적 삶을 의미한다. 동시에 살림을 장만한다거나 살림 밑천을 삼는다는 것은 가재도구와 같은 생활용품을 가리키는 말이다. 무엇보다도 '살림'이라는 말에 다시 '살다'라는 말을 겹쳐 살림을 산다거나 '살림살이'라는 말을 만들어낸 것을 보면 안다.

세상에 '살다'라는 말을 두 개씩이나 포개어서 쓰는 민족은 모르면 몰라도 한국인밖에는 없을 것이다. 그냥 주어진 생을 살아가는 것이 아니라 적극적으로 능동적으로 삶을 살려가고 그 살려가는 것을 다시 살아가는 것이 바로 살림살이이며 한국인이 살아가는 모습이다.

그렇기 때문에 비록 누추하고 보잘것없는 쪽박이라 할지라도 그것을 살림살이라고 부를 때에는 눈물겹기까지 한 삶의 숭고한 의지를 느끼게 된다. 더구나 삶은 어디까지나 내가 주체가 되는 것이지만 살림은 자기 아닌 남에게로 향한다. 죽어가는 나무를 살리고 꺼져가는 불을 살리듯이 남까지도 활성화하는 것이 살림이라는 개념이다. 살림살이의 중심 역할을 하는 가정주부들의 삶이 바로 그런 것이다. 가정주부들은 세상을 살아간다고 하기보다 가족이나 세상을 살려가는 사람들이라고 하는 편이 옳다. 그래서 일찍이 한국말에는 열심히 가족을 위해서 일하며 살아가는 모범적인 주부들을 살림꾼이라고 하지 않았던가.

미각·패션·장식·레크리에이션·교육·교통·심리학·로맨스·요리·디자인·문학·의약·공예·예술·원예·경제학·행정·소아과 의사·노인 의학·접대·관리·구매·법률·회계·종교 그리고 경영······.

대체 이 많은 일을 누가 다 할 수 있단 말인가. 그 사람은 아주 특별하고 특별한 사람일 것이다. 그렇다. 특별한 사람이다. 그 사람의 이름은 가정주부.

　이 잠언 시에 나오는 가정주부야말로 살림꾼이라는 말로 불러
야 마땅하지 않겠는가. 가정을 살리는 살림살이, 평범한 가정주
부일수록 특별하고 특별한 사람이라고 해야 한다. 그리고 위의
잠언 시에서 한 가지 빠진 품목이 있다면 아마도 그것은 요술사
라는 말일 것이다. 한국의 주부들은 빈 봉투를 갖다 주어도 가정
을 살려내는 요술사의 역할을 해왔기 때문이다.
　같은 유교 문화권 속에서 살아온 여자지만 대만의 주부들은 가
정의 살림살이를 도맡아하는 법이 없다. 그래서 대만에는 아침
밥을 파는 외식 산업이 번창하고 있는데 그 이유는 주부가 아침
밥을 짓지 않기 때문이다. 일가족이 식당에서 밥을 사 먹고는 각
자 자기 일터로, 학교로 나간다. 그리고 직장에서 돌아올 때에는
전자레인지에 넣기만 하면 되는 음식물을 사 가지고 들어와 저녁
식사를 한다. 이런 경우의 가족은 한솥밥을 먹는 식구라기보다
한 식당의 손님들이라고 하는 편이 어울린다.
　만약 살림살이의 의식이 없다면 가족은 장기 투숙객이 머무는
여관집이거나 경영 상태가 나쁜 불합리한 회사와 같은 것이 될지
모른다. 많이 변하기는 했지만 살림살이와 살림꾼 의식이 있는
주부들이 있는 한 나라의 살림살이도 걱정할 게 없다.

# 나들이

겨울잠에서 깨어나 21세기로 걸어라

"병아리 떼 종종종 봄나들이 갑니다."라는 동요가 있다. 서너 살 먹은 아이들도 부를 수 있는 쉬운 말들이지만 이것을 영어로 옮기려고 하면 거의 불가능에 가깝다는 것을 알게 된다. 귀엽고 앙증맞은 '종종'이라는 그 의태어는 물론이지만 '나들이'라는 한국 토박이말에서도 걸리게 된다.

나들이는 외출을 뜻하는 말이므로 고잉 아웃going out이라고 하면 될 것이 아니냐고 말할지도 모른다. 그러나 그것은 한자 말의 외출外出처럼 아웃한 방향만 나타내고 있지만 나들이는 쌍방향으로 구성되어 있는 말이다. 나들이의 '나'는 '나가다'이고 '들이'는 '들어오다'의 뜻이기 때문이다. 나가고 들어오는 정반대의 개념이 하나로 뭉쳐진 말이라는 데 그 독특한 묘미가 있다.

뜻으로 보아도 '나들이'가 옳다. 나들이는 가출이나 먼 여행과는 달라서 아주 밖으로 나가는 것이 아니다. 잠시 나갔다 들어오는 외출이기 때문에 나가는 것 못지않게 들어오는 개념도 중요하다. 그런데 매사를 흑이 아니면 백으로 생각하는 서양의 배제적 논리는 이 쌍방향의 인식에 약하다.

문은 하나인데도 서양에서는 반드시 나가는 문exit과 들어오는 문entrance으로 갈라놓는다. 우리처럼 그냥 출입문이라고 하면 간단한 것을 두고 말이다. 빼기도 하고 닫기도 하는 것이 서랍인데도 영어의 드로어drawer에는 '빼내는 것'이라는 한쪽 의미밖에는 없다. 그 말대로라면 서양 사람은 한 번 빼면 영원히 닫지 않아야 한다. 그러나 우리는 그것을 한 개념으로 봐서 그냥 빼닫이라고 하지 않는가. 그야말로 빼고 닫는 양면성을 있는 그대로 보여주고 있다.

같은 동북아시아 문화권이라고 하지만 일본 말 역시 서랍을 '히기다시ひきだし'라고 하는데 그 뜻은 끌어서 밖으로 빼낸다는 뜻이다. 외출복도 나들이옷이라고 하는 한국말은 분명 한자 문화권 속에 자라났으면서도 독자적인 특성을 지켜오고 있다.

유럽 언어들을 보면 거의 예외 없이 그렇게 되어 있다. 엘리베이터란 말은 엘리베이트elevate, 즉 위로 올라간다는 동사를 명사형으로 만든 말로 문자 그대로 풀이하면 '위로 올라가는 것'이라는 뜻이 된다. 그래서 중세 때의 영어로 엘리베이터라고 하면 고층 건물을 오르내리는 기계가 죄의 구렁에 빠진 사람을 위로 끌어내 구제해주는 성직자들을 일컫는 말이었다고 한다. 그러니까 "엘리베이터 타고 내려간다."라는 말처럼 웃기는 말도 없다. '올라가는 것 타고 내려갈게.'라는 말이 되기 때문이다.

그 정도가 아니다. 라틴계든 앵글로색슨계든 서양 말에는 밤과 낮이라는 말은 구별이 있어도 그 두 말을 하나로 융합해 24시간의 하루를 뜻하는 말은 분명치가 않다. 낮을 데이day라고 하고 밤을 나이트night라고 한다는 것은 초등학교 학생들도 다 아는 영어다. 그러나 밤과 낮이 합친 하루도 또 똑같은 데이가 된다는 점에 대해서 이상하게 생각하는 사람은 별로 많은 것 같지가 않다. 밤과 낮은 그렇게 선명하게 구별할 줄 알면서도 어째서 낮과 하루는 같은 데이란 말인가 생각해볼수록 정말 묘한 일이 아닌가. 실제로 중세 때 일어난 일이라고 한다. 열흘 동안 휴전을 맺었는데도 밤마다 적군들이 쳐들어왔다. 그래서 휴전 협정 위반이라고 하자 그들은 그 문서에 적은 데이는 하루를 뜻할 때의 그 데이가 아니라 낮을 가리키는 데이라는 것이었다. 그래서 그 협정을 지키기 위해서 이렇게 밤에만 쳐들어오지 않았느냐는 것이었다.

남자를 맨man, 여자를 우먼woman이라고 해놓고 사람을 그냥 또 맨man이라고 부르는 것이나 수캐를 도그dog, 암캐를 비치bitch라고 하고 개를 다시 도그dog라고 하는 것이나 모두가 그러한 예에 속하는 말이다. 한마디로 말해서 대립하고 모순하는 것을 하나로 융합하여 싸버리는 넓은 보자기 같은 마음이 서구 문명에는 결여되어 있었던 것이다. 말하자면 덕이 무엇인지를 모르는 사람들이다.

그렇다. 이 세상은 두 토막으로 빠갤 수 있는 장작개비가 아니다. 손등과 손바닥처럼 둘이면서도 뗄 수 없는 하나인 것이 더 많다. 우리는 그것을 알고 있었기 때문에 선 하나를 그어도 붓글씨의 그 한 일— 자처럼 점을 찍고 긋고 다시 힘을 주어 붓을 떼는 세 강약의 터치로 이루어진다. 거기에서 셋이면서도 한 획인 선의 아름다움이 창조된다. 그러나 서양 사람을 보고 한 일 자를 쓰라고 하면 자를 대고 그은 것처럼 단순한 기하학적 선 하나가 될 것이다. 이런 관점에서 보면 분단·갈등 대립·혁명으로 얼룩진 서양의 역사와 그 문명의 비밀을 알 것 같다. 바로 이 영원한 이항 대립의 작두 날 위에 세워놓은 것이 우리가 오매불망 흠모해 온 근대산업 문명의 금자탑이다.

어렸을 때부터 나들이라는 말을 배워온 한국인들이 어느새 정치·문화 할 것 없이 흑백논리의 양극화를 만들어놓고 근대화의 노래를 부르고 있을 때 오히려 거꾸로 서양 사람들은 서양 문명의 양극적 사고를 탈구축하려고 야단들이다.

데리다의 '호주머니 이론'도 그런 보기의 하나다. 호주머니는 누구나 다 내부 공간이라고 생각하고 안심하지만 소매치기를 한 번 당해보면 그것이 내부로 들어와 있는 외부 공간이었다는 사실을 깨닫게 된다. 안에 있으면서도, 한데 있는 공간이 탈구축된 공간, 나들이의 공간—이것이 요즘 우리 문화계에서도 심심찮게 논쟁을 불러일으키고 있는 포스트모던이라는 게다.

21세기의 정보화 사회 그리고 탈산업 사회는 바로 이 이항 대립의 양극 체계를 탈구축하는 데서부터 시작한다. 이제 겨울잠에서 깬 우리의 정치인 그리고 온 국민도 봄나들이를 할 때이다. 그리고 21세기의 나들이 채비도 해야 한다. 그러면 온통 세상을 흑백으로만 바라보며 살던 그 극성스러운 시선에도 변화가 올 것이다.

"병아리 떼 종종종 봄나들이 갑니다."

어렸을 때 불렀던 이 동요를 오늘 다시 한 번 불러보라고 권하고 싶다.

# 집
개인주의와 가족주의

집이라는 말은 언제 들어도 편안한 느낌을 준다. 사람이 사는 집만이 아니다. 집 안에 들어 있는 것이면 모두가 안정감을 준다. 시퍼런 칼날은 불안감을 주지만 칼집이라고 하면 걱정이 없다. 집은 칼날까지도 잠재운다.

집은 '짓다'에서 나온 말이라고 한다. 그래서 집의 옛말은 '짓' 이었다. 지아비, 지어미라고 할 때 붙어다니는 그 '지'란 말 역시 '짓'에서 나온 말이라고 한다. 그러니까 지아비는 집의 아버지이 며 지어미는 집의 어머니라는 뜻이다.

이렇게 집의 어원을 생각하면 집의 근원적인 의미가 보인다. 집은 짓는 것이다. 농사를 짓고, 밥을 짓고, 옷을 짓고, 글을 짓 고⋯⋯. 모든 것을 짓는 창조의 근원이 집인 것이다. "초가삼간 집을 짓고 천년만년 살고 지고."라는 옛날 민요도 있듯이 짓는다 는 것은 산다는 것이요, 산다는 것은 곧 짓는 것이다. 그래서 어 느 분야에서든 무엇인가를 창조해낸 사람들에게 집 가家 자를 붙여주는 것도 이런 문맥에서 보면 당연한 일이다. 음악을 지은 사람은 음악가이고 그림을 그리는 아름다움 속에서 살아가는 사람들은 미술가이다. 숫제 글을 짓는 소설가들에게는 그냥 작가作家라고 부르기도 한다. 그래서 어느 소설가가 직업란에 '작가'라고 썼더니 집 짓는 목수냐고 묻더라는 우스갯소리도 있다. 예술가들만이 아니다. 창조적인 일을 하는 사람들에겐 모두 이 집 가 자가 붙어 있다. 정치를 해서 이름을 얻고 기업을 일으켜 성공을 하면 정치가·기업가라는 호칭으로 불린다.

그리고 이러한 집들이 모여 가장 큰 집을 지은 것이 나라의 집, 바로 국가國家이다. 그래서 나라를 그냥 국國이라고 하지 않고 집 가 자를 붙여 국가라고 한다.

지금 전 세계에서 이 집을 흔들어 붕괴시키는 마그네튜드 7도 가량의 지진이 일어나고 있다. 이 지진의 진원지는 현대 문명의 중심인 미국이다. 출생률은 3분의 1로 줄어들었고 이혼율은 그 반을 넘었다. 여기에 동성애까지 합쳐 이른바 동성끼리 사는 신가족이라는 것이 등장하기도 한다. 어린애가 어린애를 키우는 소녀 미혼모 가족도 날로 불어간다. 인류 역사상 일찍이 볼 수 없었던 가정 붕괴의 숫자들이다. 미국 경제의 쇠퇴와 사회질서의 붕괴는 바로 이러한 숫자들과 무관하지가 않다. 부모의 이혼으로 홀어머니나 홀아비 밑에서 자란 아이들은 실부모 밑에서 자라는 아이보다 여섯 배나 더 빈곤 속에 살 가능성이 많고 그 기한도 길다. 고교 중퇴자, 10대 미혼모, 마약과 범죄율도 결손가정에서 자란 아이들 쪽이 두 배 내지 세 배가 된다.

정상적인 가족에서 자라지 못하고 부모가 세 번, 네 번 결혼하여 이리저리 끌려다녀야 하는 아이들은 정신장애를 일으키지 않는 것이 오히려 이상하다. 그런 원인으로 입원한 아동 수는 점차 증가해서 1980년에 81,500건이었던 것이 6년 뒤에는 112,000건으로 늘어났다고 한다. 10대의 자살 건수 중에 가장 많은 비율을 차지하고 있는 원인이 바로 아버지의 부재다.

미국 사회의 이혼 찬미와 가정 탈출의 사상은 미국의 건국 이념에서부터 비롯한 것이라고 주장하는 학자들도 있다. 미국 문화는 가정을 창조의 원형이 아니라 오히려 파괴로 보았다. 가정의 굴레에서 벗어나는 것이 창조의 길이 된다. 영국으로부터 독립하여 새로운 나라를 세운 정신을 가족으로까지 확대 적용하면 어떻게 되는가. 가정이란 부패한 과거 권력의 남용, 개인 자유의 억압을 의미하는 것이 된다. 가족을 파괴하는 것은 구세계의 압제로부터 독립하는 것과 같다. 개인은 가족의 속박에서 해방됨으로써 독립을 얻고 새로운 출발, 자유의 새로운 탄생을 경험할 수가 있다. 요컨대 가족 파괴는 미국의 독립 정신의 경험을 재현한 것에 지나지 않는다는 이야기다.

놀랄 일이 아니다. 학자들의 이러한 분석 이전에 이미 미국 문학은 가정에서 도망쳐 나온 아이들이 미시시피 강을 자유롭게 떠

내려가는 허클베리 핀의 뗏목 사회를 고전으로 삼고 있다. 돌아갈 집이 없음을 서러워하는 고구려 때의 「황조가」로부터 시작하여 달나라에 초가삼간 짓고 양친 부모 모셔다가 천년만년 살고지고라는 오늘의 민요에 이르기까지 가족 지상주의의 한국문학 전통과는 사뭇 다르다. 자기 이익을 추구하기 위해서 각자가 욕심껏 일하게 되면 사회를 윤택하게 하는 자본주의 시장이 구축된다고 말한 애덤 스미스Adam Smith조차도 이런 말을 남기고 있다.

"인간은 확실히 자신의 기쁨이나 고통에 대해서 가장 민감한 이기주의자이다. 그렇지만 그것만으로는 안 된다. 가족에 대한 이타利他의 정이 없어서는 안 된다."

개인의 이기주의에 토대를 둔 자본주의 원리가 그대로 통용되지 않는 것이 가족 집단이라는 것을 애덤 스미스도 일찍이 눈치채고 있었다.

우리는 큰 회사를 경영하여 성공을 거둔 기업가들이 몇 명 안 되는 가족을 경영하는 데는 실패자가 되는 경우를 수없이 보아왔다. 하루 여덟 시간만 근무하면 되는 곳이 회사라면 24시간 온종일 근무하고 있는 곳이 가정이라고 할 수 있다. 한마디로 이기주의보다 이타주의가 얼마나 어렵고 소중한가를 우리는 그 가족의 애정을 통해서 배우게 된다. 가정의 붕괴 현상은 바로 그 애정과 이타주의의 붕괴이다. 그리고 거대한 이기주의의 시장이 가정까지도 지배하고 있다는 증거이다.

집이라는 한국말처럼, 집은 짓는 것이다. 그것은 아이들의 집 짓기 놀이 도구처럼 금세 짓고 허물 수 있는 것이 아니다. 또 아이들이 모래로 집을 짓고 "두껍아, 두껍아, 헌 집 줄게 새집 다오." 하며 네 집과 내 집을 바꾸자고 노래하는 것처럼 남의 것과 바꿀 수도 없는 것이다. 피나는 노력과 오랜 시간 그리고 서로의 희생으로만 지을 수 있는 것이 집이다. 지어가는 것 그 자체가 집이다. 우리는 그 비참한 전쟁과 피난 생활의 어려움을 디디고 다시 일어선 것, 누가 뭐라든 지구의 역사상 가장 빠른 경제성장을 이룩한 그 기적은 바로 가족을 존중하는 유교적 가치관이 지열처럼 남아 있었기 때문이다. 그리고 서구 사회가 200~300년 걸려서 치른 근대화를 불과 20~30년 만에 해치운 그 고속에 비해서는 가족의 붕괴 현상도 그렇게 심하지 않은 편이다.

한백 연구 재단에서 한일 청년 의식 조사를 한 결과를 보아도 우리 쪽이 일본보다 가족을 더 소중히 여기고 있다는 사실이 드러난다. 자기 가족을 위해서 더 많은 시간을 할애해야 한다는 말에 그렇다고 대답한 것은 일본이 35퍼센트, 한국의 젊은이들이 그 배가 넘는 77퍼센트이다. 하지만 자기는 가족보다 자기 자신을 먼저 생각해야 한다는 말에 긍정적 대답을 한 것은 역전 현상을 보이고 있다. 일본의 19퍼센트에 비해 우리 한국은 54퍼센트나 된다. 집단주의 체질인 일본보다 개인주의가 강한 한국인의 성품 탓으로만 돌릴 수 없는 새로운 물결을 볼 수가 있다. 가치관의 갈등과 혼란이 급격히 일어나고 있는 한국 사회의 단면이 선명하게 드러나 있는 것이다.

지금 하지 않으면 너무 늦다. 집을 짓는 정신이 쇠퇴하면 우리 민족 전체가 집 없는 아이가 된다. 이른바 '신유목 민족'이 되는 것이다.

# II
## 말 속의 한자 말

# 주

삶의 한가운데에서 빛나기

민주주의에는 주主 자가 두 개씩이나 들어 있다. 언뜻 보면 왕
王 자와 비슷하게 생겼다. 왕 자 위에 점 하나를 찍어놓은 것이니
오히려 왕 자보다도 한 단계 높은 글자로 보인다. 그러나 주 자는
왕 자와는 아무 관계가 없는 상형문자라고 한다. 한곳에서 타오
르고 있는 등심의 불꽃 모양을 본뜬 글자라는 것이다. 어째서 불
타는 심지가 주인이라는 뜻을 갖게 되었는가. 많은 한자들이 그
렇지만 주 자 역시 그 글자 뒤에 숨은 의미의 광맥을 캐 들어가면
다이아몬드같이 눈부신 보석이 나타난다.

등잔이든 촛불이든 심지가 있어야 불꽃이 타오를 수가 있다.
그리고 그 심지는 언제나 불꽃의 중심에 있으며 한곳에, 움직이
지 않고 고정되어 있어야 한다. 그래서 희한하게도 이 주 자가 붙
은 형성 문자들은 모두 한곳에 고착하여 움직이지 않는 모양을
나타낸다. 기둥 주柱 자만 해도 그렇다. 만약 기둥이 이리저리 움
직여 다니면 어떻게 되겠는가. 창도 지붕도 다 갈 수 있지만 기둥

만은 건드릴 수가 없다. 그것은 불꽃의 심지처럼 집의 중심, 그 고정된 자리에 붙박여 있는 주主이다.

신나게 달리는 말과 자동차라 할지라도 이 주 자가 붙으면 꼼짝 못하고 그 자리에서 굳어버리고 만다. 주자창이라고 할 때의 주駐 자가 바로 그것이다. 사람인들 예외이겠는가. 밖에서 떠돌던 사람들도 이 주 자를 만나게 되면 한곳에 정착해서 살아가게 된다. 그것이 주거라고 할 때의 주住 자이다.

이렇게 주 자의 뜻을 풀이하고 보면 정말 주인主人이라는 말이 자랑스럽게 보인다. 민주의 그 주 자는 온 나라를 비추는 등불의 심지이고 기둥이고 삶의 주거인 것이다. 그것은 확고부동한 중심 속에서 존재하고 있는 힘이다. 아무리 못나고 힘이 없어도 한 사람 한 사람은 모두 자기 몸의 주인이다. 그것이 바로 주체主體라는 것이다. 아무리 가난하고 초라한 집이라고 해도 그 중심에는 누구도 그 자리를 침범할 수 없는 그 집 주인이 있다. 그것이 호주戶主이다. 마찬가지로 작은 나라라 할지라도 남이 이래라저래라 할 수 없는 그 나라의 운명을 결정하는 줏대라는 것이 있다. 그것이 주권主權이다. 이렇게 주인·주체·줏대·주권과 같이 주 자가 붙은 말들은 개인이나 가정이나 국가나 그 중심에서 타오르고 있는 소중한 불 심지인 것이다. 그 불꽃이 한곳에 있지 못하고 이리저리 밀려다니거나 꺾이거나 하면 모든 것이 무너지고 만다.

그런데 나그네라는 말은 이 주인과 정반대되는 말이다. 나그네는 '나간 이'에서 온 말이라고 한다. 집을 나간 사람, 마을 밖으로 나간 사람이 바로 나그네인 셈이다. 목월의 그 유명한 「나그네」라는 시를 보더라도 나그네의 특징은 한곳에 붙박여 타고 있는 그 불꽃이 아니라 길을 따라 구름에 달 가듯이 끝없이 유동한다. 그러니까 나그네는 주인과 달리 언제나 안에 있는 것이 아니라 밖에 있다. 노방路傍이란 말처럼 언제나 그는 길이든 집이든 방관자의 자리에 있다. 떠날 사람이기 때문에 관여하지 않고 깊이 개입하여 책임을 지는 법도 없다. 나그네는 외롭지만 동시에 자유로운 존재이다.

현대의 문명인들을 네오노매드neonomad로 규정하는 사람들도 있다. 노매드는 유목민이니까 우리말로 번역하자면 신유목민이라는 뜻이다. 기업인들은 보더레스borderless 경제로 국경이 없는 다국적기업에 종사하는 일이 많고 통신 위성 시대의 텔레비전은 국경을 넘어 남의 나라 안방을 자유롭게 들락거린다. 예술에는 국경이 없다는 말은 일찍부터 있어왔던 것으로 예술인들은 정신적인 보헤미안들이었으니 새삼스러울 게 없다.

텔레비전 앞에 앉아 있는 사람들은 전부가 나그네라는 이야기도 있다. 왜냐하면 그 화면 속에서 일어나고 있는 것은 전연 자기와는 관계가 없기 때문이다. 아니할 말로 보기 싫으면 끄면 된다. 싸우고 사랑하고 굶주리고 별의별 드라마가 생겨도 텔레비전의 시청자들은 그 현실에 대하여 방관자나 다름없다. 하룻밤 자고 내일 떠나면 되는 사람처럼 그 프로그램 시간만 지나면 자기는 그 현장에 있지 않는다. 영상 시대란 다름 아닌 방관자들의 나그네 시대를 의미하는 것인지도 모른다. 그냥 보는 것이 아니라 앞으로 등장하게 될 가상 현실virtual reality 속에서는 보기만 하는 화면이 현실과 똑같이 만질 수 있고 냄새 맡을 수 있고 몸으로 끌어안을 수도 있는 영상이어서 현실과 구별할 수 없게 된다. 다른 것이 있다면 그 버추얼 리얼리티의 세계에서 단지 자기가 곧 떠나 다른 공간으로 이동해야 하는 나그네일 뿐이라는 것이다.

우리는 방 한가운데 자리한 등불인가. 하늘을 떠다니며 변해가는 달인가, 주인인가, 나그네인가. 다만 불안한 것은 주인은 한자 말인데 나그네는 토박이말이라는 점이다. 순순한 우리말로는 나그네에 대응하는 말을 무엇이라고 했었는지, 그것이 왜 한자 말에 먹히고 말았는지, 네오노매드의 시대에서 생각해본다.

# 기
따지는 것과 느끼는 것

세상이 각박해진 탓인가. 된소리로 변해가는 말이 많다. 중세 때는 꽃도 '곶'이었고, 코도 '고'였다. 방송에서 아나운서들은 '인권', '사건'이라고 말하지만 보통 사람들은 거의 다 '인껀', '사껀'이라고 된소리로 발음한다. '사껀이 터졌다'라고 해야 터진 것 같지 '사건'이라고 하면 불발탄 같은 느낌이 든다는 실감파도 있다. 남들이 다 그렇게 쓰면 자기도 그렇게 말을 할 수밖에 없다. 아마 아나운서들도 방송에서는 사건이라고 하고 사석에서 친구와 이야기할 때는 사껀이라고 말할는지도 모른다. 요즘 유행하고 있는 '끼'라는 말도 과를 꽈로 발음하는 젊은이들의 기류에서 생겨난 말이다. 기는 에로티시즘의 끼만이 아니라 '분위기'와 '기분'을 찾는 젊은 세대의 행동 양식이기도 하다.

기氣라는 말을 한자로 써놓고 보면 이상스럽게도 쌀 미米 자가 붙어 있음을 알 수 있다. 쌀밥을 지을 때 모락모락 피어오르는 김을 나타낸 글자라고 한다. 그리고 미 자 위의 기운 기氣 자는 걸인을 뜻할 때의 그 걸乞 자와 같은 것으로 여기저기 떠돌아다니는 구름 모양을 의미한다. 그러고 보면 기는 안개나 기류처럼 끝없이 떠돌아다니고 변하여 손으로 잘 잡히지 않는 힘이라고 할 수 있다.

그러고 보면 기와 가장 대비되는 말이 바로 이치라고 할 때의 그 이理다. 기는 몸 전체로 느끼는 것이라면 이는 머리로 따지는 것이다. 기는 분위기로 사회를 움직이지만 이는 법으로 사회를 지배한다. 이치에 맞는 것이 합리合理라고 한다면 기에 맞는 것은 합기合氣라고 할 것이다. 법과 합리주의로 근대 문명을 이룩한 서구 산업사회가 흔들리기 시작하면서 우리의 기에 해당하는 플라톤의 티모스thymos라는 말이 유행하고 있는가 하면 퍼지니 리좀 rizome(얽혀 있는 잔뿌리라는 뜻)이니 하는 새 말들이 각광을 받기도 한다.

미국이 두 개의 전쟁, 월남전과 마약과의 전쟁에서 고전한 것도 결국은 기의 문제로 귀착된다. 월남전에서는 첨단 병기와 통신 기술을 가지고서도 결국 군인들의 사기가 없어 물러서고 말았고 마약 전쟁에서는 그 엄격한 법과 막강한 공권력을 가지고서도 사회 분위기의 그 기가 죽어 있어 제대로 싸움을 하지 못했다. 미국의 경우 마약 복용자는 2,300명으로 열 사람 가운데 한 사람꼴이다. 그리고 직장 사고의 열 가운데 여섯은 마약에서 발생한 것이다. 그 경제적 손실만도 한 해 1,100억 달러가량이나 된다고 한다. 그래서 합리주의자들도 결국 미국의 사회 경제 문제가 이보다도 사회 전반에 떠돌고 있는 기의 문제라는 것을 눈치채게 된 것이다.

누구나 해수욕장에서는 부끄럽지 않게 알몸을 내놓고 다닌다. 오히려 해변가에서는 신사복을 입고 다니는 것이 멋쩍다. 그러나 바닷가에서 수영복을 입고 다니던 사람들도 종로 바닥에 내놓으면 알몸으로 다니지 못한다. 분위기 때문이다. 이렇게 기라는 것은 이치와 법 이상으로 인간의 마음이나 행동을 구속하기도 하고 활력을 불어넣기도 한다. 지금 경조사의 청첩장이나 화환 금지의 법 제정이 논의되고 있지만 이런 문제일수록 법보다는 개혁 분위기의 그 기氣로 잡아나가야 할 일들이다. 그리고 세상사에는 '합리' 못지않게 '합기'도 중요하다.

# 개혁

가죽을 다듬는 철학

개혁改革이니 혁명이니 하는 말을 들을 때마다 이상스러운 생각이 들 때가 있다. 가죽 혁革 자가 들어가 있기 때문이다. 문자 그대로 읽으면 개혁은 가죽을 고친다는 뜻이고, 혁명은 가죽의 목숨이라는 뜻이 된다. 모두가 지금 쓰고 있는 말뜻과는 딴판이다.

가죽 혁 자는 짐승의 생가죽[皮]을 벗겨 통째로 널어놓은 모양을 본뜬 글자라고 한다. 그러니까 그 글자의 맨 위쪽에 있는 것이 짐승의 머리이고 그 가운데 중中 자 모양이 몸뚱이다. 그리고 좌우로 뻗친 일一 자는 꼬리 부분이 되는 셈이다. 그러고 보니 같은 가죽을 뜻하는 것이면서도 피와 혁의 차이가 무엇인지 알 것 같다. 자연 그대로의 가죽이 피라면 그것이 문명으로 바뀐 가죽이 혁이다. 한마디로 혁은 생가죽인 피를 옷이나 구두를 만들 수 있게 고쳐놓은 가죽을 뜻한다. 그러니까 사람의 머리 가죽을 벗겨가는 아파치족이 아닌 이상 사람의 가죽은 피부라고 할 때처럼 피이지, 혁이 아닌 것이다.

그렇게 풀이하고 보면 어째서 개혁이니 혁명이니 하는 말에 가죽 혁 자가 붙어 있는지 짐작이 간다. 뿐만 아니라 인간 최초의 혁명은 바로 사냥해온 짐승의 가죽을 벗겨 그것으로 옷을 만들어 입은 일이라는 것을 실감할 수가 있다. 원시시대의 사람들이 짐승 가죽을 벗기며 맡았을 그 비릿한 피 냄새 속에는 이미 프랑스혁명 때 "귀족 놈들의 목을 따러 가자!"는 사 이라ça ira의 노랫소리가 숨어 있었을 것이다. 털을 뽑아내고 가죽을 벗기는 작업만큼 개혁이나 혁명의 분위기를 암시해주는 것도 드물 것이다.

그러나 개혁의 혁이나 혁명의 그 혁은 가죽을 벗기는 피의 작업만으로 이루어지는 것은 아니다. 가죽[皮]을 쓸 수 있게 고치[革]려면 기름을 빼지 않으면 안 된다. 그렇지 않으면 그 가죽은 돌덩이처럼 뻣뻣하게 굳는다. 옷은커녕 북을 만들어 칠 수도 없을 것이다. 이를테면 무두질이라는 기술이 있어야 한다. 수렵 채집의 선사시대 때 이미 인간들은 수액에다 가죽을 담가 기름을 빼는 기술을 사용해왔다고 한다. 기원전 3천 년 전의 이집트 벽화에는 바로 혁革 자 모양으로 가죽을 펴서 무두질을 하고 있는 광경이 새겨져 있다는 것이다.

『성서』를 보면 아담과 이브가 에덴동산에서 쫓겨나올 때 하나님은 가죽옷을 한 벌씩 만들어 입히신 것으로 기록되어 있다. 앞을 가린 자연 그대로의 나뭇잎이 가죽옷으로 바뀐 것. 이것이 바로 인간이 경험한 첫 개혁의 세계요, 그 최초의 기술 문명이 바로 가죽의 기름을 빼는 무두질이었다. 무두질 단계에 오면 이미 개혁과 혁명은 피 냄새만으로는 안 된다는 사실을 알려준다. 어쩌면 피를 흘리며 생가죽을 벗기는 일보다 오히려 그 가죽이 굳지 않도록 부드럽게 하는 작업이 훨씬 더 중요하고 힘든 기술이라는 것을 알게 된다. 가죽을 벗기는 작업은 칼로 할 수 있지만 가죽을 부드럽게 하는 무두질은 그런 물리적 힘만으로는 안 되기 때문이다.

아무리 기름을 칼로 긁어내고 잘라내도 어디엔가 엉겨붙은 기름기로 남아 있을 것이다. 그래서 양잿물이나 백반 같은 것으로 기름과 불순물을 녹여버리는 화학적 방법을 써야 한다. 그래야지만 가죽의 조직도(개혁론자들은 이 말을 명심해서 들을 필요가 있다) 부패하지 않고 또 세균도 막을 수가 있다. 물론 뻣뻣했던 날가죽은 유연해지고 탄력이 생기고 광택이 난다. 뿐만 아니라 날가죽[皮]은 60도의 물속에서도 금세 녹아 없어지지만 무두질이 잘된 가죽[革]은 끓는 물에 넣어도 끄떡없다.

대개 혁명이나 개혁이 실패로 끝나게 되는 경우도 바로 이 무두질이 서툴러 유연성과 탄력성을 상실하는 데서 비롯된다. 그런 개혁은 시간이 조금만 흘러 상황이 변하면 맹물에도 녹아 흔적도 없이 사라져버리게 된다. 무두질에 성공을 하면 마지막으로 가죽을 말려 팽팽하게 펴는 최종의 단계에 들어간다. 가죽의 주름을 펴고 힘없이 척 늘어진 것을 잡아 다려 탄력을 준다. 그래야만 가죽은 오래 유지될 수가 있는 것이다.

개혁이나 혁명의 그 가죽도 이 말리기를 잘해야 한다. 척 늘어져 있는 타성이나 사회의 이완을 팽팽하게 펴고 고치는 것, 그래서 살아 있는 탄력을 주는 것이 바로 그 개혁과 혁명 속에 들어있는 그 혁 자의 의미인 것이다. 갑오경장이라고 할 때의 그 경장이 바로 개혁과 같은 뜻이라는 사실을 두고 생각해보아도 알 수 있다. 경장更張의 경更은 개혁의 개改 자와 같이 무엇을 바꾸거나 고친다는 뜻이고 장張은 활 궁 변에 쓴 것에서도 알 수 있듯이 활 시위를 잡아당겨 팽팽하게 해놓은 상태를 의미한다.

개혁의 철학과 노하우는 그렇게 먼 데 있는 것 같지가 않다. 역사가 시작하기 이전부터 인간이 익혀온 가죽 만들기의 오랜 기술을 실천하면 되는 일이다. 벗기기, 기름 빼기 그리고 펴서 말리기의 3단계를 잘 거쳐야만 생가죽을 고쳐 옷으로 만들 수 있듯이, 그리고 오랫동안 그 수명을 유지할 수가 있듯이 개혁도 혁명도 그렇게 해야만 성공을 한다.

그러나 우리는 가죽 구두가 아니라 짚신을 신고 수천 년을 살아온 농경족의 후예들이다. 이슬람 문명을 만든 유목민들이나 서구 문명을 이룩한 서양의 목축민들과는 달리 우리는 가죽 문화에 대해 낯이 설다. 그냥 낯선 것이 아니라 본능적인 거부반응이다. 조선조 사회에서 사농공상의 그 맨 밑바닥에 있었던 천민 중의 천민이 바로 가죽을 생업으로 삼았던 갖바치였다. 멀리 갈 것 없이 지금도 왠지 가죽점퍼를 입은 사람만 보아도 가슴이 덜컥 내려앉는 것이 바로 토종 한국인이다. 오토바이를 타고 달리는 폭주족의 이미지처럼 가죽은 곧 공격적이며 폭력을 연상시키기도 한다.

원래 동양에는 혁명이라는 것이 없었다고 하지 않았던가. 혁명의 뜻은 천명天命을 받아 왕을 바꾼다[革]는 것으로 제도가 아니라 사람만 바꿔치는 역성혁명이었다. 개혁과 혁명은 역시 가죽 문화권 속에서 살고 있는 서구 사람들의 것이라 할 수 있다.

문민정부가 들어서고 사람들의 입에 가장 많이 오르내린 말이 바로 그 개혁이라는 단어였다. 그동안 우리의 개혁 문화는 대개 1단계에서 끝난 것이 많았던 것 같다. 주로 피 흘리며 벗기는 무시무시한 공포 분위기에서 머물다가 개혁 세력과 그 조직 자체가 돌덩이처럼 경직되어, 끝내는 끓는 물에 녹아 없어지고 만 기억들이 많다.

개혁은 무섭기만 한 것이 아니다. 2단계인 기름 빼기의 무두질처럼 유연한 사회를 만드는 기술, 그리고 3단계의 말리기처럼 해이해진 것을 팽팽하게 잡아 다려 활력과 탄력 있는 사회를 지속해가는 힘—이런 개혁의 노하우가 지금 필요하다.

# 사회

물구나무선 회사인

 

놀랍게도 역사소설이나 사극 같은 대화 장면에서 이따금 사회라는 말이 겁 없이 튀어나온다. 옛말로 사회라고 하면 '마을 사람들이 사일社日에 모이는 모임'이라는 엉뚱한 뜻이 된다. 지금 우리가 쓰고 있는 사회란 말은 서양 문화가 들어온 19세기 말경에서나 겨우 쓰이기 시작한 말이고 그나마도 일본 사람들이 영어의 '소사이어티society'를 번역하는 과정에서 만들어낸 조어이다.

일본 개화기 때의 지식인들이 서양 사상을 들여오면서 소사이어티란 말을 번역하는 데 얼마나 고생을 했는지 그 흔적이 여기에 남아 있다. 그야말로 한자 문화권 '사회'에서는 사회란 말에 해당하는 그 의식이나 개념이 없었기 때문이다. 1796년에 일본에서 처음 나왔다는 네덜란드어 사전에는 소사이어티에 해당하는 말이 그냥 '모이다', '어울리다'라고 번역되어 있고 19세기 초에 나온 최초의 영어·일본어 사전에는 반려伴侶를 거꾸로 한 여반侶伴으로 번역되어 있다.

그 뒤 인간 교제니 합동이니 하는 수십 가지 번역어가 난립해 오다가 1873년에 회사會社라는 말이 등장하고, 잠시 뒤에 그 말을 뒤집어 사회社會란 말로 굳어진다. 경과야 어떻든 사회란 말은 이제 도포 자락에 긴 수염을 쓰다듬으면서 "요즘 사회가 이러고서야……"라고 큰 기침을 하는 사극 장면에 등장할 정도가 되었으니 완전히 우리 토박이말이 된 것이라고 할 수 있다.

그런데도 불구하고 그 말의 알맹이는 아직도 선살구이다. 근대화를 넘어 국제화로 진입하고 있으면서도 아직 영어의 소사이어티에 꼭 들어맞는 개념을 찾아보기 힘들다는 이야기이다. 그 증거로 언젠가 우리나라에 들어온 외국 영화 제목에 〈죽은 시인의 사회Dead Poets Society〉라는 것이 있었다. 아마 그 영화를 보고 난 사람들이면 누구나 그때의 소사이어티는 사회가 아니라 집회集會니 결사結社니 하는, 모임이라는 뜻임을 알게 되었을 것이다. 영어의 소사이어티는 친한 친구들로 구성된 모임이나 마음 맞는 사람들의 사교 단체를 뜻하기도 한다. 오히려 그것이 소사이어티의 원뜻이라는 것은 중학생용 사전만 들추어보아도 알 수 있다. 그러므로 'Dead Poets Society'를 우리말로 제대로 번역하자면 '죽은 시인의 사회'가 아니라 '죽은 시인의 모임' 또는 요즘 대학생들의 말투를 흉내내자면 '죽은 시인의 동아리'가 될 것이다. 그리고 소사이어티가 어마어마한 사회과학적 용어가 아니라 일상적인 말뜻으로 쓰일 때의 그 역어로는 '끼리'나 '패'라는 토박이말로 옮길 수도 있다.

　문제는 영어의 소사이어티라는 말처럼 동아리나 패나 끼리라는 말이 그래도 더 넓은 사회라는 뜻으로 확장되지 않았다는 데 바로 우리 사회 발전의 특수성이 있고 그 한계가 있다. 우리에게 어쩐지 사회라고 하면 아는 사람끼리 모이는 집단이 아니라 거꾸로 낯선 집단이라는 개념이 앞선다. 순진한 사람을 보고는 '사회를 아직 모르는 사람'이라고 하고 좀 타락한 사람을 보고는 '사회 물을 먹었다.'고 하는 표현들이 다 그렇다. 사회란 무서운 것이고, 눈 뜬 사람 코 베어가는 것이고, 순결한 사람을 오염시키는 늪이고, 겨울바람처럼 차고 냉엄한 것이고, 신문의 사회면 기사처럼 범죄와 살인과 스캔들로 가득 차 있는 고딕 활자들인 것이다.

　영자 신문에는 으레 소사이어티라는 난이 있는데 이것은 신문 사회면을 뜻하는 것이 아니라 사교계의 소식을 담은 난이다. 우리 신문 같으면 '사람'이라는 인물 동정란에 해당한다. 참으로 대조적이다. 영자 신문에 나오는 개인 기사에는 누가 결혼을 하고 누가 죽고 혹은 누가 어떤 파티를 열었는가 하는 기사인데도 사회society라는 꼬리표가 붙어 있지만 우리의 동정란에 나오는 기사는 거의 모두가 누가 어디에서 강연을 하고 어느 자리에 취임을 하고 어디에서 상을 타고 한 사회 활동을 담은 기사인데도 그 기사의 문패는 그냥 '사람'으로 되어 있다.

이러한 차이는 동서의 전통적 배경으로 거슬러 올라갈 수 있다. 그야말로 동양 사회에서는 '수신제가치국평천하修身齊家 治國平天下'이다. 서구식 개념으로 보면 자기 몸[身]이 가정[家]으로, 가정에서 나라[國]로, 나라에서 천하天下로 올라가는 그 높은 사다리에 사회라는 한 칸이 빠져 있다고 할 수 있다. 서양의 경우에는 국가주의와 사회주의가 대립되어 있듯이 국가와 사회란 엄연히 독립된 개념일 뿐만 아니라 때로는 대립적일 수도 있다. 그러나 수신제가치국평천하의 시스템 속에서 살아온 우리로서는 국가와 사회라는 개념이 두루뭉수리가 되어 있다. 그래서 아시아에는 '사회인'은 없고 '회사인'만 있을 뿐이라는 웃음을 사기도 한다. 수신제가와 치국 사이에 회사라는 개념이 생겨나고 그것이 사회를 대신하고 있다는 비판이다. 그렇기 때문에 회사에 충실하다 보면 때로는 반사회적인 행위까지 서슴없이 저지를 때가 많다. 공해를 배출하는 기업이 그렇고 부도덕하고 선정적 상품을 만들어내는 일부 비디오·만화 가게도 그렇다. 그래서 정말 회사인이 물구나무를 서야 올바른 사회인이 되는 경우도 적지 않다.

요즘 와서 기업 시민이니 필랜스러피philanthropy(기업의 사회 공헌)니 하는 말이 유행하기 시작했다. 회사는 한 시대 한 공간의 사회를 구성하고 있는 멤버라는 뜻이다. 그렇기 때문에 우선 그 회사가 놓여 있는 지역 사회와 융합하여 무엇인가 그 구성원의 하나로서 공헌해가자는 것이다.

모든 의미는 원점으로 돌아가 생각하는 것이 좋다. 소사이어
티의 어원은 라틴어의 친구fellow에서 나온 말이다. 사회는 먼 곳
에 있는 것이 아니라 나와 친구 사이에 있다. 이 친구들끼리 모여
만들어가는 사회, 친구들끼리 대등하게 사귀어가는 교제, 그것
이 바로 사회이고 수신제가 다음에 오는 단계의 삶의 공간이다.
친구들과 술을 잔뜩 마시고 돌아와서는 하는 말이 "이 사회가 나
로 하여금 술을 마시게 한다."고 말하는 사람들처럼 모든 것을 사
회 탓으로 돌리고 자기는 그 사회에 있지 않은 것처럼 생각하는
그런 의식 속에서는 사회란 말은 영원히 생경한 번역어일 수밖에
없다.

# 사자

삶의 지평을 바라보라

 짐승의 이름에 스승 사師 자가 붙은 것은 사자獅子밖에 없다. 사
獅는 짐승을 뜻하는 개사슴 록 변에 스승 사師 자를 붙여놓은 글자
인 것이다. 그리고 자子는 공자孔子, 맹자孟子라고 할 때의 그 자子와
같은 것으로 역시 스승에게 붙이는 존칭이다. 봉황이니 하는 상상
적 동물이 아니고서는 이렇게 후한 대접을 받고 있는 짐승은 찾아
보기 힘들다. 사자를 스승처럼 받들고 있는 것에 대해서 불만을
토로할 사람도 없지 않을 것 같다. 스승은 오로지 덕과 지혜로 다
스리는 것인데 사자의 그 지배력은 폭력적인 힘에서 비롯되는 것
이라고 말이다. 그리고 비록 스승이 매를 드는 일은 있으나 그것
은 사자의 발톱과는 차원이 다른 것이라고 말할지도 모른다. 하지
만 사자후獅子吼라는 말이 악마를 물리치는 부처님의 설법을 상징
하고 있듯이 사자는 육체적인 힘만으로 존경의 대상이 된 것은 결
코 아니다. 우선 생김새부터가 점잖다. 늑대처럼 흉포하지도, 여
우처럼 교활해 보이지도 않는다. 무엇보다도 머리의 황금빛 갈기

가 꼭 태양 같다 하여 광명과 어둠의 정복자로 찬양되기도 한다.

무엇보다도 짐승 가운데 사람의 눈을 제일 많이 닮은 것이 사자라고 한다. 초식동물들은 자기 발밑의 풀만 보고 다닌다. 그러나 초원의 사자들은 항상 먼 지평을 둘러보면서 살아간다. 같은 맹수라도 호랑이는 밀림에서 살고 있기 때문에 그 눈은 먼 데를 바라볼 수가 없다. 그 점이 호랑이와 사자의 다른 점이다. 백수의 왕이 되지 못한 호랑이의 약점이다. 사자의 눈은 무엇인가를 내다보고 있는 듯한 통찰력과 사물을 조망하고 있는 사색의 깊이를 지니고 있다. 두 발로 걸어다니는 인간만이 지닌 그 시선 같은 것 말이다.

스승이란 무엇인가. 그 해답은 왜 하필 사자에게 스승 사자를 붙여주었는가 하는 그 풀이와도 통한다. 스승은 바로 멀리 있는 것을 바라볼 수 있도록 가르쳐주는 사람이다. 발밑의 풀만이 아니라 먼 삶의 지평으로 우리의 시선을 이끌어준다.

당장 필요한 것만을 가르치는 실용 교육은 기술자는 몰라도 훌륭한 지도자를 만들어내진 못한다. 실용 교육에 힘쓴 독일은 과학과 경제력에서 유럽 최강의 나라가 되었지만 제1, 2차 세계대전에서는 모두 패했다. 히틀러 같은 광적인 지도자밖에는 만들어내지 못한 까닭이다. 그러나 영국은 고전과 교양을 중심으로 한 인성 교육에 힘썼다. 그 때문에 국력은 뒤졌지만 두 전쟁에서 다 같이 독일을 이길 수 있었다. 스승의 날에는 사자의 눈을 생각하자.

# 민

눈먼 민주주의

한자 가운데 백성 민民 자처럼 주가가 오른 글자도 드물 것이다. 그렇게 서로 다른 정치 체제를 갖고 있으면서도 '대한민국'에도 '민' 자가 있고 북한의 '조선인민공화국'에도 민 자가 들어 있다. 민자당, 평민당, 민주당……. 여, 야 가리지 않고 역대 정당 이름에도 민 자가 붙어 있지 않는 당이 없다. 민 자를 내걸지 않고는 나라도 정당도 꾸려갈 수가 없다. 그러니까 요즘 다른 권위는 다 떨어졌어도 '민주화'의 '민' 자와 '문민정부'의 그 '민'만은 새로운 권세와 실세의 자리를 만들어내고 있다.

후한 때의 『설문說文』에서 풀이한 '민' 자를 보면 그 글자가 왜 그렇게 큰 대접을 받고 있는지를 알 수 있다. 민 자는 어머니의 모母 자에 한 일一 자를 어우른 글자라는 것이다. 즉 '어머니의 한 배 속에서 태어난 모든 사람'을 가리킨 것으로서 이미 민주주의의 평등 원리와 민중의 동질성이 민이라는 한 글자 안에 극명하게 각인되어 있다는 것이다.

그래서 나라 국國 자의 약자로 흔히 네모난 사각형 속에 왕王 자를 쓰는데 이제는 민주주의 시대이니 그 왕王 자를 민民 자로 바꿔 써야 한다는 신한자 개혁론자도 있다.

하지만 20세기 초 은나라 때의 갑골문자가 발견되면서부터 한자의 기원에 대한 신비한 베일들이 하나둘 벗겨지기 시작했고 그 결과로 민 자의 그 충격적인 정체도 드러나고 말았다. 갑골문자에 나타난 민의 옛 글자 모양을 보면 어머니는 물론 한 일 자와도 아무 관련이 없다는 것이 밝혀진다. 모 자라고 생각했던 부분은 사람의 눈 모양을 그린 것이고 한 일 자라고 생각했던 것은 날카로운 꼬챙이 모양을 나타낸 것이었다. 그러니까 백성 민 자의 진짜 뜻은 쇠꼬챙이로 사람의 눈을 찌르고 있는 잔악한 장면의 상형 글자였다.

눈을 쇠꼬챙이로 찌르면 어떻게 되는가. 두말할 것 없이 앞을 못 보는 맹인이 될 것이다. 그것이 옛날 노예를 만드는 방법이었다. 눈먼 노예는 도망갈 수가 없었다. 그리고 눈을 가린 망아지가 연자방아를 돌리고 있는 것처럼 앞을 보지 못하는 노예들은 한눈을 파는 일 없이 시키는 일만 묵묵히 하게 된다. 그러니까 민 자는 바로 성경에 나오는 그 삼손처럼, 눈을 멀게 한 노예를 뜻하는 글자였다는 것이다. 그렇기 때문에 지금도 민 자가 들어간 한자들을 보면 예외 없이 눈이 감긴 상태를 나타낸다. 눈을 감고 잠을 자는 수면睡眠의 그 면자가 바로 눈 목 변에 백성 민 자를 붙인 글자이다. 마르크스Karl Marx가 아시아적 생산 양식이라고 불렀던 중국의 고대 노예 사회의 원풍경이 바로 이 민이라는 글자 속에 화석처럼 그 흔적을 남기고 있는 것이다.

고대 노예사회로 거슬러 올라갈 것 없이 『논어』에 나타나는 민 자만 보더라도 결코 좋은 뜻으로 사용된 것이 아니라는 것을 알 수 있다. 민은 선비[士]와 구별되는 계층으로 일이나 시키는 무지한 천민들을 지칭하는 문자였다. 어디에도 평등이니 동포애니 하는 따뜻한 온기는 찾아보기 힘들다.

오늘날 이 민 자가 우리에게 충격을 던져주는 것은 수천 년 전의 갑골문자 시대 때의 문화적 화석이 아니라, 바로 지금의 생생하게 살아 있는 문자로 느껴지기 때문이다. 이 개명 천지에 어디에 눈알을 빼낸 노예들이 남아 있겠느냐고 할지 모르나 개명 천지일수록 눈을 잃고 헤매는 민들은 불어가게 마련이다. 왜냐하면 정보화 사회라는 것은 정보가 바로 민의 눈이기 때문이다. 『1984년』이라는 조지 오웰George Orwell의 가상소설 속에 등장하는 백성들은 고도로 발달한 정보 기기에 의해서 일거수일투족 통치자들의 감시를 받는다. 그리고 우리는 소설이 아니라 실제 상황으로 붕괴한 구소련이나 동구권의 사회주의자들이 바로 눈먼 '민'을 만들어냈었다는 것도 잘 알고 있다. 당에서는 정보를 독점하고 일반 국민들에게는 거꾸로 정보를 통제하는 이중 장치로 이른바 보통 '인민'들은 철의 장막이나 죽竹의 장막의 눈가리개 속에서 살아왔던 것이다.

안드로포프Yuri Andropov가 죽었을 때 서방측에서는 그에게 부인이 있었다는 사실을 처음 알았다. 장례식에 나온 부인을 보고서야 비로소 그에게 부인이 있었다는 것을 알게 되고 충격을 받는다. 그가 신장이 나빴으며 심장병을 앓고 있었다는 것도 전혀 모르고 있었다. 다만 정상회담 등에 출석한 그의 얼굴이 메이크업 베이스를 하고 있었다는 것, 손이 떨린다는 것 등으로 그의 건강이 악화되었다는 것을 짐작했을 뿐이라고 한다. 밖에서만 몰랐던 것이 아니라 이른바 인민의 나라인 소련의 인민들도 까마득하게 모르고 있기는 마찬가지였다.

페레스트로이카의 기수 고르바초프Mikhail Gorbachev가 새 바람을 일으켰던 시절에도 신문에 그의 사진을 게재할 때에는 그 유명한 이마 위의 세계지도 같은 점박이를 수정해야만 했다. 그래서 이른바 그 위대한 인민들의 눈은 고르바초프의 얼굴을 제대로 볼 수 없도록 도려져 있었던 셈이다.

반은 우스갯소리겠지만 한때 구소련의 아나운서들은 스포츠 중계를 하는데도 사실 보도를 하지 않았다고 한다. 소련제 스포츠카가 카 레이스에서 꼴찌로 달리고 있는데도 중계 아나운서들은 이렇게 방송을 했다는 것이다. "지금 우리 소련 차가 질주하고 있습니다. 앞에도 뒤에도 다른 나라의 차들은 보이지 않습니다."

옐친Boris Yeltsin이 정치적으로 궁지에 몰릴 때마다 두고두고 꺼내는 비장의 보도가 바로 그 민 자 풀이다. "'국민의 눈을 속인 기만 정치, 국민의 눈을 도려낸 그 맹목의 압제', 이 구체제로 돌아가지 맙시다." 옛날의 그 눈먼 민으로 돌아가지 말자는 호소다. 그래서 그 나라의 민주주의의 눈높이를 재는 잣대는 정보 통신 기기의 보급률이다. 그 한 예로 전화 보급 대수를 가지고 보면 민주주의의 선두 그룹은 미국, 스위스, 스웨덴이고 그다음이 일본, 독일, 영국, 프랑스 등이다. 이른바 G7에 들어가 있는 선진국들은 에누리 없는 전화 선진국들이다.

남한과 북한의 차이도 경제적인 것보다는 이 정보 통신 분야에서 심각하게 드러나 있다. 현재 북한의 전화 보급률은 남한의 5퍼센트 수준이라고 한다. 가입 전화 시설은 모두 82만 선인데 그나마 평양에만 집중되어 있고 그것도 공공 기관과 당 간부용이다. 개인 전화는 생각할 수도 없다. 공중전화라고 해도 세계청소년대회가 열렸을 때 평양 거리에 잠시 등장했다가 대회가 끝난 뒤 곧 자취를 감춰버렸다고 일본의 시사 주간지 《아에라AERA》가

전하고 있다. 그래서 이른바 북한 동포들이 꿈에 그린다는 '오장육기(오장육부를 풍자적으로 빗댄 것으로 오장은 옷장, 찬장에서 냉장고 등 다섯 가지 장이고 기는 녹음기·전화기·텔레비전 수상기 등 여섯 가지 전자 기기들이다)' 중의 하나가 바로 이 전화기라는 것이다.

북한을 탈출한 망명자 가운데 한 사람은 외국 기자와의 인터뷰에서 "광주 사건을 보도한 텔레비전 방송에서 처음 남한 도시 풍경을 보았는데, 그때 상점들 간판마다 길게 써놓은 전화번호를 보고 비로소 지금까지 자기가 속아왔다는 것을 깨달았다."고 말했다. 북한 동포들의 소식을 들을 때마다 우리의 가슴을 아프게 하는 것은 배고픈 굶주림이 아니라 정보 기아이며 그 허기증이다. 최근 호주의 《파이낸셜 리뷰Financial Review》지의 엘릭 엘리즈 기자는 북한의 지식인들은 인간이 달에 착륙한 사실조차 모르고 있었다는 충격적인 보도를 하고 있다.

'민'이 이렇게 정보에 어두우면 어떻게 되는가. 태평양전쟁 말기에 상공부에 들어간 관리 한 사람이 털어놓은 고백이 생각난다. 그는 말단의 자리에 있었는데도 곧 전쟁이 끝나게 되리라는 사실을 알고 놀란다. 왜냐하면 비행기 윤활유의 재고량을 알고 있었기 때문이라는 것이다. 윤활유가 없으면 비행기가 뜰 수 없고 비행기가 뜰 수 없으면 전쟁은 끝이다. 당시 일본에는 지상에서는 섭씨 30도 이상, 하늘에서는 영하 10도에서 굳거나 녹지 않는 고품질의 윤활유를 만들 기술이 없었다. 그래서 전쟁 전에 미국에서 다량으로 구입해온 윤활유에 의존하고 있었는데, 그 재고가 다 떨어져가고 있었다는 것이다. 하루 전투에 들어가는 윤활유의 소비량에다 재고량을 나누어보면 패전까지 몇 달 며칠이라는 정확한 예측을 할 수가 있다. 그런데도 아무것도 모르는 국민들은 가미가제 특공대의 신화 속에서 필승의 환상을 안고 살아갔다는 것이다.

민주주의에 대한 정의는 수천수만 가지다. 그러나 정보화 시대의 민주주의란 단 한 가지로 요약될 수가 있다. 온 국민이 다 같이 정보를 공유하고 사는 것, 그것이 바로 민주주의다. 군주제로부터 시작해서 나치, 공산주의 등 망해버린 나라의 공통 특징은 국민의 눈을 멀게 한 데 있다. 개방의 시대는 시장의 개방만을 의미하는 것은 아니다. 개방은 개안으로 모든 사람이 눈을 뜨고 밝은 세상을 보는 데 있다. 우리의 민은 어떤가.

# 공

공무원과 소나무

공公 자가 갑자기 관심의 대상이 되고 있다. 공직자에 대한 사정 활동이나, 공인들의 재산 공개 등이 시작되었기 때문이다. 공公이라는 한자를 보면 우선 눈에 띄는 것이 그 글자 위에 있는 여덟 팔八 자이다. 별로 관계도 없어 보이는 그 글자가 왜 하필 공자의 머리 위에 씌어져 있는가? 그 이유를 추적하다 보면 공직자의 원 뜻이 무엇인지 뜻밖의 수확을 얻게 된다.

물론 여러 가지 풀이가 있기는 하지만 그 글자 모양을 생긴 그대로 놓고 천천히 뜯어보면 스스로 그 뜻이 풀린다. 다리나 팔을 벌리고 있는 것을 보고 사람들은 흔히 '여덟 팔 자로 벌리고……'라는 비유를 쓴다. 무엇인가 좌우로 벌리고 있는 형상, 혹은 등을 지고 서로 갈라서 있는 것을 나타낸 것이 바로 여덟 팔 자라는 한자이다.

동서남북은 넷이라 사방이 되고 그것을 곱절로 열어놓으면 팔이 되어 팔방이 된다. 그래서 사방팔방이라는 말이 생겨난다. 이

만하면 더 풀이할 것도 없이 어째서 공☆이란 글자가 삿갓처럼 팔
八 자를 머리에 이고 있는지 짐작할 수 있을 것이다.

그러면 그 팔 자 밑에 낚싯바늘처럼 굽어 있는 것은 무엇인가.
그것도 생긴 모양 그대로 보면 이해가 빠르다. 팔 자가 열려져 있
는 것이라고 하면 그 아래 글자는 팔이 안으로 굽은 것처럼 닫혀
져 있는 모양을 나타낸다. 아니나 다를까 그 글자는 사私 자의 옛
글자로서 공☆의 뜻과는 정반대 켠에 놓여 있는 글자이다.

여기에서 여러 가지 공☆ 자 풀이들이 나타난다. 어떤 사람은
사물私物을 사방으로 나누어주는 것으로 보기도 하고 또 어느 경
우에는 사심을 버리고 고루 널리 퍼지는 공평함을 나타낸다는 뜻
이라고도 한다. 그러나 어떻게 해석하든 한 가지 분명한 것은 그
글자가 닫혀져 있는 것에서 열려져 있는 상태로 변화한 모습을
보여주고 있다는 점이다. 문자상으로 볼 때 공은 사와 대립되는
글자이다. 그리고 동시에 공은 공개의 뜻과 통하고 있음을 역력
히 알 수가 있다. 그래서 예나 지금이나 공인의 가장 어려운 점은
자신의 사생활privacy을 빼앗기게 된다는 데 있다. 안으로 움츠러
드는 마늘 모 자는 사방으로 열려진 팔八 자에 의해서 모두 공개
되어버릴 수밖에 없다. 그러나 그런 약점이 또한 공인의 강점이
되기도 한다. 자기의 존재와 가치가 사방으로 널리 쓰이게 되고
팔방으로 그 힘이 미쳐 뭇 사람의 존경을 받게 되는 까닭이다. 연
예인들이 자신을 공인으로 생각하고 있는 것도 이런 점에서이다.

그러나 공이라는 글자의 묘미는 어찌 되었든 그 안에 대립되는 사私 자를 내포하고 있다는 점일 것이다. 모ㅿ를 팔八 자와 비교해 보면 그와는 정반대로 안으로 굽게 마련인 손처럼 생겼다. 손은 무엇이든 자기 안으로 끌어들이는 힘이 있다. 그러니까 사私 자는 곡식[禾]을 수확한 것을 각자가 세분하여 자기 몫으로 지닌다는 사유의 뜻을 나타낸다.

공인이라 해도 그 안에는 자기에게로 굽는 손이 있고 곡식을 거두어 자기 것으로 하려는 욕심이 있게 마련이다. 공사를 구분한다는 것은 말처럼 쉽지가 않다. 사회주의 국가에서는 모든 것이 공을 표방하고 있지만 집단농장에서의 농작물은 자기가 수확하여 자기가 사유할 수 있는 사경농보다 생산성이 훨씬 미치지 못한다. 소련의 붕괴는 바로 이 사경농에서부터 시작되었다고 말하는 사람도 있다.

공公의 자리에 있으면서도 사심을 품게 되는 것은 인간의 팔을 마늘 모ㅿ 자처럼 안으로 굽도록 설계한 창조주의 책임으로까지 올라갈 수 있다. 더구나 한자의 공公을 한글로 표기하면 공空 자와 구별이 안 된다. 사물과 달리 공공의 것은 무주공산과 같은 공空 자로 보이기 쉽다. 공무원의 '공' 자를 뒤집으면 '운' 자로 보인다. 공무가 공평치 못할 때에는 공 자를 뒤집어놓은 것처럼 삽시간에 '운' 탓으로 변한다. 공무원이 사정에 걸리면 운이 나빠서 걸리고 운이 없어서 손해를 보는 '운'이 된다.

그렇기 때문에 공직자들에게는 재산을 공개시키는 일 못지않게 모든 공무를 중인환시衆人環視 속에 공개토록 하는 것이 중요하다. 공무 집행의 제도와 법규들을 팔八 자 모양으로 열어놓아야 한다는 것이다.

가령 홍콩의 경우처럼 이권이 따를 우려가 있는 공무들은 모두 양성화하여 공개에 부치도록 하면 부정이 싹틀 기회가 적어진다. 작은 예를 들자면 자동차 번호판을 배정할 때 신청자들은 누구나 자기 마음에 드는 숫자를 가지려고 한다. 더구나 중국처럼 수를 갖고 길흉을 따지는 사람들은 더욱 그렇다. 그래서 아예 홍콩에서는 좋은 번호는 공개 입찰을 해버린다. 좋은 숫자를 차지하려고 공무원과 뒷거래를 할 필요가 없다. 시민 입장에서 보아도 뇌물을 주고 번호판을 선택하는 것보다는 그 돈을 국가에 바치고 떳떳하게 합법적으로 손에 넣는 편이 좋다. 재산 공개公開라고 할 때의 개開는 대문의 빗장을 열어놓은 모양을 나타낸 것이다. 공직자의 개인 집 대문만이 아니라 관청 대문의 빗장도 활짝 열려져 있어야만 공개의 의미가 제대로 살 수 있다.

나무 가운데 공公 자가 들어 있는 것은 오직 소나무의 송松 자뿐이다. 이 글자도 여러 가지 풀이가 있지만 소나무 잎은 변함없이 늘 푸르기 때문에 사심이 없고 널리[公] 쓰인다 해서 공 자를 썼다고 하는 설도 있다. 그래서 남들이 우러러보았던 공인들은 언제나 송백의 나무에 비유되곤 했다. 여름철에는 모든 나무가 푸

른빛을 하고 있어 그 진가를 모르지만 서리가 내리고 추위가 닥
쳐오면 비로소 소나무는 잎이 변하고 지는 나무들과 구별된다.

다산茶山은 「충식송蟲食松」이란 시에서 이렇게 읊고 있다.

……어찌 춘풍 도리와 영화를 다투랴. 대궐 명당 낡아서 무너질 때
긴 들보 큰 기둥 되어 나라를 떠받들고 섬 오랑캐 왜적이 달려들 때 네
몸은 큰 배, 거북선 되어 선봉을 꺾었느니.

공인은 팔방으로 환하게 드러내놓아도 부끄러움이 없고 서리
가 내려도 한 점 두려움이 없어야 한다. 공무원은 본래 공평하지
않으면 안 된다. 그리고 만인을 위해서 일하지 않으면 안 된다.
공무원의 자리는 국민 전체의 것이지 몇몇 일부의 사람을 위한
것은 아니다. 사람들은 이 점을 잘 이해하지 않고 융통성이 없다.
머리가 딱딱하다라고 비난한다. 공평하게, 무사하게 하려면 어쩔
수 없이 형식에 흐르기 쉽고 원칙론에서 벗어나기 힘들다.

# 내일

내일은 없어도 모레는 있다는 민족

수천 년 동안 한자 말의 영향 속에서도 우리는 용케 우리말을 지켜왔다. 통계를 봐도 빈도수가 가장 많은 100개의 한국말 가운데 한자 말이 차지하고 있는 것은 고작 16개에 지나지 않는다. 그런데 웬일인지 가장 많이 사용하는 말 가운데 하나인 '내일'만은 한자 말인 내일來日에서 온 것이다. 어제도 오늘도 다 순수한 우리말인데 어째서 미래를 뜻하는 내일만은 한자어에 먹히고 말았는가?

그동안 많은 언어학자들이 노력해봤지만 한글로 된 문헌에서는 찾아볼 수가 없었고 다만 화석처럼 "명일왈할재(明日日轄載)."라는 한 조각 기록이 『계림유사鷄林類事』에 남아 있을 뿐이다. 그래서 몇몇 국어학자들은 '내일'의 순수한 우리말은 '올재'였을 것이라고 추정하고 있다. 그런데 '재'라는 말은 주로 어제니, 그제니 하는 말처럼 과거를 가리키는 것이므로 올재에서 재가 떨어져나가 그냥 '올'이라고도 불렸던 것 같다. 올봄이니 올해니 할 때의 그 '올'이 그것이다.

그러나 내일의 우리 고유어를 일본의 지방 명에서 찾아보려고 하는 사람도 있다. 한국인들이 건너가 꽃피운 6세기 때의 일본 문화를 비조 문화飛鳥文化라고 한다. 그런데 한자로는 비조라고 써놓고 읽기는 '아스카'라고 한다. '아스'는 일본 말로 내일을 뜻하는 말이다. 그래서 그것을 명일향明日香이라고도 표기하는데 향香은 일본 말로 '가오리'이므로 고을을 뜻하는 한국말과 음이 같다.

어째서 뜻이 전연 다른데도 이렇게 비조라는 고을 이름이 명일향과 동의어로 쓰였느냐 하는 수수께끼는 그것을 한국말로 읽어 보면 금세 풀린다는 것이다. 비조는 공중을 나는 새, 즉 '날 비飛, 새 조鳥'로 '날새'이다. 그리고 '날새'는 '날이 샌다'는 뜻으로 내일을 뜻하는 순수한 한국말이었다는 것이다. 그러니까 내일을 뜻하는 한국말 날새를 음으로 적으면 비조가 되고 뜻으로 표기하면 명일향이라는 주장인 것이다.

내일이라는 순수한 우리말이 '올재'였는지 '날새'였는지 우리는 모른다. 다만 확언할 수 있는 것은 중국 대륙에 끼어 살다가 그 좋은 말을 도중에서 잃어버렸다는 사실이다. 바다 넘어 남의 땅에 가서야 비로소 내일의 꿈을 실현시킬 수 있었던 아스카 문화의 한국인들, 그 예술인들, 장인匠人들.

며칠 전 예술의 전당에서 열렸던 천재 소녀 장영주 양의 바이올린 연주를 들으면서도 그런 생각을 했다. '사라 장'이 아니라

'장영주'로서 이 땅에서 자랐더라면 과연 저렇게 푸르고 싱싱한 그 내일을 지닐 수가 있었겠는가?

무대 위의 사라 장만이 아니라 객석에 앉아 있는 우리 꼬마 예술가들에게는 그런 내일이 없는 것일까? 내일은 한자 말이지만 그보다 더 먼 '모레'는 순수한 우리말이 아니냐. 아니다. 모레라는 말뿐이겠는가? 모레 다음에는 '글피'가 있고 글피 다음에는 또 '그글피'가 있다. 일본어든 영어든 한번 해보라. 내일이란 말 다음에 '모레'를 뭐라고 하는가. 글피와 그글피란 말이 있는가?

힘내라! 한국의 천재들이여. 눈을 돌려 미지의 넓은 땅과 먼 내일을 보거라.

# 휴

나무 그늘에서 쉬는 문명

사람을 뜻하는 인人 변에 나무 목木 자를 쓰면 휴休 자가 된다. 글자의 모양 그대로 사람이 나무 그늘에서 쉬고 있는 모습을 나타낸 글자이다. 실제로 나그네와 마을 사람을 위해서 중국 사람들은 마을 어귀마다 나무를 심었다. 한국의 정자나무도 마찬가지다. 한자 문화권에 사는 사람들은 '앞 사람이 나무를 심으면 뒷사람이 그 서늘한 그늘에서 쉴 수가 있다.'는 속담에서 살아왔던 것이다.

그런데 재미있는 것은 미국에도 이와 비슷한 속담이 있다. 18세기 때 미국의 개척자 존 채프먼John Chapman은 평생을 길가에 사과 씨와 사과나무를 심고 다닌 사람으로 유명하다. 다음 세대의 개척자들과 나그네들이 굶주리지 않도록 하기 위해서이다. 그래서 "자니의 사과 씨(Johnny Appleseed)."라는 숙어가 생겨난 것이다.

다음 사람을 위해서 나무를 심는다는 것은 동양과 서양의 차이가 없지만 나무를 심는 목적이나 그 이미지는 아주 대조적이다. 중국의 나무 심기는 한자의 휴休 자처럼 쉬는 데 있고 미국의 그것은 먹는 데 있다고 할 수 있기 때문이다. 나무에서 그늘을 찾으려는 것은 마음의 풍요를 위한 것이고 나무에서 열매를 얻으려는 것은 물질의 풍요를 얻기 위해서이다.

언뜻 생각해보면 중국 사람의 나무 심기 정신은 비생산적인 게으름으로 보이기 쉽다. 그에 비해서 존 같은 미국의 식수관植樹觀은 오늘의 미국 문명과 번영을 가져온 적극성과 공리성이 들어있다. 하지만 쉬는 것을 비생산적인 것이라고 생각하는 것은 잘못이다. 아무것도 하지 않고 쉰다는 것, 마음을 비우고 있는 자유로운 시간을 갖는다는 것, 인간에게 중대한 전기를 마련해준 것은 대개가 다 이런 나무 그늘에서 생겨난 것이라고 할 수 있다.

뉴턴의 3대 발견이라는 만유인력·빛의 스펙톨 그리고 미분과 적분이 모두 그렇게 해서 생겨났다. 페스트로 대학이 18개월 동안 문을 닫게 되자 뉴턴이 고향 집으로 돌아가 쉬고 있는 동안에 바로 인류의 사고를 바꾸어놓았다는 그 아이디어를 얻게 된 것이다. 존 채프먼처럼 사과를 보면 그 씨를 심을 생각만 하고 다녔더라면 어떻게 떨어지는 사과를 보고 지구의 중력을 상상해낼 수 있었을 것인가.

사람이라 해도 먹는 것을 위해 일할 때에는 짐승이 먹이를 쫓고 있는 순간과 별로 다를 것이 없다. 오히려 작업 중에도 잡담을 하고 담배를 피우는 사람보다는 아무 잡념 없이 있는 힘을 다해 사슴을 쫓고 있는 표범의 모습이 오히려 더 진지하고 숭고해 보일는지 모른다. 인간이 짐승과 다른 것은 바로 그 쉴 때이다. 짐승이 쉬는 방법은 기껏해야 쓰러져 자는 것이다. 원숭이는 생김새만 사람과 비슷한 게 아니라 쉴 때가 되면 서로 모여 놀이를 할 줄 안다는 점에서도 다른 짐승과 구별된다.

쉬기 위해서 나무 그늘을 문화 속에 끌어들인 것이 한국의 그 유명한 정자다. 경치 좋고 이름난 터에 가면 반드시 정자가 서 있다. 그곳에서 사람들은 바둑을 두고 시를 짓고 한담을 나눈다. 정자가 그냥 누워서 잠이나 자는 공간이 아니라는 것은 정자에 붙여진 현판 이름들을 보면 알 수 있다. '희우정'이니 '안식정'이니 하는 사색적이고 심미적인 문자를 보면 쉬는 공간은 소비가 아니라 창조의 공간이라는 것을 알 수가 있다.

'쉰다'는 한국말 속에 바로 쉬는 문화의 뜻이 잘 숨어 있다. 숨을 쉰다는 말과 일손을 놓고 쉰다는 말은 같은 말이다. 바쁜 것을 표현하는 말 중에 숨 쉴 틈도 없다는 말이 있는 것을 보면 쉰다는 것은 그야말로 숨을 쉬는 행위처럼 절대 불가결의 것이다. 쉬지 않으면 숨통이 막혀 죽게 된다. 얼마나 숨 막히게 일을 했으면 숨을 쉬는 것이 쉰다는 말이 되었겠는가.

그리고 보니 갑골문자에서는 휴休 자를 사람 인人 변에 나무 목木 자를 쓴 것이 아니라 곡식을 뜻하는 벼 화禾 자를 썼다는 사실에 수긍이 간다. 그리고 그 뜻도 글자의 생김새대로 사람들이 정성스럽게 곡식을 기른다는 뜻이었다고 한다. 즉 휴양休養이라고 할 때의 양養과 같은 의미를 지닌 글자였다는 것이다. 사람이 밭에서 곡식을 가꾸고 기르는 노동이 어느새 나무 그늘에서 숨을 돌리고 쉬는 뜻으로 바뀌었는지 생각할수록 의미심장하다.

인간의 산업도 그렇게 변해왔다고 할 것이다. 산업사회는 물건을 만드는 일이지만 서비스 산업을 기축으로 한 정보화 사회에서는 노는 산업, 쉬는 산업이 그것을 주도하게 된다. 영어로 말하자면 공장에서 물건을 만들어내는 것, 또는 교량이나 집 그리고 길과 도시를 세우는 일은 컨스트럭션construction이라고 하지만 영화·축제·디즈니랜드 같은 휴식 공간이나 소프트를 만들어내는 일은 프로덕션production이라고 한다.

나무 그늘 산업이 미래를 지배한다. 인류 역사상 현대인처럼 그렇게 바쁘게 일만 하면서 살아온 적도 별로 없었다. 아무리 가난 속에서 살았던 농민들이라 해도 겨울철이면 3개월 가까이 놀았다. 서양 사람들이라 해도 로마 제국의 말기인 4세기 이후 때에는 한 해 동안 공유일·축제일이 자그마치 184일이나 되었다고 한다. 일하는 날이라 해도 노동 시간은 오늘날보다도 훨씬 짧았다는 것이다. 중세 때의 인간들은 세계 어디에서나 일할 때 일하지 않는 것보다 일해서는 안 될 때 일하는 것을 훨씬 더 중한 죄로 다스렸다. 그것이 그 유명한 안식일을 지키지 않는 사람들에 대한 형벌이었다.

한마디로 중세 때 인간들을 놀이형 인간homo ludence이라고 한다면 근대의 인간들은 노동형 인간homo laborance이라고 정의할 수가 있다. 그리고 앞으로 올 포스트모던(후기 근대)은 여러 가지 징후에서 중세와 닮은 데가 많다고들 한다. 앞으로는 생산 제일주의의 근대적 가치관이나 사고만을 가지고는 미래에 살아남기 힘들다. 오히려 숨을 '쉬'면서 쉬엄쉬엄 일하는 전통적인 한국인의 노동 방식이 미래의 문명에는 강점이 될 수도 있다. 일에 놀이의 요소를 끌어들이고 육체노동에 정신적 보람을 주는 정자亭子 문화의 공간을 생산 현장에 살려가야 한다. 곡식을 기르[養]는 일과 나무 그늘에 누워 쉬는[休] 것이 한 글자였듯이 앞으로 인간이 추구하는 것은 휴양 산업이 될 것이다. 다시 한 번 휴休 자를 주목하라.

그러고 보면 원래 휴休 자는 사람이 나무 그늘에서 쉰다는 뜻이 아니라 군문軍門에서 경사스러운 일이 있어 상을 받는다는 뜻이라는 또 다른 설에 대해서도 수긍이 간다. 휴의 기본은 축제 문화이기 때문이다.

# 원한

푸는 문화와 갚는 문화

"원한怨恨이 맺힌다."라는 말을 잘 쓴다. 옛날 군가에도 "원한이여, 피에 맺힌"이라는 가사가 있다. 그런데 이렇게 잘 쓰는 말인데도 원怨과 한恨이 어떻게 다르냐고 물으면 대답하기 곤란할 때가 많다. 그러나 원과 한을 구별하는 아주 간단한 방법이 있다. 몇 가지 말을 만들어보면 된다. 원수라는 말은 있어도 한수라는 말은 없지 않은가. 그리고 원수는 '갚는다'고 한은 '푼다'고 한다.

일본과 한국의 문화적 차이도 이 원과 한을 놓고 보면 분명해진다. 일본 근대문학의 상징이라고 할 수 있는 나쓰메 소세키[夏目漱石]는 일본 문학의 전통적 특성은 그 유명한 「주신구라[忠信藏]」처럼 원수 갚는 이야기라고 한 적이 있다. 현실 속이든 이야기 속이든 세계 어느 나라에도 일본처럼 복수극이 많은 나라는 없다는 것이다. 한마디로 갚는 문화이다. 원수도 갚고 은혜도 갚는다. 그래서 일본 사람들은 미안하다고 할 때 '스미마센すみません'이라고 한다. '스미마센'은 아직 갚아야 할 것이 덜 끝났다는 뜻이다.

17세기 때 통신사로 일본에 갔던 남용익은 이러한 일본인들의 기질을 보고 "실낱 같은 은혜도 골수에 새기고 털끝만 한 원망도 갚고야 마네."라고 노래하고 있다.

그러나 한국의 문화는 푸는 문화이다. 한만 푸는 것이 아니라 심지어는 심심한 것까지도 풀어 심심풀이라고 한다. 남들이 싸워도 풀어버리라고 하고 죽은 사람들도 한을 남기지 말라고 푸닥거리를 한다. 푸닥거리는 푸는 거리에서 온 말이라고 한다. 무언가 중요한 일을 할 때 일본 사람은 정신 바짝 차리라고 한다. '기오쓰케테きをつけて'라는 말이 그렇다. 말로만 그러는 것이 아니라 실제로 그들은 싸움을 하려고 하면 머리띠를 매고 어깨띠를 죈다.

경제 대국이 되어 여유가 생겼다는 오늘에도 일본에서 가장 많이 쓰고 있는 말은 '시메루しめる(죄다)'라는 낱말이다. 고속도로에 붙여놓은 구호판에는 "자동차 문을 꼭 닫고 안전띠를 죄고 마음을 죄라."라고 쓰여 있다. 우리는 원고를 마감한다고 하는데 일본에서는 '시메키리[締切り]'라고 한다. 죄어서 잘라버린다는 뜻이다.

하지만 한국인은 무슨 일에 도전할 때 몸을 푼다고 말한다. 싸울 때도 조이는 게 아니라 오히려 웃통을 풀어 젖힌다. 풀지 않으면 힘이 안 나는 사람들이다. 시험 치러 가는 아이를 붙잡고 하는 소리도 정반대이다. 일본 사람들은 '간밧테がんばって(눈을 부릅뜨고 정신 차리라는 뜻)'이지만 한국의 부모들은 놀랍게도 "야, 마음 푹 놓고 쳐라."라고 말한다. 마음을 놓으라는 말을 한자로 직역하면 방심이 아닌가.

원은 갚으면 그만이지만 한은 풀면 창조적인 것이 된다. 춘향이의 경우 변사또에 대한 감정은 원이고, 이별한 이도령에 대한 감정은 한이다. 얼마나 다른가. 『춘향전』이 만약 원의 문학이었다면 변사또에게 복수하는 드라마로 변하여 일본의 「주신구라」 같은 이야기가 되었을 것이다. 변사또를 백 번 죽여도 원심은 없어질지 모르나 그리운 이도령을 만나지 못하는 한은 그냥 남는다. 그러나 『춘향전』은 원이 아니라 한으로 향한 문학이었기에 끝내 님과 다시 만나 이별의 한을 푼다. 그래서 정경부인이 되어 백년해로를 하는 것이다. 원수 갚는 이야기는 통쾌하지만 핏방울이 튄다. 그러나 한을 푸는 이야기는 신이 난다. 눈물은 나도 핏방울은 없다. 원수를 갚고 나면 맥이 풀어지지만 한을 풀고 나면 힘이 솟는다. 푸는 데서 나오는 힘, 그것이 바로 요즈음 유행어가 된 '신바람'이다.

문민정부가 들어서면서 과거 청산이라는 말을 많이들 한다. 일제 식민지 때의 친일파도 우물쭈물 넘어갔고 이승만 때 부정선거를 한 사람들도 흐지부지 끝냈다. 그러니 이번만은 과거를 단절하고 깨끗이 청소를 하자는 것이다. 그러나 보복은 청산보다 더 두려운 결과를 가져온다. 그것을 우리는 프랑스 시민 혁명 때의 로베스피에르Maximilien de Robespierre에게서 배웠고 소련의 프롤레타리아 혁명 때의 스탈린에게서 배웠다. 무수한 숙청이 남긴 것은 피가 피를 부르는 악순환이었다.

백이·숙제라고 하면 털끝만 한 타협도 마다한 수양산 고사리로 이름 높은 선비지만 『논어』에 적힌 대로 그는 추호의 악도 용서하지 않았으나 구악舊惡을 논하지 않았다고 되어 있다. 원은 과거를 향해 있지만 한은 미래를 향해 있다.

우리 민족의 마음에 쌓여 있는 것은 과거에 대한 원이 아니라 못다 한 한들이다. 그래서 한을 풀 때 한국인은 강해지고 창조적이 된다. 신바람 나게 일하고 신바람 나게 사는 것, 이것이 새로운 한국의 새 엔진이다. 독재 때문에 하지 못한 한이 있으면 이제는 민주화의 실천으로 그 한을 풀어 자유의 소중함을 맛보게 해야 한다. 과거를 아무리 단죄해도 민주화가 성공하지 않으면 한은 계속 쌓이고 마음속에 응어리진다.

# 난리

끝나지 않은 6월

1945년에서 1990년까지 주 단위로 계산을 하면 모두 2,340주
가 된다. 그런데 놀라운 것은 그 가운데 이 지구상에 전쟁이 없
었던 주는 겨우 3주간밖에 되지 않는다고 한다. 이와 같은 통계
를 놓고 보더라도 인간의 역사는 바로 전쟁의 역사라고 할 수 있
다. 전시가 아니라도 인간은 알게 모르게 전쟁의 영향 속에서 살
고 있다. 작은 예를 하나 들자면 회중시계가 오늘날과 같은 손목
시계로 변하게 된 것도 전쟁에서 비롯된 것이다. 중무장을 하고
전투를 하는 군인들에게는 회중시계를 꺼내보는 일이 여간 불편
한 게 아니다. 그래서 남아 전쟁 때 시계공 출신인 영국 장교 한
사람이 회중시계에 밴드를 달아 손목에 차는 방법을 생각해냈다.
그것이 군인들 사이에 퍼지게 되고 전쟁 후에는 일반 시민에게까
지 널리 유행하게 된 것이다.

현대인이 애용하는 통조림도 나폴레옹의 전략에서 태어나게
된 것이다. 음식을 오래 보존할 수 있고 휴대하기 편한 군량을 개

발해야만 속도전을 할 수가 있다. 그래서 그는 12,000프랑의 막대한 현상금을 내걸었고 아벨이라는 사람이 그 원리를 발명하여 세계 최초의 통조림을 내놓게 된다.

현대인들은 평상시에도 손목시계를 차고 통조림 음식을 먹고 살아간다. 생활양식이 그만큼 전쟁 상황과 비슷해졌다는 이야기이다. 매일 아침저녁 출퇴근을 하고 있는 사람들을 보면 총성과 피만 흐르지 않는다뿐이지 전투 장면과 다를 게 없다. 그래서 어느새 교통난이 교통 전쟁으로 입시 경쟁이 입시 전쟁으로 슬며시 탈바꿈을 하고 있다. 기업에도 군사 용어의 새치기가 많다. 경제 전쟁이라는 말을 필두로 판매 전략이라는 말까지 말끝마다 전략 자를 붙이는 말들이 늘어가고 있다.

사실 따지고 보면 6·25 때만 해도 한국 사람들은 전쟁이라는 말을 잘 쓰지 않았다. 그보다는 임진왜란이라고 할 때처럼 '난亂' 이라는 말을 더 많이 사용했던 것이다. 그래서 전쟁을 난리亂離라고 불렀고 전쟁터에서 소개疏開하는 것을 피난이라고 했다. 그래서 전쟁이라고 하면 미군들의 레이션 박스ration box에서 나온 그 통조림들이 떠오르고 난리라고 하면 피난 보따리의 미숫가루가 연상된다.

난리라는 말은 순수한 우리 토박이말처럼 느껴지지만 실은 평상시의 인륜이나 생활의 질서가 무너져 어지럽게 되고[亂] 가족과 친지들이 뿔뿔이 흩어진[離] 상태를 뜻한다. 그래서 전쟁은 경쟁의 뜻으로 전용할 수 있지만 난리란 말은 그렇지 않다. 입시 전쟁을 입시 난리라고 하고 경제 전쟁을 경제 난리라고 고쳐보면 그 뜻의 차이를 알 수 있을 것이다. 전쟁은 이기고 지는 것으로 종식이 되지만 난리는 물난리라는 말처럼 복구를 해야만 끝이 난다. 어지러운 것이 다시 정상적인 제자리를 찾고 흩어졌던 사람들이 다시 만나지 않으면 난리판은 사라지지 않는다.

　6·25는 사변인가, 동란인가, 혹은 전쟁인가 그 호칭을 놓고 이견들이 많았지만 그것을 난리라는 시각에서 보면 이야기는 아주 달라진다. 난亂을 화和로, 이離를 합合으로 돌이키지 않는 한 6월의 난리는 끝나지 않는다.

# 견

하늘이 아는 큰 뜻

대大는 사람이 팔을 벌리고 서 있는 모습을 본뜬 상형문자이다. 그래서 큰 대大 자는 사람 인人 자와 맞먹는다. 사람의 몸 가운데 가장 위에 있는 것이 머리의 정수리이고 그보다 더 높이 있는 것이 하늘이다. 대 자 위에 한 일一 자를 올려놓으면 바로 사람의 정수리와 하늘을 뜻하는 천天 자가 된다. 그리고 부부夫婦라고 할 때의 그 부夫는 사람이 상투와 비녀를 꽂은 모양을 나타낸 것으로 그것 역시 큰 대 자에서 비롯된 글자이다.

그런데 대 자 밑에 점 하나를 찍어 크다는 뜻을 나타내는 태太 자에서 그 점을 하늘 위에 갖다놓으면 견犬 자가 된다. 개가 하늘과 버금가는 큰 짐승인가. 사람을 보고 개라고 해도 욕이 되는 법인데 하물며 하늘과 같은 대 자 항렬에 개를 끼워 넣는다는 것은 아무리 생각해도 신성모독이 아닐 수가 없다.

하지만 그 자원을 찾아보면 견犬 자는 보기에만 대大 자와 비슷할 뿐 사실은 그와는 아무 관계가 없는 별개의 글자이다. 즉 견犬

자는 개의 형상을 위에서 내려다본 상형문자라는 것이다. 옥편을 찾아봐도 개 견犬 자가 붙은 글자들은 큰 것과는 상관없이 모두 짐승을 나타내는 것을 알 수 있다.

그렇다고는 하지만 견 자가 대 자와 비슷하게 생긴 바람에 뜻하지 않았던 일들이 돌연 발생하는 일도 적지 않다. 돌연이라고 할 때의 그 돌突 자부터가 개 견犬 자가 들어 있지 않은가. 돌 자는 굴의 구멍[穴]에서 숨어 있던 짐승[犬]들이 갑자기 튀어나오는 것을 나타낸 글자이다.

말하자면 이 견犬 자가 대大니, 천天이니 하는 신성한 글자들과 비슷하게 생겨서 그야말로 개가 개구멍에서 튀어나오는 것 같은 돌발사突發事를 일으키고 사람의 목숨을 뺏기도 한다. 활자를 잘못 골라 천天 자의 선이 점으로 변하면 일본 천황天皇은 견황犬皇이 되고 만다. 그리고 또 큰 대大 자를 잘못 고르면, 혹은 그 글자 위에 먹물이라도 튀는 날에는 대통령大統領은 여지없이 견통령犬統領으로 전락한다. 신문·잡지에 이런 오식 사건이 일어나서 정치 문제로까지 비화한 일도 적지 않다.

이번에는 이와 같은 일이 중국에서 벌어졌다. 중국의 최대 일간지 《인민일보》의 한 평론 기사 가운데 8차 전국인민대표대회의 그 '대회大會' 자가 '견회犬會'로 둔갑을 한 것이다.

중국에서 문화혁명文化革命이 일어났을 때에는 개까지 수난을 당하기도 했다. 개는 부르주아의 상징이라는 것이다. 사람이 먹을 것도 없는데 놀고먹는 개를 기른다는 것은 또 하나의 유한층(?)이 아니냐는 것이다. 정 애완용 짐승을 기르고 싶으면 그보다 적게 먹는 고양이를 기르라는 대안도 나왔다. 그 정치 바람으로 한동안 북경 시내에서는 개의 자취를 찾아볼 수 없었다. 중국이 개방 정책을 써서 시장경제를 부분적으로 도입했을 때 일본 기업가들은 북경 시내에 개가 얼마나 늘어가는가에 주목했다는 이야기도 있다. 개방 속도와 경제 발전의 척도를 염탐하는 수단으로 개를 정보의 지표로 삼았던 까닭이다.

다른 곳도 아닌 바로 그 중국의 북경에서 그것도 인민 대표들이 모이는 모임이 개 모임의 견회犬會가 되었으니 호떡집에 불난 정도가 아니었을 것이라는 것은 짐작하고도 남는다. 신문사 쪽에서는 윤전 인쇄 과정에서 먹물이 잘못 떨어져 생긴 것이라고 해명을 했지만 당에서는 광범위한 내사에 들어갔고 세계의 뉴스는 제2의 천안문 사건과 같은 반체제 운동이 벌어졌는가 촉각을 세우기도 했다. 글자의 점 하나가 세계를 향해 짖었다. 작은 가십거리로만 볼 게 아니다. 새로운 시각을 통해 이 사건을 관찰해보면 일본 기업인들처럼 중국의 개방 속도와 그 수준을 잴 수 있는 생생한 지표를 얻을 수가 있을 것이다. 그 나라의 민족이 개를 어떻게 대하고 있느냐를 보면 바로 그 나라의 근대화가 어느 정도인가를 알 수 있다.

근대화 이전의 서양에서도 개의 이미지는 부정적인 적이 많았다. 『구약 성서』에는 불결·불순한 것으로 그려져 있고 『신약 성서』에는 "진주를 돼지에게 주지 말라."는 말과 똑같이 "신성한 것을 개에게 주어서는 안 된다(마태복음)."고 되어 있다. 그러나 경제적으로 유복해지고개가 애완용으로 사랑을 받기 시작하면서부터는 가족의 한 구성원으로서 사람과 같은 대접을 받게 된다. 너희 식구가 몇이냐라고 미국 애들에게 물으면 영락없이 식구 수에 개를 포함해서 몇이라고 대답한다. 그래서 세계 최강국인 미국은 단연 개의 숫자에서도 세계 제일의 견국이다. 물론 그 숫자 속에는 큰 대 자에 점 하나 찍어주어도 부끄러울 게 없는 백만장자 상속견도 있다. 미국 애들의 계산법대로 하자면 미국의 인구는 개의 숫자까지 합해서 계산해야 한다. 쿠바 난민이 미국으로 대거 몰려들었을 때 사람들은 입국이 허용되지 않았어도 개만은 당당하게 구조되어 국경을 넘어 들어올 수가 있었다. 그러나 근대화가 안 되어 있는 이슬람 문화권에서는 여전히 개라고 하면 악마와 동급이다. 그 때문에 중동으로 진출한 미국의 그레이하운드 회사는 그 유명한 개 그림을 달지 못하고 버스를 운행하고 있다.

우리를 비롯해 아시아 지역도 개에 관한 한 안전 지역이 못 된다. 개를 기준으로 심사를 할 때 근대화에 합격할 수 있는 나라는 오직 일본뿐이다. 일본을 제외하고 아시아 지역에서는 모두 개고기를 먹고 있기 때문이다. 우리가 국민소득 1만 달러를 코앞에 두고 있지만 서구 국가에서는 우리를 여전히 개고기를 먹는 미개인 민족으로 내려다보고 있다. 일본이 개고기를 안 먹는 것은 특별한 교양이 있어서가 아니라 '개장군'이라는 별명까지 붙었던 도쿠가와 쓰나요시[德川綱吉]의 덕분이다. 동물 애련의 법을 제정, 짐승 고기를 먹지 못하도록 했을 뿐만 아니라 특히 장군이 개띠라는 소문으로 세도가 집 사람들은 개를 가마에 태우고 다녔다는 이야기도 있다. 여담이지만 그때 개를 가마에 모시고 다니던 가마꾼들은 그 장군이 말띠가 아니었던 것이 천만다행이라고 농담을 했다.

어찌 되었거나 대회大會를 견회犬會로 쓴 신문사가 어떤 제재를 받게 되는지, 그리고 그것이 정말 우연한 실수인지 항거인지 그 사건의 귀추가 주목된다. 만약 중국의 개방 물결이 높고 부르주아로 평가절하되었던 개의 권리가 다시 복권되고 옛날 중국의 대인大人 기질이 살아나게 된다면 그 정도로 사람의 목숨이 사라지는 일은 없을 것이다.

8차 인민대회가 '개판'이 아니라 정말 대인大人들이 모인 민주적인 대회大會였다면 이번 견회犬會 사건도 여유 있게 처리될 게 분명하다. 더구나 그것이 고의였는지 우연이었는지는 정말 큰 대大자 위에 한 일一 자를 써놓은 하늘天만이 아는 일이 아닌가.

# 은행
로마 광장의 벤치

'금융권'과 '은행'이라는 말이 비리란 말과 함께 신문에 자주
오르내리고 있다. 그런데 좀 이상한 느낌이 드는 것은 어째서 금
융金融은 금金인데 은행銀行은 은銀이냐 하는 것이다. 금융이라는
말과 짝을 맞추자면 은행이 아니라 금행金行이라고 해야 옳지 않
았겠는가?

금융 기구가 아닌 사사로운 집에서도 돈을 넣어두는 곳은 은고
가 아니라 금고이다. 금 본위제든 은 본위제든 돈을 상징하는 것
은 금이었기 때문이다. 제도와 문화가 달라도 금·은·동의 그 서
열은 세계 어느 나라에서나 마찬가지다. 그렇기 때문에 올림픽의
메달도 그런 순으로 되어 있다. 그런데 왜 하필 은행인가. 서구
문명과 함께 처음 금융 기구가 등장했을 때 일본인들은 그것을
어떻게 번역할지 몰라 그냥 외래어로 '방쿠'라고 썼다. 물론 은좌
銀座라는 번역어가 없었던 것은 아니다. 그 말은 지금 일본 만 원
권 지폐에 그려져 있는 탈아입구론자 후쿠자와 유키치[福澤諭吉]의

기발한 번역어였지만, 지금 들으면 동경 번화가의 그 은좌로 알 것이다. 결국 뱅크bank가 오늘날 우리가 쓰고 있는 은행이란 말로 굳어지게 된 것은 20세기 초(일본의 명치 10년경)에 들어서라고 한다. 새 술은 새 부대에 담아야 한다는 논리가 적어도 은행이란 말에는 통하지 않았던 셈이다. 왜냐하면 은행의 제도는 서양 것이었지만 그 말은 중국에서 그것도 거의 500년 전에 붙여진 '태창은고太倉銀庫'(1442년 북경에 처음 세워진 은행)에서 따온 말이었기 때문이다.

그냥 낡은 말이라는 것이 아니라 뱅크에 금도 아닌 은 자가 따라 다니게 된 그 역사의 뒤안길을 보면 더욱 한심하다. 중국인들이 은을 좋아한다는 것은 세계적으로 널리 알려져 있는 사실이다. 18세기 때 서구의 무역상들이 남긴 기록을 보더라도 "중국 상인들은 금이나 교역품에는 일체 관심이 없고 오로지 은화에만 눈독을 들인다."고 되어 있다. 실제로 스페인에서는 금값과 은값의 대비가 1:14였는데 중국에서는 그것이 1:7로 터무니없이 은값이 높았다.

이렇게 중국에서 은 수요가 서구의 여러 나라들보다 폭등한 데에는 그럴 만한 이유가 있었다. 송·원 때에 대량의 견화들이 해외로 새나가자 스톡stock이 바닥나고 그 신용 조직이 무너지게 되었다. 그래서 명나라에 들어와 불환 지폐가 발행되고 그 화폐를 유통시키기 위해서 금·은 광산을 모두 폐쇄시키고 말았다. 무역을 금지시킨 것은 말할 것도 없다. 그렇지만 액면 일 관이 동전

1천 문文이었던 지폐가 60년 뒤에는 2~3문으로 폭락하고 만다. 그러니 화폐는 휴지가 되고 밀무역이 성행하면서 지하경제는 모두 은덩어리로 거래될 수밖에 없었다. 사람들이 의지할 것은 은밖에 없게 되었고 그 결과로 돈 하면 은이 먼저 떠오르게 된 것이다. 그렇게 해서 생겨난 말이 '은고'요, '은행'이었다.

은행이란 말과 가장 대조를 이루는 것은 영어의 뱅크이다. 뱅크란 말은 원래 이탈리아어로 장의자를 뜻하는 방코banco에서 나온 말이라고 한다. 어원적으로 보면 영어의 뱅크는 공원에 있는 벤치와 똑같은 말이다. 실제로 사람들이 많이 모이는 로마의 광장에는 벤치(방코)들이 놓여 있었고 환전상들은 그 의자에 앉아서 고객들과 돈거래를 했다는 것이다. '돈이 돈을 낳는' 이자 놀이의 비윤리성에 대한 비난은 서구 사회라고 예외일 수는 없었다. 현대 문명 속에서도 여전히 존경을 받고 있는 대석학 아리스토텔레스도 생물이 아닌 금속 돈이 새끼를 치는 것(금리)은 부자연스러운 일이라고 해서 '화폐불임설'의 입장을 취했다. 하지만 바다를 끼고 일찍부터 교역을 하며 살아온 희랍 로마 때의 사람들은 자급적인 폐쇄 농경 사회 속에서 살아왔던 우리네 중국 문화권처럼 돈에 대한 수치와 이식에 대한 거부감은 그렇게 크지 않았던 것이다.

사람 눈에 띄지 않는 으슥한 뒷골목에 전당포를 차려놓은 것과는 달리 그들은 광장의 벤치에 앉아서 내놓고 돈놀이를 했던 것이다. 이식에 대한 부정적 문화가 심한 사회일수록 금융업이 발달하지 않아 오히려 금리는 높아지게 마련이다.

서구에서는 이미 중세 때만 해도 이자율이 대폭 내려가기 시작했다. 그래서 『베니스의 상인The Merchant of Venice』에서 악역을 맡은 고리대금업자 샤일록이 판칠 때라 해도 17세기의 영국과 네덜란드의 이자율은 5퍼센트에서 2퍼센트에 지나지 않았던 것이다. 같은 무렵 중국에서는 이자율이 무려 36퍼센트나 되었으며 그나마도 생산적 목적이 아니라 개인의 약값이나 노름빚처럼 급한 비상금으로 충당하기 위한 것이었다.

오늘날의 은행은 동과 서를 가릴 것 없이 으리으리한 대리석 빌딩에 자리 잡고 있지만 그것을 떠받치고 있는 초석은 광장에 놓인 벤치 하나라는 것을 잊어서는 안 된다. 즉 뜨내기들처럼 의자에 앉아서도 돈거래를 할 수 있었던 것은 철저한 신용 덕분이었을 것이다.

"뱅크는 돈을 꾸어 오고 꾸어 주는 점포가 아니다. 그곳은 신용credit을 만들어내는 제조소다."라는 그 금융의 원리가 바로 근대 은행의 출발점이다. 17세기 때 런던의 금공金工들에 의해서 만들어졌다 하여 금공 원리goldsmith's principle라고도 불려지는 그 법칙 때문에 오늘날 은행은 수신량의 몇 배가 넘는 여신을 창출해낼 수가 있게 된 것이다.

『삼총사Les trois mousquetaires』, 『몽테크리스토 백작Le comte de

Monte-Cristo』 등으로 우리에게도 잘 알려진 알렉상드르 뒤마Alex-andre Dumas가 무명의 극작가였던 시절, 은행에 융자를 받으러 갔던 유명한 일화에서도 우리는 서양의 은행이 은덩어리를 싸놓은 은고가 아니라 신용을 쌓아둔 집이라는 것을 실감하게 된다. 은행장이 무엇을 담보로 할 것이냐고 물었을 때 뒤마는 자신이 쓴 미발표 극작 원고를 보여주었고 은행장은 그것을 읽어보고 거지나 다름없었던 무명작가 뒤마에게 거금을 융자해주었다. 이만한 작품이면 틀림없이 작가로서 대성할 수 있으리라는 것을 믿었기 때문이다. 고객은 은행을 신용하여 돈을 맡기고 은행은 고객을 신용하여 대부를 한다. 뱅크는 은덩어리가 아니라 신용덩어리로 장사를 하는 것이다.

어원적으로 볼 때 은행이란 말과 뱅크라는 말은 이렇게도 다르다. 한쪽은 신용의 붕괴에서 생겨나게 된 말이고 한쪽의 말은 여신이라는 믿음의 창출에서 비롯된 말이다. 은행의 금융 부정이나 비리에 관한 뉴스를 들을 때마다 떠오르는 것은 은행이란 말 자체 속에 숨어 있는 불신의 그림자이다.

햇빛이 쏟아져 흐르는 로마의 광장, 전후 사방이 탁 트인 개방 공간에서 떳떳하게 돈거래를 하던 그 신용의 벤치―그것은 은이나 금의 이미지를 대신해야 한다.

# 국민학교

### 히틀러의 유산

 

 

 

필요 이상으로 순혈을 고집하는 바람에 한국말을 오히려 빈혈에 걸리게 하는 국수주의자들이 많다. 말도 인간처럼 혼혈아를 낳기도 하고 때로는 귀화하여 시민권을 획득하기도 한다. 지나치게 외래어를 많이 쓰는 것도 병이지만 무조건 말의 변화와 개방성에 말뚝을 박으려 하는 결벽증도 병이다. "그것은 일본식 말이다."라고 꾸짖는 사람들이 있지만 자기 자신이 쓴 무슨 무슨 식이라는 표현이 바로 일본의 '시기[式]'에서 온 일본 투의 말이라는 점에 대해서는 까마득히 모르고 있다.

우리가 지금 애용하고 있는 민주주의라는 말 역시 일본 사람들이 그나마 잘못 번역한 말을 그대로 쓰고 있는 것이다. 민주주의는 데모크라시democracy의 번역어인데 잘 알다시피 '······크라시'는 제도이지 주의ism가 아니다. 민주제라 해야 할 것을 개화기 일본 지식인들이 민주주의라고 하는 바람에 덩달아 우리까지 그 말을 그냥 쓰고 있는 형편이다.

북한에서 금과옥조로 내세우고 있는 주체사상, 그래서 한국의
학생들까지 주사파가 생겨난 그 주체사상이라는 말까지도 일본
말의 역어라는 사실을 알고나 있는지 모르겠다. 주체사상이라는
말 자체에 주체성이 들어 있지 않다는 것은 보통 익살맞은 모순
이 아니다.

그러니 이제는 굳은 말이 되어버린 것을 일본 사람들이 만든
말이라 하여 버리고 새 말을 만들어 쓰자는 것이 아니다. 말끝마
다 왜색 시비를 걸어오는 사람들처럼 신경질적인 언어 국수주의
를 따르자면 한이 없다는 본보기로 하는 소리이다.

'기라성 같은 스타'라는 말도 분명히 우리 선조들이 쓰시던 말
은 아니다. 스타는 토를 달지 않아도 외래어라는 것을 알겠지만
기라성은 국어사전에도 당당하게 올라 있어 '기라성' 같은 우리
지성인들이 토박이말인 줄 알고 거침없이 쓰고 있는 경우가 참
많다. 기라성의 '기라'는 고운 비단을 뜻하는 한자의 기라綺羅에
서 온 말이 아니라 별이 빛나는 것을 형용하는 일본 말의 '기라기
라きらきら(반짝반짝)'에서 온 것이다. 즉 '기라보시きらぼし'를 우리말
로 옮기면 반짝별이 된다. 그러므로 기라성 같은 스타를 순수한
우리말로 옮기면 '반짝별 같은 별'이라는 아주 우스운 표현이 되
고 만다.

그런데 예사로 넘어갈 말까지 트집 잡고 늘어지는 언어 국수주
의자들이 웬일인지 국민학교라는 왜색 중의 왜색 말에 대해서는

함구를 하고 있으니 놀랍다. 국민학교라는 말은 나치 독일의 전체주의 교육을 상징하는 '폴크스슐레Volksschule'를 그대로 일본말로 옮긴 것이다. '폴크스슐레(국민학교)'는 '폴크스바겐(국민차)'과 같은 전체주의적 이념의 산물이라는 것은 누구나 다 알고 있는 상식이다.

한쪽 공장에서는 규격화한 자동차 폴크스바겐이, 또 한쪽 공장(학교)에서는 규격화한 폴크스슐레의 아이들이 다량으로 쏟아져나온다. 그렇게 해서 만들어낸 것이 인간의 개성과 다양성을 철저하게 배제한, 그 끔찍한 나치의 획일 사회이다.

일본 군국주의자들이 동맹국인 나치의 교육정책을 부럽게 생각하여 그대로 직수입하고 그 명칭도 그대로 따다 붙여놓은 것이 바로 그 국민학교라는 명칭인 것이다. 그들 연호로 소화 16년에 국민학교령이라는 것이 일본에 내려졌는데, 그것은 바로 전체주의적 사상을 보급하기 위해서 취해진 정책이었다. 능력의 차라고 하는 것은 상급 학교에 가는 단계에서 나누면 되므로 소학교, 중학교의 단계에서는 모두 같은 내용을 공부해야 된다는 것이다. 즉 각 학교에서 모두 다 같은 내용으로 교육을 해서 같은 사상을 불어넣자고 주장하는 교육법이었던 것이다. 그렇게 되면 교육은 나라의 손 안에 들어와 모든 학교의 교육 내용을 동일하게 규격화할 수 있고 나라에서 허가하지 않는 학교는 인정하지 않게 된다. 물론 국민학교의 신설도 제한하게 된다. 그 결과로 학교 교육의 내용과 수준이 똑같기 때문에 굳이 학교를 선택할 필요가 없어진다. 그래서 국민학교는 자연히 거주 지역에서 가장 편리한 곳으로 보내는 통학구 제도가 생겨나게 된다.

이름만이 아니다. 통학 구역제 실시까지 똑같다. 사립학교의 특성까지 죽인 것도 똑같다. 일제에서 해방이 되고 자유민주주의를 국시로 삼고 있으며 미국식 민주교육을 본받았다고 하면서도 국민학교는 황국 신민의 그 국민학교와 이름도 제도도 달라진 것이 없다. 그래서 일본도 민주화하자마자 제일 먼저 버린 것이 국민학교라는 말이었다. 그런데 어째서 우리는 일본 요리 이름인 오뎅까지도 꼬치라고 고쳐놓으면서도 막상 나치와 일본의 유물인 '국민학교(폴크스슐레)'라는 말은 마르고 닳도록 지켜가고 있는 것일까.

이념어라는 시각이 아니더라도 중·대학교라는 명칭이 있으면 당연히 언어 체계로 보아서도 소학교라고 해야 마땅하다. '소·중·대'이지 '국·중·대'가 어디 있는가. 한 나라의 정신과 문화의 기본을 가르치는 학교 명칭이 일본 군국주의자들이 남기고 간 낡은 부대라면 그 안에 어떻게 새 교육을 담을 수 있겠는가. 기라성이라고 했다고 해서 하늘의 별이 흐려지거나 갑자기 일본으로 날아가버리는 것은 아니다. 여러 사람이 다니면 길이 나듯이 틀린 말도 자꾸 쓰면 우리말이 되어버리고 만다.

그러나 가치나 이념을 직접적으로 반영하고 있는 공공 기관의

명칭이나 교육 언어는 그 뿌리를 제대로 찾아주어야 정신도 변한
다. 반민주적인 말을 찾아 고쳐주는 것도 문민정부가 해야 할 급
한 일 중의 하나이다.

　어린애들을 이렇게 획일화하여 공장에서 국민차를 뽑아내듯
이 뽑아내는 국민학교에서 과연 미래의 개성 있는 한국인들, 국
제인들을 길러낼 수 있을는지 진지하게 생각해봐야 한다. 일리치
Ivan Illich 같은 학자는 우리 눈으로는 지나치게 자유방임하는 듯
한 미국의 개성이 넘쳐나는 학교 교육 제도를 두고서도 야만한
획일주의라며 탈학교 운동을 전개하고 있는 판인데 우리 국민학
교를 보면 무엇이라고 할지 궁금하다.

# 정치

말이 물을 마시게 하는 힘

 정치를 거꾸로 읽으면 '치정'이 된다고 말한 시인이 있었다. 정치가 거꾸로 되면 그야말로 치정 사건처럼 추문과 싸움과 파탄을 낳는다. 정치의 정政자에 정正이라는 글자가 들어 있는 것도 그 문일 것이다. 그리고 그 옆의 문攵 자는 손에 회초리를 든 모양을 본뜬 것으로 '똑똑 두드리다', '치다'와 같은 뜻을 가지고 있다. 그래서 정치의 정은 채찍을 들어 올바르게 다스린다는 뜻을 갖는다.

 그래서 그런지 한자 문화권의 정치는 이따금 말을 모는 것에 비유되곤 한다. 「공자가어孔子家語」에도 정치를 하는 사람은 말을 모는 사람으로 되어 있다. 그리고 관리는 말의 고삐요, 법은 채찍이다. 물론 고삐와 채찍으로 달리는 말은 백성이다.

 그 사회와 나라가 올바로 움직이려면 공무원들의 고삐가 단단해야 하고 법의 채찍이 준엄해야 한다. 그런데 그 고삐와 채찍만으로 말을 잘 뛰게 할 수 있는가 하는 의문이 제기된다. 특히 "한국인과 팽이는 때릴수록 잘 돌아간다."는 일본 식민 통치자들의 모욕적인 말을 들어온 우리로서는 더욱 그런 생각이 든다. 그 보완책으로 생겨난 말이 요즘 유행하고 있는 '채찍과 당근'이지만 타율적 통치 방법이라는 면에서는 그게 그거다. 채찍이 무섭거나 당근이 탐나서 뛰는 말은 스스로 뛰고 싶어서 뛰는 말이 아니기 때문이다.

진정한 정치는 말 그대로 정政에 치治 자가 붙을 때 비로소 제 빛을 갖는다. 치治 자에도 역시 다스린다는 고압적인 의미가 들어 있지만 원래 그 글자 뜻을 추적해가면 타율이 아니라 자율의 의미를 발견하게 된다. 치治 자에 붙어 있는 태台 자는 흙을 파는 팽이 모양에 입 구口 자를 곁들인 것으로 흙을 경작하여 먹는 입을 채워 자활하는 것을 나타낸 글자라고 한다.

태台 자가 붙은 비슷한 한자인 이끼 태苔를 보면 더욱 그 뜻이 확실해진다. 이끼는 보통 식물과는 달라서 물도 흙도 없는 바위에서도 절로 자란다. 이끼는 다 말라비틀어져 있다가도 어느새 파랗게 되살아나는 강렬한 자생력을 지니고 있는 생물이다. 태아 胎兒라고 할 때의 태胎 자 역시 태台 자가 붙어 있다. 이끼처럼 자기 내부에 생명을 잉태하고 그것을 키워가는 독자적 힘을 지닌 것이 바로 그 신비한 태의 세계요, 태아이다. 결국 정치의 치治 자 역시 하천의 물을 인간 스스로의 힘으로 다스려 살아갈 수 있게 하는 자치자활自治自活의 뜻을 지닌 글자이다.

뱃속에서 태아가 꿈틀대고 바위에서 이끼가 피어나는 그 내면의 자생력은 외부적인 채찍의 힘으로는 얻어질 수가 없다. '태의 정치', '이끼의 정치'로 말을 몰면 그 말들은 제 스스로 뛰고 싶어서 뛴다. 고삐와 채찍으로, 혹은 당근으로 모는 말보다 훨씬 빠르고 힘차게 달린다. 오죽하면 고삐 풀린 말이라고 하지 않던가.

채찍으로는 물가까지 말을 몰고 올 수야 있으나 물을 마시게 할 수는 없다. 정치라는 글자에서 우리의 시선을 문文에서 태台로 옮기기만 해도 21세기가 보일 것이다. 관리管理 사회에서 참여參與 사회로 가는 큰 물결 말이다. 정치는 말을 모는 것이 아니다. 말이 물을 마시도록 하는 힘이다.

# 정부

배의 키를 잡은 사람들

한글로 정부라고 하면 '政府', '情夫', '情婦'의 세 가지 뜻을 갖게 된다. 이러한 망측한 혼동을 일으키지 않으려면 행정부라고 하면 된다. 그런데 우리는 오히려 행정부라고 해야 할 경우에도 그저 정부라고 말해버리는 경우가 많다. 정부라고 하면 영어의 '거번먼트government'로서, 행정·입법·사법의 통치 과정을 총칭하는 말이 된다. 그래서 행정부만을 의미할 때에는 거번먼트가 아니라 '어드미니스트레이션administration'이라고 해야 옳다. 그런데 이런 상식과는 달리 우리는 정부와 행정부를 그냥 혼용해서 쓰는 경우가 많다.

삼권분립은 통치의 방법만이 아니라 수사학적 개념으로도 쓰여왔다. 인간의 영역을 시간적으로 보면 과거·현재·미래의 세 가지로 나누어지기 때문이다. 즉 말을 다루는 수사학은 시간의 성격에 따라서 그 언술 방법이 판이하게 달라지게 마련이다. 과거에 일어난 일들을 다루는 수사학은 주로 재판정에서 쓰이는 언술에 속한다. 죄가 있느냐 없느냐를 밝혀내는 것은 모두가 과거에 일어난 사실을 토대로 전개되는 논리요, 그 방법이다. 그러므로 증언이나 입증 같은 심판의 수사학적 방법을 필요로 한다. 과거는 신도 고칠 수 없는 것이다. 그렇기 때문에 사법적 언술, 심판의 수사학은 딱딱하고 차갑고 엄격하게 마련이다.

그런데 이와는 반대로 입법은 미래의 시간을 다룬다. 앞으로 일어날 일들을 위해서 법을 만들고 예산을 심의한다. 그러므로 의회 안에서 전개되는 그 심의의 언술은 추정과 예견 그리고 설득의 언어들로 이루어진다. 앞을 내다봐야 하는 언어이기 때문에 과거의 규범만 가지고는 새로운 법을 만들어낼 수가 없다. 고정관념이나 관습을 깨야 한다. 이것이 제대로 이루어지지 않을 때 플루타르코스Ploutarchos의 말처럼 의회는 '현자가 발언하고 우자가 결정을 내리는' 기관이 되기도 한다.

물론 입법부도 청문회나 특위 활동을 통해서 과거의 일들을 캐내고 심판하는 일을 한다. 하지만 어디까지나 그 목표는 새로운 미래를 심의하는 연장선상에서 이루어지는 일이다. 그래서 입법의 수사학은 심판의 언어와는 달리 이상과 예언의 뜨거운 언어로 구성된다.

사법이 과거, 입법이 미래라고 한다면 행정부는 영원한 현재에 속한다. 그 수사학적 언술은 '지금', '여기'에 기준을 두고 있는 진행형이다. 사법이 심판의 언어요, 입법이 심의의 언술이라고 한다면 행정의 수사학은 무엇인가를 항상 실행하고 연출해내고 있는 연출performance의 언술에 속한다. 어제와 내일의 틈바구니에서 그것을 조정하는 역할을 하기도 하고 때로는 발등에 떨어진 불을 끄는 임기응변을 쓰기도 하는 현장 언어들이다. 희랍 로마 때는 그러한 언어가 축제를 통해서 실현되었다. 디오니소스제와 같은 축제의 문화 그리고 올림픽 같은 경기가 바로 그렇다.

과거와 미래의 언어와 단절하여 이 연출의 언어만이 독주를 하게 되면 로마제국의 멸망기 때처럼 '빵과 서커스'로 전락하고 만다. 로마 시민들은 정부로부터 먹을 양식을 공짜로 배급받았다. 원래는 징병의 대가로 군량처럼 지급된 것이었으나 용병제로 바뀐 후에도 여전히 시민들은 빵의 권리를 주장했고 정치인들은 비위를 맞추기 위해서 그 요구대로 일하지 않는 자에게도 빵을 주었다. 그리고 원형극장에서는 검투사들의 쇼가 벌어진다. 요즘 말로 하면 이벤트를 통해서 시민들의 눈요기를 시키는 것이다. 배부르고 등 따뜻하면 그만이라는 오늘의 꽃밭 언어에는 독사가 도사리고 있다.

과거·현재·미래의 시간처럼 인간의 말 역시 심판과 심의와 연출이라는 세 가지 큰 기둥으로 이루어져 있다. 그리고 국가는 행정·입법·사법의 세 독립된 영역으로 통치된다. 그리고 그것들은 서로 밀접한 유기적 구조를 갖게 된다. 그러므로 그 가운데 어느 하나가 독주하게 되면 시간도 말도 나라도 균형이 깨지고 제맛을 잃는다. 그 균형과 조화를 잡는 것이 바로 정부이다.

그런 시각에서 보면 정부를 뜻하는 영어의 거번먼트가 배의 '키를 잡는다'라는 라틴어 '구베르나레gubernare'에서 나왔다는 것은 많은 것을 시사해준다. '사공이 많으면 배가 산에 오른다.'는 속담처럼 키를 잡은 사람이 많으면 정부는 역사의 바다로 출항할 수가 없다. 과거와 현재와 미래의 거대한 시간의 강하에 떠 있는 배 그리고 그 키를 잡고 방향을 결정짓는 힘이 바로 정부이다.

새롭게 출발한 문민정부는 개혁을 통해서 국민들의 많은 지지를 받았고 또 기대를 받고 있다. 그러나 개혁의 시간을 어디에 두느냐로 그 개혁의 언어는 달라진다. 과거에 두면 사정 위주의 것이 되어서 사법부와 같은 일을 하게 된다. 그리고 그 시간을 미래에 두면 이상적인 통일론처럼 현실에서 멀어진 예언의 언어가 되기 쉽다. 일차적으로 행정부가 맡아서 할 개혁의 언어는 '지금', '여기'에 있는 문제들이다. 과거에 일어났던 일보다 그리고 앞으로 일어나게 될 역사보다도 오늘 속에서 관찰하고 선택하고 실천하는 것이 필요하다.

'생일날 잘 먹자고 오늘을 굶을 수 없다.'는 속담과 당장 '배부르고 등 따뜻하면 된다.'는 사고가 지배해온 한국인들이 그동안 정부를 불신해온 것은 행정부가 곧 정부의 구실을 해왔기 때문이다. 축제 문화만을 기대했기 때문인지도 모른다. 결론은 한 가지이다. 우선 행정부가 할 일과 정부가 할 역할을 구분하는 일이다. 행정부와 정부라는 말이 동의어처럼 쓰이고 있는 언어의 혼란을 바로잡는 것도 큰 개혁의 하나이다.

# 근력筋力
바이오 에너지로 가는 길

이제는 사어死語처럼 되어버렸지만 몇십 년 전만 해도 우리는 '근력筋力'이라는 말을 많이 썼다. 문자 그대로 하면 근육의 힘이지만 "근력 좋으십니까?"라고 인사를 할 때에는 건강의 뜻이 되기도 한다. 사전을 찾아봐도 근력은 "일을 감당해내는 힘"이라고 되어 있다.

구소련 과학 아카데미의 보고서를 보면 19세기 중엽까지만 해도 인간과 가축의 근력은 지구상의 전 에너지의 94퍼센트를 차지했었다. 그런데 18세기 후반 영국에서 산업혁명을 일으켜 기계가 인간의 근력을 대신하면서부터 현재에는 그것이 겨우 1퍼센트 미만으로 떨어지고 말았다. 태평양전쟁이 일어나기 직전 일본의 전 석유 비축량은 500만 톤이었다고 한다. 그 양을 현재 일본의 석유 소비량으로 계산해보면 겨우 열흘치밖에 안 된다. 현대인의 에너지 의존도가 얼마나 높아졌는가를 실감케 하는 숫자다. 유난히 무더웠던 여름 우리가 다시 한 번 깨달았던 것은 에너지 소비형의 현대 문명의 한계 의식이었다. 불과 몇 년 전만 해도 도시인의 여름 걱정이라면 으레 홍수로 한강 물이 위험 수위에 달하는 것이었지만 이번 여름에 우리의 가슴을 죄게 했던 것은 냉방으로 아슬아슬하게 바닥을 드러낸 예비 전력의 그 위험 수위였다. 일본도 마찬가지였다. 우리보다 에너지 소비량이 훨씬 많은 일본의 경우 여름에 온도가 1℃만 올라도 전국의 전력 소비량은 440만 킬로나 는다고 한다. 웬만한 원자력발전소 서너 개가 왔다 갔다 하는 숫자이다.

에너지는 현대 문명의 금방망이로, 이것을 어떻게 휘두르느냐로 나라도 역사도 간단히 바뀌게 된다. 옛날의 전쟁과 산업은 주로 근력 싸움이었지만, 오늘날에는 석유 에너지의 싸움으로 변했다. 관우·장비가 따로 없다. 제2차 세계대전 때 독일이나 일본의 패인 가운데 가장 큰 것은 에너지 부족이었다는 것이 정설로 되어 있다. 독일과 일본의 비행사들은 석유를 아끼느라고 변변히 비행 연습조차 하지 못하고 실전에 투입되었다. 그들의 구호 그대로 석유 한 방울은 피 한 방울이었던 것이다. 그러나 연합군 측은 석유를 물 쓰듯이 했다.

산업 경쟁에 있어서도 궁극적으로는 에너지 싸움이라고 할 수가 있다. 영국이 산업혁명의 선두에 서서 큰기침을 하게 된 까닭도 이 에너지 개발에서 다른 나라보다 한발 앞서 있었기 때문이다. 영국은 산림자원이 고갈하자 재빨리 석탄의 대체 연료를 개발했고 석탄 연기가 문제가 되자 이번에는 코크스를 개발, 제철 분야에서 세계를 제패했다. 그러나 영국이 미국에게 추월을 당하게 된 것은 전력 에너지의 이용에 앞섰기 때문이다. 시카고 박람회 때 미국은 마법의 불의 위력(전기)을 과시했으며 런던 지하철의 전기 설치를 도맡았던 것도 미국이었다. 핵 에너지의 개발에 있어서도 미국은 단연 선두를 달렸다.

에너지의 효율적 사용이나 그 개발 속도도 날이 갈수록 가속이 붙는다. 5만 년 전에 처음으로 불을 이용하게 되었을 때에는 그다음의 수력 에너지원을 개발하기까지 무려 45,000년이라는 긴 세월이 걸렸다. 그리고 거기에서 다시 풍력을 이용하는 데는 3,500년이 흘러야 했으며 석탄을 이용한 증기기관이 발견되기까지는 300년쯤 걸렸다. 이렇게 가속이 붙기 시작한 에너지 개발은, 증기기관에서 석유를 이용한 새 내연기관이 생기는 데는 불과 100년밖에 경과하지 않았던 것이다. 거기에서 다시 핵에너지가 개발되는 데는 단 40년밖에는 걸리지 않았다.

에너지 개발의 사이클로 보면 벌써 새 에너지가 탄생되고도 남았어야 한다. 그런데 아직은 어느 나라에서도 획기적인 에너지 혁명을 선포하고 있지 않다. 하지만 분명한 것은 에너지의 개발 방향은 가속적인 상승 곡선이 아니라 오히려 원점으로 돌아가는 회귀곡선을 그리고 있다는 점이다. 원시 때부터 인간이 에너지원으로 삼아왔던 태양 에너지의 새로운 이용 방법을 시작으로 하여 사막에 풍차를 다는 풍력, 바다의 조수를 이용한 수력 에너지의 개발 등이 모두 그렇다. 화석 에너지의 시대는 끝나고 자연의 힘이나 생물의 힘이 다시 에너지원으로 부상하고 있다는 이야기다.

일본만 해도 화산이 많다는 약점을 거꾸로 이용하여 화산 지대의 암반에 구멍을 뚫어 그 지열을 이용한 발전소를 계획하고 있다. 벌써 부분적으로 성공을 거두고 있다. 그리고 스웨덴에서는 원자력의 대체 에너지로서 옛날같이 나무를 땔감으로 하여 에너지를 얻는 기획을 세우고 있다. 다만 나무꾼 시대와 다른 것은 나무가 그냥 자라기를 기다렸다가 베어오는 것이 아니라 바이오의 첨단 기술로 한두 해만 키우면 거목으로 자라 베어 쓸 수 있게 하자는 것이다.

이러한 경향들을 종합해보면 미래 에너지의 새로운 길은 바이오 에너지의 기술로 요약할 수가 있다. 화석 연료는 석탄이나 석유처럼 바닥이 나버리지만 미생물이나 유기 물질을 이용해서 얻어내는 에너지는 재생산이 얼마든지 가능하다. 아무리 써도 고갈될 염려도 공해를 일으킬 걱정도 없다.

그리고 보면 바이오 에너지의 개발 기술의 원형은 바로 근력인 것이다. 시금치만 먹으면 괴력이 솟는 뽀빠이 만화가 현실이 될 수도 있다. 우리라고 뒷짐을 쥐고 한 방울 나지도 않는 석유에 만 의존할 것인가. 에너지의 효율적 사용이나 그 개발에 과감하게 뛰어들어가야 할 것이다. 그러면 "근력 좋으십니까?"라는 우리 옛 인사말이 세계의 인사말이 될지 누가 아는가.

# 효

등에 업힌 생명의 근원

한자의 노老는 허리 굽은 늙은이가 지팡이를 짚고 있는 모양을 본뜬 상형문자라고 한다. 몇천 년을 두고 내려오는 동안에 그 자형이 많이 변한 탓도 있겠지만 아무리 보아도 초라한 늙은이의 모습으로는 보이지 않는다. 오히려 원로元老니 노숙老熟이니 하는 말 때문인지는 몰라도 그 글자의 인상은 매우 기품이 있어 보인다. 실제로 노인이란 말이 꼭 늙어 꼬부라진 사람만을 가리키는 말은 아니었던 것 같다. 노형老兄이라는 말처럼 연령과 관계없이 존경하는 사람이나 슬기로운 사람에게도 노 자를 붙여준다. 그러므로 그 유명한 「헌화가」에 나오는 노인도 꼭 늙은이로 해석해서는 안 된다고 한다. 노인이 어떻게 그 가파른 절벽 위의 진달래를 따다 바칠 수 있었겠느냐는 것이다. "나를 부끄럽게 여기지 않는다면."이라는 말로 미루어보더라도 그는 수로水路 부인이 내외를 할 정도의 젊은이였을 것이 분명하다.

고考 자를 보면 알 수 있다. 원래 고 자도 노老 자와 마찬가지로 허리가 굽은 노인을 가리키는 문자였다고 한다. 돌아가신 아버지를 고考라고 부르는 것도 그 때문이다. 노인은 매사를 신중하게 생각하고 사려 깊게 행동한다고 해서 노인을 뜻했던 고考 자는 상고하고 헤아린다는 뜻으로 변하고 말았다.

한마디로 말해서 우리의 노인이란 말은 모멸적인 뜻이 내포된 영어의 올드 맨old man과는 다르다는 점이다. 그리고 같은 한자 문화권에 속해 있는 일본어의 그 로진(老人)과도 뉘앙스가 다르다. 그렇기 때문에 일본에서는 똑같은 한자로 된 노인老人인데도 그 말을 극력 피하고 실버라는 영어로 대신한다. 그래서 우리는 경로석이라고 하는데 일본에서는 실버 시트silver seat라고 부른다. 실버 인재 센터, 실버 볼룬티어silver volunteer, 실버 산업―노인과 관련된 것이라면 모두 실버 자를 붙인다. 때로는 실버가 풀 문full moon이라는 말로 바뀌기도 한다. 노인 승객을 유치하기 위한 우대권 명칭이 그렇다. 또 10년 전에 일본의 후생성에서는 중년과 노년이란 말이 일종의 차별어처럼 나쁜 인상을 준다 해서 그와 대치할 명칭을 현상 공모한 적도 있었다. 그 결과 지금은 50세에서 69세까지를 실년實年, 70세 이상을 숙년熟年이라고 부른다.

우리는 노인이라는 말이 아직도 점잖게 그리고 권위 있게 들리는 나라에 살고 있다. 말만이 그런 것이 아니라 한국의 경우처럼 그렇게 위엄이 있고 당당한 풍모를 한 노인들은 아마도 오늘날의 이 지상에서는 찾아보기 힘들 것이다. 그리고 초현대식 고층 빌

딩이 늘어선 거리를 효도 관광의 띠를 두른 버스가 질주하고 있는 그런 도시도 없을 것이다.

노老 자에서 아래 획을 생략하고 그 자리에 아들 자子 자를 받치면 효孝라는 글자가 된다. 아들이 늙으신 부모를 업고 있는 것을 나타낸 회의 문자라고 한다. 그 글자 뜻대로 효는 윤리적이라기보다 논리적이다. 자식이 어렸을 때는 그 부모가 업어주고 부모가 늙을 때는 그 자식이 업어준다. 논리적으로 따져봐도 정확한 계산이 아닌가. 그리고 상업적 거래로 봐도 공정하지 않은가. 남이라 해도 은공을 입었으면 갚는 것이 도리인데, 그리고 그것이 근대 시민의 기브 앤드 테이크give and take의 윤리인데 어째서 불효가 근대 사회의 특성처럼 번져가는가. 한마디로 서구 문명과 그 문화는 불효의 문명이요, 불효의 문화라고 할 수 있다.

서구의 부자 관계만을 두고 하는 소리가 아니다. 산업주의가 공해를 몰고 온 것이 바로 불효 문명이라는 이야기다. 인간은 자연으로부터 태어난 것이다. 그 문화 문명도 다 같이 자연에서 가져온 것이다. 인간을 자식이라고 한다면 자연은 그 자식을 낳고 기른 어버이와 다름없다. 그러나 그 근원을 망각하고 도리어 자연을 학대하고 파괴했다. 그리고 그 불효에서 저질러진 벌이 공해라고 할 수 있다. 청년은 정보에 민감하고 중년은 지식을 축적하고 노인은 지혜로 살아간다. 지식과 정보의 근원은 지혜에 의해서 결정된다. 정보화 사회의 근원은 무엇인가. 지혜를 얻기 위한 것이며 삶의 근원을 알기 위해서 있는 것이 아니겠는가.

효의 사상은 본질과 근원을 향한 슬기의 문화에 그 뿌리를 두고 있는 것이다. 시대착오적인 윤리가 아니라 오히려 논리적이고 합리적이며 확실한 인과법칙에서 나온 지성의 산물이다. 효의 사상으로 다시 돌아가자는 말은 정보가 지식이 되고 지식이 지혜로 성숙해가는 사회를 만들어가자는 이야기와 같은 것이다.

부모를 공경하듯, 현대의 효는 자연을 공격하는 일이다. 그래서 효라는 개념은 인류의 보편적 가치로서 재평가를 받게 될 것이다.

# 총

도끼의 눈과 LA 폭동

로스앤젤레스의 한국 교민들이 총기를 구하려고 장사진을 이루고 있다는 외신 기사가 우리의 가슴을 아프게 한다. 두말할 것 없이 그것은 로드니 킹의 새로운 재판 결과에 대해서 제2의 폭동이 일어날 것에 대비하기 위해서였다. 전쟁과 사회 불안을 피해서 먼 미국 땅까지 찾아간 사람들이 이제는 총으로 무장하지 않고는 살아가기 힘들게 되었다는 것은 여간한 아이러니가 아니다.

역사적으로 볼 때 한국 사람만큼 총기와 관련 없이 살아온 사람들도 드물다. 총기를 구하려는 한국인이 그렇게 몰려들었다는 것은 그동안 총 없이 산 한국인들이 그만큼 많았었다는 반증이기도 하다. 총銃이라는 한자만 보아도 알 수가 있다. 원래 총은 도끼 자루를 그 쇠[金]에 끼우기[充] 위해 뚫어놓은 구멍을 뜻한 글자였다고 한다. 그것이 쇠로 만든 총 구멍과 비슷하게 생겼기 때문에 뒤에 와서 총을 의미하는 글자로 바뀌게 된 것이다. 총을 보고도 장작을 패는 도끼 자루 정도를 연상한 순진성 때문인가. 임진왜란 당시 일본인들이 화승총火繩銃을 앞세우고 쳐들어왔을 때에도 우리는 그것을 조총鳥銃이라고 불렀다. 문자대로 풀이하면 조총은 사람이 아니라 새를 쏘는 새총이라는 뜻이다. 과연 사람을 죽이는 살상 무기를 상상조차 하기 꺼려했던 선비들 머리에서 나왔음 직한 이름이다.

그러나 같은 한자 문화권에 속해 있으면서도 일본 사람들은 다르다. 그들은 총을 '다네가시마[種子島]'라고 불렀다. '다네가시마'는 일본 사람들이 제일 먼저 총을 만들어 사용한 섬 이름이다. 어느 날 그 작은 섬에 중국 화물선 한 척이 표착했고, 그 배에는 화승총을 지닌 포르투갈 사람 두서너 명이 타고 있었다는 것이다. 그리고 그들이 멀리에 있는 물오리를 총으로 쏘아 죽이는 것을 본 그 섬의 영주가 총을 사들였다. 영주는 곧 칼을 만드는 도공刀工을 시켜 그것을 그대로 본떠서 총을 만들도록 명령을 했고 그 도공은 갖은 고생 끝에 몇 자루의 총을 만드는 데 성공을 한 것이다. 일설에는 그 도공이 열일곱 살 된 자기 딸까지 바쳐 외국 선장으로부터 그 기술을 전수했다는 이야기도 있다.

그것이 불과 10년도 안 되어 천 자루, 만 자루로 늘어나 세키가하라[関ヶ原] 전투 때에는 거의 10만 자루 가까이 불어났다. 당시 유럽에 있던 총을 다 모아도 이 숫자의 반에도 미치지 못한다.

일본인의 총 숭배는 '무뎃포むてっぽう'라고 하는 말에서도 엿볼 수가 있다. 앞뒤를 분간하지 못하고 무모하게 일을 하는 행동

을 뜻하는 말인데 그 말을 한자에 맞추어 쓰면 '무철포無鐵砲'가 된다. 즉 총 없이 행동하는 것과 무모하다는 말은 동의어가 되는 셈이다.

"될 수 있는 한 많은 뎃포총을 보내주십시오. 다른 것은 필요 없습니다. 무사들을 보낼 때에는 전원 총을 휴대하도록 엄명을 내려주십시오."

임진왜란 때 한 무장이 자기 영주에게 보낸 이 편지글을 미루어 보더라도 그들이 전쟁터에서 의지해왔던 것은 바로 그 총이었다.

아무리 붓밖에 모르는 선비라 해도 총의 위력을 몰랐을 리 없다. 일본 병졸들로부터 빼앗은 총을 보고 그 소감을 피력한 당시 한국인의 말이 외국의 한 문헌에는 이렇게 소개되고 있다.

"이것은 일본의 야만인들에게서 빼앗은 것이다. 양질의 것은 쇠를 관통하고 사람을 쏘면 가슴을 뚫는다. 말 위에서든 땅 위에서든 총의 성능은 창에 비하면 열 배 이상이고 궁시에 비하면 다섯 배 이상이다."

그러나 우리 선비들은 우수한 총을 만들어 대결하기보다는 붓으로 그 총을 무력화하려고 했다.

임진왜란 뒤 일본인들에게 주자학을 가르쳐주고 통신사로 하여금 문이 무보다 낫다는 것을 보여준다. 그리고 병마兵馬의 힘을 충효忠孝의 이념으로 바꿔놓는 도쿠가와 막부의 제도적 변화를 일으키게 한다. 붓으로 총을 이긴다는 문승지효文勝之效로 일본인들은 그 막강한 총을 모두 버리게 되고 300년 동안 한일 간에는 평화가 유지된다. 일본의 유학자 가운데는 반드시 머리를 서쪽에 두고 잠을 자는 사람도 있었다. 스승의 나라, 한국 땅을 향해 감히 발을 뻗고 잘 수 없었기 때문이다.

미국이 총의 나라라는 것은 세상이 다 아는 일이다. 미국은 '라이플rifle총 한 자루, 옥수수 한 자루'로 개척한 나라이다. 그리고 온 시민들이 작대기가 아니라 바로 총자루를 들고 영국과 싸워 독립을 얻어낸 나라이다. 서부를 개척한 것은 곡괭이가 아니라 콜트Colt 연발권총이었다. 그렇기에 미국 사람들에게 있어서는 총은 바로 남성의 명예였다. '남자가 총 없이 다니는 것은 발가벗고 알몸으로 다니는 것과 마찬가지'였다.

총은 미국 역사의 한 증인이며 미국 생활의 한 동반자이다. 현재 면허증을 가지고 있는 합법적 무기 소지자는 25만 명밖에 되지 않지만 실제로 미국인이 소유하고 있는 총 총기류는 2억 2천만 자루가 넘을 것이라고 한다. 전 인구와 맞먹는 숫자이다. 심지어 초·중·고 학생들이 다섯 명에 한 명꼴로 총기를 가지고 다니는 바람에 교실 입구에 금속 탐지기가 설치된 곳도 있다. 모자를 쓰고 다니지 못하도록 교칙으로 정한 학교도 있는데 그것은 모자속에 총기를 감추고 다니는 일이 많기 때문이다.

그래서 미국 사람들은 총을 '이퀄라이저equalizer'라고 부르기도 한다. 그 의미는 '상대와 동등하게 하는 연장', 즉 총을 가져야 남에게 꿀리지 않고 대등하게 행동할 수 있다는 뜻이다. 총이 평등의 힘이 되는 미국은 결국 '총에 의한 총을 위한 나라'가 된 것이다.

LA 폭동이 일어났을 때 TV 뉴스의 한 장면이 생각난다. 그것은 지붕 위에서 총을 들고 자기 점포를 지키는 용감한 한국 청년의 모습이었다. 이 강렬한 장면은 격렬한 흑인 폭동 장면을 배경으로 전 세계의 TV에 되풀이되어 방영되었다. 특히 일본 텔레비전들이 이 장면을 계속 내보냈다. 한국인이 얼마나 호전적인 민족인가를 보여주기라도 하듯이. 그리고 흑인들의 총구가 자기네로 향하지 않고 한국인으로 비켜간 것을 바랐기라도 한 듯이……. 흑인 폭도들을 향해서 총을 들고 대결하고 있는 모습은 카우보이 전통에 빛나던 그 백인의 모습이 아니었다. 두 자루의 총에서 10만 자루의 총을 만들어낸 다네가시마의 일본인들도 아니었다. 아이러니컬하게도 그것은 바로 총을 도끼 구멍이라고 하고 화승총을 조총이라고 불렀던 총 없이 살아온 바로 그 한국인의 모습이었던 것이다.

총을 든 한국인은 초라하다. 그러나 총을 붓으로 대결한 한국인이라면 세계의 거인이다. 우리가 약소민족이 아니라 평화민족이었다는 것을 증명하기 위해서도 총 든 한국인보다는 붓을 든 한국인의 모습이 우리 이미지의 바탕이 되어야 한다. 총기가 난

무하는 미국 사회에서 그동안 한국인들이 어떻게 총 없이 살아왔 는지를, 그리고 총 대신 무슨 힘을 믿고 살아왔는가 하는 것을 보 여주어야 한다. 우리 선조들이 믿었던 문승지효가 시대착오적 인 이상주의가 아니라는 것을 알려주어야 한다.

한·흑 갈등은 총으로 해결될 성질의 것이 아니다. 오히려 그 갈등의 직접적인 원인은 바로 한국인 슈퍼마켓에서 일어난 총격 사건 때문이 아니었는가? 한국인은 결코 흑인들의 적이 아니라 는 것을 그리고 한국인은 어떤 인종과도 평화롭게 공존해갈 수 있는 민족이라는 것을 여러 가지 문화 프로그램을 통해 알려주어 야 한다.

재미 작곡가 도널드 서가 흑인들의 역사와 애환을 그린 〈노예 문서slavery document〉를 보스턴에서 발표했을 때 흑인 청중들은 수 십 분 동안 기립 박수를 보내며 눈물을 흘렸다. 이것이 총구멍에 서 나오는 탄환보다 강한 힘이다. 그 노래의 탄환은 흑인의 가슴 을 뚫었고 피가 아니라 감동의 눈물을 흐르게 한 것이다. 그 노래 의 탄환이 지나간 가슴에는 감사와 이해와 사랑의 꽃이 핀다.

혹시 누군가 흑인들을 향해서 '흑석동'이니 '연탄장수'라고 부 른 일은 없었는가. 그랬거든 "검은색은 아름답다."고, 이제는 〈노 예 문서〉의 그 아름다운 합창곡을 들려주어야 할 것이다.

# 자

코의 문명과 철학

기계는 자동화로 사람은 자율화로 움직이고 있는 것이 산업사회의 특성이다. 영어로는 그것을 '오토'와 '셀프'의 두 접두어로 나타내고 있지만 한자권에 속해 있는 우리는 자自 자 하나만 가지면 충분하다. 사무자동화에 자율 식당이다.

자自 자에는 '자기, 스스로, 저절로'와 같은 뜻이 포함되어 있기 때문이다. 그런데 참 기묘한 것은 바로 그 자自 자가 원래는 사람의 코를 뜻하는 글자였다는 사실이다. 보기에는 눈 목目 자처럼 생겼지만 실은 정면에서 본 코 모양을 나타낸 글자라고 한다. 그러니까 그것은 지금 코의 뜻으로 사용하고 있는 비鼻의 옛 글자이다. 그리고 보니 가뜩이나 복잡한 비鼻 자의 머리에 자自 자가 붙어 있는 그 이유를 알 만도 하다.

문제는 왜 코가 자기를 뜻하는 글자로 변했느냐는 점이다. 사람의 얼굴에는 코만이 아니라 눈도 있고 귀도 있다. 더구나 식구니 인구니 하는 말에서처럼 사람의 전통성을 나타내는 것은 코가 아니라 입[口]이다. 인간의 수를 입으로 나타낸 것은 맹자 때부터 있었던 용법이다. 한비자는 한 호戶의 인구를 평균 5인으로 잡았었는데 맹자는 그것을 오구지가五口之家라고 했다.

그리고 요즈음 한창 유행하는 AV라는 말은 오디오와 비주얼의 시청각을 나타낸 말로서, 오늘의 문명을 나타내는 인체 부위는 눈과 귀이지 코가 아니다. 뿐만 아니라 서양 사람들은 자기 자신을 뜻할 때 손가락으로 자기 가슴을 가리킨다.

그렇지만 한자를 자세히 뜯어보면 사람을 대표하는 것은 역시 코였던 것 같다. 모든 것의 시작을 비조鼻祖라고 하고 왕 중 왕을 황제皇帝라고 한다. 비조의 비 자는 코의 뜻이고 황제의 황 자는 코를 뜻한 자自 자 밑에 왕 자를 붙인 글자이다. 왕의 코가 바로 왕보다 높은 황인 것이다(오늘날의 황皇 자는 백白 자 밑에 왕王 자를 쓴 것이지만 고자古字는 자自자 밑에 왕 자를 쓴 것으로, 황 자는 인류 개조의 위대한 사람이라는 뜻을 나타낸다). 포유동물이 태어날 때에는 제일 먼저 코가 나온다고 하여 처음이라는 뜻이 되었고 동시에 생명의 원천이라는 뜻을 갖게 된 것이라고 한다. 그래서 그런지 서양 사람과는 달리 한자 문화권에서 살고 있는 사람들은 자기 자신을 뜻할 때는 예외 없이 자기 코를 가리킨다. 그래서 원래의 코를 가리키던 자自 자가 오늘의 자自 자처럼 자기를 뜻하는 글자가 된 것이라고 풀이하는 사람도 있다.

아마도 귀와 입 그리고 코의 전통성 시비를 가지고 역사 논쟁을 벌이려는 사람도 없지 않을 것이다. 서양사에서는 그 유명한 클레오파트라의 코와 파스칼Blaise Pascal의 명언이, 그리고 동양사의 경우에는 임진왜란 때 수급 대신 한국인의 코를 베어 간 왜군들의 만행이 거론될지 모른다. 눈도 귀도 두 개이지만 코만은 하나다. 그리고 얼굴의 한복판에 있다. 눈을 감아도 입을 벌려도 그 얼굴은 별로 달라지지 않지만 코는 약간만 들어 올려도 다른 사람이 된다.

많은 논쟁이 있을 수가 있다. 정말 자기의 정체성을 나타내는 얼굴 부위는 무엇인가. 생각하기에 따라서 여러 가지 이론이 생길 것이다. 그러나 '스스로' 속에 진짜 '나'가 있다는 것은 아무도 부정하지 못할 것이다. 사람은 스스로 숨을 쉰다. 잠을 잘 때에도 눈과 귀는 감기고 닫히지만 코만은 멈추지 않고 숨을 쉰다. 늘 깨어 있는 것이 코이다. 숨통을 막으면 자기는 없어진다. 이 자율성과 지속성 그리고 억지로 꾸민 것이 아니라 자연스럽게 저절로 배어나는 자생력, 이것이 나의 정체성이라고 할 수가 있다. 그러므로 사람의 성격이나 자존심을 나타내는 말에는 으레 코가 따라다니게 마련이다. 콧대가 세다느니 코가 납작해졌느니 하는 말이 모두 그런 것이다.

자自 자에서 코와 숨결의 의미가 사라진 것―여기에도 현대 문명의 한 비극이 있다. 자동이라는 말이 로봇과 같은 기계에 사용되고 있기 때문에 오히려 자自라고 하면 아무 생각 없이 움직이는 타율화한 움직임이 연상된다. 로봇이라는 말이 체코 말로 노예라는 말이라는 것은 다 알려진 사실이다.

'자율 식당', '자율 학습'의 자 자처럼 오히려 자 자가 붙어 있는 것은 저급하고 대단치 않은 인상을 주기도 한다. 자연이란 말은 동양에서만이 아니라 희랍에 있어서도 스스로 생성되는 존재를 가리키는 것이었다. 스스로 되는 것―그것이 자연의 위대한 힘이다. 그런데 현대의 문명인들은 그 자연을 기껏 사랑한다고 해도 '자연보호自然保護'란 말을 쓴다. 사람이 어른이고 자연이 어린 아이처럼 보호받는 대상으로 전락된 것이다. 자연보호란 말에는 자연을 정복한다고 말하는 인간들보다도 더 오만한 의식이 도사리고 있는 것이다. 사정은 거꾸로가 아닌가. 인간이 자연을 보호하는 존재가 아니라 자연이 인간을 보호해준다. 그렇기 때문에 살아 있는 것이다. 부모를 공경한다고 하지 부모를 보호한다고는 하지 않는다. 자연은 생명을 낳아준 '그레이트 마더[大母]'이므로 '자연보호'가 '자연 공경'이 될 때라야 인류는 공해에서 거듭 탄생할 수가 있다.

인류를 공포로 몰아넣은 에이즈라는 균은 그동안 인간과 사이좋게, 즉 아무런 위해를 가하지 않고 살아왔던 존재이다. 그것이 어느 날 갑자기 흰 이빨을 드러내고 인간에 치명타를 가한 것이다. 즉 더 이상 인간을 보호할 생각이 나지 않았다는 이야기다. 인간을 방사선에서 보호해주는 오존층이 그렇고 인간의 양식을 키워주는 대지가 그렇다. 이 하늘과 땅의 자연에 의해서 보호받아온 사람들이 자연을 보호하자고 덤벼드는 것은 희극에 가깝다. 자연 감사 운동, 자연 존중 운동으로 자연보호 운동의 그 녹색혁명은 말부터 고쳐야 한다.

아니다. 무엇보다도 자연이라는 말의 자自 자를 재음미해야 할 것이다. 서양이 오늘처럼 된 것은 희랍 사상의 '자연 존재'를 '본질 존재'와 '사실 존재'로 바꿔놓은 데 있다고 어느 철학자는 말한다. 스스로 숨쉬는 것, 스스로 생성되는 것, 그러한 자연 존재는 포드Ford가 처음 썼다는 '자동식automation'의 오토와는 다르다. 한자로 코를 의미했던 자自의 의미를 잘 생각하면 기계의 자동화 시대에서 바이오의 자동화 시대로 옮겨가려는 미래의 큰 문명의 변화가 좀 더 명확하게 보일는지 모른다.

자自 자가 본래의 그 글자 뜻대로 숨 쉬는 코, 자긍심의 그 코로 돌아올 때 그래서 자기 정체성이 회복될 때 우리에게도 후기 산업화 시대의 새 세기가 열리게 될 것이다.

# 편작

여섯 가지 한국 병


"편작扁鵲이 열이 와도 못 고친다."는 말이 있다. 편작과 같은 명의도 고칠 수 없는 난치병을 두고 한 소리다. 송강의 가사에도 "편작이 열이오나."라는 구절이 있는데 이 경우에는 님을 그리워하는 마음의 병을 가리키는 말이다. 『사기史記』를 보면 죽었던 조간자趙簡子를 살려낸 그였지만 스스로 자신이 못 고치는 병의 경우를 여섯 가지나 들고 있다. 얼마나 대단한 병이기에 편작도 한숨을 쉬고 그 도규를 버렸겠는가?

그가 제일 먼저 손꼽고 있는 난치 제1조는 제멋대로 행동하여 남의 말을 듣지 않는 사람의 경우이다. 제2조는 재물에만 욕심이 있어 몸을 돌보지 않는 경우, 제3조가 입고 먹는 생활이 적절하지 않는 경우이다. 제4조는 음양이 모두 막혀 움직이지 않고 그 균형을 잃은 경우이며, 제5조는 극도의 영양실조로 약조차 먹을 수 없이 쇠약해진 경우이다. 그리고 마지막으로 든 것이 무당을 믿고 의사를 믿지 않는 경우라고 했다.

편작을 울린 이 여섯 가지 조항은 언뜻 보기에는 별로 어려운 문제처럼 보이지 않는다. 누구나 마음만 먹으면 금세 고칠 수 있는 조건들이다. 첫 번째 조항은 당장 독선이나 독재를 버리고 그 체질과 의식을 민주화하면 된다. 둘째 조항 역시 돈에 대한 욕심만 버리면 된다. 그리고 3, 4, 5조의 경우는 반대로 경제 문제를 해결하면 될 것이다. 마지막으로 든 것도 믿음의 문제이므로 헛된 귀신을 마음속에서 몰아내는 각오만 있으면 된다.

그런데 편작이 간 지 2,500년이나 되었는데 아직도 이 여섯 가지 난치병은 그대로 살아 있다. 아무리 의술이 발달하고 첨단 과학기술과 경제가 발전했어도 그러한 조항들을 해결하지 않고서는 백약이 무효이다. 결국 그 여섯 조항을 한마디로 요약하면 병을 고치는 것은 의사가 아니라 바로 자기 자신이라는 것이다. 편작은 남들이 자신의 의술을 칭찬할 때마다 이렇게 대답했다는 것이다. "아니올시다. 살 사람을 살렸을 뿐입니다. 단지 월인越人(편작의 이름)은 그 힘을 일으켜[起]주었을 뿐이오."

원래 인간은 스스로 그 내부에 생명력과 치유력을 지니고 있다. 의술은 그것을 도와주고 일으키는 역할만 하면 된다. 이런 생각이야말로 '이빨을 가위로, 위를 항아리로, 가슴을 풀무로 그리고 심장을 펌프로 보고 있는' 인체 기계론 같은 서양 의학과 구별되는 한방 의학의 근본정신이라 할 수 있다.

최근 들어 학생들의 폭력 시위, 탈법 노사 분규 등 한국의 고질

병이 다시 고개를 들고 일어나는 기미가 보인다. 독선과 독재의 아집, 황금만능주의와 절대 빈곤, 균형성을 잃은 극단적 사고, 낡은 이데올로기의 귀신을 모시고 사는 광신자들……. 편작이 열이 와도 못 고치는 이러한 병들은 환부를 도려내고 심장 이식 수술을 하는 양의학적 방법으로도 실효를 거둘 수가 없을 것 같다. 그 난치는 여섯 조항부터 하나씩 따져보고 바꿔가는 자기 치유의 노력 없이는 편작이 열이 와도 한국 병은 어렵다.

# 배우

배만 있고 우는 없다



연극이나 영화 속의 인물로 분장하여 연기하는 사람을 배우俳優라고 한다. 그러나 이 세상이 하나의 무대요, 그 위에서 벌어지고 있는 것이 연극이라고 한다면 배우 아닌 사람이 없다. 그래서 어느 철학자는 죽을 때 "막을 내려라. 희극은 끝났다."라는 말을 남기기도 했다. 그러나 어떤 사람은 "막을 내려라. 비극은 끝났다."라고 비장하게 외칠는지도 모른다. 요컨대 우리는 희극배우인가 비극배우인가, 그것이 문제다.

지금은 희극을 하든 비극을 하든 다 같이 배우라고 부르지만 옛날에는 그렇지가 않았다. 원래 배우라고 할 때의 배俳 자는 희극이나 어릿광대짓으로 사람을 웃기는 자를 뜻한 것이고, 그 우優 자는 슬픈 모습으로 눈물을 자아내게 하는 사람을 뜻한 것이라고 한다. 그러니까 희극배우는 배俳이고 비극배우는 우優였다. 그리고 그들의 역할과 신분도 뚜렷이 구분되어 있었던 모양이다.

우優 자는 배우만을 뜻한 것이 아니다. 수秀·우優·미美·양良·가

可로 등급을 먹일 때 바로 그 우는 수 다음 자리를 차지하는 은메달이다. 뿐만 아니라 우수優秀하다고 할 때는 오히려 수보다 앞자리에 나오는 것으로 누구나 차지하고 싶어하는 글자이다. 그런데도 그 한자의 모양을 곰곰이 뜯어보면 단순히 좋은 인상만 주는 것이 아니라는 것을 알게 된다. 사람 인人 변에 우憂 자가 붙어있기 때문이다. 문자 그대로 분석해서 읽으면 우優는 '人+憂'로 우수憂愁에 찬 사람이라는 뜻이다. 여러 가지 이설이 있기는 하나 이 우 자를 여름 하夏 자에 마음 심心을 더해놓은 것으로 풀이하고 있는 자원字源 연구가도 있다.

농경민들에게 있어서 여름은 유난히 근심 걱정이 많은 계절이다. 비가 너무 와서 홍수가 나도 걱정이고 안 와서 가뭄이 들어도 걱정이다. 그냥 걱정만이 아니라 세심한 마음을 써야 한다. 여름의 마음은 씨를 뿌리는 봄의 희망과 그것을 거두는 가을의 보람과는 분명 다른 데가 있다. 물론 수심 수愁 자도 가을 추秋에 마음 심心 자를 나타낸 것이기는 하다. 하지만 여름의 그 우憂는 가을의 멜랑콜리한 여성적인 수愁가 아니라 작열하는 태양이나 소나비처럼 치열한 시련 속에서 싸우는 남성적인 근심이요, 우울인 것이다.

여름의 마음을 보여주는 사람, 그것이 바로 비극의 역을 맡고 있는 배우이다. 그래서 비극배우를 가리키는 그 우 자는 원래 신에게 인간의 슬픔을 고하고 그 근심을 풀어달라고 기구하는 무당의 모습을 나타낸 글자였을 것이라고 주장하는 학자도 있다. 비극배우를 여름의 마음을 지닌 사람으로 풀이한 그 주장은 그 근거와 진위에 관계없이 비극의 본질이 무엇인지를 아주 설득력있게 보여주고 있다. 희극배우를 뜻한 배俳 자와 견주어볼 때 더욱 그런 것이다.

언뜻 보아도 배俳 자는 사람 인人 변에 비非 자를 쓴 것으로, 문자 그대로 읽어보면 사람이 아니라는 뜻이 된다. 물론 그렇게 간단하게 풀이될 수 있는 글자는 아니지만 자전에는 그것이 웃고 노는 희戱 자와 같은 글자라고 되어 있다. 동시에 배회俳徊라고 할 때의 그 배俳 자와도 맞먹는 글자라고 한다. 배俳는 좌우로 이리저리 돌아다닌다는 뜻이니 예나 지금이나 희극배우들은 좌충우돌하는 기행으로 사람들을 웃기는 사람들이었던 모양이다.

희극배우들은 성스러운 것을 비속하게 바꿔놓고 엄숙한 것을 천박한 것으로 뒤집어놓는다. 근엄한 권력의 상징인 히틀러의 콧수염도 일단 희극배우의 세계에 들어오면 채플린의 콧수염이 되어 웃음거리로 변한다. 그래서 희극의 본질은 '반신화 반영웅의 문화'로 정의되기도 한다.

어떤 사람도 어떤 말도 배俳의 세계 속으로 들어오면 비속화하고 만다. 텔레비전에서 사용하고 있는 코미디언들의 말들은 같은 한국 말이기는 하나 한국 사전에서는 찾기 힘들다. 희극배우가 만들어낸 말들 가운데 수십 년 동안 유행어의 보위를 누리고 있

는 '웃기네'라는 배어俳語(실제로 비속어를 일본에서는 이렇게 부르고 있으며 그
것이 일본의 유명한 단시인 '하이쿠俳句'라는 말을 낳았다)가 그 대표적인 예이다.
진지할수록, 목에 힘을 줄수록 이 땅에서 '웃기는 것'이 된다. '웃
기네' 소리를 듣지 않으려면 그리고 '웃기는 일'이라고 조소를 당
하지 않으려면 우리도 코미디언의 대열에 끼어 배俳가 되어야 한
다. 배俳는 또 배輩와 어깨를 나란히 하고 있는 글자이다. 모리배·
정상배·치기배의 온갖 잡배와도 악수를 해야 한다.

　어떤 성인군자도 '웃기네'라는 말 앞에서는 무력해진다. 한없
이 거룩한 미사 장면을 보고 누군가 '웃기네'라고 말했다면 어떻
게 될까? 어른들이 줄지어 입에 떡 하나씩 받아 물고 다니는 모양
이 완전히 희극처럼 보일 것이다. '웃기네'라는 한마디 말이면 정
치가들이 의정 단상에서 비분강개하는 명연설도 금방 무성영화
시대의 변사로 바뀌어지고, 이수일과 심순애의 비련도 폭소를 자
아내는 우스갯소리로 전락하고 만다. 월드컵 축구의 영웅도 '웃
기네'라는 말 속에서는 살아남지 못한다. 덩치 큰 장정들이 애들
같은 팬티 바람으로 조그만 공을 쫓아 이리 뛰고 저리 뛰고 하는
모습은 최고의 희극배우감이다.

　어떤 감동도 진지함도 배俳의 세계에서는 고드름이 된다. 그
래서 모든 예술을 사계절의 원형으로 나누어놓은 노드롭 프라이
Northrop Frye는 희극을 겨울철에 집어넣었다. 희극이 비극까지를
죽였다. 죽음까지도 웃기네의 냉동실로 얼려버렸다. 어느 장례식

에 가봐도 이제는 곡성을 들을 수 없게 되었다. 죽음조차 죽어버린 시대에서는 우屢 자는 발 디딜 자리가 없다. "영웅들은 그 최후로써, 말하자면 멸망으로써 자기 자신을 증명한다. 희극의 주인공에는 영웅이란 없다. 오직 영웅만이 비극의 주인공이 될 수 있다."는 말이 다시 생각난다. 영웅이 없는 것이 아니라 멸망할 것이 두려워 영웅이 되지 않는 세상이다.

　정치가를 배우에 비유하는 경우가 많다. 끝없이 대중의 인기를 끌어야 한다거나 마음에 없어도 때로는 대본에 따라 충실한 연기를 해야 한다거나 그 비교의 축은 이루 헤아릴 수 없다. 그러나 진정한 영웅이 없는 시대, 진정한 파멸이 없는 한국의 정치 풍토에서 정치가는 단지 배俳일 뿐 우優는 아니다.

# 차

상품은 이제 물건이 아니다

이상한 일이다. '다방'에 가서 '차'를 마셨다고들 한다. 어째서 똑같은 것을 가리키는 말인데 들어갈 때는 '다'라고 하고 마실 때는 '차'라고 하는가. 앞뒤의 말을 맞추자면 '다방에서 다를 마셨다.'고 해야 하거나 '차방에서 차를 마셨다.'라고 해야 옳을 것이다. 그래서인지 다방을 아예 속 편하게 찻집이라고 부르는 사람들도 있다. 이 같은 혼란은 차가 중국에서 온 말이면서도 막상 그 한자의 '차[茶]'는 '다'라고 읽기 때문이다.

즉 차를 가리키는 중국 말이 광동어廣東語에서는 '차cha', 복건어福建語에서는 '다tay'로 되어 있기 때문이다. 그래서 광동에서 육로를 통해 차를 들여온 힌두·페르시아·아라비아·러시아 그리고 터키와 같은 나라에서는 조금씩 차이는 있지만, 모두 '차'라고 한다. 그러나 복건성의 해상 루트로 차를 도입한 네덜란드·프랑스·독일 그리고 영국은 '티tea'란 말처럼 '다' 계통에 속해 있다. 그러므로 우리가 다방에 들어가 차를 마실 때에는 차와 다의 세계 양대 산맥이 육·해로로 모두 모여드는 셈이다.

'차'냐 '다'냐로 차 맛을 흐리게 할 생각은 없다. 다만 이 '차의 담론'에서, 아니 이 '다의 담론'에서 우리가 주목해야 할 것은 무역은 경제성 이상으로 문화성을 지니고 있다는 사실이다. 영국의 경우만 해도 17세기 중반에 처음 차가 들어왔을 때에는 '차'였다고 한다. 그러던 것이 남해 항로를 통해 차를 수입하면서 그 호칭도 복건어계인 '티'로 바뀌었다. 그리고 서구에서 유일하게 '차' 계통에 속해 있는 포르투갈은 그들이 광동성의 마카오에서 직접 차를 도입하기 때문이라고 한다. 무역은 물건에서 그치지 않고 이렇게 말을 바꿔놓는다. 말만이 아니라 인간의 정신까지도 변화하게 한다. 종교와 문화가 실크로드와 같은 상로를 통해 전파되었다는 것은 상식에 속하는 이야기다. 오늘날 워크맨·가라오케·닌자와 같은 변두리 섬나라의 일본 말이 전 세계에 퍼지게 된 것도 그들의 전자 수출품에서 비롯된 것이다.

다 알고 있는 사실이지만 차 문화의 발상지는 중국이다. 중국의 고전 『삼국지』가 차에 얽힌 사건으로부터 이야기의 끈을 풀어가기 시작한 것도 결코 우연한 일이 아니다. 『서정시집Lyrical Ballads』으로 일약 유명해진 워즈워스가 전국 각지에서 몰려드는 관광객들에게 차를 팔아 돈을 벌었다는 일화 한 가지만 보아도 중국의 차가 서구에 어느 정도 그 영향력을 발휘했는지, 그리고 그 값이 얼마나 비싼 것이었는지 짐작하고도 남는다. 지금 중동의 석유처럼 한때 중국은 차의 금수 조치를 외교 압력의 수단으로 사용한 적도 있었던 것이다.

한국말만이 아니라 오늘날 차를 뜻하는 세계 각국의 말들이 '차'와 '다'의 두 계열로 나누어지게 된 것 역시 중국 말의 영향에서 온 것이라 한다. 즉 가라오케カラオケ의 가라는 일본 말로 공空이란 뜻으로 비었다는 말이고, 오케는 영어의 오케스트레이션의 두음자를 딴 트기 말이다. 그러니까 사람의 노래는 없고 관현악의 반주 오케스트레이션만 있는 것이라는 뜻이다. 그리고 닌자는 일본의 전문적인 염탐꾼을 뜻하는 말로 각종 신무기로 무장하여 성안으로 잠입, 정보를 얻어 파는 집단을 이르는 말이다. 일본의 닌텐도라는 회사는 16비트 컴퓨터가 나오자 남들이 돌아다보지도 않던 구형 8비트 칩을 이용하여 게임 기기를 만들었고 그 주인공의 하나로 닌자를 등장시켰다. 그것이 세계적으로 대히트를 하여 이제는 사무라이는 몰라도 닌자를 모르는 아이들은 없게 된 것이다.

라디오니 텔레비전이니 하는 외래어는 말할 것도 없고 개화기 이후 웬만한 우리 일상어들은 서양을 뜻하는 양洋 자의 맷돌짝에 눌려 오금을 펴지 못했다. 양은그릇·양재기·양잿물·양복바지·양말·양산·양초…… 일일이 손꼽자면 끝이 없다. 통상의 적자국은 언어의 적자국이기도 하다.

모처럼 신문 머리기사를 장식할 만한 반가운 소식이 들려온다. 지난 5월 한 달 동안 수출 신용장이 들어온 액수가 사상 최고인 50억 달러를 기록했다는 이야기다. 수출은 늘고 수입은 2.6퍼센 나 줄었다고 한다. 내친김에 무역정책에 문화 전략을 싣는 새로운 발상이 일어났으면 싶다. 엔고나 중국 특수의 바람을 탄 반짝 수출이 아니라 지속적으로 유지되기 위해 모든 수출품에 문화의 향내와 마음이 담겨져 있어야 한다. 상품은 이제 물건이 아니라 메시지를 담은 하나의 기호로 바뀌어가고 있다는 전위적인 학자 보드리야르Jean Baudrillard의 말에 귀를 기울여야 할 때이다.

# 비非
하늘을 나는 연습

한자 중에 제일 인상이 나쁜 글자를 하나 고르라고 하면 비非가 그 첫 손가락에 꼽힐는지 모른다. 어떤 글자고 이 비 자가 붙어서 성한 것이 없다. 빛바래지 않는 것이 없고 추락되지 않는 것이 없다. 그런데 '설문'의 비非 자 풀이를 보면 뜻밖에도 날아가는 새의 날개를 가리키는 글자라고 되어 있다. 그러고 보니 정말 그 한자의 생김새가 유치원 아이들이 비행기를 그린 것처럼 양쪽으로 뻗친 날개 모양으로 보인다.

그런데 어째서 하늘을 자유롭게 날아다니는 새 날개가 그렇게 나쁜 뜻을 갖게 되었는가. 그것은 두 날개가 서로 반대 방향을 보고 있기 때문이다. 하나는 오른쪽을 보고 있고 또 한쪽은 왼쪽을 보고 있다. 말하자면 새의 날갯죽지는 서로 등을 돌리고 있거나 어긋나 있는 모양을 상징한다. 그러고 보면 죄罪의 원래 글자 뜻이 새[非]를 잡는 그물[罒]이었다는 말이 거짓이 아닌 것 같다. 지금도 죄라는 글자에는 죄와 허물만이 아니라 '고기 그물'이라는 뜻이 있는데 오히려 그쪽이 주인이었던 셈이다. 결국 고기나 새를 잡는 그물처럼 나쁜 짓을 하는 사람을 잡는다는 뜻에서 비롯된 글자라고 생각하면 된다. 더구나 원래 죄를 뜻하는 한자는 자自 자 밑에 신辛 자를 받쳐 쓴 글자였다고 한다. 그러나 그것이 황皇 자와 자형이 비슷하다 하여 진시황 때 폐지되고 지금의 죄로 대신했다는 설에서도 더욱 신빙성을 갖게 된다.

비非와 심心의 두 글자를 한데 어우르면 슬플 비悲가 되는데 그것 역시 마음[心]이 좋지 않다[非]는 단순한 뜻이 아니라 자형 그대로 서로 다른 방향으로 마음을 잡아당겨 찢는다는 뜻에서 비롯된 글자라고 주장하는 사람도 있다.

요즘 가장 많이 신문 지상에 오르내리는 비리非理라는 말 역시 이런 관점에서 풀이해보면 여러 가지 숨은 의미들을 발견할 수 있다. 비리란 도리道理가 아닌 것, 즉 도리에서 어긋나 있거나 등을 돌린 상태를 뜻하는 말이다. 도리의 그 길[道]이 날개 모양으로 양방향으로 어긋나 있을 때 파탄이 생겨난다. 새는 한쪽 날개로만 날지 못한다. 두 날개가, 서로 다른 날개가 있어야 비로소 자유롭게 난다. 이른바 '반대의 일치'라는 오랜 논리가 이 새 날개의 논법에 속한다. 여가 있으면 그것에 대립된 야가 있어야 하는 것과 마찬가지다.

이 어긋난 생각이나 행동이 서로 균형을 이루고 상호 보완 작용을 할 때 새는 한 방향을 향해 난다. 날개는 둘이라도 방향은 하나이다. 한쪽 날개는 오른쪽으로, 또 한쪽 날개는 왼쪽으로 제각기 자기 욕심대로 날려고 하면 그 새는 날지 못하고 추락한다. 기업도 공직자도 평범한 시민들도 알고 보면 다 각기 어긋난 두 날개를 지니고 살고 있다. 개인과 집단, 가족과 사회, 물질과 정신, 이성과 감성―이렇게 상반되는 세계에 두 다리를 걸치며 살아간다. 이것을 조화시키지 못할 때 비리에 빠지고 결국은 추락하고 만다.

어느 소설 제목이 아니라 '추락하는 것에는 날개가 있다.' 날개가 있기 때문에 추락도 있는 것이다. 두 날개를 가지고 한 방향으로 날 수 있느냐, 그렇지 않으면 두 방향으로 날려다가 추락하여 비悲 자처럼 마음이 찢기는 슬픔을 맛보아야 하느냐. 조용히 비非 자를 들여다보면서 다시 한 번 나는 연습을 해봐야 할 것이다.

# 불佛
왜 야단법석인가

우리가 쓰고 있는 말 가운데는 불교에서 나온 말들이 있다. 아수라장이니 찰나니 하는 것들은 말할 것도 없고 무심히 쓰고 있는 일상적인 말이라 해도 그 근원을 캐 들어가면 불교에서 비롯된 말들이 의외로 많다는 데 놀라게 된다.

3·1 독립운동의 33인만 해도 그렇다. 언뜻 생각하면 우연한 숫자인 것처럼 보일 것이다. 그리고 그중에는 서로 다른 종교계의 대표들이 있어 유독 불교와 관련이 있다고는 생각되지 않을 것이다. 하지만 33관음觀音이니 33신身이니 하는 말들처럼 33이라는 숫자는 불교문화와 분리해서 생각할 수가 없다. 불교의 우주론에 의하면 수미산須彌山 꼭대기에는 제석천帝釋天이 있고 그 주위 사방으로 여덟 개씩의 하늘들이 있다. 그 숫자를 모두 합치면 서른세 개의 하늘이 있게 되는 셈이다. 그래서 제야의 종을 서른세 번 치는 것이나 무엇을 널리 알리려고 할 때 "33천에 아뢴다."고 하는 말이나 모두 그런 우주론에서 나오게 된 말이다.

그러고 보면 우리의 독립선언은 인간이 살고 있는 세계만이 아니라 33천에까지 고한 '우주 선언'이라는 점에서 좀 더 깊은 뜻을 담고 있다. 비록 몸은 빼앗긴 땅에서 살고 있었지만 우리 선인들의 그 마음과 시야는 우주의 수미산만큼 높고 그 하늘만큼 넓은 것이었다고 할 수 있다.

우리가 지금 쓰고 있는 스승이라는 말도 불교에서 나온 말이다. 스승이라고 하면 으레 선생을 뜻하는 우리 고유어로 알고 있는 사람이 많겠지만 실은 불승을 뜻하는 스님과 같은 뿌리에서 나온 말이다. 17세기 때의 문헌인 『훈몽자회訓蒙字會』에는 승僧을 스승이라고 뚜렷이 적고 있다. '중'이라는 말이 낮춤말로 들리기 때문에 존경해서 부를 때는 사승師僧이라고 했다는 이야기다. 고려 때부터 내려온 이 말은 뒤에 사師님으로 변하여 스님이 되었고 또 한 가닥은 스승이 되어 선생의 뜻이 되었다는 것이다.

더욱 놀라운 것은 근대 정치사상의 아랫목을 차지하고 있는 평등平等이란 말도 실은 불교에서 나온 말이라는 점이다. 『일백오십찬一百五十讚』의 경전에 나오는 사만야samanya라는 범어를 한자로 옮겨놓을 때 생겨난 말이 바로 그 평등이라는 말이었다고 한다. 그래서 모든 사람을 공평하게 재판한다 하여 염라대왕을 평등왕이라고 불렀고, 불성佛性은 만물에 똑같이 미친다 하여 평등성平等性이라고도 했다. 불교의 자비심은 바로 중생에 대한 평등관에서 생겨난 것이니 평등이란 말은 불교에서 가장 널리 쓰여지고 있는 자비란 말과 거의 대등한 무게가 실려 있는 말이기도 하다.

그런데 개화기 때 일본 사람들이 영어의 이퀄리티equality를 번역할 때 그 불교 말을 그대로 갖다 쓴 바람에 평등이란 말은 하루 아침에 정치사상의 용어로 둔갑을 하게 된 것이다. "굴러들어온 돌이 박힌 돌을 빼낸다."는 말대로 이제 평등이라고 하면 어느 누구도 절간보다는 자유·평등·박애의 프랑스의 삼색기를 연상하게 될 것이다. 그 뜻도 자비를 낳는 말이 아니라 계급 투쟁과 같은 혁명을 낳은 언어로 기억된다. 평등의 반대말인 차별이라는 말도 마찬가지다. 평등을 공空이라고 한다면 차별은 색色에 해당하는 것으로 원래 불가에서 말하는 차별은 개별적 존재를 가리키는 말이었다.

그러나 근대화 이후 서구 사상의 번역어로 색칠된 '차별'은 말만 들어도 금세 피가 거꾸로 솟는 금기어가 되어버렸는가 하면 최근에는 또 정반대로 상품의 '차별화'니 뭐니 해서 마케팅 전략의 새 유행어로 등장하여 사랑을 받기도 한다.

같은 말이라도 종교적이냐 정치적이냐의 그 차원에 따라서 그 뜻은 하늘과 땅만큼의 차이를 낳는다. 그래서 불교의 삼보 속에 나오는 불·법·승의 그 법法과 『육법 전서』에 등장하는 세속의 그 법은 그 말뜻이 아주 다르다. 집을 버리고 나와도 불교에서는 출가出家라 하여 깨달음의 첫발이 되는 것이지만, 세속에서는 반대로 가출家出이라 하여 범죄로 가는 첫발이 되기도 한다. 그러고 보면 부처님을 뜻하는 불佛 자도 보기에 따라서 달라진다. 불교와 무관한 세속적 감각으로 보면 사람 인人 자에 불弗 자를 쓴 불佛은 엄숙하기는커녕 희극적으로 느껴진다. 가장 성스러워야 할 불佛 자에 현대 물질문명의 상징인 달러의 불弗 자가 들어 있기 때문이다. 그래서 불佛 자를 보면 연화대에 가부좌한 부처님 모습이 떠오르는 것이 아니라, 성조기 문양의 실크해트를 쓰고 $자가 찍힌 부대를 든 사람이 곧잘 등장하게 되는 루리의 시사만화 한 컷이 연상된다.

하지만 그 모양이 달러를 표시하는 $자와 비슷하게 생겼기 때문에 현대에 와서 그렇게 쓰이고 있는 것뿐이지 원래의 불弗이라는 한자는 그런 뜻이 아니다. 『논어』에도 나오듯이 그것은 '아니' 불不 자와 맞먹는 글자로서 공자님이 자공을 보고 "너와 안회는 어느 편이 더 현명하다고 생각하느냐?"라고 물었을 때 자공이 "안회는 한 번 들으면 열 가지를 알지만 나는 하나를 들으면 겨우 두 개밖에는 모른다."고 하자 공자님이 "불여야弗如也(그렇다, 너는 안회와 같지 않다)."라고 했다는 바로 그 대목에 나오는 불弗 자이다. 그러니까 불佛은 사람[人]이면서도 사람이 아니[弗]라는 뜻을 담고 있다. 그리고 동시에 불佛은 붓다Buddha라고 할 때의 그 음과 유사하므로 그 소리를 따다 쓴 가차假借 문자이기도 하다.

이야기가 복잡해졌지만 결국 부처를 불佛이라고 한 것은 범어의 붓다를 한자로 나타낸 것이면서도 동시에 '사람이면서도 사람이 아닌 존재', 즉 불인不人이라는 뜻을 내포하고 있는 것이라 할 수 있다. 그런데 사람이 아니[弗如人]라는 말은 최고의 찬사가 될 수도 있고 또 경우에 따라서는 최악의 욕이 될 수도 있다. "그는 사람이 아니다."라고 할 때 그것이 칭찬일 경우에는 성인군자나 신처럼 인간을 초월한 존재를 뜻하게 되는 것이지만 그것이 욕일 경우에는 사람 이하의 존재인 악마나 짐승을 뜻하는 말로 전락한다.

종교적인 것이 세속적인 것으로 전락하게 되면 대개는 다 불인弗人의 경우처럼 정반대의 뜻으로 바뀌게 되는 경우가 많다.

그 전형적인 예가 바로 '야단법석'이라는 말이다. 야단법석이라고 하면 누구나 그것이 우리의 토박이말이라고 생각할 것이고 또 시장판이나 정치판같이 소란스러운 세속적 분위기를 떠올리게 될지 모른다. 그런데 사실은 모두가 한자 말에서 온 것이고 불교문화에서 생겨난 말이다. 야단법석의 그 '법석'은 가장 조용하고 엄숙한 법회의 자리, 즉 높으신 스님들이 설법을 베푸는 바로 그 법석法席을 뜻한 말이다. 법석은 침조차 삼킬 수 없는 숙연한 자리, 바늘 하나 떨어져도 그 소리가 들릴 만큼 정적이 감도는 자리이다. 그런데 어째서 야단법석이란 말은 정반대로 소란스럽고 무질서한 난장판을 뜻하는 말이 되었는가.

그 법석의 앞에 붙어 있는 야단이란 말뜻을 알아보면 그 해답을 얻을 수 있을 것이다. 어원 학자의 연구를 보면 야단은 한자말에서 온 야단惹端으로 어떤 일을 일으키게 된 발단을 지칭하는 야기사단惹起事端의 준말이라는 것이다. 즉 법석의 조용한 자리에 갑자기 어떤 일이 벌어져 좌석이 소란스러워졌다면 그것이 바로 야단이 되는 것이다. 원래 시끄러운 난장판에서는 어떤 일이 터져도 눈에 띄지도 소요스러운 감도 들지 않을 것이다. 하지만 법석처럼 조용하고 엄숙한 자리에서는 아주 사소한 일이 벌어져서 조그마한 동요가 있어도 그야말로 야단법석이 되고 만다. 조용할수록, 엄숙할수록, 성스러울수록 그 시끄러움은 더욱 커지고 그 무질서는 더욱 얽히게 된다. 그래서 숫제 야단을 생략하고 '법석'이라고만 해도 이제는 본래의 그것과는 정반대의 시끄러운 자리를 뜻하게 되었다.

우리가 지금 쓰고 있는 한국말 가운데는 불교에서 나온 말들이 많다. 세속화한 불교 언어는 변질되고 빛바래고 왜곡된 채 이제는 그 심오한 뜻의 심산유곡을 잃어버리게 되었다. 그래서 그런지 어디를 봐도 세상은 달러를 움켜쥔 사람들만이 야단법석을 하고 있는 불인의 풍경이다.

# 좌우지간

극성은 끝난다

어떤 문제로 한참 열을 올리며 서로 싸움을 할 때 그 분위기를 조정하거나 잠시 뜸을 들여 새 국면으로 전환하려고 할 때 우리가 잘 쓰는 말이 있다. '좌우지간左右之間'이라는 말이 그것이다. 문자 그대로 좌와 우의 사이라는 뜻이다. 세계의 어느 민족이고 좌우란 말은 흑백처럼 첨예한 대립 개념의 상징으로 쓰여왔다. 정치 이데올로기만이 아니라 성聖과 속俗, 문文과 무武같이 그 본질이나 성격이 다른 것도 좌우로 구별한다. 여자와 남자의 옷이 깃이나 단추 방향의 좌우에 의해서 구별되는 것이나 옛날 우리 관직처럼 '좌의정', '우의정' 하는 것들이 바로 그런 예에 속한다.

그러므로 이것이냐 저것이냐 하는 양자택일의 문제가 생겨날 때 사람들은 자신의 주장과 색채를 선명하게 하기 위해서 되도록 좌나 우의 제일 가장자리를 확보하려고 한다. 거기에서 생겨난 것이 극좌·극우라는 말이요, 극성極性과 극단極端이라는 말이다. 이런 극성과 극단이 지배하는 첨예한 대립 세계에서는 어중간한 곳에 서 있다가는 회색분자로 몰리고 박쥐와 같은 기회주의자로 따돌림을 받게 된다.

좌우지간이라는 말이나 아무튼이라는 말은 용서되지 않는 것이다. 그러고 보니 무슨 일이든 '화끈'한 것을 좋아하고 '끝내주는 것'을 좋아하는 요즘 시대에는 좌우지간이라는 말을 쓰는 사람은 찾아보기 힘들게 되었다. 양극화 시대와 그 극단 사회에서 좌우지간이란 말은 사어가 되어버린 느낌이다.

확실히 유교의 중용 정신을 생활 철학으로 삼고 있었던 한국인들은 극단에 치우치는 것을 좋아하지 않았다. 그러므로 중용의 문화에서는 극성은 칭찬이 아니라 욕이 된다. 극성스러운 사람, 극성맞은 생각들은 오래가지 못한다는 원리 속에서 살아왔다. 그런데 이런 양단불락兩端不落은 구시대의 유물이 아니라 오히려 앞으로 살아갈 21세기 사회의 특성이다.

도덕적 가치만이 아니라 경제나 기술의 세계에도 극성은 가고 신중용주의가 꽃핀다는 게다. 가령 얼마 전만 해도 경제 문제를 다룰 때 효율성과 유효성은 이것이냐 저것이냐의 선택적 개념이었지만 요즘 와서는 어느 한쪽의 일변도로 나가서는 안 된다는 주장이 지배적이다. 서로 다른 이질적인 가치관을 한 필드 속에 병존시키는 철학이 대두되고 있는 것이다. 기술 분야에서도 에너지의 문제를 다룰 때 옛날 같으면 대규모 집중식이냐 소규모 분산식이냐로 싸움을 벌였겠지만 지금에는 그 두 가지를 다 함께 수용하는 것이 좋다는 방향으로 의견을 모아가고 있다. 이것을 미국의 사회학자들은 '서스테이너빌리티sustainability'라는 아주 어려운 학술어로 그 개념을 정의하려고 하지만 좌우지간이라는 말을 잘 써온 우리 눈으로 보면 난삽할 것도 새로울 것도 없는 말이다.

이 좌우지간의 문화를 가장 잘 상징하는 것이 한국인과 호랑이의 관계이다. 현실 속의 호랑이는 인간을 잡아먹는 무서운 적이지만 신화 속의 호랑이는 인간을 돕고 산을 지켜주는 신령한 존재이다. 실제로 중국인이나 만주 사람들은 호랑이는 자기 민족의 발상지인 영산, 백두산을 수호하는 사신이라고 하여 이를 만나면 절을 하며 두려워해서 호랑이 잡을 생각은 꿈에도 하지 않았다고 전한다. 인도 사람들이 종교적으로 소를 숭배하기 때문에 아무리 굶주려도 잡아먹을 생각을 하지 않는 것과도 같다.

그런데 한국인은 이렇게 호랑이를 숭배하고 종교처럼 믿기도 했지만 한편에서는 호환을 막거나 귀중한 호피와 그 약재를 얻기 위해 호랑이 사냥도 잘하는 민족이었던 것이다. 신화와 역사를 좌우지간으로 잘 공존시킨 것이 한국인의 특성 중의 하나라는 것을 여실히 볼 수 있는 것은 옛날 한 원님의 재판 이야기를 보면 알 수가 있다.

포수가 호랑이를 잡으면 그 지방의 원님은 산군을 잡은 죄목으로 일단 형을 내린다. 물론 진짜로 벌을 준 것이 아니라 형식적으로 곤장을 때리는 시늉만 했던 것이다. 이렇게 벌하게 되면 일단 호랑이를 산군으로 모시는 신화를 인정하는 셈이 되기 때문이다. 신화는 신화대로 필요한 것이니 깨뜨리지 않고 소중하게 지켜주자는 생각인 것이다. 그리고 한편으로는 사람을 해치는 호랑이를 죽였고 값비싼 호피를 얻게 했으므로 후한 상금을 내렸다. 언뜻 보면 원칙이 없고 병 주고 약 주는 모순의 재판인 것 같다. 그러나 인간은 신화의 시간과 역사의 시간을 함께 살아가는 모순의 존재이다. 그것을 받아들이기 위해서는 둥근 것도 모난 것도 다 싸는 한국의 보자기 같은 그 포용성과 슬기가 있어야 한다.

매를 치고 동시에 상금을 내렸던 원님의 입에서는 무슨 말로 그것을 합리화할 수 있었을까. 모르면 몰라도 좌우지간이라는 말밖에는 더 있었을 것인가. "좌우지간 저놈의 곤장을 치렷다." 그러고는 좌우지간에 "저놈에게 상금을 내리렷다".

문제는 죄인이기도 하고 영웅이기도 한 호랑이 사냥꾼이 21세기의 사회에서는 각 분야에서 많아지게 된다는 점이다. 학문 분야에서는 생물학과 화학, 물리학과 생물학 어느 하나로 쪼갤 수 없는 새 첨단 분야들이 나타나는가 하면 미디어의 세계에서는 문자와 음향과 영상이 두루 하나로 뭉쳐버리는 멀티미디어의 사회가 온다. 그리고 텔레비전도 신문도 레코드도 책도 아닌 뉴미디어들이 등장하게 된다. 좌나 우로 딱 부러지게 하나로 결정짓지 못하는 그 시대를 살아가자면 좌우지간의 정신이 '예스' 아니면

'노'밖에 모르는 데카르트의 정신보다 윗자리에 선다.

　좌우지간 21세기는 우리 것이다.

# 적的

의식의 신비한 꼬리

사실 '적的'이라는 말꼬리부터가 말썽이다.

적的 자는 현대 문명이 낳은 거룩한 사생아이며 그만한 이유로 약간은 기형'적'인 놈이다.

이 '적'은 아무 말에나 붙어다니면서 모든 의미를 모호하게 만들어놓는다.

여자의 심심한 앞가슴에 체면 유지로 붙어다니는 브로치처럼 좀 고가高價한 기생물寄生物이기도 하다. 따라서 사람들은 아무 데나 이 편리한 적 자의 연막을 쳐서 자기의 '유식'을 보존하기도 한다. 그런데 원래 이 적的이란 한자는 우리가 알고 있는 것처럼 영어의 'tic'에 해당되는 뜻이 아니라 'of'와 같이 소유의 뜻을 나타내는 말이다. 서구 문명의 수입과 함께 추상적인 'tic'이란 말꼬리가 묻어 들어왔다. 이 낯선 투명 인사를 대접 번역하기 위해서 명치유신의 어느 일본의 재사가(구리야가와 하쿠손[廚川白村]이라고 기억된다)는 그 음 '틱'과 비슷하고 뜻이 유사한 '적'이란 한자를 갖다댄 모양이다.

그것이 이제는 서양의 'tic'보다도 월등한 세력을 가지고 범람하기 시작했다. 모든 것을 '적'적으로 이야기하는 인텔리들에게서 이 말을 빼면 남는 내용이 별로 없다.

한번은 반장이 찾아와서 희대의 웅변으로 설교를 하고 간 일이 있다. "우리 반원이 인간적으로 친밀적으로 생활하려면 안면적으로 알아야 한다. 그래서 협조적인 정신을 발휘해서 모든 것을 타협적으로 상의적으로 해나가면 모든 일이 능률적으로 되니까 일이 유감적으로 되지 않는다."

이쯤 되면 '적'이란 말은 뜻이 변화된 것이 아니라 그 뜻을 완전히 상실해버린 것이 된다. '액세서리'가 된 언어—참—'눈물틱'(?) 할 일이다.

요새 갑자기 '인간적'이란 말이 유행되고 있다. 좀 거북한 일이 생기면 누구나 다 이 '인간적'이란 말에 매력을 느끼는 모양이다.

"인간적으로 봐서 한 번만 용서해주쇼", "인간적으로 해결합시다."

구걸하는 사람이나 구걸받는 사람이나 '인간적'이란 말을 '교섭위원'으로 사용하고 있다.

그래서 '인간적'이란 말이 정반대의 뜻으로 사용되기 시작했다. '윤리적'인 밝은 색채가 비윤리적인 어두운 색채로 성전환을 했다는 이야기이다. '인간적으로 봐달라.'든가 '인간적으로 해결하자.'는 그 말 뒤에는 잘못된 일을 적당히 덮어달라든가 '규칙대로 하면 안 되지만 돈푼이나 주면 용서해줄 수 있다.'는 아주 망측한 뜻이 잠재되어 있는 것이다.

그래서 '인간적'이란 말은 악을 허용해주고 법규를 파괴하고도 모든 것을 적당히 처리한다는 암시어暗示語로 변했다. 선을 향한 동정이 아니라 악을 위한 동정, 의를 생각하는 인정이 아니라 불의에 관대한 인정—이렇게 '인간적'이란 미덕은 타락해갔다. 생각하면 '인간적'이란 말이 생기게 된 동기는 인간답지 못한 인간이 존재하고 있었기 때문일 것이다. 말하자면 '인간=인간적'인 것이 못 되었기 때문이다.

그래서 전자는 그렇게 있는 인간을 뜻하는 것이고 후자는 그렇게 있어야만 하는 인간을 뜻하는 말이다. 생물로서의 인간과 당위적 인간의 구별이다. 그런데 오늘날 '인간적'이란 말이 오히려 '인간답지 못한 인간'들을 합리화하기 위해서 사용되고 있으니 곧 이러한 말의 변화는 '있어야만 하는 인간'의 상실을 의미한다.

'인간적'—어느새 이 말은 '당위적 인간'의 의미가 아니라 인간의 결점과 인간의 약점을 도리어 이용하고 과장해가는 서글픈 말로 전락되어버린 것이다—'인간적' 너무나도 '인간적', 이렇게 한탄한 니체는 역시 천재였다.

운명이란 말이 있다. 타고난 천명……. 좋든 궂든 운명의 여신이 정해놓은 길—이것을 사람들은 그렇게 불렀다. 그렇다면 어느 한 사람이 영화영달榮華榮達의 길에 오르는 것도 운명이요 혹은 기구한 생의 험로險路에서 전전긍긍하는 것도 운명이다.

그런데 운명이라 하면 행복한 것이 아니라 불행한 것을 연상하게 된다. 운명은 요즘 와서 더욱더 일방적인 의미를 갖게 되었다.

'운명적 인간'이라 하면 벌써 우리는 비극적인 인간을 생각하게 된다. 정치에 실각하거나 장사에 실패하면 사람들은 그것을 운명적이라고 말한다. 그러나 그런 일에 우연히 성공하게 된다 해도 그것을 운명적이라고 부르는 사람은 없다.

나폴레옹이 세계를 지배할 때 아무도 그를 운명적이라고는 하지 않았다. 하지만 '세인트 헬레나' 고도에 유폐되어 쓸쓸한 죽음을 당하게 되었을 때 사람들은 모두 그것을 운명적이라고 했다.

원칙적인 뜻대로 하자면 행운도 운명이요 흉운兇運도 운명인데 후자만을 유독 운명적인 것으로 생각하게 된 것은 그만큼 인간들이 '에고이스틱'하다는 것을 방증한다. '잘되면 자기 덕德, 못되면 조상 탓'이라는 그 속담처럼 말이다.

한마디로 말해서 '운명적'이란 말은 나쁜 것만을 의미하게 되었다는 것이다.

'운명을 극복한다.'라고 할 때의 이 운명은 '불행'과 동의어이며 '운명을 기다린다.'고 할 때의 '운명'은 '죽음'과 동의어가 된다.

이래서 운명이란 말은 인간의 실패, 그 실패의 책임 전가를 대신하는 기괴한 말이 되고 만 것이다.

# 변명

변명에 대한 변명

'변명辨明'이란 말은 분명히 사전에 쓰인 뜻과는 다른 뉘앙스로 사용되고 있다. '시비를 가려 밝힘', '죄가 없음을 밝힘', '잘못이 아닌 점을 따져서 밝힘'이라고 되어 있다.

그런데 일상적으로 이 말이 쓰일 때 그것은 조금도 나쁜 뜻을 가지고 있지 않으면서도 아주 좋지 않은 인상을 준다.

아무도 어떤 오해를 풀려 할 때 사전 뜻 그대로 '나는 지금부터 해명을 하겠습니다.'라고는 하지 않는다. 아니 이렇게 말하는 것이다. '변명이 아니라 그 일은 이렇게 된 것입니다……'

결국 변명은 문자 그대로 '밝혀 말하는 것'인데도 불구하고 '거짓말을 해서 자기 입장을 합리화한다는 뜻'이 되어버렸다. 그러니까 "처녀가 애를 배도 할 말이 있다."라든가 "핑계 없는 무덤이 없다."는 식의 이미지를 내포하게 된 것이다.

그렇게 뜻이 변화된 것도 무리는 아니다. 누구나가 다 변명이란 말 밑에 자기 자신의 잘못을 합리화시키려 들거나 어떤 핑계를 대려 했기 때문이다. 그래서 변명은 결과적으로 자기 합리화나 '핑계'와 동의어가 되지 않을 수 없었던 것이다.

그렇다면 정말 오해를 당했을 때 자기 잘못이 없었을 때 — 있는 사실대로 자기 실정을 밝히는 것은 무엇이라고 해야 옳을까? 아주 곤란하게 된 것이다.

"변명하지 말라", "변명이 아닙니다", "변명이 아니고 뭐냐", "정말 거짓말이 아닙니다." 내 자신이 학생과 이런 말을 주고받을 때가 있다. 국어 선생이면서도…… 우스운 일이다. 정당한 변명이라는 말을 잊어버리고 만 현대인…….

# 방석과 삼지창

뿌리 뽑힌 생각

이발소의 간판을 보면 적선과 백선이 나선형으로 그려져 있다. 붉은 줄은 혈맥을 나타낸 것이고 흰 줄은 붕대를 의미한 것이다.

이것은 옛날 이발소가 외과까지 겸했던 까닭이다. 그러나 모든 것이 분업화함에 따라 오늘의 이발소에서는 외과 수술의 수고까지 할 필요가 없어졌다.

그러므로 혈맥과 붕대를 상징하는 두 줄의 그 나선형 표지는 본래의 뜻을 상실한 채 이발소 간판을 공으로 따라다니고 있는 셈이다.

우리가 지금 사용하고 있는 언어에도 그런 것이 있다. 본래의 어원적인 의미를 상실해버린 어휘들—말하자면 방석方席이라든가 삼지창三枝槍이라든가 하는 것이 바로 그렇다.

방석이란 네모난 쿠션을 뜻하는 말이다. 방석의 '방方'은 네모난 것을 뜻하고 있기 때문이다. 그런데 사람들은 둥근 쿠션을 내놓고도 '방석'에 앉으라고 하는 것이 일쑤다. 아니 '원석圓席'에 앉으라고 하면 도리어 사람들은 당황할 것이다. 삼지창도 마찬가지다. 나는 어느 날 K씨 댁을 방문한 일이 있었다. K씨는 커피와 과실로 환대한다. 그런데 가정부가 칠칠하지 못했던지 삼지창을 미처 내놓지를 못했던 모양이다.

K씨는 대갈일성大喝一聲으로 삼지창을 가져오라고 호통을 친다. 그러나 얼마 후 얼굴이 붉어진 가정부가 가지고 들어온 것은『삼국지三國志』의 장수들이 들고 다니던 그 무시무시한 무기武器 삼지창은 물론 아니요, 그렇다고 가지가 세 개 돋친 과실을 찍어먹는 삼지창도 아니었다. 그것은 좀 모던 스타일로 된 아담한 이지창二枝槍이었다.

그러고 보면 방석의 '방方' 자나 삼지창의 '삼三' 자는 모두 조국[語源]을 상실한 국적國籍 상실자가 된 셈이다.

# III

# 말 속의 서양말

# 비저너리

## 꿈꾸는 청바지족 시인들

미국의 컴퓨터 업계에서는 비저너리visionary라는 특수한 사원이 생기고 있다고 한다. IBM 같은 우량 기업이 경영 위기를 겪고 있는데도 급성장하는 컴퓨터 회사들은 예외 없이 이 비저너리의 힘 때문이라고 한다. 그것을 우리말로 번역하면 '몽상가', '신비가', '공상가'가 된다. 점치는 곳도 아닌 컴퓨터 회사에서 비싼 돈을 주어가며 몽상가를 기른다고 하면 아마 그것이 어느 만화 이야기냐고 웃을 사람이 많을 것이다. 그러나 그 말이 영어의 비전vision에서 나온 것이라고 하면 사정은 달라진다. 문제는 똑같은 말인데도 몽상가라고 하면 비웃던 사람들이 비전이라고 하면 어째서 옷깃을 여미느냐 하는 데 있다.

서양 말의 드림dream과 중국의 몽夢이 갖는 의미는 다 같이 꿈을 뜻하는 것이지만 그 느낌은 아주 다르다. 어느 중국 학자도 말한 것처럼 중국 말의 '몽' 자는 실현 불가능한 것으로 몽상이니 춘몽이니 환몽이니 하여 덧없고 부정적인 것을 나타낼 때 쓰는 말이다. 한자의 '몽' 자에 저녁 석夕 자가 들어 있는 것을 보더라도 짐작할 수 있다. '몽'은 어두울 때 비로소 나타나는 것으로 그 앞날을 내다보는 희망의 꿈이 아니라 미몽迷夢의 경우처럼 어두운 곳에서 헤매는 유령 같은 것이다. 그러므로 중국 고전『집회서』에 "꿈에다 마음을 쏟는 것은 그림자를 잡으려고 하는 것이나 바람을 쫓는 것과 같다."라는 꿈 허망론이 등장하고 있는 것은 극히 자연스러운 일이다. 그러나 '아메리칸 드림American dream'이라는 말처럼 영어의 드림은 미래의 희망을 의미한다. 아리스토텔레스에 의하면 "희망이란 눈 뜨고 있는 꿈"이며, 시인 샌드버그Carl Sandburg에 의하면 "공화국은 하나의 꿈이 모인 곳이며 꿈이 없으면 아무것도 성취할 수 없는 것"이다. 꿈 한 자의 차이 때문에 중화의 대국은 영국에 패해 아편을 빠는 나라로 전락할 수 밖에 없었으며, 이 꿈 한 자의 차이로 영국은 팍스 브리타니카Pax Britannica로 세계에 군림하는 산업혁명의 주도 국가가 되었다.

꿈을 허망한 것이 아니라 실현 가능한 힘—즉 비전으로 파악했기 때문에 새가 비행기가 되고 말이 자동차가 되었다. 서양의 꿈과 동양의 꿈을 이렇게 설명하는 사람도 있을지 모른다. 서양의 천사를 보라. 우리의 선녀들은 하늘 옷을 입고 그냥 날아다니는데 서양 천사들에게는 날개가 달려 있지 않은가. 같은 공상에서 나온 이야기인데도『희랍 신화』의 이카로스Icaros는 정교한 기술로 초 날개를 만들어 하늘을 나는데, 동양의 손오공은 여의봉이라는 정체불명의 작대기로 구름을 불러 타고 다닌다. 그러니 어떻게 하늘을 나는 비행기를 만들 수 있었겠는가.

하지만 하늘을 날려던 인간의 무수한 꿈들이 실패로 돌아간 것은 좀 더 꿈을 꿈답게 꾸지 못했기 때문이었다. 말하자면 인간은 새처럼 날갯짓을 하며 날려고 했던 현실적인 꿈 때문에 도리어 비행기를 만들어내는 데 방해가 되었다는 이야기이다.

다빈치 같은 천재도 새의 날갯짓을 면밀히 관찰하여 그대로 날 수 있는 기계를 설계했었다. 그러나 인간이 오늘처럼 하늘을 날게 된 것은 오히려 새처럼 날갯짓을 하고 날아가는 그 고정관념으로부터 벗어날 수 있었던 조지 케일리Sir George Cayley 경(영국 출신)의 새로운 비전 때문이었다. 그는 '공중 비행론'에서 추력推力과 양력揚力을 구별하여 새의 날갯짓처럼 움직이는 종래의 날개와는 전연 다른 고정식 날개 개념을 제시했다. 그리고 보면 라이트 형제의 비행기는 단지 이 발상법에 동력을 올려놓은 작업에 지나지 않는다.

케일리 경처럼 종래의 고정관념에 사로잡히지 않고 발상의 대전환으로 미래의 새 비전을 제시하는 사람이 바로 비저너리이다. 눈앞의 일을 처리하는 실무자나 구체적으로 무엇을 만들어내는 실제가만을 중시하는 사회에서는 비저너리는 놀고먹는 몽상가로밖에는 보이지 않는다. 라이트 형제는 알아도 케일리 경을 모르는 사람이 많은 것도 그 때문이다.

반드시 비저너리만이 아니라도 꿈과 실천의 두 힘이 잘 어울릴 때 개인도 회사도 나라도 발전한다. 세계적인 소프트웨어 회사로 첫손 꼽히는 마이크로소프트에 가면 히피 같은 청년들이 우글거린다고 한다. 청바지에 텁수룩한 수염을 기르고 서성대고 있는 사람들은 사원이라기보다 식객처럼 보인다는 것이다. 신제품을 만들어내고 있는 개발부에 있는 사원들이다. 그러나 한옆에는 말쑥한 신사복 차림에 하얀 와이셔츠의 은행원 같은 사원들이 있다. 빈틈이 없다. 기계처럼 돌아간다. 질서 정연하나 정돈된 분위기 속에서 깔끔하게 일을 하고 있는 그 청년들은 방금 전에 본 그 청바지족과는 아주 다르다. 이 사원들은 영업부에서 일을 하고 있는 사람들이라는 것이다.

꿈이라는 한국말에는 영어의 '드림'과 중국의 '몽'이 함께 공존하고 있다. 어느 때는 서구식 드림의 뜻으로 또 어느 경우에는 구운몽처럼 중국식 '몽'으로 사용되어왔다. 일본이 서구화와 근대화가 빨랐던 것은 그들이 사용하고 있는 '유메ゆめ'라는 말이 중국의 '몽'보다 영어의 '드림'에 가깝기 때문이었다고 풀이하는 사람도 있다.

그런데 요즘 유행어 가운데 '꿈 깨라.'라는 말이 있다. 또 '꿈도 크다.'라는 것이 있다. 터무니없는 야망, 분수를 모르는 욕심을 꿈이라고 보고 있다는 증거이다. 유행어는 그냥 생기는 것이 아니다. 그런 꿈속에서 헤매는 사람들이 많이 있고 그런 꿈이 사회적 악몽을 부른다. 실제 꿈에만 흉몽·길몽이 있는 것이 아니다. 현실을 뛰어넘는 자유로운 상상력에서 생긴 미래의 꿈이 길몽이라면 현실에 얽매인 욕망에서 생겨난 꿈은 흉몽이다.

'체력은 국력이다.'라고 해서 각 기업에서는 스포츠에 돈을 투자하여 이제는 올림픽에서도 스포츠 강국의 단 위에 올라 금메달을 목에 걸고 있다. 소프트 시대, 문화적 부가가치가 국제 경쟁의 골문이 되는 시대에서는 체력이 아니라 꿈이 국력이라고 생각해야 한다. 그래서 미국의 컴퓨터 회사의 비저너리들처럼 시인들이 기업체에서 식객 노릇을 하며 지내는 일을 상상해봐야 한다.

우리나라의 기업이 스포츠에 쏟은 10분의 1만이라도 꿈에 투자한다면 또 다른 금메달을 딸 수가 있을 것이다.

맹산군의 식객은 3천 명이 되었다고 하지만 그가 위기에 처해 있을 때 그에게 탈출구를 열어주었던 것은 다름 아닌 그 식객들이었다. 평소에는 아무런 쓸모가 없다고 생각한 그들 가운데 닭소리, 개 소리 흉내를 잘 내는 식객들이 있었기 때문에 그는 목숨을 건질 수 있었던 것이다.

'몽'이냐 '드림'이냐, 이렇듯 단 한 마디의 말의 차이가 개인의 운명과 인류 전체의 운명을 바꾼다.

# 지퍼

아래에서 위로

옷을 잠그는 간단한 도구에서도 시대의 흐름을 볼 수가 있다. 옷고름에서 단추로 단추에서 지퍼Zipper로 한국의 역사는 그렇게 전환되어왔다. 구한말에 조끼와 함께 들어온 단추로부터 이른바 개화기가 시작되고 그 단추가 다시 지퍼로 바뀌면서 현대 산업 문명이 우리 사회를 지배하게 된다. 그리고 그 옷고름에서 지퍼에 이르는 한 가지 법칙은 '보다 빠르고, 보다 간편한 것'이라는 효율성이다. 1962년 지구 궤도에 진입했던 존 글렌John Glenn이 우주복을 비롯해 열세 개의 각기 다른 지퍼를 착용하고 있었다는 사실만 보아도 그 위력을 짐작하고도 남는다. 이제 지퍼는 '갓난애의 잠옷에서부터 수의에 이르기까지 쓰이지 않는 곳이 없어서 요람에서 무덤까지 인간과 함께 사는 물건'이라는 말도 생겼다.

그런데 그렇게 흔하고 일상적인 물건이면서도 그 명칭이 그토록 기구한 운명을 걸어온 것도 아마 없을 것이다. 지퍼의 원조로 알려진 미국의 발명가 저드슨Whitcomb L. Judson이 1893년에 처음

특허권을 얻어냈을 때의 그 명칭은 '열고 닫는 걸쇠'였다. 이름도 복잡하고 기능에도 결함이 많아 실패하고 만다. 그래서 그는 다시 이름을 C-큐어리티(안전이라는 시큐리티security와 발음이 같음)라고 고쳐 새롭게 개선한 것을 시장에 내놓았지만 의류업자들의 외면을 당하고 만다. 그것을 사용할 경우 옷 만드는 법에 변화가 오기 때문이었다.

결국 그것을 실용화하는 데 성공한 사람은 선드백Gideon Sundback이었다. 고리 없이 금속 이가 서로 맞물려 잠겨지는 지퍼를 만들어냈는데 그때의 이름은 '후크 없는 잠그개'였다. 그것을 전대에 붙여 선원들에게 팔고 또 담배쌈지에 달아 판매함으로써 대성공을 거두게 된다. 그런데도 지퍼란 이름은 아직 탄생되지 않았다. 그 이름은 엉뚱하게도 장화 회사에서 붙인 상표에서 태어나게 된다. '신비의 장화'라는 상품명을 보다 강렬한 이미지로 바꾸기 위해서 워크 사장은 '지퍼'라는 새 이름을 붙인 것이다. 지프zip란 말은 총알이나 천이 찢길 때 나는 소리의 의성어로 서 왕성한 힘을 나타내는 미국의 구어이다. 그러니까 지퍼는 '활기에 넘치는 자'라는 뜻이다.

그런데 사람들은 그 장화 이름을 장화를 열고 잠그는 장치의 이름으로 잘못 알게 되었고 그 바람에 후크 없는 잠그개가 지퍼라는 이름으로 통용되기 시작했다는 것이다. 그 이름의 우여곡절은 거기에서 끝나지 않는다. 지퍼가 일본에 들어오자 일본 사람들은 '처크'라고 불렀고 그것이 한국에 들어와서는 '자꾸'로 변했다. 지금도 "입에 자꾸를 단다."는 말이 있는 것을 보면 이국적 없는 말의 뿌리는 꽤 깊이 박혀 있는 듯싶다.

문민정부의 100일을 맞이하여 모든 언론은 온갖 말의 잔칫상을 장만하고 있다. 그러나 그 다양한 평가 가운데 공통적인 표현은 "첫 단추를 잘 끼웠다."는 말이다. 그러나 이 말을 지퍼 시대에 맞게 수정하면 더욱 그 평가의 성격이 명확하게 된다. 단추는 위에서 아래로 채워가는 것이지만 지퍼는 반대로 아래에서 위로 잠가야 한다. 개혁은 위에서 아래로가 아니라 아래에서 위로 올라가야만 성공을 거둘 수가 있다. 지퍼 역시 첫 단추를 끼우듯이 올리기 전에 이를 잘 맞추어주어야 한다. 그렇지 않으면 중간에서 걸려 잠겼던 것이 풀어지고 지퍼는 요지부동 움직이지 않게 된다. 처음에는 위에서 아래로 지퍼를 일단 고정시켜놓고 다음에는 그것을 아래에서 위로 치켜 올려야 한다. 지프라는 원래 말뜻처럼 앞으로 힘차게 전진하는 소리를 내면서……. 지퍼 잠그듯이 해야 문민정부의 100일은 값진 것이 된다.

# 이콜로이코노미ecoloeconomy
함께 살아가는 땅

말 앞에 '이코' 자를 붙이고 다니는 것이 21세기를 지배한다고들 한다. 언뜻 생각나는 말이 경제를 뜻하는 이코노미economy와 생태학을 뜻하는 이콜로지ecology이다. 산업혁명은 결정적으로 경제 발전을 가져왔지만 자연 생태계에는 치명적인 파괴를 불러왔다. 공장 굴뚝은 경제적인 측면에서는 번영의 탑이요, 자연환경 면에서는 죽음의 탑이다. 암이 사회문제로 등장하기 시작한 것도 그 굴뚝 때문이다. 런던의 굴뚝 청소부들은 거의가 다 이 암의 발생으로 죽어갔던 것이다.

그러므로 이 두 말은 거의 양립 불가능한 물과 기름이다. 경제가 발전하려면 생태계가 파괴되고 생태계를 유지하려면 경제가 파탄을 일으킨다.

공장을 세우려는 기업가와 환경 운동가는 견원지간으로 웬만한 드라마에 곧잘 소재가 되고 있다. 그러나 이상하게도 이 두 말의 어원을 따져 올라가면 그것들이 같은 뿌리에서 나온 동성동본의 혈족이라는 것을 알게 된다. 그 앞에 붙어 있는 이코eco라는 것이 모두 집을 뜻하는 희랍어의 '오이코스oikos'에서 나온 말이 기때문이다.

그러고 보면 경제도 생태학도 '집'을 살리자는 일이다. 굳이 그차이를 따지자면 작은 집과 큰 집의 차이에 지나지 않는다. 그래서 21세기적 발상의 전환에는 생태학과 경제학을 대립이 아니라동질로 보려는 시각이 있다. 그것이 이콜로지와 이코노미의 두말을 한데 합친 '이콜로이코노미ecoloeconomy'라는 신어이다. 뿐만 아니라 생태학과 건축을 합쳐 이콜로지라는 신어를 만든 것이다. 생태 관광, 즉 이코투어리즘ecotourism이라는 새 유행어가 생긴 것이나 동일한 발상의 산물이다. 이런 것을 총괄하여 영국의크랜필드 공과대학에 이코테크놀로지 연구 센터가 설립되기도했다. '인간미 풍부한 산업human industry'을 구축한다는 것이 그연구소의 목표이다.

특히 생태 관광ecological tourism이란 말은 버클리 대학의 그레번 교수가 주장하고 있는 것으로 이제는 완전히 관광산업으로 그뿌리를 내리게 된 말이다. 관광산업은 자연 관광·문화 관광의 두영역으로 크게 나뉘어왔고 다시 자연 관광은 민족 관광·환경 관광·생태 관광의 세 영역으로 나눌 수가 있다. 자연 관광은 스키나 서핑 그리고 사냥처럼 자연을 레크리에이션의 대상으로 삼고있는 것이지만 자연 자체를 즐기는 것은 아니다. 오히려 자연을 파괴하는 것으로 관광에 나쁜 이미지를 심어왔다.

그러나 생태 관광은 자연 그 자체를 즐기면서도 환경을 보호하고 귀중함을 체험하는 교육적 효과도 높아 일석이조의 산업으로 각광을 받고 있는 것이다. 중미의 코스타리카에서는 이 이코투어리즘으로 이제는 외화 획득액이 커피를 제치고 제2위의 자리에 올랐다. 자연보호를 한다고 개발 금지 구역을 만들어놓으면 그 지역 주민들은 일터가 없고 집값이 떨어지게 마련이다.

하지만 이코투어리즘을 자원으로 응용하면 일자리가 생기고 지역 소득도 높아진다. 다른 관광처럼 그날 놀고 지나쳐버리는 것이 아니라 자연의 관찰이 주된 목적이기 때문에 한철 동안 머물러 있는 생태 관광객들이 그 땅에 떨어뜨리고 가는 돈도 그만큼 많은 것이다. 그런데 우리나라의 기업가들은 낙동강 일대의 철새 도래지를 개발 지역으로 호시탐탐 노리고 있고 또 자연 보호론자들은 무턱대고 성역시하여 팽팽히 맞서고 있는 형편이다. 만약 이곳을 이코투어리즘으로 이용하면 세계적으로 인기가 높아지는 버드 워칭bird watching의 명소로 만들 수가 있고 그렇게 되면 철새를 마구잡이하는 만행도 감시할 수 있게 된다. 기업도 되고 자연보호도 된다.

벌써 이콜로이코노미는 이웃 나라인 일본에서도 유망 산업으로 기대를 모으고 있다. 가령 쉬운 예로 프레온의 경우를 들 수가 있다. 프레온은 그동안 냉장고·에어컨의 냉매에서 반도체 칩을 닦아내는 데 이르기까지 현대 산업의 귀염둥이 노릇을 해왔다. 그러나 일단 이것이 자외선에 의해 분해되면 오존 분자의 산소 원자를 잡아먹는 괴물로 변한다. 이 때문에 생물들의 생명을 보호해주고 있는 오존층 지붕에 커다란 구멍을 뚫어놓고 말았다. 국제적으로 프레온 규제가 채택되었을 때 과학적인 실증이 없는 속설이라고 반론하는 학자들도 있었고 관련 기업의 저항도 만만찮았다.

그러나 이러한 규제도 이콜로이코노미의 발상으로 보면 기업을 죽이는 것이 아니라 오히려 새로운 시장을 만들어주는 활력소로 등장한다. 대체품의 개발이라든가 프레온 회수 장치라든가 하는 신산업이 생겨나게 되고 그것이 황금 알을 낳는 거위가 된다. 실제로 지금 일본에서는 수천억 원에 달하는 탈脫프레온 시장 쟁탈로 대기업들이 맨발로 뛰고 있는 중이다. 최근 우리 기업에서도 프레온 회수 장치를 우리 기술로 개발하여 상품화하는 데 성공을 했다.

프레온의 경우만이 아니다. 무공해 식품은 높은 부가가치를 만들어낼 뿐만 아니라 지금까지 산업화로 가난과 소외 지역이었던 산골 농가가 유리한 소득원으로 빛을 발하기 시작한 것이다. 이콜로이코노미의 시대는 1차 산업과 3차 산업이 융합하여 공업 상품보다도 부가가치가 높아진다.

이것이 하나가 되어 유망 산업의 하나로 손꼽힌다. 이 같은 생태 경제가 새 시장을 형성하는 21세기에는 기업은 공해의 주범이 아니라 인류의 집을 지키고 경영하는 보호자로 변신하게 된다. 영어의 '피플people'은 사람이라는 뜻이지만 그것이 동사로 쓰일 때에는 사람만이 아니라 동시에 '동물을 많이 살게 하다', '서식하게 하다'라는 뜻도 된다. 동물이 살 수 있는 땅이 바로 사람이 살 수 있는 땅이다. 우리나라에서도 생태 경제·생태 건축·생태 산업이라는 말이 일상어가 되어 기업이 자연과 공존 공생하는 새 바람을 일으켰으면 싶다.

# 참치 니치

## 물고기와 살아남는 법

물고기의 이름에는 이상스럽게 '치' 자가 붙은 놈들이 많다. 멸치에서부터 갈치·꽁치·넙치에 이르기까지 헤아릴 수 없이 많다. 그러나 그 수많은 치 자 돌림의 물고기 가운데 으뜸가는 놈은 참치이다. 우리는 무엇이든 맛이 좋거나 보기 좋은 것에는 과일이든 물고기든 그 이름 위에 참 자를 붙이기 때문이다. 그러나 사전을 찾아보면 참치라는 말은 꽤 수상하다. 참치의 원이름은 참다랑어로 되어 있고 보통은 다랑어라고 부르는 모양이다. 그런데도 치 자에 직접 참 자를 붙여 부르게 된 것은 그만큼 다랑어의 인기가 높았기 때문이 아닌가 싶다.

참치 맛이 유별난 것은 그 물고기의 특이한 생태에서 비롯된 것이다. 참치는 알에서 깨어나자마자 맹렬하게 헤엄을 친다. 헤엄을 쳐야 물을 빨아들여 숨을 쉴 수 있기 때문이다. 잠잘 때도 뇌만이 쉴 뿐 헤엄을 멈추지 않는다. 그래서 죽을 때까지 온 바닷속을 헤엄쳐 다니지 않으면 잠시도 살아갈 수가 없는 바쁜 회유어가 된 것이다. 그 덕분에 참치의 영역은 무한히 넓고 그 살은 충분한 산소의 공급으로 붉다.

이와 정반대에 속하는 것이 가자미다. 헤엄친다기보다 그냥 물 위에 둥둥 떠다닌다. 먹이가 나타나지 않으면 움직이지를 않는다. 참치의 유선형 몸짓과 달리 생김새 자체가 떠다니기 좋게 생겼다. 그중에서도 맘보라는 물고기는 가장 게으른 놈으로 세계에 그 이름이 널리 소개되어 있다. 대개 이런 물고기의 살은 참치와 반대로 흰빛이다.

식물의 세계에도 참치형과 가자미형이 있다. 이를테면 하늘을 향해서 그 꽃을 활짝 피우고 그 씨는 낙하산 모양으로 허공을 날아다닐 수 있게 된 민들레가 있는가 하면 평생을 자기 발등만 보고 피었다가 태어난 그 자리에 씨를 떨어뜨리는 산골짜기의 할미꽃이 있다. 땅에서 살든 물에서 살든 모든 생물은 이렇게 자기에게 적합한 활동 양식과 각기 다른 고유 영역을 지키며 살아간다. 치열한 경쟁을 하면서도 생태계에는 이런 생존의 적소와 지위가 있기 때문에 작은 놈도 큰 놈도 그리고 부지런한 놈도 게으른 놈도 다 함께 살아갈 수가 있다. 이러한 생태적 조건과 지위가 바로 요즘 세계적으로 유행어가 되어 있는 니치niche이다. 기업도 무한정한 경쟁이 아니라 생태계처럼 각자 자기의 특성에 맞는 적소를 찾아서 공존해가야 한다는 이론이다. 그래야 낭비도 줄고 수익도 증대한다. 과당경쟁이나 맹목적인 자리다툼은 공멸의 길이라는 것이다.

개개의 기업만이 아니라 나라와 나라 사이에도 이 니치가 필요하다. 스위스 같은 소국이 미국처럼 큰 나라의 산업 방식을 흉내내면 살아갈 수가 없을 것이다. 산악 지대에 맞는 정밀한 특수 기술 분야의 니치로 스위스는 국민소득 세계 제1위의 자리를 지키고 있다. 시계만이 아니라 바다가 없는 나라인데도 특수한 대형 선박 엔진은 스위스가 독점하다시피 하고 있다. 그 치열한 자동차 경쟁에서도 스웨덴 차가 살아남을 수 있었던 것은 견고성 덕분인데, 북구와 같이 추운 나라에서는 자동차가 고장이 나거나 뒹굴면 치명적이다. 이탈리아 차가 신장하고 있는 것은 뛰어난 디자인 덕분이다.

같은 자동차 산업이라도 이렇게 니치가 다르다. 우리도 살아남기 위해서 참치와 니치의 '치'에 주목해야 한다.

# 비즈니스
멈춰 서서 생각하기

흔히 쓰는 외래어지만 비즈니스맨businessman을 한국말로 그대로 옮기면 '바쁜 사람'이 된다. 영어의 비즈니스business는 바쁘다 '비지busy'에 '니스ness'라는 꼬리를 붙여 만든 명사이기 때문이다. 'Time is money', 즉 '시간은 곧 돈'이라는 것을 잊지 말라고 한 사람은 벤저민 프랭클린Benjamin Franklin이었다. 그 말이 실린 책의 표제, 즉 『젊은 상인에게 주는 충고Advice to a young tradesman』가 시사하고 있듯이 이 말을 가장 충실하게 실천해온 사람들은 다름 아닌 그 비즈니스맨들이었다.

산업혁명으로 시간 임금제가 처음 도입되었을 때 공장주들이 부당 이익을 취했던 것도 그 시간이었다. 값비싼 시계를 가진 사람은 공장주밖에는 없었기 때문에 마음대로 시간을 조종할 수가 있었다. 출근 시간 때에는 시곗바늘을 빨리, 퇴근 시간에는 반대로 늦게 돌려놓았다. 그러한 부정을 방지하기 위해서 생겨난 것이 출퇴근 시간 때마다 크게 울리도록 한 공장의 경적 소리다.

오늘날에는 돈과 시간은 등가물이 아니라 오히려 시간 쪽으로 그 무게가 기울어가고 있다. "우리는 돈이 부족한 사람이 아니라 시간을 아쉬워하고 있는 사람을 돕고 있습니다."라는 은행 광고 문이 등장한 것을 보아도 알 수 있다. 수전노守錢奴란 말이 수시노 守時奴로 바뀌어가고 있는 것이다.

백화점이 오십五十화점이 되어간다는 말이 생긴 것도 알고 보면 바빠진 사람들 때문이다. 바쁜 현대인을 위해서 생겨나게 된 것이 슈퍼요, 편의점이다. 그래서 백화점에서는 팔 물건이 반으로 줄었다는 뜻이다. 더구나 '세븐 일레븐'의 편의점 이름이 말해 주고 있듯이 아침 7시에서 시작하여 11시까지 문을 여는 가게와의 시간 경쟁에서도 백화점은 이미 구석에 몰려 있다. 요즘엔 그것으로도 모자라 24시간 문을 열어놓은 편의점들이 밤을 밝힌다. 근대화·산업화·도시화란 말이 한창 기염을 토하고 있을 때 우리는 '바쁘다 바빠'라는 유행어를 만들어냈다. 비즈니스라는 말이 결코 남의 나라 말만은 아니라는 것을 실감케 하는 말이다.

그런데 비즈니스맨을 한문으로 표현하면 기업인企業人이 된다. 이때의 기企는 사람 인人에, 멈춘다는 지止를 받친 글자이다. 바삐 길을 가던 사람이 갈림길에 서서 발돋움을 한 채 멀리 앞을 내다보며 방향을 생각한다는 뜻에서 생긴 회의 문자라고 한다. 비즈니스맨과는 얼마나 그 뜻이 다른가.

그동안 우리의 비즈니스맨들은 앞만 보고 뛰었다. 그래서 고도의 경제성장을 이룩하기도 했지만 많은 부작용도 낳았다. 국내만이 아니라 지금 온 지구가 새 질서를 찾기 위해 진통을 겪고 있다. 이 시대의 갈림길에서 '뛰는 기업'만이 아니라 앞길을 내다보고 기획하는 '생각하는 기업'이 돼야 할 것이다. '잠깐만', 이제는 이것이 돈이 되는 시대다. 빨리 달릴 수 있는 자동차일수록 브레이크가 튼튼해야 한다.

# 라이벌

적과 맞수

전쟁터에서만이 아니다. 우리는 자기와 의견이 다르거나 이해 관계가 상충하는 경쟁 상대도 적敵이라고 부른다. 정치인들은 반대 당 사람을 정적이라고 부르고 사랑의 경쟁자들은 서로를 연적戀敵이라고 한다. 스포츠나 예술의 경우에도 마찬가지여서 자기의 맞수를 적수敵手라고 한다. 적이라고 하면 원수와 같은 것으로 그 중 하나가 없어져야만 한다.

그러나 서구 문화권에서는 정치나 기업 그리고 사랑과 같은 경쟁 상대를 적enemy이 아니라 라이벌rival이라고 말한다. 라이벌은 '같은 냇물'이라는 뜻인 라틴어의 리발rival에서 나온 말이다. 그러니까 라이벌은 강을 뜻하는 영어의 리버river와 같은 뿌리에서 생긴 말로서, 같은 강가에서 살면서 같은 강물을 마시며 살아가는 이웃 마을 사람들을 가리킨다. 본래의 뜻대로 하자면 라이벌은 적이 아니라 오히려 동지나 동포에 가까운 뜻이다. 어원만이 그런 것이 아니다. 실제로도 라이벌은 상대방을 죽이지 않으면 자기가 죽는 그런 전쟁터의 적대 관계가 아니라 서로 같은 목표를 향해 같이 달리는 선의의 경쟁자를 의미한다. 적은 제거하는 데 그 궁극적 목적이 있지만 라이벌은 공존 공영하는 데 그 최종의 목표가 있다. 왜냐하면 라이벌 관계란 함께 마시는 그 강물이 마르거나 오염되면 다 같이 죽게 되는 공동 운명체이기 때문이다. 양복점을 외딴 곳에 차려놓으면 장사가 잘될 것 같지만 현실은 그 반대이다. 역시 처마를 맞대고 같은 거리에 모여 있어야 손님들이 많이 모인다. 장사만 그런 것은 아니다. 잡초는 비료나 농약을 쳐주지 않아도 무성하게 잘 자란다. 그 이유는 수백 종의 다른 풀들과 함께 뒤섞여서 서로 경쟁을 하면서 살아가고 있기 때문이다. 그러나 한 밭에서 콩이면 콩, 보리면 보리처럼 같은 종자끼리만 자라나는 농작물들은 사람들이 보살펴주지 않는 한 조그만 병충해에도 죽고 만다.

예술이든 기업이든 라이벌이 있어야 서로 경쟁을 통해서 성장할 수가 있고 사회 전체가 발전할 수 있다. 미국 정부가 앞으로 올 정보사회에 대응하기 위해서 그동안 독점 체제로 운영되어오던 대기업 AT&T를 분할하여 전화 통신 사업에 새로운 라이벌 회사를 도입시킨 정책이 바로 그 좋은 예가 될 것이다. 라이벌 회사로 등장한 MCI는 처음엔 2퍼센트의 시장 점유율밖에는 되지 않았지만 경쟁의 불꽃을 당기면서 곧 5퍼센트로 늘어나고 다시 7퍼센트로 따라잡으면서 치열한 가격 경쟁과 서비스 경쟁 그리고 기술 경쟁을 벌인다. 그 때문에 전화 요금은 점점 싸지고 고객들의 이용도는 점차 늘어간다. 그래서 미국 사회의 전화 시장은 더욱 성장하게 되고 정보화 시대는 가까워진다.

AT&T만 해도 근시적으로 보면 라이벌 회사 때문에 고객을 빼앗기고 손해를 본 것처럼 보이지만 그만큼 전화 시장이 늘게 되므로 기업 전체의 전망은 오히려 밝아진 셈이다. 전화의 하루 평균 사용 시간은 5분 정도밖에 되지 않는다고 한다. 그러나 전화 요금이 싸지면 고객들의 통화 시간은 상대적으로 늘어난다. 가격은 내렸어도 수입은 줄지 않는다. 또 서비스도 다양해진다. 시간대에 따라서 요금 체계가 달라지고 축제일이나 휴일처럼 한가한 날에는 특별 요금제를 적용한다. AT&T는 유니버설 서비스를 창업 때부터의 회사 경영 이념으로 삼아왔지만 경쟁사가 생기고부터는 획일화에서 개별화로 그 전략도 바뀌게 된다. 이를테면 회사의 체질 자체가 변화해버렸다는 이야기다.

물고기는 플랑크톤의 적으로 보이기 쉽다. 그러나 실상은 그렇지가 않다. 물고기는 플랑크톤을 잡아먹고 살아가지만 플랑크톤 역시 물고기의 새끼들을 먹고 산다. 물고기는 무수한 알을 낳지만 거기에서 깬 새끼의 99퍼센트는 죽는다. 이렇게 서로 먹고 먹히는 순환 관계로 생명의 균형을 유지해가는 것이 생태계의 오묘한 현실이다. 자연계에는 적이란 없고 오직 라이벌만이 있을 뿐이라고 말하는 것이 옳을는지 모른다. 플랑크톤이나 물고기의 어느 한쪽이 없어지면 결국 둘 다 죽고 만다. 이런 시점에서 보면 약육강식의 다이너미즘dynamism은 생태계의 한 면만을 보았던 구식 이론이라는 것을 알 수가 있다.

먹고 먹히는 비정한 자연계가 이런데 하물며 만물의 영장이라는 인간이, 그것도 가장 중요한 위치를 차지하고 있는 정치나 기업이 전쟁과 전투의 논리만을 가지고 살아갈 수는 없는 일이다. 전쟁은 상대방을 섬멸시킬 때 승리를 거둔다. 그러나 정치나 기업은 상대방을 없애는 것이 아니라 협상을 통해서 완전한 승리를 얻는다. 라이벌이라는 말은 없고 오직 적이라는 말만이 존재하는 우리 사회 풍토에서는 협상은 교활한 것이며 타협은 비굴한 것으로 느낀다. 그래서 대개 어떤 분규가 일어났을 때에는 협상와 타협을 거부하는 강경론이 늘 고지를 점령하게 마련이다.

군사 문화가 사라지고 문민 시대가 왔다고들 하지만 우리 여야의 정치적 대결이나 노사 관계의 분규를 보면 옛날과 달라진 것이 거의 없다. 군사 문화의 청산이라는 말을 많이들 하지만 군사 문화의 본질이 무엇인지에 대해서는 별로 밝혀진 바 없다. 군사 문화의 특성은 라이벌은 없고 오직 적enemy만이 있다는 점이다. 그것이 전쟁과 전투의 생리인 까닭이다. 적이나 원수라는 말은 있어도 라이벌이란 말은 없었던 우리의 언어 관습으로 볼 때 군사 문화는 어제오늘에 시작된 것이 아니라는 사실을 알 수가 있다.

사색당쟁이 나빴던 것은 아니다. 오히려 서로 다른 의견과 주장이 있었다는 것은 다양한 그리고 자유로운 사고가 있었다는 반증이다. 그리고 독창성이 많은 민족이기에 그만큼 자기주장이나 색깔이 여러 가지였다고도 할 수 있다. 문제는 의견 차이나 당파가 아니라 정적이나 논적을 라이벌로 보지 않고 원수로 보았다는 데 있다.

말 한마디만 바꾸면 된다. 적이라고 생각하던 사람들을 라이벌이라고 부르면 된다. 그것이 영어라 거북하다면 맞수라고 하면 된다. 그러면 우리의 분단의 비극까지도 전화위복이 될 수가 있다. 원수란 말도 모자라 '원쑤'라고 부르고 있는 북한의 용어가 라이벌이라는 말로 바뀌어지기만 해도 분단은 오히려 남북한의 번영을 가져올 수가 있고 결국은 통일의 기반도 이루어지게 될 것이다. 말 하나가 이렇게 무섭다.

# NIH
세 살 추억 여든까지 간다

    일본의 수출이 무적함대라는 것은 세상이 다 아는 일이다. 그런 일본이 눈에 보이는 것이라고는 겨우 책 몇 권인데 그것을 받고 해마다 500억 원씩 꼬박꼬박 물어야 하는 억울한 수입을 하는 수도 있다. 디즈니랜드의 이야기다. 기계 수출에서는 큰기침을 하는 일본이지만 이른바 창의성을 주로 한 소프트 산업 분야에서는 아직도 미국이나 서구를 따르지 못한다. 디즈니랜드와 같은 꿈과 감동을 소니나 마쓰시타의 공장에서 찍어낼 수는 없는 것이다. 별수 없이 비싼 로열티를 물고 미키마우스를 비롯한 디즈니랜드의 서비스와 그 아이디어를 사오는 수밖에 없다. 그렇게 해서 만들어진 것이 동경 디즈니랜드이다.

    미국 사회는 어둡고 그 경제는 바닥이다. 그런데도 세계 제일의 강대국 자리를 지키고 있는 것은 아이들에게 꿈과 모험과 미래를 안겨주는 디즈니랜드와 같은 독창적 문화가 있기 때문이다. 문화적 자존심이 강한 프랑스 사람들이라고 해도 디즈니랜드의 상륙을 막지 못했다. 일본은 말할 것도 없고 프랑스인도 만들어 낼 수 없는 디즈니 문화라는 것이 대체 무엇인가에 우리도 주목을 할 필요가 있다.

그것을 한마디 말로 표현한 것이 NIH라는 것이다. 그것은 '여기밖에 없는 것not invented here'이라는 독특한 디즈니 철학의 문자를 딴 것이다. 그러니까 하나에서 열까지 디즈니랜드에 있는 모든 것은 바깥세상과는 다른 독창성을 지녀야 한다는 뜻이다. 심지어 휴지를 버리는 쓰레기통 하나도 이 꿈의 왕국에서는 동화의 한 부분으로 디자인되어 있다.

눈에 보이는 것만이 아니다. 모든 서비스도 그 안에 들어가면 별천지가 된다. 가령 길 잃은 아이를 발견했을 때 종업원들은 절대로 뒤에서 끌어안거나 말을 걸지 않는다. 아이들이 놀라지 않게 하기 위해서이다. 그리고 아이들에게 말을 할 때도 아이들의 눈높이에 맞추어 자신의 자세를 낮춘다. 키가 큰 어른들을 올려다볼 때 아이들은 위압감을 느끼기 때문이다. 더구나 낯선 사람에 대해서는 불안감을 갖게 된다.

햄버거나 콜라 같은 것을 운반할 때에도 지하 통로를 이용하도록 되어 있다. 보통 거리처럼 물건을 실은 트럭이 오간다면 요술 나라에 들어온 아이들의 꿈이 산산조각 날 것이기 때문이다. 디즈니랜드 안에는 아무리 눈을 크게 뜨고 다녀도 쓰레기가 떨어져 있는 것을 볼 수 없다. 구획별 담당 청소원들이 15분 간격으로 그것도 눈에 띄지 않게 쓰레기를 줍기 때문이다. 330만 평이 넘는 그 광대한 유원지 전체가 이 NIH 정신을 보여주는 하나의 연출 무대인 셈이다.

세 살 버릇이 여든까지 간다지만 이 말을 뒤집으면 세 살 때 본 것, 느낀 것은 평생의 추억으로 남는다. 단순한 기억이 아니라 사고와 행동 양식을 결정짓는 뿌리가 된다. 앞으로 세계를 지배하는 힘은 NIH 정신이다. 그런데 여름방학에 우리 아이들에게 보여줄 꿈의 디즈니랜드는 어디에 있는가.

# 컨시더consider

일본식 오리발


클린턴 대통령이 구설수에 올랐다. 밴쿠버의 회담 때 옐친 대통령에게 "일본인들이 예라고 할 때에는 흔히 아니오를 의미하는 것이니 조심해야 된다."는 말이 적힌 메모를 주었음이 밝혀졌기 때문이다. 그러나 일본인들이 '노'라고 할 때 '예스'라고 한다는 것은 일본인 자신들이 더 잘 아는 사실이다. 이 때문에 빈번한 외교 마찰이 일어나게 되고 그럴 때마다 일본인들이 그것이 언어 관습과 문화적 차이에서 비롯된 것이라고 변명을 해왔다.

그 대표적인 예가 외교 문서에서 현안 문제를 놓고 '고려한다 consider'란 말을 쓰는 경우이다. 영어권 사용자들은 그것을 예스라는 뜻으로 받아들이지만 일본인들은 할 생각이 없다는 거절의 표시로 쓴다. 거의 같은 문화권에서 살고 있으면서도 이 때문에 한국인 기업가들이 골탕을 먹는 경우도 적지 않다. 사업을 제의할 때 일본인들, 특히 관서 지방의 경우 "생각해봅시다."라고 하면 그것은 바로 '노'라는 거절이다. 그것을 곧이곧대로 믿고 며칠

후 "그래 생각해보셨습니까?"라고 전화라도 걸면 오히려 상대방이 아주 난처해한다. 자기는 이미 거절한 것으로 알고 있는데 눈치 없이 다시 문의를 해오고 있기 때문이다.

영어의 컨시더consider는 '잘 생각한다', '숙고하다'의 꽤 무게가 실려 있는 말이다. 컨시더의 '시더'는 원래 별, 성좌를 의미하는 라틴어의 시더스sidus에서 나온 말이라고 한다. 그러니까 별이나 성좌를 우러러보는 것이 바로 생각한다는 컨시더의 원뜻인 셈이다. 성경에 등장하는 동방박사처럼 옛날의 현자들은 별을 주의 깊게 관찰함으로써 지상의 일을 생각하고 미래를 예언했다. 지상에 살고 있는 짐승 가운데 오직 인간만이 하늘을 바라볼 줄 알았기 때문에 땅의 지배자가 되었다고도 할 수 있다.

멀리까지 갈 것이 있겠는가. 시·수학·시간 그리고 영원 같은 깊은 생각들은 모두 지상에서 머리를 들어 별을 쳐다보는 순간에 태어난 것들이다. "하늘을 우러러 한 점 부끄러움이 없기를/별을 노래하는 마음으로 모든 죽어가는 것들을 사랑해야지."라는 윤동주의 「서시」가 컨시더의 본질을 감동적으로 전해주고 있다.

그러나 해양 민족이라고 하면서도 일본은 원래 별을 쳐다보며 살아온 민족이 아니다. 일본에서 북두칠성에 치성을 드렸던 풍습은 모두 그들이 말하는 이른바 한국에서 건너온 도래인들이다. 그러니 컨시더라는 말이 당장 그 자리에서 대놓고 거절하기가 힘들 때 시선을 피하기 위해 하늘을 쳐다보는 컨시더로 바뀌어버렸다 해서 이상할 것이 없다.

그리고 일본식 컨시더는 지금 당장 땅에서 벌어지고 있는 현실 문제에서 시선을 허공으로 돌려 시간을 버는 지연 전술의 소산이라고도 할 수 있다. 그러니까 생각해보자는 참뜻은 시간을 벌자는 이야기이고 시간을 벌자는 이야기는 흐지부지하다가 잊자는 이야기이다.

그렇기 때문에 '생각해보자'라는 말이 '생각하지 않겠다'는 정반대말로 전락하게 되자 이제는 할 수 없이 그 말에 '전향적'이라는 모자를 씌운다. '마에무키니 간가에테 미마스前向きに考えて見ます(전향적으로 생각해보면)'가 그것이다. 그런 속사정도 모르고 우리끼리 덩달아 '전향적'이라는 말을 애용하고 있지만 그 말 역시 문자 그대로 앞으로 나가기보다는 제자리걸음의 애매한 답변이라는 것으로 그야말로 충분히 숙고해봐야 한다.

통상 마찰과 외교 마찰의 뿌리에는 언어의 마찰, 이른바 문화 마찰이라는 것이 있게 마련이다. 유고슬라비아 사람들은 '예스'라고 할 때 우리와는 반대로 머리를 좌우로 흔든다. 이런 관습의 차이라면 약간의 지식만 있으면 되지만 말이 본래의 의미에서 일탈 표류하고 있는 일본의 언어 마찰 현상은 많은 오해와 불신을 낳게 한다. 패전을 종전이라고 부르고 점령군을 잔류군, 군대를 자위대, 심지어 시계가 고장이 나도 고장이라고 쓰지 않고 조정調整 중이라고 쓰는 일본 사람들이다. 시체는 호토케사마[仏様]가 되

고 망령이 난 늙은이는 고코쓰노 히토こうこつのひと(황홀경에 빠진 사람)라고 부른다.

30년 전에 우리와 맺은 한일조약 때의 문서에도 문화재 반환 문제는 앞으로도 계속 노력해간다는 부기가 달려 있다. 우리는 문서의 꼬리에 붙어 있는 이 말에 지금도 희망을 걸고 있는 사람들이 있지만 일본 사람들에게 있어서는 종지부에 붙은 작은 액세서리에 지나지 않을 뿐이다.

작가 출신 이시하라 신타로[石原愼太郎] 의원이 쓴 『노라고 말할 수 있는 일본'No'と言える日本』은 그런 점에서 많은 화젯거리를 낳았다. 일본 사람들은 지금까지 미국을 향해서 '예스'만을 외쳐왔지만 이제는 당당하게 '노'라고 말해야 한다는 뜻이다. 그러나 클린턴의 메모대로 하자면 일본의 예스는 노의 의미였던 만큼 그 동안 일본은 노만이 아니라 예스란 말도 한 적이 없는 셈이다. 그러니까 이시하라 의원의 말은 지금까지 속으로 숨겨오면서 노라고 했던 것을 이제는 떳떳이 내놓고 '노'라고 하자는 말로 들린다. 일본인들은 남을 향해서가 아니라 정말 이제는 자신들을 향해서 '노'라고 말할 줄 아는 민족이 되어야 한다. 독일은 나치 정권에 의해서 용감하게 노라고 말했으며, 전후 반세기가 지났는데도 지금까지 전범 처리와 보상금 지급을 계속하고 있다. 전후의 구 서독은 지금까지 안네 프랑크처럼 단지 유태인이라는 이유 때문에 나치의 박해를 받은 200만 명 이상에게 900억 마르크(약 48조 원)에

가까운 보상금을 지불해왔고 최근에는 전쟁 중 포로로 학대를 받은 군인들에게까지 민간 기금을 통해 보상금을 치르는 문제를 강구하고 있다. 그 기금 중의 하나가 바로 노벨 문학상을 탔던 하인리히 뵐 재단Heinrich Böll Stiftung이다. 독일 사람들은 나치의 문장인 하겐크로스와 쌍독수리의 국기를 버렸다. 그리고 요즘에는 극우파들의 나치 부활을 막기 위한 새 법을 만들려고 하고 있다.

그러나 일본은 과거에 자기네들이 저지른 침략의 역사에 대해서 용감하게 '노'라고 말하지 못하고 있다. 영어의 '예스'와 같은 말로 일본에는 '하이'라는 말이 있고 어디에서나 '하이, 하이'라고 쉽게 말하지만 그 반대말인 '노'에 해당하는 말은 그렇게 분명치가 않다. 그래서 『태양의 계절太陽の季節』이라는 소설로 아쿠타가와 상까지 탔던 이시하라 의원임에도 불구하고 또 민족혼을 부르짖는 국수주의적 발언을 하고 있으면서도 『노라고 말할 수 있는 일본』의 책자 제목에는 '노'가 영어로 되어 있는 것이다.

일본에서 한때 유행했던 "위를 보고 걷자."는 것도 별을 바라보는 사고의 힘을 기르자는 게 아니라 눈물이 흘러내리지 않도록 고개를 치켜들고 걷는다는 것이다. 남에게 눈물을 감추기 위해서 말이다. 정말 컨시더의 본뜻을 찾기 위해서라도 일본은 일본 열도의 땅만 보고 걸을 것이 아니라 하늘을 올려다보며 걸어야 할 때가 된 것 같다.

# 닌자

한국인이여, 귀를 기울여라

컴퓨터게임으로, 세계의 어린이들 사이에는 일본의 사무라이보다 닌자가 더 인기가 높다. '토끼에겐 날카로운 발톱 대신 긴 귀가 있다.'는 속담도 있듯이 일본 사람들은 사무라이의 발톱보다 때로는 닌자의 토끼 귀를 더 소중히 여긴다. 닌자는 검은 옷과 복면을 하고 적진 속으로 잠입, 천장이나 마루 밑에 들어가 정보를 엿듣는다. 연막을 터뜨려 몸을 숨기거나 특수 못을 뿌려 추적을 피하기도 한다. 심지어는 거미 발 같은 신비한 장비로 물 위를 걸어다닌다는 전설적인 이야기도 전한다.

일본이 오늘날과 같은 경제와 기술 대국이 된 것을 이와 같은 닌자 문화로 풀이하고 있는 외국 언론인도 있다. 그의 말에 의하면 이스라엘의 10월전쟁을 정확하게 예고한 것도 일본이었고 이란 국왕의 실각을 미리 안 것도 일본이었다는 것이다. 그리고 일본의 기업 전체를 하나의 닌자 집단으로 보고 있다. 대기업들의 경상 지출의 10퍼센트가 시장과 경쟁 기업의 동향, 신상품에 관한 정보 수집으로 쓰이고 있다는 이야기다. 대기업들은 120여 개국에 해외 지사를 두고 있으며 이 지사들은 지구를 열한 바퀴 돌릴 수 있는 45만 킬로미터의 통신망을 통해 본사의 메인 컴퓨터와 연결되어 있다.

마쓰시타 전기에서 개발한 007 가방은 제임스 본드를 무색하게 한다. 그 얄팍한 손가방 안에는 미니컴퓨터와 통신 기기 그리고 본사의 메인 컴퓨터와 직결할 수 있는 단말기가 장치되어 있다. 반드시 현대 장비와 정보망만이 아니라도 일본인들의 체질과 발상에는 닌자적인 것이 많다. 어느 기업인 한 사람은 한국의 어느 호텔에 고장 난 공중전화가 몇 대 있는 것까지도 알고 있었다. 그것을 통해서 한국 제품의 품질은 물론 첨단 기술의 수준과 그 경쟁력이 어느 정도인가를 평가하고 있는 것이다.

그리고 또 어느 기업인은 북경 시내의 고양이와 개의 수를 보고 다니기도 한다. 개는 고양이보다 음식을 많이 먹기 때문에 가난한 나라에는 고양이가 많고 여유 있는 나라에는 상대적으로 개가 많다는 것이다. 즉 개가 얼마나 늘었는가에서 중국의 개방 속도와 생활수준을 엿보려고 한 것이다.

일본 사람들은 사석에서나 공석에서나 말을 잘 하지 않는 것으로 유명하다. 대개 한국인과 일본인이 함께 술자리에 앉으면 신나서 떠드는 것은 한국인 쪽이고 열심히 귀를 기울이는 것은 일본인 쪽이다. 헤어지고 나서 생각해보면 결과적으로 한국인은 정보를 흘린 셈이 되고 일본인은 정보를 공짜로 얻어간 것이 된다. 한일 관계는 우리가 생각하고 있는 것보다 훨씬 복잡하고 다원적이다. 지금까지는 정치 관계, 경제 관계가 주로 두 나라의 현안 문제가 되어왔지만 앞으로 군사·미디어 그리고 생활문화 차원에서도 여러 문제들이 일어나게 될 것이다. 지난번 일본 후지 텔레비전 특파원의 군사 기밀 탐색 사건은 정신대와 같은 과거 문제가 아니라 앞으로 다가올 한일 외교 마찰의 예고편 같은 것이다. 일본의 언론에서는 지금, 이른바 혐한론이 한창인데 이상한 것은 그러한 기획물에 한국인들이 가담하여 한몫 거들고 있다는 사실이다. 검은 옷을 입고 남의 집 천장과 마룻바닥으로 숨어들어오는 닌자들의 이야기는 컴퓨터게임의 프로그램 속에서만 존재하고 있는 것은 아니다.

# 앨버트로스

가장 높이 날아오르는 새

골퍼들의 꿈은 홀인원이지만 그것보다도 더한 것이 앨버트로스이다. 600미터가량의 필드에서 단 두 번 만에(규정 타는 다섯 번) 맥주 컵만 한 홀 안으로 공을 집어넣어야 비로소 앨버트로스가 된다. 기적에 가까운 일이다. 그런데 수많은 골퍼의 가슴을 환상에 젖게 하면서도 그 말이 무슨 뜻이며 왜 골프 용어가 되었는지 아는 사람은 그리 흔치 않다.

원래 골프는, 양 떼를 몰고 다니는 목동들의 놀이에서 유래된 것이라는 데서 알 수 있듯이 넓은 초원에서 하는 스포츠이다. 목동의 지팡이가 골프채가 되고 돌이 골프공으로 변하고 토끼 굴과 같은 것이 홀컵이 된 셈이다. 그러나 그때나 저때나 여전히 변하지 않는 것은 무엇이든지 쳐서 허공으로 멀리 날려 보내는 기술이라는 것이다.

그래서 자연히 골프 용어는 하늘을 나는 새와 관련이 깊어서 규정 타보다 한 개를 더 적게 치면 버디birdie가 되고 두 개를 더

적게 치면 이글eagle이 된다. 그리고 마지막 한계라고 할 수 있는 세 개를 더 적게 치면 드디어 그 앨버트로스라는 것이 등장하게 된다.

물론이다. 앨버트로스는 봉황이나 불사조 같은 새와는 달리 실재하는 새이다. 어떤 독수리, 어떤 갈매기보다도 멀리 그리고 높게 나는 새이다. 앨버트로스가 한자 문화권에 오면 신선 이름처럼 신천옹信天翁이라고 부르는 것을 보아도 가히 이 새의 비행 솜씨가 어떤지 알 수가 있다.

모든 것이 그렇지만 앨버트로스가 하늘을 나는 새 가운데 왕자의 자리를 차지하게 된 것은 결코 우연한 일이 아니다. 명성 있는 골퍼들이 평생을 다 바쳐서도 이루기 힘든 앨버트로스의 그 이름만큼이나 실제로 나는 그 새의 비행 역시 필사의 기적 속에서 탄생한다는 점이다. 앨버트로스는 알에서 깨자마자 바닷물에서 떠다닌다.

당연히 비행법을 채 익히지 못한 앨버트로스의 새끼들은 흉포한 표범상어들의 표적이 된다. 그러므로 앨버트로스는 태어나는 순간부터 상어의 이빨에서 벗어나려고 필사의 날갯짓을 하게 된다. 대부분은 파도 위에서 퍼덕이다가 비행에 성공하지 못하고 상어의 먹이로 짧은 생을 마치게 되지만 구사일생으로 날갯짓에 성공을 하여 하늘로 떠오르게 되는 녀석들이 있다. 이 최초의, 죽음의 비행에 성공한 앨버트로스의 새끼들만이, 강한 날개와 그

날쌘 비행술을 타고난 천재들만이 비로소 왕양한 하늘과 바다의 자유를 허락받게 되는 것이다. 즉 날지 못하는 앨버트로스는 생존의 자격이 박탈된다. 마치 새끼를 낳자마자 천 길 낭떠러지로 굴러 떨어뜨려 거기에서 죽지 않고 기어오르는 놈만 기른다는 전설 속의 사자들 이야기를 방불케 한다.

그러고 보면 잔인한 표범상어들은 앨버트로스의 적이 아니라 사실은 그들에게 비행 훈련을 시키는 과외 교사들인 셈이다. 생태학적인 시각에서 보면 잡아먹히는 앨버트로스 편이 오히려 고용주이고 표범상어 쪽이 그 종족에게 고용된 종속 관계에 있다. 날지 못하는 앨버트로스의 새끼를 선별해주는 대가로서 그 먹이를 얻고 있기 때문이다.

표범상어가 있는 한 앨버트로스는 튼튼한 날개의 유산을 대대로 물려줄 수가 있고 그 새끼들은 천부적인 비상의 재능을 갈고 닦게 된다. 생명과 함께 치열한 비행의 모험을 동시에 타고난 이 앨버트로스들의 드라마는 조나단의 그 미지근한 『갈매기의 꿈 Jonathan Livingston Seagull』과 비길 것이 못된다. 그렇기 때문에 보들레르Charles Baudelaire가 시인의 운명을 발견했던 것은 갈매기가 아니라 앨버트로스였다. 오직 하늘과 바다 위를 날 때만이 존재 이유를 갖는 그 새가 일단 이 지상에 잡혀오면 우스꽝스러운 흉물로 변하고 만다. 땅 위를 걷는 데 오히려 방해물이 되는 그 큰 날개는 선원들의 조롱거리가 된다.

그렇다. 앨버트로스는 아무나 하는 것이 아니다. 골퍼들의 공포인 OB나 깊은 러프 그리고 턱이 높은 벙커라고 해도 어찌 그것이 앨버트로스의 탄생을 기다리며 입을 벌리고 있는 표범상어의 이빨보다 두려울 것인가. 그리고 그런 것들이 있기 때문에 골퍼는 비로소 골프의 재미를 느끼고 또 기량이 늘게 된다. 단지 퍼런 잔디 위에서 공만 때리는 것이라면 누가 그 멀고 숨찬 언덕을 온종일 걸어 다닐 수 있겠는가.

그런 어려움들을 견디고 장애물을 피해서 이윽고 골퍼들은 홀 안에 공을 굴려 떨어뜨린다. 그것이 골퍼의 비행 연습이고 겨드랑이에서 자라는 튼튼한 날개인 것이다. 버디와 이글과 그리고 앨버트로스의 꿈—이따금 골퍼들은 곧잘 인생을 골프 경기에 비긴다. 이상스럽게도 골프의 규칙은 다른 운동 규칙과 정반대로 되어 있는 것이 많다. 모든 운동은 오른쪽을 써서 하는 것인데 골프는 반대로 평소에 쓰지 않던 왼손을 써야만 한다(왼손잡이는 오른손으로 친다). 모든 운동은 고개를 들고 하는데 이 운동만은 절대로 고개를 들어서는 맞지 않도록 되어 있다. 그리고 또 모든 운동은 심판관이 판정을 하고 점수를 매기는데 골프는 자기 자신이 자기 스코어를 적도록 되어 있다.

또 있다. 테니스든 축구든 상대방과 겨루는 상대적인 게임이지만 골프는 여럿이서 쳐도 결국은 자기가 자기 공을 치며 게임을 진행하는 자기와의 경주이다. 절대로 골프는 남의 탓을 할 수가 없는 스포츠로 모든 것을 자기 혼자서 책임져야 한다. 남이 반칙을 했다거나 그 전술에 말렸다거나 하는 핑계를 댈 수가 없다.

그러나 골프가 바로 우리 인생과 같다는 것은 이런 100가지 이유가 아니라 오직 하나, 앨버트로스처럼 공은 하늘을 날기 위해 있으며 그 공이 날기 위해서는 표범상어에서 벗어나는 비행술을 익히지 않으면 안 된다는 점이다. 상어에서 벗어나기 위해서, 자유를 얻기 위해서 퍼덕거리며 필사적으로 날아오르려는 앨버트로스의 새끼처럼 필드에서 그렇게 샷을 한다면, 인생의 모든 일을 그렇게 해낸다면 앨버트로스의 그 기적을 실현할 수가 있을 것이다.

# 여권 없는 여행

『뜻으로 읽는 한국어사전』은 1993년 3월부터 9월까지 일간지에 발표됐던 칼럼 「말」을 다시 수정 보완한 것이다. 신문의 지면 제약으로 원래는 200자 원고지 6매가량의 짧은 글이었지만 충분히 그 뜻을 살릴 수 없어 다시 배가 넘는 분량으로 개작 보충한 것이다. 원래는 『말 속의 말』이라는 이름으로 동아출판사(1995)에서 간행되었던 것이지만 「이어령 라이브러리」라는 총서를 내면서 책명을 바꿨다. 그리고 「방석」 등 10여 편의 글들을 다시 첨가해놓았다.

한마디로 한국말에 관한 풀이나 그에 얽힌 비평들을 모두 한 권의 책으로 총정리한 것이라고 생각하면 될 것이다. 우리가 무심히 쓰고 있는 일상의 말 속에는 우리 자신도 잘 모르고 있던 낯선 얼굴들이 숨어 있고, 한국인의 유전자 안에서 숨 쉬어온 입김과 살갗이 있다. 그리고 벽 없이 드나드는 세계 문명의 바람 소리가 있다.

우리 곁에는 많은 한국말 사전들이 있지만 이러한 속뜻까지 풀이해놓은 것은 찾아보기 힘들다. 언젠가는 한국인의 영혼이 배어 있는 읽는 한국어 사전을 만들어보고 싶었던 욕망의 첫발로 이 칼럼이 씌어진 것이어서 책 제목에도 아예 사전이라고 했다. 말 속에는 또 다른 속뜻이 들어 있는 한국말 탐색은 이제 시작이다. 토박이말들을 뒤져 그 말의 뿌리를 캐내고 맛본다는 것은 한 편의 추리소설이나 탐험기를 읽는 것보다도 더 짜릿한 경우가 있다. 그리고 한자 말이나 외래어들 속에 담긴 의미를 풀어내는 것은 다른 문화와 문명을 드나드는 여권 없는 여행이기도 하다. 당분간 이러한 작업들이 계속되면 정말 한국어 사전을 하나 써보려고 한다.

　그 징검다리의 하나로서 우선 이 책 한 권을 성급하게 내놓는다.

이어령

# 신화 속의 한국정신

# 한국 신화 읽기

신화는 민족의 언어요 그 문화의 씨앗이다. 그런데도 우리는 신화라고 하면 희랍—로마를 먼저 생각한다. 서구 문명에 길들여져서만이 아니다. 내 자신만 해도 대학 시절 가장 충격을 받았던 것은 한국에는 지하 자원만이 아니라 신화의 자원이 빈약하다는 점이었다. 가까운 일본과 비교해봐도 그랬다. 국조 신화는 있어도 그보다 더 근원적인 창세 신화에 대해서는 별로 알려진 것이없었기 때문이다.

하지만 『삼국유사三國遺事』를 읽으면서 우리에게 승僧 일연과 같은 사람, 그리고 그가 남긴 유사遺事와 같은 문헌들이 좀 더 많았더라면 결코 우리의 신화 자원은 어느 나라와 견주어도 기죽는 일이 없었을 것임을 알았다. 신화가 빈약했던 것이 아니라 그 유산을 보전하고 기록 전승하는 환경과 그 힘이 부족했던 탓이 우리가 잃어버린 신화를 '눈'에서 '누에'가 나오고 '코'에서는 '콩'이 나오고 '귀'에서는 '귀리'가 나왔다는 일본의 곡물 신화에서 찾아볼 수 있다는 사실 하나만 가지고 보아도 그것을 뒷받침할 수 있다.

자료만이 아니다. 있는 자료라 하더라도 그것을 새롭게 읽고 재구축하는 신화의 풀이 역시 빈약하기 이를 데 없다. 그래서 나는 전공자가 아니면서도 『삼국유사』에서 한국 문화의 원형을 찾고 그 상상력의 DNA를 통해서 우리 문화의 '쥐라기 공원'을 만들어보려는 모험을 한 것이다.

그 결과물이 바로 1968년의 『한국인의 정신적 고향』이다. '한국과 한국인'의 시리즈 첫 권으로 발표하게 된 『한국인의 정신적 고향』을 집필하면서 그 첫째 권을 『삼국유사』 읽기로 시작하게 되었다.

『삼국유사』 속에 나오는 이야기들을 하나하나 읽고 훈고 주석 訓詁註釋하는 작업이 아니라 이야기 전체를 하나의 신화 구조로 읽으려 한 것이다. 지금 보면 그러한 시도가 구조주의나 문화 기호론적인 접근법에 가까운 것으로 보이지만 그때만 해도 우리나라에 그러한 이론들이 소개되기 이전이었고 나로서도 아직 접해보지 못한 방법론이었기 때문에 독자적인 방법으로 신화 분석을 시도한 것임을 솔직히 고백하지 않을 수 없다.

아마 지금 다시 그 유사를 분석한다면 전연 다른 글들이 되었으리라고 생각하면서도 30~40년 전의 글을 다시 그대로 상재하기에 이른 것이다. 내 정신의 흔적이 그대로 남아 있기 때문이다.

2003년 5월
이어령

# I

# 신시의 아침

# 잃어버린 고향을 찾아서

우리는 한국인이 태어난 고향을 모른다. 누구나 어머니의 태내에서 태어났으면서도 그곳이 어떠한 곳인지를 모르고 있는 것과 같다. 그러나 은밀하게 속삭이는 하나의 신화가 있어, 잊어버린 옛날이 아득한 그 기억을 일깨워주고 있다.[1] 그래서 우리들의 기억은 태초의 수풀이 우거져 있는 산, 태백이라고 불리는 높고 신비한 산마루를 향하여 더듬어 올라간다. 그러면 거기 하나의 신단수神檀樹가 푸른 잎을 드리우고 고요한 아침 햇살이 퍼져가는 평화로운 마을이 나타난다. '신시神市'—이곳이야말로 우리들의 고향, 수천 년 동안 마음속에 그려오던 잃어버린 그 고향이다. 희랍 사람들의 꿈을 키워온 것이 올림포스의 산 언덕이라 한다면,

---

1) 화석학자가 사막에 매장되어 있는 한 개의 골편에서 몇천 년 전에 멸해버린 동물의 전 모습을 재현해내는 것처럼 그 민족의 신화를 분석해보면 선사 시대의 사상적인 전 윤곽을 찾아낼 수가 있다. 그래서 민족의 신화를 그 민족의 운명이라고도 한다.

한국인의 본뜻을 아로새겨놓은 곳은 바로 태백산의 그 '신시'였다.

많은 사람들이, 그동안 이 망각의 고향을 찾아내려고 애썼다. 그리고 그 몽롱한 고향 이야기들(신화)을 현대어로 옮겨보려고 노력했다.

누구였을까? '신시'의 신단수 밑에서 천부인天符印 세 개를 가지고 내려와 세상을 다스렸다는 환웅桓雄은……? 그는 하늘님[桓因]의 아들이었다고 말한다. 그리고 그는 곰과 결혼하여 아들을 낳았다고 한다. 그가 단군왕검…… 처음으로 우리나라를 세운 국조國祖라고 옛 신화는 전하고 있다. 그러나 대체 그들은 무엇이었을까? 환웅은…… 곰은…… 그리고 그 단군은…….

어느 나라의 신화이든 그것은 사실의 역사가 아니라 수수께끼와 같은 암호이다. 현실의 모습이라기보다는 하나의 현실 속에 담겨진 마음의 언어인 것이다. 그래서 학자들은 단순한 사실을 기록해놓은 역사보다도, 시와 소설과 같은 허구의 신화 속에 한 민족의 운명과 영혼이 담겨져 있다고 한다. 지금껏 우리는 신비한 신시의 그 수수께끼를 여러 방법으로 풀어온 많은 이야기를 들어왔다. 신시가 있는 태백산은 오늘의 묘향산이고, 신단수는 하나의 박달나무, 그리고 단군은 옛날 사람들이 모시던 일종의 산신일 것이라고 말하는 사람도 있다. 누구는 '환웅'이란 '감숫', 즉 수곰[熊男]이란 뜻이고, 곰에서 태어난 사람을 국조라 한 까닭은 짐승을 숭배한 원시인들의 토템 사상을 나타낸 것이라고도 한다. 그런가 하면 또 누구는 곰[熊女]은 원시 사회의 모계 추장母系酋長을 표상한 것이라 하고 단군은 한 사람의 이름이 아니라, 원시 남성 추장男性酋長의 호칭이었을 것이라고도 한다. 심지어 환인, 환웅, 웅녀를 삼위일체의 기독교 사상으로 보는 사람도 있다.[2]

그러나 우리는 신화의 문자 뒤에 숨겨진 은밀한 이야기에 좀 더 조심스럽게 귀를 기울이지 않으면 안 된다. 그게 어느 산이고 그게 과연 누구였는지? 중요한 것은 그런 데 있지 않다. 사실이냐, 거짓말이냐 하는 것을 따진다는 것은 더욱더 어리석은 일이다. 우리들의 물음은 신화 속에 담겨진 '한국인의 마음'으로 향해져야 한다. 단군 신화는 태초의 한국인들이 만들어낸 시이며, 철학이며, 윤리이며, 그 사회의 정치학이었던 것이다. 슈펭글러의 용어로 나타내자면 그것은 문화의 씨앗과도 같은 근원상징根源象

---

2) 단군 신화에 대한 지금까지의 제설諸說을 분석해보면 첫째, 문화사관적 입장을 취하고 있는 설(불함문화론不咸文化論의 골자를 이루는 최남선 씨의 설과 신채호 씨의 제설), 둘째, 해석론적 태도(이병도 씨의 곰 자 풀이에 의한 토템 사상적 견해), 셋째, 사회학적 태도(백 모 씨같이 원시 사회의 계급적 형태의 반영으로 고찰하고 있는 설) 등이 대표적이다. 이와 같은 옛날의 신화 연구 방법론은, 첫째는 주로 그것을 실제 일어났던 기정사실로 보려는 것과 둘째는 합리적인 해석을 내리려는 에우헤메리즘 Euhemerism, 셋째는 민속학에서 많이 시도되고 있는 것으로 신화의 기원을 거슬러 올라가 원시 종교의 형태나 사회 관습 등을 따져내는 발생학적 방법이다. 그리고 마지막으로 문화 심리적 각도에 상징적 의미를 캐내는 근대적 해석법이 있는데, 나는 이 마지막 방법에 역점을 두고 단군 신화를 논하려고 한다.

徵이다.[3] 그 근원상징을 이루고 있는 질서를 따져가면, 그들이 인간을 어떻게 생각했으며 국가나 우주나 자연을 어떻게 바라보았는지를 알 수 있다. 결국 신시는 지도에서 찾아볼 수 있는 가시적 可視的인 고향이 아니라, 정신의 어느 풍토엔가 위치해 있을 한국인의 마음의 고향일 것이기 때문이다.

---

[3] Myth(신화)의 어원은 본래 언어라는 뜻이다. 그래서 폴 발레리나, 뮐러 등은 신화의 기원을 원시적인 포엠(시)으로 보고 있으며, 후에 시라는 의 미가 없어져서 다만 인격화된 우의성만 남게 된 것이라고 보고 있다.

# 신시의 의미

'신시'는 나라가 아니었다. 따라서 인간의 360여 가지 일을 다스렸다고 하면서도 하늘님의 아들인 환웅은 한 국가의 통치자로는 그려져 있지 않다. 여기에 단군 신화의 묘미가 있다. 신시와 환웅은 나타난 의미 그대로 인간의 마을이 아니라 땅 위에 있으면서도 아직은 하늘나라의 것이었고 인간 세상에 머물고 있으면서도 환웅은 여전히 인간은 아니었다. 어째서 하늘의 아들 환웅이 내려와서 신시에 바로 고조선을 만들었다고 그들은 상상하지 않았을까?

대체 무엇 때문에 환웅이 곰과 결혼하여 단군을 낳았을 때, 그리고 신시에서 아사달阿斯達로 옮겼을 때, 비로소 나라라는 것이 생겼다고 그렇듯 복잡하게 생각했을까? 우리는 이 물음에 대해서 먼저 해답을 내리지 않으면 안 될 것이다.

우리의 조상들은 멀고 먼 하늘을 보고 있었다. 거기에는 구름과 바람이 스쳐가고 있었고 만물을 적셔주는 비가 있었다. 그들은 이 하늘을 볼 때마다, 인간과 이 지상을 지배하는 초자연적인 힘을 느꼈을 것이다. 거기에서 햇빛이 쏟아지지 않으면, 구름이 덮이고 비가 오지 않으면 그들은 곡식을 가꿀 수가 없고, 잠시도 세상을 살아갈 수가 없었을 것이다. 자기가 아무리 노력을 해도 폭풍이 불고 폭우가 쏟아지면 모든 노동이 헛되게 돌아간다.

그러기에 원시인들은 누구나 이 초자연적인 힘을 향해서 감사와 두려움의 감정으로 기도를 드렸다.[4] 만약 우리의 선조들도 그렇게만 생각하고 있었다면 하늘님의 아들 환웅이 곧 인간의 통치자로 군립했다고 신화는 그렇게 꾸며졌을 일이다. 그러나 그들은 환웅을 국조로 삼지 않았다. 신시를 고조선의 도읍이라 하지 않았다. 어디까지나 하늘은 하늘, 인간 사회는 인간 사회라는 의식이 있었기에, 그들은 좀 더 이야기를 발전시켜갔던 것이다.

그 증거로 땅으로 내려온 환웅은 예수처럼 하늘님의 독생자가 아니라, 분명히 '서자庶子'라고 기록되어 있다. 환웅이 상속자인 적자嫡子가 아니라 방계의 서자였다고 뚜렷이 밝힌 것은, 천상의 질서는 천상의 질서대로 인식해두려는 태도였음을 우리는 쉽사리 짐작할 수 있다.

---

4) "원시인들은 자연의 여러 가지 힘에 대하여 인간의 심리적 생활의 여러 성격, 즉 분노라든지 복수심과 같은 감정이나 권력자에 대한 긍정 같은 것을 부여한다. 그래서 모든 신화의 밑바닥에는 집단적인 애니미즘이 있다."(잔느 베르니, 『상상력』 제3장)

하늘의 이미지는 어디까지나 하늘의 이미지로서 그 신화는 끝나고 있다. 환웅이 인간을 다스린 것은 '인간을 널리 이롭게 하자'는 것이었지만 인사人事의 직접적인 정치를 맡은 것이 아니었다.[5]

천부인 세 개로 다스렸다는 것이 바로 그것이다. 신시에서 그가 한 일은, 바람[風伯], 비[雨師], 구름[雲師]을 인간을 위해 거느린 것이다. 두말할 것 없이 하늘님에게서 받은 천부인 세 개란 그것들을 각기 거느릴 수 있는 능력을 의미한 것이요, 바람과 비와 구름으로 인간을 다스렸다는 것은 정사政事가 아니라 기후(자연)의 컨트롤을 의미한다. 신화에도 직접 나타나 있듯이 곡식과 생명과 병과 형벌과 선악 등 360여 가지의 인간사를 그는 다스렸다. 그것들은 모두 국가가 생기기 전의, 생물로서의 인간 조건을 좌우하는 다스림이었다. 그러나 제때 비가 온다든지 곡식을 자라도록 구름과 바람을 적당히 제어하는 것만으로 인간 사회가 형성될 수는 없다. 그렇다면 신시는 '하늘의 것[天上]'과 '땅의 것[天下]'의 중간적 위치에 있는 상징적 마을이라고 볼 수 있다.[6] 그리고 그 하

---

5) 홍익인간의 개념은 신이 인간을 이롭게 하기 위하여 존재한다는 사상이지 인간이 인간을 이롭게 한다는 근대 휴머니즘과 같은 사상은 아니다.

6) 최남선 씨도 그의 불함문화론에서 암시한 적이 있지만, 우리는 직접 믿는 것이 아니라 그것이 일단 인간 지상으로 강림해오는 특수 지대(산악)를 매체로 삼고 있었다. 한국인의 신은 시간 속에서 현신하기보다는 언제나 신시와 같은 그러한 장소[山·川]에 뿌리를 박고 있다.

늘과 지상의 다리로서 인식된 신시의 사상이야말로 한국인의 사
상적 원형을 이루는 부분이라고 해도 좋을 것이다.

# 신단수 밑에서의 혼약

　그 신시에서는 무엇이 일어났는가? 신시는 천상의 것과 천하의 것이 합쳐지는 즐거운 혼약의 자리였던 것이다. 그리고 그 혼약의 자리에서만이 완성된 인간, 인간을 다스리는 하나의 인간이 탄생한다. 그가 단군이다. 서로 분리되어 있는 천상의 이미지(환웅)와 지상의 이미지(곰)가 통합된 제3의 자리—거기에서 인간들의 나라가 열렸다고 그들은 믿었다. 그렇게 생각하지 않았다면 그들은 어째서 하늘의 아들 환웅과 짐승인 곰을 서로 결합시켰겠는가? 그렇게 생각하지 않았다면, 그렇게 해서 낳은 그 '튀기'를 어째서 인간의 나라를 만들고 다스리는 최초의 통치자로서 설정했겠는가?

　신시의 신단수 밑에서 하늘의 아들(환웅)도 땅의 짐승인 곰도 인간으로 화했다. 인간으로 화한 '하늘의 것'과 '땅의 것(동물)'이 서로 혼례를 올리는 그 상징적인 마당 위에서, 인간의 나라 '아사달의 아침'이 밝았다. 전율적인 이 신화적 상상이야말로 한국인의

정신적 고향의 파노라마였음을 어떻게 부정할 수 있을까.[7]

서양의 근대 철학자들도 인간을 신과 동물의 중간적 존재라고 생각했다. 그러나 그들은 신과 동물의 양극을 방황하고 있는 고통과 슬픔과 불안에 가득 찬 분열의 중간자로서 인식했던 것이다. 그러나 하늘의 아들과 곰(동물) 사이에서 태어난 그 중간자(단군)는 조화와 결합으로서의 축복받은 왕이었다.

단군은 그 축복 속에서 권력을 잡았다. 좀 더 이 말에 조심을 해주기 바란다. 화합과 사랑 속에서 권력을 얻은 신화란 일찍이 서양에서도 찾아볼 수 없었던 아름다운 신화였다. 그리고 뒤에서 언급하겠지만 바로 그 아름다움 속에 우리의 비극이 또한 깃들어 있었던 것을 잊어서는 안 된다.

권력에 관계된 세계의 고대 원시 사회의 관습적 원형으로, 프레이저 박사는 황금가지의 이야기를 내세우고 있다. 이 황금가지의 나무 밑에서 벌어진 그 풍습과 신단수의 나무 밑에서 벌어진 우리의 신화를 비교해본다면 결코 과장된 독단이 아니란 것을 알게 될 것이다.

단군 신화에는 신단수 나무 아래에서 신분이 다른 두 존재가

---

7) 세상에는 많은 신화가 있지만, 신과 동물의 협조를 얻어 인간의 한 통치자를 만들어냈다는 유형은 흔치 않다. 그리스 신화에도 제우스 신과 인간이 서로 정을 맺어 아이를 분만하는 이야기가 있지만 동물과의 정사는 한 건도 없다.

즐거운 혼례를 드렸다는 것이 핵심이다. 그것은 투쟁이 아니라 결합이다. 분열이 아니라 화합이다. 파괴가 아니라 창조이며 죽음이 아니라 탄생이다. 그런데 역시 신성하다는 이탈리아의 숲, 거울같이 맑은 네미 호숫가의 그 숲, 다이애나의 '황금가지' 나무 밑에서 벌어진 신화는 어떤 것이었는가?[8] 그 네미 호숫가의 전설은 혼례가 아니라 투쟁의 피로 물들어 있었다. 황금가지의 나무 밑에는 제단이 있고 그 제단의 주위에는 칼을 뽑아든 사제司祭이며 동시에 왕이기도 한 한 사람이 배회하고 있다는 것이다. 왜냐하면 이 성소聖所의 규칙은 사제(왕)의 후보자가 사제를 죽임으로써만이 그 직을 계승하도록 되어 있었기 때문이다. 보다 강한 자가 나타나 현재의 사제를 찔러 죽이면 그는 그 자리를 차지하게 된다. 그러나 그 순간 그는 미구未久에 나타날 새로운 도전자에의 위협과 불안 속에서 떨지 않으면 안 된다. 왕은 살인자이며 동시에 살해되어야만 하는 존재이다. 네미 숲의 황금가지 신화는 정권 투쟁, 생존 경쟁, 정복과 피정복의 인간 현실을 그대로 투영하고 있다. 그것은 갈등이며 투쟁이며 분열이며 불안이다. 그리고 그 숲이야말로 서양인들의 '정신적 고향'이라고 할 수 있다.

---

8) 이 '황금가지(Golden Bough)'는 프레이저 박사의 저서명이기도 하다. 여러 민속을 섭렵한 이 저서의 첫 장이 바로 황금가지 부분에 대한 연구인데, 그는 이 황금가지의 제도를 고대의 그리스, 로마 신화와 연결지어서 분석하고 있다.

비단 이 신화뿐만이 아니라 희랍 신화를 보면, 자기 아버지인 우라노스를 죽인 크로노스는 자기 자신도 자식에게 그 권좌를 **빼**앗길지도 모른다는 예언 때문에 자식을 낳는 대로 삼켜버리고 만다. 그러다가 그것을 애통하게 생각한 아내 레아가 제우스를 낳자 돌과 제우스를 바꾼다. 그것을 모른 크로노스는 돌을 삼켜버리고 제우스는 피신을 하게 된다.

결국 이렇게 해서 살아난 제우스는 다른 신들과 그리고 어머니와 합세하여 통치자이며 자기 아버지인 크로노스를 죽여버리고 새 치자로 군림했다는 것이다.[9]

유독 우리의 신화에서만 혼례의 결합 밑에서 평화로운 권력자며 치자가 탄생한다. 한국인의 정신적 고향은 그렇게 고요하고 평화로웠다.

---

9) 제우스 신이 프로메테우스를 벌한 것은 인간에게 불을 훔쳐주었기 때문이 아니다. 프로메테우스가 예언의 힘을 갖고 있었던 탓으로 제우스 신은 그에게 자기 아들 가운데 누가 자기를 해칠 것인가를 가르쳐달라고 했던 것이다. 그런데 프로메테우스가 그 청을 거부한 까닭에 코카서스 산정의 바위에 묶이어 간을 독수리에 파먹히는 모진 형벌을 받게 되었다. 희랍 신화에는 살부적殺父的 요소만이 아니라 근친 살해의 이야기가 많이 나오고 있다. 자기 아들을 죽여 그 고기로 요리를 만들어 신들에게 먹였다는 탄탈로스의 끔찍한 이야기도 있다.

# 인간은 부러운 것

환웅과 곰의 혼례식, 이것은 하늘의 질서와 지상의 질서가 분리·쟁투하는 것이 아니라 이 두 질서가 서로 융합과 조화를 이루어 이상적인 '인간의 나라'를 만들었다는 상징으로 볼 수가 있다. 이 말을 뒤집어보면 인간의 나라를 다스리는 원칙이 서양 사람들처럼 투쟁과 정복에 있지 않고 하늘과 땅의 질서를 따르는 데 있었다는 것을 알 수 있다. 그런데 이 두 개의 것, 즉 천상의 것과 지상의 것(동물)을 합치게 한 힘은 무엇인가? 다시 그 신화를 분석해 자. 우선 하늘에서 사는 환웅도, 땅 위에서 살던 짐승(곰·호랑이)도 다 같이 인간을 그리워했다는 점이다. 환웅은 천상에서 '언제나 천하에 뜻을 두고 인간 세상을 탐내었고', 땅의 굴속에서 살던 곰과 호랑이는 항상 사람이 되고 싶어서 하늘님께 빌었다는 것이다.

이 신화를 읽으면 우리의 옛 선조들이 인간을 자랑스럽게 여겼다는 것을 알 수 있다. 가장 지고한 하늘나라의 신도, 힘이 센 맹수인 호랑이나 곰도 인간 사회를 그리워했다는 상상력은 결코 인간 스스로를 멸시하는 반인간주의적인 사고 밑에서는 생겨날 수 없다.[10] 신도 짐승도, 인간 사회 안으로 뛰어 들어온 이 신화는 줄기찬 인간 긍정의 출발점이라 해도 과언이 아니다. 기독교의 창세기 신화는 어떠한가? 인간의 역사는 우리와는 정반대로 추방에서부터 시작되고 있다. 에덴동산에서 인간은 죄를 짓고 쫓겨난다. 우리처럼 신과 짐승이 인간 안으로 들어올 때 역사가 생겨난 것이 아니라 신에게서 버림을 받는 데서 인간의 나라가 형성된다.

서양의 것은 단절감으로부터 시작되는 역사관이다. 그러면서도 짐승과 인간과의 관계를 보면(「창세기」) 인간은 한없이 자기중심적인 오만으로 윤색되어 있다. 즉 인간은 만물을 이름 짓고 지배하는 존재로 그려져 있어서, 심지어 '인간이 아직 밭을 경작하지 않아서 땅에는 초목이 없었다'는 구절까지 나온다.[11] 식물이나 짐승은 오직 인간의 필요성, 그리고 인간의 먹이를 위해서만 존재하는 것이라고 믿었던 까닭이다.

10) 단군 신화에 곰을 끌어들였다는 것을 단순한 토템 사상이라고만 보아서는 안 된다. 단군 신화의 곰은 인간의 숭배를 받기보다는 도리어 곰 쪽이 인간을 숭배하는 것으로 되어 있다. 토템은 터부(禁忌)와 관계가 있는 것으로 소를 숭배하는 인도인들은 쇠고기를 먹지 못하는 터부가 생긴다. 그런데 우리는 예부터 곰을 잡아먹었다는 기록이 있다.
11) 「창세기」 2장 5절 참조.

그러나 단군 신화는 그렇지가 않다. 곰의 가치를 인정하였기에, 곰에서 태어난 아들을 인간의 나라를 다스리는 최초이며 최고의 통치자로 상정한 것이다. 즉 이 민족의 지도자, 그리고 이상적인 인간은 신과 곰(짐승)의 똑같은 협조로써 이루어진 것으로 믿었다. 「창세기」는 신, 인간, 동물, 식물, 무기질의 순서로, 창조하는 날짜까지 서로 달라서 철저한 계급의식으로 분할되어 있다. 한쪽은 지배하고 한쪽은 봉사하는 일방통행적인 분할성이다.

한국인의 정신적 고향 신시에서는 신도 짐승도 모두가 인간 속에서 떠나 있지 않다. 그 인간의 존재는 비굴하지도 않고 그렇다고 오만하지도 않다. 그냥 부러운 존재로서 그려져 있고, 인간을 부러워하는 그들의 힘을 얻어 한층 더 완성된 통치자의 탄생을 맞이할 수 있었다는 것이다.

환웅과 곰이 결혼하지 않았더라면 통치자인 단군은 태어나지 않았을 것이고, 단군이 없었으면 '아사달'의 나라(인간의 역사) 역시 생겨나지 않았을 것으로 그들은 생각하였다. 이 말을 정리하면 인간이란 천상의 힘과 지상의 힘이 서로 결합되었을 때 비로소 인간다워지는 것이며 인간 특유의 한 사회가 형성된다는 말이 된다. 그리고 하늘의 마음과 땅의 현실(동물적 본능의 세계)을 결합시키는 자만이 인간을 다스릴 수 있는 힘이 있다는 사상이 그 속에 깃들어 있다. 이것이 원시적인 한국인의 지도 이념이었다고 생각할 수 있다.

많은 사람이 단군 신화를 오해하여, 마치 우리가 하늘님과 곰의 자손인 것처럼 이야기한다. 곰을 한국인의 외가라고 말하는 사람까지 있다. 그러나 그것은 그 신화를 주의 깊게 읽지 않은 탓이다. 단군 신화는 어디까지나 인간 창조의 신화가 아니라 건국 신화이다. 나라가 서기 이전에도 인간(한국인)은 있었다. 다만 그 인간은 역사(국가)를 가지지 않은 인간이었을 뿐이다. 곰이 '사람으로 만들어 달라'고 빌었던 것을 보아도 이미 거기에는 인간이 있었던 것이다. 즉 한국인을 곰의 아들로 상상한 이야기가 아니라 한국인을 다스리는 통치자의 인간상(왕)을 하늘님과 곰의 핏줄의 결합으로 본 것뿐이다.[12]

이것은 단군 신화가 궁극적으로는 하늘님이 인간을 만들었다는 인간 기원인 신화가 아니고 지도 이념을 위한 통치적, 당위적인 신화라는 뜻이 된다. 같은 인간 가운데서도 인간을 다스리는 또 하나의 인간, 치자로서의 인간과 피치자로서의 인간을 나누어 생각한 것이라 할 수 있다.

[12] 대홍수 이후에 인간이 전멸하자 데우칼리온이 돌을 던져 인간을 만들었다 는 희랍 신화는 단군 신화와 성격이 다르다. 앞의 것은 그리스 민족의 선조 탄생을 의 미하는 신화다. 즉 그 돌에서 태어난 인간이 Hellaeor와 Hellenes이다. 그것이 곧 그리 스의 선조이며, 그 이름이 '헬라'라는 그리스의 나라 이름으로 된 것이다.

# 왜 하필 곰이냐?


그런데 마지막으로 또 하나의 문제가 남는다. 인간이 되고 싶었던 것은 비단 곰뿐이 아니었다. 호랑이도 그렇게 빌었다고 되어있다. 그렇다면 곰과 호랑이 가운데 곰만이 인간으로 화하고 호랑이는 실패했다는 그 신화적 허구의 필연성은 무엇일까? 예나 지금이나, 인간은 흑에는 백, 밤에는 낮, 불에는 물…… 이렇게 서로 다른 성격을 대조함으로써 각기의 특성을 대조하는 방법을 써왔다. 일웅─熊과 일호─虎는 다 같이 산악 속의 짐승을 대표하는 맹수이다. 그러면서도 곰과 호랑이는 서로 다른 성격을 띠고 있다. 마치 같은 시간이면서도 밤과 낮이 대립적인 특성을 갖고 있는 것과 같다.

원시 시대의 조선 선조는 임간林間 생활을 하면서 수렵으로 삶을 영위하였으며 곰의 고기는 주식물主食物이 되고 그 가죽이 의복과 침구로 사용되며 또한 그 배는 도구, 또는 무기로 쓰였다고 어느 학자는 증언하고 있다. 그와 함께 호피虎皮는 원시 교역품이 되어 조선의 상징이 되었다는 관자管子의 기록이 있음도 밝혀내고 있다. 이렇게 생활과 밀접한 이 두 영수靈獸가 원시 사회의 토템으로서 존경받았던 것은 의심할 여지가 없다. 다만 이 곰과 호랑이를 신화에 다 같이 등장시킨 것은 이해가 가나, 어째서 곰을 택하고 호랑이를 버렸는가? 즉 단군(통치자, 개국 이념)의 핏줄을 호랑이가 아니라 곰에서 끌어온 발상법이 문제라 할 수 있다. 민간 신앙이나 설화를 보면 도리어 한국인과 친숙한 것은 곰보다도 호랑이 쪽이었다. 『삼국유사』를 봐도 호랑이 이야기는 많이 나와도 곰의 이야기는 거의 없다. 그리고 한국에 있어서 산신의 화신은 곰이 아니라 호랑이다.[13]

반면에 지명을 보면 웅진熊津을 위시하여 호랑이보다는 곰에게서 유래된 것이 많다. 여기에서 우리는 곰과 호랑이로 각기 상징되는 고대 한국인들의 상징적 체계가 서로 다른 것임을 알 수 있다. 즉 두 가지 가치관의 상징이다. 호랑이는 현실적이고 외적인 힘의 상징이며, 곰은 이상적이고 내적인 힘의 원천을 상징한다는 점이다. 두말할 것 없이 그러한 상징은 이 두 짐승의 성격에 토대를 두고 있는 것이라 할 수 있다. 호랑이는 조선에 있어서는 무반武班의 상징이었다. 매서운 이빨과 용맹과 날쌘 그 동작은 투쟁의

---

13) 『삼국유사』에 곰 이야기가 나오는 것은 단군 신화 말고는 김대성이 곰을 쏘아 죽였다는 것뿐이다. 그러나 호랑이는 「김현감호金現感虎」를 비롯하여 여러 차례 등장한다.

세계를 상징했다. 그는 동적인 정복자이다. 그러나 곰은 힘을 안으로 간직한 자이다. 맹수이면서도 우둔하고 점잖은 편이다. 끈기와 참을성이 있는 인자忍者이다. 호랑이가 영웅을 상징한다면 곰은 성자 편이다. 이러한 곰의 상징체계는 뒤에 와서 '사슴'이나 '거북'이나 '학'으로 변화되어 호랑이와는 대조적인 문화, 선비의 조용한 세계의 표상이 되었음을 알 수 있다. 그렇다면 단군 신화에서 인간이 되는 데 호랑이가 패하고 곰이 이겼다는 것은 곧 용맹과 투쟁의 가치관보다도 인忍과 순박을 더 높이 샀다는 이야기가 된다.

그 신화를 좀 더 자세히 읽어보자. 환웅은 인간이 되고 싶다고 빈 곰과 호랑이에게 무엇을 약속했던가? 쑥과 마늘 스무 개를 주고 이것을 먹으며 100일 동안 햇빛을 보지 말라고 했다. 환웅은 하늘의 마음을 지닌 자이다. 타인을 지배하는 정복의 힘 자랑을 시키지 않고 마음속의 투쟁, 즉 어려움을 참고 극복하는 자기 내면의 투쟁으로써 곰과 호랑이의 우열을 판가름하려고 했던 것이다.[14] 만약 올림픽 경기처럼 다른 짐승을 잡아오라든지 험난한 산언덕을 빨리 뛰어넘으라고 했다면 호랑이가 인간이 되고 둔한

---

[14] 동서를 막론하고 시련에 대한 설화는 많다. 그러나 시련의 성격은 다 다르다. 크게 분류하면 첫째로 스핑크스형 지략을 필요로 하는 시련, 둘째로 헤라클레스형 무술의 시련, 셋째로 단군 신화형 인내를 통한 정신적인 고행.

곰이 실패했을 일이다. 이 신화를 만든 사람들은 이 둘을 경합시키는 퀴즈 문제 속에 이미 그들의 의도를 드러내고 있다.

왜 그렇게 시키지 않았는가? 그렇게 말한 환웅의 약속은 곧 한국인의 마음이었다. 외적인 투쟁보다는 내면의 투쟁을, 남을 정복하기보다는 스스로 어려움을 견뎌내려는 고난 의식을…… 그러한 마음에 가치관을 두었기에 단군 신화의 드라마는 그렇게 각색될 수밖에 없었다.

인간이 되는 힘, 그리고 나라를 다스리는 그 인격을, 서양 사람처럼 정복의 상징인 호랑이가 아니라 참고 견디는 곰, 즉 성자에 두었다.

# 쑥과 마늘과 어둠과

곰은 참아서 이겼다. 쑥과 마늘은 다 같이 먹기에 역겨운 것이다. 쓰고 매운 것의 상징이다. 어느 학자는 쑥과 마늘을 원시인들의 의약물로 보고 방역과 치료에 쓰인 것이라고 해석하고 있다. 그렇다 치더라도, 이 신화의 본질을 해명하는 데는 별로 중요한 것이 못 된다. 환웅이 마늘과 쑥을 주고 100일을 견디라고 한 것은, 결코 그 일이 쉬운 게 아님을 뜻한다. 이렇게 그것을 고행의 의미로 주었다는 것은 마늘과 쑥이 먹기 어려운 식물임을 암시한다.[15] 그뿐만 아니라 햇빛을 보지 말라고 했다. 어둠을 견디라는

---

15) 공자는 제사를 지내게 되면 정한 음식으로 고쳐 먹었으며 장자는 위무후魏武候의 말을 인용, 산림거사는 파·마늘 등을 먹지 않는다 하였다. 한편 『본초강목』을 보면 "신고辛苦한 나물은 생식을 하면 화를 내게 하고, 익혀 먹으면 음란한 마음을 일으켜 성령性靈을 손상하므로 먹어서는 안 된다."는 이시진李時珍의 말이 있다. 그리고 채소를 먹지 않는 민중숙閔仲叔에게 그의 벗 주당周黨은 마늘을 주었으나 중숙은 도리어 "나는 번거로운 생각을 덜고자 하는 사람인데 나를 다시 번거롭게 한다." 하고 먹지 않았다는 고사가 『고사전高士傳』에 기

말이다. 원시인들에게 있어서 어둠은 하나의 공포이며 죽음이며 절망이었다. 쓰고, 맵고, 답답한 어둠, 이것을 견디는 자만이 인간이 될 수 있다.

인간을 생각하는 우리들의 옛 마음, 그 고향의 인간관은 바로 맵고 쓰고 어두운, 그 어두운 고난을 이겨낸 존재로서 인간을 생각했던 것이다. 이것을 이겨내지 못하는 한, 인간은 한낱 고난 속에 그냥 파묻혀 사는 짐승과 다름이 없다고 그들은 생각한 것 같다.

이 고난은 신이 준 시련이며, 그 고난을 이길 수 있는 힘은 호랑이의 외적 투쟁이 아니라 곰의 내적 투쟁이다. 어두운 동굴에서, 맵고 쓴 음식을 먹으며 곰은 투쟁한다. 그 투쟁은 토끼를 물어뜯고 산등성이를 뛰어넘는 유혈의 투쟁은 아니다. 남과의 투쟁이 아니다. 곰은 자기 마음과 싸우고 있다. 햇빛을 보고 싶고, 또 감미로운 음식을 먹고 싶은 자기 마음의 유혹을 자기 스스로가 억제하는 싸움이다. 소리가 없는 조용한 투쟁, 겉으로는 피가 흐르지 않으나, 마음 가운데 피멍이 맺히는 싸움이다. 날쌘 동작과 날카로운 이빨은 이런 싸움에 있어서는 무력하다. 먹이를 향해 뛰어가는 호랑이의 용맹은 자기를 제어하는 용기가 못 된다. 결국 호랑이는 포기하고 말았다.

록되어 있다.

상상해주기 바란다. 삼칠일 만에, 곰은 우울한 동혈의 어둠을 헤치고 하늘과 약속한 땅, 신시의 나무를 향해 뛰어나온다. 그는 이미 곰이 아니며 아름다운 한 인간의 딸인 것이다. 인간으로 화한 곰의 눈에는 무엇이 보였을까? 그것은 감격의 눈물 속에서 어른거리는 아침의 햇살이었을 것이다. 이슬이 빛나고 푸른 나뭇가지들이 아침 안개 속에서 웅성거리는 신선한 그 숲의 흔들림이었을 것이다.

어둠을 견디고 이긴 자만이 아침의 의미를 알고 그 인간의 마음을 안다. 고난의 길고 긴 어둠, 답답한 동굴 속에 갇혀 있던 곰은 아침의 희열과 신의 그 약속이 이루어지는 전율을 맛보았을 것이다.

이것이 아침을 생각하는 한국인의 사상, 한국인의 신화였다. 그렇기에 어둠을 이긴 웅녀의 아들 단군은 아사달(아침)에 도읍을 정하였고 나라 이름은 조선이라 했다. 지금도 우리를 보고 '조용한 아침의 나라'라고 외국인들은 부르고 있지만 아마 그들은 그 참뜻을 이해하지는 못하리라.[16]



16) 아침을 기다린다는 것은 밤에 봉홧불을 켜들어 인위적인 광명을 얻으려는 행동과는 다르다. 오직 어둠을 견디며 기다릴 수밖에 없다. 여기에 우리의 미덕이 있고 약점이 있다. 수난을 정복하려 들지 않고 우리는 언제나 수난의 밤이 지날 때까지 조용히 참고 견디는 것이다.

우리는 지금도 여전히 자식을 낳으면 삼칠일 동안 사람을 들여 놓지 않고 100일이 지난 뒤에 잔치를 벌인다. 그것은 곰이 인간이 되는 데 삼칠일을 기하고 100일 동안을 참으면 인간이 된다는 환웅의 약속과 우연히도 일치되는 날짜이다. 아니 단군 신화와는 아무 관련이 없는 우연의 일치라고 보아도 좋다. 우리가 확신할 수 있는 것은 낳기만 하면 곧 사람이 되는 것이 아니라, 삼칠일과 100일의 시련을 겪어야 비로소 인간으로 대접받는다는 사고방식이 오늘날에도 여전히 남아 있는 한국인의 마음이다.

# 출발점에 선 아침의 사상

　종합해서 말하면 단군 신화는 자연의 역사에서 인간의 역사로 옮겨가는 한국인 최초의 역사의식이다. 하늘의 나라(환웅)와 그 지배 밑에 있는 동물의 나라(곰, 호랑이)는 '신시'에서 서로 만났고, 신시 속에서 인간의 역사가 탄생했다. 단군은 우리 역사가 시작되는 최초의 지도자이며 그가 세운 아사달은 최초의 인간의 땅(인간사회―나라)이었다. 그리고 인간 역사의 출발을 그들은 '아침의 땅'으로 파악했다. 곰이 갇혀 있던 동혈 속의 어둠이 광명한 대낮(환웅―천제天帝의 아들)에 이끌리어 아침이 된다. 이 아침을 인식하는 것이 곧 인간을 의식하는 것이었고, 그 아침에서 출발하는 것이 곧 역사의 출발을 의식하는 것이다.

　아침은 시작이다. '아침의 시작'은 '어둠'과 '밝음'의 혼례에서 태어난 신생아이다. 아사달이라는 나라 이름만이 아침을 뜻한 것은 아니다. 새 나라 새 도읍이 생길 때마다 그 마을은 동경東京(새), 서라벌徐羅伐(서라), 소부리所夫里같이 모두가 'ㅅ'과 'ㅂ'의 두두음

속에서 이루어졌다.[17] 'ㅅ'은 새것이고 'ㅂ'은 '밝음'이다. 새로운 밝음, 즉 아사달처럼 '아침'이란 뜻이다.

단군 신화가 자연의 역사에서 인간의 역사로 옮겨가는 최초의 의식이었다는 또 하나의 증거는 많은 숫자가 등장하고 있다는 사실을 보아도 알 수 있다. '삼위태백三危太白', '천부인 세 개', '삼천의 무리', '삼백육십여사三百六十餘事', '일웅일호一熊一虎', '마늘 스무 개', '백일 동안의 인忍', '삼칠일 만의 인화人化', '즉위한 지 오십 년', '치국하기 일천오백 년', '일천구백팔 세의 수壽' …… 시간과 개수가 모두 숫자로 표기되어 있다. 무한불변無限不變의 세계인 자연에는 일자日字도 개수의 한계도 없다. 인도에는 역사가 없었다고 한다. 불경을 보면 '여시아문보제如是我聞菩提'로 시작하여 '언젠가' 또는 '일시에' ……라고 서술되어 있다. 그래서 대부분의 인도의 연대는 희랍의 고전을 통해 산출해내고 있다.

단군 신화는 그런 의미에서 '옛날 옛적'으로 시작되는 무한한 본질의 세계에 뿌리박은 순수한 추상적 신화와는 구별된다. 어렴풋이나마 구체적인 연대가 기록되어 있다. 신화의 세계와 인간의

17) 수도를 뜻하는 서울의 어원도 마찬가지다. 서라→서→서울로 그 'ㅂ'의 순음이 경음화되어 탈락된 형이다. 여기에 대한 자세한 고증은 양주동 씨와 이숭녕 씨가 이미 언급한 바 있다.

역사가 부딪치는 중간적 성격을 띤 산물이다.[18)

이제 신시로부터 내려오자. 단군 신화에서 찾아본 한국인의
정신적 원형이 어떻게 구현되어갔고 변화해갔는지, 그리고 원형
속에서 어떠한 한국인의 초상들이 직조織造되어갔는지, 좀 더 자
세한 것을 알아보자.

18) 즉 단군의 캐릭터는 환웅과 곰의 캐릭터가 합쳐진 형태이다. 그러므로 환웅과 곰의
원형은 한국인의 이상을 파악하는 상징의 열쇠라 할 수 있다.

# II

## 영웅과 성자

# 수염과 칼자국

바이킹(해적)을 조상으로 삼고 있는 북구의 신화를 보면 대부분의 신의 모습이 매우 험상궂다는 것을 알 수 있다. 보당 신은 애꾸눈이며, 추라는 외팔잡이 신이다. 언뜻 보면 불구자들이 판을 치는 세상 같다. 그러나 그것은 약한 불구자를 동정하자는 것이 아니라 실은 상이용사처럼 그 흉터를 찬양하기 위해서였다. 거인이 던진 석편石片에 맞아 두개골에 흉터가 생긴 뇌신雷神 도나아가 바로 그렇다. 유럽의 북방계 신화는 이렇게 전투적이고 잔인하고 용감한 정복자의 힘을 숭상한 이미지로 가득 차 있다.[19] 그들이 입고 다니는 것은 갑옷이며 거느리고 다니는 것은 흉악한 늑대들이다. 싸워서 이긴 자, 보다 힘이 강한 자, 이것이 현실에서 존경

---

19)  바이킹의 어원은 Vik+ingr로서 vik는 만灣, ingr는 주민의 뜻이라는 설이 있다. 그러나 제르세프 씨는 『노르웨이의 역사』란 책에서, 바이킹이란 전사를 뜻하는 말이었다고 주장하고 있다.

받는 승리자였다. 마치 악한들이 칼자국이나 권총 자국을 가진 자가 우두머리가 되는 것과 같다. 외국 영화 장면에도 그런 것이 있다. 총탄을 맞은 갱이 병원에서 수술을 받을 때, 그는 의사에게 이렇게 소리쳤던 것이다. "여보시오, 되도록 흉터가 크게 남도록 해주시오."

이러한 칼자국으로 인간의 가치를 따지는 사회, 그것이 북방계 유럽의 전통적인 한 경향을 이루고 있다.

카레르기나 에리히 프롬도 지적하고 있듯이 독수리와 사자, 그리고 늑대는 기독교 문명 이전의 유럽 사회를 상징하는 짐승이었다. 그 짐승들은 칼자국처럼 용맹과 투쟁의 표상이었다. 영국 왕실의 문장紋章은 쌍사자 상이며 로마는 늑대, 독일은 쌍독수리이다.

그 점에서 로마의 건국 설화는 우리의 건국 설화와 아주 다르다. 로마를 건설한 로물루스 형제는 군신軍神 마르스와 레아 실비아라는 처녀 사이에서 태어났다. 곰과 환웅 사이에서 태어난 단군과는 아주 대조적이다. 그리고 로물루스 형제는 늑대의 젖을 빨며 자라났다고 되어 있다. 우리와는 달리 곰이 아니라 호랑이나 사자나 독수리는 약한 짐승을 잡아먹고 살아가는 포식 동물捕食動物이다. 그 이빨과 발톱은 약탈의 상징이고 타자他者를 정복하는 무기이다.

그런데 한편에서는 이와 반대로 '칼자국'보다는 '수염'에 의해서 좌장을 정하는 사람들이 있다. 깡패가 아니라 점잖은 선비의 세상에선 주먹의 힘보다도 인격적으로 완성된 연장자를 우두머리로 삼는다. 단군 신화에서 '호랑이'가 지고 '곰'이 이긴 것으로 되어 있는 사고방식이 곧 그것이다. '곰'은 참을성을 상징했다. 용맹보다도 참을성을 높이 산 한국인들은 서양 사람과 달리 젊은 이보다 언제나 참을성이 많은 노인을 더 존시尊視했다.[20] 그리고 이러한 사고의 원형은 『삼국유사』의 도처에 퍼져 있다. 신라가 생길 때에도, 6부의 조상들이 알천閼川 강기슭에서 백성을 다스릴 군주를 뽑을 때에도 용맹한 자가 아니라 외부(하늘)에서 온 '덕'이 있는 사람을 찾았다고 했다. 오늘날 우리가 임금이라고 부르는 어원을 거슬러 올라가면 그것은 옛날 '尼師今(잇금)'에서 나온 것임을 알 수 있다. 언어학적으로 의문의 여지가 많으나 『삼국유사』에 보면 그 뜻은 이의 금(자국)이라는 것이다. 칼자국이면 또 몰라도 잇자국이 왕이란 말이 된 까닭은 무엇인가?

왕이 돌아가자 아들 노례弩禮와 탈해脫解가 왕위를 놓고 싸움을 벌였던 것이다. 그러나 이 싸움은 왕위 쟁탈이 아니라 서로 왕위를 양보하려는 싸움이었다. 참으로 기괴한 싸움이다. 오늘날 음

---

[20] 『삼국유사』만 예를 들더라도 노인에 대한 이야기가 많이 나온다. 그리고 그 노인들은 신비한 예언력이나 계시를 가지고 있는 초인들로 그려져 있다. 선인仙人사상이 그 전형적인 예라 할 수 있다.

식 값을 서로 내겠다고 싸우는 광경도 이와 별로 멀지 않다. 결국은 이가 많은 사람이 유덕有德한 법이니 떡을 물어 잇자국이 많은 사람을 왕으로 삼자고 타협을 했다. 그래서 이가 더 많은 노례가 유덕하다는 증거를 얻게 되어 왕위에 오르게 되었다는 것이다. 동물에게 '이빨이 많다'는 것은 남을 물어뜯는 무기가 그만큼 많다는 것이 되겠지만 인간에게 있어서 그것은 나이, 즉 덕을 상징한다. 지금도 나이를 연치라고 하듯이 치수齒數는 나무의 연륜처럼 인식되어 있다.

서양 사람들에게라면 그게 사실이든 아니든 결코 이와 같이 이야기가 전개되지 않는다. 우선 왕위를 놓고 서로 사양했다는 대목은 왕위를 놓고 서로 다투었다라고 될 것이다. 그리고 유덕무덕有德無德이 아니라 능력과 용기로 왕위를 결정했을 일이다.[21] 앞에서 든 로마 건국 설화가 곧 그렇다. 아물리우스는 형의 왕위를 빼앗기 위하여 그의 외아들인 친조카를 사냥터에 끌어내다가 죽인다.

그리고 조카딸 실비아를 처녀인 채로 늙어 죽게 하기 위해서

---

21)  왕을 지칭하는 라틴어의 Rex, 불어의 Roi, 영어의 King, 독일어의 König는 모두 canning, 즉 유능한 사람이라는 뜻에서 나온 말들이다. 우리의 임금이라는 어원보다 실제적 능률과 일할 수 있는 힘의 소유자를 왕이라고 생각한 것이다. 여기서 우리는 왕권을 생각하는 규준의 차이를 발견할 수 있다.

베스타 여신의 무당이 되게 한다. 그런데 실비아는 군신 마르스를 만나 회태懷胎하여 로물루스 쌍둥이를 낳는다. 그것을 알자 아물리우스는 어린것들을 테베레 강에 내던졌는데 늑대가 구하여 젖을 먹여 기른다. 이렇게 해서 자란 형제는 삼촌 아물리우스를 죽이고 왕권을 되찾아, 할아버지에게 되돌려준다. 그런데 나중엔 이 형제가 또 도읍을 정하는 문제로 다툰다…….

우리에게도 이와 비슷한 단종애사端宗哀史와 같은 이야기는 얼마든지 있다. 현실은 어느 나라고 마찬가지다. 다만 그 현실을 놓고 어떠한 가치관으로 승화해나갔느냐는 정신의 문제다. 서양의 신화나 설화는 그러한 투쟁, 그러한 불화를 현실 그대로 반영한다. 여기에서 사자와 독수리의 문장이 생겨났다.

하지만 우리는 그 현실을 그냥 받아들이지 않고 그것을 억제하며 제거하려 든다.[22] 원시 시대 때부터 인간의 역사는 싸움의 역사였다. 이러한 투쟁의 이야기는 우리에게도 많았을 것이지만 그런 이야기들은 모두 인멸되고 착하고 어진 전설만이 남아 있다. 가장 오래된 단군 신화만 해도 원시 시대의 불화와 알력과 투쟁

---

22) 늑대가 로물루스 형제에게 젖을 먹여 키웠다는 설과 비슷한 것이 『삼국유사』에도 있다. 「후백제 견훤조」를 보면, 견훤이 유아 때에 그 어머니가 수풀 아래에 두었더니 범이 와서 젖을 먹였다는 것이 적혀 있다. 덕보다도 용맹이나 육체적인 힘이 강한 영웅에게는 이렇게 맹수가 돕는다는 식의 설화가 따르기 마련이다. 이러한 견훤을 높이 평가하지 않았던 것도 우리가 그만큼 힘의 영웅보다 유덕한 성자를 더 숭상하는 까닭이다.

의 야만적 흔적을 찾아볼 수 없는 것이다. 환웅이 하늘에서 내려올 때에도 환인은 말리지 않았다. 동혈洞穴에서 같은 목적을 위해 경쟁을 하면서도 곰과 호랑이가 질투했다는 이야기는 없다. 환인과 인신으로 화한 곰 사이에도 역시 정답게 정을 맺는다. 로마의 건국 설화는 불화에서 시작되어 불화로 끝난다.

노례와 탈해는 왕이 되기 위해 다툰 것이 아니다. 왕이 되지 않으려고 사양의 싸움을 했고 활쏘기나 말달리기의 시합이 아니라, 정신적인 성숙도를 상징하는 이[齒牙]의 수로 겨루었다. 이것은 호랑이와 곰에게 투쟁력이 아니라 극기의 경쟁을 시킨 것과 같은 형에 속한다.

칼자국보다 흰 수염을 따르고 존경하는 마음이 우리 사회를 지배했다. 이러한 두 개의 가치 질서는 시대와 장소에 따라 조금씩 차이가 생겨난다. 우리나라에서도 삼국 통일의 기운이 싹텄던, 신라 화랑도가 무예를 힘쓰던 시절에는 유럽과 같은 호랑이의 요소가 곰의 가치관과 경합한다. 그 실례를 들자면 알천공閼川公, 임종공林宗公, 술종공述宗公, 호림공虎林公, 염장공廉長公, 유신공庾信公이 남산 궁지엄弓知嚴에 모여서 국사를 의논할 때 대호大虎가 뛰어나왔다. 제공諸公이 모두 놀라 일어났지만 알천공만은 조금도 움직이지 않고 대호의 꼬리를 붙잡아 땅에 메어쳐 죽였다. 그래서 힘세고 용감한 알천공이 수석에 앉았다는 것이다. 치아의 수로 왕을 선택한 것과는 다른 이야기다. 알천공을 수석에 앉게 한 것은 영웅적인 정복력을 요구했던 통일 준비기의 신라인의 가치판단이었다.

그러나 무를 숭상하던 시절이라 해도 역시 우리는 '호랑이'가 아니라 '곰'을 택한 사고의 원형에서 벗어날 수 없었던 것 같다. 왜냐하면 호랑이를 죽인 알천공을 찬양하면서도 '그러나……'라는 단서를 붙이고 있기 때문이다. 즉 "알천공이 수석에 앉았다. 그러나 제공은 모두 유신공의 위엄에 심복하였다."라고 했다. 알천공의 용맹을 인정하면서도 유신의 위엄을 내세우고 있다. 그들은 '호랑이의 세계'를 무시하지 않았을 뿐이요, 여전히 통일의 여망 앞에서도 그 용맹보다 위엄(곰)을 존중했고 실제로도 그는 삼국을 통일한 영웅이 되었다.

# 헤라클레스와 처용의 길

　그러므로 신화적인 인물 가운데 누구보다도 유럽 사람들에게 인기가 있고, 널리 그리고 깊이 존경을 받고 있는 사람은 반신반인半神半人인 영웅 헤라클레스이다. '헤라클레스Hercules'의 이름은 '헤라(희랍의 영광)'란 뜻이며 또한 그의 원 이름은 알크Alke, 즉 '힘'이었다.

　그런데 우리나라 사람(신라, 고려)들이 사랑하고 존경한 설화적인물은 그러한 영웅이 아니라 처용이었다. 옛날 우리 조상들이 처용을 얼마나 사랑하였는가 하는 것은 신라 때엔 향가로써, 고려 때는 춤(처용무處容舞)과 찬가讚歌로써 그를 동정해왔다는 것을 보아도 알 수 있다. 뿐만 아니라 집집마다 그의 형상을 그려 붙여 사귀邪鬼를 물리치고 경사를 맞아들였던 풍속까지 생긴 것을 보면 그가 얼마나 민중 깊숙이 영향을 주고 있었는지 짐작이 간다.[23]

---

23) 『악학궤범』에 실려 있는 「처용가」를 보면 '신라성대소성대 천하태평 나후덕 처용아

처용은 이름부터가 헤라클레스와는 반대로 힘이 아니라, 범어梵語의 Rahula에서 온 인고행忍苦行의 보살이란 뜻이라고 하는 사람도 있다. 헤라클레스는 그에게 주어진 열두 가지 난업難業을 물리치고 영원한 광영과 불멸의 몸이 되어 인간으로서 신의 자리에까지 올랐다. 그가 해결한 열두 가지 시련이란 무엇인가? 그것은 '쑥과 마늘과 어둠'을 참고 견디는 '곰'의 난업과는 다르다. 흉맹凶猛한 네메아의 사자를 퇴치하는 것, 잘라도 잘라도 다시 움트는 아홉 개의 머리를 가진 아미모네 호수의 용을 죽이는 것, 그리고 번개처럼 빨리 달리는 케리네이아 산의 사슴을 사로잡는 것을 비롯하여 사람을 잡아먹는 괴물들을 정복하는 일들이다. 그것은 어려운 일이다. 비범한 힘과 용기와 능력이 있는 자만이 비로소 할 수 있다.

　　그러나 우리 처용은 어떤 일을 했는가? 처용은 개미 한 마리 죽인 일도 없고 또 그럴 만한 힘조차 없는 듯이 보인다. 그가 한 일이란 노래를 부르고 춤을 춘 것뿐이다. 그런데도 어째서 사람들은 무서운 귀신을 쫓는 데 그의 힘(초상)을 이용했던가.[24]

---

비(新羅聖代昭聖代 天下太平 羅候德 處容아비)'라고 되어 있다. 여기서 '나후'라고 한 것은 나후, 즉 일식신日蝕神의 화신으로 간주된 데서 나온 것이며, 한편 인욕忍辱보살의 하나인 '나후라羅睺羅'와 관련된 것이라고 양주동 박사는 말하고 있다. 『여요전주麗謠箋注』 147쪽.

24)　처용의 화상은 '벽사진경辟邪進慶'의 구具로 신라 때에 널리 행해졌고, 고려 시대에는 '구나驅儺'의 의儀와 결합하여 처용희戲, 처용무舞로 발전되었다. 조선에서는 섣달그믐 전날

처용에게는 누구나 탐을 낼 만한 예쁜 아내가 있었다. 그리고 헤라클레스 같으면 악룡惡龍이나 맹수를 퇴치하기 위해 칼을 뽑아들고 어느 산골짜기를 방황하고 있을 시각에 그는 유유히 달을 보며 밤새껏 한가로이 산책을 하고 다녔다. 그런데 처용이 달구경을 하고 방 안으로 들어와 보니, 아내는 남자(역신疫神)와 동침을 하고 있었다. 헤라클레스의 나라에서 이런 일이 일어났다면 칼이 번뜩이고 핏방울이 튀고 잘못하다가 미녀 헬렌의 약탈극처럼 10년 동안의 전쟁으로 번질 수도 있다. 그러나 처용은 노하지 않았다. 꾸짖지도 않았다. 그는 춤을 추었고, 노래를 불렀다.

동경東京밝은 달에 밤드리 노닐다가
들어가 자리 보니 다리가 네히어라
둘은 내해인데 둘은 뉘해언고
본대 내해다마는 앗아날 어찌하릿고

현대인의 안목으로 볼 때 처용은 지독한 위선자가 아니면 겁쟁이였거나 바보였을 것이다. 우선 여성들은 이렇게 항의할는지도 모른다. 처용이 간통한 아내의 죄를 묻기 전에 어여쁜 아내, 한창

밤에 구나의 의를 행한 뒤 '학연화대 처용무합설鶴蓮花臺 處容舞合設'을 행했다. 이러한 의식은 모두 역질疫疾을 쫓기 위한 극적 형식으로 이루어졌다.

젊디젊은 아내를 혼자 어두운 방 안에 외롭게 버려둔 것은 누구냐? 처용이 아니냐. 현대 같으면 이는 충분한 이혼 조건이 된다. 처용은 아내보다도 달을 더 사랑한 것이 아닌가? 아니 그는 아내를 사랑하지 않았기에 과부도 아닌 한 여인을 독수공방시키고 달구경을 했을 것이다.

그러했기에 남과 정사를 하는 현장을 목격하고서도 태연한 농조의 노래를 부르며 춤을 출 수 있었을 것이다. 죄는 간통한 처용의 아내가 아니라 처용 자신에게 있다.[25]

으레 청첩장에 동령부인同令夫人이라는 말이 공식처럼 따라다니고 있는 현실 속에서는 존경은커녕 처용은 마땅히 비판을 받을 만하다. 처용의 아내는 성낼 줄도 모르고 춤추며 나가는 남편의 모습을 바라보며 또 한 번 실망을 느꼈을지도 모른다.

또 현대의 남성들이라면 처용의 무력을 나무랄 것이다. '뺏겼으니 어찌하랴!'의 회색빛 영탄, 지지리도 못난 그 체념과 패배의 웃음도 남자의 웃음이냐고 할 것이다. 사랑이 있다면 질투의 감정이 있어야 한다. 20세기 때의 프랑스 '사랑의 법전' 제21조를

---

25) 플로베르의 『마담 보바리』를 두고 생각하면 한층 더 명확하다. 동양인의 안목으로 볼 때 마담 보바리의 간통은 비난의 대상이 되지만 서구의 독자나 플로베르 자신은 도리어 그녀를 간통할 수밖에 없게 한 남편의 소시민적인 몰취미와 따분한 그 성격에 대해 더욱 비판적이다. 이러한 입장에서 보면 분명히 처용에게 그 책임의 일단이 있다.

보라고 할 것이다. "연정은 항상 진정한 질투로 해서 성장한다"라고.[26] 그리고 또 말할 것이다. 그랬으니 남에게 넋을 빼앗기고 처자식을 빼앗기고 나라와 민족을 빼앗기는 굴욕의 역사 속에서 헤맸노라고……. 침략은 못 한다 해도 정당방위조차 하지 못한 처용이다. 이런 자만 모여 사는 것을 이상으로 삼고 있는 공화국이란 나라를 빼앗겨도 침략자 앞에서 춤을 추고 노래를 부르고, '어찌하랴!'라고 주저앉을 것이 아닌가?

현실은 상대적이다. 처용의 넓은 도량은 흉악한 역신까지도 감동시켰고, 끝내는 그의 앞에 무릎을 꿇었다고 했다. 그러나 그 인심 좋은 역신을 만났으니 망정이지 그게 1,003명이나 되는 여인을 정복하고도 가책을 모르던 돈 후안 같은 자였다면 서슴지 않고 그의 아내를 빼앗아갔을 것이다. 위대하다고 쳐도 그것은 처용이 아니라 처용의 도량을 이해할 줄 아는 역신일 것이다.

사실 처용이 현대에 태어났다면, 옛날이라 해도 서양에 태어났다면 존경은커녕 바보나 희극배우의 한 주인공으로 취급되었을 것이 분명하다.[27]

---

26) '사랑의 법전'은 1150~1200년까지 프랑스에서 실제 법정을 통해 운영되었고, 그 사랑의 법정에는 귀부인과 기사들이 참석하여 판결을 내렸다. 그 법전은 전문 31개조로 되어 있다.

27) 서양의 고전에는 남녀 간의 애정에 있어서 질투의 감정을 금제하지 않고 합리화한 것이 많다. 결투의 풍속도 그렇다. 셰익스피어의 『오셀로』는 남성의 질투를, 라신의 비극

그러나 그러한 처용을 헤라클레스보다 사랑하고 존경하고 이상적인 인간으로 대우할 줄 안 옛날 한국인의 주장도 들어보기로 하자. 헤라클레스의 모험과 투쟁은 어렵다. 그러나 누구나 인간이면 느끼게 될 질투와 불쾌감과 배신감을 참는다는 것은 더욱 어렵다. 분노가 치밀 때, 원수의 가슴을 찌르는 것은 쉬운 일이다. 분노하는 것도 제 마음이며 분노를 참으려고 하는 것도 제 마음이다. 짐승에게는 이 두 마음이 없다. 인간만이, 오직 인간만이, 이 두 마음이 있으며 그 갈등을 이겨낼 수가 있다. 본능적인 애들일수록 자기 감정을 행동으로 옮긴다. 서양 사람들은 그런 면에서 영원히 어른이 되지 못한 애들이다.

분노를 웃음으로, 폭력의 칼부림을 춤으로 다스릴 수만 있다면 그는 세계를 다스리고 바꿔놓을 수 있는 자이다. 그는 성자이다. 헤라클레스가 비범한 인간이라면 처용도 비범한 인간이다. 헤라클레스가 신이라면 처용도 신이다. 헤라클레스가 신을 두렵게 했다면 처용도 또한 신을 두렵게 했다. 다만 헤라클레스의 길과 처용의 길은 달랐다.[28] 하나는 타인을 정복하는 길이고 다른 하나

---

『바자제』는 여성의 질투를 그린 희곡으로서 모두 애정과 질투의 세계를 그린 전형적인 작품이다. 아내를 잃고도 결투하지 않는 사람은 사회적으로 매장을 당했다. 쿠프린의 그 유명한 결투도 아내를 사랑하기보다도 자기 명예를 위해 행해진 것이었다.

28) 호메로스가 『일리아스』에서 그린 영웅 아킬레우스 역시 그렇다. 처용의 이야기와는 달리 아킬레우스가 영웅이게끔 그려진 것은 그의 분노를 통해서였다. 분노를 참는 것이

는 자기를 정복하는 길, 하나는 '영웅의 윤리'를 향해 가는 길이며 다른 하나는 '성자의 윤리'를 향해 가는 길이다.

누구나 헤라클레스처럼 씩씩하고 힘이 있을 순 없다. 헤라클레스는 이상일 뿐이다. 역시 누구나 처용처럼 참고 견딜 수는 없다. 그도 역시 이상이다. 희랍이 생각한 이상과 한국인이 추구한 이상은 이렇게 다르다. 그런데 우리의 화제는 여기에서 끝나지 않는다. 처용을 불교의 영향으로 태어난 인간형이라고만 생각해선 안 된다. 물론 『삼국유사』를 쓴 저자 일연一然이 중이라든지 또 처용이 있었던 곳에 망해사望海寺를 지었던 것을 보아도 불교적 의미를 부정할 순 없다. 그러나 우리는 그에게서 불상이 아니라, 그보다 앞서 있었던 단군 신화의 웅녀를 본다. 인忍과 덕德으로 어려움을 이겨내어 인간이 되었다는 점에서 그들은 서로 일치한다. 동물적인 본능에서 해방된 존재로서 인간의 이상적 상태를 파악한 우리의 정신사가 불교와 악수를 한 하나의 문화형이다.[29]

---

아니라 분노를 터뜨렸을 때 일리아스의 서사시는 완성되었다.

[29] 『삼국유사』와 『삼국사기』의 기록을 분석해보면 처용은 남방 인도 지방에서 바다를 표류해 온 이방인임에 틀림없다. 특히 그를 '나후라羅羅'나 동해용자東海龍子라 한 것은, 다 같이 그를 불자佛子로 보았음을 입증한다. 나후라는 불佛의 적자로서 달이 잠식되었을 때에 낳은 것으로 되어 있고, 출가 후 열여섯 제자 중 가장 인욕忍辱에 장長했다고 되어 있다. 처용이 동해 바다에 나타났을 때 갑자기 해가 사라졌다든지[日蝕] 그 성격의 인욕이라든지 하는 것이 모두가 불가의 나후라와 공통점이 있다. 결국 불교적인 설화 형태로 보인다.

그러면 이러한 웅녀적인 가치관과 전통이 현대에서는 어떠한 의미를 갖게 될 것인가를 따져보자. 악을 대하는 태도에 있어서 처용은 폭력이 아니라 인·덕과 관용으로 그것을 극복하였다. 폭력과 칼로 그것을 제거한 것과 춤으로 악을 다스린 그 결과는 어떻게 다른 것인가? 우리는 현대의 서구 문명에 있어서도 처용의 방법은 중대한 문제를 제기하고 있다는 사실을 알고 있다. 20세기의 가장 지적인 작가로 불리는 올더스 헉슬리는 「사회 개혁과 폭력」이라는 에세이에서 무폭력無暴力의 승리와 창조적 평화란 말을 인용하면서 진정한 사회 개혁은 헤라클레스적인 폭력(정복)으로 얻을 수 없다는 사실을 주장하고 있다. 폭력 혁명으로써 무엇인가 새로운 일을 수행했다고 해도, 그 폭력의 결과는 창조가 아니라 희생자 측의 의혹과 분노를 사게 되고 결국은 새로운 폭력의 경향이 생겨날 뿐이라는 것이다.

본질적인 무자비한 수단으로는 진정한 진보가 수행되지 않는다고 헉슬리는 내다보고 있다. 헉슬리는 폭력 행위가 영웅적이며 미덕적인 것으로 생각되는 유럽의 전통에 대해서, 조용한 반성을 보내고 있다. 그리고 폭력은 폭력의 결과밖에는 낳지 않는다는 악순환은 참된 정복일 수도 없다고 내다본다. 터키에 의해서 정복된 나라, 바이킹이나 달단인의 정복이 일시적인 것이었음이 그를 증명한다. 헉슬리는 창조적인 진보는 북미의 영국 식민주의자들이 아메리칸 인디언 문제를 해결하듯 폭력의 대상과 유화宥和

함으로써만 얻을 수 있다고 주장한다.

헉슬리의 방법은 악을 대하는 태도와 같다. 그리고 그것은 간디가 실천한 방법이기도 하다. 처용의 춤은 시대착오적인 것이 아니고 진보적인 개념으로 현대의 동서 대립과 계급 혁명의 모순성을 지양해갈 수 있는 춤이기도 하다. 우리는 6·25 동란에서 그것을 체험했다. 만약 웅녀적인 것, 처용적인 것, 그 전통을 현재에 잃어버렸다면 좌우익이 보복과 보복으로 끝없이 피를 흘린 비극의 역사는 좀 더 다른 차원의 것이 되었을 것이다. 처용이 칼을 뽑아서 악[疫神]을 쳤다고 하자. 역신은 쫓겨 달아날망정 남의 아내를 범한 자신의 잘못을 뉘우치지 않을 것이고 기회만 있으면 처용에 대한 복수를 기도했을 일이다. 처용의 춤은 역신의 완전한 정복이었고 창조적인 평화, 진정한 악의 개혁이었다고 볼 수 있다.[30] "폭력이 증대되면 증대될수록 혁명은 적어진다"라는 역

---

30) 불타는 그를 욕하는 한 바라문에게 노하지 않고 이렇게 말했다. "만약 그대가 차려 내놓은 음식을 손님이 먹지 않을 때 그 음식을 누가 먹는가?"라고. 그러자 그 바라문은 자기가 먹는다고 대답했다. 그러자 불타는 "바라문이여, 오늘 그대는 나에게 많은 욕설을 했지만 나는 그것을 먹지 않았다. 그러니 그것은 네가 그 욕을 먹을 수밖에는 없다. 바라문이여, 만약 내가 그대의 욕설을 듣고 같이 욕했더라면 그것은 주인과 손님이 함께 식사하는 것과 같다. 그러니 나는 네가 차려 내놓은 음식을 들지 않은 것이다." 그리고 불타는 "화낼 때 화를 내지 않는 자는 두 개의 승리를 얻는 자이다. 나를 이기고 또한 타인에게 이기는 길인 것이다."(『상응부경전相應部經典』 7:2) 관용은 단순한 미덕이 아니라 악을 이기는 설제적인 방법이라고 설명하고 있다는 점에 주목해주기를 바란다.

설은 오늘날의 사회 개혁의 참된 방법이 테러리즘에 있지 않다는 것을 증명해주고 있다. 따지고 보면 헉슬리의 그 같은 글은, 「처용가」를 알고 있는 우리나라의 학자에 의해서 먼저 쓰였어야 할 성질의 것이었다. 그러나 비판도 역시 우리는 잊어서는 안 된다. 헤라클레스처럼 영웅을 동경하는 문화 형태에선 영웅이 못된 자라 해도 비난이나 구속을 받지 않는다. 왜냐하면 영웅의 세계란 특수한 능력과 체력과 자질이 있어야 하기 때문이다. 그러나 처용의 경우에선 만인이 다 그렇게 되기를 강요받는다. 왜냐하면 전자는 남과의 다툼이고 후자는 자기와의 다툼이기 때문이다. 여건이 문제가 되는 영웅의 세계와는 달리 윤리적인 완성은 자기 안에서 가능성을 찾는 것이기에, 이상을 이상으로서 평가하지 않고 곧 현실로서 실천하려 한다. 그러므로 한국의 사회에서는 처용의 이상을 만인에게 현실의 윤리로서 강요해왔던 것이다. 그리고 여기에서 도덕과 현실의 갭이 벌어지기 시작한다.

헤라클레스가 되느냐, 안 되느냐는 어디까지나 개인의 자유이다. 그러나 처용이 되려는 것은 자유가 아니라 의무이며 구속의 윤리였던 것만은 사실이다. 여기에서 한국 문화와 한국 현실의 방향이 다른 두 필의 말처럼 달리고 있는 비극이 출현한다.

성자가 못 되면 겉보기에 그와 비슷한 바보라도 되어야만 했던 것이다. '곰'의 찬양이 타락하면 미련과 무력의 패배주의 쪽으로 기울어간다. 한국의 서민들이 즐겨 이야기하던 설화 가운데는

'바보 이야기'가 유난히 많이 등장하고 또 '바보'가 끝내는 영광을 차지하는 긍정적 인물로 그려지는 경우가 많다. 현대 편에서 자세히 언급하겠지만 한국인의 마음을 가장 잘 알았던 김유정金裕貞의 소설 주인공들이 모두 긍정적으로 그려진 '바보'라는 점이 그 대표적 예이다. 평강공주를 얻은 바보온달의 이야기에서[31], 현대 작가가 무능력자를 휴머니즘 밑에서 옹호하는 형型의 소설 속에 '곰'의 사상적 원형이 나쁘게 변질된 일면이 있다고 볼 수 있다. 씩씩하고 안으로 힘을 감춘 '곰'이 조선에 이르러 점차 힘없는 '사슴'이나 '학'으로 전신되어가는 과정도 그런 것이다. 성자형의 문화가 획일화되고 악화되어 바보형의 문화로 타락해간 것…… 이 점만은 전통이라는 미명 밑에서도 비호될 수 없다. 우리는 단군 신화의 '곰'을 알고 있기 때문이다.

31) 우리나라의 설화에는 바보 장가가는 이야기가 가장 많다. 동양과 슬라브 계통에도 이와 비슷한 예가 있지만 유럽계의 민화에서는 그러한 유형이 드물다.

# 명예심이 없는 서동

'곰'으로 상징되는 성자의 세계에서는 어떻게 타인들과 투쟁하는가? 자기와 자기가 투쟁하는 자기 제어에 있어서는 천재에 가까운 한국인들이었다. 라이샤워Edwin Oldfather Reischauer도 지적했듯이 유교 도덕이 가장 가열하게 과장되었던 나라가 바로 한국이었다는 점도 거기에 있다. 유교 이전부터 우리는 자기 제어의 미덕을 알았던 것이다. 그러나 타인과 투쟁하는 데 있어서는 거의 백지였다. 그렇게 선악 의식이 투철했으면서도 『삼국유사』를 보면 예부터 비기사도非騎士道적인 비겁한 간계奸計에 의한 싸움이 용서받았던 사실이 도처에서 발견된다. 살인자는 용서받아도 비겁자는 용납 안 되는 유럽의 윤리는 영웅의 윤리에 속해 있다.[32]

---

[32]  호메로스의 2대 서사시는 두 개의 다른 장군을 부각해주었다. 『일리아스』의 아킬레스는 용장이며 트로이의 목마를 사용한 오디세우스는 지장이다. 따라서 용장 아킬레스가 중심으로 된 『일리아스』는 밖으로 쳐들어가는 모험담이며 지장 오디세우스의 이야기 『오

그러나 성자의 윤리에서는 그렇지 않다. 유럽의 또 하나 다른 전통을 이룬 기독교 역시 성자를 추구한다. 『성경』에서 보듯 그들은 독수리나 사자가 아니라 우리의 경우와 비슷한 비둘기와 양을 이상으로 삼고 있다. 그런데 그 『성경』을 봐도 폭력(投爭)은 금기되어 있으며 약간의 비굴이 용서된다는 사실을 알 수 있다. 예수 자신이 제자들에게 말하기를 '비둘기처럼 순수하고 뱀처럼 교활하라'라고 했다. 속세인들과 간계로 싸워 비둘기의 순수성을 지키라는 이야기다.

윤리적인 가치관이 달랐다. 사자와 독수리같이 남의 살을 뜯어 먹고 사는 폭력의 영웅을 부정할 땐, 자연히 그 투쟁은 지력의 싸움, 즉 간계에 의존할 수밖에 없다. 남을 속이는 것을 미덕이라고까지는 생각하지 않았지만 죽이는 것보다는 분명히 덕이 있다고 믿었던 것 같다.

하늘에서 내려왔다는 권위의 상징인 왕들 가운데에도 좋지 못한 지모, 약간의 비겁한 수단이 관대하게 대우받는 경우가 많다. 앞에서 나왔던 탈해는 왕이지만, 신라로 들어와 한 이방인으로서 정착하는 데 모략을 써 남의 집을 빼앗았다. 그는 호공瓠公의 집에

디세이』는 집으로 돌아가려는 모험담이다. 전자는 분노의 이야기요 후자는 자기 인고의 이야기다. 아킬레우스를 서구형의 문화라 한다면 오디세우스는 동양적인 문화형에 가깝다.

몰래 숯을 묻어두고 이튿날 그 집을 찾아가, 그것이 자기 조상들이 살던 집이라고 주장했다. 관가에 고발을 하자 관官에서는 탈해에게 그 증거를 대라고 했다. 탈해는 본디 우리 조상은 대장장이었는데 잠시 이웃 시골에 간 동안 다른 사람이 빼앗았다고 말하면서 그 땅을 파보면 알 것이라 했다. 그의 말대로 관가에서 땅을 파게 되자 거기에서는 미리 묻어두었던 숯이 나왔다. 탈해의 술수에 넘어간 것이다.

그런데도 이 모략에 대해서 아무도 비난하지 않는다. 『삼국유사』를 쓴 일연까지도 도리어 자랑스럽게 말하고 있다. 심지어 남해왕南解王은 탈해의 슬기 있음을 알고(그 간계를 알아챘던 모양이다) 맏공주를 그의 아내로 삼게 했다. 관가가 나오는 것을 보면, 재판제裁判制도 있고 소유제도 확립되고 대장장이가 있어 금속을 다루던 시절이었던 모양이다. 그런데도 그의 비굴한 술책은 판전승을 받은 것이다.

호국신護國神이 된 김유신 장군의 이야기에서도 간계의 지모가 그대로 그려져 있고 미화되어 있기도 하다. 서구의 기사도적 윤리가 김유신에게는 결여되어 있다. 『삼국유사』에 수록된 김유신의 이야기가 신빙성이 있느냐 없느냐 하는 것은 별문제다. 그가 입신의 술책으로 여동생과 김춘추金春秋의 사연邪戀을 도왔다는 것이 악덕으로 생각되었다면, 그것이 사실이라도 그를 존경하고 있었던 사람들은 입 밖에 내지 않고 기록에서도 삭제하였을 것이다. 그의 어린 여동생을 김춘추의 정실로 만든 유신의 이야기는 탈해왕의 고사와 같이 지모의 예찬으로 등장되어 있다. 오디세우스의 트로이의 목마를 연상케 하는 박이종朴伊宗의 무용담도 일종의 지모의 긍정을 나타낸 것이다. 신라 지증왕 때 장군 박이종이 울릉도를 공격하는데, 목조 사자木造獅子를 배에 싣고 가, 항복하지 않으면 그 짐승들을 풀어놓겠다고 협박하여 승리를 거두었다.

사랑을 하는 로맨스도 마찬가지다. 구애의 드라마이기도 한 〈서동요薯童謠〉를 서구의 로맨스 문학과 비교해본다면 그 발상법이 매우 다르다는 것을 알 수 있다. 신라 진평왕의 셋째 딸 선화공주善花公主는 아름답기 짝이 없다고 했다. 그 소문을 듣고, 멀리 백제에서 신라의 서울까지 찾아온 서동이라는 한 소년이 있었다. 그의 어머니는 과부였는데, 어느 날 연못의 용과 정을 맺어 그를 낳았다는 것이다. 현대식으로 해석하자면 그는 틀림없이 품행이 단정치 못한 과부의 몸에서 태어난 사생아…… . 혈통으로 보나, 단신으로 신라의 서울에까지 찾아온 적극적 행동으로 보나, 서동은 호탕한 사랑의 정열에 들떠 있는 플레이보이형의 인물이었을 것 같다.

마[薯蕷]를 캐어 팔아서 생활하는 가난한 신분이면서도, 혈통도 변변찮은 사생아이면서도, 이방인이면서도, 한 나라의 공주의 미모에 홀려 구애를 한 그의 모험은 우리를 유쾌하게 한다. 환경과 신분을 초월한 남자다운 로맨스…… . 따분한 수절 과부 이야기만 나오는, 사랑 부재不在의 고문헌古文獻 속에서 이러한 서동의 한줄기 섬광을 발견한다는 것은 분명히 숨이 트일 만한 사건이다. 그러나 마로써 동네 아이들을 매수하고 티 없이 맑은 선화공주를 모략에 의해서 곤경에 몰아넣고 빼앗았다는 구애 방식은 모처럼의 그 로맨스에 크나큰 실망을 준다.

> 선화공주님은
> 남 몰래 밀어두고(밀통密通하고)
> 서동을 몰래 밤에 안고 간다.

서동은 아이들에게 이런 자작시自作詩를 부르게 했다. 그래서 이 소문이 궁중에까지 흘러 들어가자 어여쁜 공주는 쫓겨나게 되었다는 것이다.[33] 그러니 고립무원孤立無援인 공주를 서동이 쉽게 손에 넣을 수 있었던 것은 당연하다. 백제의 옛글들이 모두 소실되고 〈정읍사井邑詞〉와 함께 겨우 살아남은 사랑의 노래가 이렇고 보면 그 환멸감도 적지 않다. 연적을 모략한다는 것은 있을 수

---

33) 고대의 시가에는 향가의 경우처럼 자연과 신을 움직이는 주술적인 효과를 위해 예와 〈서동요〉와 같이 민중의 여론이나 정보 전달의 효과를 위해 사용한 예 등 두 유형을 찾아 볼 수 있다. 이것은 시가의 두 가지 기능을 암시하는 것으로 매우 흥미 있는 현상이다. 전자의 시가관을 상징주의와 같은 순수 계열로 본다면 후자의 것은 사회참여적인 현실적 기능으로 해석될 수 있다.

있다. 그러나 사랑하는 연인을, 힘없고 순수한 그 공주를, 스스로 돌을 던져 내버린 물건을 주워가듯이 그렇게 품 안에 넣는 구애법이란 흔하지 않는 일이다.

서양의 로맨스는 어느 것을 읽으나, 그러한 타입의 구애는 없다. 『해블럭 더 데인Havelok the Dane』의 로맨스의 주인공(왕자)은 영국 귀족의 머슴으로 들어가, 자기 역량을 발휘하여 불행에 빠진 아름다운 공주 골드보루를 돕고 결국엔 그녀의 사랑을 얻는 것으로 되어 있다. 『킹 혼King Horn』에서는 주인공이 연적과 갖은 고난의 투쟁을 하다가 끝내는 왕녀가 위기일발에 놓인 순간에 나타나 그녀와 사랑을 맺게 된다. 그리고 『가이 오브 워릭Guy of Warwick』의 로맨스에서는 백작의 딸 패리스에게 구애했다가 거절당한 가이라는 불행한 청년의 이야기가 등장한다. 그러나 그는 서동처럼 패리스를 모략하여 곤경에 몰아넣고 사랑을 얻은 게 아니라 전쟁터에서의 승리를 비롯하여 무수한 무공을 세우고 다시 패리스 앞에 나타나 구애한다. 그래도 그녀가 만족하지 않자 다시 길을 떠나서 일장一丈이 넘는 거대한 괴물을 퇴치하고, 용과 대도大屠를 잡아 혁혁한 공을 세워, 끝내는 패리스의 사랑을 받아 짝을 맺는다.[34] 이러한 로맨스와 〈서동요〉를 비교하면 서동의 행위가 한없

34)  로맨스 문학은 기사도와 함께 싹튼 것이므로 대개가 남자의 무용담과 그 애정담을 결부한 것이다. 그러므로 중세기의 '사랑의 법전' 제18조에는 "공훈만이 남자에게 사랑할 자

이 치사스럽고 비굴하고 나약해 보인다. 어째서 로맨스가 이렇게
도 다른가?

유럽의 로맨스는 앞에서 말한 대로 영웅들의 사랑, 무협적인
기사도 정신 위에 뿌리를 박고 있기 때문이며 우리의 로맨스는
비폭력의 점잖은 성자의 평화 속에 그 씨를 뿌렸기 때문이라고
할 수 있다.

서동에게는 명예의 감정이 없었다. 사랑하는 이의 얼굴에 스스
로 오명을 씌웠다. 곤경을 헤쳐나가게 도와준 것이 아니라 오히
려 곤경으로 몰아넣었다. 영웅의 세계가 아닌 성자들의 세계에서
는 적극적으로 구애하려 할 때, 그렇게밖에는 할 도리가 없었다.
궁중의 성벽 속에 도사리고 있는 공주를 얻는 데 가능한 최대의
무기란 교활한 지모였다.

우리가 폭력적인 정복보다 평화로운 성자를 추구했던 것은 좋
다. 그러나 때로는 그러한 정신 때문에, 현실 속의 투쟁이 떳떳한
기사도적 페어플레이가 아니라 음성적인 모략으로 흐를 때가 많
았다. 우리나라 정치사의 그 뒷골목을 살펴보면 불공평한 더티플
레이가 수없이 전개되고 있는 것도 그 때문이다.[35]

격을 준다."라고 되어 있다.

35) 군자들의 나라라고 하면서도 이 나라의 정치사는 옛날이나 지금이나 모략사와 동의
어라고 할 수 있다. 도덕적 규제가 가장 심했던 조선 때에 그 어느 때보다도 모함이 많은

더욱 놀라운 것은 서동이 그렇게 똑똑한 소년이었으면서도, 마를 파는 상인이었으면서도, 웬일인지 '금'이 무엇인지는 몰랐다는 사실이다. 고향으로 돌아와, 모후母后가 귀양길에 주었다는 금을 선화공주가 내놓는 것을 보고 그제서야 그는 자기가 마를 파던 땅에 흙처럼 쌓여 있는 돌들이 바로 부의 원천이 되는 금이란 것을 알았다는 것이다.

이 이야기는 여러 가지로 해석될 수 있다. 백제보다 귀족 계급이 성했던 신라가 귀인들의 장식물인 금을 먼저 사용했다는 귀중한 사실을 알아낼 수 있다.[36] 백제에서 금의 가치가 인정되었다면 서동은 금을 멀리 공주의 궁전인 신라에까지 수송해갔을 리가 없기 때문이다. 그러나 그 점보다도 서동의 지모는 물질적인 것이 아니라 오직 정신적인 것(사랑)을 향했다는 것이 그 한계성이

---

당쟁사가 있었다는 것은 이와 결코 무관한 일이 아니다. 무사들의 전면적인 싸움과는 달리 선비들의 싸움은 이면적인 투쟁으로 나갈 수밖에 없었다.

36) 서동에 대한 이 설화는 여러 가지 면에서 수긍이 가지 않는 점이 않다. 마를 캐어 팔던 비천한 신분으로 백제 왕이 되었다는 것도 있을 수 없는 일이며, 또 『삼국사기』를 보면 무왕은 일대 전一代前인 법왕의 아들로 기록되어 있다. 이병도 박사도 서동은 무왕의 아명兒名이 아니라 그 훨씬 이전의 동성왕(모대牟大, 모도牟都, 미다未多)의 이름으로, 재위 15년에 신라와 통혼한 사실을 로맨스화한 설화일 것이라고 말하고 있다. 그렇다면 어째서 이러한 설화가 생겼을까? 신라 진평왕 대에는 백제(무왕武王)와 격렬한 투쟁이 있었다. 수나라가 양국 간의 평화를 중개했다는 기록까지 있다. 그리고 보면 아마 양국의 평화를 도모한 설화, 즉 무왕의 아내가 진평왕의 딸이라는 설화가 아닐까 하는 설도 나올 만한 일이다.

다. 즉 물질 경시의 성자적인 일면이다.

한마디로 말하자면 탈해왕의 설화나 김유신의 전기나 서동의 설화에서 우리가 지적할 수 있는 것은 무사도의 윤리인 명예 의식의 부재不在다. 성자들의 세계엔 명분은 있어도 개인의 명예는 없었다. 명예는 남과 대립되어 있는 개인의식의 소산이다. 그리고 명예의 감정을 불태우는 기름은 분노이며 분노는 내가 침해당했을 때 일어난다. 그것은 용서가 아니라 복수이며 복수는 투쟁으로 실천된다. 영웅서사시인 희랍의 『일리아스』는 아킬레우스의 분노를 떠나서는 성립되지 않는다. 그리고 그 분노는 명예의 감정과 동전의 안팎 관계를 맺고 있다.

한국의 고대문학에서 다른 나라와 가장 현저하게 다른 특성을 보이는 것은 '모함(『장화홍련전』, 『사씨남정기』 등)'이 많이 나오는 대신 '복수'담이 없다는 점이다. 모함만 있고 정당한 복수담은 없다는 아이러니……. 가까운 일본만 해도 무사 이야기는 모두가 원수를 찾아 복수하는 이야기이고, 서구 문학의 로맨스나 『햄릿』을 위시한 그 고전들은 모두 복수의 미학으로 차 있다. 서양에서는 복수(결투와 같은 살인 행위)가 법적으로 비호를 받고 있었으며 도리어 복수를 하지 못하는 겁쟁이가 비난을 받았다. 희랍의 신들 가운데서도 '복수'의 여신이 제일 민첩하게 그려져 있다. 신들의 100미터 경주에서 복수의 여신이 금메달의 영광을 차지하도록 그려진 것은 그만큼 복수를 민첩한 동작 투쟁의 에너지로 보았기 때문이다.

성자들은 처용처럼 복수를 하지 않는다. 그 대신 명예가, 분노가, 역사를 뒷받침해주지도 않는다. 죽고 난 뒤에 원귀로서 방황하지 않으면, 정정당당하게 앞에서 싸우지 않고 이면에서 싸우는 치사스러운 '모략의 문화'라는 전통을 만들어내기도 하는 것이다. 지나친 비현실의, 비투쟁의 도덕적 구속은 표리부동한 이중구조의 위선으로 발전될 위험이 있다. 아름다운 전통도 이렇게 뻗어가면 오늘날 우리가 겪고 있는 정쟁 분파의 악덕으로 나타나기도 한다.

# 서리와 잣나무

지知·인仁·용勇이란 말을 흔히들 쓴다. 인간이 구비해야 할 세 가지 정신을 뜻한 말이다. 우리는 처용을 통해서 '인'을, 서동을 통해서 '지'의 한 측면을 찾아보았다. 그렇다면 한국인의 '용', 그것은 어떻게 나타났던가?

서양을 영웅의 세계, 동양(한국)을 성자의 세계로 분리한다는 소박한 분류법을 나는 이미 말한 바 있다.[37] "물론 이 말은 서양에 성자가 없고 동양에는 영웅이 없었다."는 말은 아니다. 다만 그중에서 이상적 인간을 추구해가는 동서의 차이점, 즉 그 지배적인 사고의 원형을 지적한 것뿐이다. 이 원형은 시대와 장소에 따라

---

37) 이와 같은 동서 문화의 분류는 이미 슈펭글러와 막스 셸러를 비롯하여 많은 학자들이 언급하고 있다. 막스 셸러는 '협화 시대의 인간'이라는 강연에서 서구의 외향적이고 능동적인 '영웅'의 이상과 아시아의 생존상의 모든 고환苦患에 대한 인종적 무저항적 '성자聖者'의 이상을 협화해야 된다고 말하였다.

조금씩 변천되어 나타난다는 것도 나는 앞에서 잠깐 설명한 적이 있다. 같은 한국인이라 해도 북구와 남구가 그렇듯 북방 쪽에 속하는 고구려 사람은 "뛰어다니듯 걸어다니고…… 성질이 흉급凶急하여 기력이 강해서 전투를 잘 연습한다."고 되어 있으며, "구초寇鈔를 즐긴다."고 되어 있다.[38]

그리고 같은 신라라 해도, 삼국 통일기를 전후한 5, 6세기와 선덕왕 이후 경순왕敬順王에 이르는 후기 신라의 그 기질은 현저하게 다르다. 헌강왕 때 만들어진 〈처용가〉는 이미 신라 문화가 쇠미기衰微期에 들어섰던 9세기의 작품이라는 것을 염두에 두어야 한다.

『삼국유사』 가운데 가장 흥미 있는 사실은, 모든 왕의 모습이 한결같이 신비한 구름으로 채색되어 있는데 다만 진평대왕만은 힘이 센 신장 11척의 거인으로 묘사되어 있다는 점이다. 그가 절[內帝釋宮]로 행차할 때, 돌층계를 밟으니 돌 셋이 한꺼번에 부서지더라는 것이다. 혁거세가 알에서 태어났다는 말이 거짓말이라 한다면, 돌층계를 밟아 그것이 세 쪽이 났다는 진평대왕의 이야기도 또한 거짓일 것이다. 그러나 같은 거짓말이라도, 그것을 꾸며 낸 사람들의 마음, 그 상상력의 지향은 서로 다르다. 하늘이 내리

---

38) 가장 대조적인 설화로서 북방계 설화 속의 주몽은 말을 타고 활을 잘 쏘는 영웅적, 전투적, 기질적인 모습인 데 비해 남방계인 탈해왕은 지모와 간계를 쓰는 현자賢者로 되어 있다.

신 알에서 왕이 탄생했다는 것은 신인(성자)을 동경한 소산이며, 신장 11척의 왕이 돌을 밟아 부서뜨렸다는 것은 거인(영웅)을 요구하는 당대의 인심 속에서 형성된 허구이다.

진평대왕이 등장하는 6세기 초는 역사상 신라인이 어느 때보다도 용기와 민족심에 불타던 그런 시절이었다. 고구려와 백제의 침략 속에서 창끝을 갈던 시절이며, 원광법사와 김유신이 태어난 화랑의 시대였다. 그들은 거인이 되고 싶었다. 통일을 향한 웅비雄飛의 꿈은 그들에게 돌을 부수는 상무尚武의 힘을, 남성적인 용기를 요구하였다. 진평왕의 그 설화를 보면 발에 밟혀 부서진 돌을 왕은 "옮기지 말고 뒤에 오는 자에게 보이라."고 명령했다는 것이다.

"뒤에 오는 자에게 부서진 이 돌을 보여라!" 우리는 이 말에서 반세기 후에 있을 민족 통일의 그 우렁찬 목소리를 들을 수 있다. 그것은 우리의 긴 역사 가운데 드물게 볼 수 있었던 영웅의 시대였다. 이때만은 어질고 슬기로움보다도 남성적인 힘을 바라는 거인들의 시대였다.[39] 그랬기에 그렇게도 총명한 선덕왕이었지만

---

39) 유럽에 르네상스의 기운이 싹틀 무렵, 프랑스의 작가 라블레는 어머니 배 속에서 나오자마자 술을 달라고 외쳤다는 '가르강튀아'라는 한 거인을 그렸다. 왜소한 인간을 해방시키려는 그 꿈이 바로 그러한 거인을 만들었던 것이다. 진평대왕의 설화 역시 그러한 꿈의 산물로 볼 수 있을 것이다.

그들은 그가 '여왕'이라는 점에 불안을 느꼈다. 황룡사皇龍寺 9층 탑은 그 때문에 건립되었다. 즉 여왕이 지배함으로, 그 위약성을 탑의 힘으로 메우려 했다는 기록이 나온다.

그러나 그 영웅의 꿈 역시 한국적 특성으로 윤색되어 있었다는 것을 우리는 주의 깊게 밝혀내지 않으면 안 된다. 그 시대에 추구한 '용勇'도 스파르타와 같은 '호랑이'의 '용'과는 다른 곰의 '용'이었다는 것을 우리는 알아야 한다.

우선 그 시대의 상징인 화랑의 모습을 그린 시 한 편을 읽어보기로 하자. 그것은 〈찬기파랑가讚耆婆郎歌〉…… 충담忠談이란 승僧이 경덕왕 때 읊은 향가이다. 물론 이 노래는 통일 후 화랑이 점차로 그 기력을 잃어가고 있을 무렵이기는 하나, 또 중의 노래이기는 하나, 봉덕사奉德寺에 대종을 만들고 불국사에 석굴암을 만든 신라 문화의 최절정기였던 만큼 이 시에 나타난 기파랑을 화랑의 전형적인 모습으로 보아도 무방할 것 같다.

열치고 나타난 달이 흰 구름 쫓아 떠가니
새파란 냇물 속에 기랑耆郎의 모습 잠겼어라.
연오천延烏川 조약돌이 님의 지니신 마음 갓(끝)을 좇과저
아으 잣가지 드높아 서리 모르올 화판花瓣이여!

이것이 바로 우리의 영웅, 화랑 중의 화랑인 기파랑의 찬미가

이다. 화랑을 무엇에 비유했는지 조심스럽게 살펴보아주기를 바란다. 우선 환한 대낮이 아니라, 밤의 풍경이 떠오른다. 이글이글 끓어오르는 뜨거운 태양이 아니라 싸늘하고 고요한 달이다. 충담은 그 달이 문득 새파란 냇물에 비치는 것을 본다. 맑은 냇물에 어린 환한 달그림자, 거기에서 충담은 화랑 기파랑의 얼굴을 발견했던 것이다. 과문한 탓인지 나는 일찍이 씩씩한 영웅을, 아니 영웅이 아니라도 청년을 태양 아닌 달로 상징해준 서양의 시를 읽지 못했다.[40]

또 그 기파랑의 마음은 어떻게 표현되었는가? 냇가의 무수한 조약돌이 끝없이 굽이쳐 흘러가는 강의 끝을 보듯, 충담은 감히 좇아갈 수 없는 기파랑의 넓고 맑은 마음을 우러른 것이다. 격랑의 바다, 폭풍과 번개가 치는 처절한 하늘이 아니라, 기파랑의 마음은 새파란 냇물, 달그림자에 아스라이 떠서 무한 속에 꼬리를 감춘 고요한 강의 마음이다.

마지막으로 그의 전신상全身像은 무엇으로 상징되어 나타났는 가를 다음의 시구를 통해서 알아보기로 하자.

"아으 잣가지 드높아 서리 모르올 화판花瓣이여!"

---

[40] 달과 한국인에 대한 이야기는 'Ⅳ 혼약의 사상' 가운데서 자세히 밝히겠다. 다만 여기에서는 해가 아니라 정적이고 소극적이며 창백한 달이 씩씩하다는 화랑의 모습과 견주어졌다는 점만 강조하고 싶다.

결코 동물에 비기지는 않았다. 용맹의 상징인 독수리나 사자의 이미지로 화랑을 장식하지는 않았다. 기파랑은 식물…… 묵묵히 드리우고 서 있는 하나의 잣나무로 부각되어 나타난다.[41] 소리가 없는 세계이다. 어슴푸레한 달밤의 정적이다. 부서지고, 타고, 벽력 소리가 나는 동적인 영웅들의 모습과는 얼마나 다른가. 차라리 고상한 선비의 모습이라는 것이 타당할지 모른다. 그런데 과연 이 노래를 듣고 연상되는 기파랑은 나약해 보이는가? 그렇지 않다. 씩씩하고 강하고 어엿하다. 여기에 그려진 달은 그냥 달이 아니다. 덮어 싼 흰 구름을 젖히며 나타난 동적인 달이다. 그 물은 조용하나 결코 웅덩이처럼 괴어 있는 물이 아니다. 끝없이 끝없이 쉬지 않고 흘러 움직인다. 그 나무는 계절의 변화에 순종하면서도 잎이 피고 지는 무력한 꽃나무가 아니다. 곧고 뾰족한 잎들이 하늘을 찌르는 침엽수이며 서리쯤은 거뜬히 이겨내는 상록수이다. 이 달, 이 물, 이 나무는 모두 소리가 없고 뜨겁지 않고 움직이지 않으나 또한 꿋꿋하고 불변의 의지를 안에 간직한 씩씩한

41) 슈펭글러는 인간 문화를 식물적인 것과 동물적인 것으로 구분한다. 식물적인 것은 어머니인 대지와 단절되어 있지 않고 그 땅과 결합되어 있다. 그러나 동물적인 것은 분리되어 자기 스스로의 세계 속에서 단절된 생활을 하고 있다. 우리 고전문학에는 식물적 비유가 많고 서양에는 반대로 동물적인 비유가 많이 나온다. 성자는 천지와 화합하는 식물적 세계이며 영웅은 독립된 자아 속에서 움직이고 있는 동물적인 세계를 상징한다고도 할 수 있다.

기상을 풍겨준다.[42]

충담은 화랑을 참으로 옳게 노래하였다. 한국적 영웅은 독수리
나 사자나 태양으로 상징되는 서구적인 영웅과는 좀 더 다른 특
색을 지니고 있는 까닭이다. 그동안 얼마나 많은 사람들이 화랑
을 서구의 기사도나 일본의 사무라이로 오해했는지 모른다. 화랑
은 오늘날 군軍을 상징하는 말로도 많이 쓰이고 있지만 바버리즘
barbarism의 그 무사들과는 근본적으로 격을 달리하는 존재이다.
일찍이 우리에게는 전투를 업으로 하고 세상을 살아가는 그런 무
사 계급은 없었다. 첫째, 월명사月明師처럼 불승佛僧이면서 화랑을
겸했거나 죽지랑竹旨郎처럼 거사居士가 화랑이 된 경우를 봐도 화
랑도는 무사가 아닌 것이 분명하다. 거기에서 김유신을 비롯한
용맹한 무장들이 많이 배출되기는 했어도 오늘날 우리가 생각하
는 것 같은 무사들과는 거리가 멀다.

최치원의 증언을 들어봐도 알 수 있다. 유儒·불佛·선仙을 융합
한 '현묘玄妙의 도道'를 닦는 귀족 출신의 홍안의 미소년들. 화랑
도의 전신인 '선화仙花'가 여성들만의 것이었던 것을 미루어 봐

42) 구름을 열치고 나타난 달은 불교적인 표현으로서 속세의 번뇌(구름)를 뿌리치고 열반
의 세계로 나오는 정신적인 강인성, 그리고 그 내면의 용기를 상징한 것이다. 불전佛典(중부
경전中部經典 86)에 마치 구름을 헤치고 나온 달처럼 이 세상을 비치리라는 게偈가 있다. 이러
한 표현은 『이상국집理想國集』에서도 찾아볼 수 있는데 이규보는 미인을 구름 사이에서 나
타난 달의 모습으로 비유했던 것이다.

도, 또 화랑의 이념이 되기도 한 원장법사의 세속오계世俗五戒를 봐도, '도중운집徒衆雲集, 상마이도의相磨以道義, 상열이가악相悅以歌樂, 유오산수遊娛山水 무원부지無遠不至'[43]라고 『삼국사기』에 적혀 있는 것을 봐도 그 목적은 전인적 수양을 목표로 한 것일 뿐이다. 다른 것은 다 덮어두고라도 그것이 무사 계급이라면 여성들이 즐겨 사용하는 그 꽃 '화花' 자를 붙였을 리가 없는 것이다. 서로 모여 노래를 부르고 떼를 지어 산수와 더불어 노닐었다는 말은 중세의 기사가 아니라 차라리 그때의 음유시인吟遊詩人의 무리를 연상케 한다. 많은 가르침 가운데 충忠의 한 방법으로서 목숨을 용감하게 나라를 위해 바친 것을 그 전부로 규정한다는 것은, 꼭 오늘날 4·19 때 대학생이 데모한 것을 보고 대학을 정치적 목적에만 두고 규정하는 것과 같은 일이다.

화랑, 그리고 한국인이 발휘하는 용기는 '서리를 모르는 잣나무'의 기상 속에 있었던 것이다.[44] 용자勇者(영웅)의 힘은 서리를 이

---

43)  相磨以道義는 서로 도의를 닦는 것으로, 정신을 도야하는 것. 相悅以歌樂은 시가詩歌의 음악을 즐기는 것으로, 정서를 도야하는 것. 遊娛山水無遠不至는 명산대천을 찾 아다니며 노는 것으로, 풍류를 통한 심신을 연마하는 것.

44)  신라 시대의 잣나무는 조선에 와서 소나무로 변해 있다. 작가 심훈을 비롯하여 지금도 우리는 '상록수'란 말을 많이 쓴다. 이 상록수의 전통은 불변의 씩씩한 기상을 뜻하고 있지만, 서구의 영웅처럼 자연이나 타자他者와 단절된 것이 아니라 도리어 나무, 그것처럼 화합되어 있다는 정적 상태이다. 중국 문헌에도 '잣나무'를 창관倉官이라 하여 예찬한 것이 많은데 "송백松栢은 여러 나무의 장長으로서 궁여宮閭의 재목이 된다(史證)."라고 했고, 장자

겨내는 힘이다. 그러나 그의 뿌리는 대지에 뿌리를 뻗고 하늘로 솟아 있다. 비록 강하나 그것은 능동적인 힘이 아니요, 수동적인 것이다. 스스로 힘의 한계를 그렇게 설정했다.

서양의 영웅들은 운명에 거역하고 기존 질서를 파괴하기도 한다. 그런 의미에서의 영웅은 혁명의 천재이기도 하다. 그러나 이순신 같은 우리의 강한 용장은 비록 우군愚君이라 해도 임금(기존질서)에 대해선 어진 양처럼 순종했다. 그러므로 우리들은 단순한 영웅적이란 칭호에 만족하지 않고 그를 성웅聖雄이라 부르고 있는 것이다. 역시 성자적인 것이 플러스될 때만이 영웅이 영웅다운 것으로서 존재한다.

앞에서 인용한 진평대왕은 돌을 밟아 부순 거인이라 했지만, 그런 신화만으로는 미흡했기에, '성聖' 자를 붙여 이순신 장군을 부르듯 그에게도 혁거세의 '성'의 이미지, 즉 천상의 이미지를 부여했다. 하늘의 상황上皇이 옥대玉帶를 가져와 진평대왕에게 내리셨다는 것이다. '천사옥대天賜玉帶를 두른 거인'—이것이 바로 '서리를 모르는 잣나무'처럼 인간의 힘과 하늘의 것(성자적인 것)이 합

는 그것을 춘하추동 없이 항상 푸르다고 칭송했다. 뿐만 아니라 한나라의 능에는 모두 잣나무를 심었으며, 그 나무를 도벌하는 자는 극형에 처했다고 했다. (『삼보구사三輔舊事』) 두보의 시 「고백행古栢行」이나 명망 있는 관리 구래공寇萊公이 평생에 잣나무를 사랑했다는 고사는 모두 널리 알려 있는 사실들이다. 『삼국유사』에는 〈찬기파랑가〉 이외에도 신충괘관信忠掛冠에 잣나무 이야기가 나온다.

쳐진 한국의 영웅, 한국적 지배자상이다.

승 일연도 그 설화 끝에 신바람을 내어 그를 찬미하기를 "하늘이 내려주신 옥대, 제왕의 용포 차림과 서로 잘 어울리었네. 우리 임금 이로부터 몸 더욱 무거워져 아마도 섬돌은 쇠로써나 만들어야겠네."라고 하였다. 대왕의 몸을 더 무겁게 한 하늘이 주신 옥대, 여기에 우리의 영웅관이 있고 그러한 영웅관 때문에 한국의 영웅은 새로운 역사를 창조하는 데 과감하지 못했던 허물도 있었다. 야당 기질이 아니라 언제나 여당적인 영웅이었다. 현상을 타개하고 변질시키는 영웅이 아니라 현상을 유지하고 확대시키는 용기뿐이었다.

서양이나 일본처럼 야만적인 영웅들이 판을 치지 않는 것은 그 갸륵한 한국인의 문화 의식 때문이다. 그러나 아름답고 슬기로운 마음을 갖고서도 그것을 현실에 실현하지 못했던 원인도, 그리고 역사의 템포가 느려 '잠자는 거북'으로 오늘에 이르게 된 과오도 시인하지 않으면 안 될 것이다. 뒤에 상세히 언급하려 하지만, 장보고의 반항과 왕건의 반란이 구질서를 무너뜨리고 새로운 사회를 실현하지 못한 채 치자만 바꾼 역성혁명만으로 끝난 이유도 그 점에 있다고 말할 수 있다.

# 우적가와 도둑의 문화

도둑까지도 『삼국유사』에서는 군자적인 것으로 그려진다. 원래 어질고 착한 사람들은 도둑의 명칭까지도 '양상군자梁上君子'라고 점잖게 불렀다.[45] 『삼국유사』의 저자인 일연 역시 도둑의 대목을 그리는데, 그 도둑을 일러 '녹림綠林의 군자'라고 했다. 승 영재永才가 말년에 은둔처를 찾아 대현령大峴嶺에 이르렀을 때 도둑 60여 명을 만났다는 이야기가 바로 그것이다.

영재는 성품이 활달하고 유머를 아는 사람이었다. 재물에 얽매이지 않고 노래(향가)를 즐겨 불렀다는 승 영재는 여러모로 도둑과는 대조적인 인물이다. 그러므로 그가 도둑과 만났다는 것은 정신과 물질, 선과 악, 그리고 칼과 시가 대결하는 것으로 매우 흥미진진한 장면이다. 우리의 서부 활극은 어떻게 시작하여 어떻게

---

45)  양상군자란 말은 도둑이 들보 위에 숨어 있는 것을 비꼬아 하는 말. 『후한서』「진식전陳寔傳」에 나오는 도둑을 칭하는 고사.

끝나는가를 잠시 살펴보자.

첫 장면은, 칼을 뽑아 든 도둑 앞에서 영재가 마치 젖먹이 아이처럼 조금도 두려워하는 빛 없이 화기애애하게 서 있는 것이다.[46] 도둑이 이상히 여겨 그의 이름을 묻자 그는 영재라고 답변한다. 도둑은 평소에 그의 이름을 알고 있었던 터라, 그의 재물과 목숨을 빼앗기 전에 우선 노래를 지으라고 명령한다.

둘째 장면에서는 60여 명의 험상궂은 산도둑 앞에서 영재가 향가를 지어 부르는 광경이 나타난다. '제 마음이 모든 형해形骸를 모르려 하던 날……', 우리의 향가 가운데 그 유명한 〈우적가遇賊歌〉가 탄생하는 순간이다. 서부극 같으면 숨막히는 정적 속에서 서로 마주 선 두 사람이 권총을 빼내려는 그 순간에, 우리의 양상군자들과 영재는 칼과 노래로 맞서고 있다. 산간의 고요 속을 맑은 바람이 스쳐 불듯 낭랑한 노랫소리가 퍼져간다. 칼을 든 도둑들도 심각하게 감상한다.

셋째 장면, 싸움이 끝났다. 향가에 감동한 도둑들이 비단 두 필(물론 남을 죽이고 훔친 물건일 것이다)을 선사한다. 도둑들의 프레젠트present, 참으로 기괴한 장면이다. 영재는 웃으며 사절한다. 대사도 그

---

46) '모든 속박을 끊고 공포를 모르는 자, 매듭을 풀고 자유의 몸이 되는 자, 이러한 자를 우리는 성자라고 한다'. (소부경전小部經典) 영재가 도둑 앞에서 태연했다는 것이 곧 그의 성자적인 기품을 상징한다.

노래처럼 점잖게 되어 있다. "재회財賄가 지옥으로 떨어지는 근본임을 느껴, 장차 심산궁곡으로 숨어 일생을 보내려고 하는 사람인데 어찌 감히 이것을 받겠는가."

그리고 그는 비단 두 필을 돌려준다. 서부극에선 권총이 불을 뿜고 총성이 울리는 장면이다. 한 사람은 땅에 쓰러지고 또 한 사람은 광야에 우뚝 서서 아직도 연기를 뿜는 권총을 빙글빙글 돌려 허리에 차고 있을 것이다. 쓰러진 시체를 굽어보며 정의의 사나이는 말에 오른다. 사바나의 쓸쓸한 황야를 가로지르며 미지의 서부를 향해 바람처럼 사라진다. 비로소 화면에는 고요한 노래가 퍼진다. 그런데 '우적遇賊의 드라마'에선 두 번 감동한 도둑들이 모두 칼과 창을 집어던지고 머리를 깎는다.[47] 도둑은 중으로 변해 영재의 도제徒弟가 되어 뒤를 따른다. 성자님들의 고요한 퍼레이드가 산길을 누비며 사라지는 라스트 장면이다.

과연 녹림군자綠林君子라고 부를 만하다. 그러나 영재의 이 이야기로, 존 웨인이 판을 치는 오늘의 영화관에서 상영한다면 결코 흥행이 될 것 같지 않다. 관객들은 싱겁다고 할 것이다. 정말

---

47) 『잡아함경雜阿含經』 38:16의 불전을 보면 불타가 흉적 앙구리마라에게 피습당하는 이야기가 나온다. 그때 앙구리마라가 "걸음을 멈추라." 하고 외치자, 불타는 그에게 "악을 멈추어라."라고 소리쳤다. 앙구리마라는 그 말에 감동하여 불타의 제자가 되었다는 이야기가 나온다. 영재우적의 설화도 그런 불교적 설화에서 발생된 것 같다.

싱거운 이야기다. 우선 악한 역을 맡은 도둑들이 도시 맥이 없다. 산적치고는 너무 인텔리다. 향가를 이해하고, 영재의 고명高名까지 알고 있는 인텔리 도둑들, 살벌한 산적이 시를 감상하려는 여유까지 가졌다는 것은 가상한 일일는지 모르나 도둑으로서는 분명 낙제이다. 시 감상을 하는 것까지는 좋으나 재물을 빼앗는 원래의 목적까지 상실한다는 것은 도둑질마저도 제대로 하지 못하는 군자다운 이야기다. 이상李箱의 표현을 빌리자면 도둑을 맞은 것은 영재가 아니라 도리어 도둑들 자신이라 할 수 있다. 즉 '도심盜心'을 도둑맞은 것이다. 〈우적가〉의 경우처럼 성자 도둑이 된 장발장이라 할지라도 그는 노래 한마디에 곧 개심하는 무른 도둑은 아니었다. 대우를 받고 잠자리까지 받고서도 은촛대를 훔쳐가지고 달아난다. 여기서 우리는 여러 가지 문제점을 발견할 수 있다.

크세르크세스는 인간의 허무를 느끼고 울었으면서도 결코 그 싸움을 중단하지 않았다. 그는 정복자였기에 정복자답게 계속 싸움을 했다. 이것이 인간의 강인한 리얼리즘이다.[48] 장발장이 평

---

48) 페르시아의 크세르크세스 왕이 대군을 이끌고 희랍으로 쳐들어갔을 때의 이야기다. 그는 구름같이 몰려가는 대군이 헬레스폰트 해협을 건너가는 것을 보자 크게 통곡했다고 한다. 그 이유를 묻자 "나는 지금 문득 인간의 생生이 얼마나 부질없는가를 깨닫고 서러워한 것이다. 이렇게 많은 군사들도 백 년 후에는 한 사람도 살아 있지는 않을 것이다."라고 말했다. 그러나 인생이 허무인 줄 알면서도 여전히 그 싸움을 멈추지는 않았다.

화롭게 자는 미리엘 주교의 동요를 느끼면서도 은촛대를 훔쳐가는 그 리얼리즘이다. 또 이 사고방식이 부조리에 도전하는 오늘날의 서구 휴머니즘에 그대로 연결된다. 시시포스는 돌을 굴리는 작업이 무의미한 줄 알면서도 다시 돌을 산정으로 끌어올린다. 『노인과 바다』에서 헤밍웨이는 인간의 노력이 늘 패배한다는 것을 알면서도 다시 그 패배에 도전한다. 그들은 '아무것도 아니라는 것(nothing)' 속에 '무엇인가 있다(something)'는 것을 깨달았다.

도둑이 도둑으로서도 철저하지 못한 사회에서는 성인 역시 철저한 성인이 될 수가 없는 것이다. 어둠이 짙을수록 광명은 한층 더 광명일 수 있다. 그것이 드라마의 세계이다.

서구의 역사는 이 드라마 속에서 전개된다. 선과 악, 정신과 물질, 사색과 행동이 서로 극화되어 대립되는 것. 신을 위해서는 사탄이, 그리고 예수를 위해서는 유다가 필요악으로 된다. 파우스트적인 인간관이 생겨난다. 가치의 폴라라이스(극대화)와 갈등 속에서만 역사는 변증법적으로 발전해간다고 할 수 있다.

역사가들은 한국사의 한 특징으로 그 발전의 완성만을 지적하고 있다. 영재 도둑의 이야기에서 따져봐야 할 두 번째 문제는 경제적인 측면이다. 영재는 재물을 업신여기는 사람이고, 인간 사회를 피해 산골에서 살려는 은둔거사隱遁居士이다. 그는 평생 지리산에 들어가 나오지 않았다고 한다. 그럴 수 있었기 때문에 그는 '비단'을 땅에 던졌던 것이다. 그런데 도둑들은 비록 산골에 있으나 마음은 속세를 향해 있다. 재물을 포기하는 자가 아니라 재물을 탐하는 세속주의자이다. 영재가 도둑을 이겼다는 것은, 즉 도둑이 칼과 창을 내던지고 영재의 뒤를 따랐다는 것은, 그리고 도둑이 머리를 깎았다는 것은 현실 속에서 살려는 의지가 쉽사리 거세되었다는 것을 의미한다.

인도는 가난하다. 굶주리고 또 굶어 죽는 사람이 우글거린다. 그런데 이상한 것은 그렇게 굶주리면서도 다른 나라에 비해 도둑이 거의 없다는 사실이다. 사회윤리적인 면에서 본다면 이것은 자랑스러운 일이다. 비난의 대상은 될 수 없다. 하지만 도둑이 없다는 것은 그만큼 현실 속에서 살려는 욕망이, 그 의욕이 적다는 것을 의미한다. 이런 나라에서는 공장을 짓고 길을 닦고 무역을 하는 일 자체가 귀찮고 어리석은 일로 보인다. 굶어도 도둑질을 안 한다는 것은 도둑질을 해서라도 잘살아보겠다는 욕망조차 거세된 상태이다. 그것은 경제적인 면에서는 도리어 불행하고 비관적인 일로 해석된다.

좀 과장해서 이야기한다면 도둑의 문화가 있는 나라일수록 소위 말하는 근대화 작업이 빨랐다. 오늘날 모범 농업 국가로 손꼽히는 덴마크에 가보면 그 수도 코펜하겐의 가장 번화한 광장에 〈도둑의 높은 상〉이 자랑스럽게 서 있음을 볼 수 있다. 뿔나팔을 불고 도둑질을 하러 가는 '바이킹(해적)'들이다. 세계에서 으뜸가는 복지국가들인 스칸디나비아 나라들의 문화는 모두 '해적의 문화'에서 출발했다. 그들의 고전문학엔 해적들 이야기가 많이 나온다.

미국은 근대화 작업을 가장 빨리 끝낸 나라이다. 여러 가지 원인이 있겠지만 그중의 하나로 미국의 '갱의 문화'를 손꼽을 수 있다. 개척 시대의 미국에서 가장 애송된 고전적 민요는 〈우적가〉와 같은 성자의 노래가 아니라 제시 제임스의 '열차 갱'을 읊은 포크송이다. 제시 제임스는 갱이면서 그들의 잠재의식 속의 영웅이기도 했다. 그를 배신한 하워드를 그들은 비겁자라고 노래 부르고 있는 것을 봐도 알 수 있는 일이다.[49]

바이킹과 산적과 열차 갱은 유복한 사회를 만들어낸 그들의 역사와 결코 무관한 것이 아니다. 도둑질을 해서 유복하게 되었다는 말이 아니라 그 뒤에 숨어 있는 적극성, 바이탤리티vitality(활력), 그리고 삶에의 냉혹한 의지가 산업적인 방향으로 돌려지면 경제 건설이나 사회 개혁의 원천적인 힘이 된다는 것이다.

그러면 다시 '영재우적永才遇賊'의 사회적 배경을 분석해보자. 이 이야기가 생긴 연대는 신라 원성왕元聖王 무렵의 일로 되어 있다. 역사학자들의 증언에 의하면 원성왕 무렵에서부터 신라 역사

---

49) '피카레스크 소설'이란 악한들의 이야기를 적은 것이며, 후에 『데카메론』과 같은 소설 양식의 원형原型이 되었다. 악의 발견이란 것이 서구 문학의 한 전통적 주류를 이루고 있다는 것은 동양 문학과 매우 대조적인 일이다.

가 타락해가는 전환점으로 잡고 있다. 각처에서는 도둑이 일어났다. 앞의 이야기에서도 짐작하듯이 영재를 습격한 도둑은 60여 명이다. 일종의 갱단이라 할 수 있다. 사사로운 도둑과 달라서 이러한 도둑은 사회성을 지니고 있다. 『삼국사기』에도 헌덕왕憲德王 11년 3월에(草賊遍起, 命濟州郡督太守捕捉之), 그리고 진성왕 10년에 적고적赤袴賊이 횡행하였다는 기록이 있다. 신라가 와해될 무렵에 이처럼 도둑이 각처에서 일어났다는 사실은 악인들이 많아졌다거나 단순히 나라의 기강이 어지러워졌다는 표면적 이유에서만은 아닐 것이다.

　골품제骨品制(귀족)는 신라의 척추였다. 그러나 예민隸民들 위에 세워진 귀족 정치에 의해서 강대해진 신라의 사회였지만 통일을 하여 국토가 확대되고 다스릴 백성이 많아졌을 때는, 도리어 신분 위주인 골품제가 새로운 역사와 사회 발전을 가로막는 낡은 가시울타리로 변한다. 비대해진 귀족들은 옛날처럼 단결의 중축이 아니라 분열과 권력투쟁의 내부적 와해의 씨를 잉태하게 되었다. 당나라의 국가 제도를 본받아 과거에 의한 관인 채용을 실시했지만 낡은 지배 체제는 혁신될 수 없었다. 과거科擧를 볼 수 있는 계급 역시 골품제에 의해서 귀인들의 자식에 한정되었기 때문이다. 능력이 있느냐 없느냐 하는 것이 문제가 되지 않고, 어느 핏줄이냐 하는 신분적인 사회에서는 노쇠한 피를 새 피로 바꿀 수 있는 신진대사가 이루어질 수 없다.

결국 도둑이 일어났다는 것은 병든 사회의 한 신열身熱이라고 볼 수 있다. 벽에 맞부딪친 낡은 것과 새로운 시대의 갈등, 그리고 모순에서 생겨난 부산물이다.[50] 쉽게 말하면 도둑들은 골품제의 희생자인 천민들이다. 그 시대와 사회에 순응하지 않으려면 도둑이나 반란자밖에는 될 수가 없다. 그러므로 그 당시의 산적이나 해적이 향가를 이해하는 대신에 정치와 역사의식에 눈을 떴더라면 그들은 역사를 개혁하는 새 세력을 탄생시켰을 것이다. 무지한 반역자라도 좋다. 악일망정 좀 더 악에 철저했던들, 역성혁명이 아니라 중세적인 전제에서 해방되는 자유의 추진력이 그 독버섯에서 생겨났을지 모른다. 영재우적의 설화에서 보듯이, 한국인의 성자적인 기풍은 드라마틱한 사회의 전회轉回를 실현시키는 폭력적인 투쟁력보다도, 페시미스틱pessimistic한 현실 포기의 방향으로 승화되어갔다. 머리를 깎은 도둑은 머리를 깎인 삼손과 같다. 현실 개혁의 의지를 거세하여 스스로 무력자로서 산속에 숨어버렸다.

현실을 움직일 수 있는 거창한 에너지가 인가人家 아닌 산중에서 소실되었다는 것은 영재의 은거처隱居處를 찾지 않고 바다를

---

50) '빌헬름 텔'이나 '로빈 후드' 이야기는 도둑을 역사적인 지도자로 상정한 것이다. 우리 시대도 이러한 의적의 이야기가 없는 것은 아니다. 그러나 사회 체제에의 가치관보다는 단순한 부정에의 저항으로 끝나고 있는 것이 많다.

선택한 그 당시(통일신라 시대)의 장궁복張弓福이 입증하고 있다. 당인唐人의 노비로 팔려가는 비참한 동포(신라인)의 모습에 분노한 장궁복은 해상의 실권자가 되고 비단을 버린 게 아니라 무역을 해서 왕권과 맞설 만한 힘을 길렀다.

옛날 대현령大峴嶺 고개에서 영재의 향가를 듣고 눈물을 흘렸던 60명의 도둑들, 그들에게 도리어 군자 기질이 없었던들 60명의 장궁복이 생겨났을 것이며, 드디어는 고대의 낡은 질서에서 탈피한 근대적인 질서를 불러일으켰을는지 누가 아는가?

우리는 도둑이라 할지라도 시를 들을 줄 알고, 재물을 가벼이 여기는, 영재의 맑은 덕에 감화할 줄 알았던 신라의 그 도둑 이야기를 사랑한다. 물질에 썩은 현대의 아스팔트 위에서 우리들은 이 군자 도둑들을 위하여 만세를 외치고 싶다. 그러나 사랑을 받는 도둑보다는 증오를 받는 도둑(악)이 비정의 역사적 현실을 움직이는 리얼리즘을 잊어서는 안 된다.

# III

# 동굴 속의 생

# 출가와 재가

『사기史記』를 읽어보면 재미있는 고사 하나가 나온다. 진시황秦始皇 때의 재상 이사李斯의 이야기다. 그가 시골의 소사로 있을 때, 굶주린 쥐 한 마리를 보았다. 초라한 그 쥐는 비틀거리면서 개에게 쫓기고 있었던 것이다. 그런데 어느 날 다른 쥐 한 마리를 또 보았다. 부잣집 곳간에서 살고 있던 그 쥐는 살이 뒤룩뒤룩 쪄 있었고 활기도 있게 보였다. 같은 쥐인데도 한쪽은 겁에 질려 있고 또 한쪽은 유유한 데가 있었다. 이사라는 인간도 그와 같이 환경이 중요하다는 사실을 알고 그 시골을 떠났다는 것이다.[51]

우리는 이 이야기에서 두 가지 사실을 발견하게 된다. 첫째는

---

51) 이사는 본래 초나라 사람인데 진나라에 가서 벼슬을 하고 있었다. 그런데 그때 조 의朝議로 인하여 외국에서 와 벼슬한 사람은 모두 추방하게 되었다. 축객逐客 중의 한 사람인 이사는 '양식을 싸서 적국에 보내는 격'이라는 논문을 써 올려 마침내 그 조 를 철회하게 하였고, 나중에는 승상의 자리에까지 올라 사상 통일을 한다는 명분으로 책을 불사르고 선비를 죽이는 등 갖가지 악행을 저질렀다.

환경에 따라서 모든 성품은 달라질 수 있다는 사실이다. 가난한 집 쥐와 부잣집에서 사는 쥐는 같은 쥐이면서도 그렇게 다르다. 그러나 또 한 가지는 환경이 바뀌었다 해서 쥐가 고양이로 바뀔 수는 없다는 사실이다. 부잣집이든 가난한 집이든 쥐는 쥐라는 한계 내에서 자신을 개혁해간다.

한 나라의 문화도 그와 같다. 시대의 환경에 따라 문화는 변화해간다. 이것이 문화의 동태론動態論이다. 그러나 또 한편에서는 식물들이 계절에 따라 변화해가면서도 마치 씨앗처럼 변하지 않는 것 같은 부분이 있다. 그것이 바로 문화의 정태론靜態論이라고 할 수 있다. 슈펭글러는 그것을 문화의 '근원상징根源象徵'이라 부른다.[52] 이 근원상징은 언어 인식, 국가 형식, 종교, 신화, 회화, 음악, 과학의 기본 개념 같은 것에서 작용되고 있다.

우리는 앞의 장에서 영웅과 성자의 두 세계를 보았다. 단군 신화에 나타난 '곰'의 근원상징은 아내를 빼앗은 역신 앞에서도 춤과 노래를 부른 처용으로 나타나기도 하고 혹은 '서리를 모르는 잣나무' 같은 화랑으로 변모하기도 한다. 그런가 하면 서동과 같

---

[52] 슈펭글러는 모든 문화의 유형을 이 근원상징에 따라서 분류하고 있다. 문화가 자각으로 높아진 순간, 이 근원상징은 모든 것을 결정하고 무한의 가능성을 지닌 여러 가지 생의 방식 속에서 하나의 생존 방식을 선택한다. 그리고 일정한 양식이나 형태를 주고 정신의 표현 형식의 모든 것에 명령하는 것이라고 생각했다.

은 특이한 로맨스의 주인공으로 화하기도 했다. 근원상징(곰)은 그것이 떨어진 땅(환경)과 바뀌어지는 계절(시대)에 따라 여러 가지로 변천되어간다는 것을 우리는 알고 있다. 그러나 그 변모와 성장의 뿌리는 잠든 씨앗의 움직이지 않는 고요한 세계와 연결되어 있다.

예를 들면, 인도의 불교가 한국에 들어왔지만 그 불교가 한국인의 마음(근원상징) 속에 토착화되어 한국의 꽃으로 개화開花했다는 사실이다.

그것을 알기 위하여 우리의 '근원상징'을 좀 더 분석해보아야 할 것이다. 문화의 근원상징이 영웅과 성자로 분리되듯이 다시 그것을 나누어보면 성자형聖者型의 문화도 여러 가지라는 것을 알수 있다. 같은 성자형의 문화지만 비둘기나 양으로 상징되는 기독교의 「창세기」는 우리와는 매우 대조적이다. 인간의 역사는 에덴동산에서 추방되는 데서부터 시작된다. 그 문화는 결국 단절되는 '아웃사이더[局外者]'에 터전을 두고 있다. 그러나 우리의 문화는 그와 반대로 신(환웅)이나 곰이 다 같이 인간이 되는 데서부터, 즉 인간계로 뛰어 들어올 때 그 역사가 생겨난다.[53] 중국의 상

---

[53] 현실을 대하는 이러한 태도, 즉 향외적인 것과 향내적인 것의 차이는 주로 유목민과 농경민의 생활 방식에서 비롯된다고 할 수 있다. 유목민들은 양 떼를 몰며 풀을 찾아다녀야 한다. 그들의 시선은 항상 또 다른 지평 너머의 푸른 초원을 찾고 있다. 양들이 풀을 다

고신화上古神話에도 곰과 인간의 관계는 깊은 연관성을 맺고 있다. 상고에 요堯가 곤鯤이라는 사람을 쫓아 우산羽山에서 죽였는데 그가 황웅黃熊으로 화했다는 이야기가 있고, '하후씨夏后氏 우임금이 곰이 되었다(「무제기武帝紀」 주注)'는 기록도 찾아볼 수가 있다. 그러나 인간이 이렇게 곰으로 화했다는 말은 있어도 단군 신화의 경우처럼 곰(동물)이 인간으로 화신化身했다는 기록은 좀처럼 찾아보기 힘들다.

결국 사고방식의 차이에서 그런 상상의 특성이 생겨난다. 현실을 대하는 인간의 태도에는 보통 두 가지가 있다고 말한다. 하나는 고향에서 밖으로 나가고 싶어 하는 마음, 다른 하나는 타향에서 고향으로 돌아가려는 마음이다. 즉 하나는 안에서 밖으로, 또 하나는 밖에서 안으로 들어오는 두 개의 태도인데 전자는 아웃사이더의 문화, 후자는 인사이더의 문화를 낳았다.

내가 밖으로 나간다는 것은 내가 처해 있는 상황과 관계를 끊으려는 것이다. 새로운 것을 찾아가는 동경의 세계이다. 그러나 내가 안으로 그냥 머물러 있기를 희망한다는 것은 이미 있는 것

뜯어 먹으면 미련 없이 그 자리를 떠나 또 다른 초원을 향해 가야 한다. 밖으로 밖으로 자꾸 나가야 한다. 그러나 농경민은 정착된 경작지에 씨를 뿌리고 그것이 자랄 때까지 그 자리를 지켜야 한다. 그렇게 그들은 한곳을 지키며 기다린다. 그들은 밖으로 나가도 항상 그 마음은 안으로 향해 있다.

을, 지금 가지고 있는 것을 지키려는 향수의 세계이다. 그러므로 아웃사이더는 현재에 처해져 있는 자기를 비판하고 자성自省하고 부정을 발판으로 하여 불안한 미지의 세계를 향해 박차고 나가려 한다. 인사이더는 현세의 것으로 자신을 매몰埋沒시키려 한다. 여행자처럼 세상을 살아가는 게 아니라 하나의 울타리 안에서, 방 안에서 주저앉으려 한다. 인간이 곰이 되는 것이 아니라 곰을 인간으로 끌어들인다. 그래서 곰의 시련은 굴 밖으로 나가 미지의 세계를 방황하는 모험이 아니라 제 굴을 떠나지 않고서 주어진 고난을 이겨내는 인사이더의 내면적인 고행으로 나타난다.

서구의 신화는, 그리고 같은 동양이라 해도 인도의 신화는, '집'을 떠나 방황하고, 고행하는 데서 시련을 겪은 이야기들이 주류를 이룬다. 중세의 로맨스나, 인도의 고행승의 설화들은 모두가 그 패턴이 방랑하는 과정 속에 있다. 말하자면 그것은 편력의 문화로서 괴테의 파우스트적 방랑과 같이 서구 문화의 중심부를 이루는 요소이다.[54]

신라 때의 법사 진정眞定의 출가와 싯다르타의 출가를 비교해

---

54) 희랍의 서사시 『일리아스』는 말할 것도 없고 집으로 돌아오는 '오디세우스'의 이야기마저도 미지의 세계를 편력하는 모험담이다. 서구 문화의 전통은 라블레의 『가르강튀아와 팡타그뤼엘』, 세르반테스의 『돈키호테』로부터 앙드레 지드나 로브그리예에 이르기까지 모두가 여행자들의 편력에 그 뿌리를 두고 있다. 여기에서 '진리는 나그네다'라는 계몽주의, 그리고 실實을 좇는 자는 분단할 수밖에 없다는 괴테의 명제가 생겨난다.

보면 그 의미가 좀 더 확실해질 것 같다. 집을 떠난다는 것, 마음과 나라와 인간의 낯익은 모든 생활과 손을 끊고, 출가한다는 것은 무엇을 의미하는가? 그 출가의 사상은 싯다르타의 행적 가운데 극명하게 전개된다.

"부왕이시여, 이 세상에서 만나는 자는 반드시 이별하게 되옵니다. 아무리 은혜와 사랑이 지중한 부모와 자식 사이라 하더라도 이별하고야 마는 것입니다. 소자는 길이 이별을 여의는 법을 배우고자 하오니 부왕은 소자의 뜻을 살피시와 집을 떠나서 닦는 길을 허락하여 주소서." 싯다르타의 출가 동기는 이렇게 시작된다. 그러나 속세적인 부왕은 적극 그것을 말린다.

"태자여, 그것이 웬 말인가? 태자가 나를 버리고 집을 떠나겠다는 말이 웬 말인가? 나는 이미 늙었으니 이 나라와 백성을 누구에게 맡기란 말인가? 태자여, 태자는 이 아비를 위하여 나라를 맡아 다스리고 세상에서 할 일을 다 한 뒤에 집을 떠나 수도해도 좋지 않은가? 어찌하여 이 늙은 아비를 버리고 집을 떠나려 하는가?" 부왕은 슬퍼하면서 그런 생각을 버리기를 애원했다.

그러나 싯다르타는 애통하는 부왕을 보고서도 냉정하게 대답한다.

"……그 무엇을 더 믿고 기다리오리까? 탄생과 죽음이 없는 도와, 이별이 없는 법을 찾아 닦는 것만이 오직 참의 길입니다. 그

밖에 또 무슨 참됨이 있사오리까."[55]

그리고 싯다르타는 몰래 궁성을 뛰어넘어 후와천 하수河水 건너의 고요한 수풀로 간다.

출가자出家者의 이 눈물겨운 극적 장면은『삼국유사』에서도 그대로 재현된다. 진정眞定이 불쌍한 홀어미를 버리고 의상법사義湘法師에게 투신하는 장면이다. 그러나 자세히 읽어보면 같은 출가인데 주인공의 성격과 대사가 정반대로 뒤바뀌어져 있다는 점을 발견하게 될 것이다.

진정은 싯다르타가 부왕에게 그렇게 했듯 홀어머니에게 출가의 뜻을 고백한다.

"효를 다한 뒤에는 의상법사에게 투신하여 머리를 깎고 불도를 배우겠습니다." 그러나 그 어머니는, "불법은 만나기 어렵고 인생은 너무도 빠른데 효를 다한 뒤라고 하면 또한 늦지 않겠는가? 너는 주저치 말고 속히 떠나거라." 진정은 그래도 결심하지 못하고, "어머님 만년에 오직 제가 곁에 있을 뿐인데 어찌 차마 어머님을 버리고 출가할 수 있겠습니까?"라고 대답한다. 어머니는 다시 진정의 출가를 재촉한다.

---

55)  이 일화의 초점은 두 개의 가치 체계의 대립에 있다. 부왕은 속세의 연緣을 말하고 싯다르타는 그 '속세의 연'의 허망성을 설파하고 있다. 속세의 가치를 부정하는 데서부터 싯다르타의 사상은 싹튼다.

"나를 위하여 출가를 못 한다면 나를 곧 지옥에 떨어지게 하는 것이니 그런대서야 비록 살아서 삼뢰칠정三牢七鼎으로 봉양하더라도 어찌 효라고 하랴……. 나에게 효를 하고자 하거든 그런 말을 아예 말아라."

이윽고 진정은 홀어머니를 뒤에 두고 울며 집을 떠난다. 같은 출가 이야기지만 싯다르타와 진정의 이별극은 얼마나 다른가.[56] 출가하는 진정이 도리어 싯다르타의 부왕 같은 소리를 하고, 집에 있는 진정의 어머니가 거꾸로 출가하는 싯다르타 같은 소리를 한다.

싯다르타는 부모와 자식의 지중至重한 사이도 결국 허무한 것임을 깨달았기 때문에 출가를 했다. 그러나 진정은 어머니의 효를 위해서, 어머니가 지옥에 떨어질까 봐, 울며 출가를 하는 것이다. 그러기에 한쪽은 진리를 찾기 위해선, 안타까워하는 부왕의 손(부모에 대한 속세적 사랑)도 냉혹하게 뿌리치고 떠나지만, 진정은 떠나라는 어머니의 손도 뿌리치기 어려워 울며 집을 떠난다. 몸은 떠나지만, 그 마음은 속세의 정에 얽혀 있다. 아니 도리어 속세의

---

56)  중요한 것은 『삼국유사』에 나오는 '진정의 출가' 설화가 부정적인 것으로 그려져 있지 않고 오히려 본받을 만한 일로 예찬되어 있다는 데 있다. 신라인들은 불교를 믿으면서도 싯다르타의 출가 사상을 이해하지 못했던 것이다. 진정의 출가하는 태도는 실질적인 의미로 볼 때 출가가 아니라 철저한 재가在家의 태도이다. 즉 그는 속세의 인연인 효를 한층 더 굳건하게 하기 위해 집을 나서는 것이다.

연을 위하여 진정은 출가를 한다.[57]

싯다르타는 몰래 집을 빠져나온다. 결단의 용기이다. 진리 파악을 위해서 높은 성의 담(현세)을 박차고 나온다. 성자의 길은 세속의 인연을 끊는 현세 부정의 고독자를 선택하는 험로險路이다. 그러기에 싯다르타의 출가는 일상적인 현세 안에서 볼 때 어딘지 모르게 쌀쌀하고 냉정해 보인다. 틀림없이 불효인 것이다.

그러나 진정이 찾는 성자의 길은 현세와의 단절이 아니라 속세의 정을 그냥 끌고 가는 길이다. 싯다르타의 출가와는 달리 세정의 따스함이 서려 있다. 어머니는 떠나는 자식을 위해 자루를 털어 그에게 밥을 지어준다. 그리고 문 앞에서 그 하나를 먹고, 나머지 여섯 개는 싸가지고 가라고 한다. 진정은 울면서, 한사코 거부한다. "어머님을 버리고 출가하는 것도 인자人子의 차마 하지 못할 짓인데, 더구나 수일간의 미음거리까지 모두 가지고 떠나겠느냐."라는 것이다.

출가가 아니라 꼭 절식 농가에서 아들이 수학여행을 떠나는 장면과 같다. 노모가 홀로 계신 집, 가난한 집 걱정을 하며 떠나는

---

57) 가족이나 국가의 현세적 윤리는 초월적인 진리의 세계와 서로 충돌할 경우가 많다. 그러나 『삼국유사』에는 그러한 충돌, 그러한 모순의 고민은 없다. 원효는 국가를 위해서 슴지 않고 파계破戒를 한다. 원광법사 역시 불도의 진리보다는 신하로서의 책임을 더 소중히 여겼다.

진정의 마음은 출가의 길목 위에서도 늘 현세를 향해 있다. 그는 효자이다.

그러기에 진정은 승僧이 되고도 어머니의 부음訃音을 듣자, 홀로 가부좌를 하고 7일 만에야 일어났다고 한다. 우리의 성자는 그게 어떤 진리라 할지라도, 예수처럼 어머니를 향해 저 여인을 나는 알지 못한다고 말할 수는 없는 사람이다. 싯다르타처럼 참된 법을 찾기 위해 늙은 아버지의 애통도 아랑곳없이 초연히 떠날 만큼 냉혹하지가 않다. 완전히 속세를 저버리고 진리의 세계로 출타한다는 것은 상상할 수가 없다. 그는 예수나 싯다르타와 같은 아웃사이더의 성자가 아니고 어디까지나 인사이더로서, 말하자면 곰이 굴 안에서 고행을 하듯이 현세 안에서 머물러 있는 성자였다.[58]

갇혀 있는 현실의 굴에서 진리의 벌판을 향해 뛰어나가는 성자, 오로지 '나'를 구현해가는 성자, 그들은 현세의 높은 담을 뛰어넘는다. 그러나 한국의 성자 '곰'은 도리어 굴속으로 굴속으로, 파고들어감으로써 참된 인간으로 현신現身할 것을 생각한다. 피

---

58) 예수가 말하는 '이웃'이나 불교의 중생은 혈통이나 지연地緣과 같은 속세적, 계급적 집단의식을 가리킨 것이 아니었다. 그들은 민족까지도 초월한다. 그러나 중국을 거쳐서 토착적인 조상숭배 사상과 결합된 삼국 시대의 불교는 혈통이나 국가적인 것을 떠나서 혹은 현세적 이익을 떠나서는 존재할 수 없었다.

(혈연)는 언제나 진리보다 짙다. '집'을 떠난 순수한 진리의 세계란 것을 우리는 지금껏 별로 체험해보지 못했다. 경건하고 아름다운 불국사의 석굴암을 지은 김대성金大成에게도 종교와 예술에 선행하는 것이 있었다. 즉 『삼국유사』를 보면 김대성이 석굴암을 지은 동기는 불교보다도 예술보다도, 현세의 양친을 위한 것이었다. '현세의 양친을 위하여는 불국사를 세우고 전세의 부모를 위해서 석불사石佛寺를 세웠다'고 기록되어 있으며, 또 당대의 사람들은 진정眞定이나 김대성을 한 구도자와 예술가로 예찬하기 전에 그 효행을 찬양했던 것이다. 그들은 불교의 세계를 철저한 현세의 질서, 즉 인사이더의 종교로 번역해냈던 것이다.

후에 다시 논급하겠지만, 한국의 불교는 싯다르타가 가비라 성의 높은 담을 뛰어넘는 데서 시작하는 것이 아니라, 오히려 그 가비라 성의 담 안으로 뛰어들어오는 데서 출발한다. 싯다르타가 발견한 길은 왕성王城 밖(아웃사이드)에 있었고, 신라인이 세운 불교의 세계는 왕성 안(인사이드)에 있었다.

출가함으로써 행복을 찾으려는 태도와 재가在家[在俗]함으로써 얻으려는 행복의 길은 비단 불교만의 문제가 아니라, 모든 문화 형태와 사고방식을 지배하는 두 갈래의 갈림길이었다. 하늘나라를 이야기한 예수나 사고四苦에 도전한 석가를 아웃사이더의 성자라 한다면 죽음에 대해서는 별로 말하지 않고 현세의 왕도 정치를 가르친 공자는 인사이더의 성자라 할 수 있다.[59] 우리의 문화는 유교가 영향을 끼치기 전부터 이미 후자에 속해 있는 것임을 『삼국유사』의 온갖 설화가 입증해주고 있다.

[59] 불교 사상에 기반을 두고 있다는 『심청전』도 역시 효의 이야기다. 유교적인 것과 불교적인 두 사상의 차이가 아무런 모순 없이 정답게 어깨를 나란히 할 수 있었던 것도 바로 그 점에 있다.

# 죽음과 만남에 대하여

생사生死의 길이 예 있으니
두려움 속에서 나는 간다.
말도 못 다 이르고 가야 하는가.
어느 가을 이른 바람에
이에 저에서 떨어질 나뭇잎처럼
한 가지에 나고서도
가는 곳 모르온저.
아아 미타찰彌陀刹에 만날 나는
도 닦아 기다리련다.

인간의 죽음을 읊은 향가鄕歌(「제망매가」)이다. 작가 월명月明은 이 노래를 젊은 나이에 죽은 누이동생을 위해 바쳤다. 많은 세월이 흐르고 왕조의 역사와 풍속은 변해도 '죽음'을 생각하는 인간의 비극만은 한결같다. 천 년 전 죽음 앞에 뿌린 월명의 이 눈물이 여전히 우리 가슴을 울리는 것도 그 때문이다. 그러나 이 감동적인 시를 완전히 이해할 수 있는 것은 오직 신라인의 마음을 간직한 한국인뿐일 것이다.

어떤 민족, 어떤 신분, 어떤 시대의 사람이라 할지라도 인간이면 누구나 죽는다. 죽음이야말로 가장 보편적인 사건이다. 하지만 죽음을 생각하고 죽음을 대하는 태도는 풍속과 마찬가지로 서로 다르다. 죽음을 어떻게 맞이하고 어떻게 그 비극을 뛰어넘느냐에 따라, 각기 다른 문화 형태가 생겨난다고도 할 수 있다.[60]

프랑스의 선조이기도 한 갈리아족들은, 사람이 죽으면 다시 그 영혼이 다른 태내에서 출생한다고 믿었다. 죽어도 몇 년 뒤에는 반드시, 이 세상에 태어난다는 것을 모두 다 확신했기 때문에 그들은 내세에서 지불한다는 약속으로 돈까지 빌려 쓰는 습관이 있었다. 그래서 로마 시인 호라티우스의 말대로 '그들은 언제나 장의식(죽음)을 두려워하지 않았기 때문에' 낙천적이며 전투에 열정을 가지고 가장 용감하게 싸울 수도 있었다. 그러나 헤브라이즘

---

[60]   예수에 있어서의 십자가의 의미와 소크라테스의 독배는 여러 가지로 대조적이다. 소크라테스가 죽음을 피할 수 있었으면서도, 그 독배를 마신 것은 악법도 법인 이상 따라야 한다는 것 때문만은 아니었다. 그것만으로 그의 죽음을, 그런 행위를 완전히 해명할 수는 없다. 그에게 있어서 죽음은, 콜린 윌슨의 말대로 최종적인 자유를 달성하는 데 있다. 즉 현실을 단순한 환영의 세계로 보고 실재는 관념 속에 있다는 플라토니즘 희랍 사상을 이해할 때 소크라테스의 초연한 죽음(세계 기각世界棄却)도 따라서 이해할 수가 있게 된다.

의 문화권에서는 죽음은 죄의 탓이었고 단절이었다.

그들은 죽음과 투쟁했고 예수는 그 투쟁 속에서 죽음을 정복한 영웅이었다. 헤브라이즘의 성자는 '죽음의 정복자'란 의미에서는 영웅이라 할 수 있다. 성서의 표현을 보더라도 '죽음'은 마치 스파르타의 전사들과 페르시아 군대의 대결처럼 그려져 있는 것이다.[61]

「제망매가」에서 보는 신라인의 사생관死生觀은 어떠한 것이었던가? 인간이 살고 있는 자리를 월명은 '생사로生死路'라고 생각했다. 인간이 세상을 살아간다는 것은 그 두려움 속에서 생사로를 걷고 있다는 것이며, 할 말도 다하지 못한 채 죽음이 오면 그 길로 가야 하는 것이다. 그러나 죽음은 절실한 것만이 아니다. '말도 못 다 이르고 간다'는 말에서 우리는 현세의 한계에 체념을 하고 있다는 것을 안다. 참으로 묘한 표현인 것이다. 생을 하나의 이야기의 내용으로 본다면 그 말(이야기)을 다하고 죽을 때는 한이 없는 것으로 보았다. 지금도 우리는 "여한이 없겠다"라거나 "죽어도 억울하지 않겠다"라는 말을 쓴다. 무작정한 생의 욕망, 끝없는 인생을 바란 것이 아니라 주어진 생만을 다 살면 죽음이란 그

---

61) 월명에겐 죽음을 두렵게 생각하는 마음은 있어도 죽음에서 구제되는 새로운 생명으로 나가는, 즉 그 두려움에서 해탈하려는 노력은 없다. 그가 도를 닦는 것은 죽음이 현세의 끝이 아니라 현세와 같은 연장이기를 기원하는 수단으로 그려져 있다.

렇게 두려운 것이 아니라고 생각했다. 신라인은 추상적인 죽음 자체에 공포를 느꼈다기보다 '제 명을 다 살지 못하는 것'을 두려워했다.

그래서 「제망매가」에서도 "말도 못 다 이르고 가야 하는가?" 라고 되어 있다. 그러므로 가을날 떨어지는 나뭇잎 자체에 설움이 있는 것은 아니다. 철 이른 바람에 떨어지는 그 잎, 이른 바람에 떨어지는 나뭇잎처럼…… 애석히 여기고 있는 것이다.

선율환생善律還生의 설화를 봐도 그러한 정명론定命論을 알 수 있다. 공功이 아직 끝나기도 전에 갑자기 음부陰府(지부—죽어서 가는 곳)의 부름을 받고 세상을 떠난 선율은 지옥의 명부冥府 관리와 다음과 같이 일문일답―問―答을 한다.

"너는 인간 세상에서 무슨 업을 하고 있었는가?"

"만년에 대품경大品經을 이룩하려다 일을 미처 완성시키지도 못하고 왔나이다."

"너의 정해진 수명은 비록 다하였으나 승원勝願을 완성하도록 하라."

그래서 선율은 다시 환생했다는 것이다. 옛날 사람들은 매사에 비합리적이었지만 정작 비합리적인 생명은 매우 합리적으로 생각했던 것 같다.

그리고 월명사의 눈앞에 어른거리는 죽음이란, 도끼와 사슬을 가진 검은 악마로서 그려진 서양인의 죽음과는 또 다르다. 죽음이란 가을에 떨어지는 나뭇잎처럼 하나의 계절로서 나타난다. 먼 곳에서 내습해오는 적군이라기보다는 나뭇잎이 지는 현세의 한 조용한 질서였다. 저항이란 것은 있을 수 없다. 바람이 불면 떨어져야 한다. 다만 그 비장감이 어디에 있느냐 하면, 잎이 떨어진다는 것보다 똑같은 한 가지에서 자란 나뭇잎이면서도 떨어질 때는 제가끔 뿔뿔이 흩어진다는 것이다. 그리고 제가끔 가는 길을 알지 못한다는 괴로움이다.

그것은 '내가 죽는다'는 슬픔이 아니다. 내가 너와 같은 핏줄기(여동생—한 가지)와 함께 죽을 수 없는 것의 서러움이었다. 월명사가 나무를 통해서 죽음을 파악했다는 것은 한 가족이라는 현세의 핏줄기를 통해서 그것을 인식했다는 이야기가 된다.

싯다르타의 죽음은 '누구의 죽음인가'가 문제가 아니었다. 싯다르타가 동문東門에서 본 시체는 그와는 아무런 속세적 관련이 없는 것이었다. 그리고 나사로의 죽음을 보고 애통한 예수도 역시 마찬가지였다. 나사로는 그의 혈연과는 아무 관계가 없는 자였다. 그러나 월명사에게는 그러한 일반적인 생의 한 조건으로서의 죽음이 아니라, 또 자신의 죽음이 문제가 아니라 누이동생의 죽음이 문제가 된다. 자신과 누이동생과의 관계를 끊어놓은 것으로서의 죽음, 이별로서의 그 죽음이 문제인 것이다.[62]

---

62)  월명사는 훌륭한 중이요, 또한 시인이었지만 전통적인 불자 사상을 이루고 있는 속세

그러므로 월명사는 마지막에 죽음의 비장감에 이러한 처방을
한다.

"미타찰彌陀刹에 만날 나는 도道 닦아 기다리련다."

죽음의 극복은 현세적인 것으로부터의 해탈이라기보다 만남
에 있다. 만난다는 것은 현세의 관계를 지속하려는 감정이다. 불
도를 닦는 것도 바로 이 관계의 지속에 있다. 이별을 없애는 것은
만남이며, 그 만나는 장소는 내세든 지옥이든 현세 안의 것이다.
지금도 아녀자들은 임종 무렵에, 자기의 죽음보다는 그 죽음 때
문에 일어나는 현세의 변화에 더 큰 두려움을 느낀다. 어린 자식
들 때문에, 혹은 풀지 못한 원한 때문에 눈을 감지 못하겠다고 한
다. 죽음은 이렇게 현세의 단절이 아니라 도리어 강력한 현세와
의 또 다른 맺음(변화)의 형태로 파악되는 것이다.

죽음의 두 가지 태도를 더 쉬운 예로써 생각해보자. 충성을 위
해서 목숨을 버리는 자의 죽음과 염세주의자의 자살은 어떻게 다
른가? 죽음은 모든 것을 무로 만든다. 국가도 재산도 애정도…….
그러므로 죽음을 인식할 때는 일상적인 현세의 모습은 한낱 구

의 연緣을 끊음으로써 죽음의 번뇌에서 벗어나려고 하는 것과는 정반대였다. 한 가지에 낳
았다는 그 속세의 인연(혈연)에 도리어 강한 집념을 보인다. 그가 도를 닦는 이유는 죽을 수
밖에 없는 인간 존재의 문제가 아니라 여동생과 다시 만나겠다는 세속적인 희망인 것이
다.

름, 이슬에 지나지 않는다. 가정의 정도, 출세의 욕망도……. 자살자는 현세의 바깥(아웃사이드)으로 나간다. 그러나 임금을 위해 목숨을 바친 사람은 죽음을 무가 아니라 도리어, 국가(현세)를 보람되게 하려는 한 방법으로 사용한다. 그 죽음은 현세의 안쪽(인사이드)을 위해 있다. 아웃사이드로서의 죽음은 현실 가치의 비판, 그리고 그것의 거부로 나타나지만 이러한 인사이드로서 죽음을 대하려는 현세 부정과는 달리 그것을 더한층 견고하게 하려는 의식 속에서 탄생된다.[63]

죽은 자도 그 눈은 현세의 인사이드로 향해 있다. 현실에서의 집념 때문에 죽은 혼이 억울해하는 이야기가 『삼국유사』에는 이루 헤아릴 수 없이 무수히 나온다. 그들을 위해서 사람들은 절을 지어주고 불공을 드렸다. 이러한 불교는 철저한 현세 종교로서 무속화된 형이라 할 수 있다. 죽은 자와 함께 있다. 어느 나라 사람보다도 우리는 사자死者와 함께 세상을 살았다. 조상숭배 사상이나 유교에서도 제사에 대한 의식 등이 제일 강하게 나타난 것은 그러한 현세 의식에서 떠나지 않는 그 죽음의 의식 때문이라

---

63) 문무왕이 지의법사知義法師에게 "내가 죽은 후에 호국대룡護國大龍이 되어 나라를 지키겠다."라고 하면서 동해 중의 큰 바위에 장사 지내라고 한 것을 보아 신라인의 불교에 나타난 사생관이 속세에서 벗어나는 것이 아니라 도리어 철저하게 속세적인 가치관 밑에 이루어졌음을 알 수 있다.

고 생각된다.

「모죽지랑가慕竹旨郎歌」에서도 우리는 그와 똑같은 사생관을 느끼게 된다.

> 간 봄을 그리매 모든 것이 설어 시름하는데
>
> 아름답던 모습에 주름살 지니려 하옵네라
>
> 눈 돌이킬 사이에 만나옵게 되오리
>
> 랑郎이여, 그대를 그릴 마음의 녀올 길이
>
> 다북쑥 우거진 마을에 잘 밤 있으리

인연을 중시하는 불교의 영향으로도 볼 수 있겠지만 월명도 득오得烏도 만난다는 것에서 죽음의 해결을 생각하고 있었기 때문일 것이다.

『삼국유사』에는 윤회적인 사상이 나타나 있고 죽지랑竹旨郎만 해도 거사居士가 죽어 그 혼이 술종공述宗公의 아들로 환생한 것으로 되어 있다. 김유신의 환생설화還生說話도 그렇다. 왕의 노여움을 사 억울하게 죽은 고구려의 점쟁이 추남楸南의 혼이 서현부인舒玄夫人의 품속으로 들어가 환생했다는 것이다. 그러나 이러한 환생설은 하늘에서 내려온 알에서 왕이 태어났다는 건국 설화가 불교와 합쳐진 것으로 한 지도자의 카리스마(권위)를 위한 무대장치에 지나지 않는다. 다시 다른 사람의 태내에 태어난다는 희망보다는, 현세대로의 정을 사후에 만나 다시 이어간다는 데서 그들은 희망을 발견하려고 애썼다.

초목이 사라져간 봄을 서러워하고 슬픔에 잠기듯, 인간도 젊은 시절이 가면 늙은 주름살을 만지며 서러워해야 한다. 득오도 시간의 흐름과 죽음은 자연의 계절 같은 것으로 봤다. 득오는 월명사가 여동생을 생각하듯 죽은 죽지랑을 생각한다.[64] 화랑이었던 죽지랑은 그의 '사師'였고 그가 억울하게 익선益宣에게 불려 부역을 했을 때 그를 도우러 찾아왔던 분이다. 세월은 빨라 죽음의 길도 목첩에 다가왔다. 그러나 죽음이 가까워도 서럽지 않다. 조금만 있으면 그리운 죽지랑을 만나볼 수 있기 때문이다. 그리움의 정은, 만남의 희열은 가는 봄의 애처로움도 잊게 하는 것이다.

월명사가 죽은 동생을 그리워하고 득오가 죽지랑을 사모하는 정은 어디까지나 현세적인 인간관계의 정이다. 그러나 싯다르타의 태도는 그와 다르다. 싯다르타가 출가했을 때, 그를 쫓아오던 시종 찬다카는 "소인이 어찌 태자님을 이곳에 두옵고 홀로 돌아가오리까?" 하고 울며 말한다. 그때 싯다르타는 이렇게 대답하고 있는 것이다.

---

64) 「모죽지랑가」의 비유법을 분석해보면 월명사의 「제망매가」와 일치한다는 것을 알 수 있다. 그들은 생사를 모두 나무에 비유하고 있다. 그리고 죽음의 의식은 가을이라는 계절 감각으로 상징되어 있다.

"이 세상 법은 홀로 났다가 홀로 죽는 것이다. 어떻게 나고 죽음을 같이하겠느냐? 태어나고 늙고 병들고 죽음의 모든 괴로움을 지니고서, 어찌 진정한 너희들의 동무가 되겠느냐? 나는 이제 모든 고<sub>苦</sub>를 끊어 없애고자 이곳에 온 것이다. 이 괴로움이 끊어져 없어진 뒤에야 비로소 모든 사람의 좋은 동무가 될 것이다. 나는 이제 모든 괴로움을 여의지 못했거니, 어떻게 너희들의 좋은 동무가 되겠느냐?" 싯다르타의 이 말은 현대의 실존 의식과 거의 일치하는 사상을 내포하고 있다. 탄생과 죽음의 실존을 의식하는 순간, 지금껏 타자<sub>他者</sub>와 내가 맺고 있던 인간 현실의 관계는 한낱 그림자 같은 것에 지나지 않는다는 것을 느끼게 된다.

월명도 득오도 죽음을 서러워하나, 죽음에의 실존 의식은 나타나 있지 않다.[65] 실존을 넘어선 진정한 동무로서의 새로운 맺음이 아니라, 그들은 죽음이라는 단절을 보류해놓은 일상적인 그 만남만을 중시한다. 죽음은 이러한 만남이 있기 때문에 처절하지 않다. 이 세상 것과 단절된 것으로 생각지 않았기 때문에 절망적인 것만은 아니다. 사후에도 세상 걱정만 없다면 피크닉을 떠나

---

65) 월명과 득오가 서러워하는 것은 누이나 죽지랑의 죽음이지, 자기 자신의 죽음, 미구에 자기에게도 닥쳐올 자기의 죽음이 아니다. 싯다르타의 고민은 동문에서 시체를 보고 왔을 때 '타인의 죽음'을 '자기의 죽음'으로 파악하는 그 순간에 시작된다. 타인의 죽음을 추도하는 마음과 '죽음 자체를 생각하는 마음'은 겉보기에는 같으나, 근본적으로 다른 것이다. 전자의 감정은 오직 서러움의 감정이요, 후자의 것은 회의의 마음이다.

듯이 그들은 고요히 떠난다. 말없이 초목이 시들어 대지에 묻히며 다음 해의 봄을 기다리는 것과도 같다.

그러나 죽음까지를 현세 내의 상태로 보았기에, 우리는 고독과 비극에 대해서도 철저하지 못했다. 절대적인 이별, 절대적인 종말, 절대적인 단절로서 죽음을 보았다면 자아의식도 강렬하게 나타났을 것이다. 월명사는 한 가지에 나고서도, 떨어질 때는 제가끔 항변 없이 흩어지는 낙엽의 고독은 알면서도 외로운 자아의 실존을 생각지 않았다.

만나는 희망을 갖지 않았다면 '인간의 생이란 홀로 죽어갈 수밖에 없다'는 인간 실존에 더 충실했을 것이다. 여기에서 '타자의식'이 생겨났을 것이고 무엇으로도 자기의 생을 합리화할 수 없다는 벽과 직면했을 것이다. 싯다르타의 비통한 고백처럼 그 벽을 뛰어넘지 않고서는 진정한 너와 나의 관계를 찾을 수 없음을 발견했을 것이다. 죽음 앞에서 철저한 '무'를 느낀다는 것은 인간의 특권에 회의를 품어 평등사상을 낳게 하고, 종국에는 인간의 세속적 가치관을 부단히 비판하는 아웃사이더적인 자기 초월의 길을 열게 하는 것이다. 그런데 우리는 죽음을 미지근하게 대했다. 현세를 비판하고 초월하는 성자가 아니라 현세 속에 철저하게 유폐된 현세 매몰의 성자형의 문화였다. 어쨌든 그랬기에 우리의 생존은 불꽃처럼 격렬하게 타오르지는 못했지만 초목처럼 현세의 대지 속에서 조용한 생을 피워갔던 것이다.

# 꽃을 바치는 마음

『삼국유사』를 읽다 보면 참으로 아름답고 향기 어린 꽃송이 하나가 나타난다. 동물도 탐을 냈다는 한국의 아프로디테, 수로부인水路夫人이다. 그녀는 난숙할 대로 난숙해진 신라 문화의 한 떨기 꽃이기도 하다.

아미엘Henri Frédéric Amiel은 그의 『일기』에서 그 나라의 민족성을 알려면 우선 그 나라의 여성을 보라고 말한 적이 있다. 어느 나라에나 상징적인 미美의 여인이 하나씩 있다. 그리고 그 여인은 한 문화의 정신적인 결정으로서 형상화된다. 희랍에는 아프로디테가 있고 아프로디테의 미는 곧 헬레니즘의 화신이다. 역시 헤브라이즘에는 성모 마리아가 있다. 그녀는 헤브라이즘을 상징하는 존재이기도 하다.

육체를 숭배한 희랍인들은 균형 잡힌 아프로디테의 미모에만 미의 생명을 부여하였다. 오늘날 미스 유니버스의 선발 기준이 되어 있는 팔등신이란 고대 희랍의 아프로디테의 조상彫像에서 따온 기준이다. 풍만한 육체가 하나의 물체와 마찬가지로 조형적인 미, 가장 이상적인 조화와 균형으로 이루어졌다는 것을 알 수 있다. 신화에 의하면 그녀는 한없이 푸르른 지중해의 물거품에서 태어났다는 것이다. 그 장면을 상상해서 그린 보티첼리의 그림을 보더라도, 아프로디테의 발가벗은 나신裸身은 바다의 물결처럼 싱싱하다.[66]

아프로디테의 순결은 도덕적인 데 있지 않다. 오로지 육체미의 순수한 아름다움, 그녀의 마음이 착하냐 음하냐 하는 것은 문제가 되지 않는다. 허리의 곡선, 신체의 등분, 유방의 볼륨, 이런 것이 잘 어울리느냐 아니냐에 있는 것이다. 그것이 대리석의 진실이다.

여담으로 흐르는 것 같지만 희랍인들의 예술 가운데 어째서 조각이 발달했느냐 하는 것부터가 바로 아프로디테와 깊은 관련이 있는 것이다. 원시 불교에서는 불상을 새기지 않았다. 원시 기독교 역시 우상을 섬기지 말라는 계율과 함께 조각(우상)을 금지했다는 것을 알 수 있다.

---

66) 성모 마리아 사상은, 기독교 고유의 것으로 볼 수는 없다. 희랍 로마의 여신 숭배 사상이 유럽으로 들어온 기독교 사상 속에서 변질되어 나타난 것으로 보아야 한다. 그러기 때문에 희랍의 아프로디테와 성모 마리아를 비교해보면 더욱 그 두 문화의 본질적인 차이를 분석할 수 있을 것이다.

인도에서 불상을 새기기 시작한 것은 희랍 문명이 들어오고부터라고 문화사가文化史家들은 증언하고 있다. 기독교 역시 마리아나 기독(그리스도)의 모습을 조상으로 새기기 시작한 것은 기독교가 유럽(로마)으로 들어오고 난 뒤의 일이었다.

영적인 것은 눈으로 볼 수가 없다. 그러기에 기독교나 불교는 외관外觀(내)의 상像을 조각하는 것이 본령本領이 아니었다. 그러나 희랍은 영혼보다도 육체를 믿었다. 아프로디테는 철저하게 육체미에서 시작하여 육체미로 끝난다. 그들은 조각을 할 때, 미리 조그만 원형을 만들어 물통에 집어넣는다. 물통에는 미리 등분이 되어 있는 잣눈이 그려져 있다. 물통에서 물을 그 등분에 의해서 조금씩 뺀다. 그러면 원형의 모습이 차차 나타난다. 머리, 유방, 배, 다리의 순서로 수면 위에 솟는 것이다. 희랍 조각가들은 그것을 보고 등분을 알아내고 그 등분의 비율대로 조각을 했다. 그들이 이렇게 치밀한 방법을 쓴 것은 미를 외모의 균형에 두었다는 것을 입증한다.

아프로디테는 신화에서도 결코 현모양처형으로는 그려져 있지 않다. 그녀는 제우스의 질투 때문에 가장 추악한 얼굴을 한 헤파이스토스의 아내가 된 뒤, 전쟁의 신 아레스와 정사를 하기도 한다. 심지어 신화의 말기엔 창녀의 여신으로까지 타락하게 되는 것을 보아도 알 수 있다. 아프로디테는 신이면서도 계급이 다른 인간과도 사랑을 하고 제우스를 비롯하여 웬만큼 행세하는 신과는 모두 한 번씩 관계하여 대여섯 명의 사생아를 낳았다. 우스운 이야기 같지만 아프로디테식으로 미스 유니버스를 선발하는 오늘날에도 역시 그러한 맹점이 있다. 이탈리아에서 고급 콜걸의 소굴을 경찰이 습격했을 때, 그 창녀들 가운데 미스 유니버스 선발전에 출전한 여성들이 여섯이나 끼어 있었다고 한다.

이와는 달리 또 헤브라이즘이 빚어낸 성모 마리아는 지나치게 영적이다. 성모 마리아의 신비한 미는 그녀가 눈을 숙이고 있다는 점이다. 그녀는 동정녀이다. 현실적인 티끌이라고는 하나도 묻어 있지 않은 순수한 영적 존재이다. 영靈의 세계에 이상을 둔 헤브라이즘적인 미녀는 이렇게 윤리적이며 정신적인 숭고성으로 채색되어 있다. 레오나르도 다빈치나 미켈란젤로의 피에타 상에 나타나는 마리아는 어느 정도 희랍적인 냄새를 풍기고 있으나 육체가 없는 신성한 동정녀의 이미지를 지니고 있다는 것을 누구도 부정 못할 것이다.[67)]

우리의 전설적인 수로부인은 어떠한가? 그녀도 아프로디테처럼 바다와 관계가 깊다. 지중해에서 아프로디테가 태어났다면,

---

67)  아프로디테의 미는 나체이도록 운명지워져 있다. 옷을 입은 아프로디테는 이미 아프로디테가 아니다. 그러나 성모 마리아는 육체를 감출수록, 온몸을 신비한 의상의 주름으로 덮을수록 그 미가 발휘된다. 성모 마리아는 육체를 감추도록 운명지워져 있는 동정녀이다. 이렇게 미에는 사상적인 두 개의 다른 고향이 있다.

수로부인은 동해를 등지고 서 있을 때 가장 아름다웠다. 우리는 이 여인을 상상할 수 있다. 유난히도 맑고 푸른 동해 바다, 단정하게 빗어 넘긴 그녀의 검은 머리카락이 해풍에 몇 오라기 흐트러져 날리는 것을, 그리고 수줍게 여민 치맛자락이 바람에 접힐 때마다 숨어 있던 싱싱한 육체의 곡선이 부각되는 것을……. 아프로디테처럼 그녀는 육체의 아름다움을 지니고 있다.

우리는 마리아처럼 영적이고 현세를 떠난 극단적인 순결만을 추구하지는 않았다. 수로부인은 비록 수동적이기는 하였으나 용(다른 남성)에 끌려 바다로 들어갔다가 다시 나온다. 솔직히 말해서 『삼국유사』에 그려진 수로부인은 수상한 점이 많다. 적어도 수절형이 아니다. 음한 데가 없지도 않다. 그리고 바로 그 음한 것으로 해서 수로부인은 우리에게 한층 가까운 인간적인 매력을 풍겨 준다.[68] 해룡海龍에게 붙잡혀 바다 속으로 들어갔다 다시 나온 수로부인의 몸에선 이상스러운 향기가 풍겼다. 바다에서 다시 나온 수로부인은 한층 더 아름답게 보였던 것이다. 바다와의 밀통密通! 우리는 여기에서 바다의 거품 속에서 태어난 아프로디테의 육체

---

[68] 신라인들이 그린 미녀형에는 수로부인과 함께 도화녀桃花女가 있다. 미녀는 인간만이 탐하는 것이 아니라 자연까지도 그 미를 흠모한다. 수로부인은 용과, 도화녀는 귀신과 정을 통하는 것이다. 신라의 미녀들은 조선의 춘향이처럼 반드시 수절형으로 그려져 있지 않다는 데 매우 육감적인 미를 풍긴다.

를 연상한다.

『삼국유사』에서 용이라고 할 때는 오늘날 정체불명의 괴한이란 말과 같은 뜻으로 해석되는 용례用例가 많다. 서동의 설화 중에도, 서동은 과부가 연못가에서 용과 관계하여 낳은 사생아로 되어 있다. 과부의 밀통을 그렇게 얼버무려놓았던 것임을 쉽게 알 수 있다.

타의라고 해도 수로부인은 타인과의 정사가 있었던 것 같다. 그리고 당시 성덕왕 때는 귀족층에 당풍唐風이 들어와 남녀 관계가 음란했다는 기록도 보인다. 그것은 타락이라기보다 그녀를 더 완벽한 미녀이도록 했다. 요컨대 신라인이 만든 미의 여신이라고도 할 수로부인은 동정녀가 아닌 것만은 분명하다.

그렇다고 수로부인은 아프로디테도 아니다. 강릉으로 부임해 가는 남편 순정공純貞公을 따라가는 동해 연안의 길목에서 수없이 붙들림을 당했다고 했지만, 그녀는 순정공의 부인으로서 끝까지 몸을 지켰었다. 전리품戰利品처럼 내맡긴 아프로디테의 그 육체의 길과는 사뭇 다르다.[69]

---

69) 호메로스의 서사시 『일리아스』에 등장하는 미녀 헬레네 역시 마찬가지다. 헬레네는 완전한 전리품과 같은 존재여서, 영웅들의 승리에 씌워지는 월계관과 같은 것으로 나타나 있다. 같은 호메로스의 서사시 『오디세이아』의 페넬로페도 동양적인 정숙한 부인이지만 서구 문화에서 차지한 그 위치는 헬레네와는 비교도 되지 않을 만큼 그 존재가 미미하다.

이 수로부인에게 바친 「노인헌화가老人獻花歌」를 읽어보면 그녀를 대하는 신라인의 은근한 마음씨를 엿볼 수가 있을 것이다. 수로부인은 바닷가에서 점심을 먹느라고 잠시 쉬고 있었다. 병풍처럼 깎아 세운 석봉石峰이 바다를 둘러싸고 있는 곳에서였다. 높이가 천 길이나 되는 그 석벽에는 붉은 철쭉꽃이 피어 있었고 맑고 아름다운 수로부인의 눈은 그 꽃들을 바라다보고 있었다. 그러니까 그것은 늦은 봄이었을 것이고 밝은 대낮이었을 것이고, 바닷바람이 사람의 마음을 흔들어놓는 그런 순간이었을 것이다. 수로부인은 주위의 종들에게 저 꽃을 꺾어 올 사람이 없느냐고 물었다. 그러나 사랑이 무엇인지를 모르는 종자從者들은 석벽이 위태롭다는 말만 했다. 그때 암소에게 풀을 뜯기고 있던 한 노인이 아리따운 수로부인의 모습을 넋을 잃고 바라보다가, 그 여인의 눈길이 멎는 벼랑에 아름다운 꽃들이 피어 있는 것을 발견했을 일이다.

소를 치던 노인은 암소에게 풀을 뜯기는 일에는 이제 관심이 없다. 묵묵히 수로부인에게 다가서 자기가 꽃을 꺾어 바치겠노라고 시를 읊는다.[70]

---

70) 수로부인을 대하는 그 노인의 태도는 곧 신라인들이 미를 이해하는 상징이라고 볼 수 있다. 노인이 생명을 걸고 꽃을 꺾어 바친다는 것은 단순한 수로부인의 미에만 도취된 것은 아니다. 적어도 벼랑에 핀 꽃을 갖고 싶어하는 수로부인의 그 마음에 대한 공명까지도

붉은 벼랑가에 잡은 손 암소 놓고

나를 아니 부끄리시면

꽃을 꺾어 바치리이다.


　약한 여인들을 돕기 위해 목숨을 버리기까지 하는 것이 서양
기사도의 한 자랑이며 명예였다. 아름다운 수로부인을 위해서 천
인단애千仞斷崖의 위험도 마다 않고, 그리고 또 농민에게 있어서는
생활 터전이기도 한 귀중한 소를 놓아두고 꽃을 꺾어 바치겠다는
동해 변의 이 노인…… . 어떤 중세 기사에 비해서도 손색이 없다.
　그러나 그 정경情景을 다시 한 번 머리에 그려볼 때, 「노인헌화
가」의 시를 자세히 감상해볼 때, 중세 기사들의 그것과는 그 운
치에 있어, 그 몸가짐에 있어, 사랑을 대하는 태도에 있어 엄청난
차이가 있다는 것을 발견하게 된다.
　첫째, 기사들의 부인경애婦人敬愛는 댄스를 하거나, 노래를 하거
나, 혹은 친절한 말씨를 쓰는 에티켓으로서 궁정의 사교장에서
이루어진다. 코틀리 러브courtly love[宮廷愛]로 상징되던 중세기적인
플라토닉 러브는 엄격한 의미에서 형식화된 사교술의 일종이라

포함된다. 철쭉을 탐하는 수로부인의 순수한 미적 충동은 그대로 노인이 그 수로부인에게
쏟는 정과 일치하는 충동이라 할 수 있다. 수로부인은 철쭉을 얻고 그 소 치던 노인은 수로
부인의 절세의 미를 얻었다.

할 수 있다.

궁정의 무도회에서 만나는 귀부인이면 누구의 청이고 거절해서는 안 되고 상대방이 누구이건 헌신적으로 도와야 한다. 환한 샹들리에의 불빛 아래에서 벌어지는 낭만이다. 그런데 「노인헌화가」는 샹들리에의 불 밑이 아니라 태양이 쏟아지는 자연을 매개로 해서 전개된다.

구름, 바다, 바람, 그리고 그 꽃— 타는 듯이 붉은 철쭉꽃—이 자연이 그들의 스스럼이나 낯선 사이의 벽을 무너뜨린다. 오늘날 해수욕장에서 남녀가 부끄러움 없이 알몸을 내놓고 섞일 수 있는 것처럼 동해의 아름다운 해안선을 연상할 때만이 우리는 유부녀에게 꽃을 꺾어 바친 한 남성의 용기가 이해될 수 있다.

그것은 격식화된 사교가 아니었다. 어디까지나 자연발생적인 것이었다.[71]

둘째, 기사가 귀부인을 돕는 방법은 항상 칼이나 힘을 통해서이다. 그러므로 그 도움이란 외부적인 위험에 국한되어 있다. 가

---

[71] 서구 사회에 있어서 남녀 간의 애정을 합리화하는 것은 '법'이었다. 새로운 애정 관계를 타당케 하려면 일종의 사회성을 바꾸지 않으면 아니 되었다. 그러나 한국에 있어서 남녀 간의 정사나 애정이 합리화되는 것은 '자연'이었다. 엄격한 남녀유별의 조선 시대에도 달 밝은 정월 대보름이나, 5월 단오에는 남녀가 어울려 놀 수 있는 기회가 있었다. 즉 '자연과 성'의 일체감이 있었기 때문이다. 김유정의 「동백꽃」, 이효석의 「메밀꽃 필 무렵」 등이 모두 그러한 전통을 대변해주고 있다.

날픈 여성 옆에 서 있는 기사는 보디가드처럼 번뜩이는 칼을 들고 있다. 그러나 그 노인은 유순한 암소의 고삐를 잡고 있을 뿐이었다. 그가 한 여성을 위해 스스로 위험 속에 뛰어들어간 것은, 그녀가 비열한 악한에 사로잡혔기 때문이 아니고, 귀부인으로서 창피한 꼴을 당했기 때문도 아니다. 무엇보다도 수로부인이 용에게 잡혀갔을 때 마을 사람들이 취한 그 이야기에서도 잘 나타나 있다. 그들은 전쟁을 통해서 헬렌을 다시 끌어온 트로이의 용사들은 아니었다. 미녀를 놓고 약탈전을 벌인 게 아니라 시를 지어서 노래를 불렀다.

'뭇 사람의 말은 쇠도 녹이게 한다'는 것을 믿었기 때문이다. 현대적으로 해석하자면 여론의 압력을 통해서 용으로부터 수로부인을 탈환했다.

결투까지는 안 간다 해도 기사도의 부인경애는 대개가 다 외부적인 사고를 통해서 발휘된다. 오늘날에도 최고의 명예로 되어있는 가터훈장의 유래를 따져봐도 알 수 있다. 가터란 말은 본시가 양말대님이란 뜻이다. 영국 왕 에드워드 3세가 무도회에서 솔즈베리Salisbury 백작부인과 파트너가 되어 춤을 추었을 때의 일이었다. 무아경에서 춤을 추던 백작부인의 파란 양말대님garter이 풀어져 마룻바닥에 떨어졌다. 왕은 얼른 그 양말대님을 자기 발에 매고, 가까운 사람들에게 이렇게 말했다고 전해진다. "이것을 악의로 해석하는 자는 부끄러워할지라(Honi soitqui mal y pense)." 이것

이 바로 영국의 기사들에게 주어진 최고의 명예, 가터훈장을 낳게 한 순간이었다.[72]

풀어진 여인의 양말대님을 주워 바치는 것과, 벼랑의 붉은 꽃을 꺾어 바치는 우리의 그것은 본질적으로 다르다. 이러한 가터훈장의 전통은 오늘날 여자들에게 종처럼 외투를 입혀주는 것까지로 진전되었다. 꽃을 꺾어 은근히 바쳤던 신라인의 그 마음은 호텔의 웨이터식 친절이 아니다. 내면적인 변화에 더 예민하게 신경을 쓴다. 마음속의 풍류를 이해한다는 것, 함께 그러한 마음을 즐기고 나눈다는 것……. 양반과 기생 사이의 유희적인 사랑이라 해도 반드시 '사군자四君子'와 '거문고'와 '시詩'가 오고 갔던 사실만 가지고도 짐작이 가는 일이다. 기사들은 명예감에서 사랑이 나왔지만 우리는 풍류에서 탄생했다.

"사람이 아름다운 꽃을 사랑하는 것은 풍류의 하나다. 청복淸福이 있는 사람이라야 꽃을 사랑할 수 있는 복을 누리는 것이다. 그러므로 이 복은 저마다 갖는 복이 아니다."(『오주연문五洲衍文』)

수로부인의 용모가 아름다운 것만으로 그 노인은 벼랑에 기어

---

72)  가터훈장은 기사들에게 준 최고의 명예였지만, 오늘날엔 영국의 왕족, 귀족, 그리고 영국과 친교가 있는 국가 원수들에게 주어지고 있다. 보통 평민들 가운데 이 훈장을 받을 수 있는 수는 25명으로 한정되어 있다. 처칠 수상도 이 훈장을 받은 사람 중의 하나이다. 가터훈장은 아직도 그 양말대님을 기념하기 위해 왕이 한 말이 적혀 있고 파란 리본으로 매어져 있다.

오르지 않았을 것이다. 천한 기생이라 해도 얼굴만이 아니고 시와 사군자와 거문고를 뜯는 풍류가 없다면 명기 소리를 듣지 못한다. 즉 남자의 마음을 사로잡지 못했다. 이 말을 뒤집으면, 여성(미美)을 대하는 우리 옛 조상들의 안목이 어떠한 것이었는지 알 수 있다.

셋째, '암소 놓고'라는 표현이다. 동양에서도 여자의 머리카락 하나가 능히 큰 코끼리를 끌 수 있다는 말이 있다. 그리고 경국지색傾國之色이란 표현이 있는 것을 보아도 사랑은 그 어느 나라에서고 이성을 지니고 있다는 것을 알 수 있다. 클레오파트라와 카이사르의 관계가 그것을 초월한 힘을 입증하여 준다. 그러나 맹목의 경지라 해도 그 표현은 동서가 서로 다르다. 왜 그 노인은 종자들이 다 위험하다고 한 말을 입 밖에도 꺼내지 않았을까? 서양의 기사였다면, '천인절벽도 두려움 없이' 또는 '이 목숨 바쳐 꽃을 꺾어 바치겠다'라고 읊었을 것이다.

그런데 그는 오직 '손에 잡은 쇠고삐를 놓고' 꽃을 꺾겠다고 하였다. 한 목숨의 안위安危를 가지고 생색을 내려는 직접적인 표현부터가 그 신라인에겐 어색했는지 모른다. 서양인들은 애인 앞에서 영원히 '당신의 것forever yours'이라는 말을 곧잘 쓴다. 최대의 애정을 나타내는 그들의 그 발상 양식發想樣式은 물질적인 소유 개념에서 우러나온 것이다. 사람도 물건 취급이다. 뿐만 아니라, 그들은 '아이 러브 유' 등속의 직접적인 표현을 쓴다. 그런 것들에

비하면 「노인헌화가」의 그 고백은 한결 운치가 있고 암시적이다. 그는 암소를 잡은 손을 놓겠다는 말 한마디로, 실로 수천 장의 연문戀文으로도 다하기 어려운 자신의 결단을 표현한 것이다.

고대 사회의 농경민에 있어서 '소'는 물질적, 정신적인 양면에서 생활 그 자체의 상징물이었다. '제후도 아무 연고 없이 소를 죽이지 못한다.'고 했다.(「곡례曲禮」) 소는 농경의 노동력과 식량을 겸한 존재였기 때문에 천지의 사이에서 무엇보다도 그 쓸모가 가장 많고 그의 공은 땅의 도道에 합合한다고 말한 이도 있다. 그만큼 소를 소중히 생각했던 것이다. 전국시대에는 또 소를 살찌게 기를 줄 안 백리해百里奚가 그 때문에 진秦 목공穆公의 신망을 얻어 높은 벼슬자리에 올라 국사國事를 도모했다는 이야기가 있다.(「여씨춘추」) 소를 잘 기를 줄 아는 사람이면 능히 국사를 맡아 백성을 살찌게 할 수 있다고 믿었던 까닭이다.[73] 이렇게 한 사람이 쇠고삐를 붙들고 있다는 것은 전 생존의 의미를, 그리고 그 땅의 터전을 붙잡고 있다는 뜻이다.

그러나 소는 단순한 물질적 생활의 방편만이 아니다. 더 깊은 뜻이 있다. 세속의 영욕을 등진 채 착하고 어질게 살려는 고고한

---

[73] 동양(중국과 한국)에 있어서 소와, 소를 치는 사람은 마치 이스라엘에 있어 양과 양을 치는 목자의 관계와도 같다. 그 상징성 역시 유사한 점이 많다. 목우에서 목민이란 말이 생겨난 것을 보아도 알 수 있다.

은자의 정신적 방편이기도 한 것이다. 요堯 임금이 제위帝位를 소부巢父에게 물려주려고 할 때에 그 은자隱者는 "당신이 천하를 다스리는 것은 내가 송아지를 기르는 것과 같다. 천하 백성들이 모두 자신을 다스리고 있는 것인데 무슨 걱정이 있겠는가?"라고 말하면서, 그는 송아지를 끌고 사라졌다. 은자가 쇠고삐를 잡고 있는 것은 천하의 권세를 잡고 있는 것과도 통한다. 영척甯戚이라는 사람은 소에게 풀을 뜯기면서 소의 뿔을 만지며 노래를 부르며 지냈고, 발해의 현자는 차고 다니던 칼을 팔아서 소를 샀고, 봉군달封君達은 산중에 들어가 도를 닦다가 고향에 돌아와서는 항상 청우靑牛를 타고 다녔다고 했다. 유응지劉凝之가 여산廬山에 숨어 살면서 「기우가騎牛歌」를 지어 부른 것처럼 소는 거칠 것 없는 은자의 마음을 상징한다.

"소를 타고 다니는 나를 그대들은 웃지 마소, 세상만사를 내 맘대로 하고 싶으니[我騎牛君莫笑, 世間萬事從吾好]."

동해의 어느 벼랑 밑에서 소를 몰고 가던 노인도 그러했으리라. 그런데 그 소의 고삐를 놓쳤다면, 천하를 다 주고, 고고한 은자의 마음까지도 다 버린다는 뜻이 된다. 멋없는 말이지만 그야말로 '물심양면'을 한 떨기 철쭉꽃에 담아 바치겠노라는 의표意表인 셈이다.

넷째, '나를 아니 부끄리시면'이라는 하나의 조건이다. 무엇보다도 이 점이 기사들의 세계에서는 찾아볼 수 없는 마음인 것이다. 진흙길을 걷는 엘리자베스 여왕에게 예고도 상의도 없이 자기 망토를 벗어 깔아준 월터 롤리Walter Raleigh의 약간 아부에도 가까운 돌연한 친절과는 다르다. 그들은 친절을 베푸는 것까지도 페르시아를 정복하듯이 했다. 상대편의 마음에는 아랑곳없이 일방적으로 내어 맡기는 선심이다.[74]

그러나 그 소 치는 신라인은 알고 있었다. 아무리 헌신적인 마음이라 하더라도 상대방을 언짢게 한다면 그것은 도리어 해를 끼치는 일이라는 것을. 그래서 목숨을 바치는 자기희생을 각오하면서도, 자신의 생색보다는 수로부인의 마음을 염려하는 겸허한 심경을 보이고 있다. 월터 롤리, 그리고 더구나 "무사에게는 좋아하는 여인을 그냥 돌려보내는 그런 사랑의 습관이 없노라."라고 말하면서 칼을 뽑아 구애를 한 일본 무사 엔도 모리토[遠藤盛遠] 같은 사람들로서는 모르고 있는 세계이다. '나를 아니 부끄리시면'이라는 섬세한 배려가 있었기에, 그의 멋과 사랑은 한층 더 고고하게 보인다.[75]

---

74) 월터 롤리의 망토와 「노인헌화가」의 암소는 퍽 대조적이다. 월터 롤리의 선심은 자기가 겉치레로 입고 있는 망토를 버리는 일이었지만, 신라의 노인은 생존 수단인 암소를 버리는 일이었다.

75) 일본 무사들의 구애법은 서구의 기사들과도 달라서 거칠고 폭력적인 것이었다. 협박이나 납치를 예사로 하였다. 그들 역시 서구의 기사와 마찬가지로 의리와 명예를 존중하였지만, 여자에 대한 명예 의식은 거의 부재에 가까운 것이었다. 이것이 서구의 기사와 일

흔히 여자가 눈길 위에 쓰러져도 그것을 못 본 체하고 그냥 지나가는 한국인을 무뚝뚝하다고 평하는 외국인이 있다. 여자를 돕는 기사도의 전통이 건재한 서양인의 눈으로 볼 때 분명 그것은 비겁이요, 야만으로 보였을 것이다. 그러나 그것은 '나를 아니 부끄리시면'의 「노인헌화가」적인 전통 때문이라고 보아야 할 것이다.

길에 미끄러진 여인은 창피한 꼴을 남자들에게 보인 것을 무안하게 생각한다. 옆에 가서 손을 내밀 만한 친절이 없어서가 아니라 그렇게 하면 더 부끄러움을 탈 것이기에 마치 그 모습을 못 보았다는 듯이 외면을 하고 지나치는 것이다. 그게 손을 내밀어 돕는 것보다 더 상대편을 돕는 친절일 수도 있다. 그것이 한국인의 슬기이다.

마지막으로 주목할 것은, 그 로맨스의 주인공이 청년 아닌 노인으로 그려져 있다는 점이다. 생각건대 소를 몰고 가던 노인은 아마 어엿한 청년이었을지도 모른다. 그렇지 않다면 '나를 부끄럽게 생각지 않는다면……'이라는 표현은 모순이 된다. 백발노인이라면 낯모르는 남녀 사이라 해도 무슨 부끄러움이 있겠는가?

그런데도 굳이 노인이라고 밝힌 데에 묘미가 있다. 청년이라면 너무 음淫해 보일 것 같아 그렇게 변조變造했을까? 그렇지 않으면

본 무사와의 가장 큰 차이이다.

현대풍의 로맨스 그레이를 그리려 한 것일까? 그 이유는 좀 더 깊은 데 있을 것 같다.

신선의 사랑—젊든 늙든 성자의 연심戀心을 이상으로 그리려고 한 것일 게다. 젊음의 들뜬 욕정도, 소낙비 같은 순간의 방일放逸한 불장난도 아닌, 노인의 연심. 여기에 사랑을 대하는 신라인의 이상이 있었을지도 모를 일이다. 뜨겁되 욕정에 끓지 않고, 헌신적이되 음란이 아닌, 어쩌면 동해의 푸른 물결처럼 부풀어오르는 연정을 천인단애의 절벽으로 오르는 철쭉꽃 같은 그 연심……. 자기 억제의 조화 속에서 꽃을 바치는 사랑이다.[76]

노인은 수로부인에게 꽃을 바친다. 여인은 수줍은 듯 고개를 숙이고 꽃만을 쳐다보고 있지만 그 입술에는 꽃을 보고 반기는 것인지 그에게 답례하는 은근한 미소인지 분간할 수 없는 야릇한 음성이 괴어 있다. 바다를 끼고 도는 강릉 수백 리 길……. 수로부인의 일행은 다시 길을 떠나고 노인은 그 사라져가는 여인의 용자容姿를 향해 바닷바람에 하얀 수염을 나부끼며 다시 한 구절의 시를 읊는다.

---

76)  헌화의 풍습은 당송 때에 성행하였던 것 같다. 『어은집漁隱集』에 보면 양주 땅에는 작약이 많아 유수留守들이 그 꽃을 꺾어 임금에게 바쳤고, 급기야는 헌화하는 역驛을 마련하기까지 하였다고 한다. 우리나라의 문학 작품을 봐도 헌화는 신라 때에 있었고 조선에 들어서는 꽃을 즐기기는 하였으나 헌화의 풍습은 별로 없었다.

붉은 벼랑가에 잡은 손 암소 놓고

나를 아니 부끄리시면

꽃을 꺾어 바치리이다.


　마치 아무 일도 없었던 것처럼, 벼랑 위에 꽃은 피어 있고 바다 위에는 흰 거품이 이는 파도가 친다. 정말 아무 일도 없었던 것처럼 봄의 따스한 햇빛이 눈부신 바닷가의 조약돌을 비추고 있다. 그러나 정말 아무 일도 없었을까? 수로부인이 걸어간 멀고 먼 강릉 천 리의 해안선……. 거기에는 신라의 여인들이 걸어간 사랑의 글월이 적혀져 가고 있었다. 우리는 그 글월에서, 육체를 정복하는 영웅들의 떠들썩한 사랑도, 그렇다고 수녀처럼 속세의 욕정을 버린 사원寺院 속 같은 영혼만의 사랑(아웃사이더의 성자)도 아닌, 현실 속에서 잘 조화된 사랑을 발견한다. 현세 속에서 육체와 정신을 다 같이 고양高揚시킨 신선 같은 사랑(인사이더로서의 성자)이다. 「노인헌화가」에서 우리는 인사이더로서의 성자적인 애정 형태의 한 이상적인 패턴을 읽을 수가 있는 것이다.[77]

---

77)　아프로디테가 군신 아레스와 간통할 때 도리어 신들은 아프로디테를 징계하지 않고 그녀의 남편인 헤파이스토스를 웃음거리로 만들어 조롱하였다. 수로부인이 용에게 잡히고 또 여러 이물들이 그녀를 탐냈다고 하지만, 그 부부 사이에는 비극이 생기지는 않았다. 그것은 도덕과 관능의 조화에서 빚어진 설화였기 때문이다.

# 육체관에 대하여

한국·중국·일본의 동양 삼국 중에서 가장 현저한 대조를 보이는 것은 목욕하는 습관이다. 일본인이 목욕을 제일 자주 하고 그다음에 한국, 그리고 중국인은 몸을 안 씻는 것으로 유명하다. 풍토, 기후, 그리고 물이 흔하냐 그렇지 않냐 하는 여러 조건 때문에 그런 풍습의 차이가 생겨난 것 같다.

『주서周書』와 「동이전東夷傳」의 기록을 보면, 고구려 사람들의 목욕하는 풍습이 나오는데, 친소親疎가 같은 냇물에서 목욕을 했다는 것이다. 같은 냇물에서 낯선 사람끼리 발가벗고 목욕을 하는 게 야만인지, 때가 낀 몸을 하고서도 그냥 다니는 것이 야만인지, 그 시비를 여기에선 덮어두기로 하자. 그보다도 더 중요한 문제가 있는 것이다.

효소왕 때의 죽지랑에 대한 이야기를 읽어보면, 목욕에 관한 참으로 흥미 있는 대목이 나온다. 사건의 실마리는 아간阿干이라는 벼슬을 지내고 있는 익선益宣이 화랑 단체를 관장하고 있는 화주花主의 노여움을 산 데서 일어나게 된다. 익선은 화랑 죽지랑의 도중徒中의 한 사람인 득오를 창직倉直으로 임명하여 그의 밭에서 부역을 시켰다. 죽지랑은 그의 어머니로부터 그 소식을 듣고 득오를 찾아간다. 그리고 주병酒餠으로 익선을 대접하고 득오를 데려가려 하니 휴가를 달라고 부탁했다. 익선은 요즈음의 부패 관리들처럼 돈이 아니면 말을 잘 듣지 않았던 모양이다. 마침 그곳을 지나다가 그 광경을 본 사리使吏 간진侃珍이 낭郞의 착한 마음에 감동하여, 조정으로 운반해가던 판곡 30석을 주고 그 청을 들어주라고 했다. 그래도 듣지 않자, 말안장까지 뇌물로 주었다. 그제서야 익선의 허락이 내렸다.

이 말이 화주의 귀에까지 들어간 것이다. 화주는 더럽고 추한 익선을 벌하려고 했다. 그런데 이 죄라는 것이 바로 우리의 관심을 끄는 부분이다. 그 벌이란 다름이 아니라 '더럽고 추한 것'을 씻어주는 것이었는데, 그것은 당자當者를 잡아다가 강제로 목욕을 시키는 일이었다. 더욱 괴상한 것은 익선이 목욕을 하지 않으려고 도망하여 숨었다는 사실이며, 한층 더 괴이한 것은 그러자 장자長子를 대신 잡아다가 연못에 넣고 목욕을 시켰다는 것이다. 그때는 마침 중동극한仲冬極寒의 달이라, 잡혀 강제 목욕을 당했던 익선의 아들은 얼어 죽었다고 씌어 있다. 왕도 이 사실을 알고 익선이 살던 마을의 모량 출신牟梁出身까지도 전부 관직에서 몰아내고 중도 되지 못하게 했다. 그리고 낭을 동정하여 30석을 준 간진에게 표창을 내렸다. 이상의 이야기에서 우리는 신라 시대의 여러 풍속을 엿볼 수 있다.

첫째, 신라 시대는 신분 사회였기 때문에 형벌은 엄한 연좌제連坐制로 되어 있어 장자 구실을 하려면 아버지의 죄까지도 상속받았다는 점. 뿐만 아니라 한 사람의 죄가 마을 사람 전체에까지도 연계된다는 점.

둘째, 조세租稅로 받아오던 곡물 30석을 몰래 유용한 사리에게 표창을 내렸다는 점은, 공무를 사사로이 행해도 동기가 착하면 묵인했다는 당대의 관기(결과보다 동기, 공무 집행보다도 선행 등을 더 존중한 사고방식은 뒤에서 언급하겠다).

셋째, 그리고 여기서 가장 궁금하게 생각되는 문제의 핵심은, 악한 자를 징벌하는데 어째서 목욕을 시켰느냐 하는 풍습이다. 몸이 더럽고 추하다는 것과 마음이 나쁘다고 하는 것 사이에는 아무런 인과관계가 없다. 그런데도 신라인들은 그렇게 생각하지 않았던 것 같다. 육체의 불결과 정신의 불결을 동일시했기에, 그와 같은 형벌을 내린 것이 틀림없다. 비단 『삼국유사』에서뿐만 아니라 병자호란 때에는 오랑캐에게 욕을 당한 부녀자에게 일일이 죄를 묻지 않고 목욕을 해서 몸을 깨끗이 씻으면 불문에 부치겠다는 영令을 내렸다.[78] 그것도 일종의 강제목욕에 의한 벌이다.

78) 인조대왕은 호병의 포로가 되어 심양으로 갔던 서울 사대부 집 처녀들에게 "홍제원

조선 때까지도 그러한 풍습이 전해 내려왔던 것을 우리는 확신할
수 있다. 이 논법대로 하자면 매일같이 샤워를 하는 미국인들에
겐 죄인이 없어야 할 텐데 별로 그렇지도 않은 것 같다. 결국 우
리는 이상의 사실에서 신라인들이 육체와 정신을 일치시一致視했
었다는 결론을 얻을 수가 있다.

　그런 점에서 가끔 학자들은 신라 정신을 희랍 정신과 같은 차
원에 두고 신체미 숭배 사상의 일면을 강조하는 일도 있다.[79] 화
랑제도花郞制度를 놓고 보더라도 수긍이 가는 일이다. 화랑으로 간
택되는 조건은 신분도 신분이었지만, 무엇보다도 미모이어야 한
다는 조건이 있었다. '미스 코리아' 운운하는 현대식 천박한 표현
으로 고쳐보면 그들은 '미스터 신라'에 지나지 않았다. 화랑이 타
락했을 때에는 사치한 '플레이보이'의 단체로 변하여 '한량'으로
되고 만 이유도 그 점에 있었다고 할 수 있다. 『삼국유사』 속에
그려진 화랑을 보면, 대부분 그 용모나 기풍이 아름답다는 것이
그들을 평가하는 규준이 되어 있다. 아름답고 깨끗한 육체는 곧

弘濟院에서 모조리 목욕을 하고서 서울로 들어오면 죄를 묻지 않겠노라."라고 영을 내렸다.
그리고 그런 후에 그네들의 정조 문제를 거론하는 자가 있으면 엄단한다고 하였다.
79)　옥골선풍의 미소년을 귀족 자제에서 뽑아 화랑으로 삼았다. 그러나 지기강용志氣剛勇
이란 조건이 또 붙어 있는 것을 보면 단순히 외모만 곱다 해서 화랑으로 뽑힌 것은 아니다.
오늘날엔 '아름다우냐 미우냐'하는 미감과 '옳으냐 그르냐'의 선의식이 분류되어 있지만
신라 때에는 그것이 일치되어 있었다는 것을 화랑 간택에서 짐작할 수 있다.

아름답고 깨끗한 정신으로 보아왔기 때문이다.

과연 희랍인의 신체미 존중과 비슷한 데가 없지 않다. 희랍인들은 추모醜貌 속에 악이 깃든다고 믿었던 사람들이다. 그러므로 희랍인치고는 유난히도 얼굴이 못생겼던 소크라테스가 무고한 죄를 쓰고 처형당한 데는 그가 추남이었다는 불리한 사실도 어느 정도 작용했으리라는 유머까지 있다. 과연 재판을 하는 데까지에도 미美, 추醜가 문제되었는지는 확실치 않지만 신화에는 그런 사상이 뚜렷하게 나타나 있다.

신들은 모두가 미남으로 그려져 있다. 단 하나, 불의 신 헤파이스토스만이 절름발이고 추남이지만, 그것은 그가 같은 신이어도 희랍인들이 별 호감을 갖지 않고 있던 직인職人의 구실을 맡았기 때문이다.[80] 그에 비해서 악자惡者는 하나같이 추악한 괴물들이다. 미美가 추醜를 정벌하는 싸움이 희랍 신화의 정의였다. 육체미란 정신적인 아름다움[善]과는 달라서 언제나 감각을 통해서 시작되는 세계이다. 그래서 그들의 윤리 의식도 감각에서 생겨난다. 감각이 문제가 될 때 웅변술은 그 내용보다도 수사학(감각적인 미)에 흐르게 되고, 철학은 그 진실보다도 형식 논리에 치우치게 된다. 이것이 데마고그(선동 연설가─협잡 정치인)와 '소피스트(궤변 철학자)

---

80)  헤파이스토스는 일종의 기술직을 맡은 신이다. 그러기 때문에 노동을 천시한 희랍의 안목으로 볼 때, 신이지만 추모醜貌의 사나이로 그렸던 것이다.

들을 출현시킨 원인 중의 하나이다.

그런데 감각(육체)을 경멸했던 헤브라이즘이나 불교에선 정반대의 현상을 나타낸다. 언어부터가 그렇다. 몰턴 교수의 말대로 희랍어는 운율이 발달한 감각적인 외적 언어이지만 헤브라이어는 의미가 발달한 사색적인 내적 언어이다. 아리스토텔레스의 시학이 운율과 형식을 따지는 수사학적 비평으로 기울어진 것도 희랍어가 지니고 있는 그 특색 때문이라는 것이다. 형식이 시의 내용을 지배한다. 그러나 헤브라이어를 중심으로 해서 들어온 중세 비평은 윤리적이고 사색적인 비평으로 기울어져갔다는 것을 우리는 알고 있다.

『성경』을 보면, 악마가 반드시 추하게 그려져 있지는 않다. 도리어 아름다운 외형을 가지고 있기 때문에 더욱 위험한 존재로 그려져 있다. 아담과 이브를 유혹한 사탄은 오색의 날개를 가진 아름다운 용모를 하고 있는 것으로 그려져 있다. 이러한 기독교의 영향은 빅토르 위고의 『노트르담의 꼽추』처럼 추한 카지모도의 육체 속에, 도리어 아름다운 사랑과 영혼이 깃들어 있다는 낭만주의적 미학을 낳게 된다. 색으로 표현되는 인간의 감각적 쾌락을 그토록 배제하려던 불교에서는 희랍인들의 아름다운 육체의 세계란 거의 문제가 되지 않는다.

불상은 아무리 좋게 봐도 자비롭기는 하나, 아폴로형의 미남은 절대로 아니다. 불경에 묘사된 여래如來의 얼굴[三二吉相]을 보면 참으로 기괴하기 짝이 없다. "발바닥이 평평하고 차서 굽은 곳이 없다", "바로 서서 허리를 굽히지 않아도 두 손이 무릎을 지나간다", "혀가 크고 길어 밖으로 내어 코와 귀를 덮을 수 있다", 이밖에 몸, 어깨, 턱, 모두가 둥글둥글하게 생긴 것으로 그려져 있다.[81] 자비와 원만을 나타내는 관념적인 묘사에 치중했지, 감각적인 묘사는 아니다. 만약 그 표현 그대로 조각으로 옮긴다면 몸의 균형과 짜임새가 엉망이 될 것이다.

육체와 정신을 분리하지 않고 그것을 동일시했다는 점에서, 신라인들의 마음은 동양(인도, 기독교)보다도 희랍 쪽에 가깝다. 그러나 그것은 결코 희랍의 육체미 사상과도 판이한 것이었음을 잊어서는 안 된다. 우선 희랍인들처럼 순수한 육체미만을 존중하지는 않았기 때문에 우리는 그들처럼 나체 조각 같은 것을 하지 않았다. 나체를 아름답다고 생각지 않은 것은 모럴(정신)과 분리된 육체, 육체를 순수하게 육체로서만 파악하려 하지 않았던 까닭이다. 그리고 희랍의 육체미는 스포츠 같은 단련으로써 실현했지만 신라인들은 '목욕', 즉 청결이라는 논리성으로 그 빛을 내려고 했

---

81) '발바닥이 평평하고 차 있다'는 말을 현대의 생리학적 안목으로 본다면 편족이란 뜻이 되고 "바로 서서 허리를 굽히지 않아도 두 손이 무릎을 지나간다"라는 말은 손이 긴 원숭이나 고릴라와 같은 모양이라고 할 수 있다. 희랍적 안목으로 보면 괴물이라고밖에 생각되지 않는 것이다.

었다.[82]

신라인의 정신이 육체를 떠나 따로 존재하지 않았던 것은 사실이지만 육체 이외의 것엔 전혀 무관심했던 희랍의 그것과 혼동되어선 안 될 것 같다. 호메로스의 서사시는 위대한 세계였지만 그 세계에는 오늘날의 '마음'이나 '영혼'에 해당되는 말은 일체 나오지 않고 있다. 정신이란 뜻으로 사용되게 된 프시케도 그 당시엔 오늘날과 같은 뜻이 아니라 '숨'을 뜻하는 생리적인 표현이었다.

마음의 죄를 씻기 위해서 실제로 목욕을 시켰던 신라인의(약간 유머러스하기까지 한) 그 풍습에서, 미·추의 감각과 선악의 의식이 미분화未分化되어 있는 한국적 전통의 한 원형을 발견할 수 있다.

목욕으로 벌을 내린 형제刑制를 살폈지만 지금도 우리는 악한 자를 보면 더럽다고 하고 착한 일을 한 아이를 예쁘다고 말하는 버릇을 가지고 있다. '춘향의 미와 춘향의 선', 즉 그 육체의 아름다움과 정신의 아름다움은 각각 분리되어 있는 것이 아니고 함께 미분화된 채 얽혀 있다. 이 정신과 분리되어 있지 않는 특수한 형의 육체관은 조선에 와서 유교 때문에 약간 이지러지긴 했으나 아직도 우리 생활에 남아 우리의 사고양식을 지배하고 있다.

---

82) 화랑은 무예도 닦았지만 심신 연마의 수단으로 아름다운 명산대천을 찾아다녔다고 되어 있다. 운동장이나 경기장에서 육체를 연마한 희랍의 운동과는 그 기초적인 발상 양식이 다르다. 운동장이 아니라 화랑의 신체미를 닦은 곳은 대자연이었던 것이다.

# '효'를 비판한다

　펠리컨이란 새는 자식에게 먹일 것이 없으면 자기 창자를 꺼내
먹인다고 한다. 그래서 펠리컨은 미덕의 상징으로서 서양인들의
존경을 받고 있다. 그리고 또 중세기 때, 알자스 지방에서는 농가
에 아이들이 태어나면 영주에게 연공年貢으로 바치던 닭을 면제
해주는 규정이 있었다. 연공으로 바친 닭을 산부産婦에게 대신 먹
여 몸조리를 잘 시키라는 뜻에서였다. 더구나 형식적인 법이 되
지 않기 위해서, 남편은 아내에게 그것을 먹였다는 증거품으로서
반드시 닭 머리를 잘라두었다가, 연공 징수관에게 보여주어야만
된다는 규정까지 있었다. 펠리컨 새의 전설이나 산모를 위한 특
별 대우는 다 같이 애를 중심으로 사회를 이끌어간 서구적 사고
양식의 한 측면을 보여주는 삽화이다.

　그러나 우리나라에서는 예부터 이와는 정반대의 미덕을 섬기
고 있었다. 왕이 과부나 홀아비에게 곡식을 내려 위문했다는 기
록은 많아도(『삼국사기』에서 보이는 신라의 소지왕, 내물왕, 백제의 비류왕 등) 가난

한 산모에게 애들을 잘 키우라고 하사했다는 이야기는 없다.

자식이 굶주린 부모를 위해서 자기 허벅지 살을 베어 먹였다는 말은 있어도 자식에게 자기 내장을 토해 먹인다는 펠리컨적인 삽화는 아무 데도 없다. 아니, 신라 진평왕 때의 기록을 보면 기근이 들어 굶주리게 되자 부모들이 사방에서 자기 자식을 팔았으며 왕은 남당南堂에서 늙은이들에게 먹을 음식과 입을 옷을 주었다는 기록은 있으나 고아에게 곡백穀帛을 하사했다는 말은 찾아보기 힘들다. 이렇게 전해 내려오는 모든 이야기에는 모두 아들이 부모를 공양했다는 헌신적인 '효'의 이야기들뿐이다. 경로 사상과 '효'의 풍습이 유교의 영향 때문이라고 생각하는 사람이 많지만 실은 유교가 널리 보급되기 이전부터 우리는 '효'로써 생활 윤리의 지렛대를 삼았던 것 같다. 한자도 변변히 못 읽는 촌민들이나 아녀자들이 '효'의 본보기가 된 이야기가 얼마든지 있다. 임금의 칭호도 고유한 '내물마립간奈勿麻立干' 시대에 효자에게 직일급職一級을 하사한 풍습이 있었다.[83]

『삼국유사』에는 서민의 이야기가 등장하지 않으나 오직 효도

[83]   신라 왕호의 호칭은 그 시대의 사상을 반영한 것이다. 즉 왕이 거서간—차차웅, 이사금, 마립간 등 고유한 우리말로 왕호가 불리던 시절에는 아직 중국 문화의 영향이 크지 않았다는 것을 의미한다. 그것이 왕으로 왕호가 바뀌고 왕명도 불교식으로 변하게 되면서 중국과 불교의 힘이 그만큼 지배적이었음을 입증한다.

이야기만은 왕과 귀족, 그리고 승려와 당당히 어깨를 나란히 하고 등장한다. 앞에서도 언급했지만, 고대 사회의 야만성을 느끼게 하는 이야기는 『삼국유사』에서 모두 삭제되어 있다. 그러나 그 '효'에 이르러서는 다른 나라에서 볼 수 없는 징그럽고 잔인한 야만성이 허용되었다는 것은 참으로 아이로니컬한 일이 아닐 수 없다. 현대의 미국 사회를 풍요 속의 빈곤이니, 문명 속의 야만이라고 평하는 것처럼 '효'의 이야기는 '성자 문화聖者文化 속의 야만'이라는 모순을 내포하고 있다.

흉년이 들자, 향득向得이란 효자는 거의 굶어 죽게 된 아버지에게 그의 넓적다리를 베어 먹였다. 인간이 '인육을 먹었다'는 이 식인종 같은 이야기가 유사遺事의 글 속에서는 아름다운 소나타로 울려온다. 그 이야기를 들은 종덕왕宗德王 역시 향득에게 조租 500석을 내렸다. 따지고 보면 원시 신앙의 조상숭배도 결국은 '효'의 개념에 지나지 않으며 '충'의 사상도 가족을 국가로 확대한 '효'의 이념이었다.

한국의 고대 사회로부터 근대화되기까지, 모든 행동의 모티브가 된 이 효孝의 정체를 분석, 비판하지 않고서 우리는 한국 정신의 고향 풍경을 이해할 수 없다. 그리고 흥덕왕대興德王代, 손순孫順의 효행을 적은 이야기와 『심청전』의 원형이라고 알려져 있는 '빈녀양모貧女養母'를 놓고 분석해보면 '효도'의 안팎이 무엇인지를 납득할 수 있다.

효의 미담은 반드시 삼각대처럼 세 가지 공식의 다리 위에 세워진다. 첫째는 '가난', 둘째는 '희생', 셋째는 해피 엔드의 '보은'이다. 우선 손순의 효행을 놓고 검토해보자. 손순은 남의 집에 품을 팔아 노모를 봉양한다. 그런데 손순의 마음을 아프게 하는 것은 어린아이가 하나 있어, 늘 노모의 음식을 빼앗아 먹는다는 점이 었다. 넉넉한 음식이 있었으면 그런 비극적인 '효'가 생기지 않았어도 되었을 일이었다. 그는 노모냐 어린 자식이냐를 선택해야만 할 입장에 놓인다.[84] 노모를 굶주리지 않게 하기 위해서는, 즉 그 효를 위해서는 어린 자식을 갖다 버려야겠다고 결심한다. '아이는 다시 낳을 수 있지만 어머니는 다시 얻기 어렵다······. 차라리 아이를 묻어버리고 어머니의 배를 부르게 하는 것이 좋겠다'라고 그는 생각한 것이다.

두 부부는 어린것을 업고 산언덕으로 올라가 땅을 판다. 생매장을 하려고 했던 것이다. 그때 갑자기 땅속에서 기이한 석종石鐘 하나가 나왔다. 역시 자식을 생각하는 어머니의 본능 때문이었을까? 아내는 손순에게, 이 이물異物을 얻은 것은 이 아이의 복 같으니 묻지 말자고 남편을 설득하여 다시 아이를 업고 내려왔다.[85]

---

84) 이것이 한국의 '죽느냐 사느냐'이다. 한국의 햄릿은 과거(노모)냐, 미래(자식)냐의 두 갈림길에서 전자를 선택했다.

85) 손순 부부가 자식을 묻으려 할 때의 심리적 반응을 엿볼 수 있는 암시적인 대목이다.

석종을 두드리니 아름다운 소리가 울려오고 그 종소리가 대궐에 까지 울렸다. 결국 그래서 이 진상을 조사한 흥덕왕은 손순에게 해마다 벼 50석을 내렸고 그의 효를 널리 세상에 알려 숭상토록 했다는 것이다.

이 이야기는 가난(굶주림)→자기 아들을 묻으려는 자기희생→ 석종과 왕의 표창, 손순의 효도 이상과 같은 세 가지 공식으로 전 개되어 있다. 여기에서 우리는 어떤 아름다움보다도, 분노 같은 것까지 느낀다. 상은커녕 지지리도 못난 손순의 뺨이라도 때려주 고 싶은 생각이 든다. 어째서 손순은 가난이 불효의 원인이라고 생각하지를 않고 얼마 안 되는 음식을 앞에 놓고 할머니와 손자 가 나누어 먹어야 하는 죄가 어린 자식에게 있다고 생각했을까? 그 가난한 현실을 어째서 타개할 생각을 하지 않았을까? 음식을 많이 장만할 생각을 하지 않고 주어진 음식 내에서 먹는 입을 줄 이려 했다는 것은 손순이, 현상을 그대로 두고 그 안에서 효의 길 을 찾으려 했다는 이야기가 된다.

이러한 사고방식 때문에 효는 언제나 자기 '희생'으로밖에 나

표면적으로는 손순은 그 아내의 동의 아래 자식을 묻으려 한 것처럼 되어 있으나 석종이 나오자 '묻지 말자고' 권유한 것이 손순이 아니라 그 아내였던 것을 보면 아내 쪽은 은근히 그 일에 불만을 품고 있었던 것 같다. 자식을 대하는 아버지와 어머니의 태도가 서로 다르 다는 리얼리티가 엿보인다.

타날 수 없는 것이다. 물론 옛날의 그 사회 여건에서는 그럴 수밖에 달리 길이 없었을 것이라고 생각된다. 하지만 자기 넓적다리를 칼로 떼어낼 만한 각오가 있었다면, 혹은 철모르고 음식을 탐하는 그 어린 자식을 묻어버릴 결심만 있다면 '가난'의 현상을 뛰어넘을 수도 있었을 일이다. 이것이 바로 곰이 제 굴속에서만 고통을 이겨내려는 '인사이더'의 사고방식이었다. 어려움이 닥치면 그 어려움을 제거하고 넘어서려는 쪽보다, 참고 견디는 자기희생 쪽으로 달려갔다. 여기에서 비침략적인 평화주의를 신봉하게 되었지만 반면에 실생활에서는 무력無力과 비생산적인 모럴의 추종이라는 비극을 낳기도 했던 것이다. 우리는 이러한 정신의 패턴 속에서는 사회·역사를 바꾸어가는 혁명의 의지가 탄생될 수 없다는 사실을 알게 된다.

다음엔 어머니를 위해 자식을 묻으려 했다는 희생 방법의 선택이다. 물론 어떤 사람이나 자식에 대한 애정이 없을 리 없다. 동물적인 본능이다. 불경에서 보면(소부경전, 『본생경本生經』 547) 남을 위해서는 자기 눈과 심장까지도 베어주겠다던 '보시태자布施太子'도 왕국을 내줄 때까지는 눈물을 보이지 않았으나 사랑하는 자식을 남의 집 노비로 내어줄 때만은 통곡을 하고 울었다는 것이다. "사랑은 내리 사랑이 더하다"는 속담이 있다.[86] 우리는 손순이 어린

---

86) 손순도 본능적으로 노모를 생각하는 애정보다 어린 자식을 사랑하는 마음이 더했을

아들을 파묻기 위해 산으로 올라가던 발길이 얼마나 무거웠을까를 능히 상상할 수 있다. 문제는 그러면서도 어째서 노모를 위해 어린 자식을 희생의 양으로 썼느냐는 점이다. 이러한 선택은 꼭 '내일을 전당 잡혀서 어제를 살고 있는 것'과도 같은 일이다. 어린이보다 노인을 존중했다는 것은 현실을 미래의 시간 속에서 파악하지 않고 과거의 추억 속에서 반추했다는 의미가 된다. 미래(자손)보다 과거(부모)를 더 존중했다는 그 정신을 분석해보면 시간을 생산적인 것으로 보지 않고 기념비에 붙은 이끼와 같은 것으로 보았다는 것을 의미한다. 오늘이 오직 어제의 영광을 위한 시녀侍女로서만 존재하는 사회……. 이것 역시 밖으로(미래) 뛰어나가려고 하지 않고 안(과거)으로만 끌어들이려는 인사이더적인 시간관이며 윤리관이다.

효의 이야기는 고구려나 백제보다도 신라에서 더 많이 존중되었던 것 같다. 신라 천 년 동안 그들은 서라벌[慶州]에서 한 발짝도 수도를 옮기지 않았다. 그들은 침체한 '인사이더'였다. 그것도 귀족 계급 안의 일이었지만 그들이 소년들을 존중한 것은 오직 화랑 제도에서만 찾아볼 수 있고, 또 그랬기에 신라 중흥中興이 있었다. 그 외로는 모두가 늙은이를 위해서 젊은이를, 즉 과거를 위해

---

것이다. 그런데도 자식을 묻을 때는 도덕적 이성을 위해 본능을 억제하고 제거하는 태도를 취한다. 손순의 효가 찬양되는 것도 그 본능의 목소리를 눌렀다는 데 있었을 것이다.

서 미래를 희생시킨 일들뿐이었다. 조상숭배라는 원시 신앙이 바로 그것이다.[87]

이상스러운 것은, 『삼국유사』뿐만 아니라 고대의 민간 설화를 봐도 우리나라엔 왕자 이야기가 나오지 않는다. 세습제世襲制의 군주시대였음에도 왕자라는 화제는 거의 묵살되었다. 옛날이야기나 신화가 모두 왕자들이 중심을 이루고 있는 서구의 경우와는 매우 대조적이다. 그리고 또 『성경』이나 서구의 민화를 보면 뒤를 돌아다보지 말라는 약속이 많이 나온다. 불타는 패륜의 도시 소돔과 고모라 성에서 의인義人이 구출될 때, 신은 그에게 "뒤돌아보지 말라."라고 했다. 또 『아라비안나이트』에서도 바아만과 페르비즈 왕자가 말하는 새를 구하러 갈 때, 노인은 그들에게 어떠한 일이 있어도 뒤를 돌아다보지 말라고 했다.[88] 그들은 그 약속을 어겼기 때문에 '소돔'은 소금 기둥이 되어버리고 바아만과 페르비즈는 모두 '검은 돌'이 되어버렸다. 이 상징은 과거에 사로잡히지 말라는 의미이다. 살아온 것, 지내온 것, 과거의 유산에서

87) 우리나라에서 동화가 보급되었던 것은 근대화되면서부터이다. 육당六堂이나 춘원春園 같은 선구자들이 즐겨 문학적 소재로 다룬 것이 바로 그 소년의 발견이었다. 그들은 소년 경멸의 낮은 인습을 깨뜨리기 위해서 소년 존중 사상을 도처에서 강조하고 있다. 그 최초의 신시新詩가 소년에게 보낸 노래(『海에서 少年에게』)라는 것을 보아도 알 수 있다.

88) 희랍 신화에서도 오르페우스가 명부冥府에서 자기 아내를 구출할 때 뒤를 돌아다 보지 말라는 말을 어겼기 때문에 실패하고 만다는 이야기가 나온다.

항상 밖으로 뛰어나가는 '아웃사이더'적인 발상법發想法에서 나온 설화이다. 그리고 용을 퇴치하고 언제나 모험의 히어로가 되는 어린 왕자들의 설화는 힘찬 '미래의 역사'를 꿈꾸었다는 상징이다. 그런 점에서 볼 때 손순의 '효'는 정반대의 것을 상징한다. 즉 '뒤를 돌아다보는 자에게 행복이 온다'는 것이다. 아들을 희생시키는 것이 미덕으로 통한다.

다음 문제는 효에 대한 '보은'의 사상이다. 효도의 미담이 언제나 해피 엔드로 끝나고 있다는 것은 '효' 그 자체보다도 더 많은 비판점을 내포하고 있다.

효가 비생산적이든 역사의 퇴행退行을 가져오는 것이든 아름다운 것임에는 틀림없다. 자식을 위하기는 쉽지만 늙어가는 부모를 모신다는 것은 어려운 일이다. 이 어려움 속에서 인정과 극기의 미덕이 광채를 발하는 것이 효의 아름다운 보석이라 할 수 있다. 그런데 그 효가 순수한 것이 되기 위해서는 차라리 비극으로 끝나야 할 것 같다. 그것이 옳은 일이라면 대가가 있든 없든 무상無償 속에서 이루어져야 한다. 만약 그렇지 않다면 효는 언제나 현세적인 이해타산의 주판알을 굴리게 된다. '효를 하면 하늘이 도와 석종이 생겨나고, 임금이 노력을 하지 않아도 해마다 50석의 쌀을 내린다'는 이 해피 엔드는 효마저도 현세적인 공리주의로 각색해버린다. 이것이야말로 모든 '모럴'을 현세와 결부해 생각한 '현세적 성자 문화'의 상징이라 할 수 있다. 이러한 미담의 플롯은 가난을 노력에 의해서 벗어나려는 의지를 꺾어버린다. '효를 하면 잘살 수 있다'는 현세적 인과응보 사상, 이것은 '조상을 잘 모시면 오늘의 내가 흥성해진다'는 조상숭배 사상과 일치하는 논리이다. 현세적 영화, 물질적 쾌락을 거부하고 오직 영혼의 행복만을 추구한 불교의 열반 사상이나 내세에서의 행복을 말하는 기독교의 문화와는 같은 정신문화적인 '성자 문화聖者文化'라도 아주 다르다. 전자는 '인사이더(현세)적인 성자'이고 후자의 것은 '아웃사이더적인 성자의 정신'이다.

여기에 인사이더적인 현세 성자의 모순이 있다. 현세에서 잘살기를 원하는 마음은 대단히 현실적인 공리적 사고방식이었는데, 그 방법은 영웅적인 원시 서구 문화에서 보듯 칼과 기술을 통한 정복적인, 침략적인, 현실적 투쟁이 아니고 그런 것을 외면해버린 정신주의로, 조상의 효처럼 착한 일로써, 즉 정신적인 것으로 현세의 물질적 행복을 얻으려 했다.

아닌 말로 손순의 효행이 세상에 널리 퍼졌을 때, 사람들은 일할 생각보다도 자식을 업고 산에 파묻으려고 했을 것이다. '효'의 아름다운 정신보다도 내가 잘살기 위해서 말이다. '조상의 무덤을 잘 써야 내가 잘산다'는 사고방식이 나쁘게 전개되면, 부모의 시체마저도 현실적 이익을 위해 이용하려는 불효로 나타날 수도 있다. 인과응보因果應報라는 불교적 사상이 왜곡되어 현세의 행복 추구로서의 모럴 의식으로 발전되어가는 것을 우리는 뒤에서 다시 살펴보기로 하자.

이러한 딜레마는 '빈녀양모'의 효행담에서 더욱 구체화된다. 『심청전』에까지 이어나가는 이 미담 역시 '가난', '희생', '보은' 이 라는 플롯에 의해 진행된다. 다만 그 진행상 다른 특징이 있다면 물질적인 효행과 정신적 효행의 상극하는 딜레마를 엿볼 수 있는 게 흥미이다.

걸식을 해서 어머니를 보양하던 빈녀貧女가 하나 있었다. 그러나 흉년이 들자 걸식하는 것조차 어려워 그녀는 큰 부잣집에 몸을 팔아 어머니를 봉양했다. 아침 일찍 나가 온종일 고된 일을 했다. 그런데 하루는 그 어머니가 "전날에 거친 음식을 먹을 땐 마음이 편안하더니 요즈음 좋은 음식은 속을 찌르는 것 같아 마음이 편치 않으니 어찌된 일이냐."라고 묻는다. 그녀가 사실대로 말하자, 어머니는 "네가 어찌 내 입만 공양할 줄 알았지, 언짢아하는 에미의 마음을 돌볼 줄을 몰랐단 말이냐."라고 말하면서 통곡을 했다는 것이다. 그래서 모녀가 끌어안고 우는 그 정경이 임금에게까지 전해져 곡물 500석이 내려졌다는 것이다.

효의 어려움과 딜레마는 재미있다. 어머니를 배불리 먹이고자 고된 일을 하면, 어머니의 입은 편할지 모르나, 마음은 편안치 않을 것이다. 마음이냐 입이냐……. 빈녀가 울 수밖에 없다. 리얼리티가 있는 이야기다. 그러나 걸식하는 딸에게는 아무렇지도 않고, 도리어 노동(품팔이)으로 정당하게 쌀을 빌려온 딸에게는 가슴 아파한다는 사고방식은 참으로 기괴한 것이 아닐 수 없다. 걸식보다 품팔이가 힘이 들 것은 물론이다. 그렇다고 해서, 걸식을 시킬망정 힘드는 노동은 시키지 않겠다는 그 사상은 얼마나 가공할 일이냐. 더욱이 피땀 어린 노동을 해서 바친 백성의 세금인 500석을 그 '빈녀'에게 효의 대가로 내린 임금의 사고방식 역시 기괴하다고 할 수밖에 없다. 어머니도 임금도 맹목적인 정감情感의 소유자이다.

우리가 가난하게 산 이유를 우리는 '빈녀양모설'에서 실감할 수 있을 것 같다. 사람이 사람답게 사는 명예감이란 것을 전혀 몰각한 걸식주의자들의 미담이다. 신라의 이야기는 여기서 끝난 게 아니다.

# IV

# 혼약의 사상

# 하나의 문화와 짝의 문화

『삼국유사』는 역사의 기록이라기보다는 결혼 청첩장을 수집해 놓은 앨범 같다. 언뜻 훑어봐도, 결혼에 대한 이야기가 유난히도 많다.

웅녀와 환웅의 결혼으로부터 시작하여 지렁이와 처녀가 교혼交婚해서 낳은 후백제後百濟의 견훤甄萱의 이야기에 이르기까지, 수십 종에 달하는 기이한 혼교婚交의 설화들로 가득 차 있다.

탄생을 그만큼 귀하게 여긴 탓이다. 영특한 인물이 등장하게 되면 반드시 그가 어떻게 이 세상에 태어났는지 그 이전의 결혼이 문제가 된다.

그리고 그것을 좀 더 자세히 살펴보게 되면 환웅과 웅녀의 결합처럼 반드시 이질적異質的인 두 질서가 융합하여 하나를 이루는 초자연적超自然的인 힘이 작용하고 있다는 것을 알 수 있다.

|  | 하늘의 이미지(광명) | 땅의 이미지(어둠) |
|---|---|---|
| 단군 신화 | 환웅(하늘의 아들)·남성 | 웅녀(동굴에서 사는 흙색 곰)·여성 |
| 북부여 건국 설화·주몽 탄생 설화 | 해모수解慕漱(오룡차를 타고 하늘에서 내려오다. '解'는 해, 태양)·남성 | 하백河伯의 딸 유화柳花(河伯의 水神)·여성 |
| 신라 건국 설화 | 혁거세(붉은 알에서 태어나다. '붉은 알=태양'. 알은 조류의 것, 즉 하늘의 이미지다)·남성 | 알영부인閼英夫人(우물가 설화에서 나온 동녀童女)·여성 |
| 가락국 설화 | 수로首露(자줏빛 햇빛이 땅에 내려온 곳에 금합이 있고, 그 안에 있는 금색 알에서 태어나다)·남성 | 아유타국[阿踰國]의 공주 (서남쪽 바다에서 배를 타고 온 여인)·여성 |
| 김알지(金閼智) 설화 | 김알지(자줏빛 구름, 황금궤에서 나오다)·남성 | '나무 끝에 걸려 있다'. 구름이 하늘에서 땅에 뻗치다. |

전장前章에서 밝힌 대로 환웅은 하늘님의 아들이며, 웅녀는 땅의 짐승이다. 그러므로 그들이 서로 교합交合을 했다는 것은 서로 분리되어 있는 이질적인 극과 극, 즉 하늘의 질서와 땅의 질서가 서로 대립되지 않고 합쳐졌다는 것을 상징한다. 우리는 여기에 단군 신화가 지니고 있는 한국 정신사의 근원상징根源象徵을 찾아 볼 수 있다.[89]

89) 인간 정신에는 두 개의 다른 논리가 있다. 하나는 '무엇이 서로 다느냐' 하는 차이점

『삼국유사』에 나오는 이야기들은, 모두가 천신 환웅과 지신 웅녀의 결혼에서 파생된 것이다. 번거로움을 피하기 위해서 앞의 간단한 도표를 보면 이해가 빠를 것 같다.[90]

황당무계한 비과학적인 이야기라고 일소하기 전에, 왜 옛사람들이 그렇게 황당무계한 이야기를 꾸며냈을까 하는 점을 우리는 더 중시해야 될 것이다. 어떠한 거짓(상상력)이고 그 알맹이를 꺼내 보면 현실의 한 모서리가 반영되어 있음을 알 수 있다. 가령 『성경』에서 카인이 아벨을 죽였다는 대수롭지 않은 이야기를 놓고서도 우리는 여러 가지 상징성을 발견하게 된다. 카인이 신에게 바친 것은 곡물이었고 아벨이 바친 것은 양이었다. 그런데 신은 양을 받고 곡식을 받지 않았다고 되어 있다. 만약 이 이야기를 만들어낸 사람들이 목민인 이스라엘 사람이 아니라 농경민인 우리나라 사람이었다면 그 상상은 뒤바뀌었을 것이다. 즉 신은 양(유목민이 소중히 여기는 것)이 아니라, 곡식(농경민이 소중히 여기는 것)을 받았다고

---

을 구분해 들어가는 분석의 논리이며, 또 하나는 '무엇이 서로 같은가'의 공통점을 찾아가는 종합의 이론이다. 혼약의 사상이란 바로 후자에 통하는 것으로 이질적인 데에서 동질의 것을 찾아내는 화합의 정신이라 할 수 있다.

90) 하늘의 이미지는 태양의 이미지로서 일광, 황금빛, 둥근 것(밭), 그리고 동적인 것이고 주로 남성에게 해당된다. 그와 대립되는 땅의 이미지는 흙과 물과 나무로써 상징되며 정적이고 주로 여성적인 것이다. 모든 탄생 설화는 이 두 체계에 의해서 전개된다. 그리고 이러한 대립은 서로 쟁투하는 것이 아니고 결합에 의해서 하나가 된다.

했을 일이다.

그러나 더 중요한 것은 인류 역사의 시초를 형제의 질투와 싸움에 두었다는 것, 그리고 그 최초의 죄악을 살인으로 보았다는 면이다. 이때 문제가 되는 것은 실제로 카인과 아벨이 실존했으며 그런 짓을 했느냐 안 했느냐 하는 사실이 아니다.[91] 왜 하필 그들은 질투심을, 형제의 분열을, 살인을 인류 역사의 제1장 1절의 사건으로 꾸몄겠느냐 하는 설화 이면의 모티브이다.

결국 인간의 역사를 비극적인 현실로 내다봤다는 것, 인간과 인간은 같은 핏줄의 사랑이 아니라 질투 때문에 분열해가고 서로 죽인다는 어둡고 절망적인 이스라엘 사람의 인간관에서 그러한 이야기가 탄생된 것이다.

이런 논법으로 따져가자면 곰의 이야기가 점차 물(냇물, 우물)에서 나온 여인형으로 변한다든지 하느님의 아들이 다른 설화에서는 금빛 알이나, 금궤짝에서 나온 사람으로 변한다든지 하는 사실에서 우리는 산림 수렵 생활에서 들판으로 내려와 농경 생활을

91)  카인과 아벨은 단순한 개인의 이름이 아니라 원시 부족의 명칭이었을 것이라고 해석하는 사람들이 있다. 즉 형제의 싸움은 원시 부족의 싸움을 상징한 것이라는 설이다. 원래 과학적으로 보면 이 신화는 모순이 많다. 카인이 아벨을 죽였으면 이 지상에는 아담과 이브와 카인밖에 없었을 터인데도, 카인은 신을 향해, "가는 길에 사람을 만나 그들이 나를 해치려 하면 어떻게 하겠는가?"라고 말하는 대목이 나온다. 과학적으로 있는 그대로의 사실로 친다면 무의미하다. 그 상징적 의미를 더 중시해야 된다.

하게 된 그 변화를 읽을 수 있을 것이다. 그래서 산악 지대의 곰은 하백의 딸 유화柳花처럼 들판의 강과(농경민에겐 가장 중요한), 가 축인 닭(우물가에서 나온 계룡鷄龍)으로 그 이미지가 바뀌어간다. 따라서 사람들이 지능화됨으로써 하느님의 아들이 직접 땅으로 내려왔다는 허구는 '알'이나 '궤짝'으로 윤색되어 있다. 금빛이나 일광이나 백조나 그것은 모두 간접적으로 하늘의 이미지를 암시한다. 그리고 원시 사회에서 곡식이나 재물을 축적하기에 이른 상대 사회에선 '궤짝'이 가장 귀중한 것으로 인식되었을 것이기에 알은 다시 '궤짝'으로 변하게 되었음을 쉽사리 짐작하게 된다.[92]

그러나 이런 문제는 꼭 카인과 아벨에게 있어 '곡식'과 '양'의 문제를 따지는 일에 지나지 않는다. 정말 중요한 것은 카인과 아벨의 분열과 살해에 있듯 건국 설화의 상징적인 본질은 '결합'과 '통일'이라는 정신이다. 카인과 아벨은 서로 죽이는 데서 인간 비극의 역사의 첫 장을 넘겼다. 동질(형제)의 것이 분열, 투쟁하는 인간 정신의 상징이다. 그러나 한국의 설화는 거꾸로 이질적인 것(하늘의 것과 땅의 것)이 동질적인 것으로 융합(결혼)하는 데서 역사가 탄

---

[92] 이 밖에도 주몽의 탄생 설화를 보면 말을 먹이고 기르는 이야기가 나오는데 이것은 북방의 유목민 생활을 반영시킨 것이다. 이러한 북방적 요소의 설화에는 남방, 그리고 농경민과는 달리 통치자가 단순히 추대 받는 형이 아니라 쟁투와 힘에 의해서 군림하는 정복형이라는 사실을 알 수 있다.

생하고 있다. 이 점이 중요하다.

우리는 카인과 아벨의 설화 속에서 분화되어가고 개별화해가는 서구 문명의 사상적 패턴을 설정할 수 있다면, 환웅과 웅녀의 혼례 신화에서는 융화融化와 합일合—의 동양 문화의 한 패턴을 엿볼 수 있을 것이다. 인간의 사고는 두 가지 태도로 구분된다. 그 하나는 '나와 네가 어떻게 다르느냐' 하는 대립과 차이를 찾아 규명해가는 분리分離의 사고이고, 다른 하나는 '나와 네가 어떻게 같으냐' 하는 동화同化의 본질을 파고드는 융화의 사고이다.

우리가 짝을 찾는 것에 그토록 많은 관심을 가졌다는 것은 '너'와 '나'의 분리가 아니라 '너'와 '나'의 합일을 찾는 융화의 사상 속에서 인간 역사를 내다보았다는 말이 될 것이다.

박혁거세에도, 수로왕 이야기에도, 배필이 될 만한 여인을 찾는 이야기가 장황하게 설명되어 있다. 그리고 그 짝은 동질적인 것이 합치는 게 아니라 이질적인 것이 화합하는 것으로 이상을 삼았다. 한쪽이 혁거세처럼 붉은 알(하늘, 태양, 불)에서 나왔으면 다른 한쪽은 우물의 계룡(땅, 짐승, 물)이다 『가락국기駕洛國記』에 수로왕이 그 배필인 왕후를 얻어, 부부 생활을 하는 것을 "마치 하늘이 땅을, 해가 달을, 양이 음을 가진 것과 같다."라고 한 대목을 봐도 알 수 있다.

우리나라 사람의 사고를 지배하고 있는 음양 사상陰陽思想은 『주역周易』에서 나온 것이 아니라 이미 그 이전의 원시 사회의 설화에서, 즉 웅녀와 환웅의 근원상징 속에서 훌륭히 암시되어 있다.

혼약의 사상은 단순히 남녀가 결합하는 에로티시즘이 아니라 좀 더 근원적인 모든 사고의 원형을 상징하고 있는 한 징후로 보아야 한다. 서양의 전통은 희랍의 도시 문명에 연원을 둔다고 말한다. 그런데 그 '폴리스'는 '분리한다', '떠나다'의 어원을 갖고 있다. 혼약의 사상이 아니라 이혼의 사상이라고나 할까.

에리히 프롬과 데마르티노도 동양과 서양의 근본적인 사상적 차이를 그런 관점에서 관찰하고 있다. 그는 일본의 하이쿠와 테니슨의 시를 놓고 분석, 대조하면서 서양적인 것과 동양적인 정신의 두 패턴을 검토하였다.[93]

A

よく見れば薺, 花咲く垣根かな

(다시 들여다보니 냉이꽃이 핀 울타리여라! —바쇼)

B

성벽의 틈 사이 꽃이 피었구나.

93) Erich Fromm & D. T. Suzuki & Richard De Martino, 『Zen Buddhism and Psychoanalysis』

틈 사이에서 너를 뽑아 들고

여기, 그 뿌리 송두리째 모든 것을

내 손아귀에 쥐어본다.

오─작은 꽃이여, 네가 무엇인가를

그 뿌리와 그 모든 것이 무엇인가를

내 만약 알 수만 있다면,

나는 알리라 신과 인간이 무엇인지를![94]

꽃을 바라보는 두 시인의 마음은 아주 다른 것이라고 에리히 프롬은 말한다. 첫째로 테니슨은 꽃을 뽑아 손아귀에 쥐고 관찰하고 있다. 마치 실험실에서 플라스크를 들여다보는 과학도처럼 그는 그 뿌리와 꽃잎을 일방적으로 훑어본다는 것이다. 꽃에의 애정은 '바쇼'와 같을지 모른다. 그러나 바쇼는 결코 꽃을 뽑지는 않을 것이다. 있는 그대로 꽃에는 손 하나 대지 않고 그냥 바라볼 뿐이다. 언뜻 보면 그게 꽃인 줄도 몰랐던 마음, 그러다가 그 꽃이 담쟁이를 이룬 아름다움에 눈을 준다.

---

94)   Flower in the crannied wall / I pluck you out of the crannies / I hold you here, root and all, in my hand / Little flower ─ but if I could understand / What you are, root and all, and all in all / I should know what God and man is.(A. Tennyson, 「Flower in the Crannied wall」)

둘째로, 테니슨은 꽃 자체보다도, 자기 자신의 문제를 제기한다. '나는 네가 무엇인지 알 수 있을까?' 그런데 바쇼는 그런 것을 따지려 들지 않는다. '아! 그게 꽃이었구나!' 감흥을 관조觀照하는 것으로, 그 꽃의 미를 느끼는 것으로 희열을 맛볼 뿐이다.

테니슨은 꽃을 지성에 호소한다. '만약! 네가 무엇인지를 안다면 나는 인간이 무엇인 줄도 알게 되리라.' '만약'이라는 가정假定과 '안다'는 것에 강력히 호소해가고 있는 것이 특히 서양적 특색이라고 그는 말하고 있다.[95]

바쇼는 받아들이지만 테니슨은 대립해가고 있다. 테니슨은 '나'라는 것을 '너'라고 부르고 있는 그 꽃에서 격리된 자리에 두고 있다. 더구나 신과 인간에서까지 떠난 객관적 감정 속에 자신의 시선을 두고 있다. 즉 그가 '안다'는 것은 '과학적 개념'의 세계이다. 그런데 바쇼는 그가 꽃을 보고 있으며 꽃이 그를 보고 있다. 마주 보면서 하나로 얽혀 있다. 바쇼는 '잘 들여다보니'라고 말한다. '잘'이라는 그 말은 이미 그가 밖에서 꽃을 보는 그가 아님을 말해준다.

그리고 에리히 프롬은 그야말로 테니슨식으로 자기 이야기를

---

95) 우리나라에는 그와 같은 영어의 가정법이 없다. 서양의 사고는 if의 '~리라' 속에서 자라났다고 한다면 우리의 사고는 '~하노라!'와 같은 감탄법에서 성장해갔다고 말할 수 있다.

다음과 같이 도식화圖式化하여 비교함으로써 한 결론을 내리고 있다.

즉 '바쇼와 테니슨의 두 시인에서 나는 진眞의 실재를 향해 나가는 근본적으로 다른 두 개의 길, 그 성격을 밝혀두고 싶다. 즉 동양적인 방향을 바쇼라 한다면 서양적인 방식은 테니슨이다. 이 양자兩者를 비교해보면 각각 다른 문화의 전통적인 배경을 알 수 있다. 서양의 심리는 분석적, 분별적, 차별적, 귀납적, 개인적, 지성적, 객관적, 개괄적, 과학적, 개념적, 체계적, 비인간적, 합리적, 조직적, 권력적, 자아중심적, 자기의 의지를 남에게 밀어붙이는 것이라 한다면 동양의 심리는 종합적, 전체적, 합일적, 미분화적, 연역적, 비체계적, 독단적, 거시적巨視的, 주관적⋯⋯ 등의 특징으로 보아도 무방하리라.'[96]

이야기가 좀 길어졌지만 에리히 프롬이 한국을 알고 있었다면 일본인보다도 동양적인 우리 시에서 그 예를 찾았을 것 같다. 왜냐하면 시인 바쇼는 그랬을지도 모르지만 일본 국민이란 결코 꽃을 꽃대로 두고 자기가 그와 융합, 합일하는 관조적 태도를 취하지 않는다.

---

[96] 막스 뮐러 역시 '협화 시대協和時代의 인간'이란 강연에서 서양의 지식이 '지배 또는 사업의 지식'인 데 비해 동양 특히 중국의 지식은 '천지자연과의 일체감에서 출발하 는 지식'이라고 비교하였다.

일본인들은 소위(우리나라에서도 그 영향을 받아 요즈음 유행되고 있지만) '이 케바나 꽃꽂이'라 해서, 꽃을 꺾어다가 그냥 꽂는 것도 아니고 가위로 이리 싹둑 저리 싹둑 베어가지고, 쇠꼬챙이에다 꽂는다. 무사도武士道의 잔인한 칼 장난이 꽃 하나 꽂는 데에도 여실히 나타난다. 꽃꽂이는 아름답다. 그러나 그들은 그것을 자기 의사에 맞도록 칼로 쳐내어 재구성한다. '본사이[盆栽]' 역시 마찬가지다. 우리는 꽃을 아무리 사랑해도 그냥 꺾어다 꽂을 뿐이지, 색종이 오리듯 꽃을 가위로 오려서 꽂지는 않는다. 그렇다고 소동파蘇東坡 식으로 꽃을 꺾는 것을 유난스럽게 가슴 아파하지도 않는다.[97]

97) 오늘 갑자기 언짢아진 기분입니다.
　정원에 핀 꽃을 꺾은 탓이죠.
　정원에 핀 꽃이 무엇이냐고요
　작약芍藥이랍니다.
　……
　꺾지 않고 놓아둔들 그저 그대로 시들겠죠.
　꺾고 보니 서글퍼지는 마음입니다.
　꺾었다 하여 아무 데나 버릴 수야 있겠습니까?
　몇 가지 고이 묶어 그대에게 보내오니
　일지춘一枝春을 머리에 꽂아보시지 않으려오.

　今日忽不樂
　折盡園中花
　園中亦何有

그는 정원의 아름다운 작약꽃에 홀려 몇 송이를 꺾었다. 그러나 그는 곧 후회의 한숨을 쉰다. '꺾지 않고 놓아둔들 별로 소용이 없지만 꺾고 보니 마음이 서글프더라는 것'이다. 꽃을 사랑하는 그의 태도가 행문行文에 그대로 배어 있다. 하지만 한국 시인은 그렇게까지 섬세하지가 않다.

「노인헌화가」나 소월素月의 「진달래꽃」에서 보듯, 아름다운 꽃이 있으면 꺾어서 뿌린다. '혼례의 사상'은 에리히 프롬이 말하는 바쇼와 같은 정신을 상징한다. 그런데 다시 그것을 나누어보면 이렇게 일본인이나 중국인보다 좀 더 다르다는 것을 알 수 있다. '내'가 '네'가 되고, '네'가 '내'가 되는 단순한 융합이 아니다. 어디까지나 나는 나로서, 너는 너로서 있어야만 결혼이 가능하다. '나'를 포기하는 것이 아니다. 오히려 '내'가 '나'로서 뚜렷이 존재해야만 '너'와의 결혼이 가능하고 그 합일에서 생명의 조화된 빛이 흘러나온다. 결혼은 제삼第三의 완성된 세계이다. 하늘과 땅,

芍藥繞殘輿
……
不折亦安用
折去還可嗟
棄擲諒未能
送菴謫仙家
還將一枝春
揷向兩髻了

광명과 어둠, 남성과 여성, 인간과 동물, 무기물과 유기물, 그 대
립하는 모든 이질적인 존재가 조화를 이루고 합칠 때에만 '나'도
'너'도 아닌 다른 세계, 이상적인 새 질서의 세계가 생겨난다. 우
리는 이 어렴풋한 혼약의 장소를 샤머니즘이니 애니미즘이니 하
는 말로만 불러왔지만 『삼국유사』의 책갈피를 다시 넘겨가면서
좀 자세히 밝혀보아야 할 것이다.

# 달과 한국인

어느 나라 사람이든 옛사람들은 달과 친했다. '해'와 '달'은 옛사람들이 최초로 발견한 우주의 두 질서를 형성하는 상징의 원형이었다. 낮을 대표하는 것은 해, 밤을 상징하는 것은 달이었다. 그러므로 그들이 그것을 어떻게 바라보았는가 하는 그 태도에서 그들이 우주를 어떻게 보았는가 하는 사고의 양식을 끌어내올 수 있다.

첫째는 '해'와 '달'에 대한 태도이다. 대체로 고대인들의 신화나 문학을 살펴보면 지역과 종족에 따라 해를 많이 읊은 쪽과 달을 더 많이 노래한 쪽으로 분류될 수 있다. 해는 대낮의 이미지를 갖고 있기 때문에 남성적이고 동적이고 능동적이다. 반면에 '달'은 어둠과 밤에 나타나는 것으로 여성적이고, 정적이고, 수동적이다. 그러므로 영웅적인 것을 숭배하는 문화권에서는 '달'보다도 자연히 '해'를 더 찬미하고 사랑한다. 북구 신화든, 희랍계(로마)의 신화이든, 해는 힘과 슬기와 생명의 상징으로서 달보다 한층 높은 위치를 차지하고 있다. 아폴로의 신화적 이미지는 서양 문화의 도처에서 영웅적인 존재로 등장한다. 영웅 이상의 전형은 북방에 있어서 태양이며 영웅 숭배 사상과 태양 숭배는 서로 혼합되어 있다. 영웅과 태양은 동일시되어 있다고 카레르기 씨는 증언하고 있다. 그들은 남성을 달에 비유하는 일이 없다.

〈오 솔레 미오〉라는 민요에서 보듯 애인은 우리의 경우처럼 달님이 아니라 해님이다. 타오르는 듯한 머리채를 가진 라이온은 광망光芒을 가진 태양이며, 그들이 즐겨 쓰는 독수리는 모든 동물 가운데 태양의 가장 가까운 곳을 나는 새이다. 셰익스피어의 『로미오와 줄리엣』의 달콤한 러브신에서도 "달을 두고 맹세하지 마오. 달은 변덕맞아 자꾸 변하는 것이니……"라고 되어 있다. 서구 문학의 시가를 보아도 달을 소재로 한 것은 매우 희귀하다.[98]

그러나 아세아 지역에서는 해를 숭배하고 신성시했지만, 별로 사랑하지는 않았다. 은둔자隱遁者의 문화를 꽃피운 그 나라에서는

---

98) 밤은 천 개의 눈(별)을 지니고 있지만

대낮은 오직 하나(태양)

그러나 해가 사라질 때, 빛나는 온 누리의 빛은 꺼지고 만다.

마음은 천 개의 눈을 지니고 있지만

심장(사랑)은 오직 하나일 뿐

그러나 사랑이 갈 때, 온 생명의 빛도 꺼지고 만다.

(보딜런Francis William Bourdillon의 이 시처럼, 서양에서는 사람이 언제나 태양으로 비유되고 있지만 한국의 시는 달로써 상징된다.)

해보다 달을 읊은 시와 설화가 압도적으로 많다. 인도에는 그러한 감정이 설화에 직접적으로 반영되어 있다.

어머니가 어느 날 세 자녀에게 호두를 나누어주었다. 그것을 다 나누어준 다음, 어머니는 "내 몫이 없구나, 누가 어머니에게 호두를 좀 다오."라고 말했다. 첫째 아들은 불평을 하면서 제일 작고 썩은 호두 하나를 던져주었다. 둘째 아들은 아무 말도 하지 않고, 제일 작은 호두를 골라 어머니에게 주었다. 그런데 막내딸은 즐거운 표정을 하고 제일 큰 호두를 어머니에게 드렸다.

어머니는 그 호두를 받아 들고 저주와 축복을 각각 내렸다. "첫째 놈은 마음보가 나쁘다. 너 같은 녀석은 앞으로 모든 사람들에게 저주를 받고 욕을 먹으리라. 둘째 녀석은 마음이 치사하다. 그래서 너는 장차 항상 괴롭고 불안을 지닌 채 떠돌아다니게 될 것이다. 그런데 막내둥이 딸은 마음씨가 착하고 참 아름답다. 너는 다음에 사람으로부터 사랑과 인기를 독점하게 될 것이다." 과연 어머니의 말대로 큰아들은 해가 되고 둘째 아들은 바람이 되고, 막내둥이 착한 딸은 달이 되었다는 것이다.

이 설화를 보면 인도 사람들이 해를 나쁘게 보고 달을 가장 자랑스럽게 생각했다는 점을 알 수 있다. 인도는 더운 나라이기 때문에 사람들은 태양을 피해 모두 나무 그늘에 숨는다. 그러나 달은 서늘한 밤에, 아름답고 사랑스러운 월경月景을 펼쳐주어 모든 사람이 우러러보며 찬미한다는 것이다. 기후 때문에 그랬겠지만 정적인 것을 좋아했던 성자 숭배聖者崇拜의 마음이 해보다 달을 더 사모하기에 이른 것이리라.

동방의 해를 찾아오고 아침을 찬미한 한국인이지만 점점 윤리적인 생활을 해갈수록 해의 이미지는 달에 비해 열세에 놓이게 된다. 당쟁이 가열해지고 도가적道家的인 중국 사상이 병적으로 나타나게 된 조선의 은둔적인 도피사상이 정점에 달할수록 달을 읊은 시는 그와 비례하여 그 위세를 나타내게 된다.[99]

그뿐만 아니라 이미 『삼국유사』에도 불교문화의 영향이 컸던 신라 중엽의 이야기엔 달이 많이 등장한다. 이미 풀이한 바 있지만 처용은 달을 사랑하다가 아내까지 빼앗겼다. 그리고 영웅적인 화랑을 찬양하는 데도 옛 시인은 그 모습을 해가 아니라 달에 비겼다. 광덕廣德이 읊은 「원왕생가願往生歌」의 달, 「정읍사井邑詞」의 달(백제), 모두가 달에 의지하여 자기의 고뇌와 그 생을 노래 부른 것이다.

둘째로 같은 '달'이라 해도 논리적인 것과 정감적情感的인 두 상징 형식이 있다는 것을 살펴볼 수 있다. 얼굴이 동양인과 닮았다는 미개인 부시맨도, 해는 특별히 숭배하지 않지만 달과 별을 믿

---

[99]  오늘날 아이들이 부르는 동요를 봐도 찬란한 태양의 즐거움을 노래한 것이 매우 적다. 우리의 동요를 상징하는 〈반달〉 노래처럼 달에 대한 것이 압도적이다. 현대시에서도 박두진 씨의 「해」를 제외하면 직접적으로 태양을 읊은 시는 거의 없다.

는 고유 신앙을 갖고 있다. 그런데 그들의 설화를 보면 달은 불사不死의 존재로 그려져 있다. 즉 어느 날 달이 토끼에게 말하기를, "내가 죽어도 다시 태어나는 것처럼 인간도 죽으면 다시 소생하리라."라고 말을 전하라 했다는 것이다. 그런데 그만 토끼는 말을 잘못 알아들어, "인간은 죽으면 다시 태어나지 못하리라."라고 전했다. 달은 성을 내고, 토끼의 입을 찍었으며, 인간의 세계에는 재생할 수 없는 죽음만이 존재하게 되었다는 이야기다.

뉴질랜드의 전설은 이보다도 한층 복잡해서 '달'은 '영원의 생명'을 지닌 부활이며, 그 생명을 탄생시키는 자궁을 가진 여성의 상징으로 그려지고 있다. 달은 탄생하며 성장하다가 노쇠해서 죽어간다. 그리고 다시 태어나 만월이 되었다가 그믐달로 사라진다. 이 달의 무수한 반복은 생과 사의 순환이었고, 그 순환이야말로 '위대한 어머니', '영원한 생명'의 자궁을 가진 여성의 본질이라고 그들은 믿었다. 그래서 '마우이'라는 영웅은 '히나(달)' 속으로 몰래 들어가 불사의 영원한 생명인 불을 훔치려고 하다가 그만 잡혀 먹힌다. 이러한 설화들은 모두 태어났다 사라지는 달의 변화와 그 순환에 터전을 둔 상징 형식이다.

후예后羿가 서왕모西王母에게서 불사약을 구해두었는데, 그의 처 항아嫦娥가 몰래 그 약을 훔쳐가지고 달세계로 도망쳤다는 중국의 전설도 그와 같은 줄기의 것이라 할 수 있다. 비록 간접적이기는 하나 부활의 불사적인 이미지를 달에게서 암시 받았기에 불사약을 가진 항아가 그 달에서 살고 있다고 상상한 것일 게다.

'히나(달의 여신)' 속에 영생永生의 불이 있다는 것은 다 같이 생멸生滅을 되풀이하는 달의 이미지 속에서 발생된 상징 형식이라고 할 수 있다. 이러한 상징은 '달'의 주기적 변화를 논리적으로 따져서 생각한 지적(분석적) 인식이다.[100]

이와는 달리, 하늘에서 '아름답게 빛나는 것', 즉 어둠 속에서도 빛을 내는 야광夜光의 존재로서 그 이미지를 발전시켜가는 또 다른 측면이 있다. '달'은 하늘의 사자다. '차가운 음기陰氣가 적재積載하여 물이 되고 수기水氣의 정精이 달이 된다(『회남자淮南子』)'는 관점이 그것이다. 야광은 어둠과 밝음이라는 조화의 이미지[月以宵耀, 名曰夜光](황보밀皇甫謐의 『연력年歷』)이며, 동시에 사람이 하늘의 달을 벗 삼는다는 것은 지상의 것(인간)이 하늘의 것(달)과 서로 융합하는 이미지이다. 장교張喬가 「대월對月」에서 읊은 것처럼 '사회가 그 빛을 함께하는[圓魄上寒空 皆令四海同]' 경우이다.

중국인과 한국인 사이에서는 대개 전자보다는 후자(야광, 하늘의 빛)의 이미지가 더 강하게 나타난다.

윤선도尹善道의 「오우가五友歌」는 '수水', '석石', '송松', '죽竹', '월

<hr>

100) 뉴질랜드의 '히나' 전설을 상세하게 분석한 것으론, S. K. 랑거의 『Philosophy in a new key』가 있다. 이 저서에서 랑거 여사는 달을 여자의 자궁, 즉 생명의 불씨가 비재해 있는 생식 상징으로 보았다.

月’로써 불변의 것을 덕으로 삼고 있다. 구름이나 바람은 맑고 시원해도 자주 변하기 때문에 친구의 하나로서 손꼽히지 않았던 것이다. 물은 불절不絕, 석石은 불변不變, 송松은 상록常綠, 대는 정절貞節이기 때문에 벗의 자격이 된다 했는데, 달만은 웬일인지 기울고 차는 그 변화에도 불구하고 다른 군말이 없다. 이것은 윤선도의 달의 이미지가 부시맨이나 뉴질랜드계의 명멸하는 달의 이미지와 달리, 야광夜光, 즉 ‘조그만 것이 천지를 비춘다’는 이미지 쪽을 더 중시했기 때문이다. 역시 중국과 한국의 달은 생사의 순환보다 융화의 ‘벗’으로서, 그리고 조화를 이룬 그 빛으로서 더 많이 노래되어왔다.

달이라고 하면 금시 생각나는 이태백李太白의 시에 그 천상의 ‘벗’으로서의 이미지가 잘 나타나 있다고 할 것이다. 하나의 벗처럼 맞이하는 달, 반기는 달, 함께 즐기는 정감(우정) 속의 달이다.[101]

꽃그늘에 놓여진 한 병의 술로

---

[101]  물론 이태백의 시가 중국인의 모든 감정을 대변한다고 볼 순 없다. 그와 같은 시대의 시인인 두보만 해도 역사적인 상황을 통해 ‘달의 의미’를 포착하고 있다. “전운戰雲이 아직 걷히지 않았으니 군영에 비쳐 사병의 시름을 일게 하지 말라[干戈知滿地 休照國西營].” 그러나 이 시를 뒤집어보면 두보의 그 달 역시 고향 사람 같은 그리운 동반자로 그려져 있음을 알 수 있다.

마주 앉은 이도 없이 잔을 잡는다.


가득히 부어 밝은 달을 맞으니
거기에도 내가 들어 있구나.
땅 위의 그림자까지 세 사람이어라.


달은 술을 마시지 못하고 내 흉내만을 낸다.
달그림자와 짝을 지어, 봄의 행락行樂을 누리네.


나의 노래를 듣는 듯하고
나의 춤을 배우는 듯하다.


술이 취하기 전에는 함께 즐기지만
술이 취하면 서로 흩어지네.


어찌하면 영원한 정을 맺어
저 은하수에서 놀아볼 수 있을꼬.[102]


---

102) 이태백의 「월하독작月下獨酌」이다.
　　花間一壺酒 獨酌無相親
　　擧杯邀明月 對影成三人

이 시는 달을 단순히 의인화한 것이 아니라 함께 술을 마시고 노래를 부르고 들으며 춤을 추는 달이며, 짝을 지어 봄의 행락을 누리는 달이다. 이태백은 달을 보니 그 속에도 자기가 들어 있다고 했다. 그리고 그림자까지 합쳐 세 사람이라고 한 것이다. 에리히 프롬의 말대로 한쪽에서 일방적으로 관찰하고 감상하는 서구인의 태도가 아니라 태백이 달을 보고 달이 태백을 보는 융해融解의 경지이다.

그러나 셋째로, 그리고 마지막 결론으로 이야기를 한층 더 좁히자면 이태백의 달과 한국인(신라)이 바라보는 달의 차이이다. 우리는 해보다 달을 더 많이 노래 불렀다. 그리고 달을 벗으로 삼았으며, 밝음과 어둠이 짝을 이룬 중화中和의 야광을 사랑했다. 그런데 또 한 가지 특징이 있다.

향가에 나오는 달, 「원왕생가」에서 신라인의 달을 맞는 태도는 단순한 결합, 단순한 벗만으로서 같이 즐기는 이태백의 것과는 차원이 다르다. 달을 읊은 광덕의 그 마음이 어떠한 것이었는지는 시가보다도 그의 생활을 적은 설화 가운데 더욱 뚜렷이 나

月旣不解飮 影徒隨我身
暫件月將影 行樂須及春
我歌月徘徊 我舞影零乳
醒時同交歡 醉後各分散
永結無情遊 相期邈雲漢

타나 있다. 광덕은 매일 밤마다 밝은 달빛이 창가에 비치면 그 빛
속에 정좌를 하고 앉아 있었다고 했다. 우리는 그 모습이 어떠했
는지 짐작하기 어렵잖다. 광덕이 죽고 난 뒤에도 처연한 달빛을
향해 아미타불을 외던 그 모습은 그의 아내의 마음속에 사라지지
않았다.

그러했기에 장사를 지낸 다음, 엄장嚴莊이라는 친구가 광덕의
처에게 정통情通을 하려 했을 때에도 그녀는 그 달 이야기를 했었
던 것이다. "그분과 나는 10여 년을 동거를 했지만…… 밝은 달
이 창에 들면 그 달빛을 타고 올라 그 위에서 가부좌하고 앉아 있
었을 뿐이었소. 정성을 다하기 그와 같았으니 비록 서방정토西方
淨土(극락)로 가지 않으려 한들 어디로 갔겠소."[103]

그 말을 들은 엄장은 부끄러워 곧 자책하여 일심一心으로 도道
를 닦았다는 것이다. 처용과 비슷한 이야기다. 다만 처용은 살아
서 노래와 춤으로 아내를 탐한 간부를 무릎 꿇게 하였지만 광덕
은 죽었으면서도 달빛 속에 정좌正坐한 생시의 그 모습으로 간부
를 쫓았다. 공통점은 그들이 다 같이 달을 사랑한 성자들이었다

103) 엄장이 자기를 범하려 들 때 광덕의 처가 달 이야기를 했다는 것은 재미있는 대목이
다. 외국의 이야기 같았으면 달의 이야기는 도리어 요부가 사내를 유혹하는 수단으로 쓰
였을 일이다. 달을 쳐다보는 신라인의 마음은 단순한 로맨티시즘으로 풀이될 수 있는 것
이 아니다.

는 점이다. 그리고 그들은 그 달을 단순한 빛으로만 즐기지 않았던 것이다.

광덕은 밝은 달빛 속에서 이렇게 노래 불렀던 것이다.

달님이시여, 이제 서방西方까지 가시나이까?

가시면 이내 마음 무량수불無量壽佛앞에 사뢰 주옵소서.

맹서盟誓깊으신 존尊을 우러러 두 손을 모두아 원왕생 원왕생

그리워하는 사람 여기 있다고 사뢰소서.

아아! 이 몸을 버려두고

사팔대원四八大願이 모두 다 이루도록 하시옵소서.

한마디로 말하면 달을 보고 빈 것이다. 달의 아름다움만을 노래 부른 것도 아니다. 달을 반기며 그냥 짝 지어 노는 심경도 아니다. 그것이 아름답기에 그것이 자기의 고독을 위로하는 하늘의 벗이기에, 두 손을 모아 빌었던 것이다.

"달님이시여!", 시는 이렇게 호격呼格으로 불린다. 전통적인 한국인의 발상법이다. "달하 노피곰 돋아샤……"의 「정읍사」에도 우선 달을 부르는 데서부터 시작되고 있으며, 애들이 지금도 부르는 민요에도 "달아 달아 밝은 달아!……"로서 감탄사가 찍힌

'부름'으로부터 노래는 시작된다.[104] '부름'으로서의 '달'은 단순한 맞이하는 달이 아니라 '소망으로서의 달'이며, 기대로서의 달이다. 한국인은 뒷짐을 지고 달을 보는 것이 아니라 언제나 먼저 불렀다.

"이제 서방까지 가시나이까?……" 이태백은 술이 취해야 달과 분산分散했지만 광덕은 달이 서녘으로 기울어져야 비로소 헤어진다. '이제'란 단 한마디 말로써 그가 오래전부터 달과 함께 있었음을 암시한다. 달이 기울고 기울어 서녘으로 넘어갈 때까지, 그는 그 달빛 속에 앉아 있었다. 오뇌에 찬 인생은 잠들지 못하는 마음으로 달을 본다. 잠들지 못하는 마음 그것을 달빛으로 그냥 달래는 것이 아니라, 그는 그것을 달에게 호소한다.

'원왕생 원왕생 그리워하는 사람 여기 있다고' 서방정토에 병도 싸움도 이별도 없는 그지없이 조용한 그 나라에 가서 자기 마음을 전해달라는 것이다.

시시절절한 소망이다. 한국인이 달을 대하는 태도야말로 한 우주를 내다보는 그 혼약의 사상을 가장 잘 나타내주는 것이 아닌

---

104) 사람이나 사물이나 사물 이름 밑에 '아'나 '야'와 같은 호격이 붙은 것은 우리나라의 특이한 어법이다. 일본만 해도 '태랑太郎!', '차랑次郎!'이라고 그냥 이름을 부르거나 그 밑에 '씨'에 해당하는 '상'을 붙인다. 그러나 우리는 순수한 호격이 있어서 '엄마야', '누나야' 같이 부르는 이름에 감탄적인 여운을 던진다. 참으로 정감적인 국민임을 알 수 있다. 달도 역시 우리는 '달아!'라고 부른다.

가 싶다. 지상에서 서러워하는 사람, 그것을 물끄러미 내려다보
는 달, 그것은 어디까지나 달빛 그것처럼 융합, 화해의 대상으로
서 어울린다.

  희랍 신화의 여신 '셀레네(달)'는 골짜기에서 잠들어 있는 그녀
의 애인 '엔디미온'을 밤마다 어루만져주는 것으로 되어 있다.[105]
잠들어 있는 인간을 비추는 달빛을 일방적인 사랑으로 해석한 탓
이다. 지극한 사랑(달빛)이 있어도 잠들어 있는 인간은 그것을 느
끼지 못한다. 달과 엔디미온이 '잠'이라는 장벽을 통해 분리되어
있듯이 역시 달과 인간은 단절과 일방통행적인 사랑이라고 그들
은 생각했다.

  그러나 옛 신라인이나 우리의 선조들에게는, 달과 인간의 거리
가 없었다. 뿐만 아니라 그 대상과 결합함으로써 새로운 제삼의
세계(서방정토)로 그 감정을 지양해갔다. 그것이 바로 기도하는 모
습으로 맞이한 우리 한국인의 달이다. 이태백은 달과 놀지언정,
달에게 호소하고 그 이외의 것을 빌지 않는다. 그냥 섞일 뿐이지
그 융합 속에서, 무엇인가를 탄생시키려고 하지는 않는다. 웅녀
가 환웅과 결혼하여 자식을 낳기를 간절히 소망하듯이, 광덕은

---

105)  달의 여신 셀레네가 사랑했다는 엔디미온은 사냥을 즐기는 소년이었다. 어느 날 라
트모스 산으로 사냥을 나갔다가 서늘한 동굴 속에 들어가 누워 쉬던 사이에, 잠이 들어버
렸는데, 셀레네 여신이 그 미모에 반하여 잠자는 그에게 몰래 키스를 했다는 것이다.

달과 함께 지냄으로써 서방정토의 꿈을 분만한다.

남편이 오는 길을 비추어달라는 「정읍사」의 달도 그렇고, 양친 부모와 천년만년 살게 해달라는 "달아 달아 밝은 달아! 이태백이 놀던 달아!"도 그렇다. 모두 기도의 형식으로 읊어진 달들이다. 자연을 사랑하고 그와 융합만 하는 게 아니라 그 합일 속에서 자기의 욕망을 잉태해서 분만하려는 태도, 그것이 곧 '혼약의 사상'이라는 그 상징적 형식을 낳은 것이다. 샤머니즘의 뒤를 뒤집어보면 결합과 분만! 꼭 여인이 남자를 얻어 자식을 낳는 과정 그대로의 것이 나타난다.

「제망매가」의 작자로 알려진 월명사가 달 밝은 밤에 사천왕사四天王寺에서 피리를 불면 아름다운 그 피리 소리를 듣기 위해 가던 달도 멈추고 묵묵히 서 있었다는 이야기가 유사遺事에 나온다. 그래서 그의 이름을 월명月明이라 했고 그가 살던 마을을 월명리月明里라고 했다. 단순한 미신이라고 웃어버릴 것이 아니다. 그들은 달을 그렇게 보았던 것이다. 인간의 피리 소리(음악)가 가는 달도 멈추게 한다는 사고는 그들이 달을 한 생령生靈으로서 교감交感한 데서 비롯된 것이다.

모든 사물을 그렇게 대해왔다. 그러므로 달을 단순히 '돌덩어리'로 본 서양인들은 오늘날 도리어 달에 도달할 수 있는 '과학'

을, 로켓과 위성衛星을, 즉 그 방법을 발견했다.[106] 그런데 우리는 사물을 객관화하지 않았기 때문에, '나'와 분리된 대상으로 보지 않았기 때문에 어느 나라 사람보다 아름다운 달의 시는 만들었을 지언정, 달에의 과학은 남기지 못했다.

여기에 바로 아름답고도 슬픈 역사를 지니게 된 한국인의 마음이 있었던 것이다. 달을 보면 우선 인간이 살고 있는 지구와의 거리를 재려고 하고 달빛의 정체를 분석해보려고 한 서양인들은 인간과 달의 단절 밑에서 그것을 객관화했다. 거기에서 그들은 망원경과 로켓과 인공위성을 만들었다. 그러나 그것을 유정화有情化하여 함께 섞임을 통해서 애틋한 자기 소망을 탄생시키려 했던 우리는 청송靑松에 떠오르는 달의 신비를 병풍 위에 그려 시름을 풀었을 뿐이다. 어찌 그게 달에만 국한된 이야기였겠는가?

106)  희랍인들은 이미 해와 달이 한낱 돌덩어리에 불과하다는 것을 말하고 있다. 소크라테스는 달이란 일개의 돌덩어리라고 단언하였다. 물론 당시에는 그 때문에 규탄을 당했지만 이 선각자의 전통은 달의 흙을 파헤친 루나 위성으로까지 발전되었다.

# 거울 앞에 선 앵무

잃어버린 슬픈 신라의 노래 한 가락이 있다. 흥덕왕興德王이 몸소 지었다는 〈앵무가〉가 그것이다. 유사遺事에는 다음과 같은 기록만이 남아 있다. "당나라에 갔던 사신이 앵무 한 쌍을 가지고 돌아와 왕에게 바쳤다. 얼마 안 되어 암놈이 죽자 홀아비가 된 수놈이 짝을 찾으며 슬피 울었다. 그 정상을 불쌍히 여긴 왕은 사람을 시켜 앵무새 앞에 거울을 걸어놓으라고 했다. 거울 속에 비친 제 그림자를 보자, 앵무새는 짝을 얻은 줄로 알고 즐거워했지만 부리로 거울 속의 그림자를 아무리 쪼아도 응답이 없었다. 짝 잃은 앵무새는 그것이 그림자임을 알자 슬피 울다가 죽었다. 왕이 그것을 보고 노래를 지었다"라는 것이다.

비록 가사는 전하지 않지만 왕이 지은 그 노래가 어떠한 것이었는지를 우리는 상상할 수 있을 것 같다. 그것은 호수에 어리는 제 그림자를 보고 스스로 도취했던 나르시시즘의 노래가 아니었을 것이 분명하다.[107] 그림자를 안타깝게 쪼아대던 앵무새―피 묻은 부리가 싸늘한 동경銅鏡에 부딪치는 애절한 소리, 잃어버린 짝을 찾으며 미친 듯이 울어대던 그 앵무새의 소리…… 그러한 소리가 바로 그 노래 속에서 잔잔히 괴어 흘렀을 것이다.

이 노래가 뭇 사람에게 널리 퍼져 깊은 감명을 주었을 것은 물론이다. 그 증거로 같은 유사의 기록에 '조신調信'의 꿈 이야기가 나오는데 그중 한 대목에 다음과 같은 구절이 나온다. "뭇 새가 모여 있다 함께 굶어 죽기보다는 차라리 짝 없는 난鸞새가 거울을 향하여 짝을 부르는 것만 못할 것입니다." 이 말은 가난한 살림에서 굶어 죽는 것보다 남편과 헤어져 각기 제 길을 찾자는 여인의 말이다. 앵무새가 여기에서는 '난새'로 바뀌었지만, 거울을 향해 짝을 부른다는 고사故事는 흥덕왕 대의 그 노래에서 연유되었을 것이 틀림없다. 조신의 이야기는 헌안왕憲安王 대의 것으로 흥덕왕 때에서 반세기 후이다.

구차스러운 고증을 하지 않는다 하더라도 이미 역사가 시작되는 신화 시대 때부터 한국인의 감정 가운데 가장 큰 비중을 차지

107) 나르시스 신화는 서양의 에고(자아)를 상징하는 예로 많이 인용되고 있다. 목동 나르시스는 미남이었지만 누구도 사랑하지를 않았다. 오직 호수에 어리는 자기 자신의 아름다운 얼굴과 사랑을 하는 자기 도취였다. 그 때문에 님프의 노여움을 사 벌을 받고 수선화가 되었다는 것이다.

하고 있는 것이 바로 그 '짝'을 그리워하고 사랑하는 마음이었다. 현존하는 국문학의 시가 가운데 가장 오래된 두 편의 시가 〈황조가黃鳥歌〉와 〈공후인箜篌引〉이 다 같이 '짝'을 잃은 자의 슬픔을 노래한 것임은 결코 우연한 일이 아닐 것이다.

〈공후인〉은 지금으로부터 천여 년 전인 고려의 여옥麗玉이 지은 노래이다. 여옥의 남편(곽리자고霍里子高)은 어느 날 새벽 대동강 가에 배를 타려고 나갔다가, 술병을 든 한 노인이 미친 듯 머리를 풀어헤치고 강 쪽으로 뛰어드는 것을 보았다. 그의 뒤에서는 강을 건너지 말라고 외치면서 그의 아내가 황급히 쫓아오고 있었다. 그러나 아내의 만류를 뿌리치고 노인은 끝내 강 속으로 들어가 빠져 죽고 말았다. 그 아내는 남편을 삼켜버린 강가에서 목놓아 울듯 슬픈 가락으로 '공후'를 뜯으며 노래를 부르고 자신도 강물 속으로 몸을 던졌던 것이다. 남편이 돌아와 그 광경을 이야기하자 여옥은 그 여인의 모습과 노래를 상상하고 공후로써 읊었다.

그대여, 강물을
건너지 말라 했더니
그대는 끝내
강물을 건너고 말았구려.
강물에 떨어져 죽으니

그대여, 아아 어찌하리야.[108]

여옥의 노래를 듣는 사람은 모두 눈물을 지었다고 적혀 있다.
〈공후인〉이 남편을 잃은 아내의 슬픔을 노래한 것이라면 〈황
조가〉는 아내를 잃은 남편의 외로움을 읊은 서정시다.

---

108)   이태백은 〈공후인〉에 대하여 '공무도하公無渡河'라고 제한 시를 다음과 같이 남긴 바
있다.

머리를 풀어 젖힌 저 늙은이는 혹시나
미치지나 아니하였나?
무엇하러 새벽에
난류亂流에 뛰어들꼬.
아무도 애석해하는 이 없건만
오직 아내가 있어 만류를 하네.
그대여, 강물을랑 건너지 말랬더니
기어코, 기어코 건너만 갔네.
맨손으로 범을 잡을 수 있으나
강물은 건너기 어려운 것,
마침내 물에 휩쓸려
둥실 떠버린 그대여!
공후의 그 가락 슬프기만 할 뿐
그대여, 돌아오지는 못하네그려.

〔(首 句略) 被髮之 狂而癲 淸晨經流欲奚爲 旁人不惜妻止之 公無渡河苦渡之 虎可縛河難憑 公果溺死 流海湄 (中句略)
公乎公乎 掛骨於其間 箜篌所悲竟不還〕

꾀꼬리 오락가락

암수가 짝 지어

노니는데

이 몸은 홀로이서

뉘와 함께 돌아가랴.


　고구려 제2대 유리왕이 도망간 애첩 치희雉姬를 찾다가, 나무
밑에서 꾀꼬리들의 노랫소릴 듣고 지었다는 것이다.

　앵무새의 경우와 모두 발상법이 같다. 짝을 찾는 인간의 정감
을 그들은 가장 순수하고 높고 보람 있는 일로 알았기에 아내가
남편을 혹은 남편이 아내를 잃고 방황하는 것을 인사人事의 가장
슬픈 일로 알았던 것이다.『삼국사기』에 나오는 '가실'의 이야기
(설씨녀薛氏女)나, 박제상과 그 아내, 그리고 한국의 모든 '러브 송'의
비극의 터전은 거의가 〈앵무가〉의 유형에 속하는 것이라 하겠다.

# 거울 앞에 선 앵무 1

　〈앵무가〉의 패턴을 분석해보면, 부부애를 동물에 비겼다는 점이 특색이다. 그것은 인간이 짝을 맺는다는 것이 인간 독자의 윤리가 아니라 자연현상에 속하는 것으로 인식했다는 것이다. 그러므로 우리는 전통적으로 부부의 결합을 앵무새나 꾀꼬리, 원앙새와 나비, 그리고 심지어는 짚신 같은 짝 지운 물건에게 비유하는 일이 많았다. 사회규범이라기보다 자연율自然律로 생각한 한국(동양)의 양성兩性 관계는 에고(자아)의 사물이 아니라 자연발생적인 우주 질서의 조화에 그 신방을 차렸다. 그러니까 부부 사이의 애정은 묵묵히 운행되는 천지의 본질과 통하는 마음이었다. 그것은 인간의 의사라기보다 하늘(자연)의 뜻이었다. 아내가 남편을 섬긴다는 것은 삼라만상의 모든 질서를 지배하는 자연이법自然理法에 순응하는 길이기도 했다.[109]

109)　오늘날과 같이 서구화된 결혼식에도 고천문告天文을 낭독하는 양식이 남아 있는 사

고대 사회에서 서민이 왕권에 거역할 수 있었던 유일한 예란, 그리고 그것이 사회적으로 존경을 받았던 예란 오직 이 '짝'을 지키려는 부부애의 저항이었다. 왕권도 부부 사이를 갈라놓지는 못했다.

　　가령 사륜왕舍輪王(진지대왕眞智大王)은 치국治國 4년 만에 국인에 의해서 폐위廢位를 당했는데, 다른 정치적 이유도 있었겠지만 음란한 짓을 했다는 것이 가장 큰 원인이었다. 여기에서 음란한 짓이란 단순히 호색가를 의미하는 것이 아니라, 구체적으로는 「도화녀桃花女」의 설화에서 보듯 지아비가 있는 부녀자를 간통하려던 소행이었다.

　　도화녀는 왕 앞에서 "여자가 지켜야 할 것은 두 지아비를 섬기지 않는다는 것입니다. 지아비를 두고서 다른 남자에게 가는 것은 비록 만승萬乘의 위엄으로써도 안 되는 일이옵니다"라고 항거하고 있다.

　　『춘향전春香傳』의 원형이라고도 알려져 있는 『삼국사기』의 유명한 그 '도미의 아내' 역시 왕권 앞에서도 흔들리지 않는 부부도夫婦道의 쟁투극을 보여준 것이다. 남편이 눈을 뽑히고, 죽음의 배를 타고 유배된 뒤에도 도미都彌의 아내는 왕의 권세와 그 유혹을

실을 봐도 알 수 있다. 결혼은 사회적으로 인정된 계약이라기보다 하늘에서 승인을 받는 인사人事라고 생각한 탓이다.

끝까지 뿌리쳤다. 그런데 우리는 그녀의 정절보다도, 그러한 정절을 하늘이 돕는다는 그 사상에 더 주목해둘 필요가 있다. 즉 도미의 부인이 강가에 이르렀을 때 배가 없어 건너지 못하고 하늘을 우러러 통곡하는데 갑자기 조각배 하나가 나타나서 그녀를 도왔다는 것이다. 그렇게 해서 그녀는 남편 도미를 만나게 됐고 고구려에 가서 부부끼리 한평생을 같이 마쳤다.

우리에겐 빌헬름 텔처럼 불의不義의 권력 앞에 투쟁하는 전설이 없다. 있다면 오직 도미나 도화녀의 이야기처럼 부부의 '짝'을 지키는 설화이다. 만약 이것이 거꾸로 되어, 내 가정의 짝이 아니라 사회의 의義를 위해 그들이 불의의 왕권과 다투었더라면 적어도 한국의 근대화는 수백 년이 빨랐을지도 모른다.[110]

결국 『삼국유사』에서 찾아볼 수 있는 부부 생활의 근원은 사회에 뿌리를 박은 것이 아니라, 하늘의 뜻에 그 거점을 두고 있다는 것을 알 수가 있다. 그러므로 '앵무새'나 〈황조가〉의 경우처럼 짐승들의 짝에서 부부애의 이상을 보았고 하늘의 뜻은 왕권보다도 강한 것으로 인식한 것이다. 자연의 질서에 토대를 둔 가정의 질

---

110) 옛날의 백성들이 절대 군주나 관권에 저항할 수 있는 명분은 그가 천륜을 어겼을 때에만 가능했다. 그것은 사회 의지에서 싹튼 시민권의 주장이 아니라, 자유를 추구하는 인간해방의 혁명이 아니라 오직 군자의 사이비성에 대한 저항이었다. 그러므로 그들의 저항을 뒷받침한 힘은 춘향이와 같이 천륜이나 인륜과 같은 기본적인 도덕률이었다.

서라는 것은 사회의식이 희박하다. 그것은 어디까지나 선험적先驗的인 도덕관이므로 사회 공동생활의 이념과는 좀 더 다른 것이었다.

이것이야말로 고대 사회에 있어서의 부부애를 바라보는 가장 중요한 시점이 아닌가 나는 생각한다.[111]

신라 중엽 때만 해도 몽골의 경우처럼 귀한 손님을 최대로 환대하는 방법의 하나로서 자기의 처를 제공하는 유습遊習이 있었다. 문무왕의 서제庶弟 동득공東得公이 거사 차림을 하고 몰래 민정 순행民情巡行을 할 때, 주이州吏 안길安吉이가 처첩妻妾 가운데서 하나를 골라 그를 극진히 대접했다는 기록이 나온다.

이미 그때만 해도 여자는 두 낭군을 섬기지 않는다는 것이 부도婦道의 제1장 1절이었는데도 어째서 이런 일이 있었는지 언뜻 보기에는 납득이 가지 않는 이야기이다. 그러나 안길이 처첩 삼인을 불러놓고, 동득공에게 몸을 바치라고 한 대목을 읽어보면 그 비밀이 풀린다. 거기에는 하나의 조건이 있었던 것이다. 오늘 밤에 거사 손님을 모시고 자면 나와 종신토록 해로偕老하리라고

---

111)  여성들의 성 관계에 일정한 규제를 가하는 것은 모권 사회가 붕괴하고 부가장 제도를 형성하는 데 가장 핵심적인 문제가 있다. 만약 성 관계가 문란해지면 애써 부가장적 가족체계가 본래의 단순한 동물적인 떼[群]로 환원되어버리기 때문이다. 그런데 이러한 인위적 규제로서의 정조권보다도 음양이 합치는 그 연분을 깨쳐서는 안 되는 자연의 질서의식 밑에서 정조의 의미를 중시했다.

한 말이 그것이다. 두 아내는 말하되, 당신과 같이 살지 못할지언정, 어찌 남과 동침하겠느냐고 반대했고, 한 아내는 공과 종신토록 함께 살 수만 있다면 명령을 좇겠다고 한 것이다.

유사는 이 세 아내의 태도를 모두 시인하는 투로 적고 있다. 우리는 여기에서, 정조를 위한 정조의 순수한 도덕관념도 짝을 잃지 않으려는 부창부수夫唱婦隨의 태도 앞에서는 입을 다물게 했다는 점을 발견하게 된다.

동시에 이 설화는 부부 생활의 모델을 사회질서의 관점에서보다도 자연의 질서에 그 무게를 두었음을 의미한다. 정조라는 사회의 규범보다 남편과 평생을 같이하고 싶다는 그 원망願望이 선행했던 까닭이다. 물론 조선에 와서 정조가 형식화된 순수 도덕으로 기울어졌지만 삼국 시대만 해도 맹목적 정조보다는 남편을 따르는 실질적인 결합에 더 역점을 두고 있다.

도화녀가 남편이 죽으면 어떻게 하겠느냐는 왕의 물음에 그렇게 되면 몸을 허락하겠노라고 말한 것을 보아도 알 수 있다.

# 거울 앞에 선 앵무 2


앵무새는 새장에 갇혀 있다. 짝 잃은 앵무새는 결코 바깥으로 나올 수가 없다. 닫혀진 문 안에서 또 하나의 다른 짝을 구할 수도 없을 것이다. 오직 자기 분신과도 같은 죽은 짝을 찾아 슬피 울 수밖에 없다. '새장 안에서의 사랑'―이것이 또한 『삼국유사』에서 찾아볼 수 있는 부부 생활의 한 패턴을 이룬다.

아름다운 망부석의 전설을 낳은 김제상金堤上과 그 아내의 슬픈 부부상도 바로 새장 안에서 잃어버린 짝을 찾다가 죽어버린 한 쌍의 앵무새와 같다.

제상은 인질로 잡혀간 미해왕자美海王子를 구하기 위해서 거친 바다를 건너 왜국倭國으로 갔다. 그 소식을 들은 부인이 급히 말을 달려 '밤개[栗浦]'로 쫓아갔을 때는 이미 남편은 배에 오른 뒤였다. 제상은 먼빛으로 손을 흔들어 보였을 뿐이다. 사라진 남편의 모습을 쫓다가 제상의 부인은 그만 모래 위에 쓰러져 통곡을 하는 것이다. 기다리고 기다려도 왜국으로 떠난 남편의 소식은 없다.

부인은 세 딸을 데리고 매일같이 수랫재[鵄述嶺]에 올라 먼 바다 건너의 수평선을 바라보며 울었다고 했다. 바다 위에 뜬 일편의 구름, 한 마리의 갈매기에도 가슴을 설레었을 일이다. '바다 그리고 텅 빈 하늘' 그리움 속에서 기다리다 기다리다가 그녀는 싸늘한 망부석望夫石의 돌덩어리처럼 되어 죽었다는 것이다.[112]

"선 채로 이 자리에 돌이 되어도 부르다 내가 죽을 이름이여."

망부석의 전설은 김소월金素月의 시구에서 보듯, 오늘날에까지도 그대로 살아 있다.

그러나 만약에 테니슨 같은 시인이 있어, 이 이야기를 한 편의 긴 서사시敍事詩로 엮었다면 어떻게 되었을 것인가? "그 겨울이 지나 또 봄은 가고, 또 봄은 가도…… 기다린다"라는 솔베이지의 아리아처럼 비통한 가락으로 울릴 것이다. 하지만 그 망부석의 서사시는 결코 테니슨의 『이녹 아든』과는 같지 않을 것이다.

낭만주의자인 테니슨은 동양인의 마음과 비슷한 데가 많다. 『이녹 아든』의 서사시에서 그는 남편을 기다리는 정숙하고 아름다운 한 여인을 그렸다. 제상의 아내가 수릿재에서 남편을 그리

---

112) 텅 빈 바다를 바라보며 님이 탄 배가 돌아오기를 애절하게 기다리는 이야기는 서양에도 있다. 유명한 '이졸데'의 전설이 그것이다. 그러나 그쪽은 사련邪戀으로써 유부녀의 정사에서 빚어진 로맨스이며, 김제상의 경우는 정상적인 부부지간의 애정에서 생겨난 사고事故이다. 상황은 비슷해도 그 의미는 정반대이다.

워하듯 애니도 바다를 바라보면서 10년이란 긴 세월을 보낸다. 그러나 제상의 아내는 굳은 바위처럼, 그리움이 응결된 채 죽어 버리지만 이녹은 필립이라는 남편 친구와 결국은 재혼하게 된다. 1년만, 한 달만, 하루만…… 그의 기다림은 이렇게 시간의 한계를 줄여간다. 기다린다는 것과 현실에서 살아간다는 이 두 개의 틈 사이에서 애니도 역시 현실의 여인임을 입증한다. 물론 『이녹 아든』과 제상의 아내를 비교한다는 것은 무리한 점이 많다. 에반젤린처럼 약혼한 남자를 평생토록 기다리는 수절형의 이야기가 서양에도 없는 것은 아니다. 그러나 서양인들에게 있어선 아무리 같은 전근대적인 사회라 할지라도 재혼의 자유가 인정되어 있었다. 수절하는 것만이 반드시 남편을 사랑했다는 증거는 아니다. 남편이 죽으면 슬피 운다. 슬픔이 가시면 다른 남자와 결혼할 수 있다. 그 편이 도리어 자연스러운 것이라고 그들은 생각했다.[113]

『성경』을 보면 독신자 사도 바울이 이렇게 주장하고 있는 것이다. "내가 혼인하지 아니한 자들과 과부들에게 이르노니, 나와 같이 그냥 지내는 것이 좋으리라. 만일 절제할 수 없거든 혼인하라.

---

113) 햄릿은 부왕이 죽자 곧 자기 삼촌에게 재가한 어머니를 비난한다. 그러나 재가 자체의 부도덕성이나 또는 시동생인 삼촌을 남편으로 삼았다는 데 그의 고민이 있는 것은 아니다. 대개의 독자들은 거의 그렇게 생각하고 있지만 실은 덧없는 인간의 사랑, 눈물도 마르기 전에 마음이 변해버리는 그 인간의 심리에 대해서 햄릿은 허무를 느낀 것이다. 서양인의 도덕으로 봐서 그녀의 재가나 시동생과의 결혼은 얼마든지 있을 수 있는 일이다.

정욕이 불같이 타는 것보다 혼인하는 것이 나으리라."(「고린도 전서」 7:8~9) 그리고 「로마서」에서도 과부의 재혼을 허락하는 다음과 같은 말이 있다. "남편 있는 여인이 그 남편 생전에는 법으로 그에게 매인 바 되나, 만일 그 남편이 죽으면 남편의 법에서 벗어났느니라. 그러므로 만일 그 남편 생전에 다른 남자에게 가면 음부淫婦라 이르되, 남편이 죽으면 그 법에서 자유케 되나니, 다른 남자에게 갈지라도 음부가 되지 아니하느니라."(「고린도전서」 7:2~3)

리얼리티를 무시한 절대 도덕이 아니라, 어디까지나 사회의 한 제약으로서 부부 생활을 합리화하려는 태도이다. 사도 바울이 디모데에게 보낸 편지에, 60세 이하의 과부는 과부의 적에 기록하지 말라는 구절이 나온다. 아직 젊은 과부는 처음의 맹세를 파기하여 비난을 받게 될 일이 많을 것이라고 보았기 때문이다. 바울은 과부가 뒤에서 음란한 짓을 하는 것보다는 차라리 재혼하여 자식을 낳고 집안을 다스려서 남들에게 손가락질 당하는 틈을 주지 않는 게 좋겠다고 생각했던 것이다.[114]

『이녹 아든』에서 필립이 애니를 유혹하는 장면을 보아도, 10년

---

114) 한국은 이와 정반대이다. 문일평 씨의 말을 빌리면 같은 유교를 존중하는 일본과 안남 그리고 그 본산인 중국에도 재가의 금지는 이론뿐이요 법령에까지는 미치지 못하였는데 유독 우리나라에서만 재가금법이 시행되었다고 한다. 조선 제3대 태종왕 8년 술자戊子 때 과부금가寡婦禁嫁가 발표되어 고종 31년 갑오경장에 이르러서야 폐지되었다. 임진·병자 같은 대전으로 과부가 격증하였음에도 재가금법은 조금도 동요한 일이 없었다고 한다.

이나 되었는데 돌아오지 않는 사람을 아직 살아 있다고 생각할 사람이 어디 있겠느냐고 한다. 이 말로 미루어보더라도 애니가 성큼 결단을 내리지 못하는 10년의 기다림은 단순한 수절 때문이 아니라 그의 생사를 확실히 알 수 없었기 때문이라고 해석해야 한다. 이녹이 그녀의 눈앞에 죽었다면 애니의 태도는 좀 더 달랐을 일이다.

그러나 망부석의 여인상은 살았든 죽었든 다른 선택의 여지를 염두에 두지 않는다. 새장 안에서 짝을 잃은 앵무새처럼, 오직 가능한 것이 있다면, 혼자 서러워하고 잃어버린 짝의 환상을 그려보는 데서 종지부가 찍힌다.

'가실'(『삼국사기』의 설씨녀)의 경우에는 그것이 더욱 분명하다. 이녹이 살아서 돌아왔을 때는 이미 애니는 필립의 아내가 되어 평화로운 가정에서 새 자식들을 무릎 위에 올려놓고 있다. 그러나 예식도 올리지 않고 수자리로 살러 갔던 가실은 기약한 3년의 세월이 두 곱이나 지난 후에 돌아왔어도, 여전히 설씨녀는 외양간에서 자기가 두고 간 말을 쓰다듬으며 눈물을 흘리고 있었다.

거울을 꺼내어 반을 갈라서 각각 한 조각씩을 나누어 가졌던 그들에게 있어서 배필이란 곧 그 거울의 짝을 맞추는 것처럼 숙명적인 것으로 인식했던 까닭이다. 한국의 『이녹 아든』은 그만큼 절대적이다. 두 쪽으로 갈라진 거울 중에 한 조각이 없어지면 영원히 그와 맞는 짝이란 이 세상에서 찾아볼 수 없는 것이다.

두 조각으로 갈라진 거울, 그것이 곧 한국의 배우자였다. 인간의 힘으로는 변화시킬 수 없는 숙명적인 짝이라 생각했기에, 제상의 아내나 설씨녀는 재혼이나, 파혼을 상상할 수가 없었다. 그들은 눈에 보이지 않는 새장의 사슬 안에서만 짝을 구하고 짝을 지키는 앵무새였다.[115]

---

115) 생각하기에 따라서 남편도 아닌 남자를 6년이나 기다린 설씨녀는 칭찬을 받기보다도 스스로 만든 철장 안에 갇힌 어리석은 수인囚人이라고 비난을 당할 만하다. 돌아왔기에 망정이지, 영영 가실이 살아 오지 않았더라면 대체 무슨 의미가 있을 것인가? 이러한 결정론적인 태도야말로 새장 안에서만 짝을 찾는 앵무새의 비극이기도 하다.

# 거울 앞에 선 앵무 3

세계 각국의 여성적 기질을 나타낸 다음과 같은 일화가 있다. 여학생들이 캠프를 하다가 정조를 잃었을 경우, 동양의 여학생들은 훌쩍훌쩍 울고, 영국 여학생들은 남에게 이 사실을 절대로 알리지 말라고 당부하고, 독일 여학생은 더 굳세게 살자고 다짐하고, 프랑스 여학생은 즐겁게 휘파람을 분다는 것이다. 이러한 유머는 아주 근거가 없는 이야기도 아니다. 역사적으로 훑어보더라도 동양의 여인들은 일반적으로 정조 관념이 강한 대신 서구의 여인들은 오히려 그 정조관에 반기를 드는 현상이 많다.

유럽의 최고最古의 대표적인 애정 설화라는 트리스탄과 이졸데의 이야기만 해도 그렇다. 발상지는 프랑스라고 알려져 있으나 독일에도 영국에도 이 설화를 모방한 수십 종의 작품이 있다. 장 콕토가 영화화한 〈비련悲戀〉 역시 트리스탄과 이졸데의 이야기를 각색한 것이다.

그런데 한마디로 이야기하면 이 아름다운 설화의 핵심은 다름 아닌 간통이다. 왕에게 먹이려던 사랑의 비약秘藥을 트리스탄이 바꿔 먹은 탓으로 이졸데 왕비는 남편 아닌 그와 숙명적인 사련邪戀에 빠지게 된다. 술병을 든 남편을 쫓아가다가 해심한 강물을 보며 한탄하는 공후인의 비극과 검은 돛대를 달고 오는 배를 바라보며 정부情婦가 오지 않음을 애통해하는 트리스탄의 그것은 정반대이다. 두말할 것도 없이 간통을 미화한 원조격元祖格인 이야기다. 서구 문학의 애정 소설은 적든 많든 '트리스탄과 이졸데' 형에 속하는 것으로 『적赤과 흑黑』, 『보바리 부인』, 『채털리 부인의 사랑』 등 연면한 간통 문학의 전통을 이어가고 있다.[116]

우리는 간통을 단순한 에로티시즘으로 간단히 보아 넘겨서는 안 된다. 간통은 인간의 자아와 반역 정신의 가장 원초적인 표현이었다.

짐승의 세계나 원시적인 모권주의 사회에서는 간통이란 개념이 있을 수 없었다. 그러나 가부장 제도가 생겨나고 따라서 가족이란 관념이 생겨나자 인간 사회라는 것이 형성된다.

그러므로 인류가 최초로 만들어낸 그 사회의식의 가장 큰 율법

---

116)  헨릭스의 성의 사회학을 보면 서구 사회에서는 이미 18세기 때부터 결혼한 남녀라 하더라도 연인을 가질 수 있는 실제의 자격이 부여되어 있었다 한다. 18세기 초유의 비엔나 궁정에서부터 비롯한 풍습이라고 한다. 그리고 귀부인들은 연인과 남편의 쌍방을 동시에 대동하고 연회에 출석해야 한다는 초청을 받았다. 만약에 남편만 데리고 오면 그것은 상대방에게 노골적인 모욕을 가하는 것과 다름이 없었다.

은 간통을 금지하려는 말뚝이었다. 여인이 간통을 예사로 하면 겨우 쌓아 올린 가부장의 가족제가 다시 짐승들과 같은 '떼'로 되돌아가고 말 것이기 때문이다.

어느 나라든지 씨족 사회의 형성기에는 간통이 살인 못지않게 징벌을 당했다. 유태인들이 한 여인을 돌로 쳐서 죽였듯이 『후한서後漢書』에 보면 고대의 한국 사회[滅]에도, 여자가 음淫하거나 질투를 해도 사형死刑에 처하는 풍속이 있었다는 기록이 있다.[117]

지금 로마의 유적 가운데는 여인의 결백을 시험하는 괴물이 큰 입을 벌리고 있는 석상石像이 남아 있다. 여인이 손을 그 입에 넣을 때 만약 그가 부정한 짓을 했으면 짐승이 입을 다물어 손을 끊어버린다는 것이다. 일종의 미신의 힘으로 여인의 정숙을 지키게 한 것이다.

결국 이러한 풍속 밑에서 여자가 간통을 한다는 것은 생명을 건 저항과 자유 의식의 한 양식이라고 볼 수 있다. 때로는 여성의 한 인간 선언이 간통의 경우로 나타나는 수도 많다. 저항하는 역사냐 순응하는 역사냐 하는 물음은 여인의 생활에서도 극명하게 나타난다. 주어진 정조를 스스로 보옥寶玉처럼 떠받드는 순응의 여인상과 그 굴레를 벗어던지고 그 울타리를 뛰어넘는 자아의

---

117) 일본에서도 간통을 엄한 형벌로 다스렸다. 그 법령이 최초로 제정된 것은 서기 701년에 만들어진 '대보율령大寶律令'에서였다.

여성들과[118] …… 이렇게 금을 그어놓고 본다면 한국의 여인상이 정숙 일방으로만 흘렀다는 것은, 저항성과 자아의식이 그만큼 부족했었다는 노예의 미학으로도 해석할 수 있다.

그러나 한 가지 주목할 점은 간통을 막는 데에도, 계약으로서의 사회적 징벌보다 자연율自然律로 다스렸다는 점이다. 중세의 기사들처럼 부인에게 정조대貞操帶를 채워놓는 방법을 택하지 않았다. 어디까지나 하늘을 거스르는 행위로서 벌해졌다는 사실이다. 가령 유사에 나오는 사금갑射琴匣의 설화는, 남편이 있는 아내가 다른 남편과 간통을 한다는 것은 인륜을 어긴 것이 아니라 자연의 질서를 어긴 것으로 징벌을 당하게 된다는 관념이 암시되어 있다. 즉 궁주宮主와 중이 상간相姦할 때, 까마귀와 쥐와 돼지, 그리고 연못에서 나온 노인(초자연적인 인간)의 협력을 받아서 (암시에 의해서) 왕은 음행淫行을 하는 그들의 그 현장을 잡아내게 된다. 쥐가 사람의 말을 한다든지 고기도 아닌 인간이 물속에서 나온다는 것은 있을 수 없는 일이다. 그러나 이 비과학적인 설화의 이면에는 인간의 간통을 하늘이 간섭한다는 사고가 숨어 있고 사회윤리에

118) 한국 여성이라고 춘향이 같은 열녀만 존재했던 것은 아니다. 현실은 다 마찬가지다. 다만 간통의 고민을 그린 문학이 있느냐 없느냐의 차이이다. 우리에게는 적어도 『삼국유사』에서 보는 한, 도덕과 사랑의 충돌이라는 '리얼리티'를 지닌 설화는 한 편도 없다. 오직 남녀 간의 '사랑'은 공인된 부부애의 한계 내에서만 존재한다.

선행하는 천리天理로서의 정조관이 잠재되어 있는 것이라 할 수 있다.[119]

왕이 까마귀나 쥐에게 인도되어 노인을 만났다는 신비론神祕論부터가 그렇다. 노인이 준 글 겉봉에는 이 편지를 열어보면 두 사람이 죽는 것이요, 열어보지 않으면 한 사람이 죽을 것이다라는 퀴즈식 표현도 비밀성을 일으키려는 상투적인 고대 설화의 전형적인 수법이다. 두 사람이 죽는 것보다 한 사람이 죽는 것이 옳다고 생각하여 그 글을 떼어보려 하지 않았던 왕의 태도는 휴머니즘적인 판단이다. 그런데 일관日官이 두 사람이란 서민이요, 한 사람이라 한 것은 왕이라고 풀이했을 때, 왕은 번의를 한다. 그것은 자기의 죽음을 두려워하는 자연의 본능을 따른 것이다. 그때 그는 금갑을 쏘라는 하늘의 문자를 읽었다. 두말할 것 없이 금갑을 쏘라는 말은 중과 궁주의 상간을 향해서 화살을 쏘라는 인간 아닌 자연의 소리였다.

이런 일이 있은 후 매년 정월 상해正月上亥 상자上子 상오일上午日에는 백사百事를 삼가 감히 동작을 아니하고 15일엔 오기일烏忌日

119) 내가 아는 한, 외국엔 간통을 고발하기 위해서 까마귀와 쥐와 돼지 같은 동물까지 동원되는 설화는 없는 것 같다. 도리어 같은 동양 문화권에 속하는 일본 고전 『사석집沙石集』을 보면 아내의 간통 현장을 잡기 위해 천장에 숨어 있던 남편이 실족하여 기절한 것을 간부姦夫가 간호해주어 도리어 서로 정답게 지냈다는 이야기가 나온다.

이라 하여 쌀밥을 지어 제사를 지내고 백사를 금기하는 풍속이 생겨났다고 했다. 이 풍속에서 우리는 방탕과 부녀자의 음행을 하늘의 이치로써 다스리려 한 고대 사회 정책의 일단을 엿볼 수 있다.

외국의 고대 설화에서는 음란한 이야기들이 많이 나와 있지만, 그리고 트리스탄과 이졸데의 설화처럼 간통이 절실한 사랑의 이야기로서 승화되어 있지만『삼국유사』나 다른 문헌에도 음사淫事의 이야기는 거의 찾아볼 수가 없다. 간통의 비극이란 주어진 현상을 타파하려 할 때 생겨나는 것이지만 수절의 비극은 주어진 현상을 수호하려 할 때 발생한다. 우리에게는 전자의 이야기가 아니라 모두 후자의 것, 〈앵무가〉형의 비극이라고 할 수 있다. 우리에게 '간통 문화'라는 것이 없었다는 것은 매우 거룩하고 반가운 일이지만, 냉철하게 생각해볼 때는 근대적인 자아를 추구하는 자유 의식에의 지평이 그만큼 멀었다는 증거도 된다.[120]

조선 때의 이야기로서『오주연문五洲衍文』에 기록된 허난설헌許蘭雪軒에 대한 비판이 그것을 암시한다. 허난설헌은 김성립金誠立

---

120)　도덕이나 문화는 반도덕적 반문화적인 도전을 받아가면서, 발전해가는 법이다. 그 점에서 반도덕성과 반문화성은 필요악이기도 하다. 서구 문학에 나타난 '간통 문화'는 단순한 에로티시즘은 아니다. 새로운 사회와 인간 의식을 싹트게 하는 홍역 같은 열병熱病이다. 보바리 부인의 간통은 몰취미한 근대 산업주의 비판을 그리고 채털리 부인의 간통은 인간의 생명이 거세된 병든 물질문명의 비판을 나타내는 육체의 언어라 할 수 있다.

의 아내로서 시문에 능했다. 그러나 부군의 사랑을 받지 못했다. 김성립은 너무도 고지식한 학자였기 때문이다. 그래서 그녀는 두목지杜牧之(중국 시인)를 사모했다.

인간에서 김성립을 이별하고
지하에 가서 두목지를 따르고 싶다.[121]

이렇게 시를 읊었으며 당호堂號까지도 '경번당景樊堂(번천樊川은 그가 사랑한 두목지의 호.)'이라고 했다. 그러나 단순히 이렇게 생각한다면 커다란 잘못이다. 그는 그가 사랑하는 딸을 잃었고 또다시 아들을 잃었던 것이다. 이 때문에 상심한 나머지 나온 말이지 결코 남편과의 반목은 아닐 것이다. 연소한 부녀자일지라도 이대異代의 남자를 사모하지 않는데, 더욱이 지성을 갖춘 허난설헌으로서 그럴 리가 없다.

현대의 안목으로 보면 이와는 정반대의 해석이 나온다. 허난설헌은 도리어 지성인이었기에 사랑 없는 남편보다 그녀가 좋아하는 두목지를 죽어서라도 만나고 싶다고 한탄했을 일이다. 지각없

121)  人間願別 金誠立
   地下長隨 杜牧之
   —허난설헌

고 연소한 부녀자였다면 사랑이야 있든 없든 간에 그 남편을 숙명적인 존재로 섬기며 이대의 남자를 사모할 염도 내지 않았을 것이다. 만약 그녀에게 용기가 있었고 여인의 풍속이 좀 더 너그러웠다면 허난설헌은 콜론타이Aleksandra Kollontay와 같은 여권론자가 아니면 노라처럼 집을 뛰어나왔을지도 모른다. 그러나 당대의 사람들은 지성인일수록 부덕이 강한 것으로만 생각했다. 교양을 놓고 생각하는 안목부터가 이미 동양과 서양은 동일한 것이 아니었다.

# 남녀관이 암시하는 것

우리의 고대 설화에는 돈 후안 전설같이 호색한이 나와 1,003명의 여인을 차례차례 정복해갔다거나, 혹은 프랑스의 설화, 푸른 수염을 가진 사나이가 일곱 명의 아내를 죽이는 살벌한 양성兩性의 쟁투극 같은 것이 없다. 서구에서는 화합과 조화로서의 부부상보다는 분립分立과 쟁투의 모습으로 그려진 경우가 더 절실한 문제로 되어 있다. 즉 개인의식이 강할수록 결합보다는 대립과 분할정신分割精神이 커진다.

소크라테스가 그의 아내와 사이가 나빴다는 것은 그가 관념변증법의 창시자라는 것보다도 더 널리 알려져 있는 사실이다. 예수나 석가는 물론, 심지어는 가족 윤리의 챔피언인 공자孔子도 부부 생활이 원만치 않아 별거 생활을 했다.[122]

---

122) 성인 가운데 결혼 생활을 제대로 한 사람은 '마호메트' 한 사람뿐이다. 공자의 행상 문行狀文이라고 할 수 있는 『논어』를 보면 공자는 옷 입는 데서 음식을 먹는 데까지 꽤 까다

지성이나 자아가 강한 사람일수록 양성 관계兩性關係는 대체로 균열되는 것이 거의 상식화된 현상이다. 서양에는 종교적인 의미가 아니라도 독신주의자를 이상으로 삼고 있는 사람들이 많다. 르네상스의 기수인 라블레의 소설에도 결혼하는 것이 좋으냐, 하지 않는 것이 좋으냐로 논쟁을 벌이는 장면이 나온다.

그러나 우리에겐 결혼에 대한 회의나 독신을 이념으로 삼는 사상은 중을 제외하고는 거의 그 예를 찾아보기 힘들다. 그 반대로 배필을 구한다는 것을 가장 중대한 것으로 생각했기에 『삼국유사』에는 거의 빠짐없이 결혼 이야기가 나온다. 심지어 생식기가 1척 5촌이나 되는 지철로왕智哲老王이 그의 배필을 구하기 위해 사자使者를 삼도三道에 파견하여 왕비를 맞이했다는 것까지 기록에 나와 있다.

배필을 중시하고 그 결합의 윤리를 하늘의 봉인封印으로 생각했다는 것은 '나'와 '너'라는 대립으로 역사나 사회를 본 것이 아니라 '짝' 또는 '끼리'의 융합으로 모든 사물을 대하였다는 증거이다. 정조나 부부의 정을 지켜간다는 것은 분립의 투쟁이 아니

---

로웠던 모양이다. 임어당林語堂이 지적하듯이 "술은 집에서 담근 것이 아니면 한 모금도 마시려 하지 않았고, 시장에서 사온 고기는 입에 대지 않았으며, 쌀밥은 너무 희어도 안 되고 고기는 너무 굵게 썰어도 안 된다"라고 했다. 옷(좌임복)도 오른쪽 소매가 왼쪽보다 짧아야 입었다. 그러니 그 아내가 견딜 수 있었겠느냐는 것이다.

라 융합의 욕망이며, '홀로 있는 나의 자유'가 아니라, '함께 있는 나의 평화'이다. 결국 〈앵무가〉적인 발상법의 근원에 있는 것은, 자연의 모든 것을 마치 젓가락처럼 짝으로 보았다는 것이다. 혼자 있을 때는 의미가 없고 성질이 다른 두 개의 것이 짝을 이룰 때만은 모든 것이 평화를 얻는다고 믿었던 것이다.

서양의 평화는 거의 모두가 전쟁을 전제로 한 평화였다. 대립하는 두 세력의 쟁투를 겪고 어느 한쪽이 다른 한쪽을 제압하였을 때만 이 평화가 온다. 그러기에 그 평화는 늘 폭발물을 내포하고 있다. 시소를 하듯이 극과 극의 균형이 무너지면, 다시 그것은 어디까지나 지배되는 평화이며, 전리품으로서의 평화이다. 표범이 나무 그늘 밑에서 먹이를 뜯고 있는 것 같은 그런 쟁투의 결과에서 얻어지는 평화인 것이다. 이때의 평화는 오직 승자가 누리는 전리품으로써만 존재한다.

그러나 〈앵무가〉의 근원에 있는 것은 대립이 아니라 서로 '짝'을 맞추어가는 조화의 정신이기 때문에, 어느 한쪽이 다른 한쪽을 제패하는 그런 평화와는 근본적으로 성격이 다르다. 이러한 사고방식을 체계화한 것이 소위 동양의 음양 사상陰陽思想이다. 우주는 음陰과 양陽으로 형성되어 이 음양이 진퇴, 소장消長하는 동안에 생물이 소장하는 것이라고 생각했다. 음은 정靜하고 양은 동動한다. 음은 순하고 양은 강하다. 불은 양이며 물은 음이다. 인간도 그 음양으로 취해지는 자연물의 하나로서 여자는 음이요, 남자는 양이다. 그리고 음은 음대로 양은 양대로 자기 위치를 지키는 것이 자연의 이치를 거스르지 않는 것(평화)이라고 생각했다.

이때의 평화는 두 개의 다른 성격이 어느 한쪽을 누르고 제패하는 승리의 전리품이 아니라, 서로 제자리를 지키며 화합하는 가운데서 실현된다.[123] 그랬기 때문에 그 여자의 정조를 그토록 엄격히 하였어도 중세의 유럽처럼 여자에게 정조대 같은 것을 채우는 직접적인 강압은 없었다. 정조를 정복적인 것으로 다스리지 않았던 것이다.

결국 결혼이란 이 음양이 합쳐지는 가장 구체적인 현상의 하나였던 것이다. 혼인은 만물의 근원이요, 생명의 시원이라고 한 자사子思의 말도 그 점에 근거를 둔 것이었다. 진대晉代의 영호책令狐策이 빙상에 서서 빙하에 있는 사람과 얘기하는 꿈을 꾸었을 때, 색담索潭은 이렇게 해몽하였다. "빙상은 양이고 빙하는 음인데 이것은 음양의 일이다. 장차 혼인이 있겠다"라고…….

대립적인, 언제나 알력과 쟁투를 의미하는 서구 사상과 반대립적인, 언제나 서로 어울려 각기 결여된 부분을 채운다는 동양 사

___

123) "남녀의 구별이 있고 난 뒤에 부부의 의가 있다. 부부의 의가 있고 난 뒤에 모자의 친親이 있고, 부자의 친이 있고 난 뒤에 군신의 정正이 있다"라는 『예기禮記』의 말을 보더라도 모든 인간 도의의 근원을, '남'과 '여'라는 양성을 천지자연의 이理에 두었음을 알 수 있다. 이 양성의 화합이 없으면 군君과 신臣의 정도 불가능하다는 생각은 서양에는 없는 사상이다.

상은 사고방식의 양극이다. 그것이 오늘날과 같은 두 문명의 현저한 차이를 낳은 것이다. 동양의 경우에 부정이라고 하는 것은 음양의 조화를 역행하는 것을 의미한다. 『삼국유사』에 추남楸南이 국경(고구려)에서 거꾸로 흐르는 물(역류수)을 보고 점을 칠 때, 대왕의 부인이 '음양의 도'를 역행함으로 이런 현상이 일어났다고 말하는 대목이 바로 그것이다. 물론 이때 '음양의 도'를 역행한다는 것은 남녀의 도착倒錯된 성교 자세를 말한 것이다. 그러나 더 본질적인 것은 여자가 남자 행세를 하고 남자가 여자 같은 구실을 한다든지 남녀가 서로 화합하지 않고 다툰다든지 하면 그것은 곧 천지의 조화를 깨뜨린다는 유기적인 관련이 있다. 따라서 그 결과는 개인이나 가정이나 국가나 모든 질서가 무너져 망하는 것으로 생각했다.[124]

청대淸代 유서遺書의 기록에 '세상에는 비남비녀非男非女의 몸이 있어 여자에게 접촉하면 남맥男脈이 동하고 남자에게 접촉하면 여맥女脈이 동하는데, 그것은 천지 부정天地不正의 기氣'라고 설명하고 있다. 진晉의 『오행지五行志』에도 '남녀 체를 겸한 사람이 있

---

[124]   심지어 고문헌에는 음양을 거스른 기괴한 음사淫事 때문에 임진왜란의 변이 일어났다는 식으로 해석한 글이 있다. 유사에도 나라가 망할 때는 자연의 질서가 뒤집히고 쟁투하는 현상이 일어났다고 기록하고 있다. 효공왕 때, 3월에는 두 번 서리가 내렸고 6월엔 신포新浦의 물이 바다 물결과 사흘 동안이나 서로 싸웠다고 되어 있다.

는데 음란하기 짝이 없다'고 했으며 유사遺事의 '혜공대왕惠恭大王'
은 남자이면서도 여자와 같은 짓을 하고 다녔기 때문에 나라가
어지러워졌고 끝내는 살해되었다고 말한 것도 모두가 그러한 사
상의 일면을 보여준 예라 할 수 있다. 결국 이러한 음양 사상은
통일 조화의 유기적인 우주관 속에서 인간과 자연의 모든 현상을
해석하려고 했다는 것을 의미한다.

　자연과 인간을, 물질과 정신을, 또 남성과 여성을, 국가와 개인
을 각기 분리 대립시키고 끝내는 고독한 자아를 향해 줄달음쳤던
서구의 문명과, 그와는 정반대로 동물과 식물이 섞인 인간과 자
연이 어울리고 남자와 여자가 서로 짝을 이루는 가운데 고요한
정적의 평화를 꿈꾸었던 동양의 문명, 그 두 문명의 씨앗을 우리
는 바로 거기에서 찾아볼 수가 있다.

　말하자면 어째서 망부석의 제상 부인은 노라가 되지 않았으며
장보고는 로베스피에르를 낳지 않았고, 어째서 우리의 홍길동은
푸가초프Yemelyan Pugachov가 아니었는지[125], 아니 어째서 우리에
게는 여자들이 유방을 자르고 남성과 투쟁하는 아마존 같은 희랍

---

125)　장보고나 홍길동이 가공의 인물이라 하더라도 홍길동은 이상적인 사회를 마음속에
그려간 혁명아다. 그러나 그들 역시 자연과 동떨어져 인간의 길을 걸어가는 고독한 운명
을 선택하려 하지 않았다. 장보고나 홍길동은 사회질서에는 반역을 하였지만 자연의 천성
에 대해서는 순응하였다.

신화가 없었으며, 또 리시다스처럼 여자들이 합하여 남자들에게 압력을 가해 평화를 회복시킨 그 드라마가 없었는지 이해할 수 있을 것이다. '짝', 음과 양을 찾는 '혼약의 사상'은 나를 언제나 나 아닌 것과 어울리려는 데서 찾으려 했다. 그래서 변증법적인 사회의 발달을 몰랐다.

# 인간과 자연의 교류

그것은 마치 월트 디즈니의 만화영화 같은 세계였다. 동물과 식물과 그리고 하늘의 별들은 인간들의 한 이웃이었으며 친구였다. 마치 아지랑이처럼 온 누리는 꿈틀대는 생령으로 덮여 있었고 그 세계에서는 한 줌의 흙이나 돌이라 할지라도 생명을 가지고 숨 쉬고 있었다. 생명은 콘크리트의 담이나 아스팔트 길이나 철조망으로 나누어지는 일이 없었다. 강하江河처럼 자연을 꿰뚫고 흐르는 생명의 시원始源─거기에 모든 자연물의 본적지가 있었다.

우주와 함께 숨 쉬고 우주와 함께 잠들고, 우주와 함께 기지개를 켜며 눈뜨고 일어서는 생명의 합창, 『삼국유사』의 이야기에 귀를 기울이면 그런 노랫소리가 들려온다. 인간에게 경사스러운 일이 있으면 뭇 짐승들이 따라오며 춤을 추었다. 슬기로운 사람은 언제나 자연의 도움을 받았다. 주몽朱蒙이 도망갈 때 자라들은 다리를 놓아주었고, 혁거세가 알에서 나올 때 날짐승들은 길을 인도하였다.

인간은 그들과 함께 축복을 나누었고 슬픔을 같이 울었다. 그러기에 왕조가 망할 때는 자연에 먼저 그 이변異變이 생긴다고 그들은 생각했다. 인간은 인간하고만 결혼하지 않았다. 용과 지렁이와, 호랑이와 심지어는 이미 세상에서 떠나고 없는 죽은 자의 영혼과도 그들은 피와 살을 나누었다. 물론 한국에서만 있었던 일은 아니다. 중국에도 인도에도 그런 일은 있었다. 그러나 동북아세아의 특징이기도 한 샤머니즘이 지배하던 한국에 특히 그런 자연과의 혼교 설화婚交說話가 두드러지게 많이 등장하고 있다. 우리는 그때의 일을 단순한 미신이라고 비웃어버린다.[126] 그러면서도 '한 알의 모래에서 천국을 보고 한 떨기 꽃에서 우주를 바라본다'는 블레이크William Blake의 시는 우주인들이 읊어도 조금도 부자연스럽지 않다고 생각하고 있다. 오늘의 우리도 태곳적의 그 자연의 합창을 하나의 미신이 아니라 종교시宗敎詩로서 들을 줄 아는 마음이 필요하다.

우선 「김현감호金現感虎」의 설화를 중심으로 해서 생각해보자.

---

126)  샤머니즘이 미신인 것은 물론이다. 그러나 어떤 종교든 시간이 흘러 본질이 퇴색하고 그 형식이라든지 도그마만 남게 되면 그것 역시 하나의 미신으로 화하고 만다. 종교의 매너리즘이나 맹신은 모두가 다 그렇다. 샤머니즘도 애초에는 단순한 미신이 아니라 자연과의 교감을 통해서 생령生靈의 세계를 파악하려는 정신의 소산이었을 것이다.

신라 원성왕元聖王 때에 김현金現이란 총각이 아름다운 처녀로 화한 호랑이와 사랑을 했다는 것이다. 신라에는 매년 2월이면 초파일부터 15일까지 도중都中의 남녀가 흥륜사興輪寺의 전탑殿塔을 돌며 복을 비는 풍습이 있었다고 했다. 젊은이기에 꿈이 있었을 것이다. 그들은 밤을 지새워 탑을 돌면서 이루지 못한 사랑, 잡을 수 없는 꿈, 말로는 다 표현하기 어려운 생의 번민과 기원들을 빌었을 것이었다.

김현은 그 탑을 돌다가 운명적이기도 한 그 처녀를 만났다. 모든 사람들은 다 가고 없는데 밤 깊이 그 탑의 주변을 끝없이 돌고 있었던 것은 오직 그들 둘뿐이라고 했다. 얼마나 가슴에 묻어둔 소망이 깊고 애절한 것이었기에 그들은 밤이 그토록 깊었는지도 몰랐었던가? 밤을 새우며 탑을 돌지 않으면 안 될 그런 마음을 지닌 사람들이었기에 그들은 서로 눈을 마주 보기만 하는 것으로도 깊은 사랑을 느꼈던 것이다.

우리는 김현과 그 처녀가 흥륜사의 탑을 맴돌면서, 대체 무엇을 빌었는지 그것은 묻지 말기로 하자. 이미 그들은 서로 뼈가 으스러지도록 사랑하게 된 것이니까.[127] 그러나 그것은 참으로 짧은 사랑이었다고 전한다. 김현이 여인을 따라 서산 둔덕에 있는 그

---

[127] 호랑이와의 사랑은 「김현감호」뿐만 아니라 한국 설화 중에 흔히 볼 수 있다. 신도징申屠澄이 처녀로 화한 호랑이와 결혼하여 자식까지도 낳은 이야기가 있다.

녀의 집으로 왔을 때, 세 마리의 호랑이가 그를 잡아먹기 위해 나타난 것이었다. 처녀도 인간으로 화신化身한 한 마리의 호랑이였던 것이다. 이때 홀연히 하늘에서 소리가 있어 말하기를 "너희들이 즐겨 많은 생명을 해치고 있으니 마땅히 너희 중의 한 놈을 베어 그 악을 징계하리라"라고 했다. 처녀는 김현을 살리기 위해 그를 잡아먹으려고 덤벼든 호랑이에게 자기가 그 벌을 대신 받겠으니 물러가달라고 애원했다. 그리고 그는 또 김현에게 말했다. "이 몸이 낭군과 비록 유는 다르나 하루저녁의 즐거움을 나누었으니 그 의는 부부로서의 결합만큼이나 소중한 것입니다. 이제 저의 세 형들의 죄악을 하느님이 미워하여 이미 벌하려 하시니 집안의 재앙을 저 한 몸으로 당하려고 합니다. 이왕 죽을 몸일 바에야 아무 상관도 없는 사람들의 손에 의해 죽기보다는 도련님의 칼 아래 죽어감으로써 소중한 그 은의恩義에 보답하는 것이 얼마나 좋은 일이겠습니까? 제가 내일 거리에 들어가 한바탕 극심하게 작해作害를 부리며 돌아다니겠습니다. 그러면 사람들은 저를 어떻게 손댈 수 없을 테고 임금님은 필경 두터운 작록을 내걸고 저를 잡을 사람을 찾게 될 것입니다. 그럴 때 도련님은…… 도성 북쪽으로 저를 추격해 오십시오. 거기서 제가 기다리고 있겠습니다."

결국 김현의 사랑은 비련悲戀으로 끝난다. 그들은 서로 작별을 하고 끝내는 사랑하는 이를 위해 사랑하는 이의 칼로 자기의 목을 찌르고 여인은 죽어간다. 그것은 한 마리의 호랑이였기에 김현의 첫사랑은 깨어질 수밖에 없었다. 그러나 김현은 그녀의 죽음으로 얻은 벼슬을 기뻐했던가? 아니다. 비록 호랑이와의 사랑이었지만, 탑을 돌다 만난 그 사랑의 마음엔 변함이 없었다. 서천변西川邊에 절을 짓고 그는 그 범의 명유冥幽를 빌어주었다고 했다.

물론 한 예술 작품으로서는 『로미오와 줄리엣』의 덧없는 그 비련에 비길 것이 못 된다. 그러나 이 비련의 이야기는 그보다 더 근원적인 것으로 향해 있다. 파벌이 다르다는 그 가문 관계 때문에 로미오와 줄리엣의 사랑은 죽음으로 바뀌었지만 그것은 어디까지나 인간과 인간의 사랑임에는 틀림없다. '인간'과 '호랑이'라는 두꺼운 생물계의 벽을 뛰어넘으려는 그 사랑에 비하면 아무것도 아니다. 로미오와 줄리엣의 사랑은 기껏해야 파벌이라는 인위적인 벽을 초월한 것이지만 김현과 그 처녀는 인간과 동물의 한계를 무너뜨리는 사랑이요, 그 희생이었다. 세상에는 비련의 이야기가 많지만 「김현감호」의 상황 조건보다 더 깊고 넓은 것은 드물다.

이 설화의 비련을 좀 더 분석해보면 그것은 자연(동물)과 인간의 한계마저 없애주는 위대한 애정이요, 그 교류이다. 인간의 계급이나 국경을 넘어선 사랑보다도 그것은 훨씬 더 넓은 애정이다.[128] 결국 신라인들은 인간을 잡아먹는 흉맹한 호랑이까지도

128) 사랑에는 국경이 없다는 말도 여기에 비하면 아무것도 아니다. 사랑은 생물적인 자

사랑에 의해서 인간, 그것과 결합시켰다. 영통靈通의 세계다. 자연의 궁극에 있는 것과 인간과 같은 생명의 줄기에 뿌리박은 '어진 마음'이었다. 편찬자 일연—然도 찬하기를 "짐승도 어질기가 저렇거든 오늘날 사람으로서 짐승만도 못한 자가 있는 것은 어쩐 일인가?"라고 적었다. 이 설화의 창작 심리를 뒤집어보면, 인간과 동물의 교합이라는 만물 영통萬物靈通의 사상과 자연물과의 그 결합을 통해서 그 속에 소재所在되어 있는 긍정적인 선의 의지를 발견하려는 마음이다.

더욱 흥미 있는 것은 신라인이 이 설화에서 보여준 호랑이와 영국의 시인 블레이크가 형상화한 그 호랑이는 매우 대조적이라는 점이다.

호랑이여, 호랑이여, 빛나고 불타오르는 밤의 숲 속에서
그 무슨 신의 손으로, 아니면 그 눈으로
너의 두려운 균정均整을 만들어냈는가.

그 무슨 바다나 하늘의 저편에
너의 눈에 깃든 그 불빛이 타오르고 있었더뇨.
그 무슨 날개를 달고 신은 날아다니며

연경自然境마저도 무너뜨리는 힘이라고 그들은 믿었다.

그 무슨 손으로 그 불빛을 잡아왔는가.


그 무슨 팔, 그 무슨 재주로
네 염통의 심줄을 꼬아냈는가.
그리고 염통의 고통이 뛰기 시작했을 때,
그 무슨 무서운 손이 너의 무서운 그 다리의 심줄을.


그 무슨 망치로 또 그 사슬로,
그 무슨 도가니 속에서 너의 뇌수腦髓를 녹여
그 무슨 철침鐵砧위에서 두들겨냈는가.
또 그 무슨 손가락으로 그 공포를 쥐었는가.


무수한 별, 그 창槍을 던져서
눈물로 하늘을 적셨을 때,
신은 다 만들어진 너를 보고 미소를 지었던가.
어린 양을 만든 신이 너를 만들었던가.


　블레이크는 호랑이에의 공포, 그리고 그 힘과 불타오르는 눈을
보며 그것을 창조한 우주의 힘[神] 속에 깃든 악의 존재를 들여다
보고 있다. 유순하고 어린 양[善]을 만든 신의 손은 또한 그 흉폭[凶]
暴한 호랑이를 만든 손이기도 하다. 그가 호랑이를 통해서 바라다

본 자연의 본질은 결코 조화를 이룬 선의 세계는 아니었다. 서로 싸우고 뒤범벅이 된 맹목의 신비, 공포의 전율이었다. 여기에서 회의가, 교란이, 불신이, 반항이, 악에의 가담과 부정의 지성이 싹튼다.

그러나 아름다운 여인으로 화한 그 신라의 호랑이, 스스로 임이 찬 칼을 뽑아 자기 목을 찌르는 호랑이, 사랑을 아쉬워하며 눈물을 흘리는 그 호랑이는 김현의 그 풋사랑처럼 포근한 자연의 소나타로서 울려 퍼진다. 교향곡처럼 생명과 생명이 스치며 울려오는 자연의 흔들림이다. 어머니와 같은 땅, 애인과 같은 숲, 발톱과 으르렁거리는 이빨을 가진 맹수도, 생명의 원시적인 고향에서는 탑의 주위를 맴돌며 꿈의 소망을 기도하는 가냘프고 아름다운 한 처녀로 나타난다. 인간도 호랑이도, 지네나 지렁이나 초자연적인 힘을 가졌다는 용도, 그 근원의 자연 속에서는 서로 애인들끼리 살과 피를 나누는 것이다.

이 시원적인 생명 의식이 곧 『삼국유사』에서는 동물과의 혼교 설화로 나타나고 있는 것이다. 단군의 어머니가 곰이었다고 한 것이나 견훤의 아버지가 지렁이라고 한 것, 또는 성씨姓氏의 유래를 볼 때 대부분의 조상들이 물고기나 짐승이었다는 것은 자연에서 인간을 분리해 생각지 않고 오히려 그와 섞이는 한 뿌리의 가지로서 인간을 파악했다는 증거이다.

이러한 자연과의 혼교는 『정글북』 같은 인간과 동물의 단순한 우정이 아니다. 그리고 요정들이 나오는 서양의 동화와도 차원이 같지 않다. 그것은 의인화擬人化한 설화지만 한국의 그것은 직접 자연의 인화人化, 또는 인간의 자연화라는 교섭의 세계이다.[129]

신라인들은 여자를 꽃에 비유하는 것만으로는 만족하지 않았다. 아름다운 꽃은 곧 아름다운 여자이며 그것들의 근원은 하나인 것이다. 꽃이 여자가 되고 여자가 꽃이 되는 만위혼유萬爲混有의 세계관 속에서 그들은 살았다. 그런 이야기가 직접 유사遺事의 한 구절에 나오고 있는 것이다.

거타지居陁知는 당나라에 갈 때, 노룡老龍을 도와준 대가로 그의 딸을 아내로 삼게 된다. 그때 그 노인(노룡)은 자기 딸을 한 가지 꽃으로 변작變作하여 품속에 넣어주었다. 거타지는 그 꽃을 마치 여인들이 차고 다니는 브로치처럼 품속에 달고 다닌다. 그러다가 고국에 돌아온 후, 그 꽃가지를 내어 여자로 변하게 하여 동거했다는 것이다(『수이전殊異傳』에도 이와 비슷한 죽통竹筒 속에 든 미녀 이야기가 나온다).

여인이 꽃으로 화했다가 다시 인간으로 변한다는(좀 유머러스한) 이 설화는 문득 우리에겐 부드러운 미소를 자아내게 한다. 애니

---

129) 동물이나 식물이나 인간이나 생명은 다 같은 고향에 뿌리박고 있다는 사상, 그것을 무지의 소산으로 생각해선 안 될 것 같다. 베르그송의 철학에서도 생명의 근원은 개체를 뚫고 도도히 흘러가는 전일적인 냇물 같은 것으로 나타난다. 현대 시인 가운데도 횔덜린이나 릴케는 그런 사상을 지니고 있다.

미즘의 본고장인 희랍 신화에도 이런 이야기는 없다. 사람이 영영 거미로 화했다거나, 달과 목동이 연애를 한다거나…… 그런 이야기는 많지만, 인간을 꽃으로 만들어 가지고 다니다가, 필요할 때 꺼내어 다시 인간으로 만들어 동거하는 식의 상상력은 희랍인들도 미처 생각지 못했던 일이다.

일연은 『삼국유사』에서 이류異類(인간과 자연)들끼리의 커뮤니케이션을 '감통'이라고 부르고 있다. 불교적인 용어지만, 이 만물감통의 세계는 샤머니즘의 심장을 이루는 정신이다.[130]

이것이 모든 사물을 영적인 것으로 생각한, 단순한 애니미즘과 구별되는 정신이기도 하다. 루소식의 '자연으로 돌아가라'는 사상과는 아주 판이한 세계이다. 자연과 그저 섞일 수 있는 것이 아니었다. 진실한 소망이나 기도(욕망을 달성하기 위한 정성)를 통해서만 비로소 인간은 그 자연과 감통될 수 있다는 사상이다. 이런 사상이 기계화되거나 속화俗化되면 주술적인 무속巫俗의 경지로 타락된다. 그러나 그 사상의 참된 본질은 인간의 근원적인 생명 의식을 자연과의 교감을 통해 얻으려는 일종의 형이상학이라 할 수 있다.

'포산이성包山二聖'의 설화를 보면, 지극한 우정은 수풀의 나뭇

---

130)  이때의 감통이란 말은, 보들레르의 우주와의 코레스퐁당스correspondance의 세계와
도 통하는 말이다.

가지도 감화한다. 10리가량 서로 떨어진 산속에서 지내던 관기觀
機와 도성道成이라는 두 은자隱者는 오늘날과 같은 전화로 커뮤니
케이션을 한 것이 아니라 산중의 수목들로 서로 대화를 했다는
것이다. 즉 북쪽에서 사는 도성이 관기를 만나고 싶어 하면, 산중
의 수목이 모두 남쪽을 향하여 굽히며 서로 맞이하는 것 같고, 남
쪽 산마루에 사는 관기가 도성을 보고 싶은 생각이 들면 또한 수
목들이 모두 북쪽으로 향하였다. 그들은 그 나무를 보고 서로 상
대방의 뜻을 알아챘으며 친구를 찾아갔던 것이다. 은자의 우정과
수목은 그렇게 교감되어 있었다. 물론 그랬을 리가 없다. 다만 인
간의 마음을 자연과 융합해가려고 했던 신라인들의 그 상상력의
특이성이 중요한 것이다.

　또 김유신金庾信의 고사 하나를 들어보자. 나당 양군羅唐兩軍이
백제를 치려고 진구津口의 강가에 진을 치고 있을 때였다. 갑자
기 새 한 마리가 나타나 당장唐將의 소정방蘇定方의 영營 위로 날아
다녔다. 점을 쳐보니 반드시 원수元帥가 상하리라는 것이었다. 그
래서 소정방은 두려워서 군사를 이끌고 싸움을 그만두려고 했다.
그때 유신은 정방에게 "어찌 나는 새 한 마리 따위의 괴이한 짓으
로써 천시天時를 어길 수 있겠소. 천명에 응하고 인심에 순하여 불
인자不仁者를 치는 이 마당에 그 무슨 상서롭지 못한 일이 있겠소"
라고 말한 다음 칼을 뽑아 그 새를 겨누어 쳐서 떨어뜨렸다. 유
사遺事에서 몇 개 안 되는 통쾌한 이야기 중의 하나다. 인간이 그

까짓 새 한 마리 때문에 뜻을 굽히랴 하고 칼을 뽑아 든 김유신의 마음에서 우리는 인간의 긍지와 운명을 타개하는 그 의지를 엿볼 수가 있다.

다만 '천명에 응한다'는 유신의 그 말대로 자연을 거스른 인간, 자연에서 소외된 인간이 되기를 거부했을 뿐이다. 자연과 교감하려면 우선 인간은 그것으로 있어야 한다. 이때의 휴머니즘은 자연의 대립 개념이 아니라, 자연의 질서를 들추어내고 그와 어울리는 한 주체자이다. 서구에서는 자연이란 말이 늘 인간과 대립어로 쓰인다. 그러므로 '자연으로 돌아간다'는 것은 곧 인간이 도덕이나 문명에서 해방된다는 뜻으로 쓰이지 않으면 본능이나 관능의 무질서한 야만적 세계를 의미했다.

어떻게 생각하면 우리의 사상은 자연에 얽매여 사는 몽매한 인간, 왜소하고 빈약한 인간관 때문이라고 오해되기 쉽다. 그러나 결코 인간이 자연에 의존하여 인간 의식을 상실했던 것은 아니었다. 가령 〈혜성가彗星歌〉 같은 것을 보자. 진평왕眞平王 때, 세 화랑이 풍악산楓岳山에 가서 놀려고 했는데 혜성이 나타나 심대성心大星을 범하는 것을 보고 여행을 중지하려고 했다. 이때에 융천사融天師가 향가를 지어 불러 그 혜성을 없앴다는 이야기가 있다. 자연의 괴변을 숙명적으로 받아들이지 않고 그게 옳지 않은 것이었을 때는 인간의 힘(물론 주술呪術이었지만)으로 바꾸려는 태도이다. 무엇보다도 그 향가의 내용을 보면 인간의 오만한 긍지가 서려 있다.

삼화랑三花郎의 오름을 보고

달도 부지런히 등불을 켜고 별들은 그 길을 쓴다.

    화랑의 피크닉을 위해서 달은 그 앞길을 비추고, 별들은 또한 그 길을 쓸어준다는 것이다. 달과 별(혜성)은 인간의 시중을 드는 존재로 그려져 있다. 혜성이란 대체 뭐냐? 인간이 가는 길을 빗자루를 들고(혜성이 생긴 모양이 빗자루 같다는 데서 그런 연상을 한 것 같다) 쓸기 위해서 나타난 게 아니냐? 융천사가 생각한 화랑은 혜성보다 한결 높은 존재였다. 인간에게 등불을 켜 들고 길을 쓸어주는 달과 별. 정말 5척 남짓한 인간이 대지를 디디고 서 있는 모습이 자랑스럽지 않은가.[131]

    그러나 우리의 경우에선 '자연' 그 자체에 모럴의 근원과 그 질서를 부여한 것이어서 도리어 자연을 따른다는 것과 인간의 도덕을 좇는다는 것은 대립이 아니라 동의어同意語로 쓰인다. 파스칼이 신을 떠난 인간의 비참을 말하고 있듯이, 신라인들은 자연에

---

131) 많은 사람들이 오해를 하고 있다. 고대인들이 자연보다 인간을 하위에 둔 것처럼 해석하는 것은, 즉 자연의 지배 밑에 인간을 두었다는 생각은 다분히 서구적 규율로 본 관점이지, 동양인의 자연관은 아니다. 신라인들의 자연관이란 위도 없고 아래도 없는 것이었다. 꼭 그렇게 어느 것이 위고 어느 것이 아래라고 규정하는 서구적 개념으로는 다룰 수 없는 융합으로서의 자연관이었다. 곰을 숭배하였지만, 곰은 도리어 인간이 되고 싶다고 하지 않았던가.

역행하는 인간의 비참을 두려워했던 것이다. 인간의 개념과 자연 개념이 혼동되었을지언정, 인간이 자연을 지배하거나 자연이 인간을 지배한다는, 정복하고 정복당하는 올림픽의 경주처럼 그런 관계로 인간과 자연을 바라본 것은 아니었다.

「김현감호」 같은 인간과 동물의 혼교 사상은, 마치 인간 남녀가 배필을 맺는 데서 완성을 꿈꾼 것처럼, 자연과의 융합 속에서 인간은 더욱 인간다워지고 자연은 더욱 자연다워진다는 상호의 윤리적 연관성을 기초로 삼은 것이다. 거기에서 모든 자연물을 영적인 것으로 파악한 유기적 조화의 세계가 알려진다. 그 세계는 나비가 꽃에서 아름답다고 말하는 일방적인 감상의 세계가 아니라 그 꽃과 결합함으로써 내가 그 아름다운 것의 일부로 나타나는, 아니 그 꽃의 근원과 인간의 근원이 서로 부딪쳐 아름다움을 이루는 세계인 것이다.

# 대나무의 의미

　임어당林語堂은 중국의 문명을 '대竹의 문명'이라고 말한 적이
있었다. 요람에서 묘지에 이르기까지 그들은 대나무와 더불어 살
아간다. 태어나자마자 대나무로 만든 요람에서 그 생生은 시작된
다. 좀 더 크면 대나무 젓가락으로 음식을 먹고 대나무의 목마木馬
를 타며 유년시절을 지낸다. 그래서 그들은 다감한 옛 친구를 일
러 죽마고우竹馬故友라고 부른다. 대나무의 의자와 침대에서 지내
다가 백발이 성성한 노인이 되면 이번에는 대나무 지팡이에 의지
하여 그 외로운 황혼을 견딘다. 영원히 눈을 감고 묘지에 묻힐 때
에도 역시 대나무는 그들 곁을 떠나지 않는다. 그들의 관棺은 대
나무에 매달려 끌려가기 때문이다. 임어당은 그 용도를 여섯 종
류로 나누면서 대나무로 된 일용품의 예를 도합 100가지나 들고
있다. 서양인들, 그리고 오늘날 현대인들의 철鐵에서 시작하여 철
鐵에서 끝나는 그 생활과는 과연 대조적이다. 대나무의 문명과 철
의 문명……．

일상적인 생활 도구만이 아니다. 대나무는 중국인의 정신과 그 마음을 지배한다.[132] 그들은 대나무의 모습을 바라보면서 시정詩 情을 키워가고 대나무의 성질을 본받아 인격을 길러간다. 많은 그림, 많은 시, 많은 교훈이 대나무로부터 비롯되었다. 죽림칠현竹林 七賢의 고사만 봐도 억지소리가 아니라는 것을 알 것이다.[133]

그런데 우리의 신라는 어떠했는가? 중국인 못지않게 대나무의 깊은 맛을 알고 있었던 것 같다. 유사를 보면 대나무 이야기가 서너 군데 나온다. 그런데 글 가운데 나오는 대나무들은 한결같이 신비하게 그려져 있다는 데 그 특징이 있다. 가장 연대가 오랜 것은 신라 13대 미추왕未鄒王에 대한 것이다. 미추왕의 대를 이은 14대 유리왕儒理王 때의 일이다. 이서국伊西國 사람이 와서 금성金城을 칠 때 신라의 전세가 매우 위급해지자 갑자기 귀에 댓잎을 꽂은 이상한 군사들이 나타나 신라의 군사를 도와 적을 격파했다는 것이다. 그 군사들이 물러간 뒤, 그 종적을 알 길 없었으나, 미추

132) 대나무는 군자의 덕을 상징한다. 구양영숙歐陽永叔은 그것을 다음과 같이 노래 부른 적이 있다. "꽃은 박명薄命의 미인처럼 쉬이도 떨어지는데 대는 군자의 덕이 있어 항상 푸른빛 그대로이다."
133) 소동파는 그 시에서 "고기 없는 밥을 먹을 수는 있지만, 대 없이는 살 수가 없다. 고기를 먹지 않으면 사람이 파리해지고 대를 모르고 살면 사람이 어리석어지리…… 파리해진 것은 장차 살찌게 할 수 있으나 어리석고 속俗된 것은 고칠 수가 없고나"라고 대나무를 인생의 교사로서 그렸다.

왕릉 앞에 댓잎들이 쌓여 있음을 보고 비로소 선왕先王의 도움이라는 것을 알게 되었다는 이야기다. 그래서 그 왕의 무덤을 죽현릉竹現陵이라고 고쳤고 그때의 군사들을 죽엽군竹葉軍이라 했다.

또 하나의 이야기는 신문대왕神文大王 때의 만파식적萬波息笛에 대한 기록이다. 동해 중에 작은 산 하나가 떠서 선왕先王(문무대왕)을 위해 세운 감은사感恩寺 쪽을 향해 오고 있었다는 이야기가 떠돌았다. 일관日官이 말하기를 삼한을 통일하신 선왕과 김유신 공이 나라를 지킬 보기寶器를 내리려 한다는 것이다. 그러므로 폐하께서 해변으로 가시면 이루 값할 수 없는 큰 보배를 반드시 얻게 되리라는 것이었다. 그 말을 들은 왕은 몸소 이견대利見臺에 행차하여 바다에 뜬 그 산을 보았다.

산에는 한 줄기 대나무가 있었는데 낮에는 둘이 되고 밤에는 합하여 하나가 되었다. 그 산에 들어간 왕은 용의 영접을 받아 그 대나무를 얻게 되고, 그것으로 피리를 만든 것이 바로 만파식적이라는 국보였다. 그 피리를 불면 적병이 물러가고 병이 나으며, 가뭄에도 비가 오고 비 올 때는 개며, 바람은 가라앉고 물결도 평정해진다는 것이다.

죽엽군과 만파식적의 이야기는 서로 다르지만 대나무가 옛 선조들이 나라와 백성을 수호해주는 힘으로 그려졌다는 것은 모두가 일치된 내용이다. 우리는 이 대나무의 이야기를 들으며 매우 궁금한 생각이 든다. 정말 무덤 속에서 도깨비 같은 죽엽군들이

나왔을까? 정말 만파식적은 오늘날의 과학으로도 감히 할 수 없는 인공 강우人工降雨의 구실을 하고 적병과 병을 퇴치하는 마적魔笛의 힘을 가지고 있었을까? 그러나 누구도 이제는 그러한 물음을 하지 않을 것이다. 동화를 읽는 애들이라 할지라도 그것이 한낱 미신에 지나지 않는 이야기라고 비웃을 것이다. 그게 사실이었다 하더라도 우리는 그러한 죽엽군과 만파식적의 대나무를 부정해야만 할 것이다. 그런 보물들이 있는 한 그 나라는 도리어 멸망할 것이기 때문이다.

무덤 속의 군대와 피리의 기적을 믿는 한, 사람들은 배를 만들고 성을 쌓고 저수지를 파면서 자기 힘으로 나라를 지키고 부흥케 하려는 역사의 의지가 거세돼버리고 말 일이다. 그런 만파식적이라면 국보로 모셔두기보다는 차라리 동해 바다에 내던져버리는 것이 나라의 앞날을 위해 좋다. 만파식적은 인간 문명과 문화의 적일 수도 있는 것이다. 기상대를 만들지 않을 것이다. 의학이 발달하지 않을 것이다. 국가를 지키려는 애국심도 없어질 것이다. 모든 사람은 만파식적에 목숨을 내맡기고, 낮잠만을 잘 것이다. 그것은 '죽은 나라', '죽은 국민'에 지나지 않는다.

우리들의 궁금증은 그런 데 있지 않다. 왜 하필 나라를 지켜준다는 수호물守護物이, 그리고 죽은 조상의 선물이 어째서 하필 '대나무'로 그려져 있는 것일까? 바로 그 대나무의 상징성에 대한 의문이다. 그것은 어째서 다른 꽃, 다른 나무, 다른 물건이어서는 안 되는가? 사실 조금만 조심해서 유사의 기록을 읽어가면 죽엽 군이나 만파식적은 단순한 미신이 아니라 매우 과학적이며 합리 적이며 시적인 상징성을 지닌 고도한 신화임을 알 수 있다.

결코 가만히 앉아서 그 피리만 불면 병과 적군과 그리고 파도 가 가라앉아 나라가 화평해진다는 이야기가 아니다. 복자伏字 뒤 의 의미를 분석해보면 만파식적이 지니고 있는 국보의 의미가 명 확해진다. 그것은 기적을 믿으라는 미신과는 거리가 멀다.

유사에도 분명히 적혀 있듯이, 왕은 용에게 대나무의 의미를 묻는다. 그때 용이 말하기를 "비유컨대 한 손으로 치면 소리가 나 지 않고 두 손뼉을 마주쳐야 소리가 나도록 되어 있습니다. 이 대 나무는 본시 합한 뒤에야 소리가 나도록 되어 있습니다. 이것은 훌륭하신 대왕께서 소리로써 천하를 다스리게 될 상서로운 징조 입니다."[134]

결국 이 말은, 만파식적의 상징은 나라를 그 '대나무의 피리'처 럼 다스리라는 것이요, '대나무의 피리'처럼 다스리라는 것은, 곧 두 개의 것이 합치는 화합의 정치를 뜻한 데 있다. 즉 소리로써

---

[134]   조선의 대나무는 주로 그것이 곧고 속이 비고 푸른 모양에서 직直, 허虛, 절節 등의 의 미를 상징했으나 신라의 만파식적에선 그 소리의 이미지를 더 강조한 것 같다. 소동파나 한퇴지韓退之보다도 '바람이 대밭에 불어오니 아름다운 음율을 듣는 것 같다'고 한 사희일 謝希逸의 경우에 가깝다.

나라를 다스리는 정치적 이념, 그 왕도王道의 추상적인 정신을 만파식적이라는 구체적인 '대나무의 피리'를 보여준 데 이 이야기의 주제가 있는 것이다. 이것은 마치 시인들이 추상적인 그 용기를 사자로 설명하고 순결한 마음을 백합이나 매화로 비겨 표현하는 메타포의 경우와 같다. 옛글의 기록은 모두 이러한 메타포로 적었다. 이 메타포의 참뜻을 모르고 그것을 액면 그대로의 의미로 해석하는 데서 신화나 설화를 한낱 미신으로 방기해버리는 오류가 생겨난다.

만파식적을 시적인 비유로 본다면, 조금도 이상할 것이 없다. 오늘날 합리적인 미국인들도 링컨의 초상화를 지폐에까지 찍는다. 링컨의 초상에서 그들은 민주주의 정신을 본다. 거기에서 국가의 걸어갈 길을 지켜가는 방법을 깨닫는 한 상징성을 발견한다. 그와 다를 것이 없다. 대나무의 피리에는 소리로써 다스리라는 선왕들의 정치 이념이 깃들어 있다. 혼자서는 소리가 나지 않는다. 왕이 아무리 권세가 있고 또 힘이 있어도, 혼자의 힘으로, 일방적인 세력이나 지배만으로는 평화의 소리를 울릴 수 없다.

그래서 대나무처럼 합쳐야 왕과 신하가, 왕과 백성이 서로 조화를 이루고 결합해야 입김과 대나무가 어울려 피리 소리가 울리듯 나라가 울려야 가뭄을, 적을, 풍랑을 막을 수 있는 힘이 생긴다는 것을 만파식적은 신라인에게 가르쳤다.

대나무, 그리고 피리의 정치를 우리는 이 설화에서 발견한다.

말하자면 정치의 이상도 그들은 조화의 감각 속에서 구하려 한 것이다. 저 결혼의 사상은 신라의 자연관, 인생관, 애정관, 그리고 만파식적에서 보듯 정치관을 이루는 근간이었다.

신화에서 끝나는 이야기는 아니었다. 사실로 신라의 훌륭한 왕들은 로마의 제왕처럼 칼로 다스린 것이 아니라 소리로써 다스렸다. 왕은 무한한 힘을 가진 절대자가 아니었다. 남녀가 서로 다르듯 왕으로서의 몫과 백성으로서의 몫은 서로 달랐으며, 서로 다른 몫이 어울려 하나의 소리를 내는 데 다스림이 있었다.

그러기에 절대 군주라 해도 서양의 왕과 동양의 그것은 서로 다르다. 서양의 정치사상은 통치자인 왕과 민民의 투쟁이었다. 왕이 나라의 주인이냐 민이 나라의 주인이냐의 싸움이었다. 이자택일二者擇一의 사상이다. 민주주의는 민의 승리였다. 그러나 '소리로 다스린다'는 동양의 정치 이념은 어느 것이 어느 것을 제거해 버리는 데 있는 것이 아니라 어떻게 합해지느냐에 있었다.

즉 대나무의 소리, 그 피리 소리를 들으며 사람들은 이렇게는 묻지 않는다. "저 피리 소리는 대나무에서 울리는 것이냐, 부는 사람의 입속에서 나오는 소리이냐"라고……. 만파식적의 의미를 아는 사람은 그렇게 묻지 않는다. 저 소리는 입김과 대나무가 서로 어울릴 때 비로소 생기는 소리이며 그 소리는 이미 대나무의 것도, 부는 사람의 입김도 아닌 것이다.

그래서 이 대나무의 상징성을 알고 있었던 충담사忠談師는 다음과 같이 〈안민가安民歌〉를 불렀던 것이다.

왕王은 아비요 신臣은 사랑하실 어미시다.
민民을 즐거운 아이로 여기시니 민이 은애恩愛를 알리다.
구물구물 사는 물생物生들 이를 먹여 다스리니
이 땅을 버리고 어디로 가리.
아아 군君답게 신답게 민답게 할지면 나라는 태평太平하리이다.

죽엽군의 대나무나 만파식적의 그 대나무는 화합의 소리, 이질적인 것이 서로 합쳐 결혼을 하는 정치사상의 조화감을 상징하는 푸른 기념비였다. 또 다른 의미에서 신라의 문화 역시 대나무의 문화였음을 알 수 있다.

# V

## 신시의 세계

# 용이 상징하는 것

『삼국유사』에는 도처에 용 이야기가 많이 나온다. 용은 동양에서도 서양에서도 고대 설화의 주인공이다. 한국 특유의 것이 아니다. 그것은 똑같이 상상적 동물이면서도 그러나 서양의 용과 동양의 용은 그 성격이 매우 다르다. 무엇보다도 그들이 상상해 낸 모습부터가 달랐던 것이다. 첫째로, 서양의 용은 날개가 달렸는데 중국이나 한국의 용은 날개가 없다. 물론 용에도 여러 종류가 있다. '응룡'이라고 해서 날개 돋친 용이 없는 것은 아니지만, 중국 문화권에서 흔히 볼 수 있는 전형적인 용은 교룡으로 날개가 없다.[135] 이것은 마치 서양의 천사들이 날개를 달고 하늘을 날아다니도록 되어 있는 데 대해서 동양의 선녀들은 날개 없이도

---

135) 용의 종류로 대표적인 것을 들어보면, 교룡蛟龍—비늘이 있는 것, 응룡應龍—날개가 있는 것, 규룡虯龍—뿔이 돋쳐 있는 것, 이룡螭龍—뿔이 없는 것, 반룡蟠龍—하늘에 오르지 못한 것 등이 있다.

긴 옷고름 자락을 날리고, 하늘을 마음대로 왕래하는 것과 일치하는 것이다.

공상의 세계에서마저도 서양인들은 그만큼 현실적이고 과학적이었다. 매사를 이성을 가지고 따졌다. 용이나 천사는 현실의 것은 아니다. 그렇다 해도, 하늘을 날아다니려면 날개가 있어야 하지 않겠느냐고 그들은 생각했다. 그러나 동양인들은 이왕 그것이 가공적일 바에는 철저하게 지상의 현실성을 무시해버려도 좋다고 생각한다. 용이니까 천사니까 날개 없이도 날 수 있는 신비한 힘을 부여한다. 날개 돋친 용을 상상해냈기에 서양인들에겐 근대적인 합리주의가 빨리 생겨날 수 있었다. 그와는 달리, 여의주를 물고 구름을 몰고 다니는 날개 없는 용의 문화권(동양)에서는 서양 군함들이 대포를 쏘아대는 소리가 들릴 때까지 비합리주의의 신비한 전통이 활개를 쳤다.[136]

둘째로, 서양의 용들은 악한 존재로 그려져 있는데 동양의 용은 상서로운 것으로 되어 있다. 미지의 것에 대한 인간의 심리는 공포와 존경의 두 가지 모순된 감정을 품게 된다. 그런데 희랍을

---

136) 날개가 있는 용을 상상했다는 것은 마치 뉴턴이 사과가 떨어지는 것을 보고 만유인력의 법칙을 생각해내고, 와트가 들먹거리는 주전자 뚜껑에서 증기 기관을 상상해낸 것과 같은 것이다. 서양 사람들에 비하면 동양인들의 상상력이 훨씬 강하지만 그 상상력에 현실의 질서를 합치시키는 지성이 개입되지 않았던 탓으로 과학적인 발견으로 발전되지 않았다.

비롯한 중세 유럽의 민간 전설은, 용을 퇴치退治하는 것이 영웅의 등록상표登錄商標처럼 되어 있다. 그들은 인간의 지능으로 풀 수 없는 미지의 것을 덮어놓고 신비시神秘視하여 무릎을 꿇지 않았다. 도리어 그런 미지의 힘과 투쟁하고 정복해가는 데서 인간의 지평地坪을 확대해가려고 노력했다. 용은 괴물의 하나에 지나지 않는다. 그들은 괴물을 인간의 적으로 생각했다. 인간을 괴롭히고 해치는 악으로 상징했던 것이다. 마녀를 싫어한 것도 그러한 인간주의 사상에서 비롯된 것이다.[137]

마녀는 인간과 달리 요술을 펴서, 바람을 불러일으키고 여러 가지 변화를 일으킨다. 그런데 서양 사람들은 인간의 힘과 다른 그 마력을 악한 것으로 보았던 것이다. 동양인들처럼 도술을 한 비력秘力으로 존경하지는 않았다. 거꾸로 우리는 무당과 신선의 경우처럼 인간의 지능으로는 알 수 없는 신비한 힘을 동경해왔다. 인간들은 그 앞에서 늘 추종하려는 태도를 보이고 정복하려는 생각을 하지 않았다. 복희씨伏羲氏는 용을 의미하여 관명官名을 정했다고 했으며, 한나라 선제宣帝 때에는 황룡이 나타나서 기원紀元을 황룡으로 고쳤다고 했다.

---

137) 인간을 괴롭히는 괴물이나 귀신 이야기가 우리에게도 많이 있다. 그러나 서양의 경우처럼 인간이 인간의 힘으로 그 신비한 힘을 가진 괴물들과 투쟁하여 격퇴시키는 이야기는 매우 드물다.

용을 악의 화신으로 생각한 서양인들에겐 인간주의의 역사가 그만큼 빨랐다. 그러나 용을 숭배했던 우리는 서구적인 인문주의 시대를 실현하는 데 거북이걸음을 하지 않을 수 없었다. 같은 동양이지만 합리주의가 일찍 발달한 일본에서는 용이 중국이나 한국만큼 존경을 받지 못했다는 것은 주목할 만한 일이다. 한국이나 중국의 고대의 임금들은 용이었다. 용은 천자天子를 상징하는 깃발이었다. 그 옷에도, 장식에도 모두 용이 그려져 있었다. 일본에도 용의 그러한 영향은 있었지만, 그것이 왕의 상징으로 사용된 예는 중국이나 한국처럼 심하지 않았다.[138]

그러나 무엇보다도 더 본질적인 차이가 하나 있다. 서양의 용은 불을 뿜는데, 동양의 용은 주로 비바람을 불러일으킨다. 서양의 용은 산악의 바위틈에서 살지만 동양의 용은 깊은 못에서 산다. 순자荀子의 말대로 물이 괴고 괴어 큰 못을 이룰 때만이 교룡蛟龍은 살 수 있는 것이다. 『삼국유사』에도 못이나 바다가 있으면 반드시 용이 나온다고 했다. 농업을 주업으로 하는 아세아 지역으로 흘러 들어온 용은 서양과는 달리 구름과 비라는 천기의 상

---

138)  중국에서는 용을 기린, 봉황, 거북과 함께 사령四靈의 하나로 손꼽고, 옳은 정사를 하는 천자를 돕는 것으로 되어 있다. 그래서 중국이나 한국은 임금을 직접 용에 비유한 용안龍顔·용상龍床 등의 말이 생겨났다. 그러나 일본에서는 해신海神·수신水神으로서 신성시神聖視는 하였지만 왕권을 직접 상징한 예는 드물다.

징으로 변하였던 것이다. 『주역周易』에 있어서 건괘乾卦의 상징은 용이었고, 전傳에는 그것을 찬미하여 "구름을 부르고 비를 내려 품물品物의 모양을 푸르게 한다"라고 썼다.

좀 더 이와 같은 용의 상징성을 추적해보면 그것을 숭배한 동양인의 정신적 본질의 비밀을 쉽사리 풀 수 있을 것이다. 앞서 말한 대로 첫째의 상징은 물과의 관계이다. 용이 물과 밀접한 관계를 띠고 있다는 것은 중국의 문헌 어디에서고 발견될 수 있는 가장 기초적인 상징의 등뼈이다. "구름이 무더워지면 용으로 변한다[雲蒸龍變]"(사마천司馬遷)라는 말은 꼭 물리 시간에서 구름이 포화 상태가 되면 비가 내린다는 것과 같은 원리로 쓰인 말이다. 즉 용은 비와 동일한 이미지로 쓰였음을 알 수 있다. 뿐만 아니라 "교룡은 물속의 신기한 동물인데, 그것이 물을 얻으면 신이 작용하지만 물이 없으면 신이 없어진다[蛟龍 水中之神者也 乘水則神立 失水則神廢]"(『관자管子』)라고 한 말이나, "용이 물을 잃어버리면 개미와 지렁이가 건드린다.[神龍 失水而隆居 爲螻蟻之所制]"(『장자莊子』)라고 한 말은, 모두가 용 자체를 숭배한 것이라기보다는 구름을 부르고 비를 내리게 하는, 그 조화의 힘을 존경했음을 방증한다. 그리고 이 사실은 다시 용과 농업의 관계를 암시한다. 즉 용은 농업에 대한 관심과 비례하고 있음을 알 수 있다.

산업주의가 지배하는 오늘을 지폐 만능의 시대라 한다면 옛날의 중국이나 한국의 농경 사회는, 용의 만능 시대라고 부를 수 있을 것이다. 풍년만 들면 살 수 있었던 그들에겐 홍수와 가뭄이 가장 두려운 존재였다. 그들이 하늘을 두렵게 생각한 것은 농사를 짓는 데 필요한 적당한 기후(비) 때문이었던 것이다. 아무리 피땀을 흘려 노동을 해도 만약 비가 오지 않는다면, 인간의 노력은 허사로 돌아갈 수밖에 없었다. 용이 춘분春分에 하늘에 올라갔다가 추분秋分에는 냇물 속으로 들어간다고 한 말은 곡식을 심고 거둘 때까지의 농경민의 생활을 지배하는 '하늘'의 힘으로서 용을 보았던 까닭이다.[139]

그러므로 용은 곡식을 키우고 열매를 맺게 하는 농업신을 상징하기 때문에 동시에 생식의 상징이 되기도 한다. 유사遺事를 봐도 수로부인의 경우처럼 용은 미녀를 탐한다.[140] 용을 달래기 위해서는 직접 여인을 공물供物로 바치는 풍습도 있다. 번식과 번영의 이미지를 그들은 용으로 나타낸 것이다.

셋째로, 용은 특수한 힘을 가진 미지의 인간이나 권력자, 즉 천자天子를 상징했다. 북부여의 건국 설화만 보더라도 해모수解慕漱가 하늘에서 타고 내려온 것은 다섯 마리의 용이 이끄는 수레였

---

139)  용은 인충鱗蟲의 장長으로서 커지기도 하고 작아지기도 하며, 길어지기도 하고 짧아지기도 하며, 보이지 않았다가도 또 나타나는 것이다. 춘분에 하늘에 올랐다가 추분에는 냇물 속으로 들어간다.(『설문說文』)
140)  백제의 무왕 서동은 용과 과부 사이에서 낳은 것으로 되어 있고, 〈쌍화점雙花店〉이 라는 여요麗謠에서도 용과 정사를 맺는 이야기가 직접 등장하고 있다.

다. 탈해왕은 용왕의 나라(스물여덟 명의 용왕이 있다는 용성국龍城國)에서 온 것으로 되어 있고 고구려를 정복한 문무왕은 자기가 죽은 뒤에는 해중대룡海中大龍이 되어 나라를 수호하겠다고 말했다. 그리고 '만파식적'의 고사를 보면 해중대룡이 된 문무왕과 천신이 된 김유신이 합심하여 만파식적의 보물을 신문대왕에게 전하는 이야기가 나온다. 그 보물을 전하는 것도 또한 용으로 되어 있다.

이러한 관계가 후세에서는 서로 합일合—되어 '해동팔용海東八龍이 나리샤 일마다 천복天福'이라는 〈용비어천가龍飛御天歌〉의 경우처럼 용은 곧 왕을 상징하는 말로 쓰이고 있다. 임금의 얼굴을 용안이라 하고 그가 앉은 의자를 용상이라 한 것이 모두 그렇다. 중국의 고사에도 우禹 임금이 용을 타고 돌아다녔다는 이야기를 비롯하여 용을 왕에 비유한 말들이 무수히 등장한다. "용을 사람이 말처럼 탈 수가 있다. 그러나 목에 역린逆鱗이 있어서 닿기만 하면 사람이 죽는다. 군왕君王도 또한 이와 같아서 보좌하는 자가 그 역린을 건드리지 않아야 한다"라고 말한 것이 그 일례이다. 역성逆性이 아니라 순성順性을 따르면 아무리 무섭고 신비한 자연의 힘도 왕권도 두려울 것이 없다. 결국 하늘과 용과 백성의 관계는 한 줄의 실처럼 통일된 우주의 한 질서 속에서 살고 있다는 생각이다.[141]

---

141) 공자가 노자를 만나보고 돌아와서 제자에게 말하기를 "날아가는 새도 그물로 잡을

그러므로 '물'로 대표되는 자연의 이법을 따르는 자가 곧 용이며 왕이며 성인이었던 것이다. 왕은 힘이 센 정복자, 칼과 힘으로 지배하는 로마의 황제와 달리, 치산치수治山治水를 하고 자연의 질서를 좇는 용 같은, 그 덕으로 다스리는 자였다.

우리는 이상의 사실에서 태백太白의 꼭대기에 내려와 신시를 열었다는 환웅천왕桓雄天王의 이미지가 용의 그것과 일치하고 있음을 발견할 수 있다. 환웅천왕이 거느린 것은 풍백風伯, 우사雨師, 운사雲師이고, 이것은 용이 물(비)과 구름의 상징이란 것과 일치하고 있으며, 환웅이 다스렸던 것은 난難, 명命, 병病 등 360여 가지 일인데, 이것 역시 용과 농업과의 관련성을 엿볼 수 있게 해주고 있다. 그리고 무엇보다도, 환웅이 인간과 지상의 통치자를 상징하였던 것과 마찬가지로 용은 왕권의 상징인 것이다.

결국 환웅의 이미지는 『삼국유사』에서, 용의 이미지로 계승되어 내려왔다는 사실을 느낄 수 있을 것이다. 그러므로 하늘의 아들로서 그려진 환웅의 존재를 용이 숭배나 그 상징성을 통해 한층 더 구체적으로 분석할 수 있을 것이라 생각한다.

단군 신화에 나타난 환웅은 우리의 선조들이 생각한 자연을 지

_____

수 있으며 물속에 노는 고기도 낚을 수 있으나 용은 바람을 타고 하늘을 나는 것이라, 잡을 수도 낚을 수도 없는 것이다. 노자가 바로 용과 같은 사람이라"라고 했다는 이야기가 전한다. 용은 무엇에도 구애되지 않는 자연 그 자체의 인간상이기도 하다.

배하는 신, 즉 하늘나라와 인간과의 그 관계를 나타낸 것이다. 그
것은 유치한 대로 우리의 종교관의 한 싹이라고 말할 수 있다. 앞
에서 말한 대로 환웅은 용과 마찬가지로 '물(기후)'과 농업과 통치
자(왕)의 세 가지 힘의 근원이 되어 있다. 이것을 그대로 종교관으
로 옮겨놓는다면 다른 원시 종교와 마찬가지로 매우 현세적 가치
에 종교의식을 두었다는 말이 된다. 지상에서 살고 있는 인간의
생존 여건을 확보해주는 신, 즉 비와 바람과 구름을 내려, 인간을
널리 이롭게 하는(홍익인간) 프래그머틱pragmatic한 신이었다. 현실
의 인간조건에서 다른 세계로 구제해주는 내세적인 신이 아니라,
현세의 그 생활을 지켜주는 지상의 신이었다.[142]

　　이러한 세속적인 종교관을 가졌기에, 신은 권력자(임금)의 통치
를 통해 그 얼굴을 나타낸다. 백성을 잘 먹여 살리는 임금은 곧
그들이 생각한 신의 축소판이었고, 나라를 다스리고 부흥케 해달
라는 임금에의 소망은 곧 그들이 신에게 기구하는 소망과 일치한
다. 그러므로 종교와 정치는 애당초부터 같은 뜻으로 사용되고
있다.

　　"용은 물속의 신기한 것인데, 물을 얻으면 신이 작용을 하지만
물이 없으면 신이 없어진다."는 말은 임금에게도 그대로 적용되

---

142)　샤머니즘은 이러한 현세 종교의 하나이다. 샤머니즘에 대한 여러 가지 이론異論들이
많으나 그것이 현세 위주의 종교라는 데는 일치한다.

는 말이다. 비트포겔Karl Wittfogel의 말대로, 동양(중국)에 있어서 제왕帝王은 용과 같은 것이어서 치산치수를 못하거나, 흉년이 들면 그 권력을 상실하게 된다.

그러므로 종교의 진리나 가치관이 문제가 되기보다는 그 효용성이 언제나 중시되어왔다. 왜 나는 여기에 있는가, 나는 대체 무엇인가라는 자기 본질의 회의를 묻는 '왜?'의 종교가 아니라 나는 어떻게 살아야 하느냐, 나는 어떻게 이 어려움을 물리칠 수 있느냐의 '어떻게'의 종교였다. 종교는 생의 목적이 아니라 생을 위한 수단이며 그 도구였다. 밭을 매는 사람이 호미나 삽이나 가래를 사용하듯, 이러한 현세주의적 종교관이 강한 풍토에서는 불교든, 유교든, 도교든, 예수교든 일단 현실을 이롭게 하는 것이면 다 같이 갈등 없이 공존할 수 있다.[143)

그러므로 환웅이 석가모니나 공자나 노자나 예수의 이름으로 바뀌어도 그는 언제나 옆에 풍백, 우사, 운사를 거느리고 무릇 인간의 360여 가지 일을 맡아서 인세人世를 다스리고 교화하는 자로서 등장한다. 그는 용처럼 비를 불러 곡식을 자라게 하고 병을 고쳐주고 나라를 다스리는 임금(단군)들의 스폰서가 되어준다.

---

143) 한국의 종교는 칵테일 종교였다. 유·불·선 삼도三道를 합했다는 것은 그만큼 무종교성無宗敎性을 드러낸 것이라 할 수 있다. 만약 종교의 가치관이라는 절대적 가치관을 생각했다면 도저히 유·불·선 삼교가 서로 섞일 수는 없었을 것이다.

우리는 『삼국유사』에 그려진 석가모니가 실은 그와는 별 관계가 없는 단군의 아버지, 신시에 나라를 세웠다는 환웅의 이미지로서 그려져 있다는 사실을 알아낼 수 있다.

# 조신의 꿈

"홍안미소紅顔微笑는 풀잎의 이슬이요, 지란芝蘭과 같은 약속은 바람에 불리는 버들꽃과 같도다." 지극히 아리따운 한 여인을 사모했던 사랑의 불꽃은 그렇게 해서 꺼졌다. 이 속세에서의 사랑이 얼마나 덧없고 괴로운 것인가를 그는 깨달은 것이다. 그가 좇고 있는 사랑이란 아침 햇살 속에서 사라지는 한낱 풀잎의 이슬이요, 계절이 기울면 시들어 떨어지는 버들꽃에 지나지 않았다. 그는 꿈속에서 그의 소망이 이루어진 것을 보았고 또한 그 소망이 이루어졌기에 도리어 슬픔을 느껴야 했던 괴로움을 겪었다. 이것은 유사遺事에 나오는 조신調信의 꿈 이야기이다. 그리고 춘원 이광수의 소설 「꿈」으로 한층 더 우리와 친숙해진 이야기이기도 하다.

천 년 묵은 이야기가 오늘날에도 계속 살아 있는 까닭은 신라의 조신만이 그러한 꿈을 꾸었던 것이 아니기 때문이다.

때때로 우리도 그러한 꿈을 꾼다. 낙산사洛山寺의 차가운 마룻장 위에서가 아니라, 혼탁한 인파가 흐르는 아스팔트 위에서, 또 아침저녁으로 오르내리는 사무실의 그 많은 층계 위에서 때 묻은 서류와 월급봉투와, 사그라져가는 가구家具와 해진 코트 자락과 이제는 퇴색하여 분별할 수조차 없게 된 낡은 앨범의 결혼식사진 첩을 들추다가 조신의 꿈과 만나는 것이다. 그것이 한 여인의 미를 탐하는 것이든, 휘황한 권력의 후광이나 황금을 좇는 것이든, 사람들은 그 욕망이 좌절하는 순간 속에서 문득 풀잎의 그 이슬과 버들꽃을 보고 꿈을 깬다. 그들을 에워싸고 있는 것은 쇠잔한 등불과 어스름한 밤 기운이다. 그때 그는 조신처럼 말할 것이다. "이 세상에 뜻이 없어지고 괴롭게 사는 것이 싫어지고 백년고百年 꿈에 싫증이 나서 탐욕하는 그 마음이 얼음처럼 녹아 가시었다" 라고……. 그리하여 꿈에서 깨어난 그 자리로부터 종교가 시작되는 것이다.

그러나 우리는 좀 더 조심스럽게 조신의 꿈을 분석해볼 필요가 있다. 과연 그가 꿈에서 겪은 현세의 삶, 그 고통과 사랑의 무상 無常이 무엇이었는지를 밝혀야 한다. 그러면 신라인들이 종교에서 구하려고 한 것이 무엇이었고 또 오늘날 한국인들이 그 많은 종교에서 찾고 있는 것이 무엇인지를 좀 더 뚜렷이 알 수 있게 될 것이다.[144]

144) 조신은 그 꿈을 꾸고 불교의 진정한 가르침에 무릎을 꿇었다. 그러므로 꿈의 내용을

김흔공金昕公의 딸을 보고 반해버린 조신이 대비大悲 앞에서 염원한 것은 그녀와 결혼하여 행복하게 살게 해달라는 것이었다. 그런데도 그 김씨랑金氏娘은 다른 곳으로 출가해버렸고 기대가 무너진 조신은 이룰 수 없이 된 그 사랑 때문에 부처 앞에서 원망하여 운다.

그때 그가 꾼 꿈의 내용은 바로 부처의 가르침, 즉 불佛의 한 설법이었다.

만약 그 소원을 들어주었더라면 어떻게 되었을까? 그 '꿈'에서 사랑의 허망성虛妄性은 어떻게 나타났던가? 무엇보다도 그들의 생활은 네 벽뿐인 집이었고 조식粗食조차 대지 못하는 영락零落이었고, 끝내는 유랑을 하며 걸식하는 기한飢寒이었다. 15세 된 아이는 굶어 죽었고, 또 10세 된 여아女兒는 걸식을 하다가 개에게 물려 병들어버린다. 더 이상 참을 수 없던 그의 아내 김씨랑은 서로 헤어지자고 제의를 한다. 이렇게 해서 그토록 원했던 김씨랑과의 결합은 온 가족의 분산으로 종막이 내려진다.[145] 춘원 이광수의 「꿈」 역시 가난한 도주와 자식의 사별이라는 비극으로 현세부정의 파노라마를 보여주고 있다는 점에서 유사遺事의 이야기에

분석해보면 곧 조신의 종교가 어떤 동기 밑에서 이루어졌는가를 알 수 있을 것이다.
145) 이것은 불교에서 말하는 속세의 인연, 만난 자는 반드시 헤어지기 마련이고 산 사람은 반드시 죽기 마련이라는 것을 뜻한다.

서 한 걸음도 앞선 것이 없다.

우리는 이「꿈」의 내용이 현세를 부정한, 즉 사랑의 무상을 이야기한 것같이 느껴지지만 실은 그 정반대라는 사실을 놓쳐서는 안 된다. 좀 더 분별 있는 독자라면, 인간의 애정이 풀잎의 이슬이나 버들꽃이라고 생각하기 전에 조신의 무능력과 가난이, 그 비극의 원인이었다고 말할 것이다. 가난은 운명이 아닐 수도 있다. 반드시 모든 남녀의 사랑이 조신의 경우처럼 기한만으로 끝나진 않는다.

호화로운 궁궐에서 호의호식하며, 자녀들을 영화롭게 기를 수도 있는 것이다. 만약 그랬더라면 자식이 굶어 죽지 않아도 되고, 걸식하다가 개에게 물리지도 않았을 것이다. 가세가 넉넉했더라면 조신과 그 김씨랑은 헤어졌을 것인가? 그리고 후회해야만 했을 것인가? 적어도 유사나 춘원春園의 꿈의 상황 설정에 있어서는 그런 해답이 나오지 않는다.

인간의 무상이나 어찌할 수 없는 현세의 부정이 아니라, 가난이라는 그들만의 특수한 여건이 그들을 헤어지게 한 원인이 되는 것이다. 오늘의 독자라면 아마 이 이야기를 읽고, 부처 앞에 엎드리어 속세의 생을 부끄러워하기보다는 거꾸로 아내와 자식을 위해 돈을 벌어두어야겠다는 속세의 의지를 한층 더 굳건히 하리라고 맹세했을 것이다.

그러므로 불교의 설화 가운데 가장 전형적인 것으로 알려져 있는 조신의 꿈 이야기는 뜻밖에도 속세주의의 강력한 응원기의 구실을 해왔다는 비밀을 캐낼 수가 있다. 요컨대 신라 때만이 아니라 오늘날까지 한국의 종교는 대체로 그러한 변장된 속세주의로 나타나는 일이 많다.

조신의 꿈과 석가모니의 출가 이야기는 그런 면에서 하늘과 땅의 차이가 있다. 석가모니 자신이 조신과 같은 '현실의 고뇌'를 직접 경계해준 다음과 같은 교훈을 남겨준 적이 있다.[146]

"비구들이여! 출가하기 전의 나는 대단히 행복한 생활을 했었다. 내 생가의 집에는 못이 있었고 아름다운 연꽃이 떠 있었다. 방에는 언제나 매단향梅檀香의 향그러운 내음이 떠돌고 있었으며, 입는 것은 모두가 카시산産의 비단옷이었다. 또한 나를 위한 세 개의 별전別殿이 있었는데, 겨울에는 겨울의 궁전, 여름에는 여름의 궁전, 봄에는 봄의 궁전에서 살았다. …… 또한 비구比丘들이여, 다른 집에서는 종과 거지들에겐 죽을 주었지만, 우리 집에서는 그들에게도 밥과 고기의 식사를 주었었다."

석가모니는 그런데도 왜 자기가 그런 호화로운 생활을 버리고 출가하지 않으면 아니되었는가를 말하고 있다. 그가 굳이 자신의

---

146) 현실의 욕망이 충족되지 않았기 때문에 현실을 부정하는 태도와, 현실의 욕망이 충족된다 하더라도 현세를 부정하는 태도는 서로 다른 것이다. 조신은 전자요, 석가모니의 출가는 후자에 속한다.

호화롭던 생활을 비구들에게 이야기한 것은, 단순한 가난에서 오는 고통에서 벗어나려는 자들과 누구나 겪게 될, 그리고 인간의 어떤 힘으로도 극복할 수 없는 사고四苦의 허무에서 오는 고통에서 해탈하려는 자들을 구별하려 했던 까닭이다. 석가모니는 조신처럼 가난하였기에, 권력이 없었기에, 자녀를 굶어 죽일 수밖에 없었던 그 고통 때문에 현세를 부정한 것은 아니었다.

조신은 아무리 속세에 지쳤다 하더라도 석가모니와 같은 궁전과 비단옷과 고기 음식을 주었더라면 행복하게 살 수 있었을지 모른다. 여기에서 불교만이 아니라 모든 종교를 물질적인 현세의 생활에 기준을 둔 한국인의 한 특색을 찾아볼 수 있다.[147] 제대로 종교 설화가 되자면 조신을 가난하게 그릴 것이 아니라 석가모니와 같이 궁전에서 김씨랑과 안락하게 산다는 것으로 각색되어야 했을 일이다. 그런데도 부富와 권세로도 막을 수 없는 노추老醜, 그리고 죽어야만 하는 인간 존재에의 회의…… 속세에서 행복하면 행복할수록 그것을 영원히 연장할 수 없다는 인간 조건에 강렬한 좌절을 느끼고 출가하여야 했을 것이다. 그리하여 이슬로써 버들

---

147) 조신의 꿈과 같은 동기에서 종교를 믿게 된다면 다음과 같은 두 개의 태도가 나타난다. 아내와 자식들이 잘 먹고 잘살 수 있게 해달라는 욕망을 부처에서 구하는 것 과, 또한 가지는 현실의 괴로움에서 피난하기 위한 피난처를 구하는 것이다. 두 가지 다 사이비 종교에 불과하다.

꽃으로써 그 행복의 역설을 느껴야 했을 것이다. 왜냐하면 거기에서 비로소 종교가 시작되기 때문이다.

기한飢寒에 떠는 사람은 헤어짐이나 죽음 자체보다 가난을 저주한다. 그의 목적은 맛있는 음식과 따뜻한 옷이다. 그의 눈에 어리는 것은 종교가 아니라 현실에서 살아보지 못한 부귀영화를 구걸하거나 그렇지 않으면 '저 포도가 시다'는 격으로 현세를 망각하기 위한 자기 기만술을 기른다. 이것이든 저것이든 그러한 종교는 현세적인 가치, 잘 먹고 잘사는 현제적 욕구에서 벗어나지 못한다.[148] 신라의 종교는 거의 모두가 '조신적'인 것이었다. 속세의 영화를 부정한 사람도 속세의 행운을 추구한 사람도 오십보백보였다. 유사에 나타난 신라의 불교는 그것이 그 땅에 포교될 때부터 그러했었다.

[148] 포도를 따먹을 수 없게 되자 저 포도는 시다고 한 이솝 우화, 그처럼 실은 권세와 부귀를 탐하지만 그것이 잘 이루어지지 않기 때문에 그것을 부정하려는 태도는 일종의 자기 기만이다. 종교적 차원은, 따먹을 수 있어도 그것이 정말 시기 때문에 따먹지 않는 경우에서만 생겨날 수 있다.

# 산수의 발견

유사遺事를 읽다 보면 은은한 쇠북 소리가 울려온다. 깊은 영혼 속에서 안개처럼 번져가는 그 울림소리는 천 년을 뛰어넘고 우리들 가슴 속에서 메아리친다. 그 소리는 지극히 높고 아름다운 숲, 동양화의 산수山水 그대로인 맑은 물과 검은 바위의 골짜구니 틈에서 새어 나오는 소리인 것이다. 비유를 써서 표현한 것이 아니다. 그것이 평지였거나 깊은 산골짜기였거나 한국의 '절'들은 절 자체보다도 그것이 자리 잡은 '터(위치)'가 더 중요한 의미를 지니고 있었다. 아름다운 산수가 있는 곳에 그들은 절을 세웠고 종을 울렸다. 만약에 옛 절터마다 현대식 호텔을 세운다면 그대로 모두가 훌륭한 관광지가 될 것이다. 자연의 산수를 따르는 마음, 그것이 한국인의 정신적 고향이었으며 신이 사는 곳이었다. 하나의 이름보다도, 계시啓示보다도, 어떤 예언보다도 장엄한 산, 맑은 물, 그리고 아름다운 그 모든 자연의 경관을 바라볼 때, 그들은 신의 모습과 그 음성을 들었던 것 같다.[149] 그랬기 때문에 태백산 太白山 높은 영마루에서 그들은 환웅의 신이 내려오는 것을 상상 했고, 그 산정의 경치에서 신시의 마음을 꿈꾸었다.

　그것이 하나의 조상이든, 왕이든, 부처든, 그들은 그러한 자연 의 외경과 흠모를 통해서 그것들과 접촉하였던 것이다.

　"신라에 네 영지靈地가 있어, 나라의 큰일을 의논할 때에, 대신 들이 그곳에 모여서 모사謀事하였다. 그러면 일이 반드시 이루어 졌다"라는 유사遺事의 기록을 보더라도 알 수 있다. 그들은 모임 자체보다도 모이는 장소를 더 소중히 여긴 것이다. 그 영지에 모 여 나라 일을 의논하면 정말 모든 것이 뜻대로 이루어졌을까? 이 것을 하나의 소박한 미신으로 비웃어버리기보다는, 그 네 영지, 즉 동東의 청송산靑松山, 남南의 개지산丐知山, 서西의 개전改田, 그리 고 북北의 금강산金剛山이 어떠한 곳이었는지를 먼저 마음속에 그 려두어야 할 것이다.[150] 그리고 나라에 어려운 일이 있거나 경사 스러운 일이 있거나 그들이 무엇인가 이야기를 나누려고 할 때,

---

149)　소동파는 '백수산불적엄白水山佛迹嚴'에 대하여 자적自適의 시를 읊었다. "산봉우리는 열렸다 닫혔다, 외치고 춤추는 간곡澗谷이여, 거기 주린 교룡이 있어 목마른 호랑이를 삼키 네. 언제나 악극惡劇일 수 없는 산령 실낱 같은 우리 생명과 내기할쏘냐. 나는 여기서 곱게 늙고자 조심조심 구취求取해보련다."

150)　'산山' 자의 뜻은 '선宣' 자의 뜻으로 보아도 좋다. 그것은 윤기 있는 광택光澤으로 '기 氣'를 펴서 오신五神을 조화시키기 때문이다.

아름다운 영지(자연의 산수)를 찾아 모이려 했던 그 마음이 어떠한 것이었나를 생각해두어야 할 것이다.

그것은 곧 화랑들의 교육이 명산대천名山大川의 자연을 찾아다니며 관광 여행식으로 심신을 단련했다는 것으로 미루어봐도 알 수 있다. 도처에 그런 이야기들이 많이 나온다. "김씨 집안의 재매부인財買夫人이 죽자 청연青淵 위의 골짜기에 장사지냈다. …… 해마다 봄이 돌아오면 김씨 일문의 사녀士女들이 그 골짜기의 남쪽 시내에 모여 잔치를 벌이곤 했다"라는 기록도 마찬가지다. 국가에서만이 아니라 한 가정에서 고인故人을 추모하는 데 있어서도 아름다운 산수를 매개로 했다. 온갖 꽃이 피고 송화가 골 속에 가득한 청연상곡의 봄을 찾아 그들이 모인다는 것은, 오늘날의 표현으로 한다면 하나의 관광이며 동시에 제사였다. 국가에서 회會를 하는 데에도, 한 집안에서 제사를 하는 데에도, 그들은 아름다운 산수를 즐기는 마음에서 출발했고, 그 산수의 자연을 의식儀式의 경지로까지 승화했던 것이다.[151]

적어도 그것은 관광객의 카메라 배경 구실을 하는 그런 의미에 있어서의 산이요 물이요 바위는 아니었다. 절을 세우는 데 있어

---

151) 『사기史記』를 보면 9년 홍수 때 우임금의 치적이 가장 않은 회계산會稽山에 진시황은 제사를 지내고 남해를 향해서 자기 나라의 덕을 자랑하는 비석을 세웠다고 했다. 그런데 회계산은 우임금 때 각국의 국제회장國際會場이기도 했다.

서도 예외는 아니었다. 종교도 한 가정과 마찬가지로 그들이 부처님을 느낄 수 있는 것은 그 산수의 아름다움을 통해서였다. 아니 신라인들의 부처는 환웅이 태백산에 내려오듯, 그렇게 신성한 어떤 장소와 뗄 수 없는 관련을 맺고 있었다. 부처는 불경보다 자연의 산수 속에 있었다. 굽이쳐 흐르는 골짜기나 망망한 바다를 향한 절벽 위에나, 구름이 서린 기봉奇峰 위에서 부처는 미소를 짓고 있었다. 유사의 기록 가운데서 절이 세워진 동기를 따져보면 그중의 태반이 '터(장소)'가 좋았다는 이유이다. 신라의 가장 큰 절인 황룡사皇龍寺가 세워진 까닭도 그렇다. 실은 궁궐을 지으려 하다가 황룡黃龍이 나왔기 때문에 불사佛寺로 고쳤다는 것이다. 사불산四佛山의 절이 그렇고 만어사萬魚寺가 그렇다. 절을 세우기 위해 장소를 마련한 것이 아니라 장소가 있기에 절을 세운 것이다.

절은 도리어 부차적인 것이었고 그 터가 우선했다. 다른 곳은 다 그만두고라도 산의 모습, 그 자체가 그대로 부처님의 이미지가 된 오대산五臺山의 오만진신五萬眞身의 설화 하나만 보아도 쉽사리 알 수 있는 일이다. 오대산 봉우리 가운데 제일 높은 북대 상왕산北臺 象王山을 여래如來라 하여 수위首位로 삼고 그 밑의 산들을 오백대아나한五百大阿羅漢이, 동대 만월산東臺 滿月山에는 일만一萬의 관음진신觀音眞身이, 남대南臺 기린산에는 팔대八大 보살을 수위로 일만의 지장地藏이, 남대 장령산南臺 長嶺山에는 무량수 여래를 수위로 하여 일만의 대세지大勢至가 나타나 있다는 것이다. 이렇듯

자연의 산수와 부처는 동일한 것이었다.[152]

결국 산수의 아름다움을 통해 국가를, 조상을, 신을 파악했던 그 한국인의 마음이 극도로 형식화되고 기계화되어버린 데서 풍수지리설의 그 도참사상이 생겨나게 된 것이다. 고려 시대에 이르면 산수의 아름다움을 탐구하는 마음이 벌써 형식화되어 단순한 미신으로 타락해버린다.

통설通說의 비보사탑裨補寺塔 전설을 보면, 인체의 맥을 찾아 침을 놓듯이 전국의 산수를 진단하여 필요한 곳에 사찰을 세웠다. "고려지도를 보면 산수의 배치가 많아 국내가 불안하고 민심이 소란하므로, 3천8백 처에 불사佛寺나 불탑佛塔을 건설하면 산천의 맥이 순해지고 흥국민안하다"고 그들은 주장하였다.

누구도 이러한 미신에는 박수를 보낼 수 없을 것이다. 차라리 그 산수의 맥을 찾아 절을 세우기보다도 일찍이 그 산들에서 광맥을 찾아 3천8백 개의 광산을 개발하는 편이 나라를 부흥케 하는 길이었을 것이라고 분개할 사람도 있을 법하다. 그러나 풍수지리설의 미신을 뒤집어보면 그만큼 종교적 경지로까지 승화하

---

152) 양나라 천감天監 원년에 천축국天竺國에서 중 지약智藥이 중국에 와서 맑은 냇물을 찾다가 소주韶州의 조계수曹溪水를 발견했다. 그는 그 물에서 향내를 맡고 물맛을 보았다. 그리고 "이 물 상류에 좋은 터가 있을 것이다" 하고 거슬러 올라가서 터를 닦고 돌을 세웠다.(『사문유취事文類聚』)

여 산수를 사랑했던 한국인의 마음을 찾아볼 수 있다.

도참 사상의 피해는 우리의 근대화를 느리게 했다. 산수를 산업의 수단보다도 시나 종교로 생각했기에 산업화가 더디었다. 남들이 금은보석을 파내고, 그 물을 막아 동력을 만들 때, 우리는 그 산수에 절 짓기에만 급급하였던 것이다. 그것은 자원과 동력으로 서 비쳐진 서양인들의 산수가 아니었다.

그러나 은은한 산수를 그리워하는 마음에서 험한 길을 열고, 온 국토의 혈맥을 찾아 절을 지은 그 마음은 단순한 미신이 아니라 아름다운 것이었던 것만은 분명하다. 그윽한 범종梵鐘처럼 울리며 선조들의 영혼이 속삭이는 것 같은 신의 모습과도 같은 그것은 한국인의 종교적인 의식의 밑바닥을 흐르고 있는 산맥이요 강물이었다.

서양의 문화를 들판의 문화라 한다면 한국의 문화는 산의 문화라 할 수 있다. 서양의 종교를 희랍인들의 올림픽 경기와 연극, 그리고 광야에서 요한이 외치던 그 들판의 종교라 한다면 우리의 종교는 강산에서 움튼 산수의 종교라 할 수 있다.[153] 그것이야말 로 '신시의 마음'으로 상징되는 한국인의 종교심이라고 할 수 있다.

---

153) 오직 산수가 있을 뿐이라고 했다. 그는 괴석怪石 하나만 보아도 또 태산에 오른 것 같이 생각했고 개울만 보아도 동정호에 온 기분이라는 것이다. 그러므로 자신이 서 있는 곳이 모두 산수요, 눈에 보이는 것이 곧 산수라고 했다.

# 호국신들

　한국인들의 신은 그렇게 먼 곳에 있지 않았다. 그들은 에워싸고 있는 그 숲에, 강에 좀 더 가까우면 그들의 다락이나 지붕 위에 신들은 함께 살고 있었다. 불교의 해탈과 열반이나 기독교의 초월 같은 것을 그들이 잘 모르는 것은 당연한 일이다. 농사일을 간섭하고 정치를 돕고 개개인의 생활을 보살펴주는 이웃으로서의 신이었다. 이 땅에 어떠한 종교가 들어와도, 그것은 늘 환웅처럼 하늘나라가 아니라 이 나라의 땅에 발을 디디고 살고 있었다.

　상상력 하나를 보더라도 현세와 다른 초월적이며, 추상적인 것이 적다. 인간을 누가 만들었을까? 이 땅덩어리를 누가 만들었고 왜 만들었는가? 희랍인이든 이스라엘 사람이든, 그들은 민족이나 국가를 떠나서 인류 전체의 것으로 상상력의 폭을 넓혔지만 우리에겐 그런 창세기의 신화가 없다.

　인간과 자연을 누가 만들었을까 하는 호기심이 없다. 일본만 해도 국토를 만든 신화가 있지만 우리에겐 그런 것조차 없다. 다만 건국 신화가 있을 뿐이다.[154] 누가 나라를 세웠느냐는 극히 속세적인 것에서 상상력이 멈추고 있다. 바람은 왜 불며 구름은 왜 떠있는지 나는 왜 태어났으며 왜 죽어야 하는지, 이러한 순수한 물음이, 본질적인 그 물음이 없다.

비와 구름을 보자. 우리는 그것의 본질보다는 농사를 짓기 위한 수단과 방법으로서 생각하고 있을 뿐이다. 나는 왜 살며 죽느냐의 문제보다도 살기 위해서는 어떠한 도움이 필요할 것인가의 현세적인 의문이 있었을 뿐이다. 당장 먹고사는 것과 별 관계가 없는 희랍 신화나 창세기 신화 같은 원죄의 세계란 도리어 거추장스러운 것이라고 생각했을 것이다. 인간이 살고 있는 추상적인 세계가 아니라 항상 '집'과 '나라'라는 것이 사고의 원천을 이루고 있었다. 종교를 그렇게 열심히 믿어온 국민이지만, 한국인은 결코 종교적인 국민은 아니었다.

종교는 생의 목적이 아니라 생의 단순한 수단이었을 뿐이다.[155] 유사遺事를 몇 줄만 읽어봐도 한국인이 신비론자이고, 정신

154) 발생 신화의 차원은 첫째, 우주 창조, 둘째, 자연 창조, 셋째, 인간 창조, 넷째, 국가 창조의 단계로 나누어볼 수 있다. 우리의 단군 신화는 네 번째에 해당된다. 중국만 해 도 천지개벽을 에워싼 우주 창조의 이야기가 나온다. 그리고 신화의 공통적인 특징은 이 세상의 근원을 혼돈에 두고 있다는 점이다. 중국의 설화도 그렇게 되었다.
155) 알렌 데이트의 말을 빌면, 생의 수단만 있고 목적이 없는 사회는 무종교적 속세주의 라 한다. 이때의 무종교적이란 말은 신을 믿느냐 안 믿느냐가 아니라 한 사회가 지향하고

적이고 비현실적인 국민이라는 말이 얼마나 터무니없는 소리인
가를 알 수 있다. 유사에 나타난 한국인은 지나칠 정도로 현세주
의자였다. 환상의 나라에 사는 주민들은 아니었다. 그들이 추구
하고 있는 생의 목적은 현세적이고 물질적인 욕망이었고 그 행복
이었다.

다만 그 공리적인 목적을 달성시키는 방법이 비합리적이었을
뿐이다. 유사 속에 나오는 절들의 기록을 한번 훑어보자. 그 사찰
寺刹의 기능은 오늘날의 행정관서와 조금도 다를 게 없다는 것을
알게 될 것이다.

황룡사 9층탑은 삼국을 통일하기 위해서 만들어진 것으로, 오
늘날의 '통일문제연구소'나 '국가안전보장회의'와 같은 구실을
한 셈이다. 즉 9층탑을 세우면 이웃 나라가 항복하고 구한九韓이
와서 조공朝貢하여 왕업王業의 길이 태평할 것이라는 말을 믿었기
에 그들은 그 탑을 세운 것이다. 불법을 상징하는 탑이라기보다
성이나 요새처럼 왕권의 수호를 위한 깃발 같은 것이라 할 수 있
다. 불탑의 종교적 의미는 오직 부차적인 수단일 뿐 목적은 삼국
을 통일하려는 것이었다. "탑을 세운 후에 천지가 태평하고 삼한

있는 궁극의 철학이 있느냐 없느냐 하는 것이다. '신은 죽었다'는 것도 생의 목적 상실을
의미하는 것이다. 그런 면에서 한국인에겐 신의 개념이 없었고 또 없었다고 해도 불편 없
이 살 수 있었다는 점에서 무종교적인 민족이라고 할 수 있다.

을 통일하였으니 탑의 영검이 아니고 무엇이랴" 하는 승 일연의 기록을 보더라도, 중생 제도의 불교적인 이미지가 완전히 정치적 의미로 탈바꿈한 것을 알 수 있다.

더구나 재미난 것은 황룡사 9층탑의 1층은 일본을 제압하고, 2층은 중화中華, 3층은 오월吳越, 4층은 탐라耽羅, 5층은 응유鷹遊, 6층은 말갈, 7층은 단국丹國, 8층은 여적女狄, 그리고 9층은 예맥濊 貊을 누르는 힘을 가진 것으로 각기 그 층계마다 기능이 세분화되어 있었다는 점이다. 꼭 적진을 향해 제각기 방향이 설정된 현대의 미사일 기지 같다. 아니 오늘날과 같은 미사일을 주었다면 아마 그들은 황룡사 9층탑 같은 것을 세우려 하지 않았을 것이다. 신라의 불교는 호국의 수단이었으므로 통일만 된다면 미사일과 바꿔도 좋을 그런 종교였다.

그들이 종교에서 구했던 것은 오늘날의 합리주의자가 과학에서 요구하고 있는 그 수단과 조금도 다를 것이 없었다. 과학으로는 해결할 수 없는 것, 돈과 권력과 국가의 영화만으로는 극복될 수 없는 것……. 형이상학적인 인간 존재의 고뇌와 회의를 넘어서려는 갈망이 아니었기 때문이다.[156] 가령 중생사衆生寺는 아들

---

156) 삼국 시대의 불교는 현세의 복을 비는 고유 신앙의 연장에 지나지 않았다. 고구려의 고국양왕故國壤王은 전국에 교칙教勅을 발發하여 "국민은 불법을 신봉하여 복을 구하라"고 했으며, 의천대사는 "고구려 왕이 불교를 믿지 않는 까닭에 국가가 위기에 빠졌다"라

없는 사람이 빌면 아들을 낳게 해주는 산부인과 병원 같은 곳이었고, 눈먼 아들을 눈뜨게 해주었다는 분황사 천수불芬皇寺 千手佛은 안과병원 같은 곳이었다. 백율사栢栗寺는 분실한 물건(국보─만파식적)을 찾아주는 내무부 수사과(실종된 사람을 찾아준 민장사敏藏寺 역시 마찬가지다)와 다름없고, 풍년을 들게 하여 백성을 편안케 해주는 화장사華藏寺는 농림부 같은 것이고, 당나라가 쳐들어올 때마다 풍랑을 일게 하여 나라를 방어해준 사천왕사四天王寺는 국방부와 같은 기능에 비길 수 있다. 이렇게 모든 사찰의 존재 이유는 현세의 생활을 이롭게 해주는 공리성에 있었다.

어느 나라든 순수한 종교란 없다. 조금씩 속세화되어 본래의 것과는 거리가 멀다. 그러나 신라의, 아니 한국의 종교만큼 철저하게 현세화된 경우도 없을 것이다. 어떤 종교가 들어와도 영혼의 내면적 구제가 아니라, 샤머니즘화한 현세의 행복 추구의 종교로 변질되어버린다. 우리는 종교가 없어도 살 수 있는 국민이었다는 말의 진의가 바로 여기에 있다.

나라가 부강하고 몸이 건강한 사람이라 해도, 종교가 아니고서는 해결할 수가 없는 인간 문제들이 남아 있다. 그야말로 빵만으

고 개탄했다. 백제의 성명왕聖明王은 일본 흠명왕欽明王에게 불상과 불경을 보내면서 '복덕과 과보果報를 성취하는 것'으로 불교를 추천했다. 즉 공무관空無觀을 토대로 한 불교 정신과는 정반대였음을 알 수 있다.(『한국사상의 전개』 참조)

로는 살 수 없는 것이 인간이기에 종교의 문이 열리게 된다. 그런데 우리는 빵(속세)을 종교에서 구하려고 했다. 먹고 마시고 잠자는 현세의 저 너머 세계를 동경하는 초월적인 정신이 비교적 결핍되어 있었던 것 같다. 과학이 일찍 발달했다면, 공장과 사회보장제도가 있었더라면, 아마 지금까지 내려온 종교의 대부분은 문을 닫게 되었을지도 모를 일이다. 과학으로 해결될 수 있는 범위의 인간사를 그들은 종교에서 찾으려고 했던 까닭이다.[157]

그러므로 우리에겐 엄격한 의미에서 순수한 종교인이 많지 않다. 우리가 생각하는 중이나 종교적 지도자의 상은 잔다르크적인 것이지, 베드로적인 것이 아니다. 종교보다 그들에겐 국가와 임금과 민족이 앞섰다. 그것들을 위해서라면 언제고 종교적인 진리를 뒷전으로 미룰 수 있었던 것이다.

우선 이차돈異次頓을 보자. 그의 순교는 네로의 원형극장에서 사자밥이 된 로마의 순직자殉職者들과는 판이하게 다르다. 이차돈

---

157) 불타가 코사라Kosara의 왕 파세나디[波斯匿]에게 가르친 것은 왕국의 번영과 그 권세의 유지가 아니었다. 또 국태민안은 물론 아니었다. 그것은 왕권의 무상無常, 왕도王道의 부질없음이었다. 파세나디 왕이 "그저 생이 있는 동안, 선업善業을 하고 공덕을 닦으려 한다"라는 말에 불타는 이렇게 답했다. "늙음이 왕에게 덮쳐오고 있습니다. 죽음이 왕 앞에 쳐들어오고 있습니다. 왕은 사태에 있어서 또 무엇을 할 만한 일이 있다고 생각하는 것입니까?" 적병의 침입으로부터 왕국을 지키는 것이 아니라 거대한 바위산처럼 사방에서 굴러오는 늙음과 죽음의 침입을 불도로 이겨내는 것, 그것이 불타의 가르침이었다.

은 유사遺事의 기록만 보더라도 종교의 순수한 열정을 위해서 목숨을 바친 사람이기에 앞서 임금을 위해서, 나라의 부흥을 위해서 스스로 칼날 앞에 자기 목을 내맡긴 충신이요 애국자였다.[158]

"나라를 위하여 몸을 없애는 것은 신하의 지절이옵고 임금을 위하여 목숨을 바치는 것은 백성된 자의 의리입니다."

이것이 왕 앞에 나서서 스스로 자기 목을 베어달라고 한 이차돈의 말이다. 그는 불교 자체보다 신라에 불교를 들여오는 것이 신라를 번영케 하는 수단임을 믿었던 것이다. 이차돈의 죽음은 드라마틱하다. 종교를 위해 사자의 발톱에 찢기운 로마의 순교자보다도 더욱 고결하고 드라마틱한 죽음을 했다. 왜냐하면 임금이 마다하는데도, 스스로 목을 베달라고 자청한 죽음이기 때문이다. 끌려와서 죽은 죽음이 아니라 스스로 찾아간 죽음이다. 진리를 위해 죽음의 독배를 받은 소크라테스만 해도 자진해서 받은 형벌은 아니다. 그러나 자진해서 제물로 자기 몸을 바친 이차돈의 죽음은 불일佛日이 중천에 오르기를 기구한 살신성인殺身成仁의 숭고한 죽음이었다. 그러면서도 그것은 역시 순수한 순교와는 다르다. 도리어 성삼문成三問이나 유관순柳寬順과 같은 충신의 죽음, 현세 내의 가치를 위해 목숨을 버린 속세적인 한 사람의 죽음일 뿐

---

158) 이차돈에게 있어 국가의 부흥은 목적이요, 불교는 그 수단이었다. 국가가 수단이고 불교가 목적인 오늘의 종교의 사회참여와 혼동해서는 안 된다.

이다. 그가 죽어 거기 사찰이 생기고 그 절에 치성을 하면 반드시 대대로 영화를 얻는다는 유사의 기록을 보더라도, 그는 속세적인 일상생활의 복을 누리는 사람들을 위해 피를 뿌린 사람이라는 것이 확실하다. 설령 이차돈의 그것이 순수한 불교 정신이었다 하더라도 신라인들은 그러한 정신을 끝내 이해할 수 없었을 것이다.

원광법사는 애초부터 카이사르의 것(국가)과 하늘나라의 것을 분리해서 생각하는 승려가 아니었다.[159] 그는 왕의 뜻을 받아 隋나라로 간다. 고구려를 치기 위해서이다. 그때 그는 "자기의 목숨을 생존케 하기 위해 타인을 멸한다는 것은 사문沙門의 도리가 아니다. 하지만 나는 지금 신라왕의 토지에 있으며 신라왕의 수초水草를 먹으며 살고 있는 터이므로 왕명을 들을 수밖에 없다"라고 말한다. 뿐만 아니라 원광법사는 화랑의 이념인 세속오계世俗五戒의 교훈 속에서, '임전불퇴臨戰不退'의 놀랄 만한 살생의 용감성

---

159) 『성경』에도 불전에도 이러한 경우에 닥쳤을 때 왕도를 따르느냐 법도를 좇느냐의 딜레마가 그려져 있다. 그러나 결국은 왕도를 부정하는 데서 종교적 차원을 현실 위에 구축했다. 악마가 불타에게 "스스로 정치를 행하여 기적을 베풀어 평화를 이루도록 하라" 하고 권유했을 때 불타는 '저 설상雪上을 화化하여 황금으로 만든다 할지라도 한 사람의 욕망을 채울 수 없는 것'이라고 그 유혹을 거부했다. 이것은 40일 동안의 광야에서 예수가 기도를 드릴 때 악마가 돌로 빵을 만들어보라고 했을 때의 이야기와 비슷한 것이라 할 수 있다. (『잡아함경雜阿含經』 39:18)

을 권장하고 있는 것이다. 불교의 본지本旨를 묻는 화랑에게 그는 불교라기보다 민족주의의 투쟁 이념을 가르쳐준 것이다.

불교가 중국으로 들어올 때 그것이 중국의 토착사상土着思想과 타협하여 소위 세속오계란 것이 생겨났음은 누구나 다 아는 일이다. 그것은 출가를 하지 않고 세속에 살면서도 불도를 닦는 재가자在家者를 위해 불교와 현실을 타협시킨 것이다. 『제위파리경提謂波利經』에 나타난 중국의 세속오계를 보면 그들 고유의 사상인 오상五常에다 불교의 본지本旨를 부연시키고 있다. 유교의 인仁을 불살不殺, 지智를 불도不盜, 의義를 불사不邪, 예禮를 불음주不飮酒, 신信을 불망어不妄語로 대치해놓았다. 그런데 여기에서 우리가 주목할 것은 유교적인 바탕에 불교의 본지를 접목한 중국의 세속오계보다도 원광법사의 것이 훨씬 더 세속적이고 국가적 색채가 농후하다는 점이다. 원광법사는 '불살不殺'이 아니라 '살생유택殺生有擇'이라 했다. 무조건 죽여서는 안 되는 것이 불교의 정신이다. 그러나 원광은 살생을 인정하고 있다. 다만 가려서 죽이라는 것이다. 이것은 불교보다도 현실주의자인 공자의 사상에 가까운 것이다. 뿐만 아니라 중국의 세속오계에서도 찾아볼 수 없는 면이다. 신하가 임금을 떠받드는 '충'이나, 자식이 어버이를 섬기는 '효'를 말한 것은 삼강오륜三綱五倫을 방불케 한다. 중국보다도 오히려 한국의 불교에 유교 색채가 농후한 것은 그만큼 우리나라 사람들의 종교관이 초월적인 진리보다는 세속적인 생활 이념에 기울어져 있었던 탓이다.

우리는 신라에 불교가 들어올 때, 다른 나라보다도 훨씬 강력한 저항을 받았던 사실을 알고 있다. 이차돈이나 그 이전의 묵호자墨胡子 이야기가 그것을 입증한다. 신라는 그만큼 보수적이었으며 고구려나 백제보다도 후진적이어서 토착적인 문화 성격을 띠고 있다. 그런데 오해해서는 안 될 것은 불교가 들어와 그것이 아무리 융성해졌다 하더라도 신라적인 문화가 조금도 변질한 것이 아니었다는 점이다. 불교가 들어온 이후로 신라가 불교적인 것으로 변질된 것이 아니라 거꾸로 불교적인 것이 신라화된 것이다.

묵호자의 불교가 인정을 받은 것은 순전히 왕녀의 병을 향香으로 고쳤기 때문이었고 이차돈의 죽음이 굳게 닫힌 사문沙門의 문을 연 것도, 그것이 국태민안의 수단으로 이로웠기 때문이다. 불교는 국가에 봉사하고 있었다. 그러기에 그 비참한 노예 제도가 있었으면서도 불교는 인도에서처럼 신분(카스트)제를 부정하지는 않았다. 누구도 사람은 불佛이 될 수 있다는 인간 평등, 왕도 노비도 다 같이 불쌍한 중생의 하나라는 계급 부정의 사상이, 신라의 불교에서는 이상스럽게도 정반대로 귀족이나 왕권의 권위를 공고히 하는 수단으로 변질되어 호국 이념의 깃발이 되었던 것이다.

불교를 아무리 넓게 생각해도 국가주의적인 색채는 티끌만큼도 없다. 이 세상은 불붙는 집이요 괴로운 바다인 것이다. 일체의 세속적 욕망과 집념은 죄인 것이다. 이른바 '열반의 세계'만이 인간 생명의 목적지이다. 그런 사상도 일단 신라로 들어오면 세속화되어, 왕의 권력과 백성들의 부엌 속에서 조미료 구실을 하게 된다. 원효元曉와 같은 위대한 대사도 나라를 위해서라면 서슴지 않고 파계破戒를 한다. 공주에게 영특한 애를 잉태케 하여 신라의 큰 기둥이 되게 하려는 목적은 '불음'의 계율도 문제되지 않는다. 이렇듯 파계를 했으면서도 원효는 여전히 신라 불교의 상징적인 존재인 것이다. 이것이야말로 신라 불교의 그리고 한국적인 불교관의 비밀을 여는 열쇠일지도 모른다.[160]

그들의 종교는 추상적인 것이 아니라 언제나 실제적인 것과 악수를 하는 종교이며 생生의 목적보다는 수단이 되는 종교였다. 그들의 신은 다름 아닌 호국신이다. 도처에 이 호국신, 호국룡들이 등장한다. 나라가 위태로울 때, 대나무를 꽂은 무사를 이끌고 국가를 지켜주는 호국신(미추왕)이 나타나 적을 무찌른다. 그리고 그 호국신은 만파식적과 같은 여러 가지 기적을 베풀지만 언제나 인간의 차원에 머물러 있는 인간적 존재로 그려지고 있다. 바로 그 좋은 예가 호국신이 된 미추왕과 김유신의 영혼이 서로 이야기하

---

160)  유교는 처음부터 한국의 고유신앙과 저항 없이 손잡을 수 있었지만 불교가 그렇지 못했던 것은 당연하다. 특히 삼국 중 가장 보수적이었던 신라가 심했다. 이차돈의 순교도 불교의 승리를 의미하지는 않았다. 그것은 표면상의 개문開門이었을 뿐이다.

는 대화에 나온다.

"신은 평생 나라를 위해 역사의 한 시대를 도왔고…… 국토를 통일시킨…… 공훈을 이루었습니다. 지금 죽어 혼백이 되어 있어도 이 나라를 굽어 돌보아 재앙을 물리치고 환난을 구제해가려는 마음은 잠시도 변한 적이 없습니다. 그런데 지난 경술년에 신의 자손이 죄 없이 죽음을 당했습니다. 이것은 지금의 군신들이 나의 공훈을 생각하고 있지 않은 것이 아니고 무엇입니까. 이제 신은 차라리 이곳을 떠나 멀리 다른 곳으로 옮겨가버리고 다시는 나라를 위해 애쓰지 않으려고 합니다. 왕께선 부디 신의 옮겨감을 허락해주소서."

호국신이 된 김유신의 말이다. 신이지만 그는 생존했을 때와 마찬가지로 자기 자손을 염려하는 평범한 한 집안의 어른이다. 그리고 또 그는 호국신의 두령頭領 격格인 미추대왕의 능을 찾아가 섭섭해서 호국신으로서의 직능을 그만두겠노라고 사의를 표명했다는 것이다.[161] 미추대왕의 무덤 속에서 서로 대화를 나누며 만류하기도 하고 자기 고집을 내세우기도 하는 호국신들의 그

---

161) 호국신은 타계他界에 있지만 그들의 가치관이나 신격은 현세에서 떠나 있지 않다. 『삼국유사』가운데 국가 이상의 것을 위해 국가를 거부한 이야기는 백제인으로서 백제를 망하게 하는 탑을 세운 아비지阿非知의 설화 하나뿐이다. 그러나 그나마도 신라적인 입장에서 세워진 이야기인 만큼 신라인의 애국 의식이 개입된 색채가 농후하다.

모습은 유머러스할 정도로 현세적이다. 가정을 지켜주는 죽은 조상들, 나라를 지켜주는 죽은 왕과 영웅들…… 그 혼령이 바로 신라인들의 신이며 종교였기에 부처 역시도 신라에 와서는 호국신의 옷을 입고 다니지 않을 수 없었던 것이다.

환웅은 인간의 조상이며 신이다. 그는 나라를 지켜주기 위해서 이 땅에 왔다. 우리를 저편 하늘로 데려가기 위해 온 것이 아니라, 이 땅의 생활을 위해서 그는 이리로 내려온 것이다. 피안彼岸이 아닌 차안此岸이 종교였다.

# VI

# 고향에서의 마지막 밤

# 웃음과 설득

예수는 설교할 때 '진실로 너희에게 이르노니……' 혹은 '귀 있는 자는 들으라' 등의 유도법誘導法이나 강세법強勢法을 쓰고 있다. 그러나 공자나 석가모니는 그런 수사修辭를 쓰지 않는다. '가라사대'면 그만이다. 역시 예수는 동방의 사람이었지만 서양 문명과 더 가까운 거리에 있다. 서양 사람들은 동양인들에게 비해 말이 많다. 희랍 사람들이 민주주의를 실현한 것도 말이 많은 사람들이었기 때문이다. 그런 점에서 수사학이야말로 서양 문명의 에센스가 아닐 수 없다. 동양인들은 말이 적다. 침묵으로 말한다. 논리나 수사학으로 설득하는 것이 아니라 미소로써, 은근한 그 침묵의 몸짓으로써 암시한다. 석가모니의 염화시중[162]을 생각해보

---

162) 석가모니가 영취산에서 설법할 때 사람들에게 연꽃 한 송이를 꺾어 보였다. 그렇게 함으로써 그는 말로 표현할 수 없는 뜻을 사람들에게 전달한 것이다. 그러자 '가섭'이 홀로 그 뜻을 깨닫고서 미소로 답하였다. 이 사실을, 즉 석가가 꽃을 꺾어 보였다는 사실을 불교

면 알 것이다.

유사遺事를 보면 이따금 신선한 우물물처럼 솟구치는 맑은 미소의 문자들이 나타난다. 그러나 연꽃과 같은 석가모니의 은은한 미소와는 또 다른 차원의 웃음이라는 것을 느끼게 된다. 해탈한 웃음, 그냥 초연하기만 한 웃음이 아니다. 가시가 있는 화끈한 웃음이다. 그러면서도 부드럽다. 그것은 허위와 자기기만과 불의의 가면을 벗겨내는 웃음인 것이다. 번뜩이는 진리의 문을 여는 비판의 웃음, 반성의 웃음, 구제의 웃음인 것이다. 석가모니의 미소는 지극히 고요하지만 신라인들의 그 웃음에는 소리가 있다. 인간의 생생한 육성이 있다.

우선 신문왕 때의 명승 경흥법사憬興法師의 경우를 두고 생각해보자. 경흥은 웃음에 의하여 구제된 사람이다. 그가 갑자기 병이 들어 앓아누웠을 때 한 여승이 그를 찾아와서 이렇게 말했던 것이다.

"지금 스님의 병은 근심으로 이루어진 것입니다. 즐겁게 웃으면 될 것입니다."

에서는 '염화시중拈華示衆'이라고 하고 가섭이 그에게 응답한 사실을 '염화미소拈華微笑'라고 한다. 오늘날의 용어로 표현하자면 심리적인 전달 혹은 심리적인 기술이라고나 할 수 있을 이러한 무언의 대화가 동양에서는 도처에서 등장한다. 김상용의 시 「왜 사냐건 웃지요」도 그 같은 부류일 것이다.

그리고 여승은 열한 가지 우스운 표정을 꾸미며 춤을 추었다. 모든 사람들이 웃었다. 병석에 누워 있던 경흥도 그 광경을 보고 턱이 떨어질 듯이 웃었다. 그래서 그의 병이 부지중에 깨끗이 나았다는 것이다. 웃음의 이야기는 여기에서 끝나지 않는다. 웃음은 병든 경흥의 육체만을 구제해준 것이 아니라, 자기 위선의 정신적인 병 역시 고쳐주었던 것이다. 웃음은 그의 육체를, 그리고 그의 정신을 구제해주었다.

이러한 두 번째의 웃음소리는 그가 화려한 차림으로 말을 타고 숱한 하인들을 이끌며 왕궁으로 들어가려던 길거리에서 들려 왔다.

그것은 초라한 차림을 한 거사居士의 웃음소리였던 것이다. 손에 지팡이를 짚고 등에 광주리를 진 그 거사가 경흥의 행차와 마주친 것이다. 그때 경흥의 하인들은 그 거사의 광주리 속에 건어乾魚가 들어 있는 것을 보고 꾸짖었다.

"너는 승복을 입고서 어찌 부정한 물건(고기, 즉 건어)을 지고 다니느냐?"

거사는 꾸짖는 그들을 향해 이렇게 대답했다.

"두 다리 사이에 산 고기를 끼고 다니는 것보다는, 삼시三施의 고기를 지고 다니는 것이 무엇이 더 부정할쏜가?"

거사는 경흥의 행동을 비웃은 것이다. 단순히 자기 열등감에서 생긴 비뚤어진 웃음이 아니라, 허위의 가면을 벗기는 비수같이 날카로운 풍자적인 웃음이다. 두 다리에 살아 있는 고기를 끼고 다닌다는 것은 말을 탄 사람을 뜻한 것이었고 더 정확하게 말하자면 죽은 고기를 지고 다니는 것이 불법에 어긋난 것이라고 꾸짖으면서도 자신들은 살아 있는 고기(말)에 올라타서 거드럭거린다는 비웃음인 것이다. 경흥은 거사의 그 웃음소리에서 자신의 잘못을 스스로 깨달았다. 그는 종신토록 다시 말을 타지 않았다.

유사遺事에는 대성大聖이 초라한 거사로 변모하여 경흥을 깨우치기 위해 연극을 한 것으로 되어 있다. 진부眞否를 따지기 전에 이러한 설화를 낳은 신라인의 새타이어satire(풍자적 웃음)에 우리는 좀 더 관심을 기울여봐야 한다. 거사의 연출력도 훌륭하다. 말을 탄 경흥과 건어를 등에 진 거사는 강력한 대조를 보여준다. 전자는 살아 있는 고기요, 후자의 것은 죽어 있는 고기다. 전자는 그것을 타고 있고 후자는 거꾸로 그것을 등에 짊어졌다. 그런데도 전자는 자기의 잘못을 인식하지 못하고 후자의 소행을 나무란다. 이것이 거사의 말로 갑작스레 역전될 때 거기에서는 하나의 '웃음'이 탄생한다. 그리고 그 웃음은 어떠한 깨달음[自覺]을 유발시킨다. 그는 완전한 성자의 입장에서 설법을 하는 것이 아니라, 추상적인 논리나 근엄한 설득으로 설법하는 것이 아니라, 인간적인 웃음을 통해 악을 교화해간다.[163] 공격적인 웃음이요, 동시에 그

163) 오늘날의 속담에도 "가랑잎이 솔잎을 보고 바스락거린다"거나 "똥 묻은 개가 재 묻

것은 깨달음을 향한 웃음이다. 거사의 그 경우에도 잘못이 없는 것이 아니다. 도리어 알고 있는 타인의 작은 잘못을 보여줌으로써 자기 자신의 큰 잘못을 인식하게 하는 방법이다. 소크라테스의 산파술産婆術, 즉 변증법적인 자각을 신라인들은 웃음의 직관과 자기 암시로써 가르친 셈이다. 예수 같았으면 말을 타고 가는 경흥에게 "자기의 눈에 든 들보는 보지 못하면서 어찌 남의 가시를 탓하는가" 하고 말했을 일이다. 웃음은 논리가 아니다. 논리이기 이전에 몸으로 느끼는 것이며 마음으로 그 직핍하는 '생리'의 현상이다. 신라인들은 이 '생리의 논리성'을 '말의 논리성'보다도 중시했기에 그런 웃음을 발견했던 것이 아닐까?

옛 고사의 보삼장寶三藏의 풍자적인 웃음과도 통하는 이야기다. 그가 어느 날 일왕사一王寺에서 대회가 열려 그 자리에 참석하려 했을 때 수문인守門人이 옷이 누추한 것을 보고 문을 막아 들이지 아니하였다. 옛날이나 오늘이나 수위들은 다 같았던 모양이다. 여러 번 들어가려 했으나 보삼장은 그때마다 거절을 당했다. 하는 수 없이 좋은 의복을 입고 갔더니 수문인이 보고 들어오는 것을 허락하였다. 그리하여 일왕사에 들어간 그는 좌석에 나가 음

은 개를 나무란다"는 것이 있다. 한국에는 이런 적반하장의 아이러니를 통해 사람들을 교화하는 이야기가 많다. 그것을 우리는 비웃음이라고 부르며 그것은 서양의 유머와 그 성격이 다르다.

식을 얻자 자기가 먹지 않고 그 옷에다가 쏟았다. 사람들이 보고 이상하게 여기자, 그는 "이 옷 때문에 이 자리에 앉을 수 있었으니, 마땅히 이 의복이 음식을 먼저 먹어야 한다"라고 대답했다. 옷으로 사람을 판단하는 사람들을 풍자한 이야기다. 그들은 사람을 부른 것이 아니라 옷을 초대한 것과 다름이 없다. 옷이 주인이고 사람이 도리어 종 노릇을 하는 가치의 전도轉倒, 그러니 음식도 옷이 먹어야 되지 않느냐는 그 풍자는 인간의 모순을 찌르는 촌철살인적寸鐵殺人的인 웃음이라 할 수 있다.[164]

승 일연은 효소왕孝昭王의 한 일화에서 그러한 웃음의 실례를 보여준다. 망덕사望德寺를 세워 낙성회落成會를 열 때 왕은 친히 참석하여 공양을 드렸다. 그때 초라한 옷을 입은 비구가 왕에게 자기도 그 재齋에 참석하고 싶다고 청하였다. 왕은 허락하여 말석에 앉도록 했다. 재가 다 끝날 무렵 왕은 그 비구를 향하여 밖에 나가거든 타인에게 국왕의 친공親供하는 재에 가보았다고 하지 말라고 당부했다. 왕의 체통을 염려했던 까닭이다. 그러자 그 비구는 웃으며 "폐하께서도 역시 다른 사람에게 진신석가眞身釋迦를

---

164) 인간 사회엔 형식이 거꾸로 인간의 본질을 지배하거나 수단이 목적으로 뒤바뀌는 현상이 곧잘 일어난다. 기계는 인간의 행복을 위해서 만든 것이지만 기계가 인간을 조종하고 지배하여 주인 행세를 한다. 이 모든 것은 인간이 옷을 입은 것이 아니라 옷이 인간을 입고 다니는 일들과 같다. 이것을 '인간 소외'라고 부른다. 이 유머는 그런 의미에서 현대인에게 그대로 통용될 수 있는 이야기라고 할 수 있다.

공양했다고 말하지 마옵소서"라고 말했다.

함축성 있는 풍자다. 거지꼴을 한 비구가 신분 높은 왕과 동석했다고 자랑삼아 떠들면 자기의 위신이 깎일 것이라는 왕의 생각을 교묘하게 공박한 말이다. 왕이 진신석가를 공양했다고 자랑삼아 떠들어대면, 이 지존至尊하신 석가님도 마찬가지로 위신이 깎인다는 것이다. 그러니 왕도 자랑삼아 석가를 팔고 다니지 말라는 이야기가 된다. 그 비구의 풍자는 왕의 속물적인 위신을 비웃은 것이다. 남을 비하卑下하는 그 오만이 얼마나 부질없는 것인가를 웃음으로 가르쳐준 것이다.

이렇듯 신라인들의 웃음은 격조가 높다. 인간의 모순과 허식과 형식에 사로잡혀 있는 그 미몽迷夢을 일깨우는 웃음소리는 천 년을 건너뛰어 한국인의 마음속에서 불사조처럼 부활한다. 김삿갓과 한음漢陰, 오성鰲城, 그리고 봉이鳳伊 김선달金先達을 통해서 그러한 웃음의 전통은 끊임없이 이어져 내려왔다.[165]

그들의 웃음에는 하나의 공통적인 특징이 있다. 그것은 분노를 뒤집은 웃음이라는 점이다. 모욕을 당했을 때, 유사의 설화 가운

---

165) 결국 한국인의 웃음은 단순한 풍자나 체념이나 고고의 웃음이 아니라, 가치의 전도를 통해 감춰진 진실을 끌어내려는 아이러니와 풍자의 중간적인 것이라 할 수 있다. 못난 사람이 잘난 사람이고, 잘난 사람이 못난 사람으로 뒤바뀌고, 선이 악으로 악이 선으로 역전되는 그 긴장 속에 생겨나는 웃음의 형식이다.

데 등장하는 그 거사들은 마땅히 분노를 느꼈을 일이다. 그러나
그들은 분노하지 않고 그 감정을 도리어 웃음으로 승화하고 있
다. 냉각된 분노이며 인종과 억제의 연설로 나타난 변질된 분노
이다. 김삿갓도 김선달도 마찬가지다.

  아무리 심한 욕설이라도 거기에는 웃음이 담겨져 있다. 결국
우울한 것을 희소喜笑로 바꾼 경흥의 경우와 같다. 허위와 악에 대
한 분노의 창끝을 웃음의 꽃으로 바꿔버리는 마술이다. 허위와
악을 정면에서 대결하려 할 때는 결코 그런 웃음이 생겨날 수 없
다. 그 상대보다 한 치라도 높은 위치에 서 있을 때 비로소 분노
는 웃음으로 화한다. 그러므로 신라 때부터 웃어온 한국인의 그
웃음을 우리는 이렇게 정의할 수 있을 것이다.

# 신라의 '지킬 박사와 하이드 씨'




스티븐슨의 소설 『지킬 박사와 하이드 씨』[166]는 인간의 이중성격을 다룬 것으로 유명하다. 낮에는 천사 같고 밤에는 악마와 같은 인간, 대체로 인간들은 『지킬 박사와 하이드 씨』의 경우처럼 한 몸에 그러한 두 사람을 거느리고 다닌다. 그것이 모든 비극의 원천이 된다.

『삼국유사』에서 우리가 만나는 승僧 혜숙惠宿의 이야기는 스티븐슨의 세계와는 전혀 차원이 다른 『지킬 박사와 하이드 씨』의 세계를 연출하고 있다. 혜숙도 두 개의 분신으로 분열되어 있다. 그는 보통 사람과 마찬가지로 사냥을 하고 고기를 먹고, 여자와

---

166)  스티븐슨Robert Louis Stevenson이 쓴 소설로 한 인간의 이중성을 주제로 한 것이다. 명망있는 의사 지킬 박사는 인간의 심리의 저변에 도사리고 있는 선악의 이중성을 약품으로 분리할 수 있다고 믿고 그러한 약을 만들어 그 스스로 복용한다. 그 결과 지킬 박사는 추악한 악인, '하이드 씨'로 변모한다. 그는 지팡이로 사람을 때려죽이고 고민한 나머지 자살한다. 이상의 줄거리에서도 알 수 있듯이 이 소설은 근대인의 성격 분열을 암시한 것이다.

자리를 같이한다. 그리고 다른 사람과 마찬가지로 역시 평범하게 죽어서는 땅에 묻힌다.

그러나 또 한편의 혜숙은 전혀 다른 차원에서 행동한다. 분명히 그는 고기를 먹었지만 소반의 고기가 조금도 없어지지 않는다. 고기를 먹고 있던 혜숙과 고기를 먹지 않는 혜숙이 동시적으로 존재하는 것이다. 왕의 사자가 혜숙을 찾아갔을 때 그는 분명히 여자의 침상에 누워 있었는데 또 한편에서는 성중城中 시주施主 집의 칠일재七日齋에 갔다가 끝마치고 돌아오고 있었던 것이다. 사람들은 여자와 누워 자고 있는 혜숙과 재齋를 드리고 돌아오는 혜숙을 동시적으로 만난다. 죽음도 마찬가지이다. 그가 죽자 마을 사람들은 이현耳峴 동쪽에 장사를 지낸다. 그런데 그 시각에서 서쪽 고갯길을 넘던 마을 사람이 또 하나의 혜숙을 만난다. 어디로 가느냐고 물으니까 "이곳에 오래 살았으므로 이제 다른 곳에서 노닐고자 한다"라고 대답한다. 그러고는 반리쯤 가다가 구름을 타고 사라져버린다.[167]

우리는 이 기괴한 이야기를 어떻게 해석해야 할 것인가? 『지킬

---

[167]   서양인들의 허구는, 하나의 현실 차원에서 인간의 양면성을 포착한다. 그것이 그들의 리얼리즘이다. 프로이트의 인간관 역시 의식과 무의식으로 그 행위와 사고를 분리해놓았지만 그 차원은 같은 현실이다. 그러나 신라 사람들은 초자연계와 자연계의 양 분신으로 한 인간을 보고 있다. 그것이 그들과 다른 인간 관찰의 한 특징이라 할 수 있다.

박사와 하이드 씨』가 허구라면 이 설화 역시 하나의 허구로 보아야 한다. 문제는 그 허구가 아니라 허구 속에 담겨진 진실이 무엇이냐에 있다.

혜숙은 밤과 낮으로 분열된 인간은 아니다. 그는 동시적으로 두 사람으로 공존하는 것이다. 먹고 자고 죽고 하는 육체를 가진 현실 속의 혜숙과, 현실의 모든 욕망이나 그 한계에서 완전히 해방된 초월적 세계에서 사는 혜숙—현실의 혜숙이 여자의 침상에 누워 있을 때 초월의 혜숙은 재齋를 지내고 있다. 현실의 혜숙이 죽어 땅에 묻힐 때, 또 한쪽의 혜숙은 다른 세계로 자유로이 나들이를 가는 것이다. 죽음, 그것이 또 하나의 혜숙에겐 고개를 넘어 다른 고장으로 유람하는 것에 지나지 않는다.

두 개의 '나'가 각기 차원이 다른 몸을 가지고, 세상을 살고 있는 것이다. 혜숙은 신라인들이 꾸며낸 지킬 박사와 하이드 씨이다. 그러나 그는 우울하지 않다. 성격 분열자가 아니라 도리어 자유로운 인간, 즉 현실 속에서 살면서 동시에 현실에서 벗어난 기묘한 완인完人이다.

혜숙의 이야기는 혜공惠空이란 다른 인물의 이야기를 통해 속편續篇을 이룬다. 혜공 역시 승려였으면서도 언제나 미친 듯이 대취大醉하여 삼태기를 지고 거리에서 노래하며 춤추고 다닌다. 그리고 우물 속에 들어가 몇 달씩이나 나오지 않고 그 속에서 살기도 하였다. 그는 원효元曉와 함께 물고기를 잡아먹기도 한다. 그는

여러모로 봐서 파계승이라고 할 수밖에 없다.[168]

그는 참으로 타락한 일개 파계승에 지나지 않았던가? 그렇지는 않다. 그의 몸은 이 현실에서 술을 마시고 노래를 부르고 있지만, 혜숙과 마찬가지로 이미, 그의 마음은 그의 몸에서 벗어나 자유로운 세계를 왕래하고 있었던 것이다. 산길에 쓰러져 죽은 그의 시체가 퉁퉁 부어 터져 있는 것을 본 사람이 성내에 돌아와 보니까 거기에서 혜공은 또 대취하여 가무歌舞를 하고 있더라는 것이다.

승 일연의 찬讚을 빌려 표현할 것 같으면 혜숙과 혜공은 '화중火中의 연꽃' 같은 존재였다.

스티븐슨은 한 인간을 놓고 선의 요소와 악의 요소를 투시해냈다. 선의 요소를 인격화한 것이 지킬 박사요, 악의 요소를 또 별개의 것으로 인격화한 것이 하이드 씨였다. 그래서 그의 작가적 상상력은 한 인물을 마치 두 인물인 것처럼 행동케 했던 것이다. 그러나 신라인의 상상력은 그보다 차원이 높다. 인간을 동일 차원에 놓고 선악으로 대립시킨 것이 아니라 한 인간을 현실과 초

---

168) 현실적인 안목이나 어떤 형식만으로 평가될 수 없는 자유로운 인간상, 이렇게 활달하고 깊이 있는 인간상을 대체로 조선에 와서는 찾아볼 수 없다. 신라에서 고려에 이르는 불교문화 속에서만 볼 수가 있는 것이다. '주자학朱子學'이 들어온 조선의 유생들에게서 이미 그러한 전통은 끊기었다.

현실의 두 차원으로 나누어 대조를 이루게 했다. 인간의 성격을 칼질하는 솜씨가 달랐다. 혜숙과 혜공이 상징해주는 것은 결국 불교적인 것이기는 하나 신라인들이 보여준 '완인完人'의 타입이요, 한국적 자유인의 상징이다.

육체와 정신, 선과 악, 그리고 사색과 행위, 이런 것이 갈등을 일으키며 서로 쟁투를 하는 것이 서구적인 지성이다. 파우스트는 그러한 갈등과 체험을 통해서 완인의 경지로 나간다. '내'가 '나'를 벗어난다 해도 그들은 현실의 '나'와 거기에서 벗어난 '나'가 서로 싸우고 있다. 피투성이의 존재이다.[169]

그런데 신라인은 현실의 '나'와 현실의 구속에서 벗어난 '나'가 정답게 존재한다. 한편에서는 사냥을 하고 돌아와서는 여인과 자리를 같이하고 다른 한편에서는 그것과는 아무런 관련 없이 무한하고 영원한 세계를 소요한다. 타오르는 번뇌의 불꽃 속에서 피난 연꽃으로 존재하는 것이다. 현재의 차원에서 보면 그들은 한낱 파계승에 지나지 않으나 그것을 넘어선 차원에서 보면 그들은 성인이며 초인인 것이다. 욕망을, 번뇌를, 죽음까지를 훨훨 벗어던지고 또 다른 생의 차원을 향해 나들이를 떠나는 사람들이다.

원효 역시 파계승이었다. 적어도 속세의 차원에서 평가할 때

---

169) 이러한 두 분신의 싸움을 그들은 '동굴 속의 내란'이라고 부른다. '영靈과 육肉', '자아와 타아', '본래적 자아와 일상적 자아', '의식과 무의식' 등등의 갈등이 그것이다.

그렇다. 파계승 원효가 어째서 한국 불교의 가장 높은 정상을 차지하고 있는가는 바로 혜숙과 혜공의 두 설화 가운데서 찾을 수 있을 것이다.

# 이별의 영웅, 제상[170]


현대인들은 007의 활약을 보고 열광한다. 제임스 본드는 현대의 초인인 것이다. 그러나 좀 더 분석해보면 007처럼 맥 빠진 영웅도 없다. 그는 하나의 기계에 지나지 않는다. 담배폭탄이라든지 만능가방, 도청기⋯⋯ 기발하면서도 정교한 첩보무기로 그는 무장되어 있다. 제임스 본드가 아니라 관객들은 곧 초인적인 현대 과학에 박수를 보내고 있다는 편이 정확할지도 모른다.

더구나 신라의 007이라고도 할 수 있는 박제상朴堤上의 이야기를 알고 있는 사람은 제임스 본드를 부러워하지 않을 것이다. 왜냐하면 그는 무기라고는 송곳 하나도 들지 않고 단신으로 적국에 들어가 인질로 잡혀간 왕자를 구출해냈던 까닭이다. 그것도 한 번이 아니라, 두 번씩이나 그 어려운 일을 해냈다.

제임스 본드는 돈을 물 쓰듯이 한다. 매수와 배신과 사기, 필요

---

170)  『삼국사기』엔 박제상朴堤上으로 되어 있고, 『삼국유사』엔 김제상金堤上으로 되어 있다.

하다면 섹스까지를 첩보 무기로 이용한다. 그의 승리 뒤에서 손을 흔들고 있는 것은 현대의 매머니즘mammonism이며 부패이며 변절과 그리고 싸늘한 메커니즘이다. 그러나 박제상朴堤上의 승리는 오직 박제상의 용기와 슬기와 인격으로 돌아간다. 그는 화살한 촉 쏜 적도 없고 주먹 한 번 휘두르지도 않는다. 또 도움을 청할 비밀 첩보망도 그에게는 없다. 물론 스릴러를 좋아하는 영화 팬들에겐 실망을 주는 히어로인지는 모른다.

박제상이 고구려에서 보해공寶海公을 탈출시키려 할 때, 왕은 그것을 알고 수십 인의 군사를 시켜 뒤쫓게 했다. 그런데도 그들이 무사히 살아 돌아온 것은 그 군사들이 화살을 빼고 활을 쏘았기 때문이다. 왕자가 고구려에 머물러 있었을 때 많은 사람들에게 은혜를 베풀어주었던 까닭이나. 그래서 석일망정 뒤쫓던 그 병사들은 그들의 인격에 감화되어 그를 도와준 것이다. 그를 지킨 무기는 다만 그의 용기요, 그가 가진 덕이었다. 인심 좋은 시절의 이야기이기는 하지만 날쌔고 슬기로운 오늘의 제임스 본드라도 그가 그러한 입장에 처했을 때 그 용기와 지모만으로는 그를 쫓는 적들이 스스로 공포를 쏘아 자기를 돕게 하지는 못했을 일이다.

제상은 고구려에서 왕제王弟 보해를 구출하고 다시 왜국倭國에 잡혀간 왕자 미해美海를 구하기 위해 길을 떠난다. 왜국에 잠입한 제상은 뛰어난 지모와 비상한 트릭으로 미해왕자 역시 탈출시키는 데 성공한다.

그는 왜왕의 심리를 이용했다. 신라 왕이 자기의 부형을 아무 죄도 없이 죽인 까닭에 원한을 품고 도망쳐 왔다고 거짓 진술을 한 것이다. 그로써 왜왕의 환심을 사 미해왕자와 접근할 기회를 얻고 의심을 사지 않으려고 왕자와 함께 늘 바닷가에 가서 물고기와 새를 잡아 왜왕에게 바치기도 한다. 양수겸장의 술수였다. 막상 탈출할 때, 그들이 바다로 나간다 하더라도 의심받지는 않을 것이다. 늘 그래왔으니까. 또 왜왕은 그들이 바다에 갔다 올 때마다, 물고기와 새의 선물이 생기니 기분이 좋았을 일이다. 기회를 이용하여 제상은 왕자를 배에 태워 보내고, 자기는 다시 거처로 돌아왔다. 시간을 지연하려는 물샐틈없는 계획이다. 왜신倭臣들이 찾으면 미해왕자가 병이 났다 하여 들이지 않았다.

그래서 일이 발각되었을 때에는 이미 왕자는 바다를 건너간 뒤였다. 이 정도의 트릭은 제임스 본드도 카드놀이 하듯이 할 수 있는 일이다. 그러나 문제는 제상이 단순한 염탐꾼이 아니었다는 데 있다. 제임스 본드는 훈련을 받은 스파이다. 그의 행동은 재빠른 솜씨로 자동차를 뜯어고치는 모터풀의 숙련된 기술자와 같은 의미에 있어서의 한 기술자에 지나지 않는다. 제임스 본드의 정신은 무엇인가? 아무리 호의적으로 봐도 그는 애국자라기보다는 첩보 기술자나, 혹은 스포츠처럼 그 자체의 행위를 즐기기 위해 위험 속에 뛰어드는 모험가인 듯이 보인다. 제상은 민첩하고 용기 있는 첩자였지만 그보다는 그가 조국을 얻기 위해 조국을 버

리고 사랑을 얻기 위해 사랑과 이별한 고독하고도 역설적인 영웅이란 데 그 매력이 있다.[171]

왜왕이 제상을 잡아놓고 만약에 왜국의 신하가 될 것을 맹세한다면 벼슬을 내리고 끝까지 신라의 신하임을 고집하면 오형五刑을 내릴 것이라고 했을 때, 그는 "차라리 신라의 개와 돼지가 될지언정 왜국의 신하가 되고 싶지 않고, 차라리 신라의 형장刑杖을 받을지언정 왜국의 벼슬자리는 받고 싶지 않다"라고 말했다.

그러니까 제상의 이야기는 단순한 007의 무용담武勇談이 아니다. 신라의 내셔널리즘, 눈물겨운 충절의 한 상징이라 할 수 있다. 더구나 제상의 이야기는 복합적 플롯으로 이루어진 서사시라고도 할 수 있다. 제상은 임금을 위한 충忠을 그리고 그의 아내는 남편을 위한 정절을 동시에 펼쳐놓고 있다. 그 부인은 바닷가에서 남편이 돌아올 날을 기다리다가 죽었다는 것이다. 이 이야기 속에는 인생을 바라보는 신라인의 독특한 시점視點이 숨어 있다. 제상의 부인은 그가 왜국으로 떠나는 것을 극력 만류한다. 임금을 생각하는 제상의 행위와 남편을 따르는 아내의 그 행위는 서

171) 제상은 왕과 왕자를 서로 만나게 하기 위해서 자신이 이별의 쓰라림을 선택한다. 그는 아내와 그리고 그가 구해준 왕자 미해와도 이별하지 않으면 아니 되었고, 끝내는 그의 조국과도 헤어지지 않으면 안 되었다. 왕자와의 이별을 서러워하는 왕의 눈물을 보고 제상은 헤어짐이 무엇인가를 이해한 것이다. 헤어짐의 고통과 비극을 극복하기 위해서 도리어 그 자신이 헤어짐을 택한다. 그는 이별의 영웅이었다.

로 모순된다. 제상의 충절을 막은 그 아내의 행위는 불충일 수도 있다. 충절과 정절의 그 대립을 신라인들은 모순과 갈등으로 끌어가지 않고, 두 개의 태도를 동시에 다 긍정하는 슬기로써 처리하고 있다. 신라인들의 논리학이란 배중률排中律을 거부하는 서구의 지성과는 달랐던 것 같다.[172]

그들은 제상의 충절 못지않게 왜국을 바라보며 통곡만 하다 죽은 그 부인의 정절을 높이 평가하였다. 그들은 그녀를 치술신모致述神母라 하여 사당을 세워준 것이다. 전쟁미망인을 동정하듯 한 것이 아니라, 남편을 좇고 따르려는 그 부덕婦德을 제상의 충절 이상으로 존경한 것이다. 모순의 합일성―그것이 극치를 이룬 것이 제상의 이야기다.

가정의 논리와 국가의 논리, 그것이 서로 모순되는 경우라 해도 그들은 그것을 다 같이 인정하고 조화해갔다. 김유신은 죽어서 호국신이 되었으나, 자기 자신을 푸대접한 신라 왕실의 처사에 분노를 느끼고 신라를 저버리려고 했다는 설화에서도 그 발상양식의 특이함을 느낄 수 있다.

---

172) 모순은 그것만이 아니다. 왕이 이별한 왕자를 그리는 것이나, 제상의 아내가 남편과의 헤어짐을 서러워하는 것은 다 마찬가지다. 그러나 왕과 왕자가 만나려면 제상과 그 아내가 헤어져야 하며 제상과 아내가 이별하지 않으면 왕과 왕자가 서로 헤어져 있어야 한다. 이렇게 모순하는 상황이지만 신라인들은 비록 왕과 백성의 계급적 차이는 있었으나 그 인간적인 이별의 쓰라림은 똑같은 것으로 생각했다.

『삼국유사』에는 제상과 같은 강한 민족의식을 띤 이야기가 많이 나온다. 『사기史記』를 쓴 김부식金富軾과 달리 이 글을 쓴 승 일연의 태도는 다분히 민족주의적이다. 유사遺事의 세계에서는 도깨비까지도 애국을 하기 위해서 다리를 놓아주고(도화녀) 장춘랑長春郞과 파랑罷郞의 설화처럼 죽은 영혼들까지도 민족의 긍지를 잃지 않고 있다. 황산벌 싸움에서 전사한 이 두 화랑은, 후에 당나라와 동맹을 맺어 백제를 칠 때 태종太宗의 꿈에 나타나 이렇게 호소를 했다는 것이다.

"신들은 전날에 나라를 위해 몸을 바치고 지금은 죽어 백골이 되었어도 나라를 보호하고자 하여 종군하기를 게을리 하지 아니하였으나 당장唐將 소정방蘇定方의 위엄에 눌려 고작 남의 뒤만 따라다니고 있으니, 바라옵건대 대왕께선 우리들에게 소병력小兵力을 주어 스스로 싸울 수 있게 해주소서……."

태종의 꿈…… 이 눈물겨운 꿈 이야기는 어쩌면 우리가 천여 년을 두고 꿔온 꿈 이야기일지도 모른다. 자력自力으로 제 나라의 운명을 판가름할 수 없었던 원통한 상황들, 당나라의 힘을 입어 백제를 칠 때, 태종의 마음속에서도 민족적인 주체성의 부름 소리가 일었던 모양이다. 그러기에 그는 그런 꿈을 꾸었을지도 모른다.[173]

173) 그러나 태종은 절을 지어 그들의 원혼을 달랬을 뿐이었다. 절을 세워주기보다는 차

# 예언의 정신적 기하학

봄은 갑자기 오지 않는다. 얼어붙은 강물, 앙상한 나목裸木, 그리고 눈 속에 파묻힌 골짜기는 깊은 겨울 속에서 침묵한다. 그러나 이 침묵 속에서 하나의 소리가, 귀를 기울여도 들을 수 없는 그윽한 봄의 소리가 지극히 적은 대지의 어느 틈새로부터 조금씩 울려오고 있는 것이다.

우리는 그 소리 없는 봄의 음향들을 버들강아지가 부푸는 어느 냇둑이라든지 보리밭 이랑에 떠도는 아지랑이라든지, 한 송이 매화 가지에 떠도는 향훈 속에서 듣는다. 그것은 예언의 소리이다. 선덕여왕은 신라 천 년의 맑은 슬기의 결정結晶이다. 그 슬기는 계절보다 앞서 핀 그러한 꽃가지처럼 세 가지 예언으로 나타난다.

라리 그 돈으로 당병唐兵의 원조 없이도 싸울 수 있는 무기 한 자루라도 더 만드는 편이 보다 실질적이고 또 그들의 영혼을 달래는 일이었을지도 모른다. 소정방의 위엄에 눌려 기를 못 쓰는 두 화랑들의 모습은 이따금 오늘날의 우리들 꿈에서도 나타나고 있는 것이다.

첫 번째 예언은 당나라 태종이 홍자백紅紫白 삼색三色으로 그린 모란과 그 꽃씨 세 되를 보내왔을 때의 일이었다. 여왕은 그림을 보고 필시 이 꽃에는 향기가 없을 것이라고 말하였다. 두 번째의 예언은 겨울에 옥문지玉門池에서 개구리들이 우는 것을 보고 "여근곡女根谷을 수색하면 거기에 반드시 적병이 숨어 있을 것이니 사살하라"라고 한 것이다. 세 번째의 예언은 자신의 죽을 날을 미리 예지豫知한 것이었다.

인간의 가장 높은 지성은 예언이라는 그 정신의 기하학을 통해서 나타난다. 운명을 점치는 점쟁이의 예언을 비웃는 합리주의자라 해도, 그는 예언 자체를 부정하지는 않을 것이다. 다만 예언의 방법이 다를 뿐이다. 기상예보처럼 합리주의자들은 과학의 자료를 분석하고 인과因果를 따짐으로써 내일의 천기天氣를 예언한다. 증권업자들은 경제 추세를 따져 내일의 시세를 예언하고, 정치가나 전략가들은 그 상황의 정보와 심리를 추정해 역사의 앞날을 점친다. 방법은 다를지언정 인간의 지성은 예감의 힘을 갖기 때문에 소중하다. 무지한 농부라 해도 봄에 씨를 뿌리는 마음은 가을에 그 씨앗들이 백배 천배의 결실을 하게 되리라는 것을 믿고 있기 때문이다. 그들은 경험을 통한 소박한 흙의 예언자들인 것이다.

선덕여왕의 예언을 분석해보면 신라인들의 지성과 그 예언의 기하학이 무엇이었던가를 짐작할 수 있다. 여왕의 세 예언은 세

가지 다른 지성의 상징이라고 볼 수 있다.

나비가 없는 모란꽃 그림을 보고 향기가 없을 것이라고 한 첫 번째 예언은 과학적 분석력에 의해서 사물을 예지豫知한 태도이다. 우리가 그 예언 속에서 발견하게 되는 것은 선덕여왕의 합리적 사고의 한 측면이라 할 수 있다. 왜냐하면 과학적 사고는 어떠한 현상을 원인과 결과의 필연성을 따져 밝혀내는 힘이기 때문이다. 꽃에 나비가 앉는다는 것은 향기라는 원인이 있기 때문이다. 마치 오늘날의 물리학자들이 소리가 들리는 것은 공기의 진동에서 오는 것이라는 이론과 흡사한 분석이다. 공기를 없애면 소리는 사라진다.[174] 선덕여왕 역시 향기가 제거되면 나비가 날아오지 않는다는 원인을 알고 있다. 그러므로 나비가 없는 꽃이라면 향기도 없을 것이라고 내다본 것이다.

첫 번째 예언이 사물의 인과관계를 따지는 과학적 사고에서 이루어진 것이라 한다면 두 번째 예언은 유추적類推的인 사고방식이라 할 수 있다. 여왕 자신이 그 예언을 설명한 대목을 읽어보면 그 유추의 방법을 알 수 있다. 개구리의 노한 형상은 병상의 형상

---

174) 동양에서 '인과'라고 하면 '도덕과 행위', '선악과 응보'를 말하는 것이지만 서구에서는 경험을 가능케 하는 그 조건이 되는 것이란 의미에서 사유의 '선천적인 형식'으로 이해하고 있다. 그러므로 동양적인 '인과응보'와 서구적인 '인과율因果律(Kausalgesetz)'은 전혀 그 뜻이 다른 것이다.

이며 옥문玉門은 즉 여근女根이니 여자는 음陰이요, 그 빛이 희고 또 흰 것은 서쪽이므로 군사가 서쪽에 있음을 알 수 있으며, 남근 男根이 여근女根에 들어가면 반드시 죽는 법이다. 그러므로 잡기가 쉬움을 알았다.

유추는 두 개의 다른 사물에서 유사한 법칙과 성격을 찾아내는 방법이다. 개구리의 형상과 병사, 옥문玉門과 여근곡女根谷, 즉 남녀의 성 관계性關係와 전쟁의 관계…… 마치 시인들이 유추에 의해서 반달 같은 눈썹이니, 앵두 같은 입술이니 하는 비유법을 쓰고 있는 사유 체계와 같은 것이다. 달과 눈썹, 앵두와 입술은 서로 다른 사물이다. 이렇게 서로 다른 것에서 서로 같은 이치를 찾아내는 힘, 아리스토텔레스는 그것을 남에게서 모방할 수 없는 시인의 재능이며 천재라고 불렀다. 즉 분석보다도 직관에 속하는 사유 활동思惟活動이다.[175]

세 번째의 예언은 계시 작용啓示作用이다. 인간의 경험과 과학적 분석력을 뛰어넘는 초월적인 감성, 말하자면 종교적인 영감이라고 할까? 죽음을 예감한다는 것은 최고의 슬기라고 할 수 있다. 모든 짐승 가운데 코끼리만이 전생前生의 일을 알고 있다고 한다.

---

175)  이러한 유추는 과학적인 분석력과는 다르다. 그것은 일종의 연상 작용으로 종합의 세계를 파악하는 힘이다. 분석력은 '무엇이 서로 다른가'를 알기 위해 사물을 쪼개는 힘이요, 유추는 무엇이 서로 같은가를 알기 위해서 사물을 결합해가는 종합의 힘이 다.

그리고 그것은 자기의 죽음을 예감한다는 점에서 어느 짐승보다도 슬기로운 것이라고 인도인들은 믿고 있다. 인간 역시 전생을 알고 그의 죽음을 예상하는 힘이 있다면 가장 슬기로운 사람임에 틀림없다.

즉 여왕에겐 과학적 분석력과 시인과 같은 직관적 유추, 거기에 초월적인 계시의 힘을 지닌 슬기로움이 있었던 것이다. 그러한 선덕여왕이지만 우리는 일말의 아쉬움을 느낀다. 그의 세 가지 예언력은 대상이 뒤바뀌어져 있었던 까닭이다.

여왕은 꽃을 관찰할 때 과학자와 같은 분석력을 사용했고 적병을 찾아내는 데는 거꾸로 시인 같은 직관력을 사용했다.[176] 거기에 한국적 사고방식의 비극이 있었는지도 모를 것이다. 그 꽃과 병사가 서로 뒤바뀌어져야 비로소 그 슬기는 빛을 얻었을 것이다. 역사와 물리적 현상을 시적 유추의 직관력으로 다루고 반대로 꽃의 아름다움을 과학적 인과로 다루었기 때문에 우리에겐 과학도 시도 다 같이 손해를 본 것이었다.

이것은 선덕여왕의 비극만은 아니었다. 한 나라의 도읍을 정할

---

176) 처음 보는 모란꽃에서 선덕여왕은 그 아름다움이나 그것이 주는 감흥을 말하지 않고 '원예가'나 '식물학자'처럼 어찌하여 그것의 성질을 먼저 보았을까? 그리고 또 적병의 침입이라는 현실적인 문제에 와선 뒤바꾸어 여성 특유의 기분과 시적 영감으로 대했을까? 이것은 마치 물고기를 잡을 때, 새 그물을 쓰고, 새를 잡을 때 바닷그물을 쓴 것이나 다름이 없다.

때 우리는 경제적인 생산성이나 국방적인 여건보다도 시인들처럼 청룡백호靑龍白虎의 종교를 따지는 풍수지리설로 그 기준을 삼았다. 가장 과학적이고 분석적인 힘이 요청되는 것을 가장 비과학적인 유추와 직관력으로 처리해왔던 것이다. 산세山勢를 용이나 호랑이로 따진다는 것은 유추이지 과학적인 분석은 아니다. 심지어 전쟁을 하는 데에도 작전 계획을 시적으로 했다. 옥문玉門과 여근곡女根谷 식으로 지명地名을 따졌다. 고려 태조太祖 역시 "대성大城을 칠 때, 개[犬]란 것은 밤을 맡고 낮을 맡지 않으며 앞을 지키고 뒤를 지키지 않는 것이니, 낮엔 그 북쪽을 쳐들어가면 될 것이라"라는 시적 상징성에 의해 작전을 폈다는 것이다. 다행히 싸움에 이겼다고 되어 있지만, 도리어 그 전쟁에 태조가 패하는 것이 후일을 위해 좋았을 것이다.

적이 숨어 있는 곳의 지명이 견성犬城이란 것과 개의 성격과는 아무런 과학적인 연관성이 없다. 그것을 알았어야 태조의 전략은 시적 직관적인 미신을 버리고 과학적인 근거를 찾아내는 합리성에 의존했을 것이다.

거꾸로 시적인 세계는 대단히 합리적으로 생각했다. 대나무가 속이 비었다든지, 마디가 곧다든지, 국화가 서리 속에도 핀다든지 하는 성격을 과학적으로 따져서, 시적 상징으로 풀이했던 것이다. 그래서 한국의 시들은 자유로운 상상의 세계보다는 언제나 그러한 관념의 틀에서 벗어날 수 없었다. 으레 대나무라고 하면 고절孤節을, 국화라면 고고孤高한 선비를 상징했다. 이러한 공식주의의 개념으로 미를 감상했다.[177] 꽃을 꽃 자체의 그 아름다움으로써 본 것이 아니라 선덕여왕의 경우처럼 과학적 분석력에 의해서 파악하려 했던 것이다.

초월적인 세계를 현실적으로, 현실적인 것은 초월적으로, 그리고 과학적이어야 할 것은 시적으로, 시적이어야 할 것은 과학적으로, 이렇게 뒤바꿔 생각한 데서 우리의 역사가 답보되었다고 해도 과언이 아니다. 우리가 슬기가 없었던 것이 아니다. 가장 아름다운 꽃을 관상하는 자리에선 과학자가 되고 가장 참혹한 전쟁터에서는 시인이 되었다는 것, 즉 사고의 적용 방법이 서로 엇갈린 데서 사고의 후진성이 있었던 것이다.

과학의 분야를 시적 통찰력으로 파악하려 했고 시나 종교의 정신적 분야를 과학적 분석력으로 따졌다. 이것이 바로 선덕여왕의 예언인 것이다. 아마도 선덕여왕이 꽃을 시적 유추로 보고 백제의 복병伏兵을 잡을 때 과학적으로 분석했더라면 레이다 장치가 한국에서 먼저 발명되고 말라르메Stéphane Mallarmé와 같은 상징주

177)  이러한 예술과 시를 서구에서는 플라토니즘이라고 한다. 감각의 미적 쾌감을 제거하고 오로지 현상계의 본질인 관념의 세계를 장구하는 시론은 심미주의와 대치되는 것이다. 랜슴의 용어를 빌려 말할 것 같으면 시조에 나타난 자연 묘사의 시는 모두가 '플라토닉 포에트리'라 할 수 있다.

의가 한국의 시조 문학에서 이미 생겨났을지도 모른다.[178]

　우리는 선덕여왕의 예언에서 한국의 슬기를 보는 동시에 우리가 어째서 오늘처럼 낙후落後했는가 하는 것도 찾아볼 수 있는 쓸쓸한 아이러니를 느낀다.

[178]　우리에겐 예술을 위한 예술이라는 순수미의 세계를 추구하는 문학이 없었다. 이러한 경향은 적어도 김동인의 시대에 와서 겨우 싹을 보였을 뿐이다. 옛날의 문학은 모두가 인생을 위한 교훈, 계몽 등에 그치고 있었다.

# 매듭, 먼 훗날에 있는 고향

우리는 지금까지 긴 여행을 했다. 멀고 먼 고향의 순례巡禮……
거기에서 호랑이와 곰이 인간이 되려고 고역을 치르던 어둡고 답
답한 동굴의 어둠을 보았고 땅과 하늘이 만나 결혼을 하는 아사
달의 신방도 구경하였다. 싸우고 피 흘리고 꽃불처럼 욕망을 불
태우는 영웅들이 아니라 참고 견디며 스스로를 제어하는 성자聖
者들의 모습…… 분노를 도리어 춤으로 승화시킨 처용과 도둑을
노래로 굴복케 한 승 영재永才가 살고 있는 산길의 조용한 풍경을
보았다.

번뇌의 구름을 헤치고 나온 기파랑의 얼굴처럼 혹은 천 길 벼
랑 위에서 한 송이 꽃을 꺾어 들고 아리따운 수로부인을 쳐다보
는 노인의 하얀 수염과 같은 아름다운 한국인을…… 그리고 때로
는 서동처럼 간교하고 짓궂고 뜨거운 고향 사람들의 로맨스를 들
었다.

그러나 우리는 그러한 고향의 마을에서 멀리 떠나고 있다. 거

울 앞에서 제 그림자를 쪼며 슬피 울었던 앵무새들도 볼 수가 없다. 해심한 바다에서 제상의 이름을 부르다가 돌이 되어버린 아낙네도, 차디찬 강가에서 잃어버린 남편을 공후로 달래던 그 아낙네의 가락들도 사라져갔다. 모두들 고향에서 떠나고 있는 것이다. 하지만 우리는 알고 있다. 고향을 떠난 사람만이 비로소 고향을 생각할 수 있다는 사실을, 그리고 인간은 결코 모태母胎의 탯줄을 끊는 아픔 없이는 탄생할 수 없다는 것을……. 여기에 쓰인 문자들은 극복해야만 할 우리 정신의 언어인 것이다. 승僧 일연은 『삼국유사』를 쓰면서 어느 이야기에나 '찬讚'이란 시를 지었지만, 역사는 찬미가 밑에서 행진하지 않는다는 것을 우리는 잘 알고 있는 것이다.

오늘의 이 『삼국유사』를 읽는 사람은 일연처럼 찬미가만을 부를 수 없는 것이다.[179] 때로는 분노와 굴욕으로 때로는 찬미 속에서 하나의 가시 돋친 비판을 가지고 그 문자들을 읽지 않으면 안 될 것이다. 늑대와 독수리가 곁에 있는 한 우리가 사슴과 학의 순결성만을 자랑할 수는 없는 일이다. 자기를 지킬 줄 모르는 목이

---

179)  역사의 서술이 비판 정신을 토대로 하였다는 것은 공자의 다음과 같은 말에서도 찾아볼 수 있다. "뒷날 나를 칭찬해줄 것도 춘추春秋요, 나에게 벌을 줄 것도 또한 춘추이다." 역사를 기록하는 의지가 일연에겐 없었다. 그는 긍정적인 것, 불교를 찬미하는 것만을 골라서 서술했을 뿐이다.

긴 사슴의 점잖음과 욕심 없는 학의 가냘픈 날갯짓이 도리어 자기를 방어하지 못했다는 의미에선 죄일 수도 있는 것이다. 떠나기 위해서 우리는 고향을 본다. 그리고 그 고향 이야기를 알고 있는 사람들은 끝없이 떠나면서도 참된 고향으로 돌아오고 있는 사람들이다. 이 정신의 고향은 천 년 전의 과거, 망각의 태백산 근처의 신시 속에 있는 것이 아니라 어쩌면 천 년 후의 어느 미지의 벌판 위에 존재하게 될 그 먼 고향일지도 모른다.

# 한국인의 정신적 고향 『삼국유사』

　한 민족의 본적지는 말하자면 그 정신의 고향은 그 민족이 만
들어낸 신화 속에 있다.

　그것은 현실을 꿈으로 옮기고, 또한 꿈을 현실로 옮겨놓은 한
민족의 영원한 마음이기 때문이다. 신화는 어제의 이야기도 아니
며, 그렇다고 내일의 이야기도 아니다. 오늘의 이야기는 더구나
아닌 것이다. 신화의 언어는 어제와 오늘과 내일이 혼류하여 흐
르는 텐스[時制] 없는 언어이다. 그러나 불쌍하게도 우리에게는 그
와 같은 신화의 유산들이 풍부하지가 않다. 엄격한 의미에서 우
리나라에는 신화라는 것이 없었고, 또 신화라는 말조차 옛날에는
없었다. 저 다양하고 현란한 올림포스 산록의 그리스 신화들과,
그리고 그 산재해 있는 신화의 언어들을 명주실 같은 체계로 엮
어놓은 헤시오도스의 『신통기』, 과연 그러한 것들에 비한다면우
리에게 신화가 없다는 불평도 거짓은 아니다. 그러나 『삼국유사』
의 좀먹고 퇴색하여 먼지 속에 사그라져가는 그 책갈피를 좀 더

조심스럽게 펼쳐본 일이 있는가? 만약 우리가 좀 더 맑은 눈과 밝은 귀로 『삼국유사』에 쓰인 그 언어들을 다시 듣고 읽는다면, 우리가 지금껏 판독할 수 없었던 망각의 언어들을 되찾을 수 있을 것이다. 『삼국유사』야말로 한국인의 정신적 고향인 신화의 결정체라고 볼 수 있기 때문이다.

그것은 단순한 역사책이 아니다. "신화는 일반적으로 자연의 제현상이나 자연과의 투쟁의 반영이며 또한 광범한 역사적 보편화에 있어서의 생활적인 반영"이라는 어느 작가의 그 정의를 그대로 따른다면 『삼국유사』야말로 한국 민족의 신화성을 담은 가장 위대한 책이라고 말할 수 있다.

지금까지의 『삼국유사』는 사학자가 읽는 책으로만 되어 있었다. 그리고 국문학자들은 신라의 향가가 수록된 것으로, 주석학의 오리지널 테스트 북으로만 논의하여 왔다. 그러나 나는 여기에서 역사적 사실의 고증이나 어문학적인 훈고 주석보다는 그곳에 적힌 신화와 설화의 상징적 의미들, 다시 말하자면 한국인의 원초적인 상상의 세계를 찾아보려는 데 그 초점을 두었다. 황당무계한 모순과 괴기하고 비합리적인 이야기들 가운데 도리어 생생한 현실감이 깃들어 있기 때문이다.

이 책에서 내가 시도한 것은 한국인의 마음속에 잠겨 있는 하나의 무의식과 상상의 원형, 그리고 의식의 원초적인 아메바를 역사의 허구성에서 찾아내는 것이었다.

말하자면『삼국유사』를 과거의 시간으로 또한 무한히 먼 미래의 시간으로 자유자재로 왕래할 수 있는 타임 터널로 이용한 것이다.

# 비평의 신화적 섬광

김영수 | 문학평론가

## 1. 프롤로그

나는 20세기 오후에 이어령의 『말』(문학세계사, 1990)을 읽었다.
21세기에 와서 다시 읽었다. 그것은 불꽃이었다. 20세기에 쓴
『말』이 왜 21세기에는 불꽃이 되었는가. 나는 뒤늦게 그 비밀을
알았다.

> 지금 한 연대가 끝나는 이 마지막 밤에는 누에고치가 제 스스로 만
> 든 고치 속으로 들어가듯이 당신의 몸을 그 시간時間의 고치 속에 묻으
> 십시오. 그리고 새 아침이 올 때 나방이 변신하여 탈출하는 기적을 보
> 여주시고 지금까지 땅을 기어 다니던 그 몸이 가장 가벼운 나래가 되어
> 자유롭게 허공을 나는 기법을 가르쳐주십시오.
>
> —「이 연대年代의 마지막 밤」에서

그는 자신의 『말』을 지난 세기의 고치 속에 묻었다. 그러다가

21세기라는 새 천년에 그것이 날개를 달고 탈출케 한 것이다.

21세기. 지금은 '고갈의 문학'을 이야기하고 '소설은 죽었다'는 말도 들린다. 이 시대의 말(文學)은 어떻게 하여 거듭날 수 있는가. 고독한 인간을 위무하는 말, 절망에서 일어설 수 있는 말, 뿔뿔이 흩어진 심정들을 하나로 할 수 있는 간절한 기도의 말이 필요한 때이다.

그러나 어려운 말로 오만하지 않고 쉬운 말로 앵무새도 아닌 경쾌한 명상록 같은 글이면, 그리하여 그 누구도 파고들 수 없는 인간의 고독한 영혼 속으로 파고들 그러한 언어이면 부활할 수 있을 것이다.

우리에게 주소서. 많은 것은 원하지 않나이다. 추위도 더위도 다 참고 견디겠나이다. 동상에 걸린 손가락이 근지러워질 때라도 잠자코 있겠나이다. (…) 참으로 먼 곳에 계신 당신, 볼 수도 만질 수도 없는 당신…….

그러나 이것만은 꼭 우리에게 주소서.

때때로 저 순결한 흰 눈송이를 내려주듯이, 때 묻지 않은 순결한 언어를 내려주소서. (…) 우리에게 주소서. 상처를 떨고 파랗고 까만, 색깔이 서로 다른 지붕을 덮고 천지창조의 첫날처럼 땅이 굳기 이전의 그런 세계世界로 돌아가게 하는 눈송이 같은 언어言語를 주옵소서.

—이어령, 『말』에서

이어령은 지금 21세기의 언덕에 한 그루 나목으로 서 있다. 무성했던 잎새를 다 잃고서야 자기 존재를 인식한 나목이 되어 기도하고 있는 것이다. 그리고 이 나목의 아름다운 의미를 응시한다. (『말』)

지난 세기에 뿌린 이어령의 수많은 언어의 녹지가 21세기에 더욱 푸르고 현란한 것은 그의 말이 스스로의 입신양명에서가 아니라 모든 고독한 군중을 위해 기도하는 심정으로 썼기 때문일 것이다.

그는 희구한다. "물이라면 좋겠다", "불이라면 좋겠다", "바람이라면 좋겠다", "화살이라면 좋겠다", 그리하여 "이 허무 속에서, 아! 깃발처럼, 과녁을 뚫는 생명生命의 그 승리를 볼 것이다"(『말』, 「신화神話의 부활」 부분)라고 『말』의 첫마디를 연다.

이러한 그의 다중을 위한 기도는 이미 한 사람의 문학평론가로서의 문학 내의 사도가 되기보다는 문명 속의 새로운 개척자로 살고자 넓은 곳으로 나선 것이다. 그것이 우리 기대지령이기도 했다.


## 2. 비평사의 기념비적 논쟁

이어령은 지난 1950년대 후반 약관 20을 갓 넘어선 신예 평론가로 한국 문단에 출현했다. 전후의 상처가 아직 남아 있는 침체한 문화가에 이어령의 신선한 새 목소리는 한마디로 충격이었다. 이 충격의 목소리는 1960년대로 오면서 본격화한다.

1960년대의 한국 평론은 4·19 혁명으로 커다란 전기를 마련한다. 4·19가 민족사에 준 직접적인 전기는 자유민주주의에 대한 국민들의 열망과 부정부패에 대한 단호한 비판 정신이었지만 그보다 근원적으로는 자유와 권리에 대한 신념을 깊게 해주었다는 점일 것이다. 이것은 3 ·1 운동 이후의 정신사적 대전환점이라 할 수 있다.

이러한 4·19가 문학에 던진 전기는, 문학은 개인적 정서의 표현만이 아니라 역사와 현실, 나아가 '민족 전체의 삶을 총체적으로 형상화'(권영민)해야 한다는 새로운 신념을 심어준 것이다. 이러한, 반성적 인식에서 문학의 사회 참여에 대한 관심이 고조되고 또 한편으로는 민족 전체의 삶에 대한 관심이 높아지면서 문학 현실에 대한 새로운 인식이 대두된다. 순수의 언어를 꿈꾸던 시인도 대중의 삶에서 등을 돌렸던 작가도 이 힘찬 물결 속에서 자기 영역만을 고집할 수 없게 되었던 것이다.

작가에게는 사회에 대한 참여가 당연한 것으로 인식되었고 상황에 대한 의식도 고조되었다. 이러한 새 물결은 프랑스 실존주의 작가들의 앙가주망engagement 운동에 힘입은 바도 없지 않았지만 대체적으로 작가들은 힘의 문학(이어령은 '저항의 문학'으로 대치했다)을 각별하게 의식하는 분위기였다. 김수영이 군사 정권 이후 무기력해진 문단에 참여 의식을 고취시킨 것도 바로 이 무렵이었다.

　　자유를 위해서

　　비상하여 본 일이 있는

　　사람이면 알지

　　노고지리가

　　무엇을 보고

　　노래하는가를

　　어째서 자유에는

　　피의 냄새가 섞여 있는가를

　　혁명은

　　왜 고독한 것인가를

─김수영, 「푸른 하늘을」에서

　김수영은 위의 시를 4·19 직후에(1960. 6. 15.) 썼다. 흔히 말하다시피 참여 시인인 그의 야유와 욕설, 악담 등이 세찬 저항과 참여 의식에서 빚어진 것으로 볼 수도 있다.

　실제로 60년대는 군사 정권과 경제 성장 제일주의로 사회는 경직되어 있었다. 이러한 가운데 전개된 '순수' 대 '참여'의 논쟁은 사회적 억압 구조와 맞물려 긴장된 분위기를 고조시켜주기에 충분했다.

참여 쪽에서 김우종은 《동아일보》에서 "순수문학은 고통으로 가득한 현실과 민중을 외면하고 있다"라는 논지를 제기하고, 김병걸은 「순수와의 결별」이라는 글(《현대문학》, 1963. 10.)에서 김우종의 논리에 동조하였다.

김우종은 얼마 후 다시 「유적지流謫地의 인간과 그 문학」(《현대문학》, 1963. 11.)으로 자신의 뜻을 재강조하였고, 이형기는 같은 《현대문학》(1964. 2.)에서 「순수 옹호의 노트」로 순수를 옹호하였다.

이 논쟁의 분위기는 김붕구가 '작가와 사회'(1967. 10. 12. '세계문화자유회의' 한국본부 주최 토론회)라는 제하의 주제 발표에서 "작가가 이론화된 앙가주망이나 '참여문학'을 표방할 때 그것은 필연적으로 프롤레타리아 혁명의 이데올로기로 귀착된다"는 요지의 주장을 하기에 이르자 더욱 고조된다.

이러한 이데올로기 문제로 싸움이 불붙자 임중빈은 「반사회참여의 모순」(《대한일보》)으로, 선우휘는 「문학은 써먹는 것이 아니다」(《조선일보》)라는 소론으로, 그리고 신동엽은 「선우휘 씨의 홍두깨」(《월간문학》, 1969. 4.)라는 글로 각각 격한 쟁론을 벌였다. 특히 신동엽은 선우휘를 '적색 노이로제'라는 표현을 쓰면서 매도했다.

이처럼 순수 대 참여의 논쟁이 뒤엉켜 과격해지고 있을 때 김수영과 이어령의 일대일 논쟁이 시작되어 결국 이 싸움은 이 두 사람의 몇 차례 격론으로 끝나게 되었지만, 이들의 논쟁은 흥미 있고 깊이 있는 예술론으로 그간의 순수 대 참여 논쟁을 한 차원높인다.

여기서 이어령은 '에비' 이론을 제기한다. (「에비가 지배하는 문화」, 《조선일보》, 1967. 12. 28.) 에비란 유아들에게 쓰는 말로 아버지라는 무서운 힘을 상징한다. 한국 문화계는 있지도 않은 에비에 눌려 스스로 창조력을 위축시키고 있다고 이어령은 주장했다. 즉 당시 문화의 침묵은 문화인들 스스로의 소심증 때문이라는 것이다.

이에 김수영은 「지식인의 사회참여」(《사상계》, 1968. 1.)라는 글로 응수하면서 창조의 자유가 억압되는 것은 정치권력의 탄압에 더 큰 원인이 있다고 했다.

그리고 김수영은 "최근에 써놓기만 하고 발표하지 못하고 있는 자신의 작품이나 신춘문예 응모 작품 속에 끼어 있는 '불온한' 시들이 거리낌 없이 방출될 수 있는 사회가 되어야 '영광된 사회'가 된다"는 요지의 주장을 한다. 이에 이어령은 「서랍 속에 든 불온시를 분석한다」(《사상계》, 1963. 3.)라는 제하에 이어령 특유의 패러독스로 응수한다.

즉 김수영이 말한 그 '영광된 사회'가 왔을 때에는 이미 그러한 불온시는 발표되지 않아도 좋다는 것이다. 발표가 허락될 순간 이미 발표할 만한 가치를 상실해버리는 것이 바로 '참여시의 운명'이라는 것이다.

이러한 김수영과 이어령의 논쟁은 당대 두 장인들의 논쟁답게 수준 높은 응구첩대應口輒對로 문화계에 신선한 충격을 주었다. 궁

극적으로 이들의 논쟁은 논쟁이라기보다는 바흐친Mikhail Mikhai-
lovich Bakhtin의 '카니발 이론'에서 볼 수 있는 '유쾌한 상대성'으로
당시 한국의 예술 문학 자체를 상승시키는 결과를 보인 셈이다.
여기서 이어령은 순수와 참여에 대한 원론적인 문제까지 제시한
다.

이어령은 애당초 '참여의 문학'은 문학을 위한 문학도 아니며
'사회를 위한 문학'도 아닌 '자기 존재를 위한 문학'이라고 보았
다. 즉 인간의 상황은 역사적인 것이고 사회적인 것이기 때문에
결 국 '자기 실존'을 향한 문학은 사회 참여의 문학이 된다는 것
이다.

이처럼 이어령은 '실존주의적 상황 논리'로 참여문학을 풀이하
였다.


지금까지 한국 문화의 위기의식은 정치적 기상도에 따라 좌우되어
왔다. 한국의 작가들은 옛날이나 오늘이나 원고지의 백지를 대할 때마
다 총검을 든 검열자의 어두운 그림자를 느껴야 했다. 창조의 자유가
작가의 서랍 속에 있지 않고 관官의 캐비닛 속에 맡겨져 있다는 것은 사
실이다. 정치권력으로부터 배급받은 자유의 양만으로 창조의 기갈이
채워질 수 없다는 것도 또한 우리는 알고 있다. 그러나 참된 문화의 위
협은 자유의 구속보다도 자유를 부여받고 누리는 그 순간에 더욱 증대
된다는 역설이다.

실상 자유란 것은 천지개벽 초하룻날부터 완제품으로 만들어진 것
은 아니다. 그리고 그것은 남들이 축복해주기 위해서 자신에게 선사하
는 '버스데이 케이크'와 같은 것은 더구나 아니다. 때로는 속박이 예술
창조에 있어서는 전독위약轉毒爲藥의 필요악일 수도 있다.

　　　　　　　　　　—이어령, 「누가 그 조종弔鐘을 울리는가」에서

'창조의 자유가 작가의 서랍 속에 있지 않고 관의 캐비닛 속에
맡겨져 있었다는 것은', 한국의 작가들이 스스로 자유를 획득하
는 전사戰士가 아니라 겨우 '정치권력으로부터 배급받은 자유의
양만으로 창조의 기갈'을 채웠다는 것은, 문학인 스스로가 반성
해야 한다는 역설적이고 기지에 찬 발언이었다.

그동안의 논쟁이 흙탕물 싸움을 하고, 남의 견해에 '일리가 있
다'는 전제하에 자기 진술에 임하기보다는 남을 물속에 넣고 나
의 깃발만 세우겠다는 초보적인 싸움에서 벗어나도록 김수영과
이어령은 뼈아픈 자성론으로 새로운 지평을 연 셈이다.

그리고 이어령은 비평 활동 초기부터 모험적인 글(논쟁 같은 것)을
무수히 진술했지만 거의가 생의 본질이나 근원을 관류하였고 기
존의 고정관념을 해체하면서 새로운 문화의 지평을 열었다. 이러
한 힘의 하나가 그의 비유법이다.

낙타는 어째서 눈썹이 긴가? 낙타는 사막을 가기 때문이다. 허허벌

판에 모래 바람이 분다. 불타는 사자의 눈이라 해도 혹은 그것이 아름다운 사슴의 눈이라 해도 사막의 지평을 바라볼 수는 없다. 모래 언덕에서 뜨거운 모래 바람이 앞을 가릴 때 오직 길을 잃지 않고 앞으로 갈 수 있는 것은 낙타뿐이다. ……

낙타는 가끔 운다. 낙타는 왜 슬퍼 보이는가? 사막의 길을 가기 때문이다. 표지판도 방향도 없는 모래 한복판에서 낙타는 긴 목을 빼고 가야 할 먼 지평의 구름을 본다. 모래 바람이 부는 목 타는 길이다. 쉬어 갈 녹지는 너무나도 멀다. 그러나 선인장처럼 가시 같은 의지가 길을 인도한다 해도 달도 믿을 것은 못 된다.

낙타 같은 언어를 갖고 싶다. 사자의 눈이나 사치한 사슴의 뿔 같은 언어보다도 사막을 건너가는 그런 낙타의 언어言語로 시詩를 쓰고 싶다. 지평을 바라볼 수 있는 기다란 목으로, 사풍砂風 속에서도 앞을 내다볼 수 있는 긴 눈썹으로, 그리고 혀를 말리는 갈증을 제 몸으로 적셔가는 등 위의 혹으로 내 생生의 길을 걷고 싶다. (…)

—이어령, 『말』에서


말이 없는 것을 있게 한다. 결핍을 채운다. 그래서 이어령은 "시인이여, 상실과 결핍과 부재를 두려워하지 말라"(「결핍이 만드는 풍요의 꽃들」)라고 한다. '아라비아 사람들은 황량한 사막 속에서' 자지만 『아라비안나이트』에는 많은 꽃과 나무 이야기, 녹지와 정원 이야기가 무수히 나온다는 것이다.

이어령은 비평가로서의 출발 초기부터 오늘까지 황량한 이 땅에 무수히 많은 언어의 녹지를 만들었다. 그중의 대부분이 문명비평이다.

이어령은 이러한 글로 주유천하를 하였다. 어느 정치가보다도 장군보다도 웅변가보다도 날카로운 문필은 쉽게 세상을 지배할 수 있다. 특히 날카로운 그의 비평은 당대의 상황 위에서 혼을 정복하는 게릴라였기 때문이다.

같은 쇠를 가지고 일본이 세계에서 제일 잘 드는 일본도日本刀를 만들고 있을 때 한국인들은 세계에서 제일 크고 잘 울리는 에밀레종을 만들었다. 칼로 쌓아 올린 역사의 그 그늘에는 반드시 누군가 그 칼에 잘려 피를 흘려야 한다. '주판'으로 돈을 버는 역사에는 반드시 빼앗기고 손해를 본 사람의 눈물과 배고픔이 넘치게 마련이다. 그러나 '종'은 아무것도 빼앗지 않는다. 그 울림은 오직 생명 같은 감동을 줄 뿐이다. 그러므로 종이나 고토[琴]로 얻은 승리와 영광은 만인의 것이다. 아무도 그것 때문에 피를 흘리거나 눈물을 흘리지 않을 것이다. (…) 칼을 가진 자와 주판을 가진 자만이 역사를 지배했던 것이 일본의 비극이었다. 이제부터 '군사대국', '경제대국'이 아니라 '문화대국'의 새 차원으로 역사를 이끌어가야만 확대지향도 제 빛을 차지할 수가 있을 것이다. (…)

앞으로는 그 고토와 같은 생명의 울림을 만들어가야 할 것이다.

—이어령, 『축소지향의 일본인』에서

위의 예문은 이어령이 『축소지향의 일본인』으로 일본 전 국민을 놀라게 한 글이다. 우리는 고대 이후로 사뭇 일본에 밀려왔다. 그러나 이 글은 우리를 정복한 일본의 가슴을 서늘케 했다.

지난날 한일 양국은 한때의 불행한 역사 때문에 서로가 냉정한 타자였다. 그러나 세계화, 국제화 시대인 오늘은 그 어느 나라도 서로 등을 돌리고 살 수는 없다. 더구나 한국과 일본은 지정학적으로 가장 가까운 나라이고 이미 양국의 문화 교류는 서로 대문을 열었다.

이를 위해 서로가 깊이 알고 이해의 폭을 넓혀야 한다. 이러한 시기에 이어령이 제시한 고토—일본 설화에는 큰 나무로 배를 만들고, 그 배가 부서진 뒤에 그 나무로 소금을 구워, 타다 남은 나무로 고토를 만들어 온 나라[七鄕]에 퍼지게 했다는 이야기가 있다—와 종이라는 거대 담론은 크나큰 파장으로 양국에 미쳤다. 이럴 때 비유는 기지를 넘어 대각大覺의 지혜가 된다. 또 한 가지의 비유법을 보자.

성서의 백합화는 신의 은총과 사랑 속에서 아무런 근심 없이 피어나는 것으로 되어 있다. 그러나 현실의 들판에서 자라는 진짜 백합화는 감미로운 이슬보다는 폭풍이라든가 해충이라든가 하는 자연의 위협을 더 많이 받고 피어난다. 그러므로 백합화의 순결한 꽃잎과 그 향기는 외부로부터 받은 선물이 아니라 자신이 싸워서 얻은 창조품이라는 데 그것의 현실적인 의미가 있다.

―이어령, 「누가 그 조종을 울리는가」에서

성경의 백합 이야기는 인간이 무엇을 먹을까 무엇을 입을까 걱정하지 않아도 하나님께서 솔로몬이 입은 영광보다 더 아름다운 백합 같은 옷을 입혀주신다는 내용이다.

그러나 원조의 인간에게 하나님은 남자의 땀을, 여자는 산고의 고통을 겪게 했다. 이처럼 땀과 산고를 겪고서야 훌륭한 글이 나온다는 뜻으로 이어령은 백합의 비유를 활용하였다. 천상의 백합과 지상의 백합은 다르다는 것을 강조한다. 즉 지상의 예술품은 온갖 폭풍이나 번개를 이겨서 비로소 태어난다는 것.

다음 비유는 '아담의 배꼽'이다. 중세의 화가들은 아담의 배꼽조차도 그리지 못하게 하는 극성스러운 승려들과 싸우면서 성화를 그렸다는 예를 들어, 지난날 이 땅의 문인들은 "사전보다도 일본 관헌의 까만 수첩을 더 근심하며 문장의 어휘들을 창조했다"라는 것이다. 일제에 저항하면서 글을 썼던 선배 문인들을 추앙하기 위해 중세 화가를 예로 들었던 것이다. 그리고 맹목적인 대중들의 분별없는 눈을 비판하기 위하여 같은 언덕에 매달린 예수와 도적을 분간하지 못하는 것으로 비유한 것이라든가, 눈앞에 있는 팥죽 한 그릇이 아쉬워 장자의 기업을 야곱에게 팔아넘긴 '에서'의 비유도 기발하다. 이것은 단순한 에스프리가 아니다.

이어령은 이 글에서 '문화적 가치를 정치·사회적인 이데올로기로 평가하는 오늘의 오도된 사회 참여론자'들을 질타한다.

이어령 하면 『흙 속에 저 바람 속에』, 「우상의 파괴」, 『한국과 한국인』, 『축소지향의 일본인』을 비롯하여 제목만으로도 책 한 권은 실히 될 것이지만 그의 대부분의 논지는 패러독스로 이어진다.


영화를 보고 운다는 것은 비록 소박한 일이기는 하나 남에게 자랑할 것은 못 된다. 하물며 비극영화도 아닌 공보실 뉴스를 보고 울었다면 사람들로부터 적지 않은 조소를 받을 것도 같다.

그러나 감히 말하건대, 나는 하찮은 그리고 수초 동안에 불과한 뉴스의 한 장면을 보고 뜨거운 눈물을 흘렸던 일이 있다. 그것은 전쟁고아들로 구성된 어린이 합창단이었다. 미국 순회공연을 마치고 경무대를 예방한 장면이었다고 기억된다.

미국에서 그들은 몇 푼의 자선금품을 얻어왔으며 메이플라워의 후예들로부터 동정도 많이 받았다는 것이다. 그들은 가난한 나라에 태어났으며 거기에 또 전쟁고아라는 운명까지도 걸머진 것이다. 그러나 순진한 아이들은 아무 뜻도 없이 귀여운 입술로 〈아리랑〉을 부르고 있다.

　　　　　　　　　　　　　　　　　— 이어령, 『독재자와 아리랑』에서


가난한 한국 땅, 그 속에 태어난 전쟁고아, 그리고 그들의 〈아리랑〉 노래에 이어령은 눈물을 흘린다. 이 전쟁고아들은 미국 순회공연을 하면서 몇 푼의 자선금품을 얻고, 그 메이플라워의 후예들로부터 동정을 받았다는 것이 이어령에게는 심히 불쾌하고 자존심 상하고 안쓰럽다. 비교적 냉정한 지성인의 눈물을 산 것이다.

말할 듯 말할 듯 하면서도 머뭇거리는 이 모순의 청잣빛이야말로 한국인이 아니면 창조할 수도 이해할 수도 없는 빛깔이다.

그것은 한마디로 말해 속으로 멍든 빛이다. 슬프고 외롭고 눈물 에 찬 원한 속에서 살았기에 따뜻하고 능동적이고 밝은 그 색채─붉고 노란 불꽃의 그 색채를 몰랐던 것이다.

현세의 즐거움보다는, 그리고 타오르는 생명의 찬미보다는 어둠 속에서 빛을, 죽음 속에서 생을 얻어야 했던 사람들이다. 짓밟혀온 생이었기에, 눈물 많은 운명이었기에 존재하지는 않으나 영원한, 그 리고 공허하기는 하나 무한한 '무'의 색채에 의해서 텅 빈 마음을 채워갈 수밖에 없었던 것이다.

─이어령, 『안에 간직한 침묵한 빛깔』에서

위의 글을 보면 이어령은 고아들의 〈아리랑〉 노래가 들려준 그 청각적인 자극의 눈물보다 눈에 보이는 청잣빛이 훨씬 눈물겨운 것이다. '머뭇거리는 이 모순의 청잣빛', 그것은 속으로 멍든 한

국사가 빚어낸 속눈물이라는 것이다. '짓밟혀온 생', '무한한 무
의 색채' 거기에 한국인은 마음을 채우면서 살아왔던 것을 생각
하는 것이다.

일본의 야나기 무네요시가 한국 예술의 가냘픈 선과 색에서 고
달픈 역사를 읽을 수 있다고 한 그 연민의 심정과 상통한다.

어쨌든 이어령은 비유를 문학적 언술 구조의 한 장치로 본다.
그리고 그렇게 활용하였다. 그의 수많은 비평적 담론들이 촌철살
인의 섬광으로 대상을 공략한 것도 이러한 비유법의 힘이었다 해
도 과언이 아니다.

이러한 그의 비유의 활용이 은유의 경우에는 더욱 미학적으로
상승하여 그의 예리한 판단력을 아름답고도 명쾌하게 보여준다.
잠시 하나의 예를 본다.

> 꽃은 향내를 가진 불이다. 바람이 불어도 꺼지지 않는다. (⋯) 그러나
> 향기로 타오르며 번져가는 불⋯⋯ 그것이 꽃이다. 이 신비한 원초原初
> 의 그 불에서 시인詩人들은 생명의 언어言語를 배우고 있다.
>
> —이어령, 「꽃은 불이다」에서

보는 바와 같이 이어령은 비유를 통해 본질을 관통하고 있다.
하여, 거의 모든 문장이 감동적이다.

이러한 적재적소에 적용되는 비유로 하여 그는 독단을 피하고

아집의 우를 범하지 않는다. 그것으로 설득력이 강해진다.

　(…) 이 시대의 비평적 스타일을 보면 '여하간'이란 말이 많이 등장하고 있으며 '……이면……이겠다'의 가정법, 그리고 '……하자!' 등의 권유법이다. 논리의 독선적 고집인 '여하간'이란 말이 나오고 가정법과 권유어가 문학의 도처에서 횡행하게 된 것을 보면 추상적인 창검을 휘두르면서 플래카드를 들고 문단을 행진하던 당대의 비평적 기질을 짐작할 수 있을 것이다.

—이어령, 「한국 비평의 역사와 특성」에서

이러한 문맥에서 보여주듯이 이어령은 논리의 독선적 고집을 피하기 위해서 비유법은 필요하다고 보았다.


### 3. 오독誤讀의 사슬을 풀다

1996년 《조선일보》 '문학의 해' 연중 시리즈의 일환으로 이어령은 「다시 읽는 한국 시詩」 작업에 돌입한다.

이 작업으로 한국의 많은 명시가 새 얼굴로 새 단장을 하게 된다. 주지하는 바와 같이 문학 작품 해석에는 정답이 없다. 더구나 시의 경우 오늘날 난해시가 상식처럼 되었지만, 이 난해성으로 하여 시는 많은 독자들을 잃었다. 세상은 점차 서로 교감하고 융화하는데, 시만은 독존과 오만의 허울을 벗지 못하여 시는 거의 고립하고 있다. 이러한 시기에 이어령의 '한국 시 다시 읽기'는 시와 독자를 만나게 하는 소중한 계기가 될 수 있었다.

이어령은 여러 이 땅의 명시를 풀어가면서 시의 그 근원적인 문제와 독법의 안내자 역할까지 해냈다. 결론 부분의 한 풍경부터 펼쳐본다. 32회로 연재를 마감하면서 이어령은 다음과 같은 말을 한다.

시를 몇 가지 틀과 목적론에 의해서 자의로 해석하려는 순간 비평이라는 그 납덩이의 언어들은 살아 있는 새의 날개를 찢고 심장을 꿰뚫는다.

그 결과로 단지 껍데기의 주검만이 남는다. 비평가의 허리에 찬 그러한 시의 주검들을 우리는 수없이 보아왔다. 시에 정독正讀이 있다는 개념 자체가 오독을 낳는 요인이기는 하다. 시는 끝없이 의미를 생성하고 있는 텍스트로 그 의미는 복합적이며 그 구조는 변형적인 것이다. 새소리를 새소리 그대로 들으려는 노력과 태도만이 더럽혀진 하늘에서도 시를 자유롭게 날게 할 수 있는 유일한 방법이 될 것이다.

—이어령, 「다시 읽는 한국 시詩」(《조선일보》, 1996. 12. 24.)

"성경은 성경으로 읽어라"라는 것과 같은 의미심장한 말이다. 이 말을 낳게 한 최종회가 마침 박남수의 「새」를 분석하는 자리였다. 박남수는 많은 새에 관한 노래를 했지만, 조상에 오른 「새」
는 다음과 같이 시작되었다.

> 이제까지 무수한 화살이 날았지만
> 아직도 새는 죽은 일이 없다.
> 주검의 껍데기를 허리에 차고, 포수들은
> 무료히 저녁이면 돌아온다.
>
> ―박남수, 「새」 첫 연

박남수의 이 시에 이어령의 "이제까지 무수한 화살이 날았지
만 아직도 새는 죽은 일이 없다"라는 말과 함께, "이 말이 왜 이
처럼 위안이 되는가"라는 말은 여운이 있었다.

이어령은 "이 글을 써온 내 자신이 그 순수를 겨냥해 산탄을 쏜
그 많은 포수꾼들의 하나일는지 모른다"라고 했다.

"새는 울어 뜻을 만들지 않고 지어서 교태로 사랑을 가식假飾
하지 않는다"(박남수, 「새1」)에 대하여 이어령이 "노래 속에 뜻을 담
으려는 이데올로기 지향 그리고 억지로 가식하여 시를 꾸미고
풀이하는 시인과 비평가들까지도 실은 새를 죽이는 음모자의 편
에 서 있는 자이다"라고 강조한 것은, 박남수의 시 분석에만 해
당되는 것이 아니고 그리고 시의 해법만도 아닌 깊은 철학이 담
겨있다.

이러한 이어령의 작품 분석 방법은 이육사의 시 「광야」를 분석하는 데서도 그대로 이어진다. 흔히 이육사의 「광야」를 한 시대 상황의 틀에 맞추어 일제에의 저항시로만 본 것이 사실이다. 독립투사인 이육사라는 이름부터가 수인번호 264라는 선입견에서부터 '눈 내리는 광야'를 일제 식민지의 얼어붙은 한국 땅으로, '백마를 타고 오는 초인超人'은 이 땅의 해방과 독립을 가져오는 메시아로 보았다.

　그러나 이어령은 "일제 식민지 역사 때문에 시를 시로서 읽는 그 자유마저도 빼앗겼다"라고 하면서 '하늘이 처음 열리던 그 까마득한 날'은 『구약성서』의 「창세기」 1장과 맞먹는 것으로 우리의 건국 신화인 단군 신화보다 더 시원적인 시간을 가리킨다고 시정한다.

　그러므로 눈 내리는 광야의 겨울은 일제 때문만이 아니라 그리고 한국인만이 아니라 인간이면 누구나 다 겪고 있는 세계의 추위이며 모든 인간의 실존實存 위에 내리는 눈인 것이다. 일제의 침략과 식민지 역사가 끝나고 이육사의 「광야」에는 계속 눈이 내리고 그러면서도 계속 매화 향기는 풍겨오고 또 그 벌판에 내던져진 시인들은 가난한 시의 씨앗을 뿌린다. 그러한 '지금' (현재) 속에서 우리가 살고 있기에 육사의 「광야」는 독립을 성취한 오늘날에도 여전히 우리 가슴을 친다.

　공간의 차원도 마찬가지다. 시간이 그랬듯이 「광야」는 천지의 원초적인 공간 언어로 구성되어 있다. 맨 처음 '하늘'이 나오고 다음에 '산' <sub>(그냥 산이 아니라 산맥이고 그냥 산맥이 아니라 산맥들로 되어 있다)</sub>과 '바다' 그리고 맨 나중에 강물이 나온다. 그것들은 '개인'이나 '나라' 그리고 '인간'보다 높은 우주다. 이를테면 광야에 나오는 그 시간의 규모가 단기나 서기로 표기할 수 없는 시간인 것처럼 광야에 등장하는 그 공간은 백두산이나 에베레스트 산맥으로 이름 붙일 수 없는 근원적인 공간인 것이다.

—이어령, 「다시 읽는 한국 시<sub>詩</sub>」에서

이처럼 명시 「광야」<sub>(이육사)</sub>를 자유케 한 이어령은 한국의 대표적인 서정시 「진달래꽃」<sub>(김소월)</sub>에도 오랜 세월 오독의 사슬에 묶여 있던 구속에서 벗어나는 기쁨을 안겨준다.

진실로 오랜 세월, 수많은 독자들이 김소월의 대표시를 오해해 왔다. 이어령의 독법을 따르면 지극히 간단한 부분을 그토록 오인했다는 것은 우스꽝스럽기까지 한 것이다.

가령 널리 알려져 있는 시, 그러나 가장 잘못 읽혀져온 시—그것이 바로 김소월의 「진달래꽃」이다. 거의 모든 사람들은 「진달래꽃」이 이별을 노래한 시라고만 생각해왔으며 심지어는 대학 입시 국어 문제에서도 그렇게 써야만 정답이 되었다. 하지만 "나보기가 역겨워 가실 때에는 말없이 고이 보내 드리우리다"라는 그 첫 행 하나만 조심스럽게 읽어봐도 그것이 결코 이별만을 노래한 단순한 시가 아니라는 것을 간

단히 알 수가 있다. 왜냐하면 '가실 때에는……', '……드리우리다'와 같은 말에 명백하게 드러나 있듯이 이 시는 미래추정형으로 쓰여 있기 때문이다. 영문 같으면 'if'로 시작되는 가정법과 의지 미래형으로 서술되었을 문장이다. 이 시 전체의 서술어는 '……드리우리다', '……뿌리우리다', '……옵소서', '흘리우리다'로 전문에 모두 의지나 바람을 나타내는 미래의 시제로 되어 있다.

그렇기 때문에 실제적 의미로 보면 지금 님은 자기를 역겨워하지도 않으며 떠난 것도 아니다. 오히려 그들은 지금 이별은커녕 열렬히 사랑을 하고 있는 중임을 알 수가 있다. 그런데도 이 시를 한국 이별가의 전형으로 읽어온 것은 미래 추정형으로 핀 「진달래꽃」의 시제를 무시하고 그것을 현재나 과거형으로 진술한 이별가와 동일하게 생각해왔기 때문이다. (…)

가령 미래 추정형으로 시제를 실제 일어났던 과거형으로 바꿔서 '나보기가 역겨워 가신 그대를 말없이 고이 보내 드렸었지요'로 고쳐보면 어떻게 될 것인가. 그것은 이미 소월의 「진달래꽃」과는 전혀 다른 시가 되고 말 것이다.

　　　　　　—이어령, 「다시 읽는 한국 시詩」(《조선일보》, 1996. 3. 17.)에서


한국 현대시 중 가장 애송되는 명시의 하나가 이렇게 오독되었다는 것이다. 시제詩制 하나의 불철저한 관찰로 대학 입시에서 까지도 오류가 통용되었다면 실로 난센스이다.

이어령의 해석에 따르면 이 시는 이별을 이별로서 노래하거나 사랑을 사랑으로 노래하지 않고 '사랑의 시점에서 이별을 노래하는 겹시각'을 통해서 언어의 복합적 공간을 만들어냈다는 것이다. 즉 사랑의 기쁨과 이별의 슬픔이라는 대립된 정서, 대립된 시간, 그리고 대립된 상황을 이른바 '반대의 일치'라는 역설의 시학으로 함께 묶었다는 것이다.

하나의 난해시를 공략하는 경우에도 예외는 아니었다. 가령 김기림의 「바다와 나비」라는 시 해석에서도 순박한 독자를 어지럽히기 쉬운 비교적 난해한 부분을 이어령은 흥미 있게 정복해간다.

아모도 그에게 수심水深을 일러준 일이 없기에
흰 나비는 도모지 바다가 무섭지 않다.

청靑무밭인가 해서 나려갔다가는
어린 날개가 물결에 저러서
공주公主처럼 지쳐서 도라온다.

삼월三月달 바다가 꽃이 피지 않아서 서거푼
나비 허리에 새파란 초생달이 시리다.

— 김기림, 「바다와 나비」

위의 시 1, 2연의 경우는 해석상 별문제가 없다. 그러나 3연은 이미 독자들의 이해를 차단시킨다. 시인은 여기서 초현실주의적인 수법으로 신종 나비를 만들고 있기 때문이다. 이럴 때 독자들은 시인에게 항의를 한다. 이 시는 너(시인)의 서랍 속에나 넣고 혼자 즐기라는 식으로.

그러나 이어령은 그의 기호학적 분석으로 이 시는 금방 생포된다. '나비―바다'의 결합이 이 시의 마지막에 이르면 '나비―하늘'로 그 병치법이 변화한다. 뭍으로 다시 돌아온 나비가 만나게 되는 것은 여전히 꽃밭이 아니라 하늘의 초생달이기 때문이다.

> 삼월三月달 바다가 꽃이 피지 않아서
> 서거푼 나비 허리에 새파란 초생달이 시리다.

마지막에 이르러서야 바다와 나비의 공간은 시간적인 좌표를 얻게 된다. 그것은 그냥 바다가 아니라 3월의 이른 봄바다이다. 그리고 나비 역시 꽃보다 먼저 이 세상에 나온 철 이른 나비이다. 이런 계절감을 전제로 했을 때 비로소 나비 허리에 새파란 초생달이 시리다.

이상과 같이 풀이하는 이어령은 "예민한 독자라면 바다가 하늘로, 물결이 초생달로, 그리고 날개가 허리로 병렬 관계를 이루고 있는 것을 눈치챘을 것이다"라고 말한다. 이렇게 하여 시적 상상력은 "우리가 경험해보지 못한 진귀한 신종 나비를 만들어낸다"라고 이어령은 시의 수수께끼 하나를 제공해준다.

이처럼 그는 수많은 시를 흔히 기호학으로 공략한 경우가 많다. 이상화의 「나의 침실로」를 해석할 때도 그는 기호학의 지식을 동원하여 까다로운 시구를 자기 울안에 데려와 흥미 있게 바라본다. 즉 "기호학에서 곧잘 사용하고 있는 통사축과 어형축으로 텍스트를 분석해보면 산만해 보였던 언술 구조가 아주 분명하게 드러난다"라는 것이다. 「나의 침실로」의 경우도 '마돈나'라는 대상과 '밤'이라는 시간과 '침실'이라는 장소, 그리고 '오라'라고 부르는 행위의 네 가지 기둥으로 세워져 있는 언어의 건축물이라고 생각하면 된다는 것이다.


### 4. 영혼의 숨결로

이어령에게는 수많은 지적 자산이 축적되어 있다. 그 지적 자산도 자기 내부에서 충분히 곰삭아 생의 철학으로, 명상록으로, 그리고 그것이 비평의 신화적 섬광으로 운신의 폭을 자유롭게 하고 있다. 부연하면 그의 동서고금을 통한 해박한 지식의 활용은 불혹을 지나 지천명과 이순을 넘고 불유구에까지 이른 것이다. 수많은 그의 글을 통해 보아도 그에게는 초기부터 가식이나 과장이 없이 진솔하다. 이 진솔이 진실로 이어져 그의 진정성은 자신의 글의 가장 세찬 힘으로 빛으로 작용하고 있는 것을 볼 수 있다.

'예수'는 부활할 것을 믿으며 십자가에 못 박혔는가? 만약 그러하였다면 그의 죽음은 하나의 연극에 불과하다.

그의 십자가에서 고통을 맛볼 수 있는 것은, 진정한 죽음을 선택할 수 있는 것은, 그리하여 인간의 사랑을 위해서 그의 아픈 피를 흘릴 수 있는 것은 오직 그가 부활에의 기적을 완전히 저버렸을 때 가능해진다.

다시 살아날 수 있다는 희망을 품고 십자가에 못 박히는 자는 결코 절실해질 수도 없으며, 결코 '죽음' 그것을 죽을 수도 없는 사람이다. 그러므로 부활을 배경으로 한 십자가는 무대 위의 세트에 지나지 않으며, 어린아이의 목마木馬 그것보다 값어치 없는 죽은 나무에 불과 할 것이다.

그런 죽음이라면 삼류 배우라도 능히 해치울 수 있고, 인간에의 사랑을 모르는 샤일록도 장난삼아 할 수 있는 연극이다. 그렇기에 십자가의 의미는 부활이라는 기적에서 단절되었을 때만이 값어치를 지닐 수 있다.

예수는 부활할 것을 생각하지 않고 십자가에 매달렸기 때문에 진정 부활할 수가 있었던 것이다. 만약 그가 부활의 희망을 가지며 십자가에 못 박혔더라면 그에겐 부활의 기적이 찾아오지는 않았을 것이다. 이러한 역설은 여호와의 아들에게만 있는 것일까? 이러한 부활은 2천 년 전 '예수'에게나, 그 성서 속에서만 있는 것일까?

그러나 우리도 역시 상징적인 의미에 있어선 그러한 부활이 가능할지도 모를 일이다. 그리고 그러한 부활은 생의 완전한 단절, 완전한 무無, 완전한 절망 속에서 가능해진다.

—이어령, 『당신은 아는가 나의 기도를』에서


예수의 부활이 계산되어진 행동이 아니었기에 부활이 있었고, 거룩한 사랑의 실천과 인류의 구원이 가능했다는 것이다. "한 마리의 제비가 오는 것으로 우리의 여름이 이루어지는 것은 아니다"라는 것. 끝없는 절망으로 이루어진 피 묻은 고뇌들! 이 아픔과 고독과 행동으로 예수는 부활했다는 것이다. 가식 없는 행동에서만 진정한 가치를 찾을 수 있다는 것이 이어령의 지론이다. 그리고 비평 초기부터 행동을 예찬한 이어령은 그 행동이 이 땅의 문학예술 속에는 보기 드물다고 지적했었다.

4·19 혁명의 경우, 4·19 혁명이 오기 전 이 땅의 문학에서 4·19 혁명을 예언한 작품은 보기 어려웠다는 것. 오히려 〈제4대 대통령 이승만 박사, 5대 부통령 이기붕 선생 출마 환영 예술인 대회〉가 있었을 뿐이라고 개탄한다.

그러나 4·19 혁명이 성공하자 삽시간에 문화계에서는 예민한 반응을 보였지만, 아직 우리에게는 4·19 혁명의 만장에 쓸 글귀를 찾지 못했다는 것이다. 4·19 혁명을 망각한 부류들 때문에 4·19 혁명의 의미가 무색해졌다는 것이다. 이러한 역사 인식을 이어령은 하늘을 나는 연이 지상에 거점을 두고 조종할 때만 가능하다고 비유한다. 이러한 역사나 상황 인식이 예술의 거점이 되어야 한다고 그는 주장한다. 실제로 이러한 상황의 철저한 인식이 그가 대중과의 친화력을 형성하는 힘이 되고 있다는 것이다. 이것이 바로 혼이 뛰노는 '에세이 비평'이다. 최근 문단의 일각에서 이러한 에세이 비평이 주창되는 것은 바람직한 현상으로 보인다. 루카치György Lukács의 말대로 에세이는 좀처럼 붙잡기 힘든 인간 영혼의 가장 은밀한 곳에 자리 잡고 있는 것이다. 우리는 흔히 대하는 작품에서 글쓴이의 발가벗은 실존의 숨결이나 그의 영혼이 실려 있지 않은 것을 많이 대한다. 그때 우리는 허상같은 것에 잠시 머물러 있었다는 허탈함을 느낀다. 수필이든 비평이든 소설이든 상관없이 그렇게 느낄 때가 있다.

더구나 비평 같은 글은 객관성이라는 이름으로 실증성을 담보한다는 명목으로 자신의 영혼이 없는 글을 흔히 쓴다. 이것이 그간의 비평문의 상식처럼 이어져왔다.

이러한 현상 속에서 '에세이 비평', '에세이 소설' 쪽으로 시선이 돌려진 것이다. 권성우의 『비평의 매혹』(문학과지성사, 1993)도 그한 예가 된다.

권성우는 이 평론집에서 한 스승의 많은 평론보다 그 스승의 영혼의 미세한 풍경이 있는 에세이가 훨씬 값진 것이었다고 다음과 같이 토로한다.

(…) 그것은 추상어의 나열인 학문의 세계만으로는 충분히 만족할 수가 없었던 민감한 영혼이었던 것입니다. 그는 무엇보다도 자신의 영혼이 실린 글을 쓰고 싶었고, 대상이나 풍경을 자신의 마음 안에서 고이 간직하고 싶었던 것입니다. 추상어의 나열이나 공허한 객관적 담론은 그에게 단지 의무의 차원에서 수행되는 영역이었던 것입니다.

— 권성우, 『비평의 매혹』에서

권성우의 이와 같은 지적은 그의 스승인 김윤식이 다음과 같은 글을 쓴 후의 스승에 대한 안쓰러운 심정에서 행해진 것으로 보인다.

중년을 넘어선 한 사나이가 자기 과거를 새삼 돌아보고 이국의 밤하늘, 아파트 잠자리에서 잠을 이루지 못하는 이유와 같은 것. 가슴은 텅 비어 있었고, 남은 것이라곤 몇 권의 저서뿐. 그것은 정신이 깃들인 것도 아니고 추상어의 나열일 것이다.

— 김윤식, 『문학과 미술 사이』(일지사, 1975)에서

김윤식과 권성우의 솔직한 심정을 살펴보면, 김윤식의 수많은 논리적 평설보다는 1979년 이후로 계속되는 『황홀경의 사상』(홍성사, 1984), 『작은 생각의 집짓기들』(나남, 1985), 『낯선 신을 찾아서』(일지사, 1988), 『환각을 찾아서』(세계사, 1992) 등이 진실로 김윤식 혼의

내밀한 고백이고 그의 진정한 얼굴이라는 점이다.

이런 측면에서도 에세이 비평이 갖는 소중한 일면을 우리는 느낄 수 있다. 그리고 글은 그 어떠한 유형의 것이든 일단 독자와의 대화라고 볼 때 그 전개가 현학적이거나 생경하며 독자의 가슴에 와 닿지 못할 때 허탈해지는 것이다.

이러한 현상만 보아도 알 수 있지만 나라 안팎으로 문이 활짝 열린 21세기에 이어령의 언어의 녹지가 더욱 푸르고 아름다운 것은 단순한 문장의 향취 때문만은 아닌 것이다.

더구나 영상매체, 사이버 공간 앞에 문학의 죽음을 부르짖는 이 시대의 창작이 홀로 난해하고 비평이 오만 일변도로 독자를 외면할 때 문학이 설 자리가 더욱 좁아질 것은 뻔한 일이다.


### 5. 우수의 사냥꾼

여섯 살 때의 우수는 포대기 속에 있었다. (…) 여섯 살 때 이 우수를 사냥하기 위해서 우리는 울었다.

목이 쉬도록 울고 또 울면 비었던 자리에 다시 어머니가 돌아오고 우수는 저만큼 영창 너머로 달아나고 있었다.

—이어령, 『우수의 사냥꾼』(삼중당, 1975)에서

이어령의 글에는 의외로 눈물이 많다. 인간은 원래 축축한 동물이고, 날 때부터 과일 속의 씨앗처럼 죽음이라는 씨앗을 안고 태어나기 때문일지도 모른다. 그렇다면 인간의 근원이나 본질을 누구보다도 민감하게 의식하고 천착하는 이어령에게 눈물은 당연한 것일 수도 있다.

이어령은 이 우수의 사냥을 인생의 계절을 통해 짚어본다. '열일곱 살 때의 우수는 여드름을 짜면 그것을 사냥할 수 있고', '스물두 살의 우수는 책 속에', '스물일곱 살의 우수는 예식장의 하얀 주례 장갑 같은 것으로 사냥할 수 있다'라고 했다. 유머 속에 담은 예지이다.

역사상 우수가 많은 한민족 그들에게 '우수의 사냥' 방법을 제시하고자 하는 이어령의 다감한 박애성 때문에 위에서 이미 언급한 바와 같이 그는 문학평론의 담을 넘어 보다 넓은 지평을 열었던 것이다.

저자의 "구둣솔 같은 수염이 달린 빅토르 위고가 애국을 말할 때, 랭보가 '때여, 오라. 도취의 때는 오라'고 외치고 있을 때, 헤겔이 미네르바의 부엉이를 말하고 프로이트가 오이디푸스 콤플렉스를 말할 때" 우리 민중은 그런 사치스러운 지성보다는 시대의 고통 때문에 우수에 젖어 눈물 흘리고 있었음을 이어령은 생각한 것 같다. 이처럼 축축한 눈물의 분지에서 이어령의 예술철학은 아름다운 미학이 되었다.

"고래 싸움에 새우등 터진다"라는 속담이 생긴 연유를 알 만하다. 연연히 흐르는 만리장성을 보아도 알 수 있듯이 그 옛날 이 아시아의 대륙은 남북으로 나뉘어 고래 싸움을 벌였다.

북대륙에는 흉맹한 유목민의 제국(몽고·흉노)이, 그리고 남대륙에는 거대한 농경민農耕民의 제국(중국)이 있어 끝없는 세력의 아귀다툼을 벌였다. 불행히도 이 반도는 남북 양 대륙이 만나는 경계선에 자리하였기에 슬픈 '새우등'이 되지 않으면 아니 되었던 것이다.

그렇다. '토끼'가 아니라 그것은 '새우'였다. 이 '새우등'이 터지지 않으려면 양대 세력의 저울대를 재빨리 읽고 강한 쪽으로 들러붙지 않으면 안 된다. 이것을 사람들은 사대주의라고 욕하였지만, 그러지 않고서는 한시도 동해의 그 외로운 '새우'는 연명할 수가 없었다. (…) 제 땅 제 나라는 있어도 자국의 연호年號마저 변변히 사용할 수가 없었다. 그렇게 눈치를 보며 살았어도 여전히 침략은 침략대로 억압抑壓은 억압대로 받아야 했고 자국의 문화가 싹트다가는 꺾이고 또 싹트다가는 꺾이고 했다. 일본과 러시아가 끼어든 근세 이후에는 한층 더 그 관계가 복잡하다.

— 이어령, 『흙 속에 저 바람 속에』에서


'나라는 있어도 유랑하는 무리', 내가 이 땅의 주인이라고 말해 보지 못한 백성들, '조국 속의 그 유랑민', 이것이 이 겨레의 눈물이고 역사라고 이어령은 회고한다.

일본 작가 유미리가 영화 〈서편제〉를 보고 한 말도 같은 맥락으로 흐른다.

　스크린 속의 길 풍경은 봄에서 여름, 여름에서 가을, 가을에서 겨울, 그리고 겨울에서 봄으로 돌아간다. 왜 안주의 땅을 찾지 않고 유랑하는 것일까……. 조선 민중은 언제나 현재가 고통스러웠던 것이다. 침략당하고, 박해당하고 말(訁)을 빼앗겼다. 별리, 죽음, 분단, 그래서 현재가 아닌 다음 시간, 여기가 아닌 다음 장소를 옮기고자 하는 것일 거다. …… 부모 자식 세 명이 〈진도 아리랑〉을 부르면서 산길을 가는 신이 멋있다. 5분 41초나 되는 신이다.
　처음에는 아버지가 쥐어짜는 듯한 음울한 목소리로 노래한다.

　가버렸네 정들었던 내 사랑
　비둘기떼 따라서 아주 가버렸네
　저기 가는 저 기럭아
　말을 물어보자
　우리네 갈 길이 어드메요

ー유미리, 「〈서편제〉에서」

　왜 한국민은 "안주의 땅을 찾지 못하고 유랑하는 것일까"라는, 타국에 살고 있는 유미리의 반문은 영토 내의 거장 이어령이 바라본 그 처절한 시선과 어찌할 수 없이 만난 것이다. 이처럼 새우 등 터지는 것이 두려워 어느새 한국인은 눈치로 살아가는 기법을 배운다. 말하자면 눈치는 역사 속의 우수한 사냥꾼이 된 셈이다. 이러한 눈치가 엉뚱하게 빗나가 일본을 정탐하러 간 사신들이 그들의 정략을 분석해보지 않고 히데요시의 눈이 호랑이 같으냐 쥐새끼 같으냐로 일본의 조선 정벌을 관상 보듯 점쳤다는 이어령의 풍자는 싸늘하기보다 눈물겹다.

일본을 정탐하러 간 사신들은 반년이나 그곳에 머물러 있으면서도 기껏 보고 온 것은 도요토미 히데요시[豊臣秀吉]의 눈뿐이었다. 그야말로 눈치만 보고 온 것이다. 임금 앞에서 국가의 존망을 판가름하는 그 정보를 아뢰는 자리에서 황윤길은 "도요토미 히데요시의 눈이 광채가 있는 것으로 보아 아무래도 우리나라로 쳐들어올 것 같다"라고 말하였고, 김성일은 반대로 "그의 눈이 쥐새끼처럼 생겼으니 결코 쳐들어올 인물이 못 된다"라고 했다.

일본 사신들은 한국에 와서 군사들이 들고 있는 '창의 길이', '기생과 노는 목사' 그리고 회석에서는 후추를 던져 제각기 그것을 주우려고 덤비는 꼴에서 국가의 강기綱紀가 어지러워진 것 등을 세밀히 정탐해 갔는데 우리의 사신들은 오직 히데요시의 눈만 가지고 왈가왈부했던 것이다.

한국을 본 일본인들의 사고방식은 분석적이요, 과학적인 것이었지만 우리 사신들이 일본을 본 것은 직감적이요, 인상적인 것이었다.

—이어령, 『흙 속에 저 바람 속에』에서


이러한 눈치가 한국의 복식사에까지 미쳐 한국인의 옷자락은 외세에 따라 나부꼈다고 본다. 그러나 이처럼 옷을 통해서도 한국의 수난사를 짚어낸 이어령은 이 글 뒷부분에서 이처럼 파란 많고 이지러진 역사 속에서도 맵시 있는 한복을 유지해온 것을 경탄한다. 그야말로 이 한복은 "피와 눈물로 다져진 이 겨레의 마음이 결정結晶되고 있는 것 같다"라는 것이다.

문학평론으로 출발한 이어령이 영토 내의 망명객이라기보다는 평론 내의 망명객이 되어 문명비평가의 한 개척자로 선 것은 이 땅에서 정신적 신개지新開地가 절실했기 때문일 것이다.

그는 20세기 후반의 우수한 사냥꾼이었지만 그것은 바로 새 천년 새 세계를 사냥하는 미래의 포수이고자 했기 때문일 것이다.


## 6. 신화 위에 핀 예술철학

이어령의 반세기 언어의 숲에 들어서면 신화를 비롯한 각종의 우화, 전설, 설화, 기담, 일화가 그 숲을 더욱 기름지게 해준다. 그의 20세기 언어가 21세기에 더욱 찬란한 것은 바로 그러한 언어의 상징 동력 때문이기도 하다.

신화는 과거의 이야기가 아니다. 그것은 바로 지금 우리 앞에
전개되고 있는 현실이다. 예를 들면 지금 우리는 이웃 일본의 만
행에 다시 분노하고 있다. 이러한 뿌리를 이어령은 일찍이(지난 세
기에) 그 원형을 이야기했던 것이다.

　학교에서 '모모타로[桃太郞]'나 '잇슨보시[一寸法師]'의 이야기를 배웠고
집에 돌아와서는 희미한 등잔불 밑에서 호랑이에 쫓기는 두 남매의 옛
이야기를 들었다.
　복숭아에서 나온 아이는 칼과 경단을 들고 단신으로 도깨비 성을 정
벌하러 간다. 혹은 키가 한 치밖에 안 된다는 난쟁이가 '자왕'의 배를
타고 바늘을 칼 삼아 휘두르면서 힘센 도깨비와 맞서 싸우기도 한다.
그것은 하나의 부러움이었다. 어떻게 해서 그 조그만 아이가 힘센 도
깨비를 칠 수 있었던가? 또 그 많은 황금과…… '모모타로'의 '경단'과
'칼'은 곧 일본인들의 '간계'와 '무력주의'를 상징하는 것이었으며, 난
쟁이가 9척을 넘는 도깨비를 친다는 것은 작은 섬나라(일본)일 망정 대
륙을 넘보아 진출하려는 침략주의 근성을 암시하는 것이다. 그들은 사
실 혈혈단신 '훈도시' 바람으로 한국을, 중국을, 그리고 전 세계를 공략
하려고 했다. '한 치'도 되지 않는 것들이 말이다.
　일장기가 걸려 있는 교실이 아니라 빈대의 핏자국이 낭자한 초라한
방 안에서 이번에는 저 언덕을 넘을 때마다 팥경단을 빼앗기고, 옷을
빼앗기고, 팔과 다리와 그리고 끝내는 목숨까지 빼앗기는 '어머니'의

이야기를 듣지 않으면 안 된다.

호랑이는 어머니의 옷을 입고 집에서 기다리던 아이들까지 잡아먹으려 한다.

이야기를 듣는 아이들의 눈에도 눈물방울이 어린다. 속기만 하는 어머니, 그리고 포악하기만 한 호랑이를 원망하면서 쫓기는 남매에게 마음을 죈다.

힘없는 남매는 나무에 올라갔지만 거기에서도 호랑이에게 쫓겨야 된다는 것이다. 이제 더 피할 곳이 없다. "하느님, 하느님, 우리를 살려주시려면 성한 동아줄을 내려주시고 우리를 죽이시려면 썩은 동아줄을 내려주십시오." 남매는 그렇게 빌 수밖에 없었다. 제 힘으로는 이제 더 어떻게 할 수가 없는 것이다. '그래서 남매는 하늘로 올라가 하나는 달이 되고 하나는 해가 되었더란다. (…)'

이야기는 결국 지상에서 쫓기다 못해 먼 하늘로 올라가버렸다는 것으로 끝나고 만다. 그것은 침략이 아니라 수난의 이야기이며, 그것은 지상에서의 탈환이 아니라 천상에서의 도피에 관한 이야기이다. 바로 그것은 '모모타로'나 '잇슨보시'의 침략주의에 의해서 어미를 잃고 집을 잃고 드디어는 먼 하늘과 같은 타향으로 망명하지 않을 수 없었던 이 겨레의 설화였다.

　　　　　　　　　　　　　—이어령, 『'모모타로'와 해와 달의 설화』에서


위에서 본 바와 같이 우리는 두 개의 이질적인 이야기를 듣고 자랐다. 하나는 '모모타로', '잇슨보시'라는 일본의 설화이고 또 하나는 어머니를 잃자 달이 구원하여 먼 하늘로 망명했다는 한국의 설화이다.

이러한 일본의 원형질이 어찌할 수 없이 이 시기에 또 재발한 것이다. 필자는 평소 일본 국기(태양)를 보면 섬뜩한 생각이 든다. 피해망상 때문인지는 모르지만 그들이 국기를 온 세상을 밝히는 태양으로 했다는 것은 태양을 자기 것으로, 즉 전 세계를 정복하겠다는 야욕이 숨어 있지 않나 하는 걱정 때문이다.

일본의 비평가 야마자키[山崎正和]는 자기네 국기에 대해 점잖은 비판을 한다. 미국 국기는 '합중국이라는 본질'을 말하고 있고 프랑스 국기는 '자유·평등·박애'라 쓰여 있고, 소련기는 '인민과 피'라고 써 있는데 일본 국기의 해님은 '국가 형성 이전의 민족에게나 존경할 가치가 있는 것'으로 무의미하다는 것이다. (『축소지향의 일본인』)

이것은 단지 이데올로기가 없는 일본기 정도를 말한 것이지만 실제로 그뿐일까.

이어령이 일본의 쥘부채에 대해 그 부채가 "폈다 접었다 하는 신축성은 세계의 운명이 열리고 닫히는 것을 암시한다"(『축소지향의 일본인』)라고 한 것도 그들(일본)의 야욕이 엿보였기 때문이 아닐까.

이러한 일본의 관산설화는 이어령의 『축소지향의 일본인』 속에 빈번하게 나타난다(이 저서를 보고 일본인들이 깜짝 놀랐다고 하는 것은 자기네들도 모르는 사실을 이어령이 파헤치고 있기 때문이다).

페르시아 왕 크세룩세스는 희랍을 치려고 바다 위에 가교를 놓은 적
이 있었다. 그러나 흑풍이 일어 완공된 이 가교가 모두 파괴되자 노한
왕은 그 바다를 처형하라고 명령하였다. 곧장 3백 대의 형벌을 가하고
족쇄한 벌을 바다 속으로 던져 넣었으며 낙인을 찍었다고 전한다. "이
쓰디쓴 물이여, 임금님께서 너에게 이 벌을 가하는 거다." 이렇게 선고
문을 내리기도 했다.

—이어령, 『말』에서

이러한 이국의 전설을 소개하고 이어령은 "크세룩세스의 그
많은 군대의 보물과 권세로도 저 바다를 매질할 수도, 묶어둘 수
도 없다"라고 말한다. '바다의 생명을 내부에 간직하고 있기 때
문'이라는 것이다. 그리고 이어령은 자신이 하고 싶은 본지를 여
기에 이어서 펼친다. "시인의 언어는 바다 속에서 자란다"라는
것이다. '시인詩人의 언어言語는 바다 속을 흐르는 조류'이고 그것
은 크세룩세스가 처형할 수 없었던 언어의 생명이라고 말한다.
그리고 이어령은 "시인에게 말한다. 역사는 너를 나자로처럼 부
활시킨다"라고. (『말』)

더욱 재미있는 것은, 이어령은 소설도 하나의 우화로 동원시킬

때가 있다.

> 아라비아 사람들은 사막 속에서 잔다. 그러나 『아라비안나이트』를 읽어보면, 참으로 많은 꽃과 나무 이야기, 풍성하고 아름다운 녹지와 정원 이야기가 무수히 나온다. 아름다운 자연을 빼앗긴 땅이기에 도리어 그들은 어떤 자연도 가질 수 없는 신기한 화원을 그 모래 위에 만들어낼 수가 있었다.
>
> — 이어령, 『말』에서

위에서 본 바와 같이 이어령의 언어의 녹지에는 희귀한 신화나 우화가 다각도로 기능한다. 그러나 이어령의 이 삽화는 흥미 유발을 넘어선다.

그 자체로도 재미와 메시지가 충분히 담겨 있지만 인간의 본성이나 그 특징을 탐색하기 위해서는 그 원형을 통해 증언한다.

가령 한국인의 한 속성을 이야기하고 싶을 때 그는 『삼국유사』나 향가의 세계를 찾아 흥미를 유발하면서 증언한다. 「제망매가」나 「수로부인」, 혹은 「노인헌화가」 등도 그러한 예이다. 지극히 선한 인간의 모델을 찾을 때에는 그는 『성경』에서 발췌한다.

> 소돔과 고모라의 주민들이 죄를 벌하자, 신은 그들을 불로 벌하고자 한다.

여기서 아브라함은 하나님에게 호소한다.

"주여, 의인을 악인과 함께 멸하시려 하나이까? 그 성 중에 의인 50이 있을지라도 주께서 그곳을 멸하시고 그 50명의 의인을 위하여 용서치 아니하시리이까?"

신은 아브라함의 말을 듣고 소돔에서 의인 50명을 찾으면 멸하지 않겠노라고 약속한다.

—이어령, 『하나의 나뭇잎이 흔들릴 때』에서

이렇게 묻는 아브라함은 소돔 성에 의인이 열 명도 있을 것 같지 않다는 서글픈 현실을 신보다도 더 잘 알고 있었다. 그러나 아브라함은 다시 말했던 것이다.

"50 의인 중에 다섯 사람이 부족할 것 같으면 그 다섯의 부족함 때문에 온 성을 멸하시겠습니까?" 그러자 신은 아브라함의 간청을 들어준다. 아브라함은 그 약속 받은 숫자에서 또 다섯을 빼어 40명으로 그 수를 줄여서 간청한다. 이러한 아브라함에 대해 이어령은 다음과 같이 진술한다.

약하고 어질고, 그리고 현실적이며 교활하기까지 한 아브라함의 그 의로운 휴머니즘…….

아브라함의 선량함은 곧 그의 연약한 마음이기도 하다.

40명에서 다시 30명으로 에누리할 때 아브라함은 이렇게 말한다.

"내 주여 노하지 마옵시고 말씀하게 하소서. 거기서 30명을 찾으시면 어찌하시려나이까?"

신에게 자꾸 숫자를 에누리해가는 것을 그는 미안하게 생각한다. 그의 마음은 어린애처럼 약하다. 그러나 송구스럽게 여기면서도 또 감히 말하고자 하는 것은 소돔의 불쌍한 인간, 그의 이웃들을 살려내려는 인간의 강한 사랑 때문이었다. (…)

"주여 노하지 마옵소서. 내가 이번만 더 말씀하리이다. 거기서 10명을 찾으시면 어찌 하시려나이까?" (…)

—이어령, 『하나의 나뭇잎이 흔들릴 때』에서

이어령의 눈은 어린애처럼 약한 동양적인 의인 아브라함을 본다(니체의 『차라투스트라는 이렇게 말하였다』에서 어린이는 낙타와 사자를 거친 뒤의 의인으로 나타난다고 했다).

소돔의 불쌍한 인간들을 살려내기 위하여 하나님에게까지 에누리하고 있는 아브라함의 뜨거운 인간애는 어린이 같은 의인의 속성이 있다. 우리는 이어령의 이 천진하고 훈훈한 인간미에 주목해야 할 것이다. 그리고 특히 이러한 인간애로 피운 20세기 후반의 불꽃이기에 그것은 21세기의 하늘까지 찬란하게 해준다는 것을 잊지 말아야 할 것이다.

우리 주변에 자기 영역 내의 정연한 이론가는 많다. 그러나 그들 속에서 진실로 노아처럼 아브라함처럼 인간애가 뜨거운 경우는 보기 드물다.

우리는 이어령의 다음과 같은 메시지를 간직해두자.

"당신은 또다시 홍수의 시대 속에서 살고 있다. 소돔을 불사른 유황불의 시대 속에서 살고 있다", "노아와 아브라함이 되고 싶거든", "선택된 인간이 선택받지 못한 사람보다 더 불행하고 외롭다는 것을 알지 않으면 안 된다"라는 이 역설의 의미를. (『한국문학, 그 웃음의 미학』, 국학자료원, 2000)

## 김영수

중앙대학교 국문과 및 동 대학원을 졸업했다. 1963년 현대문학으로 등단, 문학평론가로 활동을 시작하여 '청석학술상', '한국문학평론가협회상', '제37회 한국문학상' 등을 수상하였고 청주대 교수를 역임했다. 주요 평론집에는 『20세기의 소설과 사회』, 『조병화론』, 『이상연구』, 『한국문학, 웃음의 미학』 등이 있다.

# 이어령 작품 연보

## 문단 : 등단 이전 활동

| | | |
|---|---|---|
| 「이상론–순수의식의 뇌성(牢城)과 그 파벽(破壁)」 | 서울대《문리대 학보》3권, 2호 | 1955.9. |
| 「우상의 파괴」 | 《한국일보》 | 1956.5.6. |

## 데뷔작

| | | |
|---|---|---|
| 「현대시의 UMGEBUNG(環圍)와 UMWELT(環界) –시비평방법론서설」 | 《문학예술》10월호 | 1956.10. |
| 「비유법논고」 | 《문학예술》11,12월호 | 1956.11. |

＊백철 추천을 받아 평론가로 등단

## 논문

**평론·논문**

| | | | |
|---|---|---|---|
| 1. | 「이상론–순수의식의 뇌성(牢城)과 그 파벽(破壁)」 | 서울대《문리대 학보》3권, 2호 | 1955.9. |
| 2. | 「현대시의 UMGEBUNG와 UMWELT–시비평방 법론서설」 | 《문학예술》10월호 | 1956 |
| 3. | 「비유법논고」 | 《문학예술》11,12월호 | 1956 |
| 4. | 「카타르시스문학론」 | 《문학예술》8~12월호 | 1957 |
| 5. | 「소설의 아펠레이션 연구」 | 《문학예술》8~12월호 | 1957 |

**학위논문**

# 단평

**국내신문**

3. 「화전민지대 – 신세대의 문학을 위한 각서」　　《경향신문》　　　　1957.1.11.~12.

4. 「현실초극점으로만 탄생 – 시의 '오부제'에 대하여」《평화신문》　　1957.1.18.

5. 「겨울의 축제」　　　　　　　　　　　《서울신문》　　　　1957.1.21.

6. 「우리 문화의 반성 – 신화 없는 민족」　　《경향신문》　　　　1957.3.13.~15.

7. 「묘비 없는 무덤 앞에서 – 추도 이상 20주기」《경향신문》　　1957.4.17.

8. 「이상의 문학 – 그의 20주기에」　　　　《연합신문》　　　　1957.4.18.~19.

9. 「시인을 위한 아포리즘」　　　　　　　《자유신문》　　　　1957.7.1.

10. 「토인과 생맥주 – 전통의 터너미놀로지」　《연합신문》　　　　1958.1.10.~12.

11. 「금년문단에 바란다 – 장미밭의 전쟁을 지양」《한국일보》　　1958.1.21.

12. 「주어 없는 비극 – 이 시대의 어둠을 향하여」《조선일보》　　1958.2.10.~11.

13. 「모래의 성을 밟지 마십시오 – 문단후배들에게 말　《서울신문》　　1958.3.13.
　　한다」

14. 「현대의 신라인들 – 외국 문학에 대한 우리 자세」《경향신문》　　1958.4.22.~23.

15. 「새장을 여시오 – 시인 서정주 선생에게」　《경향신문》　　　　1958.10.15.

16. 「바람과 구름과의 대화 – 왜 문학논평이 불가능한가」《문화시보》　1958.10.

17. 「대화정신의 상실 – 최근의 필전을 보고」　《연합신문》　　　　1958.12.10.

18. 「새 세계와 문학신념 – 폭발해야 할 우리들의 언어」《국제신보》　1959.1.

19. *「영원한 모순 – 김동리 씨에게 묻는다」　《경향신문》　　　　1959.2.9.~10.

20. *「못 박힌 기독은 대답 없다 – 다시 김동리 씨에게」《경향신문》　1959.2.20.~21.

21. *「논쟁과 초점 – 다시 김동리 씨에게」　　《경향신문》　　　　1959.2.25.~28.

22. *「희극을 원하는가」　　　　　　　　《경향신문》　　　　1959.3.12.~14.

　　* 김동리와의 논쟁

23. 「자유문학상을 위하여」　　　　　　　《문학논평》　　　　1959.3.

24. 「상상문학의 진의 – 펜의 논제를 말한다」《동아일보》　　　　1959.8.~9.

25. 「프로이트 이후의 문학 – 그의 20주기에」《조선일보》　　　　1959.9.24.~25.

26. 「비평활동과 비교문학의 한계」　　　　《국제신보》　　　　1959.11.15.~16.

27. 「20세기의 문학사조 – 현대사조와 동향」《세계일보》　　　　1960.3.

28. 「제삼세대(문학) – 새 차원의 음악을 듣자」《중앙일보》　　　　1966.1.5.

29. 「'에비'가 지배하는 문화 – 한국문화의 반문화성」《조선일보》　　1967.12.28.

30. 「문학은 권력이나 정치이념의 시녀가 아니다 – '오 《조선일보》 1968.3.
늘의 한국문화를 위협하는 것'의 조명」
31. 「논리의 이론검증 똑똑히 하자 – 불평성 여부로 문 《조선일보》 1968.3.26.
학평가는 부당」
32. 「문화근대화의 성년식 – '청춘문화'의 자리를 마련 《대한일보》 1968.8.15.
해줄 때도 되었다」
33. 「측면으로 본 신문학 60년 – 전후문단」 《동아일보》 1968.10.26.,11.2.
34. 「일본을 해부한다」 《동아일보》 1982.8.14.
35. 「푸는 문화 신바람의 문화」 《중앙일보》 1982.9.22.
36. 「떠도는 자의 우편번호」 《중앙일보》 연재 1982.10.12.
~1983.3.18.
37. 「희극 '피가로의 결혼'을 보고」 《한국일보》 1983.4.6.
38. 「북풍식과 태양식」 《조선일보》 1983.7.28.
39. 「창조적 사회와 관용」 《조선일보》 1983.8.18.
40. 「폭력에 대응하는 지성」 《조선일보》 1983.10.13.
41. 「레이건 수사학」 《조선일보》 1983.11.17.
42. 「채색문화 전성시대 – 1983년의 '의미조명'」 《동아일보》 1983.12.28.
43. 「귤이 탱자가 되는 사회」 《조선일보》 1984.1.21.
44. 「한국인과 '마늘문화'」 《조선일보》 1984.2.18.
45. 「저작권과 오린지」 《조선일보》 1984.3.13.
46. 「결정적인 상실」 《조선일보》 1984.5.2.
47. 「두 얼굴의 군중」 《조선일보》 1984.5.12.
48. 「기저귀 문화」 《조선일보》 1984.6.27.
49. 「선밥 먹이기」 《조선일보》 1985.4.9.
50. 「일본은 대국인가」 《조선일보》 1985.5.14.
51. 「신한국인」 《조선일보》 연재 1985.6.18.~8.31.
52. 「21세기의 한국인」 《서울신문》 연재 1993
53. 「한국문화의 뉴패러다임」 《경향신문》 연재 1993
54. 「한국어의 어원과 문화」 《동아일보》 연재 1993.5.~10.
55. 「한국문화 50년」 《조선일보》 신년특집 1995.1.1.

56. 「半島性의 상실과 회복의 역사」　　　　《한국일보》 광복50년 신년특집　　　1995.1.4.
　　　　　　　　　　　　　　　　　　　특별기고
57. 「한국언론의 새로운 도전」　　　　　　《조선일보》 75주년 기념특집　　　1995.3.5.
58. 「대고려전시회의 의미」　　　　　　　　《중앙일보》　　　　　　　　　　　1995.7.
59. 「이인화의 역사소설」　　　　　.　　　《동아일보》　　　　　　　　　　　1995.7.
60. 「한국문화 50년」　　　　　　　　　　《조선일보》 광복50년 특집　　　　1995.8.1.
　　외 다수


## 외국신문

1. 「通商から通信へ」　　　　　　　　　　《朝日新聞》 교토포럼 主題論文抄　　1992.9.
2. 「亞細亞の歌をうたう時代」　　　　　　《朝日新聞》　　　　　　　　　　　1994.2.13.
　　외 다수


## 국내잡지

1. 「마호가니의 계절」　　　　　　　　　　《예술집단》 2호　　　　　　　　　1955.2.
2. 「사반나의 풍경」　　　　　　　　　　　《문학》 1호　　　　　　　　　　　1956.7.
3. 「나르시스의 학살 – 이상의 시와 그 난해성」《신세계》　　　　　　　　　　1956.10.
4. 「비평과 푸로파간다」　　　　　　　　　영남대 《嶺文》 14호　　　　　　　1956.10.
5. 「기초문학함수론 – 비평문학의 방법과 그 기준」《사상계》　　　　　　　　1957.9.~10.
6. 「무엇에 대하여 저항하는가 – 오늘의 문학과 그 근거」《신군상》　　　　　1958.1.
7. 「실존주의 문학의 길」　　　　　　　　《자유공론》　　　　　　　　　　　1958.4.
8. 「현대작가의 책임」　　　　　　　　　　《자유문학》　　　　　　　　　　　1958.4.
9. 「한국소설의 현재의 장래 – 주로 해방후의 세 작가　《지성》 1호　　　　　1958.6.
　　를 중심으로」
10. 「시와 속박」　　　　　　　　　　　　《현대시》 2집　　　　　　　　　　1958.9.
11. 「작가의 현실참여」　　　　　　　　　《문학평론》 1호　　　　　　　　　1959.1.
12. 「방황하는 오늘의 작가들에게 – 작가적 사명」《문학논평》 2호　　　　　1959.2.
13. 「자유문학상을 향하여」　　　　　　　《문학논평》　　　　　　　　　　　1959.3.
14. 「고독한 오솔길 – 소월시를 말한다」　《신문예》　　　　　　　　　　　1959.8.~9.

| 43. 「이상문학의 출발점」 | 《문학사상》 | 1975.9. |
| 44. 「분단기의 문학」 | 《정경문화》 | 1979.6. |
| 45. 「미와 자유와 희망의 시인 – 일리리스의 문학세계」 | 《충청문장》 32호 | 1979.10. |
| 46. 「말 속의 한국문화」 | 《삶과꿈》 연재 | 1994.9~1995.6. |
| 외 다수 | | |

## 외국잡지

| 1. 「亞細亞人の共生」 | 《Forsight》新潮社 | 1992.10. |
| 외 다수 | | |

## 대담

| 1. 「일본인론 – 대담:金容雲」 | 《경향신문》 | 1982.8.19.~26. |
| 2. 「가부도 논쟁도 없는 무관심 속의 '방황' – 대담:金 瓚東」 | 《조선일보》 | 1983.10.1. |
| 3. 「해방 40년, 한국여성의 삶 – "지금이 한국여성사의 터닝포인트" – 특집대담:정용석」 | 《여성동아》 | 1985.8. |
| 4. 「21세기 아시아의 문화 – 신년석학대담:梅原猛」 | 《문학사상》 1월호, MBC TV 1일 방영 | 1996.1. |
| 외 다수 | | |

## 세미나 주제발표

| 1. 「神奈川 사이언스파크 국제심포지움」 | KSP 주최(일본) | 1994.2.13. |
| 2. 「新潟 아시아 문화제」 | 新潟縣 주최(일본) | 1994.7.10. |
| 3. 「순수문학과 참여문학」(한국문학인대회) | 한국일보사 주최 | 1994.5.24. |
| 4. 「카오스 이론과 한국 정보문화」(한·중·일 아시아 포럼) | 한백연구소 주최 | 1995.1.29. |
| 5. 「멀티미디어 시대의 출판」 | 출판협회 | 1995.6.28. |
| 6. 「21세기의 메디아론」 | 중앙일보사 주최 | 1995.7.7. |
| 7. 「도자기와 총의 문화」(한일문화공동심포지움) | 한국관광공사 주최(후쿠오카) | 1995.7.9. |

| 8. 「역사의 대전환」(한일국제심포지움) | 중앙일보 역사연구소 | 1995.8.10. |
| 9. 「한일의 미래」 | 동아일보, 아사히신문 공동주최 | 1995.9.10. |
| 10. 「춘향전」과 '忠臣藏'의 비교연구」(한일국제심포지엄) 한림대·일본문화연구소 주최 | | 1995.10. |
| 외 다수 | | |

## 기조강연

| 1. 「로스엔젤러스 한미박물관 건립」 | (L.A.) | 1995.1.28. |
| 2. 「하와이 50년 한국문화」 | 우먼스클럽 주최(하와이) | 1995.7.5. |
| 외 다수 | | |

# 저서(단행본)

## 평론·논문

| 1. 『저항의 문학』 | 경지사 | 1959 |
| 2. 『지성의 오솔길』 | 동양출판사 | 1960 |
| 3. 『전후문학의 새 물결』 | 신구문화사 | 1962 |
| 4. 『통금시대의 문학』 | 삼중당 | 1966 |
| * 『축소지향의 일본인』 | 갑인출판사 | 1982 |
| * '縮み志向の日本人'의 한국어판 | | |
| 5. 『縮み志向の日本人』(원문: 일어판) | 学生社 | 1982 |
| 6. 『俳句で日本を讀む』(원문: 일어판) | PHP | 1983 |
| 7. 『고전을 읽는 법』 | 갑인출판사 | 1985 |
| 8. 『세계문학에의 길』 | 갑인출판사 | 1985 |
| 9. 『신화속의 한국인』 | 갑인출판사 | 1985 |
| 10. 『지성채집』 | 나남 | 1986 |
| 11. 『장미밭의 전쟁』 | 기린원 | 1986 |

| | | | |
|---|---|---|---|
| 3. | 『바람이 불어오는 곳』 | 현암사 | 1965 |
| 4. | 『하나의 나뭇잎이 흔들릴 때』 | 현암사 | 1966 |
| 5. | 『우수의 사냥꾼』 | 동화출판공사 | 1969 |
| 6. | 『현대인이 잃어버린 것들』 | 서문당 | 1971 |
| 7. | 『저 물레에서 운명의 실이』 | 범서출판사 | 1972 |
| 8. | 『아들이여 이 산하를』 | 범서출판사 | 1974 |
| * | 『거부하는 몸짓으로 이 젊음을』 | 삼중당 | 1975 |
| | * '오늘을 사는 세대'의 개정판 | | |
| 9. | 『말』 | 문학세계사 | 1982 |
| 10. | 『떠도는 자의 우편번호』 | 범서출판사 | 1983 |
| 11. | 『지성과 사랑이 만나는 자리』 | 마당문고사 | 1983 |
| 12. | 『푸는 문화 신바람의 문화』 | 갑인출판사 | 1984 |
| 13. | 『사색의 메아리』 | 갑인출판사 | 1985 |
| 14. | 『젊음이여 어디로 가는가』 | 갑인출판사 | 1985 |
| 15. | 『뿌리를 찾는 노래』 | 기린원 | 1986 |
| 16. | 『서양의 유혹』 | 기린원 | 1986 |
| 17. | 『오늘보다 긴 이야기』 | 기린원 | 1986 |
| * | 『이것이 여성이다』 | 문학사상사 | 1986 |
| 18. | 『한국인이여 고향을 보자』 | 기린원 | 1986 |
| 19. | 『젊은이여 뜨거운 지성을 너의 가슴에』 | 삼성이데아서적 | 1990 |
| 20. | 『정보사회의 기업문화』 | 한국통신기업문화진흥원 | 1991 |
| 21. | 『기업의 성패 그 문화가 좌우한다』 | 종로서적 | 1992 |
| 22. | 『동창이 밝았느냐』 | 동화출판사 | 1993 |
| 23. | 『한,일 문화의 동질성과 이질성』 | 신구미디어 | 1993 |
| 24. | 『나를 찾는 술래잡기』 | 문학사상사 | 1994 |
| * | 『말 속의 말』 | 동아출판사 | 1995 |
| | * '말'의 개정판 | | |
| 25. | 『한국인의 손 한국인의 마음』 | 디자인하우스 | 1996 |
| 26. | 『신의 나라는 가라』 | 한길사 | 2001 |
| * | 『말로 찾는 열두 달』 | 문학사상사 | 2002 |

| 『다시 한번 날게 하소서』 | 성안당 | 2022 |
| 『눈물 한 방울』 | 김영사 | 2022 |

## 칼럼집

| 1. 『차 한 잔의 사상』 | 삼중당 | 1967 |
| 2. 『오늘보다 긴 이야기』 | 기린원 | 1986 |

## 편저

| 1. 『한국작가전기연구』 | 동화출판공사 | 1975 |
| 2. 『이상 소설 전작집 1,2』 | 갑인출판사 | 1977 |
| 3. 『이상 수필 전작집』 | 갑인출판사 | 1977 |
| 4. 『이상 시 전작집』 | 갑인출판사 | 1978 |
| 5. 『현대세계수필문학 63선』 | 문학사상사 | 1978 |
| 6. 『이어령 대표 에세이집 상,하』 | 고려원 | 1980 |
| 7. 『문장백과대사전』 | 금성출판사 | 1988 |
| 8. 『뉴에이스 문장사전』 | 금성출판사 | 1988 |
| 9. 『한국문학연구사전』 | 우석 | 1990 |
| 10. 『에센스 한국단편문학』 | 한양출판 | 1993 |
| 11. 『한국 단편 문학 1-9』 | 모음사 | 1993 |
| 12. 『한국의 명문』 | 월간조선 | 2001 |
| 13. 『뜻으로 읽는 한국어 사전』 | 문학사상사 | 2002 |
| 14. 『매화』 | 생각의나무 | 2003 |
| 15. 『사군자와 세한삼우』 | 종이나라(전5권) | 2006 |

    1. 매화

    2. 난초

    3. 국화

    4. 대나무

    5. 소나무

| 16. 『십이지신 호랑이』 | 생각의나무 | 2009 |

## 번역서

『흙 속에 저 바람 속에』의 외국어판

| | | | |
|---|---|---|---|
| 1. | * 『In This Earth and In That Wind』<br>(David I. Steinberg 역) 영어판 | RAS–KB | 1967 |
| 2. | * 『斯土斯風』(陳寧寧 역) 대만판 | 源成文化圖書供應社 | 1976 |
| 3. | * 『恨の文化論』(裵康煥 역) 일본어판 | 学生社 | 1978 |
| 4. | * 『韓國人的心』 중국어판 | 山㐰人民出版社 | 2007 |
| 5. | * 『В ТЕХ КРАЯХ НА ТЕХ ВЕТРАХ』<br>(이리나 카사트키나, 정인순 역) 러시아어판 | 나탈리스출판사 | 2011 |

『縮み志向の日本人』의 외국어판

| | | | |
|---|---|---|---|
| 6. | * 『Smaller is Better』(Robert N. Huey 역) 영어판 | Kodansha | 1984 |
| 7. | * 『Miniaturisation et Productivité Japonaise』<br>불어판 | Masson | 1984 |
| 8. | * 『日本人的縮小意识』 중국어판 | 山㐰人民出版社 | 2003 |
| 9. | * 『환각의 다리』 『Blessures D'Avril』 불어판 | ACTES SUD | 1994 |
| 10. | * 『장군의 수염』 『The General's Beard』(Brother<br>Anthony of Taizé 역) 영어판 | Homa & Sekey Books | 2002 |
| 11. | * 『디지로그』 『デヅログ』(宮本尚寬 역) 일본어판 | サンマーク出版 | 2007 |
| 12. | * 『우리문화 박물지』 『KOREA STYLE』 영어판 | 디자인하우스 | 2009 |

## 공저

| | | | |
|---|---|---|---|
| 1. | 『종합국문연구』 | 선진문화사 | 1955 |
| 2. | 『고전의 바다』(정병욱과 공저) | 현암사 | 1977 |
| 3. | 『멋과 미』 | 삼성출판사 | 1992 |
| 4. | 『김치 천년의 맛』 | 디자인하우스 | 1996 |
| 5. | 『나를 매혹시킨 한 편의 시1』 | 문학사상사 | 1999 |
| 6. | 『당신의 아이는 행복한가요』 | 디자인하우스 | 2001 |
| 7. | 『휴일의 에세이』 | 문학사상사 | 2003 |
| 8. | 『논술만점 GUIDE』 | 월간조선사 | 2005 |
| 9. | 『글로벌 시대의 한국과 한국인』 | 아카넷 | 2007 |

## 전집

686

# 지성의 숲을 걷기 위한 길 안내

34종 24권 5개 컬렉션으로 분류, 10년 만에 완간

이어령이라는 지성의 숲은 넓고 깊어서 그 시작과 끝을 가늠하기 어렵다. 자칫 길을 잃을 수도 있어서 길 안내가 필요한 이유다. '이어령 전집'의 기획과 구성의 과정, 그리고 작품들의 의미 등을 독자들께 간략하게나마 소개하고자 한다. (편집자 주)

북이십일이 이어령 선생님과 전집을 출간하기로 하고 정식으로 계약을 맺은 것은 2014년 3월 17일이었다. 2023년 2월에 '이어령 전집'이 34종 24권으로 완간된 것은 10년 만의 성과였다. 자료조사를 거쳐 1차로 선정한 작품은 50권이었다. 2000년 이전에 출간한 단행본들을 전집으로 묶으며 가려 뽑은 작품들을 5개의 컬렉션으로 분류했고, 내용의 성격이 비슷한 경우에는 한데 묶어서 합본 호를 만든다는 원칙을 세웠다. 이어령 선생님께서 독자들의 부담을 고려하여 직접 최종적으로 압축한 리스트는 34권이었다.

평론집 『저항의 문학』이 베스트셀러 컬렉션(16종 10권)의 출발이다. 이어령 선생님의 첫 책이자 혁명적 언어 혁신과 문학관을 담은 책으로

1950년대 한국 문단에 일대 파란을 일으킨 명저였다. 두 번째 책은 국내 최초로 한국 문화론의 기치를 들었다고 평가받은 『말로 찾는 열두 달』과 『오늘을 사는 세대』를 뼈대로 편집한 세대론 『거부하는 몸짓으로 이 젊음을』으로, 이 두 권을 합본 호로 묶었다. 베스트셀러 컬렉션의 세 번째 책은 박정희 독재를 비판하는 우화를 담은 액자소설 「장군의 수염」, 보카치오의 『데카메론』 형식을 빌려온 「전쟁 데카메론」, 스탕달의 단편 「바니나 바니니」를 해석하여 다시 쓴 한국 최초의 포스트모던 소설 「환각의 다리」 등 중·단편소설들을 한데 묶었다. 한국 출판 최초의 대형 베스트셀러 에세이 『흙 속에 저 바람 속에』와 긍정과 희망의 한국인상에 대해서 설파한 『오늘보다 긴 이야기』는 합본하여 네 번째로 묶었으며, 일본 문화비평사에 큰 획을 그은 기념비적 작품으로 일본문화론 100년의 10대 고전으로 선정된 『축소지향의 일본인』은 베스트셀러 컬렉션의 다섯 번째 책이다.

여섯 번째는 한국어로 쓰인 가장 아름다운 자전 에세이에 속하는 『하나의 나뭇잎이 흔들릴 때』와 1970년대에 신문 연재 에세이로 쓴 글들을 모아 엮은 문화·문명 비평 에세이 『현대인이 잃어버린 것들』을 함께 묶었다. 일곱 번째는 문학 저널리즘의 월평 및 신문·잡지에 실렸던 평문들로 구성된 『지성의 오솔길』인데 1956년 5월 6일 《한국일보》에 실려 문단에 충격을 준 「우상의 파괴」가 수록되어 있다.

한국어 뜻풀이와 단군신화를 분석한 『뜻으로 읽는 한국어사전』과 『신화 속의 한국정신』은 베스트셀러 컬렉션의 여덟 번째로, 20대의 젊은이에게 들려주고 싶은 말을 엮은 책 『젊은이여 한국을 이야기하자』는 아홉 번째로, 외국 풍물에 대한 비판적 안목이 돋보이는 이어령 선생님의 첫 번째 기행문집 『바람이 불어오는 곳』은 열 번째 베스트셀러 컬렉션으로 묶었다.

이어령 선생님은 뛰어난 비평가이자, 소설가이자, 시인이자, 희곡작가였다. 그는 남들이 가지 않은 길을 가고자 했다. 그 결과물인 크리에이티브 컬렉션(2권)은 이어령 선생님의 장편소설과 희곡집으로 구성되어 있다. 『둥지 속의 날개』는 1983년 《한국경제신문》에 연재했던 문명비평적인 장편소설로 10만 부 이상 팔린 베스트셀러이고, 원래 상하권으로 나뉘어 나왔던 것을 한 권으로 합본했다. 『기적을 파는 백화점』은 한국 현대문학의 고전이 된 희곡들로 채워졌다. 수록작 중 「세 번은 짧게 세 번은 길게」는 1981년에 김호선 감독이 영화로 만들어 제18회 백상예술대상 감독상, 제2회 영화평론가협회 작품상을 수상했고, TV 단막극으로도 만들어졌다.

아카데믹 컬렉션(5종 4권)에는 이어령 선생님의 비평문을 한데 모았다. 1950년대에 데뷔해 1970년대까지 문단의 논객으로 활동한 이어령 선생님이 당대의 문학가들과 벌인 문학 논쟁을 담은 『장미밭의 전쟁』은 지금도 여전히 관심을 끈다. 호메로스에서 헤밍웨이까지 이어령 선생님과 함께 고전 읽기 여행을 떠나는 『진리는 나그네』와 한국의 시가문학을 통해서 본 한국문화론 『노래여 천년의 노래여』는 합본 호로 묶었다. 한국인이 사랑하는 김소월, 윤동주, 한용운, 서정주 등의 시를 기호론적 접근법으로 다시 읽는 『시 다시 읽기』는 이어령 선생님의 학문적 통찰이 빛나는 책이다. 아울러 박사학위 논문이기도 했던 『공간의 기호학』은 한국 문학이론사에서 빼놓을 수 없는 명저다.

사회문화론 컬렉션(5종 4권)은 이어령 선생님의 우리 사회와 문화에 대한 관심을 담았다. 칼럼니스트 이어령 선생님의 진면목이 드러난 책 『차 한 잔의 사상』은 20대에 《서울신문》의 '삼각주'로 출발하여 《경향신문》의 '여적', 《중앙일보》의 '분수대', 《조선일보》의 '만물상' 등을 통해 발표한 명칼럼들이 수록되어 있다. 『어머니와 아이가 만드는 세상』은 「천년을 달리는 아이」, 「천년을 만드는 엄마」를 한데 묶은 책으로, 새천년의 새 시대를 살아갈 아이와 엄마에게 띄우는 지침서다. 아울러 이어령 선생님의 산문시들을 엮어 만든 『시와 함께 살다』를 이와 함께 합본 호로 묶었다. 『저 물레에서 운명의 실이』는 1970년대에 신문에 연재한 여성론을 펴낸 책으로 『사씨남정기』, 『춘향전』, 『이춘풍전』을 통해 전통 사상에 입각한 한국 여인, 한국인 전체에 대한 본성을 분석했다. 『일본문화와 상인정신』은 일본의 상인정신을 통해 본 일본문화 비평론이다.

한국문화론 컬렉션(5종 4권)은 한국문화에 대한 본격 비평을 모았다. 『기업과 문화의 충격』은 기업문화의 혁신을 강조한 기업문화 개론서다. 『푸는 문화 신바람의 문화』는 '신바람', '풀이'라는 키워드를 통해 고급의 예화와 일화, 우리말의 어휘와 생활 문화 등 다양한 범위 속에서 우리 문화를 분석했고, '붉은 악마', '문명전쟁', '정치문화', '한류문화' 등의 4가지 코드로 문화를 진단한 『문화 코드』와 합본 호로 묶었다. 한국과 일본 지식인들의 대담 모음집 『세계 지성과의 대화』와 이화여대 교수직을 내려놓으면서 각계각층 인사들과 나눈 대담집 『나, 너 그리고 나눔』이 이 컬렉션의 대미를 장식한다.

2022년 2월 26일, 편집과 고증의 과정을 거치는 중에 이어령 선생님이 돌아가신 것은 출간 작업의 커다란 난관이었다. 최신판 '저자의 말'을 수록할 수 없게 된 데다가 적잖은 원고 내용의 저자 확인이 필요한 부분이 있었으니 난관이 아닐 수 없었다. 다행히 유족 측에서는 이어령 선생님의 부인이신 영인문학관 강인숙 관장님이 마지막 교정과 확인을 맡아주셨다. 밤샘도 마다하지 않으면서 꼼꼼하게 오류를 점검해주신 강인숙 관장님에게 이 지면을 빌려 감사의 말씀을 드린다.

KI신서 10645
**이어령 전집 08**

# 뜻으로 읽는 한국어사전·신화 속의 한국정신

**1판 1쇄 인쇄** 2023년 2월 17일
**1판 1쇄 발행** 2023년 2월 26일

**지은이** 이어령
**펴낸이** 김영곤
**펴낸곳** (주)북이십일 21세기북스

**TF팀 이사** 신승철
**TF팀** 이종배
**출판마케팅영업본부장** 민안기
**마케팅1팀** 배상현 한경화 김신우 강효원
**출판영업팀** 최명열 김다운
**제작팀** 이영민 권경민
**진행·디자인** 다함미디어 | 함성주 유예지 권성희
**교정교열** 구경미 김도언 김문숙 박은경 송복란 이진규 이충미 임수현 정미용 최아림

**출판등록** 2000년 5월 6일 제406-2003-061호
**주소** (10881) 경기도 파주시 회동길 201(문발동)
**대표전화** 031-955-2100 **팩스** 031-955-2151 **이메일** book21@book21.co.kr

© 이어령, 2023

ISBN 978-89-509-3858-1 04810

**(주)북이십일** 경계를 허무는 콘텐츠 리더

21세기북스 채널에서 도서 정보와 다양한 영상자료, 이벤트를 만나세요!
페이스북 facebook.com/jiinpill21 포스트 post.naver.com/21c_editors
인스타그램 instagram.com/jiinpill21 홈페이지 www.book21.com
유튜브 youtube.com/book21pub